Dietmar Schlatter · Die Kinder

Dietmar Schlatter

Die Kinder

BUCHER

1. Auflage 2019
BUCHER Verlag
Hohenems – Vaduz – München – Zürich
www.bucherverlag.com

© Dietmar Schlatter
Alle Rechte vorbehalten

Korrektorat: Miriam Gartner
Covergestaltung: Gorana Guiboud-Ribaud
Coverfoto: Manfred Schlatter
Satz: Asiye Macit
Produktion: BUCHER Druck Hohenems

Printed in Austria

ISBN 978-3-99018-509-4

für meine Kinder
Lukas
Alida
Marco
Jakob

für mein Enkelkind
Leo

für meinen
Papa
der mir – spät, aber doch – vom Krieg erzählt hat

Inhalt

Prolog

Alles ist mit weißer, billiger Farbe übermalt. Die Holztäfelung an Wänden und Decke, die Tür samt Schloss, die Scharniere und Schrauben. Auch der Nachttopf, das Bettgestell, die Bettwäsche und die wenigen Gegenstände, die im Zimmer auf der schäbigen Kommode, dem wackligen Regal und dem mickrig kleinen Tisch stehen – Teller und Tassen, ein Kerzenständer, eine Gipsfigur – alles in unerträglich grellem Weiß. Farben schenken dem Raum nur die einzelne rote Rose in der Vase auf dem Regal und der grüne Apfel und die blauen Zwetschken in der Obstschale auf dem Tisch.

Der unangenehme, modernde Geruch des winzigen Zimmers schleicht sich in ihre Träume. Sie tanzt einen Walzer mit einem Mann in weißem Anzug und einem weißen Zylinderhut, lehnt ihren Kopf an seine Schulter, hat ihre Hände auf seinem Rücken, hält die Augen geschlossen. Sieht plötzlich bunte Rosen, die wie Sternschnuppen an ihr vorbeihuschen – rot, blau, gelb, grün. Die Musik ist laut. Mit ihren zarten Händen streichelt sie den Rücken des Mannes – auf und ab, als würde sie ihn gerade mit den bunten Farben anpinseln, die sie sich in ihren Gedanken an die Blumen herbeisehnt. Es ist aber weiße Farbe, deren unangenehmer Geruch sich mit dem modernden Geruch des Raumes vermischt hat und die Nase der jungen Frau kitzelt. Sie niest. Blitzartig öffnet sie die Augen, wischt sich schnell die noch vorhandene Spucke, die sich ansonsten bereits auf dem Kopfpolster ausgebreitet hat, von den Lippen. Ein stechender Schmerz quält ihre Schläfen, sodass sie diese unweigerlich mit ihren beiden Mittelfingern drückt und kreist – das Kinn in die Daumen gedrückt, ihren schweren Oberkörper mit den Ellbogen auf dem Bett aufstützend, bäuchlings daliegend, die Beine angewinkelt – in Unterwäsche.

Die Bilder in ihrem Kopf verwehren ihr den Blick auf die Wirklichkeit. Immer noch tanzt der Mann mit ihr zu den verzerrten Tönen der Musikkapelle durch den Gastgarten, wirbelt sie herum.

Ihr wird schwindlig und schlecht. Sie schnellt hoch, schaut sich um, entdeckt den Nachttopf neben ihrem Bett und kotzt hinein. Ein Großteil des Erbrochenen hat sich in ihren langen, durchschwitzten, fettigen Haaren, die ihr über das Gesicht hängen, verfangen. Das ekelt sie dermaßen, dass sie sich erneut übergeben muss. Langsam dreht sie sich auf den Rücken, lässt den Kopf ins Kissen fallen und starrt an die Decke. Weiß übermalte Bretter, so schäbig, dass die Holzfaserung durchscheint. Die Flecken dort oben verformen sich allmählich zu lebendigen Figuren, zu kleinen Geistern mit leeren, runden Augen. Wieder hört das Mädchen die Musik, wieder tanzt es mit einem weißen Anzug. Und jetzt tanzen auch die zu Riesen heranwachsenden, grauen Geister um die beiden herum, alle beleuchtet von roten, blauen, gelben und grünen Sternschnuppen, die aussehen wie Rosen.

Die junge Frau schließt die Augen und schläft ein.

1
Sanna und Basilius

Sanna kam im Herbst zur Welt. Die Kirchturmuhr schlug gerade drei Uhr nachmittags, und ein heftiger Föhnsturm fegte durch die Straßen und Gassen, Wiesen und Gärten von Aach, dem Hauptort des Tals Montsilva, bewegte Zweige und Äste und Bäume, wirbelte Blätter und Staub durch die Luft, als wollte Gott dem Kind ein Geschenk machen, indem er das Dorf von seinem Schmutz befreite. Der Mesner hing an den Seilen der Kirchenglocken, kündete an diesem Freitag mit dem Geläut gleichzeitig den fernen Tod Jesu Christi wie die nahe Geburt des Mädchens im Haus des Bäckers an. Die Kinder zogen die Mützen, die ihnen ihre Mütter aufgesetzt hatten, vom Kopf, und vor allem die Mädchen ließen die langen Haare – blond, braun, schwarz, rot – im Wind wehen, spreizten die Arme gen Himmel und drehten sich im Kreis, sodass die Schals, die um die Hälse gewickelt waren, die kleinen, lachenden Gesichter umschlangen. Frauen nahmen eiligst die längst getrocknete Wäsche von den Leinen, Männer kämpften mit den davonzufliegen drohenden Planen auf den Holzstapeln, indem sie möglichst große Scheite darauf legten. Selbst die Tiere, die eigentlich draußen hätten sein dürfen, hatten sich in die Häuser und Ställe verkrochen. Hunde lagen unter den Tischen, Katzen auf den Ofenbänken. Hühner machten es sich auf Leitern und Stangen gemütlich. In den Straßen war kaum jemand anzutreffen. Da vielleicht der Dorfpolizist auf seinem Nachmittagsrundgang, dort vielleicht der Bürgermeister Wilhelm Auer, der Mühe hatte, seinen schweren Körper vom Gemeindeamt in den Gasthof *Hirschen* zu bewegen, um dem verdienten Glas Wein zu frönen. In den frühen Morgenstunden hatte seine Frau ihr erstes Kind zur Welt gebracht. Einen Buben. Der hätte Basilius geheißen. Der war tot. Wilhelm aber würde tapfer sein, würde die schwere Bürde, die ihm aufgelastet war, erhobenen Hauptes tragen, sich diesem Windstoß, den ihm heute dieser verfluchte Gott entgegenblies, stellen. Mochten sich die anderen verkriechen, er stand seinen Mann, verkündete mit Würde den schweren Schicksalsschlag am Stammtisch. Die Anwesenden waren entsetzt, zeigten Mitgefühl. Wilhelm beschwichtigte.

»Ja, ja. Der Pfarrer wird für den Balg beten. Und jetzt – Schwamm drüber!«

Die Geburt im Haus des Bäckers hingegen war eine schnelle, nicht allzu schwierige gewesen. Sanna freute sich, endlich auf der Welt zu sein. Die Mitte sechzig Jahre alte Anna, die zwar keine ausgebildete Hebamme war, die aber häufig zu Hausgeburten gerufen wurde, weil sie das Handwerk wie keine andere verstand, legte die Kleine in die Arme von Irma, der Mutter, die sich so sehr auf die Tochter gefreut hatte. Und jetzt war sie da. Schaute in die glücklichen Augen und Seelen der sie Umgebenden, hörte Sektgläser anstoßen, roch den Duft von Brot und Salz, war willkommen. Eine warme Decke und eine angenehme Stille umsäumten den zarten Körper, ein Friede, den nur glückliche Menschen ausstrahlen können. Dann zerbrach mit einem lauten Knall die Fensterscheibe, und ein Stein flog durch die Kammer, verfehlte das Neugeborene nur um Haaresbreite. Die Mutter schreckte hoch, Sanna schrie auf, Anna und Emanuel, der Vater des Mädchens, zuckten zusammen. Der tosende Wind fegte durch den Raum, wirbelte Glassplitter, Missgunst, Hass und Eifersucht herum. Die Welt hatte wohl noch anderes zu bieten als Geborgenheit, Zuneigung, Liebe. Schnell eilte der aus seiner nur kurz anhaltenden Starre befreite Vater zum Fenster, schloss mit aller Kraft die Läden, die sich mit nicht minderer Kraft wehrten, blickte dabei immer wieder hinaus, um vielleicht den Missetäter zu erhaschen, obwohl er genau wusste, wer das gewesen war.

›Das wirst du mir büßen!‹

2

Erna und Basilius

»Ja, bist du denn von allen guten Geistern verlassen, du selten blödes Weib?«

Wilhelm Auer, der Bürgermeister, war außer sich vor Wut. Sein aufgedunsenes Gesicht lief dunkelrot, ja, fast violett an. Die wenigen, doch langen, sonst von einer Kopfseite zur anderen zu einem Scheitel gezogenen Haare waren verschwitzt und fielen ihm über die buschigen Brauen bis weit über die Knollnase hinunter zu den schwulstigen Lippen, sodass er ständig gezwungen war, sie mit lautem Pusten aus dem Gesicht zu blasen. Das Doppelkinn schien den pulsierenden Hals verdecken zu wollen, scheiterte aber kläglich, verschwand dieses mehr oder weniger darin, ähnlich einer Schnecke in ihrem Gehäuse. Sein kleiner zwölfjähriger Sohn Basilius verkroch sich unter den Küchentisch, hielt sich die Ohren zu, quengelte einen nervtötenden, eintönigen, in die Länge gezogenen Laut, der selbst Erna, die Mutter des Kindes, erschaudern und erstarren ließ. Nicht nur ihr zog es eine Gänsehaut auf. Wilhelm stützte sich in seinem Zorn mit beiden Händen auf dem Tisch ab, stieß den Stuhl davor mit seinem Fuß weit von sich weg, sodass dieser durch den Raum schepperte, trat immer wieder mit aller Kraft gegen den zusammengezogenen, schmalen Körper des Kindes, traf mit seinen schweren Schuhen dessen Schienbein, die Oberarme und die Hände.

»Musst-du-dieses-Sau-Kind-auch-noch-zur-Schau-stellen? Kannst-ihn-am-Sonntag-ja-gleich-auf-die-Kanzel-zerren-und-ihn-allen-als-deine-Missgeburt-präsentieren!«

Basilius wollte sich umdrehen, zog dabei seine den Kopf schützenden Hände für einen Moment weg, und in diesem Augenblick traf ihn die Vorderkappe des Schuhs seines Vaters mit voller Wucht am Ohr, aus dem sogleich Blut quoll. Erna stieß einen Schrei aus und eilte zu ihrem Kind, bückte sich zu ihm, und Basilius krabbelte auf ihren Schoß, versuchte, in ihren Busen zu kriechen, um darin zu verschwinden.

»Aua-aua-aua! Ma-ma! Aua!«

»Ist gut, mein Kind! Ist gut. Alles ist gut!«

Ernas alte Mutter Sonja saß wie ein zusammengezogener Wollknäuel auf der Stubeneckbank, faltete ihre Hände ineinander und schluckte ein »Gegrüßeistdumaria« in sich hinein. Wilhelm plumpste seine hundertzwanzig Kilo auf das Kanapee. Was hatte er falsch gemacht, dass Gott ihn so strafte? Mit diesem Kind! Mit dem Geheimnis, das er in sich trug, von dem niemand etwas wusste, das ihn quälte und langsam dem Irrsinn zutrieb. Er äugte, als fände er dort oben die Antworten, auf das Kruzifix. Träumte er? Auch aus den Ohren des Gekreuzigten schien Blut zu rinnen. Nein. Nein. Nein. Es war nur Farbe. Es konnte nur Farbe sein. Eingetrocknete Farbe, die sich im Schimmer des Lichts zu bewegen schien. Bestimmt. Die Welt konnte doch nicht völlig aus den Fugen geraten sein!

... Erna war eine elegante Frau. Im Gegensatz zu ihrem Mann war sie gertenschlank, hatte ein zartes, schmales Gesicht mit einer feinen Nase, einem spitzen, kleinen Mund – aber mit großen, runden, braunen Augen. Ihr dunkles Haar war dünn, und schon als Kind hatte sie es bis fast zum Hintern hinunter wachsen lassen, um die gewünschte Fülle in Form eines geflochtenen Kranzes erzielen zu können, damit sie gegenüber der Haarpracht anderer Mädchen und Frauen konkurrenzfähig bleiben konnte. Aus ärmlichsten Verhältnissen heraus hatte sie in das Bürgermeisterhaus der Auers, die seit Generationen dieses Amt hier in Aach innehatten, eingeheiratet, um den Fängen des Lebens einer Magd zu entkommen. Wilhelm war selbst in jungen Jahren kein Adonis gewesen, sein Reichtum jedoch die Überwindung wert, mit ihm, dem beinahe zwanzig Jahre älteren Mann, ins Bett zu steigen. Hatte sie geglaubt.

Die Ehe sei kinderlos, behaupteten die einen am Stammtisch, während die anderen nach ein paar Gläsern Wein Beobachtungen kundtaten, welche die Möglichkeit, dass im Auer-Haus ein den Menschen zumindest ähnliches Wesen herumgeistere, offenließen. So genau wusste das keiner.

»Ich sage euch, das Kind damals war gar nicht tot gewesen. Der hält uns doch nur zum Narren. Versteckt irgendeine Satansbrut!«

»Quatsch nicht!«

Die Kinder des Dorfes hörten mit offenen Mündern den Erwachsenen zu, spannen die Vermutungen weiter und formten sie zu Geschichten, die sie selbst am meisten erschreckten. Ein abgemagerter, kleiner Körper – mit Pusteln übersät. Die Satansbrut habe einen Wasserkopf.

»Und gelbe, grausliche Zähne.«

»Eine Glatze.«

»Schwarze, lange Fingernägel.«

Äße Ratten und Mäuse und Ungeziefer. Sie steckten ihre Köpfe zusammen, wer wohl so mutig sein würde, sich nach Einbruch der Dunkelheit in den Garten der Auers und bis an ein Fenster zu schleichen, um sich das grausliche Tier aus der Nähe anzusehen. Am Nachmittag hatten diesen Mut alle Buben, auch das eine oder andere Mädchen, am Abend, als es dann so weit war, stand Sanna, die zwölfjährige Tochter des Bäckermeisters Emanuel Gruber, alleine vor dem Gartenzaun. Wenn es niemand bezeugen könnte, hatte es ja keinen Sinn, Mut zu beweisen. Ihr Blick wanderte von einem Fenster zum nächsten, und wäre es im Zimmer des Basilius, dessen Fensterläden bei Tageslicht stets geschlossen blieben, jetzt aber geöffnet waren, nicht stockdunkel gewesen, hätte sie ihn vielleicht gesehen, da er das schöne Mädchen mit den langen, blonden, geflochtenen Zöpfen da unten beobachtete. Sehnsüchtig. Gequält mit tausend unbeantworteten Fragen. Warum er keine Freunde haben durfte, warum er so war, wie er war, warum er deshalb vom Vater geschlagen wurde.

Die einzige Wärme in Basilius' Leben schenkte ihm seine Mutter, der das eigene Leben über die Jahre hinweg grausamst eingehämmert hatte, dass Reichtum nichts mit Geld zu tun hat. Der einzige Schatz, der ihr selbst geschenkt worden war und den sie, vielleicht eines schlechten Gewissens wegen, liebevoll behütete, war ihr Sohn, der nach Wilhelms Willen versteckt bleiben musste. Was hätten die Leute auch zu so einer Missgestalt gesagt? Ihm, dem Bürgermeister? Die verzweifelte Erna wagte nicht, auszubrechen aus der Klemme ihres Herzens, Luft abzulassen und sich all den Anforderungen zu stellen, die ein klares Bekenntnis zum Anderssein des Buben abverlangt hätte. Mongoloid. Das Wort, das ein ganz normales hätte sein können – müssen! –, hatte sich auch in ihr zu einem Ungetüm verformt, gerade durch das Angeekelt-Sein der Leute gegenüber solcher Menschen, durch ihr Gelächter und vor allem durch ihre Faszination, wenn sie einen Mongoloiden zu Gesicht bekamen, ihn anstarrten, als wären sie gerade in einem Zoo, um exotische Tiere zu begaffen.

Nein, Erna war noch nicht bereit, alles zu wagen und den Dorfbewohnern ihren Sohn aus ihrem kargen Selbstbewusstsein heraus zu servieren, damit das Getuschel endlich ein Ende hätte und die Menschen sich an der Wahrheit ergötzen oder erbrechen könnten. Den ersten Schritt aber wollte sie heute tun. Wilhelm war nach der Messfeier in den *Hirschen* gegangen, traf sich wie jeden Sonntag mit der halben männlichen Bevölkerung des Dorfes, um Karten zu spielen und über Gott und dessen Gesindel zu spotten und zu lästern, würde erst spät in der Nacht nach Hause kommen.

Gegen Abend ließ Erna die Badewanne volllaufen. Basilius ahnte, was kommen würde, zappelte vor Freude, während er sich die Kleider vom Leib riss, denn das Baden war seine große Leidenschaft. Noch bevor die Wanne voll war, saß er schon darin, bespritzte sich selbst und auch die Mutter, die ihn kaum zu beruhigen brachte.

»Ist gut, Basilius! Ist gut!«

Dann wusch sie ihn, ließ ihn noch ein wenig plantschen und mit dem Becher Wasserfälle zaubern, musste das Wasser auslassen, um Basilius aus der Wanne zu locken, trocknete ihn ab, kämmte ihn und zog ihm ein blaues Hemd und eine kurze, feine Hose an. Das fand der Bub seltsam, denn ansonsten trug er solches Gewand nur dann, wenn in der Stube ein geschmückter Baum stand und darunter Geschenke lagen, oder wenn das Kreuz mit gelben Narzissen geschmückt war. Heute wollte die Mama ihm sogar ein Paar ihrer eigenen Bergschuhe anziehen. Dagegen wehrte sich Basilius vehement. Selten hatte er in seinem Leben Schuhe angehabt, ging meist nur barfuß im Haus herum, schlüpfte höchstens einmal in Patschen oder Pantoffeln, und dann auch nur, weil er mit ihnen spielte, als wären die seine Freunde.

»Beruhige dich, Basilius! Ganz ruhig! Ich möchte dir heute etwas ganz besonders Schönes zeigen. Dazu müssen wir aus dem Haus. Und deshalb brauchst du die Schuhe.«

»Mag nicht! Mag nicht! Bleib hier! Mag nicht raus!«

Er schleuderte den einen Schuh durch den langen Hausgang.

»Weißt du, da oben in den Bergen, da gibt es so etwas wie eine riesengroße Badewanne. Die ist wunderschön. Da kannst du den Mond und die Sterne darin sehen. Außerdem hast du heute Geburtstag«, das war zwar gelogen – egal, »und deshalb darfst du dir das jetzt anschauen. Es ist dein Geschenk. Wir fahren mit dem Traktor hinauf.«

Basilius war schon das eine oder andere Mal mit der Mutter mitgefahren, wenn diese sich sicher gewesen war, dass Wilhelm aus beruflichen oder auch anderen Gründen nicht auftauchen würde. Der Bub hatte sich dann in der angeschraubten Kiste hinter dem Fahrergehäuse unter einer Decke versteckt, den Geruch des Schmieröls und des Werkzeugs, auf dem er gelegen war, eingeatmet, hatte den Deckel ein wenig gehoben und ängstlich und fasziniert zugleich hinausgeäugt, die ihm fremde Welt der anderen beobachtet.

Basilius senkte den Kopf, ließ sich auf den Schemel nieder, schien sich die ganze Sache durch den Kopf gehen zu lassen. Das Traktorfahren könnte ihn überzeugen. Die Mutter kannte ihr Kind, wusste, dass es Zeit und Neugierde brauchte, um vielleicht tatsächlich mitzugehen. Mitzufahren. Deshalb ließ sie den Buben da sitzen, zog sich inzwischen selbst Schuhe an und betrat die Stube, um eine Taschenlampe aus der Lade der Kommode zu kramen. Das letzte Stück müssten sie zu Fuß gehen, bis dahin würde es schon dunkel sein. Dann schaute sie den Türspalt hinaus und sah, wie Basilius an der Haustüre durch das Schlüsselloch lugte, die Schnalle vorsichtig drückte, sich auf die Knie senkte, die Türe langsam öffnete und sich getraute, zumindest einmal beide Hände auf den Vorleger draußen zu setzen. Das war riskant. Vielleicht ging gerade jemand am Haus vorbei und sah den Jungen. Erna war es egal. Jetzt oder nie. Sie ging zu Basilius, öffnete die Türe ganz und schaute liebevoll auf ihn hinab. Er seinerseits schaute zu ihr hinauf, die Mundwinkel erst nach unten gebogen. Und als Mamas Augen nicht aufhörten zu glänzen, wanderten seine Mundwinkel nach oben und zauberten ihm ein Lächeln ins Gesicht. Erna zog sich und den Buben fertig an, setzte einen ihrer eleganten Hüte auf, hielt Basilius die Hand hin.

Sie stellte den Traktor in der Nähe des Pianzer Wasserfalls ab, damit die Bewohner des nahen Bergdorfes Pianz ihn nicht hören würden. Es dämmerte bereits. Bis zum See mussten die beiden noch etwa eine Stunde laufen, wenngleich Erna eine Abkürzung kannte, die es ihnen erlaubte, das Dorf zu umgehen, ungesehen zu bleiben, wie sich dieses Versteck-Spiel nun einmal zur Gewohnheit eingeschlichen hatte. Basilius war ängstlich. Jede Wurzel schien ihm ein unüberwindbares Hindernis zu sein. So würden die beiden Stunden brauchen, um an den See zu gelangen. Erna nahm den Buben Huckepack, und dass er ihr mit der Taschenlampe den Weg leuchten durfte, lenkte den Buben mehr und mehr ab – von der unheimlichen Stille. Die darin eingebetteten kleinen Geräusche des Windes und der Tiere des Waldes ... hier!, und dann ganz unerwartet ... dort!, so, als beobachteten und erschreckten sie als Gespenster die beiden absichtlich, wehrten sich auf diese Weise gegen die fremden, ungewohnten Schritte. Basilius umklammerte die Geborgenheit, die Wärme und den Schutz der Mutter ganz fest, beruhigte sich zusehends, fand mehr und mehr Spaß an dem Abenteuer. Allmählich schien es ihm sogar der schönste Geburtstag zu sein, den er je erlebt hatte. In Erna hingegen wuchs die Angst, glaubte sie, Schritte zu hören, die nicht von Tieren, die von einem Menschen gemacht wurden. Sie drehte sich um. Irgendwas leuchtete auf. Eine Taschenlampe? Erna schaute zum Vollmond, hoffte, dass der nur etwas auf dem Waldboden Liegendes reflektiert hatte. Ein zerbrochenes Glas vielleicht. Bestimmt. Da, da waren sie wieder: das Licht und die Schritte, die nicht hierher gehörten. Basilius merkte, dass die Mutter eilte, ja, fast rannte. Er fand das lustig und schrie in die Dunkelheit hinein, um seinerseits die Waldgeister zu erschrecken.

Das versprochene Geschenk, der Bergsee, war tatsächlich das weitaus atemberaubendste, das ihm die Mutter je beschert hatte. Oben leuchteten der Mond und die Sterne, und unten im Wasser – auch. Was für eine Wanne! Er wollte sich schon seiner Kleider entledigen, um hineinzuspringen, da ergriff die Mama seine Hand und deutete ans andere Ufer.

»Heute nicht, Basilius. Da drüben sind zwei Mädchen. Die dürfen uns nicht entdecken.«

Eigentlich hatte sie erwartet, der Knabe würde ausrasten. Als der aber sah, dass die beiden nackt am Ufer der *Badewanne* lagen, war er dermaßen beeindruckt, dass jede andere Gefühlsregung, außer die eines wundersamen Erstarrt-Seins über so viel Schönheit, in ihm erstickte. Ohne Widerstand ließ er sich von der Mutter wegziehen, andauernd den Kopf zu den Mädchen drehend, in einer Welt kreisend, die ihm ganz allein gehörte. Erna knipste die Taschenlampe aus. Jetzt war sie sich sicher, jemanden hinter dem nicht allzu weit entfernten Holunderbusch zu sehen, wenngleich der Vollmond nicht besonders viel Licht schenkte. Gott sei Dank! Sie erkannte den alten Damian, den gutherzigen Schulleiter aus Aach. Sollte sie ihm hier und jetzt ihren Sohn vorstellen? Er hätte sie verstanden, sie getröstet. Die mit tausend und abertausend nicht beantworteten Fragen an das Leben überschüttete, gute Frau, die in Selbstmitleid suhlende Mutter war nahe daran, es zu tun, war dieser liebe Mann da drüben der wohl offenste und kinderliebendste des wahrscheinlich ganzen Tals. Im Gegensatz zu ihrem eigenen Mann, der wutentbrannt in der Haustüre stand, als Erna viel zu spät, es war schon weit über elf Uhr nachts, den Traktor über die Rampe in den Heustadel fuhr ...

›Was kann denn das Kind dafür!‹, schrie Erna innerlich zu Jesus am Kruzifix hinauf. ›Weshalb strafst du ihn? Da sind genug sündige Menschen, an denen du deinen Hass ausleben kannst! ...‹

Abwechselnd schaute sie zu Wilhelm, der verkrampft und besoffen auf dem Kanapee saß und sich immer wieder mit den Handballen auf die Schläfen klopfte, und zur Mutter, zu der in sich selbst greifenden Seele – bigott, rosenkranzsüchtig, dem Teufel näher als den Perlen der Vergebung.

›... Warum an meinem unschuldigen Sohn?‹

»Hab' Geburtstag!«, schrie Basilius. »Hab' Geburtstag! Krieg' Mond und Sterne und Schläge geschenkt! Hab' Geburtstag!«

Jesus am Kreuz stimmte in den erneut wehklagenden, eintönigen Laut des behinderten Knaben ein, selbstzweifelnd an seinem eigenen Werk da unten. Ernas Mutter Sonja auf der Stubenbank hob ihre ineinander greifenden Hände zu ihm empor.

»Oh, mein Gott! Oh, mein Gott! Oh, mein ...«

Sie verstummte, als gleichzeitig die Wanduhr und die Kirchenuhr Einhalt geboten, weiter zu freveln. *Ding ... dong ... ding ...* – zwölfmal – *... dong!* Das Blut aus Jesu Ohren spritzte wie ein Wasserfall, seine Augen waren offen, feurig und entschlossen. Die Finger hatten sich zu Fäusten geballt.

»Schluss jetzt!«

Ruckartig hatte sich Wilhelm vom Kanapee erhoben.

»Schluss jetzt!«

Erna, das Kind in ihrem Busen Trost suchend, und Sonja, im Gebet Trost suchend, schauten ihn verwundert an.

»Schluss jetzt!«

Wilhelm raufte sich die Haare.

»Schluss jetzt!«

Er konnte es doch nicht zulassen, dass der in seinem Hirn tobende, sich ausbreitende Wahn seine so mühselig erschaffene, kluge, ansehnliche, reiche, erfüllte, geliebte, zufriedene, tröstende, lebendige, gestreichelte, liebgekoste, zärtliche, selbstgefällige Welt zerstören würde – durch Kirchengeläut, durch Mutterhände, durch blutende Kruzifixe, durch in die Seele eindringende Kinderaugen!

Nein! Nein! Nein! Nein! Nein!

»Schluss jetzt!«

3
Klara und Franziskus

Zwölfmal läutete die von Bruder Bernhard in Schwung gebrachte Kirchenglocke des Franziskanerklosters, das auf einer Anhöhe des kleinen Dorfes Hausen lag, nur wenige Kilometer von Aach entfernt. Majestätisch und mächtig schien es über das ganze Tal Montsilva zu schauen und zu wachen. Schwester Veronika zeichnete dem alt gewordenen, vor wenigen Stunden verstorbenen Abt Konrad mit ihrem Daumen das Kreuz auf dessen Stirn, starrte ihn verachtend an, mit einem boshaften Blick, so sehr angewidert, dass sie beinahe Angst bekam, Konrad könnte den Tod überlisten, aufwachen und ihr an die Gurgel springen.

Seit mehr als dreißig Jahren lebte und arbeitete Veronika als Schwester im Franziskanerkloster. Seit fast dreißig Jahren redete sie nur selten, sodass die Mitbrüder und Mitschwestern manchmal glaubten, sie habe ein Schweigegelübde abgelegt, was aber nicht der Fall war. In jungen Jahren war Veronika ein glücklicher Mensch gewesen. Sie dachte an ihre erste Begegnung mit ihrer damaligen Freundin Elisabeth, die in dem kleinen Bergdorf Pianz oberhalb von Aach gelebt hatte.

... [Veronika quälte sich durch den dicht bewachsenen Wald, bei jedem Schritt durch das unwegsame Unterholz darauf achtend, nicht mit den Füßen umzuknicken. Der Ausflug hatte sich gelohnt. Ihr Korb war randvoll mit Eierschwammerl, Parasolen und Steinpilzen. Endlich erreichte sie den Weg, der über die Brücke der Montsilver Ache ins Dorf führte. Da stand ein etwa vierzehnjähriges Mädchen vor ihr. Es wollte offensichtlich ebenfalls nach Aach, doch ein paar Burschen verwehrten ihm den Zugang zur Brücke. Die Maid wirkte furchtlos. Veronika trat zu ihr hin, nahm sie an der Hand und ging mit ihr auf die Buben zu, die den Weg freigaben. Mit einer jungen Nonne wollten sie sich nun doch nicht anlegen, die Furcht vor Gottes Zorn war wohl zu groß.

»Wie heißt du?«

»Elisabeth. Und du?«

»Schwester Veronika. Wohnst du hier?«

»Nein. Oben im Dorf. Woher bist du? Ich habe dich hier noch nie gesehen.«

»Ich lebe drei Dörfer weiter im Franziskanerkloster. Kennst du es?«

»Ja. Einmal ging ich daran vorbei.«

»Du kannst mich ja besuchen kommen. Ich würde mich freuen.«

Die beiden erreichten das Dorf. Noch immer hielten sie sich die Hände ...

Ein paar Tage später besuchte Elisabeth erstmals Veronika, die ihr das Kloster zeigte. Wie beeindruckt das Mädchen von den mächtigen Mauern und den riesigen Räumen war! Von diesem Reichtum, der sie umgab, der sie in ihrer Armut ein wenig beschämte. Manches Mal übernachtete Elisabeth im Kloster, und dann strich sie Veronika vor dem Schlafengehen über deren kurzes, schwarzes Haar, beteuerte ihr, wie schön sie sei. Welch ein Kompliment aus dem Munde des wohl hübschesten Mädchens auf Gottes Erden! Große, blaue Augen. Gestrichen braune Augenbrauen. Eine feine, gerade Nase. Kirschrote, volle Lippen. Weiße Zähne. Langes, ein wenig gewelltes, blondes Haar. Eine zarte Haut, leicht gebräunt. Eine bereits frauliche Figur: wohlgeformter Busen, schmale Taille, ein beneidenswert schönes, kräftiges Gesäß. Veronika war sich plötzlich ganz unsicher, den richtigen Schritt in ihrem Leben gemacht zu haben – strauchelte beinahe über größtes sündiges Verlangen nach diesem teuflisch schönen Weib an ihrer Gottliebe.

Und dann verriet sie die Begehrte in deren größter Not, und anstatt Beistand und Fürsorge zu schenken, warf sie ihr dreißig Silberlinge zu, verjagte die ihr plötzlich zu einem schwarzen Schaf in Gottes Herde gewordene Freundin und verbannte sie in ein Leben, das keine schützenden Zäune beherbergen würde, um sich vor reißenden Wölfen in Sicherheit zu bringen. Veronika konnte sich ihre Untat nicht verzeihen, und ihr schlechtes Gewissen plagte sie fortan. Gottes Strafe ließ nicht lange auf sich warten. Der verfluchte alte, hässliche Abt Konrad vergewaltigte sie wenige Zeit später zwischen den mittelalterlichen lateinischen Schriften in der Klosterbibliothek.] ...   [*Die Töchter*]

Veronika zuckte zusammen. Bruder Bernhard hatte die Glocke abermals zum Klingen gebracht. Jetzt entzündete die Schwester zwölf Kerzen rund um das Totenbett und rief dazu die Apostel an, wie es in diesem Kloster üblich war, die Lippen kaum bewegend, gerade noch so laut, dass die Mitbrüder und Mitschwestern ihr erbarmungsloses ›Amen‹ anhängen konnten. Der hassdurchtränkten Gedanken gegenüber dieser Kreatur da vor ihr, die seit Jahren in Veronika brodelten, konnte sie sich auch an diesem Ort der verlangten Trauer und des erwarteten Respekts nicht erwehren.

»Im Namen des Simon Petrus« – ›der dir an der Pforte des Himmels den Einlass verwehren soll.‹ – »Amen.« – *Ding.*

»Im Namen des Andreas« – ›der dich zusammen mit Johannes dem Täufer immer wieder im Jordan tunken soll.‹ – »Amen.« – *Dong.*

»Im Namen Jakobus des Älteren« – ›der dir mit einem Schwert in die Brust stechen soll.‹ – »Amen.« – *Ding.*

»Im Namen des Thomas« – ›der mit seinen Fingern in deinen Wunden herumstochern soll.‹ – »Amen.« – *Dong.*

»Im Namen des Philippus« – ›der dich an trockenem Brot ersticken lassen soll.‹ – »Amen.« – *Ding.*

»Im Namen Jakobus des Jüngeren« – ›der dir mit einer Keule deinen verfluchten Schwanz malträtieren soll.‹ – »Amen.« – *Dong.*

»Im Namen des Bartholomäus« – ›der dich kopfüber ans Kreuz nageln soll.‹ – »Amen.« – *Ding.*

»Im Namen des Johannes« – ›der dich vermodern lassen soll.‹ – »Amen.« – *Dong.*

»Im Namen des Judas Thaddäus« – ›der dich mit seiner Hellebarde aufspießen soll.‹ – »Amen.« – *Ding.*

»Im Namen Simon Zelotes« – ›der deinen Körper in kleine Stücke zersägen soll.‹ – »Amen« – *Dong.*

»Im Namen Judas Iskariot« – ›der dich dem Teufel ausliefern und dein Fleisch in der Hölle braten soll.‹ – »Amen.« – *Ding.*

»Im Namen Matthäus Levi« – ›der uns ein Festmahl bereite, damit wir deinen Tod feiern können.‹ – »Amen.« – *Dong.*

Darauf freute sich Veronika. Dass Konrad endlich in die Hölle, seine eigentliche Heimat, gerufen worden war, forderte eine üppige Mahlzeit und einen überaus fröhlichen, ausschweifenden Leichenschmaus.

Außerdem würde sie dann Bruder Franziskus und Schwester Klara nahe sein können, die gestern das Kloster aufgesucht hatten. Beide aus Italien stammend. Beide auf einer langen Pilgerreise. War ihre Vermutung gewesen. Ein reicher Mann hatte sie wohl in seiner Kutsche des Weges mitgenommen, war dann offensichtlich so schwer erkrankt, dass sein mit Wunden übersäter Körper an den eines Aussätzigen erinnerte. Hatte sie geglaubt. Dem war aber nicht so! Franziskus und Klara waren mit der Bitte nach Unterkunft im Kloster gekommen, um den leidenden Mann, der hinter ihnen im Wagen stöhnte und schnaufte, gesund pflegen zu können. Vom ersten Moment an war Veronika von dem jungen Bruder und der jungen Schwester fasziniert gewesen, bargen die beiden einerseits mystisch Geheimnisvolles in sich, strahlten sie andererseits Güte und Wärme aus. Und das gemeinsame Erlebnis mit Franziskus und Klara vorige Nacht würde Veronikas Leben, würde ihre Sicht dem Leben gegenüber drastisch prägen, verändern.

Was die beiden ihr erzählt hatten, war eng mit der Geschichte Elisabeths verbunden gewesen. Elisabeth. Wie nur war es der Freundin in deren Leben ergangen?

… [Elisabeths Bruder Jakob war zwei Jahre jünger als sie, und nicht nur er war in seine vierzehnjährige Schwester verliebt. Die ganze männliche Bevölkerung von Pianz schien nach ihr verrückt zu sein. Doch nur ihm war es vergönnt, der hübschen Maid zuzuschauen, wie sie sich nackt am Brunnen hinter dem Haus wusch. Er prägte sich dieses schöne Bild der Schwester so sehr ein, dass es ihm ein Leichtes war, sie zuerst mit Kohlestiften auf Papier zu zeichnen, um sie dann lebensgroß als Heilige Klara in Holz zu schnitzen. Jakob war ein begnadeter Bildhauer, Elisabeths Körper ihm häufig Inspiration für seine Figuren. Es fiel ihm schwer, der Heiligen Klara ein Gewand überzustülpen. So schmiegte er die braune Kutte unnatürlich eng an ihren Körper, damit diese sündhaft makellose Figur – Gottes Meisterwerk! – zur Geltung kam. Und auch eine blonde Strähne ihres langen Haares, das keinesfalls abgeschnitten werden durfte, deutete er unter der Kapuze an. Ja, die Skulptur war wunderschön. Jakobs kurz darauf geschnitzter Franziskus hatte die Gesichtszüge seines Freundes Lukas, seines einzigen Freundes, der unten in Aach eine Schnitzer-Werkstätte besaß.

Lukas war es, der das außergewöhnliche Talent des Buben sofort erkannt hatte, der ihm gute Ratschläge für das Handwerk geben konnte, der Zeit für den armen, traurigen, schweigsamen Jakob hatte, sich seiner annahm. Er wusste, dass der seit dem Tod des Vaters stotternde Bub (Jakob war damals gerade mal ein Jahr alt gewesen, als dieser im Holz verunglückt war) sowie seine Schwester Elisabeth in Pianz und auch in Aach gemieden wurden, da die Menschen glaubten, ihre Mutter Eva wäre eine Hexe. Schwachsinn! Die drei da oben waren gute Menschen, hatten es vor allem finanziell nicht immer leicht.

Wenn Lukas und Jakob zusammen in der Werkstätte schnitzten, beobachtete der Junge den in seine Arbeit vertieften, schönen, jungen Mann. Seine feinen Gesichtszüge. Seine Sanftmut und Frieden ausstrahlenden braunen Augen. Die schmalen, zarten Hände. Ja, niemand anderer als Lukas hätte für Jakobs Heiligen Franziskus mehr Vorbild sein können.

Pfarrer Lorenz aus Aach war von der Heiligen Klara begeistert, als er sie in der Schnitzer-Werkstätte entdeckte. Lukas bemerkte dessen Stilaugen, wusste, dass Lorenz ein Getriebener seiner sündhaften Fantasien war, verhandelte geschickt, die Figur sei nur zusammen mit dem Heiligen Franziskus zu verkaufen, und schlussendlich konnte er seinem Freund Jakob einen Beutel voll Münzen in die weit ausgestreckte Hand legen. Wie stolz der Bub war! Wie sehr er sich darauf freute, das viele Geld seiner Mutter Eva überreichen zu können!

Elisabeth und Jakob schliefen auf dem teils mit Stroh ausgelegten Dachboden über der Stube, der zur Küche hin offen war. Draußen war es schon dunkel. Jakob konnte nicht schlafen. Er dachte an seine schöne Schwester, wie die sich nackt am Brunnen wusch. Dann hörte er sie, wie sie die Leiter emporstieg. Sah die Konturen ihres Körpers, der sich dunkel vom hell durchleuchteten Nachthemd abhob, als Elisabeth auf Zehenspitzen die von der Decke herunterhängende Petroleumlampe ausblasen wollte. Seine Hand umfasste wie gelenkt sein steif gewordenes Glied unter der Decke. Er rieb daran. Elisabeth schaute in die traurigen Augen ihres Bruders.

»Lass! Ich mach' das schon!«

Und sie legte Hand an und führte Jakob zu seinem bisher schönsten Orgasmus.

»Schlaf gut, lieber Bruder!« ...

Jakob wusste, dass der sommersprossige Nachbarsjunge Peter, der manchmal über das boshafte Dorfgetratsche hinwegsah und Zeit mit dem Gesindel in dem kleinen Haus am Waldrand da oben verbrachte, in Elisabeth verliebt war, dass der sie heiraten wollte. Nichts da! Jetzt gehörte die Schwester ihm! Er war ihr Geliebter. Sie aber wollte davon nichts wissen.

»Jakob, lass mich! Wir sind kein Liebespaar. Ich bin deine Schwester! Ich habe dir nur helfen wollen. Einmal!«

Verbitterung und Furcht füllten die Nächte und Tage des Buben. Elisabeth zog in die Kammer der Mutter, Eva schlief fortan in der Stube auf der Ofenbank. Er war alleine, zog sich über die Jahre hinweg immer mehr in seine einsame Welt zurück. In seinen Stadel. Übernachtete immer öfter dort. Deckte sich mit Kälte und einem sich zusehends einschleichenden Wahn zu. Schnitzte eine Figur nach der anderen. Häufig blieb Elisabeth nächtelang weg, hatte bestimmt einen Liebhaber. Diese Hure!

Dass sie nur eine Freundin im Franziskanerkloster besucht hatte, wusste Jakob nicht. Er war wie von Sinnen, schloss die Tür der *Kapelle zur Heiligen Eva*, in der Elisabeth an diesem heißen Tag nach dem langen Marsch von Hausen hierher nach Pianz Abkühlung suchte, hinter sich zu. Verriegelte sie. Die aufgestaute Begierde nach der fleischigen Schwester musste endlich befriedigt werden. Jakob packte Elisabeth, die sich mit Händen und Füßen und lautem Gebrüll zu wehren suchte, zerriss ihr Kleid, stillte seinen jahrelangen Hunger an ihrem Busen, drang in sie ein. Ohrenbetäubend hallte sein Schrei in der kleinen Kapelle und wohl über dem Dorf und im ganzen Tal.

Elisabeth war schwanger. Vom eigenen Bruder. Dass das Kind in ihrem Leib tot war, wusste sie nicht. Wohl aber ihre Mutter Eva, als diese die Hand auf den schwangeren Bauch der schlafenden Tochter legte. Ihre Angst um Elisabeth – sie würde sterben, holte man das Kind nicht schnell aus ihrem Körper – veranlasste Eva, ihre Freundin Katharina, die Hebamme unten in Aach, mit einer großen Bitte aufzusuchen. Widerstrebend willigte Katharina schließlich ein, begleitete Eva auf deren schweren Weg Richtung Heimat, die künftig keine mehr sein würde. Das spürte Eva. Die beiden Frauen betäubten Elisabeth, die sich in der Kammer zur Ruhe gelegt hatte, mit einem mit Äther befeuchteten Tuch, und die Hebamme führte eine in Alkohol desinfizierte Stricknadel in die Gebärmutter der schwangeren Tochter Evas ...

»Warum hast du das getan, Mama? Warum hast du mein Kind getötet?«

»So glaub mir doch, Elisabeth! Das Kind war bereits tot und hätte auch dich nicht überleben lassen!«

»Verdammte Lügnerin! ...«

Elisabeth sank in die Knie, drückte ihre Beine an den Körper. Ihr Unterleib und das Mutterherz brannten wie die Hölle.

»... Du bist die Hexe, als die du bezichtigt wirst. Die Leute sprechen wahr. Eine gottverlassene Hexe! Ein Werkzeug des Teufels!«

Eva vergrub ihr Gesicht in den Händen und weinte bitterlich. An diesem Abend verschloss sie der Welt ihre Ohren.

Als Elisabeth sich körperlich einigermaßen erholt hatte, verließ sie die Heimat, die keine mehr war, suchte Zuflucht bei ihrer Freundin Veronika im Franziskanerkloster. Der Weg war für die geschwächte junge Frau zu weit gewesen, und Elisabeth brach vor den Toren des Klosters zusammen, wo sie Bruder Bernhard und Bruder Johannes fanden und in die Krankenstation trugen.

Veronika zuckte das Herz, als sie Elisabeth erkannte. Sie und Abt Konrad kümmerten sich um die arme Schwester.

Elisabeth fühlte das Schweißtuch auf ihrer Stirn. Veronika saß neben ihr auf dem Bett und kühlte die hitzige Freundin, die seit Tagen und Nächten mit dem Teufel im Fegefeuer der nicht mehr zu ertragenden Todesqualen gerungen hatte, ihn und Gott und die Mutter mit Flüchen und wüsten Beschimpfungen beworfen hatte, verkrampft gewesen war, bemüht, endlich den Schmerz aus ihrem Körper zu schütteln – nach Erlösung hechelnd.

»Veronika.«

»Es wird alles gut, liebe Freundin. Das Schlimmste hast du überstanden.«

»Nichts wird gut.«

Der Schlaf raubte Elisabeth abermals die Sinne. Das kleine, unschuldige Herz Veronikas war mit Cassius' Lanze durchbohrt, und das Blut Jesu rann über ihre verzweifelte Seele, vermochte nicht, der lieben Freundin zu vergeben. Kein Wasser, nicht einmal das aus dem Körper des Gekreuzigten strömende, konnte all das in den letzten Tagen Erlebte und Gehörte reinigen.

Dass die Freundin ihr dann die Vergewaltigung des Bruders, den Kindesmord der Mutter anvertraute, war zu viel für das junge, unerfahrene, keusche, reine Leben Veronikas, und sie wollte Elisabeth, die zumindest körperlich erneut einigermaßen gesundet war, schnellstmöglich loswerden. Besuch von Schwestern und Brüdern habe sich angekündigt. Die Kammer müsse frei gemacht werden. Viel Arbeit warte auf alle im Kloster.

Wenigstens hatte das verlogene Miststück ihr ein wenig Geld mitgegeben, und Elisabeth betrank sich noch am selben Abend in der *Traube* in Hausen. Erwin, der Wirt, hatte Mitleid mit der armen, jungen, hübschen Frau. Er bot ihr an, bei ihm als Kellnerin zu arbeiten, und in den nächsten Jahren verdrehte die schöne Elisabeth so manchem Mann den Kopf, auch Pfarrer Lorenz, der eines Tages in die Gaststube trat, ein kleines Mädchen an der Hand. Anna. Dass sie die Tochter der Hebamme Katharina war, wusste Elisabeth nicht. Dass dieses kleine Geschöpf einmal ihre beste Freundin, Geliebte, Lebensgefährtin sein würde – war ihr und des Mädchens Schicksal.

Als Elisabeth Jahre später erneut schwanger war – weiß Gott, von wem! –, kümmerte sich die zur jungen Frau herangewachsene Anna um die Freundin, würde ihr bei der Geburt beistehen, hatte sie das Handwerk einer Hebamme bei ihrer inzwischen verstorbenen Mutter gelernt. Anna überredete Elisabeth, zurück nach Pianz zu gehen. Zu Eva. Im Herzen einer Mutter finde man Platz, hatte auch Erwin auf seinem Totenbett gemeint.

»Geh zu ihr!« ...

Eva war stumm und taub, was Elisabeth sehr angenehm war. Niemals hätte sie sich eingestanden, dass sie, jetzt zwei Herzen in ihrem Körper schlagend, so vieles vermisste, was ihr der eigene Wille zu hassen gebot. Die tröstende Umarmung der Mutter bei Donner und Blitzschlag. Das angenehme Kribbeln an den Zehen in kalten Winternächten, wenn sie unter der Decke ihre Füße an denen der Mutter gewärmt hatte. Elisabeth hatte trotz vieler Entbehrungen eine wunderschöne Kindheit gehabt. Geborgen. Geliebt. Von Eva. Am meisten vermisste sie das warme Herz und die warmen Hände der Mutter. – Nein. Nicht die Mutter! Schwarze Wolken verdunkelten die hellen, reinen Gedanken. Der Regen weichte das alte Moos auf dem Dach ihrer Kindheit auf. Elisabeth roch die Fäulnis, die sich im ganzen Haus ausbreitete, den Schweiß und Samen der Vergewaltigung, durchlebte wieder und wieder die Folter in der Kammer.

Am wenigsten ertrug Jakob den pulsierenden Bauch seiner Schwester. Er konnte es nicht ertragen, dass ein anderer Mann Elisabeth geschwängert hatte. Gottverdammter Hurenbock! Jakob fertigte ein letztes Kruzifix, schnitzte all seine Flüche und seinen Schmerz Schnitt für Schnitt in den mit ihm leiden sollenden Christus, goss schwarze Farbe über den Gekreuzigten, überließ es dem Zufall, in welchen Rinnen und Ecken diese sich festbeißen würde. Auf die kleine Tafel über dem Haupt Jesu Christi schrieb er anstatt I.N.R.I. seinen Namen: J.A.K.O.B. – Jakob am Kreuz, Opfer seiner Begierde. Er nahm das fertige Kruzifix – sein Meisterwerk! – und steckte es in die Erde unter den Eichenbaum vor dem Haus. Das war sein Testament. Dann ging er zurück in den Stadel und erhängte sich ...

Draußen donnerte und blitzte es beinahe gleichzeitig, als Elisabeths kleine Tochter Maria zur Welt kam. Eva lag nebenan in der Stube auf der Ofenbank und nahm wahr, wie der kleine Körper des Mädchens das Leben einatmete und seine Ankunft in das Unwetter hinausschrie. Jesu Augen am Kruzifix öffneten sich, und Eva legte den Heiland in ihre Augen und deckte ihn sanft mit ihren Augenlidern zu. Was für ein wundersames Schicksal, in dem Moment zu sterben, in dem die kleine Maria geboren wurde. Zwischen Jenseits und Diesseits begleitete sie von nun an die Enkelin, erschien ihr und bescherte dem Mädchen übersinnliche Kräfte. Heilende Hände.

Maria, das wunderbare Mädchen, das Gott selbst uns in die Erden-Wiege gelegt hat, damit wir in seinen Kinderaugen das Gute auf dieser Welt erkennen, nach dem wir uns alle so sehr sehnen. Als wäre dieses Kind die Wiedergeburt unserer Muttergottes.

Inzwischen war Maria zwölf Jahre alt. Sie war ein hübsches Mädchen mit magisch großen, blauen Augen und schwarzgelockten, halblangen Haaren. Ihre beste Freundin Sarah war fünfzehn und die Einzige, die von Marias Geheimnis, von ihren übernatürlichen Fähigkeiten wusste. Sarah lebte zusammen mit ihrer Mutter Paula unten in Aach im Pfarrhof – bei Lorenz, der mehr und mehr von seiner schönen Pfarrersgehilfin und deren noch schöneren Tochter besessen war, besonders von Sarahs makellos braungebrannter Haut, von ihren dunklen Augen und ihrem langen schwarzen Haar.

Gemeinsam wuschen Paula und Sarah die schmutzige Wäsche im erhitzten Kessel der Waschküche und hängten sie an der Leine auf. Plötzlich öffnete sich die Türe. Lorenz stand auf der Schwelle zur bevorstehenden Tragödie, eine Peitsche, die ein grausames Stück ankündigte, in der Hand. Paula und Sarah drängten sich in die hinterste Ecke, um den funkelnden, bösen Augen Lorenz' zu entgehen. Der Hauptdarsteller betrat seine Bühne, bereit, ganz in der Rolle aufzugehen, seinen Monolog Gott zu widmen. Er verriegelte die Türe, zog die Soutane aus, war ganz nackt darunter, forderte sein Publikum auf.

»Na los, ihr beiden! Tut es mir gleich! – Wird's bald!«

Paula und Sarah umarmten sich weinend, versuchten, sich gegenseitig zu schützen. Lorenz war wie von Sinnen. Er peitschte zuerst in die Luft, dann auf die sündigen Körper der elenden Weiber.

»Zieht-euch-aus-ihr-Gott-verdammten-Huren.«

Sie taten es nicht. Die Peitschenhiebe hatten aber Risse in die Kleider geschnitten, sodass das wunde Fleisch und das rinnende Blut an den Körpern zu sehen war. Lorenz war dermaßen erregt, dass sein steifes Glied gen Himmel ragte. Wasser tropfte in den Steinbrunnen, hallte in seinen Ohren wie das auffordernde Klatschen des Publikums, es möge seiner Darbietung Kraft und Ausdruck verleihen. Abwechselnd peitschte er auf sich und auf die Frauen ein, ließ sein Foltergerät fallen, sank in die Knie, schrie noch einmal laut auf, legte sich, die Arme und Beine ausgestreckt, bäuchlings auf den Boden. Leise, ganz leise sang er: »O-oh, Ma-a-ri-i-ia hilf!« ...

Das alte Haus oben am Waldrand von Pianz endlich erreicht, verstört und ausgepumpt, erzählte die geschundene Sarah unter Tränen ihrer Freundin Maria und auch Elisabeth und deren Lebensgefährtin Anna bis ins Kleinste, was geschehen war, bat Maria, ihr und ihrer Mutter Paula zu helfen.

»Tust du es?«

Elisabeth und Anna schauten sich fragend an, wie Sarah dies wohl gemeint haben könnte. Dann wurden sie Zeuginnen des Wunders. Maria nickte und führte Sarah hinter das Haus zum Brunnen, half ihr, sich auszuziehen. Sie tauchte ihre Hände ins frische Quellwasser und strich mit den Fingern über Sarahs teils verkrustete, teils noch immer blutende Wunden. Sogleich versickerten diese wie rieselnder Sand in der Haut. Die Gruben und Furchen, die blauen und gelben Tümpel in Sarahs Fleisch und ihrem Herzen verschlossen sich vor den Augen der beiden ungläubigen Frauen. Das ... das konnte nicht sein. Elisabeth wusste, dass ihre Tochter ein besonderes Kind war. Dass sie solche Fähigkeiten hatte, das war ihr verborgen geblieben, und Maria war glücklich, ihr Geheimnis der Mutter gegenüber endlich preisgegeben haben zu dürfen. Die Großmutter hatte es ihr erlaubt.

»Wie ... wie ist das ... möglich?«, stotterte Elisabeth.

»Deine Mama!«, sagte Maria knapp.

»Mama?«

»Sie ist hier.«

»Sie ist – wo?«

»Hier. Gleich neben mir. Sie sitzt auf dem Brunnentrog und schaut dich an. Sie lächelt.«

Wie schlafwandelnd streckte Elisabeth ihre Arme aus, tastete blind nach der Mutter. Plötzlich zuckte die endlich, endlich gestillte Sehnsucht durch ihren Körper. Elisabeth spürte die wärmenden Hände Evas in den ihrigen. Das warme Herz der vermissten Mutter. Die wärmenden Füße auf ihren nackten, kalten Zehen. Die Umarmung. Das Verzeihen. Den Frieden, den sie mit der Mutter und auch mit Jakob in diesem Moment schloss. Elisabeth war Kind. Durfte endlich, endlich wieder eines sein. Und Elisabeth hatte wieder einen Bruder ...

Maria machte sich auf den Weg nach Aach. Die Nadelbäume schreckten zurück, fürchteten sich vor den einschlagenden Blitzen, vor dem aufgebrachten, tobenden Sturm, dessen Zorn sich in Hagelkörner verwandelt hatte. Kalt, hart und unbarmherzig quälten diese Himmel und Erde, die sich heute in Gestalt des Lorenz' auf grausamste Art und Weise gegen Gott und Maria versündigt hatten. Das Mädchen fürchtete sich nicht, hatte es das Unwetter selbst aus seinem verzweifelten Inneren heraufbeschworen. Ohne Gesicht, ohne Herz schritt Maria ihrer Rache für Sarah entgegen.

Obwohl verschlossen, schnellte plötzlich die Kirchentüre auf. Lorenz, der rücklings auf dem Boden lag, versucht hatte, sein sündiges Tun Gott und Jesus und der Mutter Gottes und der eigenen Mutter gegenüber zu rechtfertigen, ihnen allen Mitschuld zugewiesen hatte, erschrak zu Tode. Maria trat ein, knallte die Pforte zur Unterwelt mit einer Handbewegung zu und befahl dem dreiköpfigen Höllenhund Zerberus, er möge sie geschlossen halten und niemandem Einlass gewähren.

»W-w-was w-willst du?«, stotterte Lorenz, als er die kleine Maria, die Freundin Sarahs, erkannte und unweigerlich wie ein Fisch auf trockenem Boden Richtung Altar zappelte. Damit hatte er sich seine ersten beiden Urteile selbst auferlegt. In der Dürre der Wüste, in die Lorenz seinen Jesus geschickt hatte, sollte er von nun an selbst im Sand kriechend und zuckend seine Gier nach den Wassern der Macht, des Mammons, des Verschmähens der selbst gepredigten Worte um das sechste Gebot nicht stillen können. Sollte stotternd um Vergebung flehen.

»Du hast mich gerufen. Da bin ich!«, antwortete Maria.

»I-i-ich h-hab' dich n-n-nicht gerufen.«

So sehr er sich bemühte, brachte Lorenz kaum ein gerades Wort heraus. Noch wies er diese Unfähigkeit seiner Angst zu. Er versuchte, aufzustehen. Das ständige Zucken in seinen Beinen aber verwehrte es ihm. Schweißperlen rannen ihm übers Gesicht. Das war sein drittes Urteil. Maria färbte sie schwarz, ließ sie zu Beulen anschwellen. Wie glühende Kohlen brannten sie sich in die Haut ein. Lorenz schrie auf. Er griff mit den Händen an Wangen, Nase und Stirn, die so heiß waren, dass seine Finger wie Würste in einer Feuersglut dahinschmorten. Die Nägel fielen ihm ab. Das vierte Urteil.

Maria hob die Hand. Die Orgel fing an, Schuberts *Ave Maria* zu spielen, die Kirchenglocken begleiteten sie. Beide so laut, dass ganz Aach erstarrte. Maria ließ Lorenz im Kirchenraum schweben und beschwor alle Heiligen in den Fresken, in den Bildern und als geschnitzte Figuren in einen Chor einzustimmen, laut und kräftig und unauslöschlich. Das fünfte Urteil!

Gebrochen und gekrümmt winselte der Gepeinigte die kleine Maria um Gnade an, sie möge die lebendig gewordenen Figuren des Franziskus' und der Klara, seine Lieblingsheiligen, sich um ihn kümmern lassen. Die Bitte wurde ihm gewährt. Die beiden sollten dem Sünder

helfen, durch wahre Reue und Sühne zu Gott heimzu-
kehren. Noch am selben Abend klopften Franziskus und
Klara an das Tor des Klosters.] [*»Die Töchter«*]

Abt Konrad wich entsetzt und angeekelt zurück, als er den
Aussätzigen erblickte. Veronika, die neben ihm stand, dachte
sich: ›Viel besser siehst du auch nicht aus!‹
Franziskus wandte sich an den Abt.
»Schwester Klara und ich werden uns um die arme Seele
kümmern, sofern Euer gutes Herz bereit ist, uns alle drei im
Kloster aufzunehmen.«
Veronika wusste nicht, ob sich Konrads Herz öffnen würde,
ob das überhaupt denkbar war. Als sie aber die Stimme des
Franziskus hörte, weich und einfühlsam und doch ohne jegliche Verschnörkelung, öffnete sich das ihrige, und sie sah in
die warmen, sanften Augen des Bruders und stimmte in seinen
Sonnengesang ein. Nach dem Gebet schaute sie erwartungsvoll in Konrads Augen und merkte, dass dessen Blick dem
schönen Gesicht Klaras galt. Und ja, Klara war ein ungemein
hübsches Mädchen mit großen blauen Augen, mit gestrichen
braunen Augenbrauen und einer feinen, geraden Nase, mit
einem kirschroten Mund und weißen Zähnen.
Veronika wurde schwindelig, und sie fiel in sich zusammen.
Im letzten Augenblick fing Franziskus sie auf. Da lag sie in seinen Armen, da bückte sich auch die schöne Schwester zu ihr
herunter und streichelte ihre Wange. Veronika griff nach der
Hand Klaras und drückte sie zart. ›Vergib mir! – Elisabeth.‹
Es war wohl diesem hübschen Gesicht zu verdanken, dass
Konrad die drei tatsächlich aufnahm und ihnen eine Kam-
mer zuwies, die allerdings nicht in einem der beiden Haupt-
gebäude des Klosters lag, sondern im Stadel gleich neben den
Stallungen, möglichst weit weg von den Gesunden dieses
Ordens. Franziskus freute sich, war er hier den Tieren des
Klosters nahe.
In dieser Nacht konnte Veronika nicht schlafen, und es war

bestimmt schon drei Uhr vorbei, als sie barfuß in ihrem Nachtgewand, ohne Schleier und Kutte, die Treppe hinunter in den Hof hinaus schlich. Sie setzte sich unter den großen Kastanienbaum und lehnte an dessen Stamm. Aufmerksam lauschte sie den Geräuschen um sie herum. Aus den offenen Fenstern vernahm Veronika so manch leises Schnarchen, irgendjemand stöhnte, in der Baumkrone über ihr raschelte es. Vielleicht ein Eichhörnchen. Oder ein Vögelchen. Sie schaute sich um, dachte an Elisabeth. Gestern, gestern Abend war sie zurückgekehrt, sah fast noch genauso aus wie vor beinahe dreißig Jahren, war nicht gealtert, war verführerisch wie eh und je. Wollte Elisabeth sich an Veronika rächen? Da drüben, da drüben in der Kammer des Heustadels lag sie. Mit einem Mann. Als Ordensschwester getarnt? Waren die beiden ein Liebespaar? Logen sie allen etwas vor? Nein. Das konnte und durfte nicht sein. Die Güte, die beide ausstrahlten, tat gut. Die warmen Augen wärmten. Die angenehmen Stimmen beruhigten. Die Barmherzigkeit war herzlich. Alles an den beiden war echt. Sogar um einen Aussätzigen kümmerten sie sich. Zeigten keine Furcht. Abermals drückte das schlechte Gewissen auf Veronikas Brust. Sie bekam kaum Luft, atmete schwer. – Elisabeth.

Veronika war so in ihre Gedanken versunken, dass sie, wie von einer Ratte erschreckt (vor denen fürchtete sie sich ungemein!), blitzartig aufsprang, als eine Hand ihre Schulter berührte. Da standen Franziskus und Klara vor ihr.

»Alles ist gut, liebe Schwester«, beruhigte der Bruder, »wir wollten nur ein wenig Wasser aus dem Brunnen schöpfen, um den armen Kranken ein wenig zu säubern und ihn zu kühlen. Er windet sich vor Schmerzen und Hitze.«

Klara ergriff erneut Veronikas Hand.

»Da sahen wir dich, hätten dich ohne Kutte kaum erkannt. Was machst du hier um diese Zeit? Geht es dir gut?«

Ähnlich dem Kastanienbaum stand Veronika wie angewurzelt da, brachte kein Wort heraus. Die beiden waren splitternackt, als wäre das das Selbstverständlichste auf Gottes Erden.

Und jetzt schreckte sie die Ähnlichkeit Klaras mit Elisabeth noch mehr. Kein abgeschnittenes Haar, nein! – langes, blondes Haar. Eine makellose, leicht gebräunte Haut. Eine vollkommene Figur – aus den sinnlichen Gedanken eines Künstlers geformt.

»Komm, du kannst uns helfen!«, führte Klara Veronika an der Hand zum Brunnen. Dort drehte Franziskus an der Kurbel. Die alte Zisterne gab wie gewohnt ihren hohen, langgezogenen Laut von sich, dass Veronika aus ihrer Starre erwachte und augenblicklich ihre Stimme wiederfand.

»Ssssscht! Abt Konrad. Wenn der uns hört und uns so sieht!«

»Wie sieht?«, fragte Klara.

»Na, ich im Nachtgewand und ihr ganz nackt! Das verstößt gegen die Regeln des Klosters!«

Sogleich bereute sie ihre feigen Worte, war es ja Konrad selbst, der sich auf schändlichste Weise über eine dieser Regeln ihr gegenüber hinweggesetzt hatte, an Veronikas nacktem Körper, an ihrer nackten Seele. Doch gerade deshalb hätte sie am liebsten der ganzen Menschheit ein dickes braunes Habit übergezogen, um der verwerflichen Fleischeslust Einhalt zu gebieten. Da streckte Franziskus die Hand aus, und ein Eichhörnchen kletterte vom Baum, sprang über die Wiese zu ihm, stellte sich auf die Hinterpfoten; und ein Zeisig flog aus dem Baum, landete auf seiner Schulter, knabberte liebevoll an seinem Ohr, schien ihm etwas zuzuflüstern.

»Ja, so sehe ich das auch«, antwortete Franziskus und wandte sich an Veronika. »Entrüstest du dich gleichermaßen an dem nackten Gefieder des Vogels, an dem nackten Fell des Eichhörnchens? Oder scheint es dir natürlich, sie so zu betrachten, wie Gott sie schuf?«

»Das sind Tiere, die sich ihrer Nacktheit nicht bewusst sind. Uns Menschen wurde die Sünde im Garten Eden eingepflanzt, und seither tragen wir diese in uns. Wir können sie uns fernhalten, wenn wir uns eine braune Kutte überstülpen, so wie es uns der Heilige Franziskus vorgemacht hat ...«

In ihrem Redefluss wagte Veronika auch endlich, die Frage zu stellen, die sie, seit die beiden sich vorgestellt hatten, beschäftigte.

»... Weshalb habt ihr beiden euch so genannt?«

»Wie genannt?«, fragte Klara.

»Na eben – Franziskus und Klara – wie die Heiligen?«

Veronika wusste nicht, ob das grundsätzlich in ihrem Orden verboten war, üblich war es keinesfalls. Sie kannte niemanden, der sich diese Namen ausgesucht hätte. Empfand es anmaßend.

Franziskus schöpfte in einem kleinen Holzgefäß Wasser aus dem wieder heraufgekurbelten Eimer des Ziehbrunnens und ging Richtung Stadel. Der auffordernden Gestik Klaras folgte Veronika den beiden, beobachtete sie, wie sie den Kranken salbten (die Salbe hatte ihnen Bruder Bernhard aus der Klosterapotheke gebracht) und ihm befeuchtete Tücher auflegten. Der arme Mann wälzte sich, stöhnte, schien von Sinnen, gar nicht in dieser Welt zu sein. Auch er lag, abgesehen von einer Unterhose, nackt auf einer Decke im Stroh. Die schwarzen, blubbernd heißen Beulen auf seinem Körper, das ständige Zucken der Gliedmaßen, die Fingerkuppen, die keine Nägel mehr hatten und wie verbranntes, glühendes Fleisch aussahen, ekelten Veronika dermaßen, dass sie den Blick abwandte und sich unweigerlich wegdrehte.

»Wir tragen keine Erbsünde in uns. Das ist zurechtgelegtes Geschwätz Ungläubiger, die sich so die Seelen der Menschen erkaufen, um sie nach ihrem Willen zu formen ...«

Franziskus Stimme war nach wie vor weich, wenn auch bestimmt.

»... Gott hat uns die Nacktheit in jeder Geburt geschenkt. Sie ist das ehrlichste Gut in unserem Dasein. Manchmal schön wie die eines gebadeten Kindes, manchmal reizvoll wie die eines jungen, blühenden Weibes, manchmal vielleicht abstoßend wie die eines Aussätzigen, der es nur deshalb ist, weil wir ihn durch unser Angewidert-Sein ... aussetzen. Aber auch die kranken, mageren, aufgedunsenen, verschrumpelten, eingefallenen, mit Malen übersäten Körper sind das Zuhause einer vielleicht schönen, reinen, Liebe bedürftigen und Liebe spendenden Seele. Ein nackter Körper verbirgt keine Sünde in sich, schon gar keine von Adam und Eva vererbte. Die unreinen Gedanken an ihn und das unflätige Tun an ihm beherbergen die Sünde. Gott schämt sich seiner Schöpfung nicht. Wir Menschen sind es, die dies tun.«

Veronika drehte sich, von den Worten Franziskus' beeindruckt, wieder zu dem Kranken, kniete vor ihn nieder. Der Bruder reichte Veronika das Tuch. Dann tauchte sie es in das Wasser und tupfte die Wunden des Leidenden und seine heiße Stirn damit ab. Als dieser plötzlich die Augen öffnete und sie anstarrte, sagte sie ganz ruhig: »Pfarrer Lorenz aus Aach.«

»Ja. Pfarrer Lorenz aus Aach«, bestätigte Klara.

Jetzt erfuhr Veronika auch, weshalb die beiden sich Franziskus und Klara nannten – wie die Heiligen – nämlich, weil sie es tatsächlich waren. Sie erzählten von den Ereignissen des Vorabends, und Veronika hörte aufmerksam und angespannt zu, glaubte jedes Wort, denn es war die für sie schlüssigste Geschichte in ihrem Leben, auf die sie hingespart hatte. Die ihr jetzt kundgetan wurde.

Klara und Franziskus waren zwei hölzerne, mit aus Ehrfurcht und Demut gemischten Farben bemalte Figuren gewesen, erschaffen von Jakob, dem Bruder Elisabeths, deren Schönheit den Künstler so eingenommen haben musste, dass sie ihm offensichtlich Vorbild für seine Heilige Klara gewesen war. Und Elisabeths kleine Tochter Maria hatte den beiden Holzskulpturen Leben eingehaucht, um der verdorbenen Seele des Lorenz' beizustehen und diese zu läutern, damit Gott die schweren, schweren Sünden, die auf den Schultern des Priesters lasteten, vergebe ...

Unausgeschlafen, doch befreit von vielen Zwängen, vor allem von dem der Erbsünde, schaute Veronika beim gemeinsamen Frühstück in die Augen Konrads. Der konnte ihre durchbohrenden Blicke kaum ertragen, stopfte sich unentwegt Käse und Brot und Fisch in den Rachen, begann zu röcheln, laut und immer lauter, so laut und unappetitlich, dass – außer Franziskus, Klara und Veronika – alle zu einer Säule erstarrten, bis endlich Bruder Bernhard aufsprang und ihm zu Hilfe eilte. Er drückte dem Abt von hinten mit beiden Händen in die Magengegend, hoffte, dass die Gräte in Konrads Hals ausgespuckt würde. Vergebens. Konrad verabschiedete sich mit einem seltsam krächzenden Laut aus dem Leben ...

Die Mitbrüder und Mitschwestern taten es Veronika gleich und bekreuzigten mit in Weihwasser getunktem Daumen die Stirn des Verstorbenen. Ihre Gedanken waren ähnlich unrein wie die Veronikas, die wieder die Bilder vor sich sah, die Bilder der verhassten Bibliothek, in der diese mit den Pinseln der Verderbtheit gemalt worden waren. Dann bohrte erneut das schlechte Gewissen in ihr. Hatte sie nicht selbst um Vergebung für ihre Untaten gebeten? Um die Vergebung – Elisabeths?

Veronika würde die Freundin und deren kleine, wundersame Tochter Maria aufsuchen. – Bald!

4
Maria und Sarah

»So genau kann ich mich gar nicht mehr erinnern.«

Maria ließ den Grashalm zwischen ihren Lippen von einem Mundwinkel zum anderen wandern. Sie lag in der Wiese vor dem kleinen Bergsee, hatte ihre Arme hinter dem Kopf verschränkt. Die Beine waren ausgestreckt und überkreuzt. Mit den beiden größten Zehen des rechten Fußes umklammerte sie den Stil eines Vergissmeinnichts, riss die kleine Blume samt Wurzel aus, hob das Bein in die Höhe – so, dass der Vollmond den weiß-gelben Hintergrund für ihr Gemälde bildete: ein zarter, braungebrannter Kinderfuß und eine zarte, blaue Blume.

»Vergissmeinnicht.«

»Das weiß ich doch«, meinte Sarah, die neben Maria in der Wiese saß. Ihre Arme umfassten die angewinkelten Beine, das Kinn ruhte auf den beiden zusammengepressten Kniescheiben, und Sarah schaute etwas verwirrt der lieben Freundin in die Augen. Vergissmeinnicht. Was meinte Maria damit, und weshalb erzählte sie nicht weiter?

»Hörst du den Wasserfall?«, fragte Maria.

Sarah strengte sich an. Schloss die Augen.

»Ich höre den Wind, wie er sich durch Bäume und Büsche hindurchschleicht. Ich höre das Wasser im See, wie es gegen die Steine und das Ufer plätschert. Den Wasserfall höre ich nicht. Der ist zu weit weg.«

»Den Wind und das plätschernde Wasser des Sees hörst du, weil sie dir nahe sind. Wenn du das Hier und Jetzt beiseiteschiebst, dann hörst du auch den Wasserfall, der zwar weit weg scheint, der aber da ist und dem Wald um ihn herum eine kräftige Stimme leiht.«

Maria hielt inne, und Sarah sah förmlich an den strengen Stirnfalten der Freundin, wie diese ihr gedankliches Wasserrad zurückdrehte – weit, weit zurück in die früheste Kindheit. Diese endlich erreicht, glättete sich das Mädchengesicht, und Maria strahlte wie ein Neugeborenes, das, wie schon so häufig von vermeintlich Erwachsenen beobachtet, in sich eine Weisheit birgt, welche selbst die Zu-wissen-Glaubenden nicht deuten mögen und vielleicht auch nicht wagen.

»Aus der Stille der Erde heraus ist erst nur ein leises Anklopfen zu hören. Dann wird das Tor zum Erdendasein geöffnet, und das Wasser quillt an die Oberfläche, atmet ein und aus, lebt, lässt leben. Tränkt Gräser und Kiesel und Augen, glättet Steine und Seelen. Alte und junge Hände berühren es und spielen mit ihm. Alles wächst, wird größer. Der kleine Gebirgsbach nährt die Zeit, streichelt das Silber der Fische und das Blau der eigenen Welt. Ist Mädchen, wird Frau, wühlt Sand auf. Äste und Blätter treiben auf ihm, bleiben hängen, tauchen unter und wieder auf. Ruhig fließt der Bach dahin, hört Grillen und Bienen und Hummeln. Dann künden erste Bäume unwegsameres Gelände an, durch das er sich schlängeln und beißen muss. Er kämpft sich vorbei an Felsen, Steinen und Wurzeln und stürzt als Wasserfall unermüdlich die schroffen Wände hinab. Schreit auf. Löst das Wehklagen des gequälten, wilden Wassers in weißer Gischt auf. Überflutet Vergangenes – Gutes und Böses. Holt Luft. Ein Blatt scheint im Strudel gefangen, droht zu ertrinken, wirbelt hoch, bis es sich endlich befreit – bereit für das wiedergefundene, neue Leben – in einem jetzt wieder ruhig dahinfließenden, kleinen Bach. Der schenkt Leben. Tränkt Blumen. Schwertlilien. Weiderich. Fieberklee. Primeln ...«

»... und Vergissmeinnicht.«

»Ja – und Vergissmeinnicht.«

Sarah liebte ihre Freundin, mindestens so sehr, wie sie die eigene Mutter, Paula, liebte. Vielleicht sogar noch mehr. Und sie kannte Maria, wusste, dass das ihre Art war, die Geschichte weiterzuerzählen. Obwohl Maria drei Jahre jünger war als sie selbst, gerade einmal zwölf, schien ihr dieses Mädchen klüger und weiser zu sein als alle anderen Menschen dieser Welt zusammen.

»Und das Vergissmeinnicht da zwischen deinen Zehen ist Eva, nicht wahr?«

Sarah legte sich neben Maria und betrachtete mit ihr die blaue Blume vor dem gelben Mondlicht, atmete den Duft und die Stille dieses unsäglich schönen Ortes ein, dachte an die Großmutter Marias: an Eva, die an dem Tag verstorben war, an dem Maria geboren worden war – im selben Augenblick. Bis gestern hatte die gute alte Frau die Enkelin begleitet, war ihr erschienen und ständig nahe gewesen und hatte ihr übermenschliche Kräfte verliehen.

»Ist sie nicht schön?«, sagte Maria – mehr zu sich als zu Sarah.

»Vermisst du deine Oma?«

»Nein. Ich sage ja: Auch wenn sie weit weg scheint, ist sie doch da. Begleitet mich auf meinem manchmal ruhig, manchmal wild dahinfließenden Lebensweg. Hält meine Hand.«

»Aber sehen kannst du sie nicht mehr, oder?«

»Muss ich nicht.«

»Und du hast wirklich keine Kräfte mehr?«

»Oh! Ich habe viele Kräfte – so wie du. Nur habe ich keine heilenden Hände mehr, kann weder mit meinen Gedanken Wasser zum Kochen oder Kerzen zum Brennen bringen noch Gegenstände durch die Luft fliegen lassen ...«

»... und keine Puppen mehr tanzen lassen ...«

»... und nichts mehr sehen, was weit weg geschieht.«

»So hast du Anna, die beinahe in diesem See ertrunken wäre, das Leben gerettet! ...«

... [Maria war fünf Jahre alt, Sarah acht. Die beiden Kinder saßen auf dem Boden der gemütlichen Stube im Haus ganz oben am Waldrand von Pianz. Während Sarah mit den Puppen spielte, betrachtete Maria die von Onkel Jakob in jungen Jahren in Holz geschnitzte Mutter als vielleicht vierzehnjähriges Mädchen. Eine kleine, wunderschöne Figur, die sie auf dem Dachboden, ihrer Schlafstätte, unter einer Diele gefunden hatte.

Plötzlich tränten deren Augen. Erschrocken stand das Mädchen blitzschnell auf, stand da, starrte in die Luft. Sie sah und hörte Anna, wie sie mitten im Bergsee oberhalb von Pianz schrie und mit den Händen fuchtelte, Wasser schluckte, unterging, wieder auftauchte, Wasser spuckte, schrie, wieder unterging und im See verschwand. Maria ließ die Holzfigur auf den Boden fallen und hob langsam ihre Hände in die Höhe.

Elisabeth lag auf dem Stein, der nahe dem Ufer aus dem See ragte, ließ ihre Haut von der Sonne wärmen und schaute der Geliebten beim Schwimmen zu. Anna war jetzt in der Mitte des Sees, wo er am tiefsten war. Da fing sie an, um sich zu schlagen. Sofort sprang Elisabeth in den See und kraulte, so schnell sie konnte, zu ihr. Das Wasser spritze ihr ins Gesicht, und sie konnte Anna nur verschwommen, nicht fortwährend sehen. Einmal auf dem einen, dann wieder auf dem anderen Ohr schreien hören. Elisabeth war ihr bereits nahe, als eine nicht zu enden wollende, geisterhafte Stille sie umgab.

»Anna!«

Langsam erhob sich Annas Kopf aus dem Wasser. Ihre Arme und Beine bewegten sich nicht. Das konnte Elisabeth im dunklen Bergsee nicht sehen. Sie sah nur, wie Anna, scheinbar ohne Besinnung, in die Luft starrte. Elisabeth schwamm zu ihr, packte sie und schwamm mit ihr ans Ufer. Dort spuckte Anna Wasser aus. Sie kam wieder zu sich.] ...   [*»Die Töchter«*]

»... Maria, gestern erst hast du deiner Mama, die beinahe vom spitzen Grabkreuz des Bruders aufgespießt worden wäre, das Leben gerettet!«

... [Während Elisabeth zu Hause ihrer Arbeit nachging, halfen Anna und Maria den Nachbarn auf deren Maiensäß beim Heuen. Es war Pause angesagt, und Anna legte sich zu der Kleinen ins Gras. Die beiden rochen den Duft des Heus und des Nadelwaldes. Sie hörten dem Plätschern des kleinen Gebirgsbaches und dem Zirpen der Grillen. Die Sonne blendete. Augen leicht zu einem Schlitz geöffnet. Gelb und orange. Augen ganz fest zugedrückt. Orange und rote und dunkelbraune Kreise. Augen auf. Gelbe und weiße Kreise. Noch einmal.

»Das ist ein schönes Spiel!«, sagte Anna.

»Ich spiele es oft. Manchmal zusammen mit Sarah. Mit dir macht es gleichviel Spaß.«

»Als Kind habe ich es auch oft gespielt. Ich habe es nur vergessen. Und du, kleiner, süßer Fratz, hast es mir wieder gezeigt.«

Plötzlich stand Maria auf. Ihre Augen waren weit geöffnet, starrten in ein magisches Nichts. Sie hob ihre Hände. Als würde sie einen Sack Kartoffeln auffangen, ging sie ruckartig in die Knie, drehte sich zur Seite und legte diesen nicht vorhandenen Kartoffelsack – oder was immer es auch war – in die Wiese. Maria rannte los Richtung Dorf, Anna ihr hinterher …

»Swswswsws! Komm runter, Peterchen!«

Der Kater war die Eiche hochgeklettert, zu weit, um den Weg zurück zu wagen. Er schrie und miaute, dass es Elisabeth durch Mark und Bein ging. Das arme Peterchen. Schnell holte sie die kleine Leiter, die zum Dachboden hinaufführte, und lehnte sie an den Stamm der Eiche, nahe an das Kruzifix, das aus Jakobs Grab in den Himmel hinauf ragte.

Die Hubner Luisa, Elisabeths Nachbarin, war schon über achtzig. Das sich langsam eingeschlichene Rheuma hatte die seit Wochen kränkelnde Frau mehr oder weniger an den Stuhl vor dem Fenster gefesselt. Die Trübung der Augenlinsen hatte sie nur mehr verschwommen das Leben der Tochter der lieben, vor einigen Jahren verstorbenen Eva beobachten lassen. Luisa strickte gerade Wollsocken, als sie sah, wie Elisabeth die Eiche hinaufkletterte. Seltsam. Luisa schreckte auf. Die arme Elisabeth hatte den Halt verloren, ihr Körper fiel unausweichlich dem spitzen Grabkreuz des Bruders entgegen, das diesen durchbohren würde. Der alten Frau blieb der Atem in der Luftröhre stecken. Fantasierte sie? Elisabeth schwebte im Nebel ihrer kranken Augen über dem dunklen Kruzifix Jakobs. Die Arme hingen nach unten, der Körper war zu einem Hohlkreuz gebogen. Dann bewegte der Wind ihn auf die Seite und legte Elisabeth sanft neben das Grab auf die Wiese.] ...   [*»Die Töchter«*]

Sarah betrachtete das Vergissmeinnicht zwischen den Zehen Marias.

»Und du hast die blutenden Wunden meiner Mama und auch die meinen allein durch deine Gedanken und Berührungen geheilt. Wie konntest du dir diese Fähigkeiten wegwünschen? Ich hätte das nie getan. Sie sind ein Segen.«

»Ja, vielleicht. Bestimmt. Andererseits können sie auch das Dunkel heraufbeschwören«, antwortete Maria leise.

Sarah fasste ihre Hand, drückte diese zärtlich. Ließ Maria Zeit. Sie lauschte wieder den Geräuschen des Windes und des Sees, doch die verstummten mehr und mehr, und Sarah hörte plötzlich den Wasserfall. Erst nur leise, dann immer deutlicher, so deutlich und nah, dass sie ihn jetzt sogar mit geschlossenen Augen vor sich sah und das Gefühl hatte, die tosende Gischt würde sie jeden Moment klatschnass machen. Langsam hob sie die Lider und erblickte im Vollmond schemenhaft das Gesicht einer alten Frau, die ihr entgegenlächelte und mit dem Zeigefinger auf dem Mund ›Bssst!‹ deutete. Erschrocken setzte Sarah sich auf. Da war sie wieder weg, die alte Frau.

»Ich höre noch das Donnern und das *Ave Maria*, sehe Pfarrer Lorenz im Kirchenraum schweben«, fuhr Maria fort.

Jetzt erzählte sie in klaren Worten von den Ereignissen des Vorabends, was ihr eben im Gedächtnis geblieben war. Wie sie

Rache für die nicht zu verzeihenden, satanischen Vergehen des Pfarrers an Sarah und deren Mutter Paula genommen hatte, Blitz und Donner und Hagel heraufbeschworen hatte, um der heuchlerischen Seele ihre Winzigkeit aufzuzeigen. Kräfte, die ins Unermessliche zu wachsen schienen, hatten Maria Zeit ihres Lebens begleitet, verliehen eben von ihrer Großmutter Eva, gerne angenommen, allzeit helfend eingesetzt. Gestern aber hatte wohl der Teufel selbst seine Kräfte beigesteuert, und Maria hatte Ungeheuerliches getan, hatte Pfarrer Lorenz gestraft, indem sie ihn aussätzig gemacht hatte – in seiner Stätte, in seiner Kirche – vor allen erdachten Heiligen, die der Aufforderung Marias gefolgt waren, lebendig geworden waren und mitgeholfen hatten, die Ausgeburt der Sünde schlechthin zu gebären. Glockengeläut und Orgel und Chor hatten dazu Schuberts *Ave Maria* angestimmt, unerträglich laut, und die Leute in Aach waren aus ihrem katholisch schlaftrunkenen Leben wachgerüttelt worden, waren erschreckt worden. Am meisten jedoch war Maria selbst erschreckt gewesen, als sie wieder ganz zu sich gekommen war. Das war auf dem Weg hinauf zu dem kleinen Bergdorf Pianz, ihrem Heimatort, gewesen. Das war auf der Höhe der kleinen Marienkapelle gewesen. Alles gestern und in gefühlter Vor-Vor-Vor-Vergangenheit!

»Und die Figuren des Heiligen Franziskus und der Heiligen Klara sind tatsächlich lebendig geworden und haben Lorenz weggebracht?«, fragte Sarah einerseits ungläubig, andererseits schon im Voraus vertrauend, sollte Maria diese Frage abermals bejahen. Sie schaute zum Vollmond. Der beherbergte nur sein gewohntes Gesicht.

»Ja! – Ich denke, ja! So habe ich es in Erinnerung«, antwortete Maria.

»Und wie konnten sie entschwinden?«

»Franziskus und Klara trugen Lorenz in die Scheune, hievten ihn auf den Pferdewagen und fuhren mit ihm über den Waldweg hinter dem Haus aus dem Dorf. Da war ja keiner. Ihr wart ja alle vor der Kirche.«

»Wohin brachten sie ihn?«

»Ich weiß es nicht.«

»Und du? Was hast du gemacht?«

Maria stand auf.

»Ich ging mitten durch den Menschenauflauf hindurch. Wenn sich das große Böse, das in uns allen haust, einem so unverhofft nähert – in allen Sinnen: ohrenbetäubend, grell, durchtrieft –, dann übersieht man das kleine Mädchen, das all dies heraufbeschworen hat. Die Auslöserin hat freien Zutritt. Es ist das, was sie ausgelöst hat, das gehört, gesehen, ertastet wird. Beklagt. Verdrängt. Weggestoßen. Von sich. Zugeschanzt. An alles und jeden. Man klopft und hämmert an die Pforten der Kirche, man schreit und schnauft Gott zu Hilfe – so laut, dass man nichts mehr um sich herum wahrnimmt. Nicht einmal sich selbst ...«

Zwei kleine Tränen zwängten sich aus den Augen und liefen langsam über die roten Backen Marias.

»... Als ich gestern Nacht zur Marienkapelle kam, weinte die Muttergottes. Meine Brust füllte sich mit einer so noch nie empfundenen Leere. Ich konnte mich nicht daran erinnern, jemals geweint zu haben. Und in diesem Augenblick hätte ich es gerne getan. Konnte aber nicht. Weißt du, Sarah, Tränen sind der größere Zauber, vermögen mehr als alles andere, als Gebet oder Hoffnung oder Zorn oder Hass oder Liebe, die Seele zu reinigen. Und deshalb wünschte ich mir, einfach nur ein Mädchen sein zu dürfen. Keine übernatürlichen Kräfte mehr zu haben. Einfach nur weinen zu dürfen. Großmutter tauchte auf und berührte mit ihren Fingern meine Augenlider. Und jetzt weinten wir alle drei. Oma, die Muttergottes und ich. Es war unbeschreiblich schön!«

Sarah erhob sich und umarmte die Freundin. Winzig kleine Tränen kullerten über die Wangen beider Mädchen.

Da sah Sarah an der anderen Uferseite des Bergsees eine Frau stehen, ein Kind an der Hand, sie und Maria beobachtend. Die Frau schien sehr elegant zu sein, sofern man dies auf die Entfernung beurteilen konnte. Das Kind sah seltsam aus. Vielleicht auch nicht, konnte Sarah nicht einmal erkennen, ob es ein Mädchen oder ein Bub war. Beide waren hübsch und teuer gekleidet. Sie trug einen eleganten Hut, das Kind ein blaues Hemd und kurze Hosen.

»Wer sind die?«, fragte Sarah.

Maria schaute auf und drehte sich um.

»Ich sehe niemanden.«

Tatsächlich! Sie waren weg. Von einem Moment auf den anderen. Wie konnte das sein? Seltsam. Abermals fielen die Mädchen sich in die Arme, und erneut flossen Tränen über ihre Wangen auf die Schultern der jeweils anderen. Diesmal waren es Tränen des Glücks, da beide es in diesem Moment besonders spürten, wie sehr sie sich brauchten – und auch hatten. Hand in Hand gingen sie die paar Schritte zum Bergsee zurück. Dort zog Sarah sich bis auf die Unterwäsche aus. Sie ging aber nicht in den See, sie legte sich rücklings ans Ufer und lugte erwartungsvoll in den gelben Vollmond. Die alte Frau tauchte nicht mehr auf. Maria schaute die Freundin an, zog sich ihrerseits bis auf die Unterwäsche aus und legte sich bäuchlings auf Sarah drauf. Das tat gut. Die Mädchen lagen einfach nur da, taten nichts. Gott schaute auf die beiden hinunter, lächelte und freute sich, wie sehr zwei Menschen sich doch nahe sein konnten – zwei Seelen wie eine, zwei sich berührende Herzen, zwei ineinander verschmolzene Leben.

... Welch unvergleichlich schönes Bild! Junge, honigsüße Körper. Einer zur Frau herangereift. Fleischig, reizvoll, begehrenswert. Der andere wie eine Knospe, die man nicht wagen sollte, anzugreifen, weil sie dann vielleicht vom Baum fallen könnte und niemals zur Blüte sich entwickeln würde. So empfand es jedenfalls Damian, der zwei Mädchen aus einiger Entfernung hinter einem Holunderbusch mit seinem Fernglas beobachtete, froh war, dass der Mond ihm genügend Licht bescherte, wenigstens andeutungsweise sich des niedlich süßen Hinterns der Kleinen zu erfreuen, seinen ausgepackten Schwanz in der Hand – seine Wichse über die dunklen Blätter und Gedanken abspritzend ...

5
Damian und Sanna

Schulleiter Damian Kofler war ein in viele Richtungen interessierter und im ganzen Tal beliebter Mann. Ledig. Allein. Eigentlich hätte er schon in Pension gehen können. Aber – er liebte das Unterrichten.

Sein Wohnzimmerschrank war hoch und lang und massig, aus starkem Eichenholz gefertigt. Biedermeierstil. Mit unzähligen Laden und Fächern. Mit Holz- und Glasfronten. Gefüllt mit Mappen, Fotoalben, Akten und Schreibutensilien. Mit einer Enzyklopädie. Mit einer Atlasfigur aus längst vergangener Zeit. Mehr als hundert Jahre alt. Auf dem Rücken trug der muskulöse Atlas ein sich drehendes, kugelförmiges Himmelsgewölbe, das, was Damian bestaunte, in sich geschlossen und nicht unendlich war. Alle damals bekannten Sternbilder und Planeten waren abgebildet. Eine bestimmt sehr wertvolle Figur. Und da waren vor allem Bücher, Bücher, Bücher. Unzählige Bücher.

Unsere Heimat. Alpenkräuter. Wiesenblumen. Heimische Tiere. Exotische Tiere. Lurche. Schmetterlinge. Lieder für Kinder. Mozart. Beethoven. Goethe und seine Zeit. Schillers gesammelte Werke. Rilke – Gedichtband. Heinrich Mann – Der Untertan. Gotische Bauwerke. Die Zeit des Barock. Moderne Architektur. Henri Matisse. Das Alte Testament. Franz von Assisi ...

Wie es Damians Wesen entsprach, hatte der Schrank einen doppelten Boden. Hob man ein loses Brett, fand man darunter stapelweise die von Damian jahrelang gesammelten Ausgaben verschiedener Männerzeitschriften. Offen. Freizügig. Mit Bildern nackter, junger Frauen. Manchmal nahm er sich einen Packen heraus, legte sich auf das Kanapee, blätterte, holte sich einen runter.

Eine Gitarre stand mitten im Raum. Damian konnte gut Gitarre spielen. Zu Weihnachten spielte er in der Mette vorne im Altarraum das *Stille Nacht* darauf.

In der ganzen Schulleiterwohnung – im ersten Stock über den Klassenzimmern – waren die Wände mit Bildern behangen, mit Gemälden und Fotografien. Seinen Fotografien. Das war seine große Leidenschaft. Das Fotografieren. Unten im Keller, in der Dunkelkammer, hielt er sich am liebsten auf. Weil es eben dunkel war. Weil die Tür verschlossen war. Weil es keine Fenster hinaus in die Welt gab. Einzig ein rotes, warmes Licht.

Ähnlich dem roten, warmen Licht, das er von dem spärlich beleuchteten Lokal und dessen Zimmern in den Stockwerken darüber in der dunklen Gasse der Hauptstadt kannte. In seinen dunklen Stunden nannte er diese nicht beim Namen. In seinen dunklen Stunden, in denen er auf Jagd ging, in denen er sein Gewehr entladen wollte – musste! –, hieß die Stadt genauso wenig Landkirch wie er Damian. In diesen dunklen Stunden war alles nicht wirklich. Was für ein Leben, in dem man nur durch ein diffuses, fremdes Licht sein Innerstes erkannte! In dem der nackte, fremde Körper einer Hure einem mehr Heimat war als die eigene Stube mit dem gemütlichen Kanapee darin! In dem die Frage einer Nutte – »Was genau soll ich tun?« – mehr Poesie innehatte als die Verse eines Georg Trakl!

Die Welt – die Natur – beherbergte keine Gerechtigkeit in sich. Da ist man Samen, da sprießt man, da wird man Stamm, da formen sich Äste, die nach einem unerreichbaren Himmel greifen. Da trägt man Krone! Wozu? Für ein kurzes Aufblühen, das sich gleich darauf in ein Welken wandelt? In ein Altern? In ein Sterben? Was bot dieses Leben außer Blutergüssen, Pusteln an weißen Ärschen, roten Adern in weißen Augäpfeln, Sommersprossen und Leberflecken auf schrumpeliger Haut und quälenden Gedanken? Nichts. Eine Dunkelheit. Eine Dunkelkammer. Ein rotes, alles verschleierndes Licht.

Es waren schon Formen und Flächen und Konturen auf dem Fotopapier, das Damian im Entwicklungsbad in einer

Plastikwanne hin und her schwenkte, zu erkennen. Er hatte zu Schulbeginn ein Klassenfoto gemacht. Noch waren die kleinen Gesichter verschwommen, ihre Münder aber lächelten bereits, das konnte er sehen. Das Bild wurde schärfer, und die Kinderaugen strahlten. Mehr als dreißig Schüler und Schülerinnen im Alter von zehn bis vierzehn Jahren – seine Klasse! – schauten Damian jetzt an. Er selbst hatte nur für ein Mädchen Augen. Vorsichtig holte er die Fotografie aus der Wanne, hängte das Bild mit zwei Klammern an eine quer durch den Raum gespannte Schnur. Sanna. Was für ein Gesicht! Was für Augen! Braun und groß wie die eines Teddybären! Und tief wie Damians dunkelste Gedanken. Dazu das helle, blonde, lange Engelshaar. Und endlich, endlich hatte sie es einmal nicht zu Zöpfen geflochten. Des angekündigten Fotos wegen. Und auch eine Bluse und ein Röckchen hatte sie an diesem Tag angezogen, zeigte jetzt auf dem Foto ihre nackten, schönen Beine, hatte sich Gott sei Dank in der ersten Reihe aufgestellt. Sein Erlebnis mit dem Mädchen vor wenigen Wochen kam ihm in den Sinn.

… Einer Gewohnheit folgend wanderte er in einer Vollmondnacht durch den Wald zu dem kleinen Bergsee oberhalb von Pianz. Heute jedoch war er nicht alleine. Ein Stück weiter oben kämpfte sich eine Frau durch das unwegsame Gelände, ein Kind Huckepack tragend. Es hätte Erna, die Frau des Bürgermeisters, sein können. Was aber hätte die hier um diese Zeit verloren? Außerdem hatten die Auers keine Kinder. Damian versuchte, unentdeckt zu bleiben. Das gelang ihm auch. Hoffentlich. Oben angekommen, bot ihm ein Holunderbusch Deckung. Zuerst beobachtete er nur die Frau und das Kind, die zum Bergsee hinunterliefen, am Ufer für eine kurze Weile innehielten. Dann drehten die beiden plötzlich um, hatten es eilig, blieben noch einmal für einen Moment stehen, schauten in seine Richtung, verschwanden in der Dunkelheit des Waldes. Er nahm sein Fernglas aus dem Rucksack, blickte hindurch, nahm die gegenüberliegende Seite des Sees ins Visier, drehte an dem schwarzen Rädchen, bis er sich an diesem unerhört schönen Motiv in größtmöglicher Schärfe ergötzen konnte. Was für ein Bild! Zwei Mädchen. Nebeneinander am Ufer liegend. Nackt. Das eine auf dem Rücken. Voll entwickelt. Vollbusig. Breite Hüften. Barbara. Dreizehn Jahre alt. Seine Schülerin. Das andere sich gerade auf den Bauch drehend. Zart. Süße, kleine Knospenbrüste. Ein süßer, kleiner Hintern. Zwölf Jahre alt. Seine Schülerin. Sanna! ...

Ja! So müsste man geboren werden. So müsste man sterben. Nicht als alter Baum mit von Käfern zerfressenen Borken, mit dürren, trockenen Ästen, mit welken Blättern, mit faulenden Wurzeln. Nein. Zwölfjährig. Von Anfang an. Ein Leben lang. Makellos. Reife, sowohl körperliche als auch geistige, nur erahnend. Unschuldig. Rein. In Haut und Tun. Als eine zarte, blaue Blume!

Damian hatte auch von jedem Kind ein Einzelbild geschossen. Das von seiner Lieblingsschülerin war wirklich gelungen. Er hängte das Foto an der Schnur auf, schaute in die dunklen Augen Sannas, in ihr feines Gesicht, auf ihre schönen, vollen, rosa Lippen. Küsste diese. Streichelte ihr blondes Engelshaar. Er öffnete seinen Hosenknopf, den Reißverschluss, holte den Schwanz heraus und begann langsam seine Vorhaut vor- und zurückzuschieben. Eine Vorhaut der Lust, der Lebensfreude, des Vergessens, des Nicht-vorhanden-Seins, des Überstülpens jeglicher Wahrheit und jeglicher Lüge auf Gottes Erden.

Wie sehr er sich dafür hasste! – Seit vielen, vielen Jahren!

6
Sanna und Maria

Wie fast jeden Morgen lehnte die kleine Sanna, nachdem sie die Brötchen im Bürgermeisterhaus abgeliefert hatte, am Gartenzaun der Auers und schaute hinauf zu dem Fenster, dessen Läden tagsüber immer geschlossen blieben. Weshalb nur? Die Neugierde in ihr wuchs langsam zu dem grauslichen Monster heran, das man in dem Zimmer da oben hätte vermuten können. Als sie Erna, die scheinbar immer traurige Frau des Bürgermeisters, im Garten erblickte, fasste Sanna all ihren Mut, der sich aus einem beneidenswerten Selbstbewusstsein, einer schier unbegrenzten Offenheit und Leichtigkeit und Vertrautheit dem Leben und den Menschen gegenüber zusammensetzte, öffnete das Gartentor und ging zu ihr hin.

»Beherbergt ihr ein Monster da oben?«

Zunächst erschrak Erna über die kalte Frage, dann witterte sie die Möglichkeit, endlich mit jemandem über ihren Sohn Basilius zu sprechen. Und Sanna war ein wirklich liebes Mädchen. Die Vorstellung, die sich der besorgten Mutter auftat, der Bub könnte in der netten, hübschen Bäckerstochter eine Spielgefährtin gewinnen, ließ sie die Hand auf die kleine Schulter Sannas legen und diese zart drücken.

»Ja. Ein Monster. Ein liebenswertes Monster. Wenn du willst, zeige ich es dir eines Tages. Es muss aber unser Geheimnis bleiben.«

Sanna sah die Verzweiflung und die Güte in Ernas Augen, die ihr die Angst beinahe vertrieben.

»Ich weiß nicht. Vielleicht.«

»Es hat keine Eile. Denk darüber nach!«

»Wie alt ist denn das Monster? Ist es groß?«

»Gleich alt wie du. Am selben Tag geboren. Kleiner als du.«

»Am selben Tag geboren? Kleiner als ich?«

»Ja – etwas!«

»Dann möchte ich es gleich sehen.«

»Das ist keine so gute Idee. Weißt du, das Monster ist den Menschen gegenüber sehr ängstlich. Ich muss es auf dich vorbereiten. Mit ihm erst einmal reden.«

»Es kann sprechen?«

»Ja, es kann sprechen ... und vieles mehr.«

»Und wann darf ich zu ihm?«

»Mal sehen. Ich geb' dir Bescheid.« ...

Den ganzen Tag über war Sanna aufgewühlt wie nur selten. Es war der vorletzte Ferientag. Dann würde wieder die blöde Schule beginnen. Sie ging nicht gerne zur Schule, wenngleich sie sich beim Lernen leicht tat. Besonders den Schulleiter Kofler, ihren Klassenvorstand, diesen alten Sack, hasste Sanna. Der schien sie mit seinem durchbohrenden Blick stets auffressen zu wollen. Gerade in den letzten Tagen, wenn sie ihm zufällig auf der Straße begegnet war. Das Mädchen saß auf der Gartenbank vor ihrem Haus, drückte ihre Oberschenkel auf die darunter eingeklemmten Hände, hatte ihre Beine überkreuzt und schaukelte diese von den Knien abwärts vor und zurück. Barbara, die in der Schulbank neben ihr saß und ihre beste Freundin war, kam vorbei.

»Die Schnapsdrossel schwirrt im Dorf umher!«

Das war wirklich eine tolle Neuigkeit. Man sah ihn selten im Dorf. Meist verkroch er sich in der Saira-Hütte weit oben auf der Saira-Alpe, die im Sommer seine Heimat war. Ziegen wohnten mit ihm. Ein Hund. Fifi. Ein Zwergpinscher mit nur drei Beinen. Dem Trottel sein Ein und Alles. Wie der arme Mann wirklich hieß, wusste womöglich nicht einmal er selbst. Er hatte viele Namen. Die Kinder im Tal nannten ihn Schnapsdrossel, da sie erfahren hatten, dass seine Eltern ihm als Kleinkind Schnaps in die Milchflasche gegeben hatten, um ihn ruhigzustellen, hatten sie ja auf dem Feld Arbeit und keine Zeit gehabt, sich um den Saubalg zu kümmern. Ganz vertrottelt war er dadurch geworden. Hinkte. Schlurfte. Sabberte. Hatte stets eine Rotznase und immer die gleiche ungewaschene, stinkende, verklebte Kleidung an. Die Haare dünn und fettig. Gesicht und Hände schmutzig. Zwei gelb-braune Finger vom vielen Rauchen. Dunkelblaue bis schwarze Fingernägel, eingewachsene Zehennägel. Holzschuhe. Buschige Augenbrauen. Immer wässerige Augen. Haare auf und in der Nase, an den Ohren. Bartstoppeln. Faulende Zähne. Der Teufel scheißt immer auf den gleichen Haufen! Sein Aufkreuzen in Aach war mindestens so spannend wie der Zirkus, der einmal im Jahr hier sein kleines Zelt aufspannte. Ein Abenteuer vor allem für die Mädchen, war der Trottel andauernd darauf aus, sie zu begrabschen. Es war eine Mutprobe, sich ihm zu nähern. War eine Göre zu mutig, konnte es schon passieren, dass er sie mit der einen Hand am Arm erwischte und ihr mit der anderen zwischen die Beine oder an den kleinen Busen griff. Die Erwachsenen im Dorf wussten, dass er nicht einmal dreißig Jahre alt sein konnte, für die Kinder war er ur-uralt. Er trank gerne Bier. Im *Hirschen*. Geld dazu hatte er keines. Wurde eingeladen. Nicht aus Mitleid, Zuneigung, Herzlichkeit – nein! – aus Bosheit. Alle warteten darauf, dass er wieder in die Hose brunzen würde. Vielleicht sogar scheißen. Dann, er hatte es tatsächlich wieder getan, lachten alle, hielten sich die Nase zu, schleppten ihn in die Waschküche hinunter, wo er sich ausziehen und waschen sollte. Er schrie. Ekelte sich. Vor sich selbst. Vor seinem dreckigen, zusammengeschrumpelten Zipfel – mit Krätze übersät. Wollte sich nicht nackt zeigen. Er war dem Übermut der Männer ausgeliefert. Die entblößten ihn. Spritzten den auf dem Boden kauernden, armen Mann mit einem Schlauch ab. Fifi bellte. Selbst die Kleidung spritzen sie ab. Im Suff brunzte einer darauf, was die Männer dazu veranlasste, den Gepeinigten in Decken zu wickeln und ihm oben in der Gaststube, kein wenig reumütig, eine Gulaschsuppe zu spendieren. Er hatte sie schon fast ausgelöffelt.

»Wo ist F-Fifi?«

»Was glaubst du wohl, was du da gerade isst?«

Ein Gelächter, als würde man im alten Rom eine Orgie feiern, durchhallte das Lokal, bis der durchdringende Schrei des Trottels alle zum Schweigen brachte. Stille.

»Ist ja gut. Hol den Hund!«

Da kam er auf drei Beinen angelaufen. Kratzte an des Herrchens Schienbein. Der hob den kleinen, ängstlichen Hund auf, streichelte ihn ... weinte.

Der Wirt brachte dem verstörten Mann eine alte, ausgetragene, aber saubere Hose. Und ein Hemd. Einer der Männer legte ihm die Jacke, die seit Wochen in der Gaststube gehangen hatte, die wahrscheinlich ein Gast liegen lassen hatte, über seine Schulter. Einer schenkte ihm seine Mütze. Der Trottel nahm Fifi mit aufs Klo, drehte den Schlüssel zweimal um, kam nach einer langen Weile mit dem neuen Gewand an seinem Leib zurück. Roch daran. Die Wirtin tauchte auf und überreichte eine Tasche voll mit frischer Kleidung, könne man die alte nicht einmal mehr waschen. Zu Essen und ein paar Flaschen Bier waren auch darin. Ihr böser Blick galt den Männern. Für Fifi hatte sie einen Knochen mitgebracht.

»Armer Hund!«

»K-Komm, Fifi!«

Sanna und Barbara saßen auf der Linde vor dem Gasthof, warteten, bis die Schnapsdrossel endlich wieder aufkreuzen würde. Viel schlimmer als diese Kreatur konnte das Monster im Auer-Haus auch nicht sein.

»Schau, er kommt!«, rief Barbara.

Die beiden Mädchen sprangen vom Baum, glaubten, er würde sie wieder begrabschen wollen. Tat er heute nicht. Ging mit gesenktem Haupt an den Mädchen einfach vorbei. Über den Schultern hing eine Tasche, die aus allen Nähten zu platzen drohte, in seinen Armen trug er den dreibeinigen Zwergpinscher, den er fortwährend auf den Kopf küsste.

»Ist gut. Al-les gut.«

Sanna blieb das Herz stehen. Sie erkannte die Einsamkeit, die Güte, das Verloren-Sein dieses Monsters vor ihr – den Menschen darunter ...

Leise, ganz leise, öffnete sie das Fenster. Vater und Mutter durften sie jetzt nicht hören. Es war schon fast Mitternacht.

Sanna stieg hinaus auf das mit Schindeln bedeckte, schräge Vordach. Auf dem Bauch rutschte sie daran runter. Die Taschenlampe in ihrer Latzhose drückte auf den Oberschenkel. In der Dachrinne fanden ihre Füße Halt. Langsam beugte sie ihre Knie, drückte den Oberkörper nach unten, bis ihr Hintern Platz auf den Fersen fand. Jetzt kam der gefährlichste Teil. Sie wagte einen Blick hinunter, konnte in der Dunkelheit kaum etwas erkennen. Nur schemenhaft das Blumenbeet, eine Gartenbank, den Zaun. Wenn sie unter ihr auch eine Wiese wusste, könnte bei der kleinsten falschen Bewegung die Landung schmerzlich werden. Knapp drei Meter ging es da runter. Vorsichtig ertastete sie mit einer Hand die Dachrinne, streckte erst das eine, dann das andere Bein in ein dunkles Nichts, robbte langsam in die Tiefe, während sie mit der anderen Hand Halt auf den Schindeln suchte. Plötzlich rutschte sie ab. Alles ging ganz schnell. Sie hatte sich noch kurz an der Rinne festhalten können, fiel dann aber ... und landete – Gott sei Dank! – glimpflich auf der Wiese. Nur mit dem rechten Fuß war sie ein wenig eingeknickt. Das tat nicht sehr weh. Hoffentlich waren die Eltern nicht aufgewacht. Sanna horchte. Nein.

Das Dorf, in dem sie jeden kleinen Winkel zu kennen glaubte, schien ihr in dieser für sie ganz neuen Situation ein anderes, fremdes zu sein. Ein Geisterdorf. Zwar war sie schon öfter im Dunkel durch die Straßen gegangen, jedoch nie alleine. Hatte vielleicht mit Freundinnen oder mit den Eltern oder mit vorbeigehenden Menschen geredet. Hatte Häuser und Straßenbeleuchtung gar nicht richtig wahrgenommen. Jetzt war alles bedrohlich und gespenstisch. Die Gebäude wirkten in der leisen Brise Wind lebendig, schienen viel größer als bei Tage und bei Lärm zu sein. Vor allem der Kirchturm wuchs in ihren Augen in einen unendlich weiten, schwarzen Himmel hinein. Die Äste der vielen Bäume waren ihr Arme und Hände, die nach kleinen, ausgerissenen Mädchen greifen wollten. Die Berge, die wie mächtige, böse gewordene Fabelwesen das Dorf bewachten, waren Sanna so nahe, als fielen sie gleich einmal über sie her. Am meisten aber fürchtete sie das spärliche Licht der Straßenlaternen, das sich immer wieder leise in die Dunkelheit schlich, um dann langsam ein paar Meter weiter wieder aufzutauchen. Und dann diese Stille, durchbrochen nur durch fernes Gelächter aus dem *Hirschen* – genauso unheimlich!

Endlich war sie beim Bürgermeisterhaus. Die Neugierde auf das Auer-Monster war größer als die Geduld, Sanna würde es ja eh zu Gesicht bekommen. Nur – wann? So lange wollte sie nicht warten. Und tatsächlich. In der Nacht waren die Läden beim Fenster da oben nicht geschlossen. Auch heute nicht. Das Mädchen kletterte über den Zaun und schlich zu dem großen Kirschbaum. Kletterte hinauf, bis etwa auf die Höhe des gegenüberliegenden Fensters. Sie knipste ihre Taschenlampe an, leuchtete hinein. Sah aber nichts, nur das sich reflektierende Licht der Taschenlampe in den Scheiben. Mist. Doch dann. Langsam bewegten sich die beiden Fensterflügel nach innen. Sanna erkannte zwei kleine, zarte Hände am Sims. Das Monster versteckte sich offensichtlich unter dem Fenster. Jetzt erhob es sich, ganz behutsam. Braune, dünne Haare. Eine hohe Stirn. Sichelförmige, zarte Augenbrauen. Schlitzartige, durch das Licht geblendete, dunkle, ängstliche, etwas seltsam wirkende Augen. – Das war kein Monster! Das war ein Kind! Sanna richtete die Taschenlampe auf sich, winkte und lächelte ihm zu. Dann leuchtete sie wieder auf den Buben. Er winkte ihr ebenfalls kurz zu, verkroch sich sogleich wieder unter das Fenster.

Ein kleiner Hund bellte. Sanna erschrak, drehte sich um. Der Trottel ging auf der Straße am Zaun entlang, Fifi im Arm, eine schwere Tasche um seine Schulter hängend. Er jaulte sein Klagelied in die Nacht hinein, während der Hund die Schnauze unter der Achselhöhle seines Herrchens vergrub.

Wieder zu Hause wartete Sanna auf den Bäckergesellen, der um etwa zwei Uhr endlich aufkreuzte, deutete ihm mit ihrem Zeigefinger auf dem Mund, er solle leise sein und sie nicht verraten, schlich sich durch die Backstube ins Haus und in ihr Zimmer ...

Höhnisch lachende Gesichter, entstellt und mit ihr fremden, erschaudernden Lauten, zwangen Sanna, sich in ihrem Halbschlaf von einer Seite auf die andere zu werfen, mit Beinen und Armen in ihren Traum zu schlagen, um diese Missgeburten daraus zu vertreiben. Sie ahnte, dass es nur ein Traum war, wünschte, aufzuwachen. Tat sie aber nicht. Immer mehr sich ständig bewegende, pulsierende Augen und Augenbrauen, große, schnaufende Nasenlöcher und Münder, verrunzelte Wangen und Stirnen bedrohten sie. Sanna wollte um Hilfe schreien, brachte keinen Ton aus sich heraus, hauchte ihre Angst in die Unweiten der Nacht und deren Monster, die langsam von einem grauen Nebel eingehüllt wurden, einem Nebel, der sich schlagartig auflöste. Nun sah Sanna sich selbst in einem klaren, farbenprächtigen Bild: Bergwiesen mit bunten Blumen. Dunkelgrüne Tannenbäume. Ein Bergsee. Zwei Mädchen, die nur in Unterwäsche aufeinander am Ufer des Sees lagen. Schöne Mädchen, die in nächster Sekunde Hand in Hand, nun wie aus längst vergangener Zeit gekleidet, über Wiesen und Weiden jauchzend auf Sanna zueilten. Sanna breitete ihre Arme aus, um sie zu empfangen, zu begrüßen, in sich aufzunehmen. Die eine schrie ihr zu: ›Sanna!‹ Da waren die beiden plötzlich verschwunden, als hätte jemand sie mit einem Fingerschnipsen weggezaubert. Sanna erwachte. Ruckartig.

Aufrecht saß sie, nach Atem ringend, in ihrem Bett. Sie machte Licht an, um die Dunkelheit um sie herum und in ihr zu vertreiben. Der seltsame Traum umgarnte ihre Gedanken. Bis auf eines waren ihr alle Gesichter bekannt gewesen. Unverkennbar die Fratzen der für sie bösesten Menschen des Dorfes. Des Bürgermeisters. Des Pfarrers. Der Dorfpolizisten. Des Schulleiters, dieses alten, geilen Bockes. Auch eines der beiden hübschen Mädchen hatte sie erkannt. Es war Maria als vielleicht Zwölfjährige gewesen. Schnell kramte Sanna aus der Lade ihres Nachtkästchens das alte Schulfoto heraus, auf dem Maria abgebildet war. Sie betrachtete das Bild, wie schon so oft, mit einer tiefen Achtung vor Vergangenem, vor einem Damals.

Suchte nach dem anderen Mädchen in ihrem Traum, dem Mädchen, das ihr zugerufen hatte. Es war nicht abgebildet. Sanna war sich nicht sicher. Vielleicht war es Sarah gewesen, ihre geliebte Nachbarin, die heute noch die beste Freundin Marias war. Einen Ferientag hatte Sanna ja noch. Den würde sie nützen, um Maria, ihre Großmutter, in Pianz zu besuchen.

7
Sanna und ich

Noch bevor ich das Haus meiner Nana, wie meine Geschwister und ich unsere Großmutter Sarah nannten, betrat, sah ich im Nachbargarten ein Mädchen mit blonden Zöpfen in einer an den Knien schmutzigen Latzhose Unkraut jäten. Ein Wesen nicht aus dieser Welt, das mir einen kurzen Blick gönnte, einen Blick, in den ich mich Hals über Kopf verliebte. Ich drückte meine Reisetasche an meine Brust, in der sich die anhaltende Luft staute. Stand wohl wie verwurzelt da, starrte sie an – bestimmt lächerlich auf diese Schönheit da drüben wirkend. Was für ein Gesicht! Was für Augen! Braun und groß wie die eines Teddybären und tief wie die dunkelste Nacht.

»Hallo!«, war das Einzige, was ich hervorbrachte.

In ihrem »Hallo!« zurück schwang eine mich aufsaugende Herzlichkeit dem Leben und den Menschen gegenüber mit, eine Herzlichkeit, die alles Leid, allen Schmerz der ganzen weiten Welt zu überstrahlen vermochte. So empfand ich es. Stillstand. In diesem Augenblick. In diesem Blick. In dieser Sekunde mit ihr, die mich von nun an stets begleiten sollte. Ein Leben lang.

»Schön, dass du da bist, Dodo!«, warf Nana mit ihrer freundlichen Begrüßung einen Stein in diese so lang andauernde Sekunde, kurbelte die Zeit und meine Bewegungen an. Ich eilte auf Großmutter und die Haustüre und die kommenden Wochen zu.

»Bis bald!«

Hatte ich das gesagt? Hatte das Mädchen das gesagt? Hatten wir beide das gesagt? Bis heute weiß ich es nicht.

»War die da im Garten eine Angestellte oder die Tochter von da drüben? ... Sie ... trägt eine Latzhose. Ungewöhnlich für ein Mädchen, nicht? ... Wie heißt es?«

»Sanna«, antwortete Nana mit einem Lächeln.

Dieses Haus, in dem mein Vater aufgewachsen war, hatte mich immer schon fasziniert. Bisher war ich mit meiner Familie vielleicht zweimal, höchstens dreimal im Jahr übers Wochenende hier zu Gast gewesen, nie länger als drei Tage. Stets war mir eines aufgefallen: Das Leben in diesem Bauernhaus war ... anders. Die Menschen, die hier, ohne anklopfen zu müssen, ein und aus gingen – Nachbarn, der Briefträger, der Dorfpolizist, der Pfarrer –, redeten, dachten, hörten, waren ... anders. Die Arbeiten, die das Haus und sein Rundherum abverlangten, waren mir fremd. Der Geruch war mir fremd. Es roch nach Stall, nach Heu, nach geräuchertem Speck, nach Milch, nach gekochtem Gemüse, nach Kräutern und Gräsern, nach Bäumen, nach altem Holz, nach frisch gebügelter Bettwäsche, nach Tabak, nach durchlüfteten Räumen – nach Ehrlichkeit. Manchmal mehr nach dem einen, manchmal mehr nach dem anderen, aber irgendwie hatte ich das Gefühl, immer von allem ein wenig zu riechen. Ich freute mich darauf, endlich einmal länger als drei Tage hier zu verweilen.

Am liebsten wäre ich gleich hinaus in den Garten gegangen, Unkraut zu jäten und verstohlen in den Nachbarsgarten zu schauen. Am liebsten hätte ich mich gleich auf die Ofenbank in der warmen Bauernstube gelegt, um mich mit meinen Gedanken an dieses schöne Mädchen zuzudecken. Am liebsten hätte ich mich jetzt gleich dem fast meditativen Tun, dem Heruntertreiben der Milch in der Zentrifuge, die mir immer noch das Wissen verwehrte, weshalb dieses Gerät zwischen Milch und Rahm unterscheiden konnte, hingegeben, um mich träumend an den zarten Körper der Sanna zu schmiegen. Am liebsten hätte ich unverzüglich den Rahm im Butterfass zu Butter gestampft, damit ich durch die dabei entstehenden Geräusche mein eigenes Herz hätte pulsieren hören können. Nichts dergleichen.

Eine andere Wirklichkeit holte mich in das Jetzt. Mein Hosenschlitz stand offen, und ich hörte ein dickes Mädchen, ein Gast hier in Großmutters Bauernhaus, das gerade mit seiner Mutter die Treppe herunterkam, sagen: »Mach deinen Laden zu, sonst mach ich meinen auch auf!«

»Komm, ich zeig' dir dein Zimmer!«, rettete mich Nana aus dieser peinlichen Situation, ging mit mir bis in den zweiten Stock hinauf und wies mir die ganz neu hergerichtete Kammer gleich neben dem Stadel zu, da alle anderen Gästezimmer jetzt in den Sommerferien von Urlaubern besetzt waren. Wie sich noch herausstellen sollte, war das ein Glück für mich, denn hier oben führte eine Türe in den Stadel hinaus. Da konnte man ganz leicht unbemerkt davonschleichen, da konnte man ganz leicht unbemerkt jemanden zu sich in die Kammer bitten. Und die Kammer war schön. Alles mit Zirbenholz verkleidet. Es roch beinahe wie im Wald.

Als ich abends zu Bett lag, zog ich, und das hatte ich bisher noch nie getan, meinen Pyjama und meine Unterhose aus, warf alles auf den Boden.

»Schutzengel mein,
lass mich Dir empfohlen sein!
In allen Nöten steh' mir bei,
und halte mich von Sünden frei,
in dieser Nacht, ich bitte Dich,
erleuchte, führe, schütze mich!«*,

versuchte ich, meine verbotenen Gedanken an Sanna wegzubeten. Es half nichts. Mein Penis wurde steif, und es war mir unmöglich, ihn nicht in meine Hand zu nehmen und daran zu reiben. Als fließe von meinen Zehen, von meinen Fingerspitzen, von meinem Hirn aus Strom durch meinen ganzen Körper hin zu dieser bald einmal zu explodieren drohenden ... Dynamitstange, zuckte es in meinem gesamten Beckenbereich, einem Vulkan ähnlich, in dem glühendes Magma sich sammelt, brodelt, ungeduldig darauf wartet, endlich auszubrechen.

---

* Kindergebet

Schnell und schneller stülpte ich diese Haut da vorne an meinem Penis über diese Eichel da vorne. Alles vibrierte, und es funkelte in meinen zugepressten Augen, als künde eine um sich schlagende, brennende Zündschnur eine Katastrophe an, die nicht mehr aufzuhalten war. Und dann ... Mein Körper krümmte sich in eine Embryostellung. Der Schrei, den ich zu unterdrücken versuchte, war dennoch laut und blieb in meinem scheinbar letzten Atemzug stecken. So musste sich Sterben anfühlen. Ich atmete aus.

Ich hatte meinen ersten Orgasmus gehabt. Zumindest meinen ersten im Wachzustand selbst herbeigeführten. Das wusste ich nicht. Und das war schlimm. Als Kind denkt man nicht darüber nach, dass man essen und trinken muss, dass man aufs Klo gehen muss, dass man es mag, wenn die Mama einem einen Gute-Nacht-Kuss gibt, dass man geliebt und gescholten wird. Als Kind denkt man über Alltägliches nicht viel nach. Alles ist so, wie es ist. Gut. Manchmal vielleicht auch nicht. Dann schlecht. Meinetwegen. Aber das war neu. Ich hatte keine Ahnung, was da gerade mit mir geschehen war. Fühlte mich elend, krank, obwohl ich zugeben musste, dass dieser eine Moment, in dem diese mir unbekannte, milchige Flüssigkeit sich aus meinem Penis über meinen Bauch und meine Brust und meine Beine und blöderweise auch über die ganze Bettdecke ergossen hatte, der bis dahin wohl schönste in meinem Leben gewesen war. Außer vielleicht der Begegnung mit Sanna heute Nachmittag. Jetzt? – Unbehagen. Ein zutiefst schlechtes Gewissen. Mir gegenüber. Gott gegenüber. Nana gegenüber. Was würde sie wohl zu den Flecken, die ich mit einem am Waschbecken nass gemachten Handtuch zu säubern suchte, sagen?

Es klopfte an der Türe. Ich erschrak zu Tode. Gott sei Dank hatte ich vorsorglich abgesperrt.

»Ja?«

»Bist du noch wach?«

Ich erkannte die Stimme des blöden, dicken Mädchens.

»Nein!« ...

Während sich am nächsten Morgen das dicke Mädchen und ihre Familie in der Stube breitgemacht hatten, Kaffee oder Kakao schlürften, auf Buttergipfel Butter und Honig oder Marmelade schmierten, Wurst und Käse in sich hineinstopften, Müslis verschlangen, Joghurts auslöffelten, die *Bild*-Zeitung auffraßen, bat ich Nana, im Garten zu frühstücken. Sie schaute mich mit ihren klugen, wissenden, durchdringenden Augen liebevoll an.

»Natürlich! Genau das machen wir! Und du holst uns von nebenan frische Brötchen!«

Ich küsste meine Oma auf die Wange.

In der Bäckerei roch es herrlich nach frischem Brot und Kaffee. Dafür, dass das Haus, in dem Sanna wohnte, von außen recht groß wirkte, war der Verkaufsraum hier auffallend klein und deshalb auch mit nur wenigen Leuten – alles Frauen und Kinder, keine Männer – bereits voll. Ich blieb in der offenen Tür stehen und schaute mich nach Sanna um, die nirgends zu entdecken war, nicht hinter der Theke und schon gar nicht zwischen diesen von einem Fuß auf den anderen tretenden, mit einem Geflüster-Wirrwarr umhüllten Menschen. In den Händen hielten sie sowohl ihre Einkaufstaschen oder Körbe als auch ihre größeren oder kleineren Geldbörsen, die sie wie einen Schatz hüteten. Vielleicht waren sie das auch. Man redete über das Wetter, über die Heuarbeit, über Krankheiten. Eine alte Frau saß an einem kleinen Tisch und tunkte ihren Buttergipfel in die Tasse Kaffee vor ihr, bevor sie ihn langsam und bedächtig zum Mund führte, gleichermaßen langsam und bedächtig davon abbiss und wie in Zeitlupe darauf herumkaute. Die Frau hinter der Theke bediente freundlich, redete freundlich, hatte eine feine, angenehme Stimme. Es war ein Kommen und Gehen, und als endlich ich an der Reihe war, fasste ich all meinen Mut zusammen und fragte, nachdem ich die Brötchen bestellt hatte, nach Sanna.

»Sanna?«

Die nette Frau war etwas überrascht. Sie packte mir das Gebäck in meine mitgebrachte Einkaufstasche ein.

»Ich hätte sie gerne eingeladen, mit meiner Oma und mir zu frühstücken!«

»Wer bist du denn?«, fragte sie.

»Dodo.«

»Dodo?«

»So nennt man mich.«

»Und wie heißt du wirklich?«

»Dorian ...«

Eine unerträgliche Stille trat ein. Alle schienen dem Gespräch zu lauschen. Hatte ich was vergessen zu erwähnen? Die Gedankenrädchen der Frau hinter der Theke fingen an, sich zu drehen. Das konnte ich förmlich sehen.

»... Ich bin der Enkel von Nana.«

»Nana?«

Irgendjemand lächelte. Auffallend leise.

»Von meiner Oma. – Von Sarah Katner. Gleich nebenan.«

»Von Sarah? – Du bist ihr Enkel! Stefans Sohn!«

»Ja.«

»Du meine Güte! Dich hatte ich, als du noch ein kleines Baby warst, in meinem Arm gewiegt.«

»Wirklich?«

»Ja. Dein Papa ist der beste Freund meines Mannes. Du kennst doch Emanuel?«

»Natürlich.«

Emanuel war schon öfter bei uns zu Besuch gewesen, und wenn meine Familie hier bei Nana das Wochenende verbracht hatte, hatte er jedes Mal meinen Papa abgeholt. Dann waren die zwei hinauf nach Pianz gewandert, hatten dort jemanden besucht, waren weiter bis zu dem kleinen Waldsee gegangen, hatten darin gebadet.

Die Frau hieß mich mit einem freundlichen Händedruck herzlich willkommen.

»Ich bin die Irma, die Mama von Sanna. Sie ist Brot austragen gegangen. Kommt bestimmt bald zurück. Ich sage ihr, dass du hier gewesen bist und sie zum Frühstück eingeladen hast. Vielleicht kommt sie ja. Ich weiß es nicht. Sie hat so ihren Kopf.«

»Das ist gut. – So seinen Kopf zu haben«, war meine saublöde Bemerkung dazu.

Gelächter. Rundum. Ich kam mir unglaublich bescheuert vor. Und, als ob das noch nicht schlimm genug gewesen wäre, ließ ich die Tasche mit den bereits bezahlten Brötchen darin auf der Theke liegen, kletterte gerade über den Zaun, der Sannas Garten von Nanas Garten trennte, als Irma mir auf der Türschwelle, die Einkaufstasche in Händen, nachrief: »Du hast die Brötchen vergessen!«

Ich erschrak dermaßen, dass ich mir an der Spitze einer Zaunlatte die Hose in Oberschenkelhöhe aufriss.

Hoffentlich würde Irma ihrer Tochter nichts von meinen Ungeschicklichkeiten erzählen. Peinlich. Alles. So peinlich, dass ich jetzt hoffte, Sanna würde nicht zu Nana und mir frühstücken kommen. Ich würde wahrscheinlich vor Scham im Boden versinken, und Sanna müsste mich wie Unkraut ausjäten.

Sie kam. Braune Augen, so tief wie die dunkelste Nacht. Lange, dunkle Wimpern. Augenbrauen – dunkelblondschön. Haare – hellblondschön und zu Zöpfen geflochten. Ohren – kleinschön. Mund – vollschön! Hals – schmalschön. Mein Gott, wie verliebt ich war – und noch heute bin.

»Bist du Dodo?«

»Ja.«

»Machst hier wohl Urlaub? – Hallo Sarah!«

»Hallo Sanna! Ja, er macht hier Urlaub.«

»Schön.«

Ich brachte kein Wort heraus, während Sanna sich intensiv mit Nana unterhielt, Brot und Früchte und Käse aß, Tee trank, kurz einmal aufstieß, bevor sie sich an mich wandte.

»Barbara, meine Freundin, und ich, wir gehen heute Abend schwimmen. Oben, im Bergsee. Das machen wir oft. Willst du mit uns kommen?«

Ich stocherte mit meinem Zeigefinger im Loch meiner aufgerissenen Hose herum, kratzte an meinem schmalen, weißen
Oberschenkel und meinem schmalen Selbstbewusstsein.

»Ich weiß nicht. Ich glaube nicht.«

Nana und Sanna lächelten.

8
Sarah und Eva

Sarah und Maria sprangen Hand in Hand über Wiesen und Weiden, achteten darauf, dass sie keine Blumen zertraten, schon gar keine Vergissmeinnicht. Nur der Vollmond schenkte ihnen Licht, und Sarah schaute immer wieder zu ihm hinauf, sich selbst fragend, ob sie dort das Gesicht einer alten Frau vorhin tatsächlich gesehen hatte, so wie die elegante Frau und ihr hübsch angezogenes Kind am gegenüberliegenden Ufer des Sees, oder ob alles nur ein Traum gewesen war. An Letzteres glaubte sie kaum, war sie es seit frühester Kindheit gewohnt, Übernatürliches als eine Wahrheit anzunehmen. Sie war ja Marias beste Freundin. Da sah sie ein Mädchen in ihrem Alter weiter unten stehen, die Arme ausgebreitet, als würde es Maria und sie selbst auffangen wollen.

»Sanna!«, schrie Sarah.

Maria blieb stehen.

»Alles in Ordnung?«

Auch Sarah bremste ab.

»Ja. Alles in Ordnung.«

So plötzlich das fremde Mädchen aufgetaucht war, so plötzlich war es wieder verschwunden. Langsam wurde es Sarah ein wenig unheimlich. Und weshalb hatte sie den Namen des Mädchens gewusst? Ihn sogar gerufen? – Sanna. Seltsam.

Noch bevor die beiden das Haus betraten, gingen sie in den Stadel, um die beiden Emmas – so hießen seit jeher alle Ziegen auf dem Gehöft – zu begrüßen und zu kraulen.

»Tut uns leid«, meinte Maria, »heute konnten wir euch nicht mitnehmen. Es wäre zu spät für euch geworden. Ihr seid ja noch so klein und braucht den Schlaf.«

Wenig später schlichen die Mädchen auf leisen Sohlen durch die Küche, öffneten ruckartig die Tür zur Stube hinein, und Anna, die hinter dem Tisch in ein Buch vertieft war, erschrak fürchterlich.

»Seid ihr verrückt?«

Maria und Sarah fielen sich in die Arme und bückten sich vor Lachen. Wieder war es eigentlich nicht die lustige Situation an und für sich, die sie Freudentränen vergießen ließen, wieder war es die Tatsache, dass die beiden sich so sehr brauchten – und hatten. Augenblicklich durchbohrte Annas Seele ein Pfeil, da sie Maria weinen sah. Sie konnte sich nicht erinnern, das schon einmal erlebt zu haben. Und Anna freute sich.

»Ihr albernen Küken«, war die freundliche Reaktion darauf.

»Wo ist Mama?«, fragte Maria.

»Ja, wo ist Elisabeth?«, fragte auch Sarah.

»Unten, bei den Hubners.«

»Bei der strickenden Luisa?«

In Sarahs Stimme hatte sich ein Lächeln versteckt, vielleicht sogar ein wenig ein verächtliches.

»Ja. Bei der lieben alten Frau«, antwortete Anna.

»Um die Zeit?«

Maria ahnte die Bedeutung des Besuchs. Anna klappte ihr Buch zu, ein Lesezeichen darin, möge sie die Seite, auf der sie gerade gelesen hatte, gleich wieder finden.

»Kommt bestimmt bald zurück. Geht ihr beiden jetzt schlafen! Es ist spät.«

»Was liest du da?«, versuchte Sarah die Zeit hinauszuzögern.

Es war die Bibel. Anna las ein paar Zeilen daraus vor. Die Worte berührten Sarah. Irgendwie.

Denn in einer Weise redet Gott
und wieder in einer anderen,
nur achtet man's nicht.
Im Traum, im Nachtgesicht,
wenn der Schlaf auf die Leute fällt,

wenn sie schlafen auf dem Bette,
*da öffnet Er das Ohr der Leute ...**

»Zwanzig vor elf! Ab jetzt, ihr zwei verrückten Hühner! Schlafenszeit! Träumt schön!«

Die kleine Leiter, die von der Küche aus auf den offenen Dachboden über der Stube, der Schlafstätte der Mädchen, führte, war schon so alt, dass man nie wusste, wann eine Sprosse brechen würde. Es war jedes Mal ein Abenteuer, den Boden zu erklimmen. Maria und Sarah legten sich auf die ausgebreiteten Decken auf dem Stroh, so müde, dass sie sich nicht einmal mehr gewaschen hatten, sich nicht einmal aller Kleider entledigt hatten, obwohl beide noch den unvergleichlichen Moment in sich wirken ließen, als sie vor etwas mehr als einer Stunde Körper auf Körper am Ufer des Bergsees gelegen waren. Schön. Auf das Nachtgebet vergaßen sie ...

In den schlaftrunkenen Augen Sarahs kletterte eine Kreuzspinne von deren im Gebälk versteckten Schlupfwinkel aus mitten in die Fangspirale der eigenen Träume, die sich im Licht des Vollmondes zu drehen begann. Schnell und schneller. Schwindelerregend. Aus dem Kopf der Spinne heraus zwängte sich erneut das Antlitz der alten Frau, ein Vergissmeinnicht zwischen den Lippen. Erst wälzte Sarahs Körper sich getrieben hin und her, sodass Maria beinahe aufgewacht wäre. Dann aber, als die kleinen Blüten der blauen Blume in die Augen der Alten wanderten, die Pupillen mit Sanftmut und einer unbeschreiblichen Wärme überzogen – als ein Netz aus Liebe und Güte gesponnen –, beruhigte sich das Mädchen. Sarah streckte die Hand nach der schönen Frau.

›Bist du Eva?‹

›Ja, das ist Eva‹, antwortete Sanna, die plötzlich neben der alten Frau stand, sie an den Hüften mit beiden Armen fest umklammerte, ›meine Ururgroßmutter.‹

---

* Hiob 33, 14-16

9
Elisabeth und Luisa

Elisabeth stand vor der mit warmem Wasser gefüllten Schüssel, wusch das Geschirr des Abendmahls, war ganz in sich versunken. Anna saß auf dem Dachboden, ließ die Füße in die Küche hinunterhängen, schaute der Geliebten da unten zu.

»Was bedrückt dich?«

»Es ist schon bald zehn. Draußen ist es dunkel. Maria und Sarah sind noch immer nicht vom Bergsee zurück.«

»Um die beiden musst du dir keine Sorgen machen. Maria ist ...«

»Ja, ich weiß«, unterbrach Elisabeth, »sie ist ein außergewöhnliches Kind! Klug und vernünftig und mit einer besonderen Aura, wie du es vor langer Zeit schon erkannt hast. Trotzdem. Sie ist ein Kind.«

Anna hob die Beine an, stützte ihre Füße auf dem Querbalken ab, erhob sich und kletterte vorsichtig die kleine Leiter hinunter in die Küche zu Elisabeth, drückte ihren Busen an den Rücken der Freundin und nahm sie in den Arm. Elisabeth griff nach Annas ineinander greifenden Händen auf ihrem Bauch und führte diese an ihr Gesicht. Zärtlich strich Anna über Elisabeths Wangen. Das tat gut. Sanft küsste Anna Elisabeths Hals. Das tat gut. Dann nahm Anna das Geschirrtuch und trocknete Teller und Tassen, Messer, Löffel und Gabeln, während Elisabeth weiter das Geschirr spülte. Anna summte ein Lied, und Elisabeth stimmte ein, bis beide sich langsam an den Text wagten.

»Meerstern, ich Dich grüße,
o-oh, Ma-a-ri-i-ia hilf!
Mutter Gottes, süße,
o-oh, Ma-a-ri-i-ia hilf!

Ma-a-ria, hi-ilf u-uns allen
a-aus u-unsrer tiefen Not!«*

Da klopfte es, und die beiden zuckten zusammen. Wer konnte
das sein? Um die Zeit? Maria und Sarah würden nicht klopfen, würden hereinplatzen und den Raum für sich einnehmen.
Anna öffnete. Vor der Türe stand Elsbeth, die jüngste Tochter
der alten Hubnerin, der Luisa.

»Mama liegt im Sterben. Sie schickt mich nach dir, Elisabeth.«

»Nach mir? Weshalb?«

»Weiß nicht.«

»Ich kann nicht. Ich warte auf Maria. Sie ist noch nicht hier.«

»Hm. Das verstehe ich.«

Elsbeth. Sie war etwa gleich alt wie Anna. Siebenunddreißig
oder so. Nicht unattraktiv. Dunkelblondes, gewelltes, offenes
Haar, selten zu einem Rossschwanz gebunden. Rosa Wangen,
ein schmaler, langer Nasenrücken, verziert mit kaum sichtbaren,
kleinen Sommersprossen. Blutig rote Lippen. Grasgrüne Augen.
Ledig – so viel Anna zu wissen glaubte. Eigentlich wohnte Elsbeth in Landkirch, arbeite als Kellnerin in irgendwelchen Gast-
stätten, mal hier, mal dort. Die letzten Wochen aber hatte sie
sich um die kränkelnde Mutter gekümmert, da ihre beiden Brüder, die immer noch in dem Haus da unten mit Luisa zusammen
lebten, das heiratsfähige Alter längst überschritten, dazu nicht
im Stande waren. Männer eben. Anna hatte im Dorfgetratsche
einmal zu vernehmen geglaubt, dass Elsbeth nach Elisabeth benannt worden sei. Weshalb, wusste sie nicht. Vielleicht würde es
Luisa ihrer Freundin heute am Sterbebett erzählen.

»Geh nur mit! Ich bin ja da.«

Elisabeth, die keinen Drang dazu verspürte, war ihr die alte
Luisa immer schon ein bisschen seltsam gewesen, schüttelte
den Kopf.

---

* Paderborner Wallfahrtslied

»Den letzten Wunsch einer Sterbenden sollte man nicht verwehren, Elisabeth! Geh nur!«

»Na gut.«

Ein Donnergrollen begleitete die beiden Frauen auf dem Weg hinunter zum Hubnerhaus. Elisabeth schaute hinauf in den dunklen Himmel, dessen Wolken den Vollmond und die Sterne nur spärlich bedeckten. ›Wie damals!‹, ging es ihr durch den Kopf, als sie als vielleicht acht- oder neunjähriges Mädchen vom kleinen Küchenfenster aus ihre Mutter Eva beobachtet hatte, wie die im Dunkel des Hubnerhauses für eine ganze Weile verschwunden gewesen war.

... [Eva trat ein. Luisa krümmte sich in ihrem Ehebett. Ihre Haare schwitzten, ihr Gesicht schwitzte, der ganze Körper schwitzte. Das Nachthemd klebte daran. In Luisas Augen las Eva Furcht und das Flehen, sie möge doch helfen – sie, die Hexe. Eva trat heran. Ruckartig wich Luisa zurück. Dann legte Eva ihr die Hand auf den schwangeren Bauch. Eine angenehme, schmerzmildernde Wärme durchfuhr Luisas Körper, und als Eva die Hand wieder hob, ergriff die werdende Mutter diese, legte sie noch einmal auf ihren Bauch und hielt sie mit beiden Händen fest. Eine ganze Weile lang.

Sie gebar ein gesundes Mädchen. Luisa bedankte sich nie mit Worten bei Eva, wollte das Kind aber nach ihr benennen. Ihr Mann ließ es nicht zu.] ... [»Die Töchter«]

Und dann hatte der Hubner, der Vater des Kindes, Eva auf der Türschwelle lauthals beschimpft. Seither verspürte Elisabeth eine gewisse Abscheu dem Haus und seinen Bewohnern gegenüber. Zeit ihres Lebens hatte sie diese ›Brutstätte des Teufels, übersät mit an die Wände und Seelen genagelten Leichnamen, von denen man vermutlich hofft, dass einer vielleicht Christus sei, der vergeben möge‹, nie betreten. Elisabeth schämte sich sogleich ihrer bösen Gedanken, kannte sie die Hubnerin kaum, hatte sie das alte Weib nur manches Mal hinter dem Fenster sitzend beobachtet, meist Socken oder Mützen strickend. Was wollte Luisa von ihr?

Elisabeth war überrascht. Das Haus roch nicht verfault, vermodert, nach Krankheit oder Verwesung. Im Gegenteil. Da waren Kamille und andere Kräuter zu riechen. Selbst die Kammer war durchlüftet. Die Alte saß aufrecht im Bett. Schaute keineswegs kränklich aus. Wirkte ausgeruht. Irgendwie. Lächelte.

»Du bist gekommen. Wie schön. Meine Zeit drängt, dir einiges zu erzählen.«

Dass sie am Vortag vom Fenster aus beobachtet hatte, wie Elisabeth von der großen Eiche gefallen war, dem spitzen Grabkreuz des Bruders entgegen, wie sie plötzlich, wie von Geisterhand bewegt, zuerst in der Luft geschwebt und dann in die Wiese neben das Grab gelegt worden war, darüber würde Luisa nichts sagen.

Elsbeth wollte die Kammer verlassen.

»Bleib da! Das betrifft auch dich!«

Die Tochter setzte sich zu Luisa aufs Bett, während Elisabeth auf einem Stuhl Platz nahm. Dann begann die Alte aus ihrem Nähkästchen zu plaudern.

»Vor vielen, vielen Jahren, ich war noch ein kleines Mädchen, lebte unten in Aach, da begann das große Unrecht an deiner Familie, das euch über Generationen hinweg angetan wurde, hervorgerufen durch Neid und Missgunst, durch Eifersucht, Hass und Niedertracht. Mein Vater selig, Walther hieß er, war vielleicht ein guter Katholik, jedenfalls ein schlechter Mensch. Wir waren ziemlich arm. Er arbeitete auf dem Hof des Brandner Josefs, des damaligen Sägewerkbesitzers. Ein abscheulicher, die für ihn schwer schuftenden Arbeiter ausbeutender Geizhals. Schon im jungen Mannesalter wollte mein Vater in dessen Hof einheiraten, war wohl verliebt in die Tochter gewesen, in die Anita. Die aber hatte sich für Anton Taler entschieden, der aus der Stadt zurückgekehrt war, Medizin studiert hatte. Anton war dann ja auch der Doktor unten im Dorf, und er war der beste Freund deines Großvaters Hans ...«

Langsam wurde Elisabeth ungeduldig. Was hatte das alles mit ihr zu tun? Sie war nahe daran, dem Gespräch ein Ende zu setzen, wieder hinauf in ihr eigenes Haus zu gehen. Vielleicht waren Maria und Sarah inzwischen daheim. Luisa bemerkte die Unruhe Elisabeths und versuchte, auf den Punkt zu kommen.

»... Na ja, auf jeden Fall war dein Großvater Hans der Jäger hier oben in Pianz. Und das war mein Vater ihm neidisch gewesen. Er hätte gerne selbst so einen tollen Posten gehabt. Der hätte ein gutes Zubrot bedeutet. Wenigstens das sollte das Leben ihm nicht verwehren. Dann geschah das erste Unglück!«

... Walther schwitzte am ganzen Körper in der sengenden Hitze, fluchte gotteslästernd über die vielen Steine, die sich ihm beim Pflügen des trockenen Ackerbodens in den Weg gelegt hatten. Manchmal war einer so groß, dass er den vorgespannten Gaul – »Brrrrrr!« – anhalten musste, um den Stein mühsam zu heben und aus dem Feld zu schmeißen. Er trat gegen das hölzerne Gestell des alten, klapprigen Handpfluges, als wäre der für die schweißtreibende Knochenarbeit verantwortlich, als würde der Pflug ihn schadenfroh verhöhnen.

»Du scheißaltes Ding! Ich werde dir den Garaus machen, dich kurz und klein schlagen, du verrecktes Miststück. Dann ist der Alte gezwungen, einen neuen Pflug her zu tun. Der verfluchte geizige Schweinehals!«

Ruhig! Schrie da nicht jemand? Walther horchte, lugte um sich. Doch nicht. – Doch.

»Jesus Christus!«

Das kam aus dem Haus. Anita! Walther eilte hin. Auf der Treppe vor dem Eingang des großen, weißen Bürgerhauses waren schon beinahe alle Angestellten versammelt und versperrten ihm den Blick hinein.

»Was ist denn? Was ist denn geschehen?«

»Ich weiß es nicht«, antwortete Franz, der für den Stall und die Tiere verantwortlich war, »ich weiß es nicht.«

Der alte Brandner trat vor die Tür, die Hände in den Taschen der Lodenhose vergraben, das Kinn in den faltigen, dicken Hals gedrückt, die Unterlippe über die Oberlippe gestülpt, die Augen mehr geschlossen als offen, die Brauen Richtung Nasenwurzel gedrückt – Stirnrunzeln.

»Ein Unfall. Ein tragischer Unfall. Anton ist tot ...«

Heidi, die junge Dienstmagd, schrie das Entsetzen, das allen anderen im Hals stecken blieb, aus sich heraus.

»... So! Geht jetzt wieder an die Arbeit! Genug Schau! ...«

Dieser gottverdammte, seelenlose Brandner! Das konnte er doch nicht ernst gemeint haben?

»... Na, wird's bald! Ich zahle euch nicht fürs Herumstehen! Heidi, du gehst den Pfarrer holen! Und er soll sein Werkzeug mitbringen.«

Heidi war es auch, die Walther am späteren Nachmittag erzählte, was geschehen war. Der Brandner habe in einem Streit dem Anton einen Krug Wein über den Kopf geschlagen. Der sei unglücklich mit dem Hinterkopf auf eine Tischkante geknallt, sei in den Armen Anitas verstorben. Walther witterte sein Glück – in diesem Unglück. Für Anita war es zu spät. Die würde er nicht bekommen, allein deshalb nicht, da er selbst verheiratet war und zwei Töchter hatte. Luisa und Elke. Der Jägerposten, der aber war in greifbare Nähe gerückt. Sein Plan war durchtrieben und sicherlich nicht einfach umzusetzen. Er müsste klug vorgehen.

Als Walther kurz vor Einbruch der Dunkelheit auf dem Weg hinauf nach Pianz an der Marienkapelle vorbeikam, ging er schnurstracks daran vorbei. Sonst hatte er dort immer Zeit für ein Gebet gehabt. Er klopfte an die Türe des alten, kleinen Bauernhauses, das ganz oben am Waldrand des Bergdorfes Pianz stand. Hans öffnete.

»Du? Um die Zeit? ...«

Er wusste, dass Walther seiner nicht gut gesinnt war, dass dieser Windhund da vor ihm auf seinen Jägerposten scharf war.

»... Was willst du?«

»Ich bringe traurige Nachricht.« ...

Die nächsten Wochen und Monate besuchte Walther ihn immer wieder, heuchelte ihm Freundschaft vor, schimpfte über den Brandner Josef, diese elende Bestie, diesen Mörder, der dem Tal und seinen Bewohnern nur Verderben bringe, diese Kröte, die zertreten gehöre.

»Das Schwein! Nutzt uns alle aus. Soll er doch selbst einmal die schweren Holzstämme mit dem Schlitten ins Tal lenken. Das wäre ihm eine Lehre! ...«

Der Gedanke gefiel Hans, das spürte Walther, und er schürte das Feuer.

»... Was glaubst du, wie er sich in die Hosen machen würde, dieser alte Feigling!« ...

Der Winter war hereingebrochen. Es war schon Abend. Hans liebte die Geräusche, die seine schweren Schuhe erzeugten, wenn er durch den kalten, kristallenen Schnee stapfte, aufgrund der weißen Decke unbemerkt auf einen Ast trat, der unter ihm knackste. Er war auf dem Weg zu einer der vielen Futterstellen, wollte ein wenig trockenes Heu aus dem kleinen Stadel in die Krippe werfen, als er dem Brandner Josef begegnete. Der ging gerade seiner großen Leidenschaft, dem Jagen, nach. Blitzschnell richtete Hans sein Gewehr gegen den verhassten Mörder, hieß ihn, seines auf den Boden zu werfen. Jetzt würde der Alte ihm nicht mehr auskommen, jetzt würde Hans Rache nehmen am Tod seines geliebten Freundes Anton. Die Leute aus Pianz hatten heute schwer im Holz geschuftet, das wusste Hans, und bestimmt würde noch ein Schlitten auf dem Forstweg bereitstehen, um ihn ins Tal zu kutschieren. Das war wirklich eine tolle Idee des neugewonnenen Freundes Walther gewesen. Das würde der gottverfluchte Brandner jetzt tun müssen.

»Na los, beweg dich! Rauf zum Forstweg!«

»Bist du verrückt, Hans? Was soll das? Ich werde dich anzeigen, du jämmerlicher, armseliger Hurensohn! Ich werde dich im Verband auffliegen lassen, dann kannst du dir deinen Nebenverdienst in den Arsch stecken!«

»Wird's bald! ...«

Hans war so in Rage, dass er den Brandner richtiggehend durchs Unterholz hetzte, immer wieder mit dem Gewehr auf dessen Rücken stieß.

»... Los, schneller! ...«

Oben auf dem Forstweg stand wirklich ein Schlitten. Leider war nur ein einziger Baumstamm daran gebunden. Egal. Dem Alten würde der schwer genug sein.

»... Und jetzt ab ins Tal damit!«

»Spinnst du vollkommen? Ich kann das nicht, hab' das mein Leben lang nie gemacht.«

»Du winselnde Kröte, du! Herrschen, ja, das kannst du. Heute werden einmal die Rollen getauscht. Heute bin ich der König und du mein Diener! Nimm die Kufen in deine Hände! – Oder soll ich dir lieber eine Kugel verpassen?«

Hans schien tatsächlich von Sinnen. Der Brandner tat lieber, was ihm befohlen ward. Knie schlotternd. Trotz Kälte Schweißperlen von der Stirn wischend. Nachdem Hans von hinten den Schlitten angeschoben hatte, der Schlitten in Bewegung geraten war, der Verrückte sich auf den Stamm gesetzt hatte, ihm immer wieder das Gewehr gegen den Rücken stieß, machte sich der Brandner Josef tatsächlich in die Hosen. Warm und klebrig rann ihm die Pisse die Beine hinunter bis in die Kniehöhlen – und weiter. In diesem peinlichsten und gefährlichsten Moment seines Lebens – der Schlitten wurde trotz ständigen Bremsens mit den Füßen immer schneller und schneller, der Baumstamm drückte mehr und mehr, die Kurven wurden steiler und kaum mehr bezwingbar – erinnerte sich der Opernliebhaber auf seiner Fahrt ins Ungewisse an das Konzert, dem er noch zusammen mit Anita und Anton in Landkirch beigewohnt hatte. *Der Freischütz*. Der zum Teil zu Eis verkrustete Schnee spritzte ihm ins Gesicht, stach wie tausend kleine Nadeln unbarmherzig zu. Hans konnte es nicht fassen. Der Brandner fing an zu singen, und die Waldgeister spielten mit und schienen sein Leben auszuzählen. Ein markerschütterndes Echo breitete sich über den Wipfeln der Bäume aus. Unheimlich.

»Ha! Furchtbar gähnt
der düstre Abgrund, welch ein Graun!«
Eins ... eins-eins-eins!
»Das Auge wähnt
in einen Höllenpfuhl zu schaun!«
Zwei ... zwei-zwei-zwei!
»Wie dort sich Wetterwolken ballen,
der Mond verliert von seinem Schein!«
Drei ... drei-drei-drei!
»Gespenst'ge Nebelbilder wallen,
belebt ist das Gestein!«
Vier ... vier-vier-vier!
»Und hier, husch, husch,
fliegt Nachtgevögel auf im Busch!«
Fünf ... fünf-fünf-fünf!
»Rotgraue narb'ge Zweige strecken
nach mir die Riesenfaust!«
Sechs ... sechs-sechs-sechs!
»Nein! Ob das Herz auch graust,
ich muss! Ich trotze allen Schrecken!«*

Augenblicklich sprang Hans vom Baumstamm. Die steile Kurve vor ihnen würde der Brandner nie schaffen. Tat er auch nicht. Er stürzte samt Schlitten eine steile Felswand geradewegs in die Hölle.

Sieeeeeben ... sieeeeeben-sieeeeeben-sieeeeeben!

---

* Carl Maria Weber / Johann Friedrich Kind

Den entscheidenden Hinweis, wer für den Tod des Brandner Josef verantwortlich gewesen war, gab Walther dem beorderten Polizeihauptwachtmeister aus Landkirch. Es folgte ein Gerichtsverfahren wegen Totschlags, bei dem Hans zu zehn Jahren Haftstrafe verurteilt wurde. Die aber überlebte er nicht. ›Lungenentzündung‹ stand auf dem Totenschein. ›Zu wenig Luft in dem stickigen Kerker‹ wäre passender gewesen.

Den freigewordenen Jägerposten erhielt Walther, der daraufhin die ungeliebte Arbeit auf dem Brandner-Hof aufgab, ab und an kleinere Aufträge da und dort annahm, sich aber hauptsächlich auf die Jagd konzentrierte. Einmal traf ihn eine selbstgegossene Gewehrkugel. Walther war gleich tot. Es kam nie heraus, wer da geschossen hatte, ob es ein Querschläger oder kaltblütiger Mord gewesen war. Fritz, der vierzehnjährige Sohn von Hans, verließ damals die Heimat und wanderte nach Italien aus. Er soll Seemann geworden sein. Eva, seine Schwester, würde Zeit ihres Lebens nie mehr etwas von ihm hören. Als zehnjähriges Mädchen war Eva als Dienstmagd zu Anita auf den Hof gekommen, wo sie bis ins Erwachsenenalter hinein arbeitete. Später zog sie nach Landkirch, besuchte nur noch selten die Heimat. Dann starb auch ihre Mutter Hannah …

Elke, die Schwester Luisas, war sich nicht sicher. Sie trat von einem Fuß auf den anderen. Streckte ihren Hals. Es waren viele Leute zu Hannahs Beerdigung gekommen. Ja. Das da vorne, vor dem offenen Grab, das war Eva. Bestimmt. Hannahs verschollene Tochter, die vor vielen Jahren bei Anita als Dienstmagd gearbeitet hatte. Elke war ihr , als sie beide noch Kinder gewesen waren, oft beim Einkaufen begegnet, hatte mit ihr getratscht. Sie sogar einmal auf dem Hof besucht, weil Eva ihr das Reiten hatte beibringen wollen. Elke war zu ängstlich gewesen. Mein Gott, Eva! Sie lebe in Landkirch, munkelten die Leute. So genau wusste das niemand.

Der Herr tötet und macht lebendig,
führt ins Totenreich und wieder herauf.*

Und wer war der Mann neben ihr? Keine Ahnung. Plötzlich drehte der sich um. Elke traute ihren Augen nicht. Johann. Der hübsche Junge von damals, der auf dem Brandner-Hof im Stall gearbeitet hatte. Die Mädchen des Dorfes waren verliebt in ihn gewesen. Auch Elke. Er sah immer noch teuflisch gut aus. Diese blauen Augen. Die blonden, vollen Haare. Ein richtiges Muskelpaket. Braungebrannt.

Der Herr macht arm und macht reich;
Er erniedrigt und erhöht.
Er hebt auf den Dürftigen aus dem Staub
und erhöht den Armen aus der Asche,
dass Er ihn setze unter die Fürsten
und den Thron der Ehre erben lasse.*

Jemand griff nach Elkes Hand und holte sie so aus ihren Gedanken. Es war Gerhard, ihr Mann. Sie betrachtete ihn von oben bis unten, als sähe sie ihn zum ersten Mal. Sah auch nicht übel aus. Die beiden lebten oben in Pianz.

Denn der Welt Grundfesten sind des Herrn,
und Er hat die Erde darauf gesetzt.*

»Was bist du denn so fickerig?«, fragte Gerhard, als sie wieder daheim waren.

Das andauernde Hin und Her nervte ihn. Raus aus dem Haus, rein ins Haus! In die Küche. In die Stube. In die Kammer. Schubladen auf, Schubladen zu. Sitzen. Stehen. Schlurfen. – Murmeln.

»Bin ich doch gar nicht.«

---

* 1. Sam 2, 6-8

Elke war genervt. Johann ging ihr nicht mehr aus dem Sinn. Und jetzt war er wieder weg. Sie würde ihn vielleicht nie mehr – Wie lange war das her? Fünfzehn, sechzehn Jahre? – sehen.

»Bist du doch!«

»Ach, lass mich!«

Sie ging vor das Haus, setzte sich auf die kleine Bank unter dem Stubenfenster. Es dämmerte schon. Pianz war ein beschissenes Dorf. Rinder, Hühner, Schafe, Hunde und Katzen fühlten sich hier vielleicht wohl. Aber sie doch nicht! Sie hätte nicht hier heraufheiraten sollen. In dieses Loch. In Aach gab es wenigstens einen Schuster und eine Bäckerei, einen Bader und einen Krämer, ein Kleidergeschäft, einen Pfarrer, einen Müller und weiß Gott, was noch! Und hier? Lauter Berge und Bäume und Sträucher und steile Wiesen und Fußwege und Kuhfladen, in die man trat. Und Zäune. Vor allem Zäune, vor und hinter denen nichts war. Absolut nichts! Mist! – Allerhöchstens!

»Hallo! Du bist die Elke? Stimmt's?«

Ihr zuckte das Herz. Träumte sie? Eva stand da und streckte ihr die Hand entgegen. Daneben – Johann!

»Ja, stimmt! …«

Elke stand auf.

»… Und du bist Eva«, sagte sie händeschüttelnd.

»Genau. Darf ich dir …«

»Johann!«

»… vorstellen?«

Auch er reichte Elke die Hand.

»Ich weiß. Ich kenn' dich.«

»Wirklich? Woher?«

»Aus Aach. Du warst der Stalljunge auf dem Brandner-Hof! – Richtig?«

»Richtig.«

»Was macht ihr hier in Pianz?«

»Wir werden hier leben!«, lächelte Eva. »Wir ziehen in unser altes Haus!«

Elke freute sich. Und jetzt wusste sie es. Der Mann da vor ihr war – ihr Traummann ...

Innerlich aufgewühlt horchte Elisabeth aufmerksam zu. Luisa sprach von ihrer Mama und ihrem – Papa. Von ihrem Papa! Wie lange hatte sie nicht mehr an ihn gedacht. Sie war drei Jahre alt gewesen, als er im Holz verunglückt war. Dass er ein so schöner Mann gewesen sei, das hörte sie gerne. Oft hatte man ihr beteuert, wie sehr sie ihm glich. Elisabeth aber hatte kein Bild mehr von ihm. Keines in ihrer Erinnerung und schon gar kein Foto. Gab es gar nicht. Sie versuchte, sich ihren Papa vorzustellen. Luisa hatte ihn sehr genau beschrieben. Das Bild aber blieb verschwommen, sah mal so, mal so aus. Es gelang ihr nicht wirklich.

Elsbeth saß auf der Bettkante und hielt die Hand der Mutter.

»Tante Elke? Von der du mir so viel erzählt hast? Die war in Elisabeths Vater verliebt gewesen?«

»Ja. Und wie!«, antwortete Luisa. »Und das war nicht gut!«

... Während die anderen der Heuarbeit nachgingen, saß Elke auf einem Stein, umklammerte ihren Rechen, beobachtete Johann. Bisher hatte sie den Geruch von Heu und Tannennadeln und schwerer Arbeit gehasst. Schon damals war es ihr ein Gräuel gewesen, mit Mutter oder Vater in den Wald zu gehen, um blöde Preiselbeeren oder Moosbeeren oder Himbeeren oder Pilze oder Holunder oder Zapfen von Zirben zu sammeln. Kühe und Rinder hatte sie Zeit ihres Lebens gehasst, hatte Angst vor ihnen gehabt. Sogar vor Schweinen. Die Berge waren für sie stets wie Gitterstäbe eines Gefängnisses gewesen, die man nur schwer verbiegen konnte, um ausbrechen zu können. Das Wandern ihr ein Ekel. Jetzt hatte das alles an Bedrohlichkeit verloren. Seit Johann hier im Dorf lebte, hatte sich ein Zauber, ein Kribbeln über all das gestülpt. Das Leben war aufregend geworden. Spannend. – Nur Eva störte. War schwanger, die Schlampe. Die beiden sollen in der Stadt geheiratet haben. Wer's glaubt! Eva war das Übel in ihrem Leben, das Elke irgendwie ausschalten musste. Ein kleiner Unfall vielleicht!

Gerhard sah, wie seine Frau die Bluse aufknöpfte, zu viel Busen zeigte. Auch den Rock hatte sie hochgezogen. Bis über die Knie. Saß breitbeinig da. Schamlos. Es war ihm klar, weshalb sie das tat. Seit dieser blöde Johann hier aufgekreuzt war, hatte Elke sich verändert. Vor allem ihm, Gerhard, gegenüber. Sie ging ihm aus dem Weg, schaute ihn verächtlich an. Im Bett drehte sie ihm den Rücken zu. Er unterbrach die Arbeit, stützte sich auf seinen Rechen. Es war heiß. Viel zu heiß. In Gerhard brodelte es. Sein Hemd war klatschnass. Er atmete tief und schwer. Die Bilder, die in ihm kreisten, ließen ihn taumeln. Johann ging an ihm vorbei, schaute ihn nicht einmal an. Ging geradewegs auf Elke zu, kniete vor ihr nieder. Dann knöpfte er ihr die Bluse ganz auf. Sie war nackt darunter. Johann saugte an Elkes Busen, griff ihr unter den Rock. Gerhard drehte sich nach allen Seiten. Die anderen schien das nicht zu interessieren. Völlig unbeeindruckt gingen sie ihrer Arbeit nach, taten so, als sähen sie diese Schweinerei da drüben nicht. Selbst Eva rechte seelenruhig weiter.

»Ja, seid ihr denn blind? – Eva!«, schrie Gerhard und fiel in sich zusammen.

Jetzt schauten alle auf. Rannten zu ihm. Auch Johann, der gerade mit der Gabel Heu auf den Hänger geladen hatte ...

Es war eine Tochter. Elisabeth. Eva und Johann waren die glücklichsten Eltern auf Erden. Und wie hübsch die Kleine war. Ganz der Vater. Liebevoll kümmerten sich die beiden um ihren süßen Fratz. Den dreien da oben im Haus am Waldrand ging es wirklich gut. Das konnten alle sehen. Beneidenswert.

Kalt wie ein Stein schaute Elke hinauf. Sie würde Johann noch bekommen. Eines Tages. Ihr Weg dorthin sollte über Eva selbst führen. Erst einmal musste Gerhard beiseite geschafft werden ...

»Elisabeth ist wirklich ein herziges Kind! Ihr müsst stolz auf sie sein!«

Die häufigen Besuche Elkes nervten Eva. Sie traute ihr nicht. Die verliebten Blicke, die sie ihrem Mann Johann zuwarf, waren unübersehbar. Elke war ein falsches Luder. Eva rührte weiter an ihrem Pfannkuchen-Teig. Blieb höflich.

»Sind wir! ... Du und dein Mann? Wollt ihr keine Kinder?«

»Nein! Weißt du, ich mag ja noch nicht einmal Kühe oder Schweine. Ich meine ... mich um sie kümmern ... mag ich nicht. Kinder sind nicht meins. Elisabeth natürlich ist ... süß. Klar. Aber ... so den ganzen Tag?«

Es war besser, jetzt einfach still zu sein. In was hatte sich Elke jetzt nur wieder verheddert?

»Wie geht es deinem Mann?«

Eva nannte ihn absichtlich nicht beim Namen, betonte jedes Mal *dein* Mann, *deinem* Mann, *deinen* Mann, um Elke daran zu erinnern, dass sie bereits einen hatte.

»Mal so, mal so. Er war die letzten Wochen ziemlich kränklich.«

»Ja, ich weiß.« ...

Gerhard krümmte sich in seinem Bett. Ihm war kalt, und er hatte Magenkrämpfe. Kaum auszuhalten. Seit Wochen und Monaten spielte sein Körper verrückt. Mal war ihm speiübel, dass ihm der scheußlich schmeckende Gallensaft bis in den Rachen schoss, dann wieder schüttelte es ihn, weil ihm kalt war (vor allem im Kopf, als hätte Gott ihm Eiszapfen eingepflanzt!) oder weil er Krämpfe hatte. Am nächsten oder übernächsten Tag ging es ihm besser, und er konnte seiner Arbeit nachgehen. Und dann fing alles wieder von vorne an. Auch das Atmen fiel ihm schwer. Häufig blieb ihm die Luft im Brustkorb oder im Hals stecken, und Gerhard bekam panische Angst, zu ersticken. Gab seltsame Geräusche von sich. Wie ein Seehund. Atmete endlich ein und aus. Wenigstens war Elke wieder vernünftig geworden. Sie kümmerte sich aufopfernd um ihn. Sorgte sich.

Dass es ihm in seinen immer wiederkehrenden, teuflischen Krankheiten einmal so, einmal so ging, lag daran, welche giftigen Kräuter oder Pilze Elke in das Essen gemischt hatte. Schwarze Tollkirsche. Herbstzeitlose. Fliegenpilz. Hundspetersilie. Blauer Eisenhut. Sie musste vorsichtig sein. Immer nur ganz wenig – eine kleine Prise. Heute vielleicht ... Eisenhut! Morgen? ... Fliegenpilz! Dann tagelang nichts. Niemand im Dorf durfte Verdacht schöpfen. Die Leute sollten mitansehen können, wie es Gerhard einfach schlecht ging. Dass er krank war. Der Doktor, der nur selten nach Pianz kam – Gerhard ging nie zu ihm! –, wurde gerufen, wenn er auf dem Weg der Besserung war. Der konnte nichts feststellen, verschrieb Kamillen- oder Salbeitee. Und ausruhen. Schlafen. Viel schlafen.

»Danke, Doktor!«

Nach etwa einem Jahr des Leidens starb Gerhard. Im Herbst.

›Komisch‹, dachte Elke, ›gestern noch habe ich ihm Herbstzeitlose ins Essen gemischt. Schicksal.‹ ...

Die Schlampe war schon wieder schwanger. Elke konnte es nicht fassen. Sie musste Eva loswerden. Bei Johann hatte sie gar nichts erreicht. Nicht einmal großes Mitleid mit ihr hatte er gehabt, als vor einigen Monaten ihr Mann Gerhard nach langer, schwerer Krankheit verstorben war. Dabei hatte sie in ihrem Schmerz so sehr danach ... ja, fast gefleht! Die anderen, genau, die waren mitfühlend gewesen. Hatten ihr die Tränen getrocknet. Das war kein Trost gewesen. Die sauberen Taschentücher waren vergebens schmutzig gemacht worden. In Johann seines hätte sie gerne geschnäuzt – immer noch.

Elke wurde halb wahnsinnig. War allein. Selbst ihre Schwester war nicht greifbar. Der Tod des Schwagers hatte Luisa unerwartet betroffen und nachdenklich gemacht. Sie erschreckt. Schon lange hatte sie das mörderische Tun Elkes geahnt, nichts dagegen unternommen. Beim Begräbnis hatte sie ihre Vermutungen mit dem Kreuz Jesu Christi unter der Erde ihres eigenen Seelen-Gartens vergraben, zupfte jetzt ihr schlechtes Gewissen mit andauerndem Arbeiten und einem ›Sich-einfach-irgendwie-Beschäftigen!‹ wie Unkraut aus ihrem Kopf, begoss das eigene Leben mit ihren vier Kindern und ihrem Mann ›eimerweise‹ mit dessen Samen. Sie war wieder schwanger. Das Kind würde vieles vergessen machen. Von Elke hielt sie sich, so gut es ging – fern.

Nein. Auf Luisa konnte Elke nicht hoffen. Eva war es, mit der sie die meiste Zeit verbrachte. Mit der sie reden konnte. Irgendwie seltsam. Sie besuchte die Freundin häufig. Johann war meistens nicht da. War im Wald oder bei der Heuarbeit oder im Stadel. Schnitzte irgendwelches Spielzeug für Elisabeth.

»Morgen? … Ja, natürlich – ich weiß. Ja … ich bin auch dabei. Aber du, Eva? Wie willst du das mit der Kleinen machen? Und … mit deinem dicken Bauch?«

»Das geht schon.«

»Es ist ein weiter Weg bis zum Maiensäß.«

»Vielleicht brauche ich halt ein bisschen länger.«

»Die Heuarbeit ist streng. Eva – du bist schwanger.«

»Ja, schwanger. Nicht krank. Ich freue mich schon. Da oben ist es schön. Und ich mag die Heuarbeit.« …

Die anderen waren schon weit voraus. Eva störte das nicht. Sie betrachtete mit Elisabeth Regenwürmer und Raupen, pflückte der Tochter Himbeeren und schob sie ihr in den Mund, verfolgte mit der Kleinen Schmetterlinge, freute sich mit ihr über das Eichhörnchen, das gerade einen Baumstamm hinauf huschte.

Jetzt kamen sie an der *Teufelswand* vorbei. Elisabeth drückte den Kopf weit in den Nacken und schaute nach oben. Pah! Eva hielt ihre Hand. Hier war es ein bisschen gefährlich. Der Weg war an der Stelle nicht sehr breit. Und so steil, wie es die Felswand hinaufging, so steil ging es auf der anderen Seite die mit nur wenigen Bäumen bewachsene Böschung hinunter. Plötzlich zuckten die beiden zusammen. Was war das für ein Knall, ein Donnern? Ein großer Stein sauste über ihre …

Elisabeth sprang ruckartig von ihrem Stuhl auf. Ja! – Sie konnte sich erinnern.

... Köpfe hinweg. Eva hob blitzschnell das Kind auf, drückte es an die Brust und rannte – rannte – rannte. Als die Gefahr vorüber war, blieb sie stehen. Elisabeth weinte, und Eva strich ihr über das blonde Haar. Versuchte, die Kleine zu beruhigen. Das war nicht leicht, zitterte sie selbst am ganzen Leib, lagen auch in ihren Augenwinkeln Tränen.

»Ist gut, Elisabeth. Ist gut. Alles ist gut.«

»Mama, was ...«

»Ein Stein, Elisabeth. Ein Stein ist heruntergepurzelt.«

Noch einmal schaute Eva die Wand hinauf. Elke konnte sie nicht sehen. Die war auf dem Bauch liegend zurückgerobbt.

›Mist! Verfehlt!‹ ...

Es war ein Junge. Jakob. Ebenfalls ein süßer Fratz. Er war jetzt ein Jahr alt. Elke wollte gerade die Tür öffnen, da kam Johann aus dem alten, kleinen Bergbauernhaus ganz oben am Waldrand von Pianz heraus.

»Grüß Gott, Nachbarin! Geh nur hinein! Eva ist in der Küche.«

»Ja ... kurz ... auf einen Schwatz!«

Sie hatte es aufgegeben. Es hatte keinen Sinn. Johann würde sie nie bekommen. Die kleine Familie hier war unzertrennlich. Elke betrat die Küche. Eva hatte Jakob auf dem Arm, trocknete so das Frühstücksgeschirr ab. Was für ein schönes Bild!

»Hallo, Tante Elke!«

»Hallo, Elisabeth!«

Tante. Das sagte die Kleine immer.

»Warum weinst?«, fragte das Kind.

»Tu ich doch nicht. Das ist nur ... der Heuschnupfen ... weißt du.«

Elisabeth schaute sie mit ihren großen blauen Augen an. So ein schönes Mädchen. Alles hier war so unglaublich schön. Und sie, Elke, hätte das beinahe zerstört. Die letzten Monate war irgendwas mit ihr passiert. Sie war kein guter Mensch geworden, nein. Eher ... schwermütig. Gleichgültig. Sie war ... einsam. Abgemagert. Aß kaum etwas. Ließ Haus und Stall und Kleidung und Haare vergammeln. Lebte meist nur von dem, was Luisa, die jetzt doch wieder Mitleid mit der Schwester hatte, oder Eva ihr gaben. Was auf dem Frühstückstisch übrig geblieben war. Zum Beispiel. So wie jetzt. Hie und da ein gutes Wort. So wie jetzt.

»Magst du zu Mittag bleiben? Die Kinder und ich sind allein. Johann wird wohl erst abends nach Hause kommen.«

»Nein, nein. Ich sitz' hier noch ein bisschen, wenn ich darf, dann gehe ich.«

»Natürlich darfst du.«

Eva schenkte ihr Tee nach. Elisabeth holte Spielkarten aus der Tischlade, baute damit ein Haus.

»Küche. Stube. Und da ... mein Zimmer. Papa baut mir eins!«

»Das ist schön. Alles hier ist schön.«

Es war schon fast Mittag. Der kleine Jakob war auf einer Decke am Boden eingeschlafen. Elke erhob sich und ging. Eva war am Kartoffelschälen.

»Grüß Gott, Eva!«

»Grüß Gott, Elke!« ...

Elisabeth saß da, schaute in ein Nichts.

»An dem Tag ist Papa im Holz verunglückt.«

»Ja.«

»Ist in den Armen meiner Mama gestorben.«

Luisa schaute auf.

»Du weißt davon?«

»Ja. Jetzt schon. Ich kann mich wieder erinnern. Mama hatte sich beim Kartoffelschälen in den Finger geschnitten, starrte lange Zeit in die Wand, war dem Hier entrückt. Das Blut rann über ihre Arme auf ihr Kleid. Ich hatte Angst, zog an ihrem Rock. Dann drückte sie meine Hand und hob mich auf. Hielt mich ganz fest. Flüsterte mir etwas ins Ohr.«

»Was?«

»Papa ist im Himmel. Es geht ihm gut. Er lässt dich schön grüßen.«

... Draußen war es laut. Leute schrien durcheinander. Elke erhob sich von ihrem Kanapee und schaute zum Fenster hinaus. Was war da los? Warum hatten sich alle vor Luisas Haus versammelt? Sie schlüpfte in ihre Pantoffeln und ging hinüber. Durcheinander erzählten die Männer, was geschehen war. Dass ein Baum Johann erschlagen habe.

In dem Moment zuckte Elkes Herz zum ersten Mal.

Dass sie ihm zu Hilfe eilen wollten. Dass da plötzlich Eva unter dem Geäst gesessen sei, Johann in den Armen. Sein Kopf auf ihrem Schoß.

In dem Moment zuckte Elkes Herz zum zweiten Mal.

Blut. Überall. Es soll kurz vor Mittag gewesen sein.

In dem Moment zuckte Elkes Herz zum dritten Mal.

»Das, das kann nicht sein! ... Ich ... da war ich doch bei ihr, sie hat Kartoffeln geschält.«

Elke hatte gar nicht gemerkt, dass sie – langsam zwar, aber doch – das Kreuzzeichen gemacht hatte ...

»Deshalb!«

Elisabeth stand auf.

»Ja. Deshalb!«, antwortete Luisa.

»Ihr hattet Angst vor ihr.«

»Ja.«

»Habt sie gemieden. Habt uns gemieden. Habt uns verflucht.«

»Sie ... sie war ... eine Hexe! ...«

Elisabeths Blick durchbohrte Luisa.

»... Eine gute Hexe!«, versuchte die Alte ihre unüberlegten Worte zu korrigieren. »Nur – das wusste ich damals noch nicht.«

»Sie war keine Hexe! Sie war meine Mama. Die beste Mama, die man sich vorstellen kann. Liebevoll. Warmherzig. Klug. Schön.«

»Ja – ich weiß.«

»Sie hatte übersinnliche, übernatürliche Kräfte. Na und? Hatte sie die jemals für etwas Böses eingesetzt?«

»Nein.«

»Wenn ihr sie gebraucht habt, ja, dann seid ihr daher gekrochen! Habt eure im Schnee vergrabenen toten Söhne von ihr finden lassen! Habt eure Schmerzen von ihr vertreiben lassen! Habt Käse oder Speck geschenkt, um eure Bosheit, euer Mörder-Dasein zu vertuschen! Mörder seid ihr! In Wort und Tat! Ihr habt meinen Bruder auf dem Gewissen! Ist euch das klar? Ihr habt Jakob getötet! Und beinahe auch mich!«

Elisabeth rang nach Luft, stürzte weinend aus der Kammer und aus dem Haus, rannte hinauf zu Anna und Maria und Sarah. Auf der Türschwelle von der Küche in die Stube hinein ließ sie sich fallen. Wurde aufgefangen. Von Anna. Und auch die beiden Mädchen, die sich nun doch eiligst bis auf die Unterwäsche entkleidet und sich ein Nachthemd übergezogen hatten, kletterten schnell die Leiter vom Dachboden herunter. Die unterste Sprosse brach.

Elsbeth drückte Luisas Hände. Schaute die Mutter an.

»Woher weißt du das alles?«

»Aus dem Abschiedsbrief, den meine Schwester geschrieben hat.«

»Tante Elke – die ist gar nicht verunglückt. Stimmt's?«

»Nein. Die hat sich am Tag darauf über die Teufelswand gestürzt. Wie ein kalter, lebloser Stein.«

Anna hielt die eine Hand Elisabeths, Maria die andere. Die drei saßen am Stubentisch, während Sarah auf der Ofenbank etwas Abstand hielt. Niemand sagte etwas. Das war gut. Es war leise. Lange hörte man nur die Uhr ticken. Dann klopften zarte erste Regentropfen an die Fensterläden. Die wurden in die Nacht hinein mehr und lauter, begleiteten Elisabeth in ihren Gedanken an das eigene Leben. Bilder ihrer Kindheit, ihrer Jugendzeit, ihres Erwachsenwerdens und Erwachsenseins taten sich vor ihr auf, schoben sich gegenseitig hin und her und purzelten übereinander und ineinander.

... Elisabeth öffnete die Tür in die Stube hinein. Ihr Bruder Jakob baumelte erhängt im Seil und bat sie, leise zu sein. Seine Muttergottes-Figur schliefe schon in seinen angerührten Farben. Grün und Blau. Es roch nach Kerzenwachs und Tannennadeln. Heiligabend. Das Jesuskind in der Krippe weinte. Eva, die gerade den Ofen eingeheizt hatte, nahm den kleinen Mann heraus und legte ihn in die Arme des Gekreuzigten, der vom Kruzifix herunter gestiegen war. Der Heiland setzte sich auf die Ofenbank und wiegte das Kind. Draußen donnerte und blitzte es. Elisabeth schaute in den Spiegel. Sie hatte ein mit blass-blauen Blumen verziertes Nachthemd an. Hinter ihr stand Veronika und überreichte ihr ein Geschenk. Schnell öffnete sie es. Der kleine Nachbarsjunge Peter zwängte sich aus der Schachtel und überreichte ihr all seine Sommersprossen. Sterne. Für dich. Elisabeth schaute hinauf in den Himmel, der sich mit tiefblauen Wolken verdichtete. Dann drehte der muskulöse Atlas das Himmelsgewölbe, und die Wolken waren unter ihr. Sie sprang nackt hinein, schwamm ans Ufer. Sie hörte Anna im Bergsee nach ihr rufen und sah, wie die Freundin unterging. Maria sprang von der Schaukel der großen Eiche und fasste im Vorbeifliegen die Hand Annas – und dann auch die Elisabeths. Zog beide auf die Empore der Kirche. Hier sah es aus wie auf dem Dachboden. Die drei legten sich auf die Decken im Stroh. Orgelmusik. Das *Ave Maria*. Sarahs verstorbener Bruder Paul und Lorenz schauten zum Fenster herein. Ein Schäferhund bellte, jaulte. Anna hielt sich die Ohren zu. Elisabeth streichelte deren langes, schwarzes Haar und ihre weiße, zarte Haut. Unten in der Stube wurde es laut. Gläser stießen aneinander. Wein und Bier. Erwin, der Wirt, rief nach Elisabeth, sie möge helfen. Als sie die Gaststube betrat, verließ der letzte Gast das Lokal und gab ihr einen Klaps auf den Hintern. Sie war zu Hause. Ihr Papa saß auf der Eckbank und zeigte Elisabeth seine Entwürfe für ihr neues Zimmer. Bald würde er es bauen. Aus Spielkarten. Jakob schlief am Boden. Elisabeth nahm eine Karte auf. Es war der Tod. Sie weinte. Eva flüsterte ihr etwas ins Ohr. Es klang wie Regentropfen, die an die Fensterläden tippten, man möge ihnen öffnen ...

»Es hat geklopft. Soll ich aufmachen, Elisabeth?«

»Anna.«

Elisabeth drückte zart ihre Hand. Draußen regnete es in Strömen. Maria drückte ihrerseits die Hand der Mutter, ließ dann vorsichtig los.

»Ich geh' nachschauen.«

Sie kam aber nicht mehr zurück, und als das Ticken der Uhr wieder lauter wurde, als mahnte es die drei, nicht so untätig herumzusitzen, schauten sich Elisabeth, Anna und Sarah gegenseitig an. Was war passiert? Sie traten vor die Tür. Maria saß inmitten der matschigen Erde, streichelte Luisas Kopf auf ihrem Schoß. Beide waren sie klatschnass, und das Wasser rann unentwegt über ihre Haare, Augen und Wangen, über ihre Hälse und Arme und über die nackten Beine. Maria und Luisa, dieses junge Mädchen und diese alte Frau – ein Blitz erhellte die Nacht –, schienen wie aus einem Guss geformt, verbunden durch die ineinander fließenden Farben ihrer Nachthemden, die so sehr an den Körpern der beiden klebten, dass sie wie eine einzige schöne, feine, zarte, diesen Moment alles überspannende Haut wirkten. Anna und Sarah eilten hin, knieten sich nieder. Elisabeth war erstarrt, konnte sich nicht von der Stelle rühren.

»Wir müssen sie ins Haus tragen«, sagte Anna ganz ruhig.

Luisa drehte langsam ihren Kopf.

»Nein. Nein. Nur noch ein paar letzte Worte.«

»Mama! Mama!«

Elsbeth kam den Weg heraufgesprungen, in dessen schlammige Erde Luisa letzte Spuren eines langen, arbeitsreichen Lebens gedrückt hatte. Die Tochter fiel auf die Knie und nahm die alte, arme, kranke Mutter in ihre Arme.

»Gut, dass du da bist, mein Kind! Elisabeth hat mit allem, was sie gesagt hat, Recht!«

Luisa redete leise, doch verständlich. Es war ihr wichtig. Sie atmete schwer. Schaute zu Elisabeth.

»Deine Mama war eine Seele von Mensch. Die liebste Frau, die ich in meinem Leben kennenlernen durfte. Dafür bin ich sehr dankbar. Ja, sie hat meinen in den Bergen verunglückten Buben gefunden. Meinen Ältesten. Und es stimmt schon, wir haben ihr Käse geschenkt. Aber glaube mir, Elisabeth! Zu der Zeit habe ich deine Mama bereits geliebt ...«

Sie wandte sich wieder an Elsbeth. Holte Luft.

»... Ohne ihre Wärme und Güte wäre ich schon ein, zwei Jahre zuvor bei deiner Geburt gestorben. Und du mit mir, meine liebe Tochter. Eva war es, die uns beide die Geburt heil überstehen hat lassen. Mit ihren von Gott gesegneten Händen. Ich hätte dich gerne nach ihr benannt. Eva. – Dein Papa ließ es nicht zu ...«

Sie drehte sich wieder zu Elisabeth.

»... Auch deinen Namen hatte er mir verboten ...«

Luisa konnte kaum noch atmen, lächelte die Tochter an.

»... Ich hab' einfach das I und das A weggelassen. El-s-beth.«

Wieder lächelte sie. Schlief ein. Für immer. Elsbeth drückte den toten Körper ihrer Mama an die Brust. Ihre Tränen kullerten in die nassen Haare der alten, armen, zu Gott heimgekehrten Mutter. Elsbeth flüsterte ihr ins Ohr.

»I ... A ... klingt wie ... Ja!«

Elisabeth trat an die beiden heran, beugte sich zu ihnen und machte mit dem Daumen das Kreuzzeichen auf Luisas Stirn.

»Danke für deine letzten, lieben Worte!«

Es regnete in Strömen.

10
Veronika und Konrad

Draußen regnete es in Strömen, als teilte Gott den Schwestern und Brüdern des Klosters mit, Abt Konrad würde in diesem Moment des Himmeltors verwiesen und in die Hölle gespült werden.

Fassungslos beobachtete Veronika, wie Franziskus und Klara Hühnchen und Bratkartoffeln, Sprossenkohl, Karottengemüse und Bohnensalat, Schwarzbrot und Bergkäse und weiß Gott was noch alles regelrecht in sich hineinstopften. Dazu nicht wenig von dem guten Klosterwein. Das war nicht das Bild, das Veronika von den beiden bisher gehabt hatte. Vielleicht mussten sie aufholen, was sie jahrhundertelang entbehrt hatten. Einen Löffel Erdbeeren mit Schlagrahm im Mund, hielt Klara inne, als sie bemerkte, dass Veronika sie anstarrte.

»Was? ...«

Klara schluckte. Ein kleiner Rülpser entglitt ihr, was ihr aber nichts auszumachen schien.

»... Wir haben hart auf dem Feld gearbeitet. Haben Hunger.«

»Ich sag' ja nichts.«

Franziskus schaute die beiden an und lächelte.

»Deshalb sind wir auf Erden. Um uns zu sättigen. Nicht nur unsere Seele mit Liebe und Friede und Zuwendung, auch unseren Leib mit Brot und Wein und anderen Leckereien. Gott gefällt das.«

»Glaubst du!«, sagte Veronika – nicht sehr überzeugt. Es war auch keine Frage.

»Nein. Glaube ich nicht. Das weiß ich. – Meinst du, Gott hat über die Welt Samen gesät, uns den Regen und die fruchtbare Erde geschenkt, damit die Menschheit hungert? Nur ein gesunder Geist in einem gesunden Körper, das wussten schon die alten Griechen, ist fähig, das Leben in seiner Herrlichkeit zu erkennen. Ansonsten zweifeln wir an der Sinnhaftigkeit, verzweifeln im Leid. Denk an Lorenz! Viel Liebe, viele Löffel Kraft spendender Suppe werden notwendig sein, bis er das wahre, schöne, reine Leben für sich wiederentdeckt. Erst dann kann er sich erneut auf den Weg zu Gott machen.«

Die Gedanken Franziskus' waren für Veronika neu und anstrengend. Sie schaute sich im Saal um. Ihre Mitbrüder und Mitschwestern schwafelten, lachten, aßen, tranken, freuten sich. Keine Spur von Trauer. Ein Leichenschmaus, wie Veronika es sich gewünscht hatte. Niemand, absolut niemand, vermisste Konrad. Eigentlich traurig. Oder auch nicht.

... Die Bibliothek war rundum eingekleidet mit Regalen. Unzählige Buchrücken schauten in den Raum. Beeindruckend und unheimlich zugleich. Leitern führten zu den Büchern ganz oben, die manchmal herausgezupft wurden, damit auch sie auf den mächtigen dunklen Pult, der sich königlich in der Mitte der Bibliothek platziert hatte, gelegt werden konnten. Konrad las noch einmal die Textstelle der aufgeschlagenen Bibel vor ihm leise durch. Die entflammte Petroleumlampe gleich daneben schenkte dem düsteren Raum, den düsteren Gedanken Konrads ein wenig Licht. Auch einen Stock aus Rosenholz hatte er neben das Buch der Bücher auf das Pult gelegt. Er summte sein Lieblingslied. Zaghaft klopfte es an der Tür.

»Komm rein, Schwester Veronika!«

Die Klinke wurde behutsam hinuntergedrückt. Mit leisem, eindringlichem Quietsch-Laut öffnete sich das Tor in Veronikas Hölle. Sie blieb auf der Schwelle stehen, schaute sich um.

»Das ist mir der liebste Ort im ganzen Kloster«, sagte Konrad, ohne seinen Blick von der Bibel zu nehmen, ohne sich Veronika zuzuwenden. »Ein Ort, an dem Gottes Wort über Jahrhunderte gesammelt wurde. Von Gelehrten. Von Weisen. Von Heiligen ...«

»Abt Konrad?«

»... Worte der Sühne, des Verzeihens! Ich weiß, es ist schon eine Weile her, doch ich spüre, dass es dich noch immer quält. Elisabeth ist krank gewesen. Nicht nur ihr Körper, auch ihre Seele ist krank gewesen. Besessen. Wir vermochten nicht, den Teufel aus ihr auszutreiben. Wenigstens haben wir sie dahingehend gepflegt, dass sie körperlich einigermaßen zu Kräften gekommen ist. Gott wird sich ihrer annehmen. Oder Satan. Wir haben keinen Einfluss darauf.«

»Ich bete für sie. Jeden Tag.«

»Das ist gut. Bete aber auch für uns beide, die wir sie in diese heiligen Räume aufgenommen haben! Wir sollten Buße tun, dafür, dass wir es den dunklen Mächten der Hölle erlaubt haben, diese heiligen Wände mit Elisabeths Flüchen und Verwünschungen zu beschmutzen. Ich habe in der Bibel hier diese Stelle gefunden. Komm! Lies!«

Nur zögerlich näherte sich Veronika dem Buch – und Konrad. Sie begann zu lesen.

»Laut, Veronika, laut!«

Noch nie hatte Abt Konrad zu ihr ›Veronika‹ gesagt, stets ›Schwester Veronika‹, wie es sich auch gehörte.

*Und wenn deine Hand dir Anlass zur Sünde gibt, so hau' sie ab! Es ist besser für dich, als Krüppel in das Leben hineinzugehen, als mit zwei Händen in die Hölle zu kommen, in das unauslöschliche Feuer. Und wenn dein Fuß dir Anlass zur Sünde gibt, so hau' ihn ab! Es ist besser für dich, lahm in das Leben hineinzugehen, als mit zwei Füßen in die Hölle geworfen zu werden. Und wenn dein Auge dir Anlass zur Sünde gibt, so wirf es weg! Es ist besser für dich, einäugig in das Reich Gottes hineinzugehen, als mit zwei Augen in die Hölle geworfen zu werden.**

»Was meint Ihr, Abt Konrad?«

»Schlag die nächste Stelle auf! Ich habe sie mit einem Heiligenbildchen markiert ...«

---

* Mk 9, 43-47

Veronika tat, was ihr geheißen.

»... Lies!«

*Jede Züchtigung aber, wenn sie da ist, scheint uns nicht Freude, sondern Schmerz zu sein; danach aber bringt sie als Frucht denen, die dadurch geübt sind, Frieden und Gerechtigkeit.**

»Ich verstehe noch immer nicht.«

Als Konrad vor ihren Augen seine Kutte hochzog und seinen Hintern entblößte, machte Veronika das Kreuzzeichen und wollte eiligst die Bibliothek verlassen.

»Nein! Bleib hier! Nimm den Stock! Sieben Schläge auf mein Gesäß. Ich will Buße tun, wie Gott es verlangt. Als dein Abt bitte ich dich! – Befehle es dir!«

Wie von Geisterhand nahm Veronika den Rosenholzstock, während Konrad sich mit beiden Händen auf dem Pult abstützte. Sie taumelte, fand sich in einer Welt, in die hinein sie nicht geboren sein wollte. In einer ihr fremden, sonst verschlossenen, nun geöffneten Welt, in der die Bilder sich nur langsam und unwirklich bewegten. Zaghaft schlug sie zu. Einmal, zweimal ... dabei hielt sie die Augen geschlossen ... siebenmal.

»Gut, Veronika! Und jetzt du!« ...

Bis etwa zwei Uhr nachts feierten die Brüder und Schwestern den Tod Konrads. Der gute Wein hatte sie vergessen gemacht. Dass sie eigentlich für den Verstorbenen hätten beten sollen. Dass sie ihr Leben Gott gewidmet hatten. Dass sie dem lasterhaften Leben und dem Teufel entsagt hatten. Wie gut tat es, ihren Gelöbnissen und Gelübden einmal auszukommen. Niemand hatte ein schlechtes Gewissen. Zumindest in diesen Stunden nicht. Wie gut tat es, einmal die Hände des Gegenübers, des anderen Geschlechts, zu drücken und dessen Wangen

---

* Hebr 12, 11

zu streicheln. Den Kopf und den starren Geist auf seine Schultern zu legen. Geborgenheit und Zuneigung, Verständnis und Liebe nicht nur zu schenken, nein, selbst zu empfangen.

»Schon ein ganz kleines Lied kann eine regnerische, finstere Nacht erhellen«, meinte Franziskus.

Es war Bruder Bernhard, der das Lieblingslied Konrads, welches dieser häufig tagein, tagaus vor sich her getrillert, gesummt, gepfiffen hatte, allen anderen damit unheimlich auf den Geist und ins Gebet gefallen war, anstimmte. Bernhard würde wohl der nächste Abt werden. Den Ehrgeiz dazu hatte er.

Nach und nach sangen alle mit, außer Veronika, die schnell den Saal verließ. Keiner wusste, weshalb. Vor allem beim Kehrreim, der die ausgelassene Stimmung am meisten zum Ausdruck brachte, wurde es laut. Sehr laut. Immer wieder riss ein Bruder oder eine Schwester einen Vers an sich, der die anderen kurz verstummen ließ, um dann wieder lauthals loszubrüllen.

»Ein Vogel wollte Hochzeit machen in dem grünen Wa-alde.«
»Fiderallala, Fiderallala, Fiderallalalala!«
»Die Drossel war der Bräutigam, die Amsel war die Bra-aute.«
»Fiderallala, Fiderallala, Fiderallalalala!«
»Der Spe-erber, der Spe-erber, der war der Hochzeitswe-erber.«
»Fiderallala, Fiderallala, Fiderallalalala ...«*

... Jetzt stützte sich Veronika ihrerseits am Pult mit beiden Händen ab. Sie hatte zwar die Kutte hochgezogen, die Unterwäsche jedoch anbehalten. Konrad schlug mit dem Rosenholzstock auf ihren Hintern. Ebenfalls nur zaghaft.

Ha! Furchtbar gähnt
der düstre Abgrund, welch ein Graun!
»Eins!«

---

* Die Vogelhochzeit

Das Auge wähnt
in einen Höllenpfuhl zu schaun!
»Zwei!«
Wie dort sich Wetterwolken ballen,
der Mond verliert von seinem Schein!
»Drei!«
Gespenst'ge Nebelbilder wallen,
belebt ist das Gestein!
»Vier!«
Und hier, husch, husch,
fliegt Nachtgevögel auf im Busch!
»Fünf!«
Rotgraue narb'ge Zweige strecken
nach mir die Riesenfaust!
»Sechs!«

Nach dem sechsten Schlag zog Konrad Veronika die Unterhose runter und drang in sie ein!

Nein! Ob das Herz auch graust,
Ich muss! Ich trotze allen Schrecken!
»Sieeeeeeben!«*

Und nun, auf seinem Höhepunkt, stöhnte Konrad ohrenzermürbend den widerlichen Kehrreim seines Lieblingsliedes in Veronikas zerschnittene Seele, die sich nie mehr von diesem gekrächzten Vogelsang erholen sollte. Ihr Leben lang würden diese letzten Laute, würde diese Unsinn-Zeile, die Veronika aufs Schändlichste verhöhnte, sie in den Nächten wecken, würde sie die Schläfen und die Gehörgänge und den ganzen Körper pulsieren und vibrieren lassen.

»... Fiderallala, Fiderallala, Fiderallalalala!« ...

---

* Carl Maria Weber / Johann Friedrich Kind

Der Gesang war bis hierher in die Kammer des Stadels zu hören. Veronika fror, zitterte, salbte den mit Malen der Sünde gezeichneten Körper des Lorenz', als dieser langsam die Augen öffnete und zitternd die Lippen bewegte. Veronika hielt ihm ihr Ohr hin, da er sehr leise und undeutlich sprach. Außerdem stotterte er.

»W-was g-geschieht jetzt m-m-mit m-ir?«

»Sie werden das Gehen wieder erlernen. Und das Hinschauen, um den rechten Weg zu betreten.«

»H-hab' ihn st-stets gesehen, b-bin i-im-mer ein-nen an-anderen g-gegangen. H-hab' Frauen u-und Mä-ädchen begehrt. H-hab' S-Sarah und P-Paula ausge-ge-peitscht, m-mich an i-ihren f-fleischigen, bl-blutigen Leibern ergötzt. Bin i-immer den f-falschen Weg geg-geg-angen.«

»Da sind Sie nicht der Einzige, Pfarrer Lorenz. Jesus aber schickt uns Zeichen und Wunder, es immer und immer wieder zu wagen, unsere Füße in seine Stapfen zu setzen, es zu wagen, seinen Schritten, die uns in das Himmelreich führen, zu folgen. Manchmal mitten durch Dornenbüsche hindurch, durch Sümpfe und über kaum überwindbare Felswände.«

»I-ich st-stecke in so ei-einem S-sumpf!«

»Ja, ich weiß. Ich selbst stehe vor einer großen Felswand. Franziskus und Klara reichen uns ihre Hände. Sie werden uns beiden helfen.«

Am nächsten Morgen – um fünf Uhr! – knieten die Brüder und Schwestern, die es geschafft hatten, aufzustehen, verschlafen und verkatert in den Bänken der Kapelle und beteten zur Heiligen Muttergottes, baten um Vergebung ihrer gelebten Laster, befahlen sich selbst unter den Schutz des blauen Mantels, unter dem sie ihre schweren Steine abzuladen hofften – glaubten. Den größten Stein aber trug Veronika in ihrem Herzen. Alles war ihr wieder so nah. Wie Elisabeth damals, totgeweiht, vor dem Kloster gelegen war. Wie Konrad und sie selbst die Freundin mit Geduld und Weihwasser und Teufelsaustreibungen und feuchten Tüchern und Suppe und Tee körperlich gesunden hatten lassen. Wie Elisabeth ihr dann anvertraut hatte, dass sie vom eigenen Bruder vergewaltigt worden sei, ein Kind von ihm erwartet habe, eine fremde Frau und die eigene Mutter sie betäubt und ihr die Tochter unter ihrem Herzen ohne ihr Wissen weggemacht hätten. Veronika hatte nichts von solchen Wahrheiten wissen wollen, hatte die Freundin im Stich gelassen, sie des Klosters verwiesen, ihr, feige wie sie war, ein paar Münzen in die Hand gedrückt. Und dann war sie selbst vergewaltigt worden. Von Konrad. Bis heute konnte sie ihm das nicht verzeihen. Konnte sich selbst nicht verzeihen.

»Oh, Maria,
Jungfrau mein!
Erlöse mich der Lanze,
die mein Herz durchbohrt!
Mir den Schmerz zufügt,
der Liebe, dem Hass,
der Freude, der Abscheu
gleichermaßen zu frönen;
wäre es mir doch lieb,
Deinem Weg blind zu folgen.
Ungeachtet der Frage
nach Gut und Böse,
die ständig in mir kreist.
Bewahre mich,
Luzifer anzufleh'n,
den Teufel unser,
der in uns allen rührt,
in einer jeden Seel:
Streut Dornen und Ohnmacht
auf Gottes Geschenk –
unser Leben;
zertritt farbenfrohe Blüten;
verwelkt Reines und Schönes! –

Satan, der gefunden hat,
was zu finden war!
Dem Diener Gottes aufzutischen wagte
des Fleisches Lust
an des sündigen Leibes Busen.
Wer straft, wenn nicht Deines Kindes Vater?
Wer hilft, wenn nicht Du in Deinem blauen Mantel,
unter dem wir Schutz zu finden hoffen?
Schenke mir die Antworten!
Zieh die Lanze aus meinem blutenden Herzen!
Zeig mir den Weg zu Deiner Güte!
Amen.«

Veronika weinte bitterlich. Franziskus legte seine Hand auf ihre Schulter, Klara legte den Arm um ihre Hüfte und zog sie behutsam zu sich.

»Komm, wir setzen uns unter den Kastanienbaum! Dann kannst du uns alles erzählen.«

... Katharina, die Hebamme hier in Aach, tupfte Veronikas Stirn mit einem Tuch ab. Noch war die junge Mutter zu erschöpft, um das Rundherum gänzlich wahrzunehmen. Sie hörte aber das Neugeborene, ihr Kind, lauthals schreien. Anna, die neunjährige Tochter Katharinas, ging im Zimmer auf und ab, wiegte das Kleine in ihrem Arm, besänftigte es.

»Es ist ein Bub!«, flüsterte Katharina, während sie Veronika übers Haar strich.

»Ist er gesund?«

»Ja, ganz gesund.«

Katharina schaute zu Anna und deutete ihr, sie solle das Kind der Mutter auf die Brust legen. Als Anna dies tun wollte, wehrte Veronika ab.

»Nein, nicht! Ich möchte ihn nicht sehen. Nie mehr könnten meine Augen und Arme ihn loslassen. Und ich hab' doch mein Leben in Gottes Hände gelegt.«

»Mach es dir nicht so schwer! Du kannst aus dem Orden austreten. Wir finden für dich und den Kleinen schon eine gute Lösung. Bis dahin bleibst du weiterhin bei uns«, versuchte Katharina, die junge Mutter vor übereilten Entschlüssen zu bewahren.

»Ich bin euch schon zu lange zur Last gefallen.«

Die Mitbrüder und Mitschwestern glaubten ja, Veronika wäre bei ihren Eltern auf Heimaturlaub.

»Heimat. Sagt: Was ist das?«

Noch immer wiegte Anna den Buben.

»Heimat? – Ist ein Arm, in den du dich legst und der dich wiegt. Ist eine Hand, die dir bei Verdruss deine Wangen streichelt. Ist eine Fingerkuppe, die dir die Träne unter deinem Auge wegwischt. Ist ein Fuß, der dir deine kalten Zehen unter der Bettdecke wärmt.«

Katharina schaute ihre Tochter liebevoll an und lächelte. Dann wurde sie wieder ernster.

»Ist kein Ort, an dem man geschändet wird.«

»Ich werde gewiegt, gestreichelt, getröstet, gewärmt. Von Gott. Von Jesus. Heimat ist auch der Ort, an dem man gesündigt hat und an seine Sünden erinnert wird. Die Fremde hilft einem, zu vergessen. Sühne muss dort geschehen, wo Gott einem seine Strafe hingeschickt hat. Ich muss zurück ins Kloster.«

Katharina und Anna schwiegen. Veronika schaute in die offenen Augen Jesu, der an der Wand am Kreuze hing und ihre Entscheidung gutzuheißen schien. Ja, es war eine mutige, tapfere Entscheidung.

»Tauft den Buben auf Andreas! – Bitte!« ...

Fiderallala, Fiderallala, Fiderallalalala!

11

Andreas und Armin

Auf ihre Provinzhauptstadt waren die Menschen stolz. Ein in herrlichster Natur eingebetteter, leuchtender Stern, von dem aus Straßen und Wege und Eisenbahnschienen in die drei heranreichenden Täler wie Spinnfäden strahlten. Technische Errungenschaften – Automobile und Motorräder und nicht zuletzt das Zeitungswesen – hatten die Stadt den Einwohnern selbst in den hintersten Bergdörfern nähergebracht. Sie nannten sie nicht mehr einfach nur ›die Hauptstadt‹, als hätte diese mit ihnen nichts zu tun, als wäre sie etwas ihnen Fremdes, Exotisches – nein, sie nannten sie wie einen guten Freund beim Namen: Landkirch. Gott war Künstler gewesen, als er dieses schöne Fleckchen Erde erschaffen hatte. War wohl auf einer Wolke gesessen, als ein Kind, mit einem Papier auf dem Schoß, hatte einen Buntstift nach dem anderen in die Hand genommen, wild drauflosgemalt und seiner Kreativität keinen Einhalt geboten.

Das Auwaldtal war breit und großzügig mit Wiesen und Weiden und Feldern und Wäldern und unzähligen kleinen Seen bedacht. Eine Schmalspurbahn führte von Landkirch bis nach Walddorf, dem Hauptort des Tals, und nicht nur für die Kinder war es ein unglaubliches Abenteuer, in einem der Personenwagen hinter der dampfenden Lokomotive zu sitzen, deren Rauch und die beeindruckende Landschaft, den Kopf aus dem offenen Fenster streckend, an sich vorbeiziehen zu lassen.

Montsilva, in der Mitte der anderen beiden, war das längste der drei Täler, eingebettet in Wälder und hohe, felsige Berge. Steinböcke und Gämse kletterten da oben herum. Hirsche, Rehe, Wildschweine, Füchse, Eichhörnchen und vielleicht auch der eine oder andere Wolf – so manch ein Jäger hatte behauptet, einen gesichtet zu haben! – versteckten sich weiter unten zwischen Laub- und Nadelbäumen. Die Menschen hier in Montsilva liebten diese Berge und Wälder und die Tiere, die diese durchstreiften. Vor allem den Adler, der seit Jahrhunderten, ja, seit Jahrtausenden hoch über ihnen kreiste und stets auf Beute aus war, bewunderten sie beinahe schon abgöttisch, vielleicht besonders deswegen, da er das Hauptmotiv in ihrem Wappen aus dem Jahre 1483 bildete. Dieses Datum kannte jeder im Tal, der dem Kleinkindalter entronnen war. Behauptete man.

Das dritte Tal, das Waidtal, hatte seine Berge nahe an die Stadtmauern Landkirchs gerückt. Wie eine unendlich lange Python schlängelte sich der steile Forstweg nach Tump, einem beschaulichen Bergdorf auf beinahe 1800 Meter Seehöhe. Von dort aus führte nur noch ein schmaler Weg und eine alte Hängebrücke über die Gamsschlucht in ein weiteres kleines Dorf, in dem die Leute auf ihre Kapelle mit der hell klingenden Glocke, auf den gepflegten Friedhof und den Dorfbrunnen stolz waren. In Gams lebten 67 Menschen, acht Hunde, einige Katzen und Ziegen und unzählige Schafe.

... Niemand scherte die Schafe so schnell wie Andreas. Der Wettkampf mit den anderen war ihm ins Gesicht geschrieben. Immer wieder äugte er vor allem auf die verhassten Eltern, die ihn nie wie einen Sohn, eher wie einen Leibeigenen behandelt hatten. Schon als kleines Kind hatte er wie ein Erwachsener schuften müssen. Von frühmorgens bis spät in den Abend hinein. Hatte den Stall ausgemistet, hatte Holz gespaltet, Zäune aufgestellt, Schafe gehütet, hatte vor dem Schlafengehen Angst gehabt. Sein einziger Freund in den dunklen Nachtstunden war seine Strohpuppe gewesen, die heute noch bei ihm im Bett schlief. Aber Andreas brunzte nicht mehr hinein. Das war gut. Jetzt war er kein Bettnässer mehr und zu einem kräftigen jungen Burschen herangewachsen, der keine Angst mehr zu haben schien. Schon gar nicht vor seinen Eltern. Die stockten, als er einem bereits geschorenen Schaf mit der Schere die

Kehle durchschnitt. Das Blut rann über seine Hand und auf die Wolle am Boden.

»Damit endlich wieder einmal Fleisch auf den Tisch kommt!«, sagte er gespielt ruhig, doch mit gehässig herausforderndem Unterton Richtung Vater und Mutter. Dann erhob er sich, schleifte das tote Tier in den Stall, um es auszunehmen. Die Alten wagten inzwischen nicht mehr, aufzumucken. Ohne einen der vielen Flüche, die ihnen auf der Zunge lagen, auch wirklich auszusprechen, scherten sie die Schafe weiter. Die armen Tiere bekamen deren Wut zu spüren. Jetzt waren es die Eltern, die Angst vor dem ... ›Sauhund!‹ ... hatten ...

Die majestätischen Felswände, die sich rundum das Dorf auftürmten, in denen verstorbene Seelen umhertrieben, in erster Linie das sagenumgarnte kleine Mädchen Kresta, wurden einerseits gefürchtet, waren andererseits faszinierend und verlockend. Saß man am Fuße einer solchen Felswand vor einem Lagerfeuer, das der dunklen Nacht nicht wirklich den Schrecken nahm, wussten die Väter die tollsten Geschichten von Geistern und längst Verstorbenen, die – »Da drüben!« – keine Ruhe fänden, zu erzählen, um den Kindern das Grausen zu lehren, den eigenen Kleinmut überspielend, ahnten auch sie, dass in diesen von Generation zu Generation weitererzählten Sagen viel Wahrheit steckte. Gott und der Teufel spielten dabei gleichermaßen eine Rolle.

(Andreas' Vater kannte keine Sagen-Geschichten.)

... Wenn der Bub einmal Zeit hatte, und das war der vielen Arbeit zu Hause wegen nur selten, warf er nicht wie die anderen Kinder am Kresta-Bach Steine, spielte weder mit den Hunden oder Katzen im Hof noch *Räuber und Gendarm* in den Wäldern, nein, dann nahm Andreas seine Strohpuppe und ging zu Armin. Er war der Dorfälteste, weit über achtzig Jahre alt. Manche behaupteten sogar, über neunzig. Vitaler als manch Fünfzigjähriger.

Hamon, das war kein gewöhnlicher Hund, das war ein Wolfshund, war sein getreuer Freund. Armin hatte nie geheiratet, hatte keine Kinder. War sehr gepflegt. Sein langer, weißer Bart faszinierte, war weit über das Tal hinaus bekannt. Er lebte, wie alle hier in Gams, als Bauer und Schafshirte in einer kleinen Hütte. Im ganzen Land vertrauten die Schafsbesitzer über den Sommer besonders gerne ihm die Tiere an, war ihm noch nie eines abhandengekommen. Andreas glaubte dem Alten, dass er mit Toten sprechen könne. Unruhige Seelen, die sich zwischen Himmel und Erde verirrt hätten, würden Armin aufsuchen. Sie suchten im Gespräch Trost bei ihm. Weshalb? Er habe keine Ahnung. Andreas hätte ihm die Antwort geben können, fühlte er sich selbst verloren zwischen Himmel, nach dem er sich so sehnte, und Erde, die ihm Hölle war. Die Ruhe, die Armins Augen ausstrahlten, war ansteckend und tat gut, und nicht umsonst versammelten sich die Kinder von Gams im Sommer häufig am allabendlichen Lagerfeuer des Dorfältesten vor der Kresta-Felswand. Hörten seinen Geschichten lieber als denen der Väter. Ließen sich Grüße von verstorbenen Verwandten ausrichten. Auch Andreas hatte schon gefragt, ob denn niemand von seinen Vorfahren ihm was zu sagen hätte – aber, da war nie jemand.

Armin, und das war so anders, nahm den Buben ernst, redete mit ihm über alles und jeden, hörte ihm aufmerksam zu, las ihm aus einem seiner vielen Sagenbücher vor. Und er brachte Andreas selbst ein wenig das Lesen und Schreiben bei.

»Wenn du einmal keine Schafe mehr hüten willst, Bub, dann solltest du das Lesen und Schreiben erlernen. Du solltest die Schule besuchen. Es wird dir auf deinem Weg nützlich sein. Ich weiß doch, dass du eines Tages von hier weggehen wirst.«

»Warum bist du nie von hier weggegangen?«

»Weil das für mich der schönste Ort auf Erden ist. Im Gegensatz zu dir, Bub, liebe ich es, meine Zeit auf den Wiesen und Weiden zu verbringen, den Schafen beim Grasen zuzuschauen. Gottes Herrlichkeit in mich aufzusaugen.«

Andreas drückte seine Strohpuppe ganz fest an sich.
»Gott gibt es gar nicht.« ...

Wie ein schwarzer Vorhang hatte die Nacht alles um das Lagerfeuer herum weggesperrt. Zwar kannten die Kinder die Gegend hier wie ihre eigenen Hosentaschen, nur – die kannten sie ja auch nicht wirklich! Waren der eigenen Haut zwar nahe. Klar. Man steckte die Hände hinein, kratzte und rieb, glaubte zu wissen, was man herausfischen würde. Und doch blieben sie im Dunkel verborgen. Beherbergten so manche Überraschungen. Da griff man hinein, fühlte etwas Fremdes, Hartes, zog es heraus und hatte vielleicht ein kleines, verrostetes Klappmesser in der Hand, von der Mutter oder sonst wem heimlich hineingesteckt, vielleicht ein kleines Dankeschön dafür, dass es einen überhaupt gab.

(Andreas hatte kein eigenes Taschenmesser.)

Der Wald und der Bach und die Wiesen und die Felswände waren ähnlich rätselumwoben. Je öfter man nach ihnen griff, je öfter man sie berührte, desto mehr Geheimnisse verbargen sie. Steine und Borken, Blätter und Blüten, Beeren und Pilze, die man zuvor noch nie gesehen hatte, an denen man roch, die man vielleicht mit der Zunge leckte, die man sich aber nicht getraute zu verspeisen, sprühten der Neugierde der Menschen eine gewisse Gleichgültigkeit entgegen.

Und da war der Kresta-Bach, der im Frühling durch das Schmelzwasser gefährlich tief und mitunter reißend sein konnte, so manches zu waghalsige Kind schon verschluckt hatte. Dann, im Sommer: ungefährlicher Spielplatz – für die Kinder von Gams, keine vier Hände voll. Man fand Stellen, an denen man den ganzen Körper eintauchen konnte. Kalt. Erfrischend. Das Glitzern des vereisten Wassers im Winter, die Schneekristalle auf Steinen und abgebrochenen Ästen, das beruhigende Dahinplätschern unter den Eisplatten formten

Bilder in die Gedankenwelt der Kinder, die sie zu Prinzen und Prinzessinnen aus längst vergangener Zeit krönten. Den Gute-Nacht-Geschichten der Mütter ähnlich.

(Andreas' Mutter kannte keine Gute-Nacht-Geschichten.)

Und manches Mal lehnte man an einem Baumstamm am Fuße der Kresta-Wand, der steilsten und gefährlichsten Felswand im Tal, streckte den Hals, lehnte den Kopf in den Nacken, schaute hinauf. Dort oben, wo ein Kind nicht hinkam, konnte man schemenhaft die versteinerte Kresta, die über das Tal schaute und wachte, erkennen. Dort oben waren die größten Geheimnisse verborgen. Von Erwachsenen erzählt. Und niemand konnte das so gut wie Armin.

Er warf ein Scheit ins Feuer. Abertausende Funken stiegen in das Schwarz. Überall knisterte es. In der Luft, im Wald, in den kleinen Kinderherzen.

»Sie war ein hübsches Mädchen. Zwölf Jahre alt. Hatte große blaue Augen. Schwarzes, halblanges, gelocktes Haar.«

Die Sage um das Kresta-Mädchen erzählte Armin anschaulich und spannend, dass es für die Kinder jedes Mal so war, als hörten sie die Geschichte zum ersten Mal. Er zog sie mitten in die Geschehnisse hinein. Als würden sie alles hautnah miterleben, ängstigten sie sich mit der kleinen Kresta, verliebten sich in die hübsche Maid, wollten sie vor dem Unheil beschützen, hofften, dass das Mädchen es diesmal schaffen würde. Die dunkle Nacht und deren unheimliche Geräusche rückten in weite Ferne.

Das Waidtal war noch nicht urbar gemacht, beherbergte weder Häuser noch Menschen. Nur ab und zu irrte jemand in dem unwegsamen Gelände herum, stapfte durch Flechten, Farne und Moose und kämpfte sich durch fast nicht bezwingbare Sträucher und Büsche, von den Tieren hier beauftragt, sie möchten die Menschen möglichst fernhalten. In diesem Dickicht, das unzählige Zwei- und Vier- und Sechs- und Achtbeiner, ja, Tausendfüßler beherbergte, herrschte der natürliche Instinkt, zu leben und zu töten, zu riechen, zu schmecken, zu beschützen und zu zerreißen. Die Tiere hier kannten die Gesetze des Lebens. Im Schatten der Äste und Zweige, unter dem Laub und in dunklen Höhlen konnten sie sich vor Feinden und dem allzeit lauernden Tod in Sicherheit bringen. Leben aber war nur draußen möglich. Wo die Sonne wärmte. Wo das Licht zu Hause war. Gefährlich. Ja. Aber notwendig. Kein Licht ohne Schatten. Kein Schatten ohne Licht. – Kein Leben ohne Tod.

... Andreas besaß nur zwei Bücher. Ein Sagenbuch, das ihm Armin geschenkt hatte, und die Bibel, die eigentlich den Eltern gehörte. Zwar konnten die nicht lesen, aber es war nun einmal gott- und pfarrergewollt, dass in jedem Haus eine Bibel zu finden sein müsse – so wie Kruzifixe und Weihwasserschälchen in jedem Raum, Heiligenbilder und vielleicht sogar ein kleiner Hausaltar hinter einer gläsernen Vitrine in der Stube, wenn man sich das leisten konnte oder geschickt genug war, einen solchen selbst zu fertigen. Armin hatte einen. Und der Pfarrer.

Abend für Abend las der Bub bei Kerzenlicht in seiner engen, bescheidenen Kammer auf seinem mit Stroh und Decken ausgelegten Bett. Anfänglich meist nur im Sagenbuch, dann jedoch faszinierte ihn die Bibel mehr und mehr, besonders das *Neue Testament*. Er freundete sich mit Jesus an. Über die Jahre hinweg bemächtigte er sich einer gehobenen, schriftlichen Sprache. Über die Jahre hinweg wuchs sein Selbstbewusstsein.

Er ließ im Herbst die Schafe Schafe sein (denen würde schon nichts passieren!), stahl sich morgens heimlich nach Tump, besuchte dort die Schule. War wissbegierig und, wie sich herausstellte, sehr klug. Liebte es, geprüft zu werden. Hatte gute Antworten und gute Noten. Stahl sich mittags zurück auf die Weiden zu den Schafen. Waren alle noch da. Er erzählte ihnen von der Schule, von seinem netten Lehrer, stellte den blökenden Viechern Fragen, gab ihnen Rechnungen auf.

»Wie blöd ihr seid! Ist doch ganz einfach! – Vierundzwanzig!«

Im Winter ließ er am Vormittag das Holz Holz sein, die Zäune Zäune, würde nachmittags doppelt so schnell arbeiten. Vater und Mutter kamen ihm auf die Schliche, schlugen, ja, prügelten ihn.

»Du wirst nicht mehr in diese nichtsnutzige Schule gehen!«

Tat er doch. Auch noch im nächsten Frühling und dann im Herbst und dann im Winter ... Die Schläge taten immer weniger weh ...

Kristina, von allen Kresta genannt, lebte in Landkirch in einem reichen Haus, hatte reiche Eltern, was das Vermögen anlangte, hatte arme Eltern, was die Zeit für das eigene Kind anlangte. Häufig, viel zu häufig, hatte Kresta – wahrscheinlich deswegen – Albträume.

Eine Gämse stand auf einem Felsvorsprung vor einer Höhle. Das Mädchen erschrak fürchterlich. Von Blut verklebtes, dunkles Fell. Selbst der sonst helle Streifen unter dem Äser war übersät mit eingetrockneten, dunklen Blutspuren, und der Äser selbst war blutverkrustet. Aus den Lichtern quoll dickflüssiger Eiter, und Kresta war sich nicht sicher, ob das arme Tier überhaupt sehen konnte. Der ganze Körper war wundbedeckt, an manchen Stellen war mehr offenes Fleisch als Fell zu sehen.

»Hilf mir!«

»Wie denn?«

Die Gämse erzählte von ihrem schrecklichen Schicksal. Gott selbst habe sie beauftragt, den Schatz in der Höhle zu behüten. Tagsüber beschütze das blaue Himmelszelt sie wie ein von der Jungfrau Maria gesandter Mantel, unter dem man Trost und Geborgenheit finde, trockneten und wärmten Sonne und Wind, kühlten und säuberten Schnee und Regen ihre Wunden. Nachts jedoch herrschten die Dunkelheit und das Böse, das unter dem Gefieder eines Adlers Unterschlupf gefunden habe. Der spanne um Mitternacht seine weiten Flügel über die Welt unter ihm und stürze wie ein Blitz auf sie, die Gämse, herab, versuche sie zu töten, um an die Kostbarkeit in der Höhle zu gelangen und diese zu vernichten. Das Untier hacke Nacht für Nacht mit seinem harten, messerscharfen Schnabel auf ihren Körper ein, und nur mit den in diesen bangen Minuten zu langen Schwertern gewachsenen Hörnern gelinge es ihr, den Schatz zu verteidigen. Wie lange noch? Alle sieben Jahre dürfe sie einem Kind erscheinen, Hilfe zu erbitten, denn nur ein Kind könne helfen. Bisher habe aber keines den Mut dazu gehabt.

Die Mädchen und Buben schauten die Felswand hinauf, die sich ihnen im hellen Licht des Lagerfeuers zeigte, sich im Dunkel der Nacht jedoch nach nur wenigen Metern mit der Ewigkeit, dem unendlich scheinenden Universum und dessen unzähligen Sternen verschmolz. Hätten sie diesen Mut gehabt?

Bittere, dicke Tränen tropften aus den Lichtern der Gämse direkt auf Krestas Wangen. Mit dem Handrücken wischte sie diese weg, um sie zu spüren, um sich zu vergewissern, dass sie tatsächlich ihre zarte Haut benetzten. Feucht und warm.
    »Was für eine Kostbarkeit behütest du?«
    »Die Träume der Menschen, wenn sie schlafen.«
    »Die können schrecklich sein.«
    »Ja, das ist wahr. Gerade deshalb muss der Adler besiegt werden, denn er ist es, der für die bösen Träume verantwortlich zeigt. Dann, wenn es ihm mit seinen weit ausgebreiteten Flügeln gelingt, den Schatz in der Höhle zu berühren. Das kann ich nicht immer verhindern. Die guten Träume aber müssen beschützt bleiben, reinigen sie doch die Seelen der Menschen, spülen sie den Dreck und den Staub der Tage aus ihnen heraus.«

... Andreas stockte der Atem, als Armin ihm erzählte, dass er gar nicht das Kind seiner Eltern sei. – ›Gott sei Dank!‹ – Er wisse nichts Genaueres, meinte der alte Freund, eines Tages sei eine Frau mit einem kleinen Mädchen an der Hand aufgetaucht und habe unter Tränen das kleine Geschöpf – »Dich, Bub!« – den beiden ärmlichen Bauersleuten – »Deinen Eltern, Bub!« – übergeben. Habe nur eine Bitte gehabt.
    »Auf den Namen Andreas solltest du getauft werden!« ...

»Weshalb kann dir nur ein Kind helfen?«

»Weil ein Kind seinen Träumen gegenüber unschuldig, für diese nicht selbst verantwortlich ist.«

War das wahr? Kresta gefiel dieser Gedanke.

»Wie kann ich dir helfen?«

Das Mädchen bedauerte die Gämse dermaßen, dass es fest entschlossen war, alles zu tun, um das arme Tier von seinem Leid zu erlösen.

»Vertreibe den Adler!«

»Wie denn?«

»Pflücke einen Wacholderzweig und klettere mit ihm die Felswand zu mir hoch! Entzünde den Zweig am Feuer der Träume, dessen Flammen jede Nacht von der Höhle aus in die Köpfe und Herzen der Menschen züngeln! Wenn der Adler auf uns herabstürzt, berühre sein Gefieder dreimal mit dem brennenden Zweig! Die nadelförmigen Blätter, der Rauch und der Duft, die tödlich für den König der Lüfte sein können, werden ihn für immer vertreiben. Und niemand wird mehr böse Träume haben. Auch du nicht.«

»Wie kann ich dich finden?«

»Folge dem Bach, in dem sich der Mond widerspiegeln wird!«

»Welchen Bach meinst du?«

»Du wirst ihn erkennen. Nur in ihm wird sich der Mond morgen Früh zeigen! Du musst zeitig aufbrechen.«

... Andreas war keine fünfzehn, als er dem Kresta-Bach entlang ins Tal wanderte, Gams und Armin und die geliebte Strohpuppe und die verhassten Eltern hinter sich gelassen hatte, um in Landkirch sein Glück zu finden – wie ihm verheißen ward ...

Was mit ihr passieren würde, wenn sie es nicht schaffte, den Adler zu vertreiben, wagte Kresta nicht zu fragen.

Es war noch dunkel, als sie sich am Morgen ihren Rucksack umhängte – ein wenig Brot, Käse und Wurst darin – und ihrem Schicksal entgegenging, dem kleinen Bach entlang, in dem sich der Mond wie prophezeit widerspiegelte, hinauf durch das Waidtal zu den Waidtaler Bergen mit ihren steilen, gefährlichen Felswänden. Manchmal reichten die Sträucher so nahe an das immer schmaler werdende Bächlein, dass Kresta mittenhindurch gehen musste, barfuß, die Schuhe in Händen. Als sie von einem Wacholderbusch ein Zweiglein abbrechen wollte, schien dieser sich zu wehren, als missbilligte er ihr Vorhaben. Mit ihrem Griffangel-Messer gelang es ihr dann doch. Überhaupt war ihr, als warnte sie die beeindruckende, aber ängstlich wirkende Natur hier. Blumen ließen ihre Köpfe hängen und verdeckten diese mit ihren Blättern, als wollten sie der herannahenden Katastrophe nicht entgegenblicken. Eidechsen streckten ihre Hälse, Libellen schwirrten herum, flößten ihr Angst ein, Fledermäuse flatterten vor ihrem Gesicht wild umher, verwirrten das Mädchen. Am schlimmsten aber war das eindringliche Geheul eines Wolfes, und Kresta wollte jetzt wirklich umdrehen. Da sah sie einen Adler hoch über sich kreisen, und die arme Gämse mit ihren geschwollenen, tränenden Lichtern und ihren blutenden Wunden kam ihr in den Sinn. Das Mitgefühl des guten Kindes war stärker als seine Angst. Es verstaute den Wacholderzweig in seinem Rucksack und stapfte weiter durch das Wasser bergauf, dem Ziel näher, als es wusste.

... »Weshalb glaubst du zu wissen, wie das Mädchen ausgesehen hat?«

Andreas hatte ein großes, schönes Stück Fleisch von seinem geschlachteten Schaf mitgebracht, und Armin hatte es köstlich zubereitet. Beide saßen sie in dessen kleiner Stube am Tisch und ließen sich den Leckerbissen schmecken.

»Welches Mädchen?«, fragte der Alte.

»Na – Kresta!«

»Ich habe sie gesehen.«

»Sie ist einer Sage entsprungen, weil der Fels da oben an ein kleines Mädchen erinnert. So haben wir sie alle schon gesehen. Sage bleibt Sage.«

»Nein, ich habe sie wirklich gesehen. Lebendig wie du und ich. Ich habe mit ihr gesprochen.«

Andreas, der ja wusste, dass Armin mit Toten reden konnte, wunderte sich nicht wirklich.

»Du meinst, es hat tatsächlich ein Mädchen namens Kresta gelebt, das mit zwölf Jahren verstorben ist.«

»Nicht *ein* Mädchen. *Das* Mädchen aus der Sage. Ich bin ihm begegnet. Nicht nur einmal.« ...

Erschöpft ließ sich Kresta auf einer großen Fichtenwurzel nieder. Die Abendstunden hatten bereits an der Tür der bevorstehenden Nacht angeklopft, und das schummerige Licht ließ die Felswand vor ihr eintönig grau, glatt und unüberwindbar erscheinen. Sie stand auf und berührte das harte Gestein. Nein, niemals würde sie das schaffen! Plötzlich stand ein Gamsbock neben ihr. Seine hellbraunen, lieb-funkelnden Lichter verrieten, dass er Kresta helfen und ihr den Weg zeigen würde. Und so war es dann auch. Er kletterte voraus, sie ihm nach. Handgriff zu Handgriff, Fußtritt zu Fußtritt schob die Kleine ihren schmalen Körper weiter und weiter die Wand hoch, rutschte immer wieder ab, krallte sich im letzten Augenblick an einer Felsrinne fest, wagte nicht, hinunterzuschauen, wartete, atmete tief ein und aus, kletterte weiter, bis sie endlich, mit aufgeschürften, blutenden Fingern den Felsvorsprung erreichte, wo die Gämse bereits sehnsüchtig auf sie wartete. Beide bedankten sich bei dem Bock, der so schnell entschwand, wie er aufgetaucht war. Wieder setzte sich Kresta. Völlig ausgepumpt. Sie öffnete ihren Rucksack und nahm den Wacholderzweig heraus.

»Wo ist das Feuer, an dem ich ihn entzünden kann?«

»Wir müssen bis Mitternacht warten.«

Der kleine Kresta-Bach plätscherte dahin. Ruhig. Wie die Stimme Armins. Der Wind brach an den schützenden Bäumen und stockte wie die anhaltende Luft in den Kinderhälsen.

Blitz und Donner quälten den Himmel, und Kresta sah in der kurz erleuchteten Nacht, wie der Adler pfeilschnell auf sie zuflog. Eiligst entflammte sie den Wacholderzweig an den züngelnden Flammen der Träume der Menschen, streckte ihn dem Vogel entgegen. Der hackte mit seinem Schnabel auf das arme Mädchen ein, riss ihm

Fleischklumpen aus dem Leib. Die Nadelblätter stachen ins Gefieder, der Rauch umnebelte den Adler, und bald konnte der Vogel dessen Duft nicht mehr ertragen, sodass er das Weite suchte. Kresta fiel auf die Knie. Die Gämse neben ihr, die wusste, welche Schmerzen die Kleine zu ertragen hatte, flehte: »Gib nicht auf! Zweimal noch! Bitte!«

Da hörten die beiden wieder das Gekreische, und schneller, als das Mädchen reagieren konnte, hackte der Vogel erneut auf es ein, riss ihm Haare und Fleisch aus. Nur mit letzter Kraft gelang es Kresta, mit dem brennenden Zweig das Gefieder des Adlers noch einmal zu berühren, der daraufhin erneut von dannen flog.

Sie richtete sich auf. Stand mit ausgebreiteten Armen, den Zweig in ihrer zitternden rechten Hand fest zugreifend, auf dem Felsvorsprung, erwartete das Böse schlechthin, um es endgültig aus den Träumen der Menschen zu vertreiben. Diesmal jedoch war der Kopf des herannahenden Vogels nicht der eines Adlers, diesmal schaute der Leibhaftige selbst die arme Kresta mit seinen rot funkelnden Augen an, sabberte wie ein Höllenhund, fletschte die großen Eckzähne. Das Mädchen fürchtete sich dermaßen, dass ihm der Wacholderzweig aus den Fingern glitt und die Wand hinunterpurzelte. Im selben Augenblick heulte ein Wolf weit unten im Wald auf.

An dieser Stelle der Geschichte heulten auch stets die Kinder auf.

Kresta hörte einen Donner, so laut und stark, dass Himmel und Erde erschauderten, und der nächste Blitz traf sie – mitten ins Herz.

Mit lautem Gekreische flog der Adler das Tal hinaus. Die Gämse schnupperte an dem versteinerten Mädchen, und die eitrige Flüssigkeit in ihren Lichtern verfestige sich vor lauter Trauer so sehr, dass sie nicht einmal mehr weinen konnte.

»Und die arme Gämse bewacht immer noch unsere Träume?«, fragte die Kleinste der Gams-Kinder.

»Ja, das tut sie wohl!«, antwortete Armin.

»Und Kresta?«

... Armin wusste nicht, ob er sein Geheimnis wirklich preisgeben sollte. Er schaute Andreas tief in die Augen. Der Bub war irgendwie anders als die anderen Kinder hier in Gams. Der Bub war ihm selbst ähnlich. Der alte, weißbärtige Mann kaute an seinem Bissen Schafsfleisch und schluckte.

»Ihr Körper ist versteinert. Sie kann ihn aber verlassen. Lebt. Sie wandert. Durch Wälder und Wiesen. Manch einer von uns hat sie schon gesehen, hat mit ihr geredet, als wäre sie von Jetzt. Nach wie vor zwölf Jahre alt. Redet mit einem Schafshirten, redet mit einem Kind. Keiner kann sich danach mehr daran erinnern.«

»Nur du!«

»Nur ich!« ...

Die Kinder legten sich auf dem Waldboden schlafen, hörten noch einmal den Beschreibungen Armins, wie hübsch die Kresta gewesen sei. Sie liebten dieses kleine, schöne, reiche Mädchen – nicht nur die Buben. Weshalb nur hatten seine Eltern zu wenig Zeit für es gehabt?

... Es war Winter. Frühmorgens. Es dämmerte bereits. Andreas überquerte die nicht ungefährliche Hängebrücke der Gamsschlucht, die nach Tump führte. Er war auf dem Weg in die Schule. Jeder Fußtritt erforderte äußerste Aufmerksamkeit, waren manche der Bretter unter ihm bereits morsch und drohten zu brechen. Er hielt sich links und rechts an den beiden alten, rostigen Drahtseilen fest. Ängstlich schaute er durch die Ritzen hinunter zum Kresta-Bach, der tief unter ihm – das waren bestimmt fünfzehn, zwanzig Meter! – dahinplätscherte. Da stand plötzlich ein Mädchen vor ihm, wenig jünger als er selbst.

»Wohin des Weges?«

Was für ein hübsches Mädchen! Große, blaue, kluge Augen.

»In die Schule!«, antwortete Andreas.

Schwarzes, halblanges, gelocktes Haar.

»Das ist gut! ...«

Das Mädchen trug einen Rucksack.

»... Du weißt schon, dass dieser Weg viel, viel weiter führt als nur in das nächste Dorf?«

»Wie meinst du das?«, fragte der Bub.

Aus dem Rucksack lugte ein Wacholderzweig.

»Er wird dich eines Tages in die Hauptstadt führen ...«

»Nach Landkirch?«

»... und weiter. Dorthin, wo du dein Glück finden wirst!« ...

Ja. Andreas würde Gams und Armin und seine geliebte Strohpuppe und seine verhassten Eltern hinter sich lassen. Noch einmal besuchte er seinen alten Freund. Von seiner Begegnung mit dem Mädchen erzählte er nichts, war er sich nicht mehr sicher, diese wirklich erlebt zu haben. Wahrscheinlich war alles nur ein Traum gewesen. Wie das Mädchen plötzlich die Brücke hinunter in die Tiefe gesprungen war, nie im Kresta-Bach gelandet war, sich davor verflüchtigt hatte. Es musste ein Traum gewesen sein. Bestimmt.

»Erzähl mir die Sage weiter! So weit, wie du sie gehört hast! So weit, wie du sie noch keinem erzählt hast!«

Armin kraulte seinen Wolfshund Hamon, der ihn mit seinen gelben Augen auffordernd anschaute, als wolle er sagen: Tu es! Es ist die Zeit!

In der Diele des reichen Patrizierhauses der reichen Eltern Krestas hingen einige Bilder bekannter Maler der damaligen Zeit. Auf einem war auf der rechten Seite, eingeengt zwischen anderen bürgerlichen Bauten, die sich ihrerseits zwischen die Stadtmauer gezwängt hatten, ihr Haus abgebildet. Die Rückseite. Mit Kreuzfenstern und Erkern, unter denen die Montsilver Ache ruhig und gelassen in der Mitte des Bildes dahinfloss. Kleine Boote waren auf dem Fluss zu sehen – mit Menschen darin. Auf der linken Seite des Gemäldes sonnten sich Kinder auf den Holzstegen am Ufer, badeten im kühlen Wasser, in das auch eine große Trauerweide die Enden ihrer Zweige tauchte. Den blauen Himmel schmückten nur wenige Schafswolken.

Am Morgen noch hatten sich die Eltern keine großen Sorgen gemacht, als die Magd, innerlich ganz aufgewühlt, vom Verschwinden der kleinen Kresta berichtet hatte. Würde wohl in der Stadt herumlungern, würde schon wieder auftauchen! Im Laufe des Tages erweichte das steinerne Herz vor allem des Vaters zusehends, und am Abend pulsierte es heftig und unregelmäßig. Selbst die Mutter machte sich Sorgen. Sie war es gewesen, die nicht nur die Ordnungshüter, sogar den ihnen befreundeten Bürgermeister über das Abhandenkommen der Tochter informiert und um Hilfe gebeten hatte. Das Kind war wie vom Erdboden verschluckt. In der Diele war ein Kommen und Gehen. Inzwischen hatte es sich herumgesprochen, dass die kleine, stets zu träumen scheinende Kresta abgängig war, und die halbe Stadt suchte nach ihr. Männer und Frauen und Kinder berichteten immer wieder den angesehenen und auch gefürchteten Eltern des Mädchens, wo dieses ... »Bestimmt nicht!« ... war. Man habe die ganze Stadt und die Felder und die Wälder durchstöbert. Nichts.

»Dann müssen wir den Fluss absuchen!«, wagte der Bürgermeister, nachdem er einen Schluck Wein getrunken hatte, den Satz auszusprechen, vor dem Krestas Vater sich den ganzen Abend lang am meisten gefürchtet hatte. In sich versunken betrachtete er das Bild an der Wand, und plötzlich verwandelten sich die Schafswolken in dunkle, bedrohliche Wolken. Ein erst leichter Wind steigerte sich mehr und mehr zu einem Sturm, peitschte das Wasser der Montsilver Ache und die Weide am Ufer. Die kleinen Boote drohten zu kentern, die kleinen Körper der Kinder im Wasser unterzugehen. Ein Adler tauchte am Himmel auf, flog aus dem Bild hinaus in die Richtung, in der das Tal Montsilva lag. Und dann donnerte und blitzte es, als bewahrheitete sich die Offenbarung des Johannes, die Apokalypse schlechthin. Und nicht etwa da draußen in der Welt, nein, in dem Bild da vor ihm. Ein Wolf heulte. Erschrocken stand Krestas Vater auf.

Alles war ruhig, alle waren ruhig. Auf dem Gemälde war zu sehen, was immer schon zu sehen war. Niemand schien von alledem etwas mitbekommen zu haben. Glaubte er. Dann aber fasste seine Frau seine Hand und drückte zu. Sie starrte auf das Bild. Ja. Jetzt sah er sie auch. »Kristina!«, die den Kopf aus dem geöffneten Fensters ihres Zimmers streckte und Richtung Waidtal schaute, das geheimnisumwobene Tal, das auf dem Gemälde gar nicht abgebildet war.

Nur die beiden Eltern konnten über die vielen Jahre hinweg sehen, wie sich das Bild vor ihren Augen veränderte. Im Winter schien die Trauerweide noch trauriger zu sein als sonst, weil der schwere Schnee ihre Äste tief, tief hängen ließ. Die Montsilver Ache war an den Uferrändern gefroren, die Männer und Frauen in den Booten, die badenden Mädchen und Buben verschwunden. Im Frühling schmolz das Eis. Die ein wenig größer gewordenen Kinder des Vorsommers tauchten wieder aus dem Wasser auf oder sonnten sich auf dem Steg. Die abgebildeten Menschen auf dem Gemälde wurden älter, ob auf den Booten oder im Fluss oder am Ufer. Und auch die Häuser wurden älter. Nur Kresta blieb immer gleich jung, zwölf Jahre alt, schaute unentwegt aus dem Fenster Richtung Waidtal, das gar nicht abgebildet war.

Begonnen hatte alles im Jahre 1483, geendet hat die Geschichte um Kresta bis heute nicht.

»Und du glaubst, dass an der Sage was Wahres dran ist?«, fragte Andreas.

Armin antwortete nicht. Hamon hingegen heulte beinahe wie ein echter Wolf. Schier unendlich.

12
Hieronymus und Lorenz

Erzbischof Hieronymus schlug sein dreieinhalb Minuten ge-
kochtes Frühstücksei auf, stach vorsichtig mit dem Löffel
durch das Eiweiß in den flüssigen Dotter, hob das kleine Besteck mit der göttlichen Speise behutsam hoch und führte es
zum Mund. Darauf hatte er sich schon den ganzen Morgen
gefreut. Plötzlich öffnete jemand dermaßen ruckartig die Tür
in seine Privatgemächer, die – im Gegensatz zu den übrigen,
prunkvollen, in klassizistischem Stil erbauten Räumen der Residenz – recht bescheiden wirkten, dass Hieronymus erschrocken vom Stuhl aufsprang und sich seinen Morgenrock mit
dem Dotter bekleckerte.

»Mensch, Kamil! Schauen Sie sich diese Schweinerei an!«

Der polnische Sekretär des Bischofs, seines Zeichens Diakon, achtete nur wenig darauf, war mit seinen Gedanken mehr
bei dem gerade gelesenen Bericht in der Zeitung, die er in der
Hand hielt und mit der er jetzt schnellen Schrittes, dass er beinahe über seine Albe gestolpert wäre, an den Tisch herantrat
und sie auf den selbigen legte – nein! – knallte.

»Eure Hochwürdigste Exzellenz, lesen Sie das!«

Kamil tippte auf die Seite 3. Hieronymus, der bemüht war,
den Fleck auf seinem Morgenrock mit einem mit Spucke befeuchteten Tuch abzuwischen, schien nicht besonders interessiert.

»Was steht da?«

Kamil schilderte mit eigenen Worten, was in dem zwar
kurzen, aber die Kirche in ihren Manifesten erschütternden
Bericht zu lesen war. In Aach, dem Hauptort von Montsilva,
sollen seltsame Geschehnisse die Ohren und Münder der Ein-
wohner des ganzen Tals weit geöffnet haben, um Gerüchte begierig aufzunehmen und diese weiterzuerzählen. Von einem

sich schlagartig verdunkelnden Himmel sei da die Rede, von Blitzen und Hagelkörnern, von Donner und unnatürlich lautem Glockengeläut, als habe Gott selbst Hand angelegt, von verschlossenen Kirchentüren und von einem ohrenbetäubenden Orgelspiel und Chorgesang der Engel, die eigens vom Himmel herabgestiegen seien.

Nachdem Kamil alles berichtet hatte, war die Aufmerksamkeit des Bischofs geweckt, und er las den Bericht aufmerksam durch.

»Das ist Gotteslästerung!«, brüllte Hieronymus und zerknüllte die Zeitung, ohne sich dessen bewusst zu sein.

Der Diakon nickte zustimmend.

Als hätte jemand einen Schlüssel in seinen Rücken gesteckt und daran gedreht, tanzte der Bischof wie eine Aufziehpuppe im Zimmer herum, mit den Armen fuchtelnd, immer wieder mit einem Fuß aufstampfend, schrie Worte durch den Raum, die eines hohen kirchlichen Würdenträgers nicht angemessen waren. Vor allem Lorenz, der Pfarrer von Aach, bekam einiges ab, konnte der Bischof diesen lästigen Menschen, der ihn jedes Mal aufsuchte, wenn er in der Stadt war – und das war dieser Pfaffe nach des Bischofs Ermessen viel zu oft –, ums Verrecken nicht ausstehen.

»Mein Gewand! Mein Gewand! Schnell! Der Stallmeister soll die Pferde anspannen! Schnell!«

»Wohin geht die Reise, Eure Hochwürdigste Exzellenz?«

»Nach Aach, Sie …« – ›…Trottel!‹

»Ich kann das bei Gott nicht glauben, Bürgermeister Auer. Das ist doch sicherlich wieder so eine geschraubte Geschichte, die sich Pfarrer Lorenz ausgedacht hat. Er kam mir die letzten Monate sowieso etwas verdreht vor, um nicht zu sagen: Dem Wahnsinn nahe! Ist doch so?«

»Eure Hochwürdigste Exzellenz, das stimmt schon. Unser Pfarrer war tatsächlich die letzte Zeit etwas seltsam. All das, was aber gestern hier in dieser Kirche stattgefunden hat, wäre ihm unmöglich gewesen, heraufzubeschwören. Da waren andere Mächte am Werk.«

»Andere Mächte? Wollen Sie sagen, Gott selbst habe in diesem unscheinbaren Dorf gewirkt?«

»Ich weiß es nicht.«

»Gott wohl kaum«, meinte Richter Sonnleitner, der neben dem Bürgermeister stand, »eher ... der Teufel!«

Die beiden Herren mussten dem Bischof noch einmal genau schildern, was sich am Vorabend hier in dieser heiligen Stätte abgespielt hatte, wurden mal leiser, mal lauter, weil Hieronymus ständig im Mittelschiff auf und ab ging, ihnen einmal nahe, dann wieder weit weg war. Wie durch einen Schalter gebremst, blieb er plötzlich stehen, schaute hinauf an die Stelle, an der die Figuren des Heiligen Franziskus und der Heiligen Klara ... nicht mehr da waren. Hieronymus kannte die Kirche. Ab und an hatte er hier den Kindern des Dorfes das Heilige Sakrament der Firmung gespendet.

»Wo sind die beiden Holzskulpturen?«

Erst jetzt bemerkte der Bürgermeister, dass die ... nicht mehr da waren.

»Mein Gott! Das darf doch nicht wahr sein! Die muss jemand im Trubel der Ereignisse gestern Nacht gestohlen haben.«

›Ja – sicher!‹, zweifelten die zu einem Schlitz zugedrückten Augen des Bischofs auch daran.

»Egal jetzt! Weiter!«

»... und als wir dann durch das Pfarrhaus in die Kirche wollten«, fuhr Bürgermeister Auer fort, mit einer Gestik, die einen sich drehenden Schlüssel in seiner Hand veranschaulichen sollte, »stand da plötzlich Sarah in der Menge und verlangte, mit hineingehen zu dürfen.«

»Wer ist Sarah?«

»Die Tochter von Paula, der Pfarrersgehilfin.«

»Ja. – Egal! – Und dann?«

»Nichts. Die Kirche war leer – verstummt. Kein Mensch zu sehen. Kein Orgelspiel und kein Chor zu hören.«

»Und Pfarrer Lorenz?«

»Auch verschwunden!«

»Na gut. Ich gehe davon aus, Herr Bürgermeister, dass Sie alle Hebel in Bewegung setzen werden, damit diese Geschichte nicht noch einmal in den Zeitungen zu lesen sein wird. Haben wir uns da verstanden?«

»Natürlich, Eure Hochwürdigste Exzellenz!«

»Und was Pfarrer Lorenz anlangt: Ich gebe ihm zwei Wochen! Sollte er bis dahin nicht zurück sein, wird Aach ein anderer Pfarrer zugeteilt. Ich hätte da einen jungen Mann im Köcher, der sowieso bald einmal die Priesterweihe empfangen soll. Das könnten wir dann gleich hier machen. Würde auch von diesen Gerüchten ablenken. Darüber können dann die Zeitungen schreiben! So. Und jetzt gehen wir im *Hirschen* einen Happen essen.«

»Natürlich.«

Das war das Wort, das Hieronymus hatte hören wollen.

13
Damian und Kirke

Übernatürliche Ereignisse in Aach

Gestern Abend wütete in Aach, dem Hauptort Montsilvas, ein Un-
wetter unvorstellbaren Ausmaßes. Blitz, Donner und Hagelschlag
suchten das Dorf heim, als hätte ein erzürnter Gott selbst Hand an-
gelegt. Dem nicht genug. Damian Kofler, ein junger Lehrer des Dorfes
und Augenzeuge, berichtet von einem Szenario, das mit der Kreuzi-
gung auf Golgota zu vergleichen sei.

... Damian Kofler war ein bedauernswertes Kind, wenngleich er
in reichem Elternhaus aufwuchs, in einem Vorort nahe Landkirch. Es gab Bedienstete. Die kochten, die reinigten, die wuschen, die säten, die pflückten, die ernteten, die putzten, die
striegelten, die misteten, die fütterten, die melkten, die sensten,
die rechten ... Alles Arbeiten, bei denen Damian gerne mitgeholfen hätte. War ihm von den Eltern nicht erlaubt. Stattdessen
saß er bei schönstem Wetter stundenlang in seinem Zimmer,
musste Rechenaufgaben und Rechtschreibung, Sprachlehre
und Heimatkunde und Naturkunde pauken. Lauter Zeug, das
er hasste. Nur das Lesen war ihm Vergnügen. Besonders die
Romane, die häufig ein Erdendasein priesen, das mit seinem
nichts zu tun hatte. Er schlüpfte hinein in die Figuren, war See-
räuber, war Indianer, war Vagabund, war auch mal ein kleiner,
reicher Junge, dem es erlaubt war, mit der hübschen Tochter des
Stallmeisters zu spielen. Damian schaute aus dem Fenster und
betrachtete das kleine Mädchen da unten, das gerade die Hühner fütterte. Tanzte und ein Lied pfiff. Glücklich war. Hübsch
war. Etwa so alt wie er selbst. Zehn oder so. Er wusste nicht einmal den Namen dieses wunderbaren Geschöpfs. Blonde Zöpfe.
Braune Augen. Helle Haut und helle Stimme und helles Gemüt ...

In den frühen Abendstunden verdunkelte sich urplötzlich der Himmel über Aach. Gott schleuderte unentwegt seine Blitze gegen die Erde und mitten in die angsterfüllten Herzen der Bewohner des Dorfes. Dann schickte er bis zu drei Zentimeter große Hagelkörner nach, als wolle er den Menschen ihre Ohnmacht gegenüber himmlischen Mächten vor Augen halten, uns alle daran erinnern, wie klein und schutzlos wir sind, ziehen wir den Zorn des Himmels auf uns. So jedenfalls schildert Kofler die Ereignisse.

»Schon das andauernde Donnern war unnatürlich laut, doch was dann über das Dorf erschallte, übertraf alles jemals Gehörte auf Erden an Lautstärke und Eindringlichkeit. Irgendjemand spielte in der verschlossenen Kirche Schuberts ›Ave Maria‹ auf der Orgel, und die vielen Kirchenglocken stimmten ohrenbetäubend in die ›Hymne an die Jungfrau‹ ein.«

»Dieser gottverdammte Hurenbock!«

Bürgermeister Auer schlug mit seiner geballten Faust dermaßen fest auf den Stammtisch, dass die Gläser darauf wackelten und das Weinglas des Wachtmeisters Hansen sogar umkippte. Blitzartig ruckte der mit seinem Stuhl nach hinten, um so dem über den Tisch rinnenden roten Saft auszuweichen.

Mit der linken Hand hielt Auer die Zeitung hoch, mit dem rechten ausgestreckten Handrücken schlug er auf die Seite 3, auf welcher der Bericht zu lesen war – im ganzen Tal! In Landkirch! Weit darüber hinaus! Natürlich, alles war wahrheitsgetreu wiedergegeben. Was aber hatte dieser aufgeblasene Lehrer mit alledem zu tun gehabt? Was denn? Dieser Siebengescheite, den Auer noch nie hatte leiden mögen. Glaubte wohl, die Weisheit mit Löffeln gefressen zu haben. Dieser Wichtigtuer. Und jetzt war da sein Name zu lesen. Fettgedruckt. *Damian Kofler.* Ha! Und nirgends, gar nirgends, nicht einmal in klitzekleinen Buchstaben … killekille … killekille … stand da etwas von einem gewissen Bürgermeister Auer, der ja wohl eine Hauptrolle bei der ganzen Sache gespielt hatte, Initiative ergriffen hatte,

Verantwortung übernommen hatte, die Leute beruhigt hatte. Führungsqualität bewiesen hatte. Sakra!

»Wie kommt der Trottel von Lehrer überhaupt dazu, noch in der Nacht in die Stadt zu fahren und alles auszuplaudern? Ohne unser Wissen? Ohne unser Einverständnis!«

... An dem Holzgestell, das an der Hauswand für die Heckenrosen angebracht war, konnte der kleine Damian mühelos in der Nacht in den Hof hinunterklettern. Dann besuchte er die Tiere in den Stallungen. Er streichelte und umarmte die Fohlen und die Lämmer und die Kälber, hob das kleinste Ferkel auf, küsste es auf den Kopf. Das waren ihm Momente, die das Leben ein wenig erträglicher machten. Bsst! Leise! Sonst wachten noch die Eltern oder irgendjemand vom Personal auf. Noch einmal streichelte er über die zarte rosa Haut, legte das kleine Schweinchen zu den Geschwisterchen zurück. Damian hatte keine Brüder und keine Schwestern. Hätte gerne welche gehabt. Wieder im Hof kniete er vor dem großen Gartentor, schaute durch die Stäbe hindurch in eine Welt, die er nicht wirklich kannte. Auf den Fluren waren im Mondlicht Ackerfurchen oder riesengroße Sonnenblumen zu sehen, manchmal ein Maiskolbenfeld. Die nicht gemähten Wiesen waren mit allerlei bunten Blumen übersät, auf gemähten Wiesen standen Heinzen, beladen mit getrocknetem Heu. Im Winter waren die verschneiten Feldwege, die in Wälder oder Nachbardörfer oder nach Landkirch führten, so sehr in die weiße Pracht eingesogen worden, dass der Bub sie nur schwer ausfindig machen konnte.

Mit dreizehn kletterte Damian erstmals über die Mauer, die den Hof von der Außenwelt schützen sollte, suchte im wahrsten Sinne des Wortes ... das Weite. Er fühlte sich wie ein verurteilter Verbrecher, der aus seinem Gefängnis ausgebrochen war. Sein Fluchtweg führte nach Landkirch. Eine halbe Stunde musste er rechnen, ein halbe Stunde zurück. Keiner seiner Wärter würde es merken, dass seine Zelle eine Zeitlang leer bliebe. Hoffentlich.

Das Zirpen der Grillen versinnlichte seine Angst. Vor dem fernen Hundegebell. Vor den leisen Geräuschen des Windes. Vor der Erkenntnis, dass es keine absolute Stille gab. Das Erdendasein beherbergte viele Laute. Gewohnte Laute. Kaum zu ertragen. Unbekannte Laute. Womöglich noch weniger zu ertragen. Damian würde es herausfinden, erschien ihm alles Fremde unwiderstehlich.

Schmale, dunkle Gassen verbargen seinen schmalen Körper, die laute Stadt übertönte sein lautes Schnaufen. Gott sei Dank! Der Bub rannte hinüber in den kleinen Park, versteckte sich hinter einem Busch. Dann sah er das Haus, dessen Fenster rot beleuchtet waren. Beobachtete fasziniert die Frauen, die vor dem Haus auf und ab gingen. Jung. Schön (die meisten). Leicht bekleidet. Reizvoll. Die Blonde da drüben fesselte den Knaben, und Damian hatte nur noch Augen für sie. Das Mädchen redete mit einem älteren Mann. Kirke (so nannte Damian sie augenblicklich, erinnerte ihn dieses Götterwesen an die in seiner Fantasie bezauberndste Frau der griechischen Mythologie) öffnete das Tor hinein in diese Insel der Sinne, in die Damian gerne selbst eingetreten wäre …

»Die Leute schlugen mit ihren Fäusten wild auf das Tor ein, schrien wie am Spieß, man solle öffnen. Und mitten in diesen Lärm hinein hörte man plötzlich einen Chor, als hätte Gott all seine Engel zu uns heruntergeschickt, um das ›Ave Maria‹ mit lauter Stimme zu verkünden.«

Auf die Frage, wie lange der Spuk etwa gedauert habe, meint Kofler, das könne er nicht mit Bestimmtheit sagen.

»Es fühlte sich unendlich an. Sicher aber war mindestens eine halbe Stunde vergangen, als auf einen Schlag alles verstummte.«

Aufgrund der gespenstischen Stille, die in der Gaststube herrschte, ausgenommen der aufgebrachten Stimme des Bürgermeisters, hätte man glauben mögen, es wären nur wenige Gäste im *Hirschen* anwesend. Ganz im Gegenteil. Es war zum

Bersten voll. Die ganze männliche Bevölkerung von Aach schien sich hier versammelt zu haben. Und alle waren noch in einer Art Schockzustand, hielten sich an ihren Weingläsern oder Bierkrügen fest, als könnten diese ihnen Halt und Schutz bieten. Den jungen Lehrer, den hatte niemand gesehen.

... Damian war vierzehn, als er wieder einmal hinter dem Busch seine Kirke beobachtete. Diesmal hatte er allerdings aus der Börse der Mutter gestohlenes Geld dabei. Noch einmal zählte er es. Zwanzig Heller. Das würde genügen. Er war fest entschlossen, schnaufte noch einmal tief durch, ging dann geradewegs auf sie zu. Die schaute ihn wie ein Fragezeichen an, nahm ihm das Geld, das er ihr entgegenstreckte, aus der Hand und verschwand mit dem Knaben in dem Haus, dessen Fenster rot beleuchtet waren ...

Ein kleiner Bub habe den Schlüssel zum Pfarrhaus gebracht und einige Dorfbewohner seien durch die Sakristei in die Kirche hineingegangen, in der sich aber niemand aufgehalten habe.

Die Weiber fanden Halt in ihren Gebeten und an den Messern, mit denen sie Kartoffeln schälten oder Gelbe Rüben schabten, vorausahnend, dass die Herren Gatten weder zu Mittag noch am Abend aufkreuzen würden, aufgewühlt im Wirbel des eigenen Unvermögens, all das Erlebte auch nur annähernd begreifen zu können. Beide. Männer und Frauen.

»Und das Schlimmste ist, dass Pfarrer Lorenz spurlos verschwunden ist.«

... Damian betrachtete das Foto, auf dem Kirke abgebildet war. Er war inzwischen sechzehn, hatte das Fotografieren als seine große Leidenschaft entdeckt, und der Bub war wirklich mit Augen für schöne Motive gesegnet. Hatte die junge, reizvolle Hure, bei der er Stammkunde war, in Pose gebracht. Es war ihm von ihr erlaubt worden, sie abzulichten. Gegen Bezahlung. Da lag sie nun schwarz-weiß auf einem mit Polstern ausgelegten Bett, eingehüllt in seidene, halbdurchsichtige Tücher, die er eigens mitgebracht hatte. So manch erotische Heimlichkeit blieb verdeckt, teils mit den Tüchern, teils mit den langen, offenen Haaren der Angebeteten. Andere, ansonsten verborgene Geheimnisse mit künstlerischer Vorausahnung für reizvoll Neues entblößt.

Ein Leben lang würde Damian das makellos jugendliche Alter lieben, verehren, vergöttern. Würde dessen weicher, sanfter Haut zugeneigt sein. Würde der Fäulnis, die das Älterwerden mit sich brachte, mit Verachtung gegenüberstehen. Würde sie verfluchen. Würde mehr und mehr seine eigenen Furchen, sein eigenes Welken – hassen ...

Wir werden die Geschichte weiterhin verfolgen und uns ein genaueres Bild machen.

Am späten Nachmittag wachte Damian auf dem Kanapee auf. Er war erst kurz vor Mittag aus Landkirch zurückgekehrt. Todmüde. Lärm auf der Straße hatte ihn geweckt. Er zog sich einen Morgenmantel über und trat schlaftrunken auf den Balkon, sah, dass sich erneut das halbe Dorf vor der Kirche versammelt hatte.

»Hansen! Was ist denn los?«

Der Dorfpolizist glaubte, in dem Trubel seinen Namen gehört zu haben. Er schaute sich um.

»Hm.«

»He, Hansen!«

Doch! Da hatte jemand gerufen. Woher kam die Stimme? Der Wachtmeister spielte mit den Fingern seiner auf dem Rücken ineinander geschobenen Hände, versteckte seine Neugierde hinter dem Gehabe einer vorgetäuschten Gleichgültigkeit. Wippte seinen massigen Körper auf und ab, indem er ihn immer wieder auf den Zehenspitzen balancierte, um ihm erneut auf der ganzen Fußunterseite Halt zukommen zu lassen. Rückte seine Uniformmütze an deren Schild zurecht.

»Han-sen!«

Blitzartig drehte sich der Polizist um, schaute nach oben und erblickte den Lehrer auf dem Balkon. Die Worte des Bürgermeisters kamen ihm in den Sinn, und noch bevor Damian erneut fragen konnte, was denn los sei, schimpfte Hansen zu ihm hinauf.

»Du elender Wurm! Wie kommst du dazu, der Zeitung Bericht zu erstatten? Ohne unser Wissen? Ohne unser Einverständnis! Jetzt haben wir die Bescherung. Erzbischof Hieronymus ist ins Dorf gekommen, sich ein Bild von der Katastrophe gestern Abend zu machen. Wegen dir! Du Spinner!«

14
Anna und Elisabeth

Anna und Elisabeth lagen nebeneinander im Bett. Lagen ausgestreckt auf dem Rücken. Hielten sich die Hände und starrten an die Kammerdecke, als gäbe es da oben etwas Außergewöhnliches zu sehen. Gab es aber nicht. Dieselben Holzfaserungen wie eh und je. Die Spinnweben in den Zimmerecken flatterten leicht. In der Kammer zog es immer ein wenig. Das war im Sommer sehr angenehm.

»Was für ein Tag!«, schnaufte Anna.

»Was für Tage!«, sagte Elisabeth.

Beide hofften, ein wenig Ruhe würde endlich einkehren. Tat es nicht.

15
Luisa und Eva

Elisabeth gähnte. Es sollte nach den großen Anstrengungen ein Tag zum Ausruhen werden. Selbst die dunklen Wolken und der lange Regen waren müde geworden und machten der aufgehenden Sonne langsam Platz. Die schickte endlich erste warme Strahlen durch die geöffneten Läden und Fenster des alten Bauernhauses ganz oben am Waldrand von Pianz.

Die schweren Tropfen auf den Gräsern und Blättern des kleinen Bergdorfes, die so aussahen, als ließen sie ihre Köpfe resignierend hängen, fielen auf die Erde und versickerten darin. Maria und Sarah knieten auf der Stuben-Eckbank, schauten zum Fenster hinaus und beobachteten, wie Gänseblümchen, Aster und Distel, Glockenblume, Fingerkraut, Löwenzahn und Margerite die schwere Last abschüttelten und sich in den Tag hinein reckten und streckten. Von Weitem waren Kuhglocken und Hundegebell zu hören. Sarah dachte an ihren Traum vor zwei Tagen, an den sie sich mit immer klareren Bildern erinnern konnte. Es war ein seltsamer, doch schöner Traum gewesen, nach dem sie sich irgendwie sehnte, den sie sich zurückwünschte. So sehr ihre Gedanken gestern Abend vor dem Einschlafen auch bei Eva und Sanna gewesen waren, hatte sie doch nicht noch einmal von ihnen geträumt. Maria dachte an Luisa, an das Leben und an den Tod.

… Luisa wachte auf. Es kam ihr vor, als hätte sie hundert Jahre lang geschlafen. Sie hörte Stimmengemurmel, roch Kerzenwachs und Weihrauch. Wo war sie? Luisa wollte die Augen öffnen. Es gelang ihr nicht. Immer deutlicher hörte sie die Worte, die im Raum nebenan gesprochen wurden.

»Gelobt sei Jesus Christus!«
»In Ewigkeit, Amen!«

»Danke, Herr Pfarrer, dass Sie den weiten Weg von Hausen hierher gemacht haben.«

»Wo liegt die Verstorbene?«

»Kommen Sie!«

Das waren die Stimmen Elsbeths und des Hausener Pfarrers gewesen.

›Ich bin nicht tot!‹

Luisa wollte aufstehen, um es zu beweisen. Sie konnte sich nicht rühren. Nicht einmal ihre Finger. Herrgott, wie konnte das sein? Dann spürte sie einen Daumen auf ihrer Stirn. Sie roch die Salbe daran. Das Kreuzzeichen, das ihr stets Hoffnung und Trost gewesen war, brannte jetzt als Mal unbändiger Angst in ihrer Haut.

»Ich bin die Auferstehung und das Leben. Wer an mich glaubt, wird leben, auch wenn er stirbt, und wer da lebt und glaubt an mich, der wird nimmermehr sterben.«*

›Aber, ich lebe doch! Atme! Seht ihr das denn nicht?‹

Niemand bemerkte es. Alle knieten nieder und beteten den *Glorreichen Rosenkranz*. Luisa, die an ihren Fingerkuppen spürte, dass man auch ihr einen Rosenkranz um die gefalteten Hände gewickelt hatte, geriet in Panik. So sehr sie sich auch bemühte, den anderen ein Zeichen zu geben, dass sie noch am Leben war, es half nichts. Sie lag bewegungslos da – wie tot, erkannte die Stimmen ihrer Kinder und auch die von Elisabeth und Anna, Maria und Sarah.

»Vater, der Du bist im Himmel ...«

Innerlich betete Luisa mit, wurde dabei immer ruhiger.

»... und führe uns in der Versuchung! ...«

›Erlöse uns von allem Übel ...‹

In das ›... Amen!‹ hinein öffnete Luisa endlich die Augen. Eva schwebte über ihr und reichte ihr die Hand. Luisa ergriff sie. Dann verließen die beiden den Raum und die Zeit – nicht, ohne dass Luisa sich noch einmal umdrehte. Sie sah und

---

* Joh 11, 25-26

hörte die Gedanken der vor ihrem toten Körper Knienden, die Worte Elsbeths, die sich bei der Mutter bedankte. Das freute Luisa, und sie bedankte sich ihrerseits bei der Tochter. Und bei den Weibern da oben am Waldrand, wie diese meist im Dorfe genannt wurden, weil man ihre Namen nicht auszusprechen wagte – vor allem die Männer. Als wären sie Heilige. Als verriete man dadurch die eigenen sündigen Gedanken an die schönen Frauen, an die nackten Körper Elisabeths und Annas. Als ließe man die beiden dann zu nahe an sich heran.

Elisabeth und Anna, Maria und Sarah waren es auch gewesen, die Elsbeth bei der Trauerarbeit um die verstorbene Mutter am meisten geholfen hatten. Luisa gewaschen und frisch gekleidet hatten. Die Totenbahre aus der kleinen *Kapelle zur Heiligen Eva* gleich neben Elisabeths Gehöft geholt und in der Stube hier zusammengebaut hatten. Kerzen und Blumen aufgestellt hatten. Die Elsbeth Trost spendeten, jetzt, da die Mutter nicht mehr war. Aufgestiegen in das Reich Gottes! Eva begleitete sie dorthin an der Hand ...

»Ich habe deine Oma gesehen«, sagte Sarah zu Maria, die sie daraufhin erschrocken ansah. Beide knieten immer noch auf der Eckbank.

»Wo? Wann?«

Es war wohl doch keine so gute Idee, der Freundin von ihrem Traum zu erzählen. Sarah musste sich da irgendwie wieder herauswinden.

»Als sie gestorben war. Aufgebahrt in der Kapelle.«

Maria stützte sich mit ihren Ellbogen wieder auf dem Fenstersims ab und ließ ihren Kopf in ihren Händen ruhen.

»Weiß ich doch.«

»Wollen wir nicht hinausgehen und ein paar Blumen für ihr Grab pflücken?«

Wollte Maria nicht. Am Grab ihrer Großmutter fühlte sich das Mädchen ihr nie nahe. Im Gegenteil. Hier war die Oma tot. Überall anderswo lebte sie. Besonders gern hatte Maria das

gezeichnete Bild von Eva, das eingerahmt neben der Kammertüre hing. Von einer Künstlerin in eine ewige Gegenwart ge-
zaubert.

... [Eva war zur jungen Frau herangewachsen. Die Arbeit
als Dienstmädchen auf dem Brandner-Hof bereitete ihr
nach wie vor große Freude. Die Wochenenden verbrachte
sie jetzt häufig in Landkirch bei ihrer neu gewonne-
nen Freundin. Klara war ein hübsches Mädchen. Eine
schöne, reizvolle Hure. Einmal brachte Eva ein leeres
Buch und Grafitstifte mit.
    »Zeichne es auf!«
    »Was?«
    »Was du mit den Männern machst. Oder sie mit dir.«
Schon die ersten Zeichnungen waren anschaulich
und gekonnt und stellten den Geschlechtsakt als etwas
Reines dar, sollten nicht schockieren. Die Sünde verschwieg Klara – nicht nur Eva gegenüber. Es stellte sich
heraus, dass sie eine begnadete Künstlerin war. Zumindest sagte das Eva. Es machte ihr auch Spaß, das Lob tat
gut.
    Einmal hatte sie die Freundin gezeichnet. Wunder-
schön. Viel schöner, als Eva sich sah. So schön, wie Klara
sie sah. Dass Eva ihr braunes Haar kurz geschnitten
hatte, war sehr unüblich für ein Mädchen und zeugte
von ihrer Unbekümmertheit dem gegenüber, was andere über sie tuschelten. Das gefiel Klara. Und sie liebte
Evas frech funkelnde blaue Augen und die dunklen, festen Augenbrauen. Die Stubsnase in dem leicht kantigen
Gesicht wirkte lustig. In die zierlichen Ohren war Klara
regelrecht vernarrt. Ein hübsches Gesicht. Eine schöne
Frau. Am Weihnachtsabend hatte Klara Eva das Bild geschenkt. Sie hatte es bei einem Tischler rahmen lassen.] ...
    [»Die Töchter«]

Kein Foto hätte der Oma so viel Leben einhauchen können. Jung, nah, schön. Ein Lächeln, das ein klares Ja ausstrahlte und den Betrachter ganz tief in die hintersten Räume von Evas Wesen, in ihre Großzügigkeit, in ihren Humor, in ihre Offenheit richtiggehend hineinsog. Maria stand auf und trat zu dem Bild.

»Vielleicht zeichne ich sie auch einmal. Mit Blumen im Haar.«

»Mit Vergissmeinnicht-Augen«, gab Sarah ein für Maria nicht durchschaubares Geheimnis ihres Traumes preis.

»Mit Vergissmeinnicht-Augen. Das ist ein schöner Gedanke, Sarah!«

16
Paula und Lydia

Niemand glaubte mehr daran, dass Pfarrer Lorenz jemals wieder auftauchen würde. Er war und blieb ... verschluckt. Die letzten Wochen hatten abwechselnd Priester aus anderen Dörfern des Tals die Messe am Sonntag gehalten. Auf den heutigen Gottesdienst freute sich ganz Aach. Es würde Lorenz gedacht. Es würde ein junger Mann zum Priester geweiht werden, zum neuen Pfarrer des Dorfes. Aach hatte sich herausgeputzt. Alles war auf Hochglanz poliert. Auch die Menschen.

In dieser Nacht hatte Paula, Sarahs Mutter, bei den beiden Mädchen auf dem Dachboden geschlafen, war mit ihnen des Festtages wegen zeitig aufgestanden. Es war ihr gestern Abend ein schwerer Gang hier in das Haus von Elisabeth und Anna gewesen, ahnte sie, dass ihr damals fünfzehnjähriger Sohn Paul sich vor jetzt schon zehn Jahren der beiden Frauen wegen das Leben genommen hatte. War wohl in die hübsche Anna verliebt gewesen. Was zuvor geschehen war, wusste sie nicht, jedenfalls hatte sich Paul in Elisabeths Stadel erhängt.

... [Wolf, sein Schäferhund, ließ den Kopf hängen, winselte, trottete hinter Paul her, der wie hypnotisiert durch seine sich selbst erschaffene Hölle ging. Der arme Bub hatte die von ihm so sehr geliebte Anna und die ihm inzwischen verhasste Elisabeth durch das Fenster in deren Kammer beobachtet, wie die beiden Frauen in ihrem Liebesspiel aufgegangen waren, zweier Knospen gleich, als zwei ineinander verschlungene rote Rosen mit zarten, wohlduftenden Blüten und mit an der Unschuld reißenden Dornen an Stängeln und ausgelebter Begierde. Paul konnte dieses Bild, das in seinem Kopf pulsierte und hämmerte, lebendig war, nicht vertreiben. Die Hand Elisabeths zwischen den Beinen Annas schlug ihm Tag und Nacht ins Gesicht. Er hörte das Stöhnen und den lustvollen Schrei der Begehrten wie das Donnern einer Geröllawine in seinen Ohren. Den Kopf im Fell von Wolf vergraben, versuchte er, dem Lärm zu entrinnen, konnte das Gepolter aber nicht zum Schweigen bringen. Als wäre er aus Stein, schlug Paul mit seinem Stock vom Wahn getrieben auf den Kopf des Hundes ein. Wolf jaulte, lag blutüberströmt neben dem für ihn ein Klagelied singenden Gebirgsbach, äugte auf sein geliebtes Herrchen, starb. Paul trug ihn zum Haus. Der Morgentau und seine Tränen befeuchteten das getrocknete Blut auf Wolfs Fell. Noch einmal streichelte er den treuen Gefährten an der Schwelle zur Tür, die ihm verschlossen schien wie das Glück, das Gott für andere bestimmt hatte. Dann machte er sich auf den Weg hinauf zu Elisabeths Stadel.

Der Strick um seinen Hals führte zu dem Balken, an dem sich auch Jakob erhängt hatte.] ...   [*»Die Töchter«*]

Inzwischen war viel Wasser den Berg hinuntergeflossen, und Paula wehrte dem Argwohn den beiden Frauen gegenüber, wohl vor allem deshalb, weil Elisabeth und Anna ihr stets freundlich gesinnt waren. Vielleicht trugen sie tatsächlich keine Schuld am Tode Pauls. Außerdem war Elisabeths Tochter Maria die beste Freundin ihrer Tochter. Paula hatte sich von den beiden Mädchen überreden lassen, mit ihnen in dem kleinen Bauernhaus ganz oben am Waldrand von Pianz zu übernachten, war sie im ganzen Tal bekannt dafür, die schönsten Haartrachten zu zaubern.

»Wir stehen ganz früh auf, damit du genügend Zeit hast!«
»Bitte! Bitte! Bitte!«

Elisabeth und Anna hatten ihr bei einem zufälligen Treffen im Krämerladen beteuert, sie sei herzlich willkommen. Dass die beiden Frauen dann ein längst offenes Geheimnis unwiderruflich preisgeben würden, war ihnen klar. Paula bekäme mit, dass sie im selben Bett schliefen. Es war ihnen … einerlei.

Maria saß auf einem Stuhl in der Stube, streckte die Beine aus und betrachtete stolz ihre neuen Schuhe, die sie von Paula am Vorabend geschenkt bekommen hatte. Weiß, mit jeweils hellblauen Blütenblättern im Ristbereich. Sonst hatte das Mädchen nur ihre Unterwäsche an. Die Standuhr schlug Viertel nach sechs. Morgens. Sarahs Haare waren schon gemacht. Großzügig geflochten, gesteckt zu einem sichelförmigen Halbkranz in den Nacken hinein. Violette Bänder waren miteingearbeitet. Wunderschön. Maria ließ sich den Großteil ihrer halblangen, schwarzen, gelockten Haare von allen Seiten zur Kopfmitte hin kämmen und dort zu einem engen Knoten binden. Mit den übrig gebliebenen Haaren im Nackenbereich formte ihr Paula ein wunderschön geflochtenes Haar-Kunstwerk, das mit zugeschnittenen, winzig kleinen ovalen Stoffresten in unterschiedlichen Blautönen bestückt war, sodass das Ganze wie eine kleine Blumenwiese aussah. Eine blaue Blumenwiese. Passend zu Marias stechend blauen, großen Augen. Blau. Das war ihre Farbe. Wie der Himmel. Wie ein Vergissmeinnicht. Wie Marias Kleidchen, das sie jetzt anzog. Die Schuhe zog sie wieder aus und steckte sie in eine Umhängetasche. Nach Aach hinunter wollte sie in anderen, festen Schuhen gehen, um die weißen, zarten nicht schmutzig zu machen. Paula, Sarah und sie würden bald einmal aufbrechen, um einen guten Platz in der Kirche zu erhaschen. Maria war in letzter Zeit mehr und mehr das Kind geworden, das sie sein wollte. Ohne jegliche erwachsenen Gedanken oder Handlungen. Es war ihr nicht bewusst.

»Ihr geht wirklich nicht mit?«, fragte sie noch einmal die Mutter.

»Nein, wirklich nicht. Anna und mich interessiert das herzlich wenig«, antwortete Elisabeth.

»Na gut.« …

An der Marienkapelle machten Paula und Sarah das Kreuzzeichen. Maria ging zu der Muttergottes und streichelte ihre Wangen. Paula wunderte sich.

»Grüß Gott!«

Die drei drehten sich um, grüßten ihrerseits die sich ebenfalls bekreuzigende Nonne, schauten ihr noch eine Weile nach, wie sie langsamen Schrittes Pianz entgegenstieg.

Aach war feierlich gekleidet, die beiden Mädchen beeindruckt. Haustüren, Fenster und Balkone, Zäune und Pferde und Kutschen waren mit Blumen und Schleifen behangen. Verschiedenste Fahnen wehten im Wind. Bunt und festlich. Die bevorstehende Feier galt eigentlich auch Pfarrer Lorenz. Mit Gewehrschüssen und Paukenschlag sollte man seiner gedenken. Wirklich Abschied aber nahm niemand mehr von ihm, war man seit jener dunklen Nacht froh, dass der Teufel seine Seele geholt hatte. Nur Lorenz mit seinen Lastern – Wein, Weib, Mammon (über die Jahre hinweg hatte er diese nicht verheimlichen können) – konnte es gewesen sein, der Gott so überaus erzürnt haben musste. Manche hatten sogar den Mut, ihre Flüche laut auszusprechen, andere wünschten ihm im Stillen die Pest an den Hals. Nein. An Lorenz dachte kaum jemand. Die Menschen fieberten dem neuen Pfarrer entgegen. Erzbischof Hieronymus würde ihn heute zum Priester weihen, ihn in sein Amt geleiten.

Maria, Sarah und Paula waren keine Sekunde zu früh. Das ganze Dorf schien auf den Beinen zu sein. Männer, Frauen und Kinder trugen stolz ihre Trachten oder andere festliche Gewänder. Feuerwehrmänner, der Schützenverein, die Musikkapelle und der Chor präsentierten sich in den Farben ihrer Uniformen. Braun. Schwarz. Grün. Violett. Sarah hatte auch ihr violettes Kostüm an. Sie war ein wenig nervös, denn heute würde sie zum ersten Mal ein Solo im Chor singen. Andererseits freute sie sich darauf.

»Grüß Gott!« hier und »Grüß Gott!« da. Die Menschen waren gut gelaunt, bewunderten gegenseitig, wie schön sich die anderen hergerichtet hatten. Vor allem die Marketenderinnen waren nicht nur für die männliche Bevölkerung ein Augenschmaus. Ein bis knapp über die Knie reichendes, weiß-rosa geblümtes Dirndl, ein freizügiges Dekolleté ergötzten die Augen der Betrachter.

»Geht ihr schon einmal voraus und reserviert mir einen Platz! Ich hole noch Lydia ab«, meinte Paula.

Bei ihr hatten Sarah (manchmal) und sie die letzten Wochen gewohnt.

... Die Leute hier in Aach nannten Lydia ›die gute Seele des Dorfes‹, die so gar nicht zu ihrem Mann, dem Michael Schöpf, passte. Er war kratzbürstig wie seine dunkelgrauen, kurz geschnittenen Igelhaare und misstrauisch allem und allen gegenüber – abgesehen von Nero, seinem hellbraunen Labrador. In dem schlammigen Dreck, in den Blättern und Steinen, welche allesamt die Rinnen der Forstwege verstopften, die er als Gemeindearbeiter mit einer Hacke von diesen befreien musste, vermutete er eine regelrecht böse Absicht der Natur, die ihn quälen und erniedrigen sollte. Er schickte Flüche gen Himmel, wenn er Zäune oder Brücken reparieren musste, wenn er, vom Bürgermeister befohlen, Ausruh-Bänke für die immer mehr werdenden Gäste aufstellen sollte, damit diese ihre lahmen Ärsche darauf setzen konnten, damit sie ihm bei seiner tagtäglich schweren Arbeit anglotzten konnten.

Gegen Abend ging er in den *Hirschen*. Das war seit Jahren zur Gewohnheit geworden. Nach Feierabend. Selten vorher. Dort schien die Welt ein wenig erträglicher zu sein. Gerade nach ein, zwei Gläsern Bier und einem Jass mit Freunden. Die Arbeit auf dem Hof hatten Lydia und die fünf Kinder der beiden – die vier Buben und die kleine Lieselotte, das Nesthäkchen der Familie, von allen Lotte genannt – bereits gemacht. Wehe nicht! Zu Hause setzte Michael seinen schmalen, sehnigen Körper auf den hohen, breiten Stuhl in der Küche, ließ sich von Lydia die Schuhe aus- und die Patschen anziehen, aß noch ein wenig von dem Kartoffelgulasch und erschrie sich »Ruhe im Haus!«, wenn er sich durch den Lärm der Buben gestört fühlte. Nur die siebenjährige Lotte hatte Narrenfreiheit. Sie saß auf seinem Schoß, wischte ihm mit einem Tuch die Soße aus den Mundwinkeln, während er ihre Oberschenkel und ihr langes Engelshaar streichelte.

»Hast du wieder schwer gearbeitet, Papa?«

»Ja, Lotte, ja. Irgendwer muss ja das Geld verdienen!«

Lydia wusch inzwischen das Geschirr ab. Sie war etwa gleichalt wie Paula. Mitte vierzig. Sah wesentlich älter aus. Häufig wurde sie auf Mitte fünfzig (wenigstens!) bis Anfang sechzig (höchstens!) geschätzt. Egal. Äußere Schönheit schien Lydia gleich unwichtig wie die schrumpelige Schale eines Apfels zu sein. Es war eben nur Haut, unter der vielleicht saftiges, süßes Fruchtfleisch steckte. Stets trug sie ein Kopftuch. Man kannte sie gar nicht mehr anders. Paula mutmaßte, dass sie dieses sogar zum Schlafengehen nicht abnahm. Wenn Lydia im Haus, im Stall, im Garten, auf dem Feld arbeitete, war auch immer eine Schürze um die ausgepolsterten Hüften gebunden. Über einen schwarzen, langen Rock. Obenhin eine dunkle Lodenbluse. Bergschuhe.

Paula war ganz anders. Eine schöne Frau, die sich dessen bewusst war. Die bemüht war, dieses Gottesgeschenk zu hüten und zu pflegen. Das glatte Gesicht mit den braunen, großen Augen, den schwarzen, langen Wimpern, den gut durchbluteten Wangen, den vollen Lippen. Den zarten Hals. Die starken, aber nicht zu starken Schultern waren meist nach hinten gedrückt, wodurch ihr großer Busen noch mehr zur Schau getragen wurde. So jedenfalls deutete es die Männerwelt in Aach. Sollten die versauten Böcke das ihretwegen glauben. Sie präsentierte sich nicht als Fleischobjekt. Nach dem Tod ihres Mannes Peter war sie einfach selbstbewusster geworden. War ohne Mann freier denn je, wenn auch Pfarrer Lorenz diese Freiheit die Wochen vor seinem Verschwinden stark geschnürt hatte. Auf ihre langen, dunklen Haare war Paula besonders stolz, wusch sie auffallend oft – mindestens dreimal die Woche. Mit Seife und abgekühltem Wasser, in dem sie zuvor Brennnesseln oder Kamille oder Birkenblätter aufgekocht hatte. Wenn sie das schöne, getrocknete Haar dann zu einem Knödel zwirbelte oder zu einem Kranz flocht, weil das nun einmal hier im Tal so üblich war, tat ihr das weh. In diesen Momenten beneidete sie ihre Tochter Sarah, die ihr äußerlich sehr ähnlich war. Sogar noch schöner – mit ihrem langen, schwarzen, im Wind flatternden Haar. Hm ...

Sarah schaute ihrer Mutter nach, schnappte Marias Hand, und die beiden Mädchen liefen los. Als sie durch die Pforte in die Kirche hinein traten, stockte Marias Kinderherz. Das letzte Mal, als sie hier gewesen war, hatte sie ... Nein! – Nein! Sie versuchte, die dunklen Gedanken an ihr Erlebnis mit Lorenz zu verscheuchen, indem sie schnell Sarah umarmte. Das half. Wie immer.

Es saßen schon einige Leute in den Bänken. Hinter den für die Uniformträger reservierten war noch frei. Die Mädchen setzten sich, tuschelten, studierten die vielen Heiligenbilder und Heiligenfiguren. Ein Bild zeigte einen Mann in Kutte und Heiligenschein, der von satanischen Kreaturen mit Keulen, aus denen Dornen ragten, und mit an langen Eisenketten hängenden Eisenkugeln, ihrerseits mit eisernen Spitzpfeilen behaftet, regelrecht malträtiert wurde. Grauslich.

›Warum erschreckt die Kirche die Menschen mit solchen Bildern?‹, ging es Maria durch den Kopf.

Ihr Blick wanderte zu einer Muttergottes-Statue. Die war schön. Wunderschön. Jakob, ihr verstorbener Onkel, hatte sie geschnitzt.

Mit der Zeit wurde das Gemurmel in der Kirche lauter. Das Aufstehen, um andere in die Mitte der Bänke zu lassen – man war ja nicht umsonst so früh gekommen, sich eines Platzes am Rand sicher zu sein! –, und das Sich-wieder-Hinsetzen, um bald darauf erneut aufzustehen, wurden mehr. Als Paula, Lydia und die Schöpfner-Kinder kamen, ging Sarah hinauf auf die Empore. Von dort hörte man erste leise Töne. Die Stimmbänder wurden aufgewärmt, die Orgel auf ihre Tauglichkeit geprüft. Die kleine Schöpfner-Lotte, die neben Maria saß und an ihr hochschaute, bohrte in der Nase, während Maria ihre weißen Schuhe begutachtete.

Vor dem Kircheneingang hatten sich auf der einen Seite die Schützen und auf der anderen die Feuerwehrmänner in Reih und Glied postiert. Sie hatten Mühe, den gedachten Mittelgang, dessen Wände sie bilden sollten, für den feierlichen Einzug der Musikkapelle und der kirchlichen Würdenträger auch wirklich freizuhalten. Von hinten wurde gedrängt, geschubst. Zudem hörten sie das Geschimpfe vor allem der Männer aus Aach, die den Frühschoppen im *Hirschen* vorverlegt hatten, zu spät aufgebrochen waren, um noch einen Platz in der Kirche zu ergattern, jetzt auf dem Friedhof ungeduldig von einem Fuß auf den anderen traten. Was man da über die aus dem ganzen Tal, selbst aus Landkirch Angereisten zu hören bekam – was mussten sie den Einheimischen auch den Platz wegnehmen! –, war eines so feierlichen Tages nicht würdig.

Um elf Uhr würde alles beginnen, und je näher der große Zeiger der Kirchturmuhr sich der Zwölf näherte, desto langsamer schien er sich zu bewegen, desto mehr wuchs die Spannung. Wie war der neue Pfarrer? War er alt, war er jung? War er hübsch? Endlich. Drei Gewehrschüsse, so laut, dass die meisten Kirchgänger zusammenzuckten. Vor allem die, die draußen auf dem Friedhof standen. Dann. Von Weitem Trommelschlag und Trompete, Horn, Posaune und Klarinette. Leise ... ein bisschen lauter .... mussten jetzt etwa beim Gerichtsgebäude sein ... schon gut zu hören ... laut – und falsch ... viel zu laut – haarsträubend falsch ... vor dem Kirchenportal. Maria hielt sich die Ohren zu, Lotte schaute nach hinten, rümpfte die Nase. Endlich. Ruhe. Die Musikanten betraten die Kirche, stellten ihre Instrumente vorsichtig und bedächtig unter den Weihwasserkesseln ab, tauchten ihre Finger darin ein, bekreuzigten sich, setzten sich auf ihre reservierten Plätze. Jetzt spielte die Orgel.

Was für ein Unterschied! Maria liebte den Kirchenchor und die geistliche Musik. Und dann ...

»Maria, bre-eit den Ma-antel aus,
mach' Schirm und Schild für u-uns daraus;
lass' uns darunter sicher stehn,
bis alle Stürm vorü-über gehn!
Patronin voller Güte
uns a-allezeit behüte.

O Mutter der Barmhe-erzigkeit,
den Mantel über u-uns ausbreit';
uns all darunter wohl bewahr',
zu je-eder Zeit, in aller Gefahr.
Patronin voller Güte
uns a-allezeit behüte ...«*

Unglaublich! Sarahs Stimme war hell und rein wie eine Glocke, deren Klang als ein Engel durch das Kirchenschiff schwebte und die Herzen und Köpfe der Menschen berührte. Den einen die Augen weit aufriss, den anderen die ihrigen schloss. Selbst die brennenden Kerzen mit ihrem rinnenden und tropfenden Wachs sahen für Maria aus, als vergössen sie Tränen der Freude über den anmutigen Gesang.

Die Prozession. Voneweg Ministranten, Priester des ganzen Tals und geistliche Würdenträger aus Landkirch. Dahinter, unter einem Baldachin, Erzbischof Hieronymus und der neue Pfarrer. Ein Raunen ging durch die Menge. Einen so hübschen, jungen Mann hatte sich wohl niemand erhofft. Schlank. Mandelaugen in einem blassen Kindergesicht. Gott! Wie schön! Zum Schluss betraten die Feuerwehrmänner und die Schützen die Kirche. Die betrachtete niemand mehr so wirklich. Die kannte man schon.

---

* Marienlied

Bischof Hieronymus schwafelte etwas über die Güte und Freundlichkeit des Pfarrer Lorenz', dem Gott hoffentlich … bestimmt! … seine beschützende Hand übers Haupt hielte. Auf die dunkle Nacht, in der Lorenz abhandengekommen war, ging der Bischof nicht wirklich ein. Dann segnete er alles und jeden, endlich auch den bald einmal neuen Pfarrer von Aach – Andreas. So hieß er also! Der stieg auf die Kanzel. Wartete lange und geduldig, bis es ganz leise war.

»Ein Mann kam zur Beichte, kniete nieder. ›Ich habe gelogen‹, gab er nach langem Überlegen zu, ›aber viel öfter habe ich die Wahrheit gesagt. Das gleicht sich aus. Ich habe so manches Mal etwas gestohlen, habe jedoch auch viel verschenkt. Das gleicht sich auch aus. Ich habe meine Frau und meine Kinder geschlagen. Fast immer aber war ich friedlich und nett zu ihnen. Gleicht sich also auch aus. Ich war untreu, meine Frau ebenso. Bestimmt. Gleicht sich schon wieder aus.‹ Der Beichtvater schwieg lange. Dann sagte er: ›Von Gott bist du erschaffen, zum Teufel kehrst du zurück. Das gleicht sich auch aus!‹«*

Im Kirchenschiff huschten Blicke hin und her, manch einer zuckte mit den Achseln, andere vergruben ihr Kinn im Hals. Lächelten. Ganz hinten, bei dem einen Weihwasserkessel, stand eine Ordensschwester, die niemand im Dorf kannte. Sie lächelte nicht.

Andreas ging zurück in den Altarraum und setzte sich. Mehr, abgesehen der Worte, die er bei der Priesterweihe dem Bischof nachplappern musste, war an diesem Tag von ihm nicht zu hören.

Das sollte sich ändern.

---

* nach einer Predigt eines damals jungen Pfarrers aus Umhausen im Ötztal vor über vierzig Jahren

17
Nana und ich

Die Dämmerung hatte ihren dunkelgrauen Mantel über diesen für mich bisher so aufregenden Tag geworfen.

Ich hielt den Atem an. Sanna fasste meine Hand und drückte dermaßen fest zu, dass es mir schwer fiel, den Schmerz in meinen Finger- und Mittelhandknochen zu unterdrücken, um nicht als Weichei dazustehen. Die leuchtenden Lampions und die aberhundert Glühbirnen um uns herum – auf Bäumen und Gebäuden und zu Ketten gespannt über uns, durch den leichten Wind hin und her schaukelnd, gelb und rot und grün und blau – verdoppelten sich in meiner Wahrnehmung für eine kurze Weile, bis ich endlich wieder einen klaren Blick auf diese unwirklich scheinende Welt hatte. Eine Welt der Magie, in die heute hunderte Menschen aus dem ganzen Tal eingetreten waren. Ein Drahtseil war gespannt worden, von einem der oberen Fenster des Gemeindegebäudes aus über den Platz darunter zu einem Kastanienbaum. Ein Seiltänzer in weißem, mit blauen Sternen verziertem Overall und einer langen Stange in Händen, mit seltsam wirkenden weißen Schuhen, die eher wie Patschen aussahen, balancierte darauf. Beinahe wäre er gestrauchelt und heruntergefallen, hatte im letzten Moment das Gleichgewicht wiedergefunden. Noch immer vergruben einige Zuschauer vor Schreck ihr Gesicht in Händen, wagten nicht, hinzuschauen.

»Ich denke, das war nur Schau, das hat er absichtlich gemacht!«, sagte Sanna, die meine Hand wieder losgelassen hatte. Schade.

Es war das erste Mal gewesen, dass Sanna mich berührt hatte, und jetzt, da der Schmerz in meinen Fingern nachließ, fühlte sich das unheimlich gut an. Schon seit den frühen Morgenstunden waren wir beide unterwegs. Zusammen.

... Nana und ich saßen am Frühstückstisch. Eigentlich war die Küche ein Raum nur für uns, in dem die Gäste nichts verloren hatten. Privatsphäre. Sozusagen. Chantal, das dicke Mädchen aus Wuppertal, war davon offensichtlich nicht sehr beeindruckt. Sie lehnte am Waschbecken und redete und redete. Von irgendwelchen Ländern und Städten, die sie mit ihren Eltern bereist habe, von der Privatschule, die sie besuche – mit ausgezeichnetem Erfolg! –, von irgendwelchen berühmten Leuten, die sie getroffen und denen sie sogar die Hand geschüttelt habe. Nana schaute mich mit einem Blick an, der mir verriet, dass auch sie die Namen dieser vermeintlichen Berühmtheiten noch nie gehört hatte.

Ich biss gerade in mein Blaubeermarmeladebrot, da öffnete sich ruckartig die Tür, und Sanna stand auf der Schwelle.

»Störe ich?«

Sie hielt mit einer Hand die Schnalle fest, so, dass sie ihren Oberkörper beugen musste, und es sah aus, als fiele sie gleich einmal in die Küche herein. Mit der anderen hielt sie sich am Türrahmen, damit dies eben nicht passieren würde. Sie schaute uns erwartungsvoll an – mit ihren großen, braunen Augen, die keinen Wimpernschlag zuließen. Ihre blonden Haare waren zu Zöpfen geflochten und baumelten über den Trägern ihrer blauen Jeans-Latzhose. Obwohl Nana gleich mit »Nein, komm nur rein!« antwortete, und obwohl Sanna gleich darauf in die Küche plumpste und sich zu uns an den Tisch setzte, festigte sich dieses schöne Bild dieses schönen Mädchens in mir so sehr, dass ich es einrahmen und an die Wand hätte hängen können, um es immer und immer wieder zu betrachten. Bis ins kleinste Detail.

Ich trage unzählige Bilder von Sanna in mir.

»Na, was machst du heute, Dodo?«

Ich kaute an meinem Brotbissen herum, nahm einen Schluck Kakao, ihn zu erweichen und hinunterzuwürgen, suchte mir derweilen eine Ausrede, da ich befürchtete, Sanna würde abermals fragen, ob ich mit zum See baden ginge. Ich hatte Angst davor, ihr meinen nicht sehr kräftigen Körper und meine weiße Haut zu präsentieren. Wenngleich ich Sanna gerne im Bikini gesehen hätte.

»Er fährt mit mir nach Landkirch! Wir gehen ins Kino!«, antwortete Chantal. Dabei drückte sie ihren Busen mit den Oberarmen zusammen, um ihn in ihrem Dirndl noch mehr wirken zu lassen. Sie hatte einen wirklich schönen und für ihr Alter – vierzehn, vielleicht fünfzehn – bereits großen Busen. Mir verschlug es die Sprache, und ich brachte nur ein gekrächztes »Was?« heraus.

»Ich wollte dich damit überraschen«, meinte Chantal, »meine Eltern fahren uns hin!«

Um meine verneinende Antwort nicht abwarten zu müssen – das war so klar wie das Amen im Gebet –, wandte sie sich an Sanna.

»Wie alt bist du denn? ...«

Sanna sagte nichts, schaute sie nur mitleidig an.

»... Ich weiß schon. Dreizehn. Weiß ich von deiner Mutter. Für dein Alter hast du aber nicht sehr viel da vorne zu bieten!«

Diesmal legte Chantal ihre beiden Hände auf den Busen und drückte ihn leicht.

»Und du hast wohl weiter oben nicht sehr viel zu bieten!«, nahm Sanna ihr den Wind so sehr aus den Segeln, dass die verwöhnte Göre nur noch kurz auf dem Boden aufstampfte und dann das für sie zu kentern drohende Schiff fluchtartig verließ.

Sanna schaute mich an.

»Und?«

»Ich denke, ich helfe Nana im Garten und im Stall!«

»Nein, das musst du nicht! Geh nur mit Sanna mit!«, meinte Großmutter. »Heute ist ja Zirkus. Ihr habt bestimmt viel Spaß!«

»Genau!«, nickte Sanna.

Zirkus! Ich war erleichtert ...

Behutsam gab der Seiltänzer die lange Balancierstange einer der beiden hübschen Assistentinnen hinunter. Die andere reichte ihm einen roten, ganz gewöhnlichen Holzstuhl hoch. Heute Nachmittag schon hatte ich diese zwei Zirkusartistinnen in dem kleinen Zirkuszelt beim Jonglieren mit Bällen und Kegeln beobachten dürfen. Wie sie zuerst nur einen, dann immer mehr Hula-Hoop-Reifen mit anmutigen Bewegungen um ihren Körper hatten kreisen lassen, von den Hüften hinunter bis zu den Waden, dann wieder über das Gesäß, über die Brust bis in die hochgestreckten Arme hinauf. Und alles zurück. War es dort geboten gewesen, hinzuschauen, äugte ich jetzt verstohlen immer wieder zu ihnen. Ich konnte nicht anders. War einfach fasziniert. So hübsch und so ... sexy. Die eine war schwarz-, die andere rothaarig. Fantastische Frisuren, die an mit Perlen bestückte Türme erinnerten. Lange, künstliche, bunt bemalte Fingernägel. Einerseits kräftige, andererseits fraulich-zarte, sich graziös bewegende Arme und Hände, die in dem hellen Scheinwerferlicht glänzten und funkelten. Waren wohl mit irgendwelcher Glitzercreme eingeschmiert worden. Ja. Alles an den beiden glänzte und funkelte. Selbst ihre Gesichter. Mit den langen, schwarz getuschten Wimpern, die aus den bis fast zu den Schläfen hin gezogenen schwarzen Lidstrichen herauszuwachsen schienen, mit den gleichfalls schön gestrichenen Augenbrauen, mit diesen blauen Lidschatten und den dunkelrot bemalten, vollen Lippen, die wie kleine Zirkuszelte aussahen, waren sie für mich Antlitze, ... Antlitze, ... hm! – wie von einem großen Künstler gemalt. Genau! Und dann diese mit allen weiblichen Reizen bedachten Körper. Beide trugen sie einen blauen, mit tausenden kleinen Glitzersternchen verzierten Body, der so eng vorne in den Schritt hinein und hinten über das Gesäß geschnitten war, dass ich unter den schwarzen Nylon-Strumpfhosen einiges zu sehen bekam, was ich bisher noch nie (nicht einmal auf den Unterwäsche-Seiten der *Quelle*-Kataloge) in solch erotischer Vollkommenheit zu sehen bekommen hatte. Je nach Bewegung immer wieder auftauchende kleine, süße Beckenknochen. Zarte Falten, die ei-

nem die Richtung, den Weg in den Schambereich zeigten. Po-
falten. Wieso konnte man in der Schule nicht einmal so eine
Frau beschreiben, anstatt irgendwelche langweiligen Mitschüler oder Verwandte? Das wäre ein tolles Aufsatz-Thema! Wahrscheinlich würde ich kleine, schlüpfrige Einzelheiten dazuerfin-
den. Vielleicht hätten die Strumpfhosen an den Außenseiten der
Gesäßbacken und an den Oberschenkeln Öffnungen, wo nackte
Haut zu bestaunen wäre. Der Body wäre im Dekolleté-Bereich
wahrscheinlich noch ausgeschnittener, und man würde sich an
noch mehr Busen-Fleisch erfreuen dürfen. Und die beiden Schönen tanzten noch viel erotischer, als sie es ohnehin schon taten.
Nein! Auf so eine Idee kamen die Herren Lehrer nicht.

»Wenn du die Mädchen noch länger so anstarrst, fallen dir
bald einmal die Augen aus dem Kopf!«

Sanna lächelte verschmitzt.

›Schei...benkleister!‹

»Schau lieber dem wahren Künstler zu!«

Ich schaute hinauf. War echt beeindruckt. Er balancierte
den Stuhl freihändig auf seiner Nase, hatte nur einen Fuß auf
dem Drahtseil, den anderen ausgestreckt. Beeindruckend. Tatsächlich. Einzig – mich interessierten die beiden Assistentinnen viel mehr. Ich schielte zu ihnen hinüber.

*Ich trage viele schöne Bilder vieler schöner Frauen in mir. Sie beglei-
ten mich mehr als andere Bilder.*

... Schon in den frühen Vormittagsstunden war es angenehm
warm. Sanna und ich waren auf dem Weg zur Gemeindewiese,
auf der das kleine Zirkuszelt stand.

»Was machst du denn, Sanna?«

Sie hatte einen Stecken in der Hand, fuhr damit über einen Holzlatten-Gartenzaun, und es scheppterte dermaßen laut,
dass die Bewohner in dem dazugehörigen bürgerlichen Haus
da drüben bald einmal herauskommen und uns schelten oder
sogar verprügeln würden. Nichts dergleichen. Im Gegenteil.

Eine Frau schaute aus dem Fenster und winkte Sanna, sie solle reinkommen. Die öffnete die Gartentür, ging ein paar Schritte, blieb stehen und drehte sich zu mir um.

»Na, was ist? Kommst du?«

»Ich dachte, wir gehen zum Zirkus!«

»Ja, ja – später. Zuerst besuchen wir einen guten Freund von mir. Ich möchte, dass du ihn kennenlernst. – Na, komm schon!«

Einen Freund? Mein Blut begann ein wenig zu wallen. Hatte Sanna einen Freund?

Die Haustüre wurde geöffnet, und die Frau von vorhin begrüßte erst Sanna, dann auch mich mit einem kräftigen Händedruck.

»Das ist Dodo, und das ist Erna!«

»Grüß Gott!«

»Grüß Gott!«

Dass sie die Frau des Bürgermeisters war, erwähnte Sanna nicht. Das erfuhr ich erst viel später. Wir gingen die Treppe hoch in den ersten Stock, und Erna klopfte an eine Zimmertür.

»Basilius, Sanna ist hier!«

Ein Schlüssel wurde gedreht, die Türe ruckartig aufgerissen, und ein etwas seltsam aussehender Bub stürmte heraus, umarmte Sanna, drückte sie an sich, lehnte seinen Kopf an ihren Busen.

»Hallo, Basilius!«

»Hallo-Sanna-Sanna-Sanna-Sanna-Sanna!«

Sie streichelte ihm über den Kopf.

»Wie geht es dir?«

»Gut! – Gut-gut-gut-gut!«

Er nahm sie bei der Hand und führte sie ins Zimmer. Mich hatte er offensichtlich noch gar nicht wahrgenommen. Deshalb blieb ich auch draußen im Flur stehen. Die Läden in dem Zimmer da drinnen waren geschlossen, Sanna und der Bub mehr oder weniger nur als Silhouetten in diesem Halbdunkel zu erkennen. Gespenstisch. Irgendwie. Ein eigenartiger Geruch, den ich nicht wirklich einordnen konnte, umsäumte mich. Angestaute, warme Luft – vielleicht. Aber auch ... Putzmittel? Nein. Seife. Shampoo. – Blumenkohl! Nein. Oder doch? Ich wusste es nicht. Basilius kniete vor einer Seeräuber-Schatzkiste nieder, öffnete sie und nahm behutsam einen geflochtenen Kranz aus Gänseblümchen heraus. Langsam stand er auf und legte ihn vorsichtig auf das Haupt der Sanna, die jetzt noch mehr wie eine Prinzessin aussah.

»Für mich? Danke Basilius!«

Sie ging zu dem Wandspiegel, betrachtete sich – ihre Augen mussten sich wohl bereits an die Dunkelheit gewöhnt haben –, während Basilius einen zweiten Gänseblümchenkranz aus der Kiste holte und ihn sich selbst aufsetzte. Dann lief er zu Sanna, legte seinen Arm um ihre Hüfte, lehnte seinen Kopf an ihre Schulter, schaute sich und Sanna in dem Spiegel an.

»Willst mich heiraten?«

»Natürlich, Basilius! Eines Tages werde ich dich heiraten. Wir sind ja füreinander bestimmt. Noch sind wir leider zu jung, aber ich hoffe, du wartest auf mich und nimmst dir keine andere! ...«

Er lächelte.

»... Du, Basilius, ich sag's dir! Dann wäre ich echt sauer!«

»Nein-nein-nein-nein! Heirate nur dich. Bist meine Königin!«

»Und du mein König!«

Er streckte ihr den Kopf hin, formte die Lippen zu einem Kussmund, und Sanna küsste ihn. Sie küsste ihn. Jetzt wallte mein Blut nicht nur, es kochte. War ich wirklich eifersüchtig auf ... diesen Jungen?

»Schau mal, Basilius, das ist Dodo, ein Freund von mir und vielleicht auch bald einer von dir!«

Er schaute mich misstrauisch, sehr misstrauisch an, drückte Sanna noch mehr zu sich und umklammerte sie so fest, dass sie kaum Luft bekam, seine Arme packte und versuchte, sich aus der Umklammerung zu befreien. Je mehr sie sich wehrte – »Basilius, nicht!« –, desto kräftiger drückte er zu, und er schien dabei eine unglaubliche Kraft zu entwickeln. Erna eilte Sanna zu Hilfe.

»Los-las-sen! Basilius. Lass los!«

Auch sie war kräftig, und es gelang ihr endlich, den Buben von Sanna loszureißen. Nur – wie lange? Er drehte und wand sich hin und her, versuchte, aus den Fängen der Mutter auszubrechen, schrie, dass es mir durch Mark und Bein ging.

»Geht jetzt, ihr beiden! Geht! Er beruhigt sich schon wieder!«

»Gut. Ich komme ein andermal«, sagte Sanna.

»Ja-ja!«

Was war das denn? Ich stand wie angewurzelt da.

»Na, komm schon, Dodo!« ...

Die Gemeindewiese hier am Rande von Aach bot genug Platz für das kleine Zirkuszelt, für die Zirkuswagen und die Käfige und Gehege, in denen unterschiedlichste Tiere ... nicht gefüttert werden durften. Pferde, Ponys, Hunde, Lamas, Zebras, ein schwarzer Panter, ein Tiger und ein Löwe. Ein dunkel gekleideter, braungebrannter Mann mit einem weißen Wuschelkopf und einem weißen Drei-Tage-Bart ging durch die Menschenmenge und spuckte Feuer. Ein Clown auf Stelzen, die unter seinen langen, blau-weiß karierten Hosenröhren versteckt waren, jonglierte bunte Bälle. Eine hübsche Schwarzhaarige und eine hübsche Rothaarige trugen jeweils eine blaue, äußerst freizügige Uniform mit auffallend weißen Knöpfen und Rüschen. Wow! Dazu einen passenden Zylinderhut. Beide hatten sie einen Bauchladen umgehängt – mit allerlei leckeren Süßigkeiten darauf. Diese boten sie lauthals an, und ich kaufte für Sanna und mich Türkischen Honig und gebrannte Mandeln, wurde recht verlegen, als mir die Schwarzhaarige beim Bezahlen zulächelte und sogar zuzwinkerte. Wow!

»Da-ischt-Babsch! Komm-lassch-unsch-schu-ihr-hingehen!«, kaute Sanna auf einem Stück Türkischen Honig herum.

Barbara war zwar nur ein Jahr älter als Sanna – vierzehn –, doch wesentlich größer und auch fester. Sie hatte schwarzes

Haar, zu einem Bubikopf geschnitten.

»Hallo, Babs!«

»Hi! Wer ist das denn?«

»Dodo!«

›Babs?‹ ... war mir anfänglich nicht wirklich sympathisch. Das würde sich noch ändern.

»Schau mal, Sanna, da drüben! Die Schnapsdrossel!«

Ein Stück weiter weg rannten auf einer freien Wiese Mädchen um einen alten Mann (glaubte ich) herum, der sie zu fangen versuchte. So ein alter Kindskopf (glaubte ich)! Dann erwischte er ein höchstens zehn Jahre altes Mädchen, das zu schreien begann, und ich sah, wie er der Kleinen zwischen die Beine greifen wollte. So ein Sauhund! Sie riss sich los, und die seltsamen Geräusche, die sie nun von sich gab, verrieten nicht, ob sie mehr lachte oder mehr weinte. Beides gleichermaßen. Irgendwie.

Sanna eilte hin, und von Weitem beobachtete ich, wie sie die Mädchen verjagte, mit einer Handbewegung, als wäre sie, den Gänseblümchenkranz immer noch auf ihrem Kopf tragend, tatsächlich eine Prinzessin, deren Wünsche und Befehle äußerstes Gebot für alle waren. Dann redete sie kurz mit dem Alten, nahm ihn an der Hand und führte ihn zu uns.

»Das ist Herbert«, sagte sie bestimmt, »er wird mit uns die Nachmittagsvorstellung besuchen!«

Was? Dieser ungewaschene, stinkende Lustmolch? Erst der komische Basilius und jetzt dieses eklige Monster! Sanna musste verrückt sein. – Oder ein Engel.

Ich fragte sie, wie alt denn Herbert sei. Was sie mir zuflüsternd antwortete, machte mich fassungslos, ja, beinahe wütend.

»Wie alt? Nicht einmal dreißig? Sanna, das glaubst du wohl selbst nicht!«

Das konnte nicht stimmen. Dieser Lüstling sah eher aus wie fünfzig oder sechzig. Allerdings – hätte ich sein Alter anhand des kindischen Gehabes, das er bei der Zirkusvorstellung zum Besten gab, erraten müssen, hätte ich ihn auf fünf, höchstens sechs geschätzt. Viele im Publikum schauten nicht unbedingt den Artisten in der Arena zu, sie glotzten viel häufiger zu uns herüber. Kopfschüttelnd, belästigt, genervt, belustigt, erstaunt. Mir war das unangenehm. Barbara anscheinend auch. Sie senkte beschämt den Kopf, sog am Röhrchen ihrer Limonade, lutschte minutenlang an einem Stollwerk herum. Sanna aber ließ das alles kalt. Sie lachte, wenn Herbert lachte, sie klatschte, wenn er klatschte, sie schlug sich mit den Handflächen auf die Oberschenkel, wenn er es tat. Als die beiden hübschen Damen, die vorhin noch Süßigkeiten verkauft hatten, als Jonglier-Akrobatinnen in ihren reizvollen Kostümen auftraten, saß Herbert bewegungslos wie eine viel zu eng eingewickelte Mumie da, hatte den Mund sperrangelweit offen und schien das Atmen vergessen zu haben. Erst, als die beiden die Arena wieder verließen, schnaufte er aus. (Mir war es wohl ähnlich ergangen.) Jetzt kam ein Clown, der wirklich sehr lustig war, obwohl er während der ganzen Darbietung nicht ein Wort sagte. Er spielte nur. Eine Geschichte. Eine tollpatschige, lustige Geschichte. Herbert prustete den Schluck Afri-Cola, den er gerade genommen hatte, vor Lachen wieder aus. Gott sei Dank nur auf seine Hose. Sanna hatte ihm die Cola spendiert. Und ein Sandwich – mit Wurst und Käse und Tomaten und Paprika und Salatblättern und Mayonnaise. Sanna war mir mehr und mehr ein Rätsel, und ich war von ihr mehr und mehr fasziniert. Abermillionen – Billionen! – undurchschaubare Geheimnisse trug sie in sich, die mir neben diesem Von-ihr-gefesselt-Sein auch ein gewisses Unbehagen bescherten. Noch nie hatte ich solch ein Mädchen kennengelernt, noch nie so einen Menschen. Wer war Sanna? Was für eine Geschichte hatte sie zu erzählen. Eine lustige? Eine traurige? Eine leise? Eine laute? Eine schöne? Eine hässliche? Meine Neugierde wuchs ins Unendliche. Da kam mir eine Idee. Nana! Sie würde mir die Geschichte von Sanna erzählen ...

In dem Moment, als Barbara von hinten mit ihren Händen Sanna die Augen verdeckte – »Gugus, wer bin ich?« –, startete der Seiltänzer von vorhin das Motorrad, das vor dem Fenster im zweiten Stock des Gemeindegebäudes irgendwie auf dem Drahtseil befestigt war, und Sanna erschrak fürchterlich.

»Bist du verrückt, Babs!«

Barbara kugelte sich vor Lachen, und auch mir entglitt ein Schmunzeln. Sanna fand das gar nicht witzig. Sie schaute missmutig hinauf zu dem Artisten da oben auf seinem Motorrad, das einen kaputten Auspuff haben musste, denn der dröhnte unbeschreiblich laut und brüllte förmlich den Menschen zu: Aufgepasst, jetzt kommt die Attraktion des Abends! Am Motorrad, unterhalb des Drahtseiles, war ein triangelförmiges Eisenstangen-Gestell angebracht, auf das sich jetzt die dunkelhaarige Schönheit setzte, während die rothaarige Schönheit auf dem Gemeindeplatz geschmeidig hin und her stolzierte und in ein Mikrofon sprach.

»Meine Damen und Herren, sehen Sie jetzt Akrobatik der Extraklasse! ...«

Sie hatte nicht zu viel versprochen. Der Artist fuhr mit dem Motorrad vor und zurück, machte dabei Kunststücke – einen Handstand auf dem Lenkrad zum Beispiel –, während die schwarze Schönheit auf dem Eisengestell ihr artistisches Können zur Schau gab. Kletterte und schaukelte wie eine Äffin darauf herum, mal kopfüber, mal sich mit nur einer Hand festhaltend, mal auf dem Bauch liegend – und immer unglaublich graziös und ... einfach sexy. Es war mir wieder vergönnt, sie in ihrem erotischen Kostüm der Extraklasse anzustarren, ohne es klammheimlich tun zu müssen. Und das ging bestimmt nicht nur mir so! ...

Die Dorfkapelle spielte auf, und das war für mich Grund genug, meine Großmutter, mit der ich mich in der *Dorfstube* verabredet hatte, aufzusuchen.

»Gehst du mit, Sanna?«

»Nein, Babs und ich werden noch ein wenig unten an der Ache spazieren gehen. – Du weißt schon! Mädchengespräche und so!«

»Okay! Dann ... bis bald!« – ›Schade!‹

Die Gaststube war gerammelt voll, und es herrschte ein Gegröle, dass ich am liebsten gleich wieder kehrtgemacht hätte. Im *Hirschen*, ja, da wäre so ein Tohuwabohu zu erwarten gewesen. Hier doch nicht, in diesem sonst so gemütlichen Lokal. Na ja, heute war wohl überall was los. Ich presste mich zwischen unterschiedlichsten Körpern hindurch, spürte harte Muskeln oder Knochen und weiche Gesäße oder Brüste. Letztere waren nicht unangenehm.

Nana saß an einem kleinen Tisch im hinteren der zwei Governmenträume, ganz im Eck, hatte mir den Stuhl ihr gegenüber freigehalten, was sicherlich nicht einfach gewesen war.

»Hallo, Nana!«

»Hallo, Dodo!«

Großmutter lächelte.

Eine ganze Weile schwiegen wir, hörten dem Gequassel und dem Gelächter der anderen Gäste zu.

»... Und das Ganze ohne Netz ...«

»... Mann, wenn der wirklich heruntergefallen wäre, dann hätte es zum Nachtisch Apfelmus gegeben ...«

»... Nein, die Schwarzhaarige war hübscher ...«

»... Also, ich würde sicherlich beide nicht von der Bettkante stoßen ...«

Nana schaute mich an.

»Haben dir die beiden Artistinnen auch gefallen?«

So geradlinig konnte nur Großmutter fragen.

»Die waren schon hübsch!«

»So hübsch wie Sanna? ...«

Ich wurde ganz verlegen, und bestimmt lief mein Gesicht rot an. Purpurrot.

»... Du magst sie, nicht wahr?«

»Ja. Schon! – Erzähl mir von ihr! Erzähl mir ihre Geschichte!«

»Ja. Das wollte ich sowieso. Aber ich muss weit ausholen! Weit, weit zurückgehen! In meine eigene Kindheit! Schon damals war Maria meine beste Freundin. Sie ist die Großmutter von Sanna!«

»Das weiß ich.«

Und dann begann Nana, mir die Geschichte von Maria und Sanna und ihre eigene bis in das Hier und Jetzt zu erzählen. Wir saßen bestimmt drei Stunden an dem kleinen Tisch, und ich konnte kaum glauben, was ich da alles zu hören bekam. Fortwährend schaute ich meine Großmutter bewundernd an. Sie war Mitte fünfzig, hatte nach wie vor eine unglaublich glatte, braungebrannte Haut. Ihre roten Wangen verliehen ihr ein vitales, gesundes Aussehen. In den langen, schwarzen Haaren konnte ich nicht ein einziges weißes entdecken. Sie trug nie eine Brille, nicht einmal zum Lesen. Ihre Augen waren klar, ihre Zähne schön und weiß, ihre Lippen voll. Behauptete ich vor Gott und der Welt, sie wäre nicht einmal vierzig, hätten mir das sicherlich alle geglaubt. Gott zuallererst.

1. Strophe

Es gibt keine Uhr hier in diesem weißen Zimmer. Wie lange sie geschlafen hat, weiß sie nicht. Neben der penetranten Farbe riecht es nach noch grauslicherem Erbrochenen. Ihr ist nach wie vor so speiübel, dass sie sich den Tod herbeisehnt. Ihre Harnröhre brennt. Es gibt kein Klo im Zimmer.

»Ist da jemand?«

Keine Antwort.

Auf allen Vieren kriecht sie zur Tür. Klopft wild darauf ein.

»Hallo!«

Was ist geschehen? Wie ist sie hierher gekommen? Sie hat keine Erinnerung. Ihr Traum ist ihr näher als die Wirklichkeit. Weißer Anzug. Weißer Zylinderhut.

Sie hält es nicht mehr aus. Krabbelt. Auf allen Vieren. Zieht ihre Unterhose runter, beugt sich, spreizt ihre Beine über den vollgekotzten Nachttopf. Brunzt hinein. Sie fühlt sich durch tausend und abertausend Löcher beobachtet.

18
Nana und Sanna

Nana machte eine Pause, spreizte ihre Finger zu verkrampften Borsten, kämmte damit ihr langes, schwarzes Haar von den Schläfen ausgehend nach hinten, kratzte spinnenartig ihren angestrengten Kopf. Atmete tief durch die Nase aus. Nippte an ihrem Glas Rotwein. Dann griff sie nach dem Medaillon an ihrem Goldkettchen. Es war ein halbes, geschwungenes Herz. Sie trug diesen Schmuck ständig um den Hals, und es war einem jedem Betrachter klar, dass es eine andere, dazu passende Hälfte geben musste, die wohl jemand trug, der mit Nana tief verbunden war. Auf dem halben Herz war noch ein ganzes, kleines, rotes eingearbeitet, und schräg darüber war ein Name eingraviert. So fein, dass ich ihn nie lesen konnte. Es war ein kurzer Name. Nana nahm das Kettchen samt Medaillon in den Mund.

Sie hatte mir von ihrem Bruder Paul, der vom Vater geschlagen worden war, erzählt. Bis zum heutigen Tag hatte ich noch nie etwas von einem Paul in unserer Familie gehört. Nana konnte sich selbst kaum an ihn erinnern, war sie erst fünf gewesen, als er sich das Leben genommen hatte.

»Mit fünfzehn?«

Ich konnte mir das nicht vorstellen. Der Bub war ja dann gerade einmal zwei Jahre älter gewesen als ich jetzt. So sehr ich mich bemühte, hatte ich nicht das Bild eines Fünfzehnjährigen vor Augen, war dieser Paul in meiner Fantasie ein Mann in etwa Nanas Alter.

»Weshalb hat er das getan? Und wie?«

»Er hat sich erhängt. Im Stadel von Elisabeth.«

»Sannas Urgroßmutter?«

»Ja. An Marias zweitem Geburtstag.«

»Sannas Großmutter!«

... [Es war das erhoffte Geschenk. Die kleine Maria schrie vor Freude, umarmte die Mutter und Anna. Die Puppe trug dasselbe blaue, mit weißen Punkten verzierte Kleidchen, wie Maria selbst eines hatte und das ihr im Sommer das liebste war. Überhaupt war die Puppe ihr Ebenbild. Die schwarzen, bis halb in den Rücken langen Locken waren aus Wolle, ebenso die dichten Augenbrauen. Der rote, süße, kleine Mund und die großen blauen Augen aufgenäht. Außerdem waren im Geschenkpapier noch andere Kleidchen, Schürzen, Hüte, Schuhe und Pantoffeln, ja, sogar ein Nachthemd war eingepackt gewesen. Alles liebevoll bis ins Detail gearbeitet. Knöpfe und Bändel, Schlaufen und Rüschen, Muster und Farben, lebendig und bunt. Vor lauter Kleiderwechseln vergaß Maria fast, den guten Kirschkuchen zu essen. Sie nahm einen Gabelbissen davon, nahm gleich darauf einen Schluck Milch mit Honig darin, um ihn hinunterschlucken zu können. In ihrer Hand hielt sie die Puppe. Mit aufgerissenen Augen schaute diese sie verzweifelt an, schielte zur Tür. Dem Aufruf gehorchend ging Maria durch die Küche hinaus vor das Haus. Die Puppe zeigte ihr den Weg, der Richtung Stadel führte. Elisabeth und Anna folgten der Kleinen. Das Gesicht von einer Vorahnung erstarrt, blieb das Mädchen vor dem Tor des Stadels stehen und deutete mit dem Finger auf dieses.

»Da!«

Im Stadel war es kalt. Die Tür jaulte, als sie geöffnet wurde. Gebannt, wer ihn wohl finden würde, sah Paul mit weit geöffneten Augen den Nebel sich hereinschleichen, der seinen nackten Körper mit dem steifen, in die Höhe ragenden Glied und seine schwarze Zunge, die ihm aus dem Mund hing, befeuchtete. Dann stand sie da. Das hatte Paul sich erhofft. Gebrochen, auf die Knie fallend, jaulend. – Anna!] ...   [*»Die Töchter«*]

»Weißt du, das Schicksal unserer Familie ist eng verknüpft mit Sannas Familie«, erzählte Nana weiter. »Maria war und ist meine beste Freundin, und das Haus da oben in Pianz war sozusagen meine zweite Heimat. Ich bin mehr oder weniger bei Elisabeth und Anna und Maria aufgewachsen. Paul soll in Anna verliebt gewesen sein. Das hat jedenfalls meine Mutter vermutet. Anna aber war bereits Mitte zwanzig, und sie war die Geliebte von Elisabeth. Munkelte man. Keiner wusste es mit Bestimmtheit. Außer vielleicht Paul. Und dann hat er sich eben in deren Stadel erhängt.«

»Das muss auch für dich schrecklich gewesen sein!«

»Das für mich Schlimme war und ist, dass ich Paul nie geliebt, nie vermisst habe. Gehasst habe ich ihn. Er hatte einen Hund. Wolf hieß der. Der war an dem Morgen tot vor unserer Haustüre gelegen. Erschlagen. Von meinem Bruder. Gehasst habe ich ihn dafür. Paul hat mir nicht leidgetan, wohl aber der Hund. Um den habe ich getrauert.«

Ich schwieg eine ganze Weile lang, bemitleidete Paul, der jetzt doch in meiner Vorstellungskraft das Gesicht eines Fünfzehnjährigen annahm, wenn auch nicht unbedingt in einem Seil baumelnd. Armer Bub.

»Weshalb wurde er von seinem Vater geschlagen?«

Dass Pauls Vater mein Urgroßvater war, daran dachte ich in dem Moment gar nicht.

»Weiß nicht. Wahrscheinlich, weil er ihm so ähnlich sah. Rotes Haar. Sommersprossen. Vielleicht ertrug er es nicht, in sein Ebenbild zu schauen.«

Rotes Haar? Sommersprossen? Erinnerte mich ein wenig an mich selbst, wenngleich das bei mir nicht so sehr ausgeprägt war. – Oh, mein Gott!

»Wie hieß mein Urgroßvater?«

»Peter. Und wenn es nach ihm gegangen wäre, wäre ich vielleicht die Tochter von Elisabeth geworden. Er war nämlich schon als kleiner Junge in dieses wohl hübscheste Mädchen im ganzen Tal verliebt gewesen, blieb es Zeit seines Lebens. Das hat mir einmal meine Mama erzählt. Elisabeth aber wollte nichts von ihm wissen.«

»Das ist gut! Sehr gut!«, versuchte ich zu scherzen, um der bisher eher traurigen Geschichte eine Wendung zu geben. »Denn wärst du Elisabeths Tochter, dann wäre ich mit Sanna verwandt. Fände ich weniger gut.«

»Tja. Sanna. Was sie anlangt, trage ich ein großes Geheimnis in mir.«

... Obwohl es erst vier Uhr nachmittags war, flackerten überall in der kleinen Stube Kerzen. Es wäre sonst kaum was zu sehen gewesen. Draußen tobte ein kalter Schneesturm, der die bereits gefrorenen Fenster immer wieder mit seinem weißen Pulver bestäubte, um vielleicht noch mehr Eisblumen hinzuzaubern. Auf die Simse waren vorsorglich Tücher gelegt worden. Der Kälte wollte man, so gut es ging, keinen Einlass gewähren, dem Pfeifkonzert da draußen wollte man so wenig wie möglich Gehör schenken. Das gelang auch einigermaßen. Nur hie und da ein kurzes Aufheulen, als wolle der Wind den Menschen da drinnen zurufen, dass er immer noch um das alte Bauernhaus schlich. Was neben der tickenden Standuhr zu hören war, war das leise Knistern der brennenden Scheite in dem weißen, fassförmigen Ofen mit seinen an manchen Stellen eingearbeiteten, runden, grünen Kacheln. Maria liebte dieses Geräusch. Sie und Sarah saßen auf der Eckbank und zeichneten mit Buntstiften auf einem Blatt Papier. Anna bügelte mit dem Bolzenbügeleisen auf dem eigens dafür aufgestellten kleinen Tisch die Bettwäsche, und Elisabeth saß auf der warmen Ofenbank und strickte Socken. Das tat sie die letzten Monate häufig. Und Mützen.

»Was zeichnet ihr denn Schönes?«, fragte sie die beiden Mädchen.

»Großmutter«, antwortete Maria, »mit Vergissmeinnicht-Augen.«

»Mama? – Mit Vergissmeinnicht-Augen?«

Elisabeth war neugierig, stand auf und betrachtete die Zeichnung. Ja. Das glich tatsächlich ihrer Mutter. Und die Pupillen, als kleine, blaue Blumen gemalt, versprühten den Glanz in Evas Augen, den Elisabeth so sehr vermisste.

»Das ist wunderschön, Maria. Du hast den friedliebenden Blick deiner Großmutter genau getroffen ...«

»Hm.«

»... Und du, Sarah, wen zeichnest du?«

»Auch Eva. Als Mädchen. Nur, es will mir nicht so recht gelingen. Als ob der Buntstift nicht das zeichnet, was ich will, sondern das, was er will!«

»Geduld, Sarah, du wirst es schon hinkriegen!«

Tat sie nicht. Sie nahm ihre Umgebung kaum noch wahr, zeichnete auf Teufel komm raus, der Welt entrückt, und als Sarah das fertige Bild betrachtete, erkannte sie Sanna, das Mädchen, das ihr auf der Bergwiese und in ihrem Traum erschienen war. Die Ururenkelin von Eva. Die noch gar nicht geboren war.

»Tut mir leid, Sarah. Das ist nie und nimmer Großmutter«, meinte Maria.

»Nein, das ist Sanna.«

»Wer ist Sanna? ...«

Sogleich erinnerte sich Maria daran, wie sie und Sarah die Bergwiese hinuntergerannt waren und die Freundin plötzlich nach einer Sanna gerufen hatte. Da war aber weit und breit niemand gewesen.

»... Und was hat sie für Kleidung an? Eine Hose?«

»Ja. Eine Jeans-Latzhose!«

»Was um Himmels willen ist eine Jeans-Latzhose? Habe ich noch nie gehört.«

»Ich auch nicht.«

»Du bist ein bisschen verrückt, liebe Freundin.«

Das stimmte. Während Maria an ihrem Bild weiterarbeitete, die große Eiche vor dem Haus und eine Blumenwiese dazu zeichnete, schaute Sarah in die Augen Sannas vor ihr. Und es war ihr, als zwinkerten die ihr zu ...

Wieder nippte Nana an ihrem Rotweinglas.

»Irgendwie entstieg Sanna dieser Zeichnung, saß auf einmal neben mir. Ich wollte sie berühren, da war sie weg, stand plötzlich neben Anna und bewunderte das alte Bügeleisen. Anna schien unbeeindruckt, bügelte seelenruhig weiter. Elisabeth strickte, Maria malte, und mir wurde klar, dass nur ich Sanna sehen konnte. Von nun an begleitete sie mich als ... imaginäre Freundin. Tauchte mal hier, mal dort auf, freute sich mit mir, wenn es mir gut ging, tröstete mich, wenn es mir schlecht ging.«

»Du konntest mit ihr reden?«

Ich war fassungslos. Konnte das alles wahr sein?

»Ja. Ich meine, ich sah sie dabei nie ihre Lippen bewegen, vernahm auch keine Laute. Dennoch – was sie mir antwortete, was sie sagte, was sie erzählte, das konnte ich alles verstehen. Und ich war so froh um sie, gerade zu der Zeit. Ich hatte die Schule hinter mich gebracht, hatte im Herbst als Dienstmädchen im Hotel *Sonnwies* angefangen zu arbeiten.«

... Die Chefleute, beide mit Speck um die Hüften und mit tiefstem Gram ausgepolstert, waren streng und zeigten nur wenig Geduld mit der Neuen. Die anderen Bediensteten schlugen in dieselbe Kerbe – bis auf Grete. Eine junge Frau, gar nicht einmal viel älter als Sarah selbst. Vielleicht neunzehn oder zwanzig. Gott sei Dank hatte Sarah am Vormittag nur mit ihr zu tun. Grete zeigte und erklärte ihr alles, ließ ihr Zeit und mehrere Versuche, die Betten für die Gäste so herzurichten, wie es in diesem Hotel üblich war.

»Nicht schlecht, Sarah! Das Bettlaken muss noch etwas straffer gespannt werden, und die Kopfpolster musst du in der Mitte so falten, dass die Polsterzipfel an zwei kleine, schneebedeckte Berge erinnern. Schau – so! Versuch's nochmal!«

Also gut. Auf ein Neues.

›Das schaffst du schon!‹

Sarah erschrak. Das war nicht Gretes Stimme gewesen. Sanna saß im Schneidersitz auf einem Stuhl, las in einem Buch, schaute gar nicht zu Sarah auf.

›Kennst du *Bergkristall* von Adalbert Stifter?‹

›Nein.‹

›Da kommt eine Sanna vor. So möchte ich einmal heißen!‹

›Aber – so heißt du doch!‹

›Noch nicht!‹ ...

Zur Mittagszeit musste Sarah in der Küche helfen. Dort ging es unglaublich hektisch zu. Und es war heiß. Der Chefkoch, ein kleiner, dicker Grantler, schimpfte ununterbrochen, zog seine Hose rauf, wenn er merkte, dass die anderen das Gesicht verzogen, weil man wieder einmal seinen halben Arsch sah. Weiß. Behaart. Mit kleinen, roten Punkten. – Wäh!

»Sag mal, Mädchen, wie lange brauchst du noch, um die Zwiebeln zu schneiden? – Und lass das blöde Grinsen!«

Sarah konnte nicht anders, tanzte Sanna mit Händen und Füßen gestikulierend um den Chefkoch herum, äffte ihn nach, schnitt Grimassen, streckte ihm die Zunge raus.

»Du sollst das blöde Grinsen lassen!«

»Entschuldigung!«

Es ging nicht. Und die anderen Mitarbeiter in der Küche grinsten jetzt ebenfalls. Nur der Chefkoch nicht ...

Am Nachmittag half Sarah mal hier, mal dort aus. Am liebsten war es ihr, wenn sie die Wäsche bügeln musste. Dann war sie alleine mit Sanna. Redete mit ihr über Maria, die häufig nach der Schule auf sie vor dem Hotel wartete, damit sie gemeinsam nach Pianz gehen konnten. Über ihre Mama, zu der die beiden Mädchen dann noch vorbeischauen würden, um ihr mitzuteilen, dass Sarah – »Schon wieder?« – bei Maria schlafe. Sarah wusste nicht, ob sie Maria von der imaginären Freundin erzählen sollte. Irgendwann würde sie es bestimmt tun. Vielleicht heute, sollte Maria tatsächlich vor dem Hotel warten. Hoffentlich.

»Wir brauchen dich in der Gaststube! Du kannst morgen weiterbügeln!«

Schade.

Die Gäste konnten unterschiedlicher nicht sein. Da war ein älteres Ehepaar, das vormittags einen Spaziergang durch Aach gemacht, die Kirche und deren Kunstschätze begafft, ihr Tagespensum an körperlicher Ertüchtigung also bereits absolviert hatte, das jetzt bei Kuchen und Kaffee vor sich hin schwieg. Am Tisch daneben junge Engländer oder Amerikaner – Sarah wusste es nicht –, die intensiv und unüberhörbar – Sarah wusste nicht, worüber – in ein Gespräch vertieft waren.

›Das sind Schriftsteller!‹, erklärte Sanna, die inmitten der Männerrunde saß und aufmerksam lauschte. ›Sie sind zum Klettern hier und streiten sich gerade über ein Buch, das der da mit dem langen, dunklen Haar geschrieben hat.‹

›Du verstehst Englisch?‹

›Ja. – Anscheinend.‹

›Wie das denn?‹

›Keine Ahnung! – Ehrlich.‹

»Gibt es hier in diesem Saftladen denn keinen Aschenbecher? Herrgott nochmal!«

Die aufgetakelte Frau an dem kleinen Zweiertisch weiter drüben hatte ihren Kopf in den Nacken gelegt, hauchte den Rauch mit gespitzten Lippen aus, hielt ihre mit irgendwelchen kleinen, funkelnden Steinen verzierte Zigarettenspitze und deren eingeklemmte, qualmende Zigarette, die so weit heruntergebrannt war, dass bald einmal die Asche zu Boden fallen drohte, weit von sich weg.

»Einen Aschenbecher! Einen Aschenbecher! Vite, vite!«

»Beruhige dich, Darling!«, flehte der ihr gegenübersitzende, etwas ältere Herr mit dem gepflegten Zwirbel-Oberlippenbart und den zurückgekämmten, geölten Haaren.

Nein. Unterschiedlicher konnten die Gäste nicht sein. Während Sarah schnell einen Aschenbecher holte, lehnte sich Sanna auf ihrem Stuhl zurück, zog an einer unsichtbaren Zigarre, pustete gekonnt Rauch-Ringe in die Schriftstellerrunde, rieb an ihrem nicht vorhandenen Oberlippenbart.

›One day I will probably read your book!‹ ...

Maria wartete vor dem Hotel. Schön. Als die beiden Mädchen zusammen Pianz entgegenstiegen, fasste Sarah nach der Hand der Freundin.

»Du, ich muss dir was erzählen!«

Inzwischen wohnten Paula und Sarah in Aach in einem schönen Bauernhaus mit Stadel und Stall und Garten – Beete und Bäume und Johannisbeersträucher darin. Sarah feierte heute ihren neunzehnten Geburtstag, saß auf einer der beiden Schaukeln, die an den Ästen zweier Kirschbäume angebracht waren. Auf der anderen schwang sich Sanna hoch in die Lüfte. Sie war zwölf Jahre alt. Nach wie vor. Vor dem Gartenzaun stand ein abgemagerter Mann, der viel älter aussah, als er tatsächlich war. Nämlich knapp über zwanzig.

»Hallo, Sarah!«

Sie erkannte ihn nicht, wunderte sich.

›Das ist dein ehemaliger Mitschüler Reinhard Katner!‹, schrie Sanna ihr aus mehr als zwei Metern Höhe zu.

»Reinhard!«

»Dass du mich noch erkennst, so wie ich aussehe!«

»Komm doch rein! Was ... was ist passiert?«

Er setzte sich neben Sarah auf die Gartenbank, während Sanna es weiterhin genoss, ihre Beine in eine Welt zu strecken und zu beugen, die ihr noch gar nicht gehörte.

Reinhard erzählte von dem großen, großen Krieg weit, weit weg von Montsilva, der keineswegs auch nur annähernd ein großer Krieg gewesen war. Was schon sollte groß gewesen sein an schlammigen Böden, in denen man herumgekrochen war, an zerbombten Städten, die man in die Knie gezwungen hatte, an gesprengten Brücken, die die Menschen nicht mehr zueinander führten, an gefrorenen Fingern, die man nicht mehr spürte, an abgemagerten Körpern, die es nicht mehr gewohnt waren, Nahrung aufzunehmen – was daran nur sollte groß gewesen sein?

Laut war der Krieg. Und als er fertig war, hat man uns nichts gesagt. Zwei Tage hat man uns nichts gesagt. Und dann ist der eine Soldat gestorben. Neben mir. Und daheim hat meine Mutter auf mich gewartet. Und seine wohl auch. Und die Mutter vom Feind, der geschossen und getroffen hat, wohl auch.

Ich war sechzehn. Ich glaubte an das Leben. Ich glaubte an meine Mutter. Ich glaubte an ihr Gebet. Ich glaubte an Gott. Daran, dass er mich beschützen würde. Betete ich jemals für den anderen? Ich glaubte daran, dass in meiner Suppe viel weniger Bohnen waren als in der meines Feindes.

Und ich? Glaubst du, ich habe keine Angst? Ich weiß noch nicht mal, wo mein Bub jetzt ist. Ich weiß noch nicht einmal, ob er meine Briefe erhalten hat. Kalt ist es draußen. Und laut. Und er ist doch noch so jung. Meinst du, jemand bereitet ihm auch gerade eine warme Suppe, damit er nicht so friert?

Der feindliche Soldat sieht aus wie einer von uns. Er hat wahrscheinlich gleichfalls nur auf Schatten geschossen und Söhne getroffen – wie wir. Söhne waren wir, und Väter und Brüder. Aber sie haben Soldaten aus uns gemacht. Menschen sind verschieden – sprechen verschiedene Sprachen, hüten Schafe oder pflügen Äcker, essen Fleisch oder Gemüse oder beides. Soldaten sind alle gleich – tragen alle Uniformen und haben Gewehre und schöpfen aus demselben Suppentopf.

Natürlich denkt man vielleicht nicht gerade an körperliche Liebe, wenn man Hunger hat, müde ist und nach Hause möchte. Aber irgendwo in diesem Nirgendwo – in zweiter, dritter Reihe – marschieren doch gewisse Triebe mit einem mit. Und wann finden diese Triebe ihre Befriedigung, wenn man nie alleine ist? So viele auf einem Feld, so viele in einem Raum. So viele Gerüche. Und immer das Gefühl, beobachtet zu werden. Es ist eine tonnenschwere Zeit.

Einmal hatten mich die anderen scheinbar vergessen. Ich war in einem feindlichen Dorf. Die anderen hatten sich schon zurückgezogen. Es war leise. Ansonsten war der Krieg immer laut gewesen, kaum auszuhalten. Aber diese Stille war noch zermürbender. Wenn es laut ist, hört man sein Herz nicht schlagen. Man hat keine Gedanken – außer dem, dass es doch endlich wieder leise sein möge. Wenn es leise ist, hört man sein Herz schlagen. Und es schlägt laut. Und der Tod tanzt in deinen Gedanken. Du stehst auf und gehst. Erst langsam. Durch feindliches Gebiet. Dann rennst du, und der Tod ist hinter dir her. Er kriegt dich nicht! Wie auch? Du hast ja das Gebet der Mutter in der Tasche.

Schlimm ist es, wenn man dringend muss, und man steckt in einem Güterwaggon mit etwa achtzig Kameraden. Und da ist nur ein Loch. Die Erlebnisse hinter dir haben deinen Körper zum Zittern gebracht, und du fährst mit der Angst vor dem, was vor dir liegt. Und dann muss man sich darauf konzentrieren, wie man sein Zeug durch dieses Loch bringt, ohne dass etwas hängen bleibt. Und man weiß, dass das fast nicht möglich ist. Das ist der Gestank des Krieges. Das ist der Gestank der Gefangenschaft. Und wir mittendrin – in der eigenen Kacke, in der eigenen Pisse.

Nur, wer an das Gebet der Mutter glaubt, überlebt. Die anderen sterben an der Ruhr.

Heute wird mein Bub unter ihnen sein. Heute wird er aus dem Zug steigen und seinem Vater in die Augen schauen. Und dann bringt mein Mann meinen Buben nach Hause. Bestimmt. So viele sind schon heimgekommen. So oft habe ich schon das Essen für ihn warm gehalten. Vergeblich. Immer ist mein Mann allein durch die Tür gekommen. Keiner vor ihm, keiner neben ihm, keiner hinter ihm. Leise ist es, wenn man wartet. Nur das Herz schlägt laut. Ich warte und höre. Höre auf jedes Geräusch. Warte auf das Knarren der Haustüre. Endlich. Versuche herauszufinden, ob es ein Paar oder zwei Paar Schuhe sind, die dem Boden das Knirschen entlocken. Ich höre die Schritte.

Sind sie zaghaft oder sind sie ungeduldig? Zögern sie, die unbarmher-
zigen Worte sagen zu müssen, oder eilen sie, die ersehnte Umarmung
zu schenken?

Man geht an einem Schweinetrog vorbei, sieht die Kartoffelschalen
darin. Schweine sollten keine Kartoffelschalen fressen, wenn der
Mensch hungert. Man pickt die Schalen heraus und isst sie selber.

Die Angst ist fast überwunden. Nur Lärm ruft Bilder des Erlebten
hervor. Die Gegenwart wird kräftiger. Ich habe Pläne, ich habe Ziele.
Ich freue mich aufs tägliche Nach-Hause-Kommen. Ich freue mich auf
eine warme Stube, auf eine warme Suppe mit vielen Bohnen darin.
Ich freue mich auf meine zukünftige Frau, die mich in der Stube er-
warten wird.

Sarah war gerührt von den Geschichten und Gedanken Reinhards. So sehr, dass sie sich augenblicklich in diesen vom Krieg
körperlich und seelisch gezeichneten Mann verliebte. Irgendwie. Sie würde für Reinhard vieles vergessen machen.

Noch immer schaukelte Sanna in die Höhe, und jetzt wohl
mehr als hundert Meter hoch. Weit, weit in den Himmel hinein.

›Schicksal, meine gute Sarah, Schicksal. Du wirst es nicht
ändern können! ...‹

Man sucht Heimat. Ein Leben lang sucht man Heimat, wenn man sie
einmal verloren glaubt. Heimat ist, wo du berührst, wo du berührt
wirst. Nach meiner Rückkehr aus dem Krieg glaubte ich, sie mir ein-
fach wieder überstülpen zu können – wie einen alten Pyjama. Aber
so einfach ist das nicht, wenn man keine Mutter mehr hat, die einem
beim Anziehen des Pyjamas hilft. Man nimmt sich eine Frau und
hofft, Heimat zu finden. Vielleicht, wenn man eine eigene Familie
hat? Wenn man Vater ist? Wenn man die eigene Stube heizt? Wenn
man selbst für viele Bohnen in der Suppe sorgt? – Vielleicht.

Waren viele Bewohner von Aach verwundert darüber, dass ein so bildhübsches Mädchen solch einen Hallodri heiraten würde, der zu der Zeit noch nicht einmal einer Arbeit nachging, fand Sarah Zuspruch und Zuwendung für ihren Entschluss bei Paula, ihrer Mutter, bei Maria und Elisabeth, bei Anna und bei ... Sanna.

Reinhard erholte sich körperlich nie mehr so, wie Sarah es sich erhofft hatte, seine Lebensfreude jedoch blühte von Tag zu Tag mehr auf, und er wurde ihr ein guter Mann. Schenkte selbst gepflückte Blumen. Jeden Dienstag und jeden Freitag. An einem Dienstag waren sie zusammen auf der Gartenbank gesessen, an einem Freitag hatten sie geheiratet. In der *Kapelle zur Heiligen Eva*. Ohne Reinhards Mutter und ohne seinen Bruder. Die lebten nicht mehr. Waren Opfer des großen, großen Krieges und seiner Gräueltaten und seiner Verzweiflungstaten geworden – nie wirklich ausgesprochen.

Später wurde Reinhard Sprengmeister bei Straßenbauarbeiten. Er und Sarah bekamen zwei Söhne. Einer starb im Kindsbett, der andere wurde umso mehr geliebt und behütet. Fand unter dem Christbaum selbst geschnitzte und bemalte Autos. Von Reinhard.

Geküsst oder umarmt habe ich meinen Sohn nie. Na ja, vielleicht, als er noch ganz klein war. Ich war müde vom Arbeiten. Ich wollte nicht berühren, ich wollte berührt werden. Ich sehnte mich nach Zärtlichkeit, nach Geborgenheit. Wer aber nicht sät, erntet nicht. Du hast deine Kinder geküsst und umarmt, ich habe meinem nie vom Krieg erzählt.

Daheim. Endlich daheim. Zu oft bin ich weg von zu Hause gewesen. Zu viele fremde Gesichter, zu viele Soldaten und Ärzte und Krankenschwestern. Jung bin ich gestorben. Ein zu kurzes, unerfülltes Leben? Am Ende ist es voll. Der Winter ist kalt, wenn man aus der warmen Stube hinaus muss. Und wenn der Winter seinen gefrorenen Soldatenmantel über die Zweige und Äste der Bäume des Frühlings stülpt, dann sterben eben die Knospen. Der Sommer ist kurz gewesen, doch großzügig und schön. Der Herbst dem Winter zu nahe. Wenigstens hat man am Ende wieder eine warme Stube gehabt. Zu Hause sterben die Menschen am liebsten. Und ein kleines Mädchen mit blonden Zöpfen hält deine Hand ...

An diesem Abend erzählte mir Nana noch vieles mehr über meinen Großvater, über Sanna und Maria und deren Familie. Ich war ein wenig verwirrt. Am Schluss brannte nur eine Frage in mir.

»Weiß Sanna davon?«

»Nein! Und das soll auch so bleiben. – Eines noch! Ich denke, Sanna hat dieselben Fähigkeiten, die einst ihre Großmutter Maria gehabt hat. Übersinnliche Kräfte. Magische, heilende Hände. Ich bin überzeugt davon. Sie weiß es nur nicht. Du bist, abgesehen von Maria – und selbst sie weiß nur von einer imaginären Freundin, nicht, dass es sich um Sanna, ihre Enkelin handelt! –, der einzige Mensch, dem ich all das anvertraut habe. Irgendwie hängt sich meine Geschichte mit Sanna nahtlos an deine Liebe zu ihr. Du und ich, wir beide sind jetzt Verbündete. Und du darfst unser Geheimnis niemandem verraten. Versprich mir das!«

Bei ihren letzten Sätzen hatte sie meine Hände gedrückt, und mir wurde schwindelig. Großmutter machte mir ein wenig Angst.

»Das wird mir nicht leicht fallen!«

»So, wie es mir über die vielen Jahre hinweg nie leicht gefallen ist, zu schweigen.«

»Erscheint dir Sanna immer noch als zwölfjähriges Mädchen?«

Nana nippte an ihrem Glas Rotwein.

»Sie ist dreizehn!«

2. Strophe

Obwohl sie zusammengekrümmt in Embryo-Stellung auf dem Boden eingeschlafen ist, wacht sie bäuchlings ausgestreckt im Bett auf. Sie hebt ihren Kopf, schaut sich um, setzt sich ruckartig auf. Jemand muss im Zimmer gewesen sein. Der Nachttopf ist leer und sauber ausgewaschen. Sie selbst ist sauber gewaschen. Ihr Haar. Ihr Körper. Wie kann das sein? Auf dem Tisch steht ein Teller mit Brot und Wurst und Käse darauf. Eine Tasse Kamillentee.

»Hallo?«

Wieder keine Antwort. Noch ist ihr schwindelig, die Übelkeit aber ist weniger geworden. Der Geruch der weißen Farbe allerdings nach wie vor fast unerträglich. Hunger hat sie nicht wirklich. Sie steht auf, schlurft mit ausgestreckter Hand zum Tisch, nimmt einen Schluck von dem kalt gewordenen Tee. Vielleicht sollte sie doch etwas essen, um zu Kräften zu kommen. Sie setzt sich. Kaut an dem trockenen Brot herum. Sie schaut sich das Zimmer genauer an. Steht wieder auf, sucht nach den Löchern, die sie hier vermutet. Jemand beobachtet sie. Das spürt sie. In der Türe, an den Wänden ist kein Loch zu finden. Dann steigt sie auf das Bett, streckt sich, um die Decke darüber mit den Fingern abzutasten. Da. Da ist ein kleines, mit fremdem Holz geschlossenes Astloch. Sie drückt dagegen. Wie der Korken einer soeben geöffneten Sektflasche ploppt der Pfropfen auf den darüberliegenden Boden. Sie schaut in einen dunklen Raum, kann nichts erkennen. Sie riecht Heu und Stroh und noch etwas, dessen Geruch sie zwar kennt, sich jedoch nicht entsinnen kann, woher. Auf jeden Fall muss das da oben ein Stadel sein. Und sie befindet sich wahrscheinlich in einem der darunterliegenden Räume. Zu einem Gefängnis umgebaut. Könnte sie sich doch nur erinnern, was geschehen ist! – Sie war tanzen, ja. Auf einem Fest. Auf einem Fest. Genau. Mit wem nur hatte sie getanzt? Sie hatte viel getrunken. Zu viel. Bilder kreisen in ihr. Rosen und andere Blumen. Dieser gottverdammte weiße Anzug. Der Zylinderhut. Alles verschwommen.

Noch einmal schaut sie durch das Loch in der Decke. Erschreckt urplötzlich so sehr, dass sie blitzschnell zurückweicht, das Gleichgewicht verliert, fällt und mit dem Kopf heftig an der Holzbettkante aufschlägt. Von oben beobachtet sie durch das Astloch ein mit roten Adern durchlaufenes Auge.

19
Elisabeth und Veronika

Wenngleich die Sonne bereits hell auf das alte Bauernhaus ganz oben am Waldrand von Pianz strahlte, war es doch noch ein wenig kühl hier draußen. Die frische Spätsommerluft tat gut. Der Tau auf Gräsern und Blättern, auf Blüten und Zäunen glitzerte wie Kristall und schenkte dem Bergdorf einen schimmernden Glanz. Märchengleich.

Elisabeth und Anna saßen auf der kleinen Holzbank unter dem Stubenfenster. Beide hatten ihre Oberkörper in selbstgestrickte, breite, dreieckförmige, wollene, warme Umhängetücher gewickelt. Maria und Sarah waren frühmorgens mit Paula aufgebrochen, um der großen Messfeier in Aach beizuwohnen. Weniger, Lorenz zu verabschieden, mehr, den neuen Pfarrer willkommen zu heißen.

Anna las in einem Buch, das von einem Amerikaner mit langen, dunklen Haaren geschrieben worden war. Elisabeth tat nichts. Da kam eine Nonne des Weges. Die beiden Frauen erkannten sie sofort. Seltsam nur, dass Elisabeth keine Ahnung hatte, dass auch Anna diese Klosterfrau kannte – und umgekehrt.

»Veronika?«

In Annas Tonfall steckte bereits die Antwort auf diese Frage.

»Ja.«

Veronika erkannte Anna nicht, war ja gekommen, Elisabeth um Verzeihung zu bitten.

»Ich bin Anna. Die Tochter von Katharina. Du weißt schon. Damals ...!«

Da fiel Veronika auf die Knie und weinte. Elisabeth nahm die Schwester an der Hand, half ihr auf und führte sie zu dem Brunnen hinter dem Haus. Anna traute ihren Augen nicht. Elisabeth entkleidete Veronika, die das wortlos mit sich geschehen ließ, rieb ihren nackten Körper mit dem kühlen Brunnenwasser ein. Winzige Tränen, die allen dreien über das Gesicht und in die Mundwinkel liefen, verrieten Freude. Verzeihen. Dankbarkeit. Stille. – Bittersüß.

Dann wandte sich Veronika an Anna.

»Heute wird mein Andreas zum Priester geweiht.«

... Wie so häufig in den letzten Tagen, seit Franziskus und Klara dem dunklen Klosterleben mit ihrem bloßen Dasein Licht schenkten, saß Veronika unter dem Kastanienbaum, in Gedanken vertieft, was und wie sie alles wieder gutmachen würde. An Elisabeth. Veronika würde die Freundin aufsuchen. An Andreas. Sie würde den Sohn finden. Da klopfte es an der Pforte des Klosters. Veronika erhob sich und öffnete. Ein alter, rüstiger Mann mit gepflegt weißem Bart stand vor ihr.

»Ich suche Schwester Veronika.«

»Grüß Gott! – Die bin ich. Bitte, treten Sie ein!«

Sie führte ihn zu dem großen Tisch unter dem Kastanienbaum. Die beiden setzten sich.

»Ich heiße Armin und bin ein Freund Ihres Sohnes Andreas.«

Erschreckt schnellte Veronika in die Höhe, hielt sich mit beiden Händen am Tisch fest. In ihren weit aufgerissenen, starren Augen konnte Armin all die vielen Fragen, die wie ein Bienenschwarm in ihr kreisten, lesen. Er legte behutsam seine Hand auf die ihrige.

»Setzen Sie sich, gute Frau! Hören Sie, was ich zu berichten habe!«

Der Kresta-Bach plätscherte ruhig dahin, das Lagerfeuer erhellte die kleinen Gesichter der Kinder und das Armins. Es knisterte. Gebannt warteten die Buben und Mädchen auf eine der vielen Geschichten, die der Alte auf so unglaublich spannende Weise zu erzählen wusste. Da erblickte Armin einen Mann, der sich hinter einem Baum zu verstecken suchte, immer wieder schüchtern hervorlugte. Verwirrt. Verstört. Verloren.

›Suchst du mich?‹, fragte Armin.

›Ich weiß nicht. Wo bin ich hier?‹

Noch immer getraute der Mann sich nicht, sich zu zeigen.

›Ich denke, du bewegst dich zwischen Erde und Himmel!‹

Jetzt trat der sichtlich Verzweifelte doch hinter dem Baum hervor, froh darüber, dass ihn offensichtlich endlich einer hören und verstehen konnte. Er trug eine braune Mönchskutte, war ziemlich dick. Verängstigt.

›Bin ich tot?‹

›Sag du es mir!‹

›Bin mal hier, bin mal da. Weiß nie, wie hingekommen. Gerade noch auf dem Gipfel eines Berges, auf das Tal und das Leben hinunterschauend. Frierend. Im nächsten Moment in Landkirch. Da geht mein Sohn. Andreas. Trägt ein kirchliches Gewand. Er sieht mich nicht. Er sucht seine Mutter. Zeit seines Lebens. Kennt sie nicht. Weiß nicht, wer sie ist. Ich will es ihm sagen. Veronika. Er hört mich nicht. Sitze plötzlich unter dem Kastanienbaum im Franziskanerkloster. Neben Schwester Veronika. Sie weint. Innerlich. Geschändet. Von mir. Sie hat tausend Fragen. Ich möchte antworten. Kann nicht. Lande hier bei dir. In diesem Wald. Alles so unwirklich. Fühle mich wie ein Nebel, der sich langsam auflöst. Tot.‹

Da war der Mönch wieder verschwunden. Armin kannte nur ein Franziskanerkloster. Das lag in einem kleinen Dorf im benachbarten Tal Montsilva. Hausen hieß das Dorf, glaubte der alte Mann sich zu erinnern.

»Armin! Die Geschichte!«

»Ja, ja – ist ja gut, Kinder!« …

Schweigend saßen die drei Frauen auf der kleinen Bank unter dem Stubenfenster. Veronika – wieder angezogen – in der Mitte. Anna hielt ihr die eine, Elisabeth die andere Hand. Das war gerade ein wundersam schönes Ritual gewesen. Reinigend. Befreiend.

Veronika hatte sich ihr Wiedersehen mit Elisabeth ganz anders vorgestellt. Hatte geglaubt, sie würde wie ein Wasserfall reden, würde erklären wollen, dass sie halt noch sehr jung und unreif gewesen sei, dass sie ihr schändliches Tun der Freundin gegenüber ein Leben lang bereut habe, dass sie es verstehen würde, vergebe ihr Elisabeth nicht, dass sie trotzdem für sie weiterhin beten werde. Nicht ein Wort sagte Veronika. Auch Elisabeth und Anna schwiegen. Das tat gut.

Elisabeth schaute gedankenverloren in die Augen Evas, die gütig strahlten – wie die Sonne, die mehr und mehr die Tränen auf Gräsern und Blättern, Blüten und Zäunen trocknete.

... Veronika stand neben dem Weihwasserkessel des Eingang-Portals. Der große Dom mit all seinen Reichtümern – bunte Bleiglasfenster, welche farbenprächtige biblische Ereignisse darstellten; Heiligenfiguren, deren übernatürliche Größen einen zu erdrücken drohten; goldbemalte Holz-Engel, die aus Altären und Geländern herauszuwachsen schienen –, dieser Dom wirkte auf Veronika so mächtig, dass sie sich nicht wirklich getraute, ihn auch nur einen Schritt weiter zu betreten. Sie beobachtete die Menschen, die ein und aus gingen, manche, um zu beten oder Kerzen anzuzünden, andere, um die großartigen Fresken oder Gemälde verschiedener Künstler oder die unzähligen Orgelpfeifen zu bewundern, darauf hoffend, aus ihnen strömten bald einmal himmlische, friedliche Klänge. Meist blieben sie stumm.

Und dann sah sie ihn in seinem kirchlichen Gewand, wie er aus der Sakristei in den Altarraum trat, sich vor einer Marien-Figur bekreuzigte und einen Kelch aus dem Tabernakel holte, sich abermals bekreuzigend. So schnell, wie er aufgetaucht war, so schnell war er wieder verschwunden. Veronika hatte ihn dennoch, selbst aus so weiter Entfernung, sofort erkannt. Er sah mit seinen siebenundzwanzig Jahren aus wie sie als junge Frau. Schwarzes, kurz geschnittenes Haar. Blasses Gesicht. Vor allem in seiner Körpersprache hatte sie sich selbst erkannt. Demütig. Den Kopf leicht gesenkt. Kurze Schritte. Ja. Das war er. Bestimmt. Ihr Sohn Andreas. Von nun an würde sie ihn begleiten.

Aus angemessener Entfernung. Nicht näher, als vielleicht ein Weihwasserkessel neben einer Kirchen-Eingangstüre vom gegenüberliegenden Altarraum entfernt ist …

»Es ist Zeit, ich muss gehen. Ich möchte dabei sein, wenn mein Sohn Andreas zum Priester geweiht wird.«

Veronika stand auf, wusste nicht, wie sich verabschieden. Die beiden Frauen machten es ihr leicht. Anna umarmte sie. Elisabeth drückte ihr erst beide Hände, legte dann sanft die Handflächen an ihre Wangen und küsste sie auf die Stirn. Veronika zog die wiedergewonnene Freundin an sich heran und nahm sie in den Arm. Lange und – fest.

Anna und Elisabeth schauten ihr nach, wie sie mit vorsichtigen, kurzen Schritten den schmalen Weg hinunter ins Tal ging. Demütig. Mit leicht gesenktem Kopf.

20

Andreas und Kresta

Er eilte den Weg von Gams aus über Tump hinab nach Landkirch, als verfolgte ihn sein Schicksal schlechthin. Wie es ihm
verheißen ward. Von Kresta. In einem Traum. An Kresta. Seine
Sinne spielten verrückt. Bäume und Blätter, Sträucher und Gräser, Erde und Pilze waren ihm ein in allen Grün- und Brauntönen vermischtes Wirrwarr. Der Wind sog unentwegt die Geräusche des Waldes in sich auf und verrührte sie zu einem einzigen
Brei. Vogelgezwitscher. Wasserrauschen. Marderpfiffe. Äste
schlugen sein Gesicht, Nadeln kratzten seine Haut, Zecken
bissen ihn, kleine Steine und abgebrochene Zweige piksten
seine nackten Fußsohlen. Er stolperte über eine Wurzel, fiel
der Länge nach hin und landete unsanft auf dem Waldboden.
Zwei kleine Schürfwunden an den Handballen. Tat nicht sehr
weh! Reflexartig hatte er versucht, den harten Aufprall mit seinen Händen ein wenig abzufedern. Andreas säuberte die Wunden in dem kühlen Bergwasser des Kresta-Baches, trank daraus, biss ab von dem Schwarzbrot, das er den vermeintlichen
Eltern geklaut hatte. Was würde das Leben da unten ihm wohl
bescheren? Weißbrot? Keine Ahnung. Zeit, es herauszufinden.
Wieder rannte er.

Und dann stand sie vor ihm da. Die Stadt. Majestätisch.
Hatte er bisher gehetzt, schritt er nun langsam über die steinerne Brücke, blieb vor dem bogenförmigen Tor stehen, bewunderte ehrfürchtig die hohe, breite Lehmmauer, die sich
rund um die Stadt aufgetürmt hatte. Selbstbewusst. Macht
und Stärke demonstrierend, sie würde sich aller Feinde erwehren, würde ihre Kinder beschützen. Über dem Tor erblickte
Andreas das Wappen Landkirchs. Das Stadttor selbst war
da abgebildet – mit seinen zwei kleinen Türmen, zwischen
denen auf Zinnen ein mächtiger, dunkel-düsterer Adler mit

gespreizten, messerscharfen, roten Krallen saß, die Flügel weit ausgebreitet. Der Kopf schaute nach rechts. Ein kreisrundes, angsteinflößendes Auge mit roter Pupille. Der Schnabel, aus dem eine rote, schmale Zunge herausragte, war weit geöffnet, so, als hacke der Vogel gleich einmal auf all jene ein, die Landkirch und seinen Bewohnern Unheil wollten. Rot war die alles dominierende Farbe des Wappens. Der Stadt.

Für Armin wäre sie mit ihren Mauern und hohen Häusern bestimmt ein kaltes Gefängnis gewesen, für Andreas war Landkirch vom ersten Eintauchen in diese Gerüche nach Schweiß und Blut, nach Holz und Stein, nach hoher Architektur und Bauschutt ein warmes Zuhause, in dem er sich geborgen und beschützt fühlte. Er atmete tief ein. Gelehrtheit, Offenheit, Entschlossenheit kitzelten gleichermaßen seine Nase wie Einfältigkeit, Starrsinn, Wankelmut. Es roch nach Brot und Bratkartoffeln, nach Abfall und Waschmittel, nach süßen und verdorbenen Äpfeln. Fliegen summten, Kinder kreischten. Frauen feilschten, Männer lachten. Pferde trampelten, Wagen ratterten. Glocken läuteten, Pracker klopften. Und jeder Geruch und jeder Laut und jeder Blick verkündete eines: Freiheit.

Selbst in den ersten Tagen, an denen Andreas irgendwo in der Nähe des Marktplatzes auf gepflastertem Boden saß, an ein Hausgemäuer angelehnt, die Hand ausgestreckt – »Bitte!« –, Hunger leidend, selbst da hätte er dieses Gefühl, frei zu sein ... selbst-zu-sein! ... niemals mehr gegen ihn umzingelnde Schafe eingetauscht. Er dachte viel an Armin, seinen einzigen Freund in dieser Sippschaft da oben, in der er sich nie wirklich zu Hause gefühlt hatte.

Ein älterer Mann in Mönchsgewand, eine große Narbe im Gesicht, legte Andreas einen Rosenkranz in dessen ausgestreckte Hand.

»Was soll ich damit?«

»Beten.«

»Davon kann ich mir nichts abbeißen.«

»Nur davon kannst du abbeißen.«

So ein blöder Idiot! Was wusste der schon vom Leben? Fraß Hühnchen und Schweinskotelett. Jeden Tag. Trank Wein. Bestimmt. – Arschloch!

Andreas wollte den Rosenkranz in hohem Bogen weit weg schmeißen, da biss sein Gewissen in Form seiner geballten Faust fest und fester zu, rieb sich an dem Holz der Perlen. Nicht nur seine Finger waren verkrampft, nein, sein ganzer Körper. Seine Seele. Die Schürfwunden an den Handballen, die so gar nicht heilen wollten, taten ihm weh. Ein bisschen nur.

Langsam beruhigte sich Andreas. Der Rosenkranz bewegte sich schlangenförmig durch seine Finger. Das war ein schöner Rosenkranz. Der war sicherlich was wert. – Er war was wert. Dreißig Heller bekam er auf dem Markt dafür. Essen kaufte er sich von dem Geld. Und eine Strohpuppe. Die allerdings drückte er nach wenigen Stunden einem kleinen Mädchen in die Hand. Puppe war nicht gleich Puppe! Die nächsten Tage auf jeden Fall müsste er sich keine Sorgen machen, was das Überleben anlangte ...

»Du hast ihn verkauft?«

In seinem Halbschlaf klang das wie das vorwurfsvolle Blöken eines Schafes, das zu weit den felsigen Berg hinaufgestiegen war, unfähig, weiterzugehen, geschweige denn, zurück zur Herde zu finden. Andreas wachte durch dieses ihm vertraute, entsetzliche Geräusch und durch das Rütteln an seinem Knie erschrocken auf. Er lag immer noch unter der Trauerweide an der Montsilver Ache vor den Stadtmauern Landkirchs. Es war ein guter Platz zum Schlafen. Seit Tagen.

»Was willst du?«

Der Rosenkranz-Mönch saß neben ihm.

»Du hast ihn verkauft!«

»Ja. Was denn sonst? Deshalb hast du ihn mir ja in die Hand gelegt. Damit ich was zu beißen habe!«

»Du verstehst nicht.«

Der Mönch erhob sich, tauchte in die dunkle Nacht ein, drehte sich noch einmal kurz um.

»Ich heiße Friedrich, falls du mich suchst. Man kennt mich in der Stadt.«

Da war er weg. Andreas schaute hinauf in die von der Nacht schwarz gehaltenen Farben der Trauerweide, griff nach einem ihrer Blätter.

›So viele trägst du. Es kommt wohl darauf an, nach welchen ... nach welchem Blatt man greift!‹

Seine Wunden an den Handballen pulsierten. Sie heilten einfach nicht. Waren nach wie vor feucht, verkrusteten nicht. Seltsam ...

»Ringelblumensalbe. Geheimrezept. Die hilft!«

Friedrich war der Abt des reichen Benediktinerklosters, dessen Gebäude – Kirche, Wohnhäuser, Stallungen – so nahe an die Stadtmauern heran gebaut waren, dass sie wie kurz mal draußen spielende Kinder der Familie Landkirch wirkten. Kinder, die manchmal eben alleine sein wollten – in ihrem eigenen Tun. Aber – man gehörte dazu. War Teil der Gepflogenheiten der Väter und Mütter, der Töchter und Söhne dieser Stadt. Feste. Marktgebrüll. Schule. Universität.

»Ich bin ein guter Schüler, möchte gerne noch mehr lernen«, sagte Andreas leise. Sehr leise.

Friedrich hörte ihn. Die Wunden heilten schnell ...

Ein altes Patrizierhaus in der Stadt zog Andreas magisch an. Jetzt mehr als nur baufällig, war es bestimmt einmal ein Juwel Landkirchs gewesen. Der Bub getraute sich nicht, es zu betreten. Weshalb? Er wusste es nicht.

»Dieses Haus hat seine Geschichte ...«, sagte Abt Friedrich in seiner unnachahmlich ruhigen Art. Die beiden knieten im Klostergarten und ernteten Rosenkohl für das Abendmahl.

»... Die Menschen hier glauben nach wie vor an diese Geschichte. Wir müssen die Zeit zurückschrauben. In das Jahr 1483. Alle sahen den Adler, der aus dem heutigen Waidtal in die Stadt geflogen kam, markerschütternd seine hellen Laute kreischte. Die Tochter des Hauses war verschwunden. Kresta ...«

Andreas unterbrach nicht, obwohl ihm klar war, dass er die Sage um das kleine Mädchen viel, viel besser kannte als sein Abt. Hörte einfach zu, wie jemand anderes als Armin sie erzählte. Aus anderer Sicht.

»... Man suchte nach ihr. Vergebens. Immer wieder das laute Gekreische des Adlers. Die Eltern Krestas hatten es mit ihrer Gerberei zu Wohlstand gebracht, waren bei den Oberen der Stadt angesehen, von Arbeitern, Bettlern und Bauern gefürchtet. Für die stanken die beiden wie die Chemikalien und die Pisse, deren bestialische Gerüche sich von dem Haus aus über die ganze Stadt verbreiteten. Der kleine Bach, der durch die Stadt floss, war durch ausgeschwemmten Kalk, durch Salz, Fleisch- und Haarreste verschmutzt worden wie die Seelen der vermaledeiten Eltern des Mädchens. Die Tochter aber liebten Mann und Frau und Kind. Kresta war warmherzig, verträumt. Redete leise. Mit allen. Hatte eine feine Stimme. Die Menschen in Landkirch sorgten sich wirklich um die Kleine. Sie blieb verschwunden ...«

Andreas hörte aufmerksam zu. Der Abt erzählte keine Sage, er erzählte ein Ereignis aus längst vergangener Zeit. Armin hatte ebenfalls behauptet, Kresta habe wirklich gelebt, geistere immer noch als ... Untote ... in den Wiesen und Weiden, Wäldern und Bergen Waidtals herum. Erscheine dort den Menschen. War Andreas' Begegnung mit dem Mädchen auf der Hängebrücke doch kein Traum gewesen?

»... Seltsam, was dann geschah. Die Eltern Krestas veränderten sich zusehends in willenlose Geschöpfe. Saßen oft stundenlang in der Diele des Hauses und starrten auf ein Gemälde, das einen Teil der Stadt abbildete, unter anderem ihr eigenes Haus. Niemand wusste, weshalb sie das taten. Niemand sah etwas Besonderes in diesem Bild. Die Gerberei verkümmerte, das ganze Haus verkümmerte, die beiden verkümmerten. Nur der kleine Bach erholte sich langsam. Viele Jahre später starben die Eltern Krestas. Am selben Tag, in derselben Stunde. In der Diele in einem Stuhl sitzend. Verarmt. Stanken jetzt nach ihrer eigenen Pisse. Seither hat niemand mehr als höchstens ein paar Wochen, meist nur ein paar Tage darin gewohnt.«

»Weshalb?«

»Waldgeister trieben nächtens ihr Unwesen in dem Haus. Man höre einen kleinen Gebirgsbach rauschen, höre den Wind durch die Bäume pfeifen. Man höre Wehklagen. Nicht von Menschen, nein, von Tieren und Pflanzen – Fledermäuse und Rehe, Wacholder und Vergissmeinnicht, Tannenzapfen und Eierpilze. Alles weine um das verschwundene zwölfjährige Mädchen, das in diesem Haus aufgewachsen war. Mit einem Schlag – Stille. Eine unheimliche Stille. Ich horche. Höre zuerst nur zaghaft, dann immer deutlicher herannahende Schritte ...«

Abt Friedrich hielt inne, merkte plötzlich, dass er sich verraten hatte. Ja, er selbst hatte in jungen Jahren in dem alten Patrizierhaus für ein paar Tage gehaust. Andreas sagte nichts, in seinen Augen aber konnte Friedrich erkennen, dass der Bub begriffen hatte. Was für ein kluger Bursch. Sein bester Schüler. Ehrgeizig. Wissbegierig.

»... Vor mir stand Kresta, die mich in diesem Wald lebender Seelen gesucht und gefunden hatte. ›Das ist nicht der richtige Ort für dich. Deinen Platz zum Spielen findest du draußen vor der Stadt in den von Hilfsbereitschaft und Sanftmut durchtränkten Gärten, in den mit Gelehrtheit und Demut gezimmerten Gemächern der Benediktiner‹, sagt sie. Seitdem lebe und arbeite ich hier in diesem Kloster.«

Die kleine Glocke der Kapelle rief zum Abendgebet. Friedrich erhob sich.

»Und das Bild?«, fragte Andreas, der ja wusste, weshalb die Eltern Krestas es so häufig betrachtet hatten.

»Ich weiß nicht, ich habe es nie gesehen.«

Auf dem Weg in die Kapelle plagte den jungen Burschen noch eine Frage.

»Weshalb hat man das Gebäude, das ja wirklich kein schöner Anblick mehr ist, nie abgerissen?«

»Die Menschen sind abergläubisch, haben Angst, der Fluch, der in ihrer Vorstellung in die Gemäuer eingedrungen ist, übertrage sich auf diejenigen, die es wagten, auch nur einen Stein zu entfernen. Zudem sind die Landkircher gerade wegen der mystischen Geschichten rund um das Kresta-Haus stolz auf ihr heimliches Wahrzeichen, das manchen mehr als der Dom bedeutet.«

In dieser Nacht – im Jahre 1483 – flog der Adler ins Montsilver Tal, landete auf dem Kirchdach von Aach, weckte alle Bewohner mit seinem hellen, lauten Gekreische. Die Leute dort fürchteten sich, bewarfen den Vogel mit Steinen. Der ließ sich nicht vertreiben.

Viele Male war Andreas vor dem Kresta-Haus stehengeblieben, hatte versucht, durch die schmutzigen Fenster da drinnen etwas zu erkennen, hatte sogar mit dem Hemdärmel an den Scheiben gewischt. Durch das Schlüsselloch hatte er gelugt, hatte die Türe, die nie verschlossen war, hie und da einen Spalt geöffnet. Hatte immer nur in ein dunkelgraues Nichts geschaut. Er musste endlich seinen Hunger nach den Geheimnissen dieses Hauses stillen, sonst zerfräße ihn künftig das andauernde Pochen in seinem Hirn, nie den Mut gehabt zu haben, herauszufinden, weshalb ihn das Kresta-Haus so magisch anzog. Nur da drinnen war die Antwort zu finden. Jetzt.

Der Bub schaltete seine von Friedrich geliehene Taschenlampe an. Er sah mottenzerfressene weiße Bettlaken, die über verschiedenste Möbelstücke gebunden waren. Stühle, Tische, Schränke. Der Holzfußboden knarrte bei jedem Schritt. Bestimmt war das hier einmal die Diele gewesen. Die Wände waren kahl. Kein einziges Bild war aufgehängt. Eine Treppe führte in den oberen Stock. Andreas stieg hinauf. Er war ganz ruhig. Seine Angst hatte sich verflüchtigt. Ein Flur. Viele Türen. Eine weitere Treppe in den nächsten Stock. Und dann noch eine in einen dritten. Irgendwas oder irgendjemand hatte ihn schnurstracks hier herauf befohlen. Andreas schaute sich um.

Ein vermoderter Kasten. In einen dunklen Raum hinein eine kaputte Türe, halb aus der Verankerung gerissen. Über ihm an der Decke eine Falltüre mit einem eisernen Ring am Scharnier. Andreas entdeckte, angelehnt an den Kasten, einen Stock mit einem Haken am oberen Ende. Er führte diesen in den Ring, zog fest am Stiel, und die Türe sauste samt einer Leiter herunter. Andreas nahm vor Schreck einen Satz nach hinten, ließ sich ruckartig auf die Knie fallen und machte sich so klein wie möglich, hielt mit beiden Händen die Ohren zu. Zig Fledermäuse flatterten um ihn herum und beschwerten sich mit grellen, lauten Pfiffen über das Eindringen in ihre seit langer Zeit verschlossene Welt. Der Bub harrte in dieser Stellung aus, bis es endlich wieder ruhig war. Vorsichtig, ganz vorsichtig und leise, mit kleinen, zaghaften Schritten stieg er die Leiter hoch. Die wie dunkle Schatten wirkenden Fledermäuse hingen an den mit Spinnenweben übersäten Balken des Dachbodens. Bereit, erneut anzugreifen. Durch ein kleines Fenster schien das Mondlicht direkt auf ein verstaubtes Gemälde. Umsichtig krabbelte Andreas hin, wischte mit der offenen Hand den Staub weg. Da stand es vor ihm. Das Bild, von dem Armin erzählt hatte. Die darauf abgebildeten Motive zeigten sich ihm so, wie Krestas Eltern, lebten sie noch, diese gesehen hätten. Rechts eine Häuserfront Landkirchs bei sternenklarer Nacht. Nicht anders, als stünde der Bub jetzt gerade auf der steinernen Brücke und betrachtete sie von dort aus. Auch die Boote auf der Montsilver Ache in der Mitte des Bildes waren aus heutiger Zeit, die Menschen so gekleidet. Das Ufer auf der linken Seite sah aus wie gestern, als Andreas daran entlangspaziert war. Und das Kresta-Haus? Halb verfallen, baufällig. Da erblickte Andreas das kleine, zwölfjährige Mädchen mit seinen halblangen, gelockten, schwarzen Haaren, seinen stechend blauen Augen. Es schaute aus einem geöffneten Fenster des Hauses in die Richtung, in der Waidtal liegen musste. – Tump. Die Hängebrücke. Gams. Armin. Das Lagerfeuer. Die Kresta-Wand. Seine geliebte Strohpuppe. All das war auf dem Gemälde gar nicht zu sehen, und Andreas doch so nah, als könnte er danach greifen. Stattdessen wollte er die kleine Kresta auf dem Bild berühren, war ihr mit dem Zeigefinger schon ganz nahe – da war sie ... weg. Er traute seinen Augen nicht. Das war nicht mehr das Gemälde, das er gerade noch betrachtet hatte. Jetzt stellte es das mittelalterliche Landkirch dar, so, wie es der Künstler damals tatsächlich gemalt hatte. Wieder hielt sich Andreas die Ohren zu. Diesmal nicht der Fledermäuse wegen, diesmal hörte er laut und deutlich ein Neugeborenes schreien.

In dieser Sekunde starb Eva. In dieser Sekunde wurde Maria geboren. Andreas' Handballen pulsierten.

21
Paula und Andreas

Der Sommer war laut gewesen. Hatte viele Tage geschrien, geklagt, geweint. Dann gefeiert, um die Tränen für ein paar Stunden aus den Gesichtern der Bewohner zu wischen, um dem grauen Nebel, der sich immer wieder durch das Dorf schlich, ein buntes Gewand überzustülpen. Erst die letzten Tage, eben nach dieser beeindruckenden Priesterweihe des neuen Pfarrers, war es wieder ein wenig ruhiger in Aach geworden. Wie die um diese Jahreszeit sanft dahinfließende Montsilver Ache gluckerten die Menschen ähnlich den Hühnern in den Gärten und Straßen vor sich hin, gingen ihrer täglichen Arbeit nach, versunken in die Welt der eigenen Gedanken. *Dong.* Wenn die Kirchenglocke stündlich schlug, zuckte manch einer erschrocken zusammen. Sie schien das Mahnmal zu sein, das die Leute stad hieß, deren langsam verhallender Klang sich als ein Mantel des Schweigens über das Dorf stülpte. Die *dunkle Nacht*, wie die Leute diese jetzt nannten, die dunkle Nacht, in der Pfarrer Lorenz verschwunden war, steckte noch tief in den Knochen der meisten Bewohner. Ihr einen Namen gegeben zu haben, nahm etwas von der Fassungslosigkeit, von dem Schrecken, welche diese Nacht erbarmungslos selbst in die hintersten Ecken eines jeden Hauses verbreitet hatte. Im Möglichst-nicht-darüber-Reden erhoffte man sich den Sieg des Vergessens über die noch lebhaften Erinnerungen daran. Vor allem in den Träumen schlugen Blitz und Donner in die Schläfen der sich hin und her Wälzenden, quälten Hagelkörner eine jede einzelne Pore, brachte das laute *Ave Maria* des Engelchors und der Kirchenorgel sowie das unaufhörliche, eindringliche Glockengeläut die Trommelfelle beinahe zum Platzen.

Trost und Ruhe fand man im Gebet, in den allmorgendlichen Frühmessen, in den die Sanftmut und den Frieden preisenden

Worten des jungen Pfarrers, in seiner angenehmen Stimme. In einem langen Gespräch hatte Andreas Paula ermutigt, mit ihrer Tochter Sarah wieder in das Pfarrhaus zu ziehen, um erneut als Pfarrersgehilfin zu arbeiten.

»Die Waschküche betreten Sarah und ich nie wieder!«

Paula hatte Andreas nur schemenhaft davon berichtet, wie Lorenz sie und ihre Tochter da drin ausgepeitscht hatte. Sie schämte sich. Schämte sich zu erwähnen, dass durch die Hiebe Risse in beider Kleidung geschnitten worden waren, sodass bloßes Fleisch zu sehen gewesen war, was den nackten Lorenz dermaßen erregt haben musste, dass sein Glied – groß und steif – gen Himmel geäugt hatte, als flehte es, Götte möge ihn, den lüsternen Pfarrer, von seiner Gier nach sündhaft schönem Weiber-Fleisch doch endlich befreien.

»Wir werden einen Weg finden, die schmutzige Wäsche anderswo zu waschen. Vielleicht finden wir auch jemanden, der diese Arbeit übernimmt«, meinte Andreas.

Es fiel Paula bei Gott nicht leicht. Was sollte sie tun? Sie wollte Lydia nicht mehr zur Last fallen, insbesondere deshalb nicht, da deren Mann Michael sich mehr und mehr seltsam gegenüber den beiden Dauergästen in seinem Haus verhielt, wenngleich Sarah sowieso fast nie da war. Das erzürnte ihn. Irgendwie.

»Wäre sie meine Tochter, würde ich sie nicht bei den zwei sündigen Schlampen da oben in diesem Drecksloch übernachten lassen! Haben es ja nicht einmal nötig, am Sonntag in die Kirche zu gehen. Gottloses Pack!«

»Was redest denn da?«, sagte Lydia ganz ruhig, während sie Schnitzel panierte. »Du bevorzugst ja selbst den Frühschoppen im *Hirschen*, anstatt die Messe mitzufeiern, tauchst erst beim Kommuniongang auf, damit dich ein jeder sehen kann.«

»Blödes Weib! – Komm, Nero!«

Der braune Labrador sprang sogleich unter dem Tisch hervor, und wie immer, wenn Lydia ihn mit wenigen treffenden Worten mundtot gemacht hatte, ging Michael mit dem Hund auf Feldwegen spazieren, um einen Zuhörer zu haben, der ihm nicht widersprach, wenn er sich die unglaublichsten Flüche für die zerknitterte, alte Schachtel ausdachte. Dieses elende Weib, das ja keine Ahnung habe, was er alles für die Familie leiste, ja, das nicht einen Tag seine Arbeit als Gemeindebediensteter überstehen würde. Die blöde Drecksschleuder. Das Kopftuch sollte sie sich über ihre hässliche Faltenfratze ziehen. Sollte sich an Paula einmal ein Beispiel nehmen. Ja, die war gepflegt und hübsch. Und Sarah erst. Die reinste Augenweide. Aber er, der arme Mann, müsse die Tochter einer geschlechtskranken Gebirgsbachforelle zur Frau haben. Da komme es ihm ja zum Kotzen. Er fuhr mit der Hand in seine Hose und kratzte sich am Sack, der ihn, wie so oft, juckte.

»Meinetwegen, liebe Paula«, sagte Lydia, während sie die Schnitzel in heißer Butter anbriet, »kannst du gerne bei uns wohnen. So lange du willst. Nur – ich sag' dir eines! Ich kenne meinen Mann. Deine und auch Sarahs Schönheit machen ihn halb verrückt. Er sabbert ja mehr als der Hund. Wer weiß, wie lange das gut geht. Nimm die Stellung bei Pfarrer Andreas an! Er ist ein guter, gottesfürchtiger Mensch. Die Wäsche kannst du bei uns in der Waschküche waschen. Ist ja nicht weit vom Pfarrhaus hierher.«

»Na gut, ich rede erst mal mit Sarah.«

Die Tochter war gleich einverstanden. Sie hatte das schreckliche Erlebnis mit Lorenz gut verarbeitet. Wie Paula selbst, die nicht wusste, dass die kleine Maria die körperlichen und seelischen Wunden an ihr und an Sarah mit ihren damals noch übernatürlichen Kräften geheilt hatte. Außerdem hatte Sarah vor wenigen Tagen im Hotel *Sonnwies* als Dienstmädchen ihre Arbeit begonnen, würde froh um ihr eigenes Zimmer im Pfarrhaus mit dem Himmelbett darin sein. Eigentlich schade, dass sie nicht mehr zur Schule ging, jetzt, da ihre beste Freundin diese besuchte. Bisher war es Maria von Elisabeth und Anna nicht erlaubt worden, weil Lorenz einer der Lehrer gewesen war. Die beiden Frauen hatten in ihrem Leben genug Erfahrungen gemacht – mit dieser Filzlaus, wie sie den vermaledeiten Pfarrer häufig nannten. Hatten Maria möglichst fern von dem Schweinepriester da unten in Aach gehalten.

... [Lorenz hatte Anna, die zu der Zeit seine Pfarrersgehilfin war, ein hübsches Kleid für die Christmette heute Nacht geschenkt. Gleich nach dem Mittagessen ging sie in ihre Kammer, um es anzuprobieren. Als sie in Unterwäsche vor dem Spiegel stand, das Kleid an ihrem zarten, weißen Körper anliegend, kam Lorenz herein und starrte sie an. Sie drehte sich um, drückte das Kleid fest an sich, möge es doch alles Fleischliche verdecken. Lorenz näherte sich ihr, fasste sie. Sie wehrte sich mit Händen und Füßen und mit ihrem Knie, das sie zwischen seine Beine rammte. Er sank schreiend zu Boden, während Anna floh.

Fast den ganzen langen Weg nach Pianz hinauf zu Elisabeth rannte sie, schnaufte sie, weinte sie. Dann kündigte sie sich mit einem leisen Klopfen an der Haustüre bei der Freundin an.

An diesem Heiligabend schwiegen die beiden Frauen. Sie saßen sich am Stubentisch gegenüber. Elisabeth hielt Annas Hände. Immer wieder benetzten Tränen die dunklen Augen Annas, um dann über die rosa Wangen zu kullern. Auf dem grauen Kleid hinterließen sie kleine, dunkle Punkte, wie tief eingebrannte Male, welche die Verwirrung und Enttäuschung sichtbar machten. Bald aber würde alles getrocknet sein, und selbst die zurückgebliebenen, kaum mehr sichtbaren Ränder der vergossenen Tränen würden mit Liebe und einem neuen Leben weggewaschen werden.

Anna blieb bei Elisabeth. Für immer!] ...

[»Die Töchter«]

Beeindruckender hätte sich Maria das Klassenzimmer nicht vorstellen können. Holzbänke für jeweils zwei Kinder. Sie

setzte sich auf die hinterste Bank der Fensterreihe. In die leicht
schräge Tischplatte waren kleine, offene Fächer für Stifte, Federn und Tintenfässer eingearbeitet. Mit dem Zeigefinger
umrandete Maria diese. Dann hob sie die Platte, die sich zum
Körper hin nach oben öffnen ließ. Darunter zwei große Fächer
für Bücher und Hefte. Wer würde wohl neben ihr sitzen? Behutsam senkte sie die Tischplatte wieder, schaute sich um. Karten hingen an den Wänden, mit unterschiedlichen Baumarten
oder Blumen darauf, mit berühmten Gebäuden aus der ganzen Welt, mit Werkzeugen oder Gerätschaften von Schustern,
Bäckern, Schmieden, Müllern. Eine Erdkugel und viele Bücher
in einem Regal. Eine Tafel hinter dem Lehrerpult. Ein riesen-
großer Rechenschieber mit bunten Kügelchen neben dem
Lehrerpult. Eingerollte Karten in der Ecke bei der Waschschüssel vorne. Vermutlich Landkarten. Vielleicht auch eine Welt-
karte. Sogar ein Kachelofen im hinteren Eck, vom Gang aus
beheizbar. Noch war Maria alleine. Sie war unerlaubterweise
früher als die anderen ins Klassenzimmer gegangen, hatte
alles, wenigstens für eine kurze Weile, ungestört in sich auf-
saugen wollen.

Ihre Mutter Elisabeth, die selbst nie zur Schule gegangen
war, kam ihr in den Sinn. Die Mama würde jetzt wohl oben in
Pianz auf der Ofenbank sitzen und stricken, bestimmt an sie,
Maria, denken. Seit der Geburt der Tochter war Maria für Elisabeth ein den Rätseln des Lebens bezüglich weit mehr wis-
sendes Geschöpf, als es der Seele eines Kindes gut tat. Immer
schon verrieten ihre Blicke, ihr Tun etwas der Welt Entrück-
tes, Fremdes. Ein Oben, kein Unten. Ein Empfangen, ein Sen-
den. Stets ein Lächeln, kein Weinen. ›Sie hat eine besondere
Aura‹, hatte Anna gesagt. Ja – das hatte sie. Doch da war noch
mehr. Augen, die einen nicht nur wegen des tiefen Blaus in alle
Seen und Flüsse dieser Erde, in den Himmel eintauchen ließen.
Nein. Wenn Maria jemanden ansah, dann sog sie das Ich des
Gegenübers ein und strahlte dieses wie ein Meer aus Sternen
wieder aus. Dann war man überflutet vom eigenen Sein. Vom

Dasein. In diesen Momenten konnte man sich selbst vergeben und verzeihen. Man mochte sich.

Eines jeden Kindes Schicksal ist es, Kind zu sein. Sollte es sein.

Die Schulglocke läutete und holte Maria in das Jetzt und Hier zurück. Ein Höllenlärm durchflutete das Gebäude. Die Türe in das Klassenzimmer wurde aufgerissen, und herein stürmten viel weniger Kinder, als der Lärm es vermuten hätte lassen.

Es war nichts Ungewöhnliches hier im Tal, wenn die Kinder vom Unterricht fernblieben. Manche ihr Leben lang. Manche kamen dann, wenn die Arbeit zu Hause oder auf der Alpe und die Eltern es erlaubten. Der Enkel des Bürgermeisters, Wilhelm, der kleine Vielfraß, rannte als Erster ins Klassenzimmer. Er war nicht gerade der Klügste, hatte bereits zweimal wiederholen müssen, war das weitaus größte und älteste Kind in der einklassigen Schule, in der die Schöpfner-Lotte das jüngste und kleinste war. Wilhelm setzte sich gleich in die Mitte der ersten Bank direkt hinter dem Lehrerpult, streckte seine Arme über den ganzen Tisch, sodass sich niemand neben ihn setzen konnte. Hätte auch niemand wollen. Lotte setzte sich zu Maria und schaute an ihr hoch und runter.

»Du hast ja wieder deine schönen Schuhe an.«

»Ja, und du hast ein sehr, sehr hübsches Kleid an.«

»Ist mein erster Schultag. Da muss man schön gekleidet sein. Sagt mein Papa.«

»Ist auch mein erster Schultag.«

Der Schulleiter betrat den Raum, gefolgt von einem jungen Mann und dem neuen Pfarrer.

»Für die, die mich nicht kennen, ich bin Direktor Rossmeier, unterrichte euch in Rechnen und Heimatkunde. Der junge Mann da neben mir ist Fachlehrer Damian Kofler. Die meisten kennen ihn vom vorigen Jahr. Er unterrichtet euch in allen anderen Fächern, außer Religion, das wird unser neuer Pfarrer übernehmen. Ihn kennt ihr ja bereits alle aus den hoffentlich täglichen Kirchgängen! Gibt es noch Fragen? Nein? Nun gut, mein lieber Kollege, dann übernehmen Sie!«

Da war er wieder weg, der Herr Direktor Rossmeier. Der junge Lehrer Kofler wirkte zwar ein wenig unsicher, klatschte trotzdem in die Hände und versuchte, möglichst interessant zu wirken und zu klingen.

»Kinder, mein größtes Interesse gilt der Fotografie. Ich habe meinen Apparat im Hof aufgestellt, bereit, ein Klassenfoto und dann ein Portrait von jedem Einzelnen von euch zu machen. Als Erinnerung an diesen ersten Schultag dieses neuen Schuljahres. Hübsch gekleidet seid ihr ja alle, wie ich sehe! Auf geht's!«

Andreas, der neue Pfarrer, stand stocksteif wie ein Brett neben der Klassenzimmertüre. Seine Handballen begannen zu pulsieren, so wie damals, als er sich auf dem Weg von Gams nach Landkirch daran verletzt hatte. Unentwegt starrte er Maria an, selbst noch, als allesamt hinaus in den Hof gingen. Schaute beinahe durch sie hindurch, als Maria alleine und irgendwie verloren auf der kleinen Bank vor dem Schulgebäude saß, um sich vom Klassenlehrer fotografieren zu lassen. Der sie durchbohrende Blick des Pfarrers war ihr äußerst unangenehm. Armer Andreas. Er konnte nicht anders. Das Mädchen da vor ihm, das sah aus wie ... Kresta.

22
Maria und ich

Nanas Hof war nicht sehr groß. Dass sie als Einzige im Dorf einen Laufstall hatte, bewunderte ich sehr. Überhaupt konnte ich mich nicht erinnern, das jemals auf einem anderen Bauernhof beobachtet zu haben. In meinem Heimatort jedenfalls hatte keiner so einen Stall. Die Tiere konnten jederzeit auf die kleine, umzäunte Weide hinter dem Haus gehen, laufen, springen, hüpfen. Jederzeit wieder den Stall aufsuchen. Tag und Nacht. Sommer wie Winter. Und die Viecher wussten selbst, wann sie wo sein wollten – sollten. Im Moment hatte Nana eine Kuh, die Christl, zwei Ziegen, die beide nach einer alten Gewohnheit des Gehöfts Elisabeths oben in Pianz Emma hießen, drei Kitze, die wohl irgendwann auch Emma heißen würden, jetzt aber noch Putzi oder Schnucki oder sonst irgendwie von mir genannt wurden, drei ausgewachsene Schweine und fünf Ferkel ohne Namen. Mia, die siebzehnjährige, schwarz-weiß gefleckte Katze, schlich gemächlich im Stall umher, wenn Nana und ich die Kuh und die beiden Emmas melkten. Frühmorgens zwischen fünf und halb sechs. Geweckt wurden wir vom Käpt'n, dem Gockelhahn, vor dem ich mich ein wenig fürchtete, da er sehr aggressiv sein konnte. Er stolzierte zwischen den sechs weißen Hühnern, die sich rund um das Haus, mal hier, mal da, manchmal sogar auf der Straße aufhielten, ständig auf Nahrungssuche, ständig irgendwas am Picken, kurz erschrocken aufflatterten, wenn der Käpt'n durch lautes Krähen allen klarmachte, dass er der Herr in und um den Stall war.

Manchmal legte ich mich nach getaner Arbeit noch einmal für ein, zwei Stunden hin, war ich es von zu Hause nicht gewohnt, jeden Tag so früh aufzustehen. Außerdem waren ja Ferien. Nana wartete immer mit dem Frühstücken auf mich. Jeden Morgen gab es Kakao mit frischer Milch, jeden Morgen gab es frische Eier. Mal mit Speck gebratene, mal dreieinhalb Minuten lang gekochte, mal Rühreier. Der Honig war von einem Imker aus dem Dorf, die verschiedenen Marmeladen hatte Nana selbst zubereitet und eingeweckt. Ribisel, Himbeere, Erdbeere, Marille, Preiselbeere. Am allerliebsten war mir die Blaubeermarmelade. Die schmeckte einfach unbeschreiblich. Wenn Nana in dem alten Steinofen vor dem Haus, den sie sich mit zwei Nachbarn teilte, Schwarzbrot gebacken hatte, schmierte ich mir mit einem Messer bedächtig die selbstgemachte Butter auf eine Brotschnitte, roch an der Blaubeermarmelade, bevor ich sie langsam über die Butter strich. Selbst Schnitzel mit Pommes hätte ich dafür stehen lassen. Genüsslich biss ich hinein in den weichen Brotteig und die knusprige Rinde, schaute Nana zu, wie sie Haferflocken in eine Schüssel mit warmer Milch schüttete, einen Apfel hineinschnitt.

Sie war ein bisschen verrückt. Sie musste ein bisschen verrückt sein. Ihre Geschichte mit Sanna ging mir nicht aus dem Sinn, und je mehr ich darüber nachdachte, desto weniger konnte ich daran glauben. Ich konnte, wollte einfach nicht daran glauben. Sanna sollte nichts Geisterhaftes an sich haben. Sanna sollte genau so sein, wie ich sie sah, wie Sanna sich selbst sah. Als ein Mädchen. Ein stinknormales Mädchen, das es einem Jungen wie mir erlaubte, es zu lieben. Ganz, ganz einfach und unkompliziert.

Ich schnellte hoch. Das Telefon klingelte. Seit drei Wochen war ich in Ferien bei Nana, das Telefon aber hatte ich noch nie läuten hören. Die Menschen hier in Aach schienen überhaupt nie zu telefonieren. Kein Weg war zu weit, um ihn nicht zu gehen, alle Türen waren tagsüber offen und luden ein, ein Haus oder eine Werkstatt oder eine Bäckerstube oder einen Stall zu betreten. Stets war man willkommen. Die Zeit hier in diesem Tal war irgendwie stehen geblieben.

Von der Küche aus hörte ich Nana, wie sie im Gang irgendwas in den Hörer nuschelte. Das war meine Mama am anderen Ende der Leitung. Bestimmt. Aus irgendeinem Grund verstand sich Nana mit ihr nicht besonders. Meine sonst so redselige Großmutter sprach auffallend wenig und leise, und ich konnte kaum etwas verstehen.

»Mhm ... ja, natürlich ... nein, gut – denke ich ... wenn du meinst ... mhm ... mhm ... sicher ... ja, Moment! – Dodo, für dich!«

In dem Moment kam mir in den Sinn, dass drei Wochen ausgemacht waren, dass Mama jetzt wissen wollte, mit welchem Zug ich nach Hause fahren würde. Daran hatte ich – bei Gott! – nicht mehr gedacht. Scheibenkleister!

»Hallo, Mama! ... Ja, super! ... Nein, ich möchte noch bleiben! ... Keine Ahnung! ... Was? ... Nein, ich möchte echt noch bleiben! ... Ja, eine Woche vielleicht! Oder länger. – Ich weiß nicht ...«

Schon jetzt hätte ich sagen können, dass ich den Rest der Ferien hier bei Nana – bei Sanna! – verbringen wollte.

»... Mama, bitte! ... Zu Hause versäume ich nichts! ...«

Das waren die falschen Worte.

»... Natürlich vermisse ich dich auch! Nur, es ist gerade so schön hier. Ich habe neue Freunde gefunden, und Nana ist auch froh, wenn ich sie bei ihrer vielen Arbeit unterstützen kann ... Ja, gut! ... Wir telefonieren! ... Tschüss!«

Puh! Abgewendet.

»Entschuldige, Nana, ich hab' dich gar nicht gefragt, ob ich bleiben darf.«

»So lange du willst!«

»Dann musst du aber heute endlich mit uns zum Bergsee hinauf schwimmen gehen! ...«

Das war Sannas Stimme.

»... Und vorher besuchen wir noch meine Oma!«

»Die ist echt cool!«, meinte Barbara – Babs! –, die neben Sanna auf der Schwelle der geöffneten Haustüre stand.

»Ich geh' auch mit, zumindest bis zu Maria!«, sagte Nana. »Vielleicht gehen wir dann alle zusammen baden.«

Mist! Aus der Geschichte kam ich nicht mehr raus ...

Ich hatte schon viel von Maria gehört. Als ich sie an diesem Vormittag zum ersten Mal sah, war ich hin und weg! Nana hatte in der *Dorfstube* wahr gesprochen. Diese tiefblauen Augen zogen mich in mich selbst hinein, und ich spürte mich – mochte mich. Ihr Händedruck bei der Begrüßung vor der Haustüre war warm und strahlte Sonne in mein Gemüt. Dann gingen wir ins Haus, durch die Küche in die Stube. Sogleich fühlte ich mich um Jahrzehnte zurückversetzt. Anna, sie war die Hebamme bei Sannas Geburt gewesen, bügelte. Mit einem Bolzen-Bügeleisen. Sie musste an die achtzig Jahre alt sein. Wirkte jugendlich frisch mit ihrem dunklen, langen Haar, mit ihrem blassen, fast faltenfreien Gesicht. Elisabeth, Marias Mutter, lag auf der Ofenbank. Sanna hatte mir einmal gesagt, dass sie beinahe neunzig Jahre alt sei. Ich konnte es nicht glauben. Elisabeth stand auf und begrüßte uns alle. Das lange, weiße Haar fiel ihr bis über die Hüften hinunter, und jetzt wusste ich endlich, woher Sanna ihre Schönheit hatte. Diese alte Frau sah aus wie gemalt, wie Botticellis Venus. Als wäre sie soeben aus den Meerestiefen heraus geboren worden. Göttinnengleich.

Die Stube roch nach Kräutern, nach Holz, nach Stoffpuppen, geschnitztem Kinderspielzeug und Kerzenwachs. Es gab im ganzen Haus keine Elektrizität. Es gab mit Feuer aufgeheiztes Brunnenwasser. Es gab Spinnennetze in den Zimmerecken, an denen lästiges Ungeziefer klebte. Es gab Bücher. Es gab gestrickte Socken und Mützen. Es gab Elisabeth und Anna und Maria und Anderle, wie ihn alle nannten, den Mann von Maria. Er wollte nicht mit baden gehen, alle anderen schon. Auch die alte, wunderschöne Elisabeth.

»Oje, ich habe meine Badehose vergessen. Ich denke, ich bleibe bei Anderle!«, warf ich mir selbst einen Rettungsring zu, um da oben im Bergsee vor Scham nicht unterzugehen.

»Du brauchst keine Badehose!«, lächelte ausgerechnet Sanna, tunkte mit diesen Worten nicht nur meine letzte Hoffnung tief in dunkelstes Herzwasser, nein, durchflutete und schäumte dieses mit kaltem Schweiß, der von einer Sekunde auf die andere durch meine Poren schoss und sich auf meiner Haut ausbreitete. Maria schaute mich mit ihren blauen Augen an. Lächelte.

Der See ist wie wir. Rein. Klar. Tief. Schön. Wie Marias Augen.

Obwohl ich damals alles verschwommen erlebt habe, irgendwie, sehe ich heute das, was dann geschehen ist, in ganz klaren Bildern. Ich erinnere mich beinahe an jeden Schritt, den wir zum Bergsee hinauf gemacht haben. Ich sehe den schmalen Weg vor mir, spüre die kleinen Steinchen unter meinen Fußsohlen, die sich ständig in meine Sandalen verirren. Spüre Gräser zwischen meinen Zehen, rieche Blumen und Sträucher und Bäume. Rieche und höre das Wasser des Bergsees. Betrachte uns alle von oben, als säße ich gerade auf einem hohen Ast eines Baumes.

Sannas und Babsis Kleider liegen verstreut über der Wiese hin zum See. Die beiden Mädchen schwimmen nackt darin. Kreischen. Lachen. Jaulen. Elisabeth und Anna sonnen sich auf einem großen, flachen Stein, der nahe dem Ufer aus dem Wasser ragt. Beide gleichfalls nackt. Sie halten sich an den Händen, betrachten die Spinnennetze zwischen den Ästen der Bäume, die wegen des Sonnenlichtes glitzern. Der See glitzert. Die Luft glitzert. Die beiden schönen alten Frauen glitzern, als hätten sie sich selbst und ihr Rundherum mit einem Glitzer-Spray eingesprüht. Maria und Nana und ich sitzen am Ufer. Angezogen. Verstohlen blicke ich zu den beiden badenden Mädchen, erfreue mich an ihrem nassen Haar und ihren nackten Schultern. Tauche in Gedanken in den See ein, stelle mir ihre nackten Körper vor. Ergötze mich an ihren anmutigen Schwimmbewegungen.

Ich verschränkte meine Arme hinter dem Kopf und legte mich rücklings auf den Boden, lugte in die Sonne, blinzelte ihr entgegen, genoss die Farben, die mir dieses Spiel, das ich häufig spielte, schenkte. Augen leicht zu einem Schlitz geöffnet. Gelb und orange. Augen ganz fest zugedrückt. Orange und rote und dunkelbraune Kreise. Augen auf. Gelbe und weiße Kreise. Noch einmal.

Da sehe ich eine alte Frau in der Sonne, die mir entgegenlächelt und mit dem Zeigefinger auf dem Mund »Bssst!« deutet.

Nana und Maria stehen sich in der Wiese vor dem Bergsee gegenüber, halten sich an den Händen, lehnen ihre Körper zurück. Dann bewegen sie sich langsam im Kreis. Ringel-Ringel-Reiher. Der Pianzer Wasserfall spielt eine ihnen bekannte Melodie, und die beiden Frauen singen dazu.

Ringel-Ringel-Reiher,
sind der Kinder Zweier,
sitzen unterm Holderbusch,
machen alle husch-husch-husch!
Ringel-Ringel-Rosen,
schöne Aprikosen,
Veilchen und Vergissmeinnicht,
alle Kinder setzen sich.
Ringel-Ringel-Reiher,
sind der Kinder Dreier ...*

Nach der ersten Strophe reiht sich Elisabeth in den Reigen ein, nach der zweiten Anna. Dann Babs, dann Sanna und zuletzt ... ich. Wir halten uns an den Händen, alle sind wir nackt. Der Tanz wird schnell und schneller. Wir drehen uns so schnell, dass wir den Boden unter den Füßen verlieren und in die Luft schweben. Hoch und höher. Bis in den Himmel hinauf. Wir können ihn schon beinahe berühren, lassen die Hände voneinander ab und strecken sie dem Blau entgegen. Dann ist da plötzlich die alte Frau von vorhin, an deren Rock wir uns festkrallen. Auch sie dreht sich schnell und schneller im Kreis, sodass wir wie auf

---

* *volkstümliches Tanzlied*

einer Drehschaukel durch die Lüfte sausen. Das macht einen Heidenspaß. Der Wind bläst uns ins Gesicht, die Haare flattern. Wir lassen vom Rock ab, und die Arme verformen sich zu Flügeln. Ich spreize sie auseinander und fliege über Wiesen und Bäume und Häuser. Rauf und runter. Steil in die Höhe, ganz knapp am Pianzer Wasserfall vorbei, dann wieder über Steine und Wiesen, so nah, dass die Gräser mein Gesicht und meine Zehen kitzeln. Ich spüre einen angenehmen Druck in der Magengegend, der langsam in die Brust hinaufwandert und diese vor Glücksgefühl fast platzen lässt. Unter mir beobachte ich die anderen in der Wiese vor dem Bergsee. Sie halten sich wieder an den Händen, tanzen im Kreis und singen den Ringel-Ringel-Reiher. Die alte Frau, Eva, ruft mir zu, ich solle mich dazugesellen, seit Langem halte man mir einen Platz frei. Beim nächsten Wimpernschlag drehe ich mich wieder gemeinsam mit ihnen im Reigen. Es wird mir ein bisschen schwindelig, und anstatt der Gräser und Blumen in unserer Kreismitte sehe ich plötzlich einen in grässlichem Weiß bemalten Kellerraum vor mir, in dem sich ein Mädchen – nein! –, eine junge Frau in Unterwäsche auf einem Bett mit einer Hand den Hinterkopf hält, sich dann die Hand, die blutverschmiert ist, erschrocken anschaut. Ich kenne sie.

Ringel-Ringel-Reiher!

All unsere Hände sind blutverschmiert. Ein Mann weiter oben hinter einem Holderbusch verdeckt sein Gesicht mit einer großen Baumrinde und beobachtet uns durch ein Astloch.

Ich schrie auf. Maria strich über mein Haar.
»Es ist gut. Du hast geträumt. Horch! – Hörst du den Wasserfall?«

Ich bin nackt. Finde mich schön. Gehe baden. Kreische. Lache. Jaule. Mit Babs und Sanna. Sie finden mich auch schön. Alle finden mich schön.

Bisher habe ich das wohl Natürlichste auf unserer Erde, das Nacktsein, nicht als natürlich empfunden. Habe geglaubt, aus meinem modern gekleideten Zuhause heraus in eine barfüßige, längst vergangene Zeit gereist zu sein.

Ihre unverhüllte Haut, ihre offenen, nassen Haare sind die Schlüssel, mit denen diese schönen Menschen meine in mir tief verborgene Weltenuhr aufziehen, sie zum Ticken bringen, und von nun an werden meine Zeiger verrückt vor und zurück über das Ziffernblatt all meiner Sinne sausen. Unentwegt. Vor und zurück. In einem in sich geschlossenen Kreis, der alle Zeiten vereint. Vergangenes. Gegenwärtiges. Zukünftiges.

Ringel-Ringel-Reiher!

Selbst die kranken, mageren, aufgedunsenen, verschrumpelten, eingefallenen, mit Malen übersäten Körper sind das Zuhause einer vielleicht schönen, reinen, Liebe bedürftigen und Liebe spendenden Seele. Ein nackter Körper verbirgt keine Sünde in sich. Die unreinen Gedanken an ihn und das unflätige Tun an ihm beherbergen die Sünde. Gott schämt sich seiner Schöpfung nicht. Wir Menschen sind es, die dies tun.

Ich hörte den Wasserfall in all seinen Tönen. Mit offenen Ohren. Spürte ihn mit all meinen Sinnen.

Ich höre und spüre ihn heute noch.

23
Damian und Greta

Damian lag, nur mit der Unterhose bekleidet, auf seinem Kanapee. Er hatte die Beine angezogen. An seinen behaarten Oberschenkeln lehnte eine aufgeschlagene Männerzeitschrift. Mit der linken Hand blätterte er vor und zurück, sah schöne, freizügig gekleidete Frauen. Mit seiner rechten Hand spielte er an seinem Penis. Seit Wochen und Monaten tat Damian sich schwer, einen hoch zu bekommen. Gott! Was für ein Leben!

... Wie immer, wenn er die dunklen Gassen der Hauptstadt aufsuchte, war er selbst dunkel gekleidet. Schwarzer Hut, schwarze Perücke. Dunkle Sonnenbrille. Langer, dunkler Lodenmantel über dunklem Anzug. Er betrat das ihm so sehr vertraute Lokal. Die Wände großflächig bemalt mit asiatischen jungen Frauen. Popartmäßig. Irgendwie. Erotisch. Auf jeden Fall. Wenige, aber gekonnt gesetzte Linien. Figurbetont. Kräftige Farben. Schwarz. Gelb. Rot. Orange. Grün. Blau. Körper und Sonnenschirme und Blumen ohne zur Schau bemühte Tiefe. Trotzdem – oder gerade deswegen – in der eigenen Fantasie greifbar. Die meisten Mädchen hier in diesem Bordell stammten aus Asien: Japan. China. Korea. Thailand. – Zwei Negerinnen. Eine Schwedin. Greta. Blond. Mit Zöpfen. Bei ihr war Damian Stammkunde. In sie war er verliebt. Redete sich das zumindest ein. Trotz des Altersunterschieds. Das Mädchen war zwanzig oder so. Damian hatte ihr schon Heiratsanträge gemacht, ihr ein Leben in Saus und Braus versprochen, ein Leben, in dem er ihr alles zu Füßen legen könne – würde! Ein Leben raus aus diesem Dunkel.

»Du könntest mein Großvater sein!«

»Du beträtest ein vor Gott und den Menschen angesehenes Leben. Mit einem Auto, wenn du willst. Mit schönen Kleidern und teurem Schmuck. Ich habe Geld. Viel Geld. Bin reich! Ich baue uns ein feudales Haus!«

»Du bist der ärmste und traurigste Mensch, den ich kenne, und ich kann nur hoffen, niemals so zu verkümmern. Du bist ein ausgetrockneter Wurm mit einer verkrümmten Seele. Ich gleiche wohl der Frau, die du wirklich liebst, begehrst. Du lebst in einer Scheinwelt, in einer Welt, die dir längst verloren ist. Bist ein alter, blattloser Baum.« ...

Ein alter, blattloser Baum. Ja, so fühlte sich Damian. Er legte die Zeitschrift wieder unter den doppelten Boden seines Schrankes, zog sich an, nahm seine Gitarre in die Hand und klimperte auf einem Stuhl sitzend darauf herum.

›Ich gleiche wohl der Frau, die du wirklich liebst, begehrst!‹, ging diese Bemerkung der Nutte Damian nicht mehr aus dem Sinn.

Er stand auf, betrachtete sich im Spiegel. Als junger Knabe, als junger Mann hatte er volle blonde Locken gehabt. Eine echte Haarpracht. Jetzt war nicht mehr viel davon übrig. Ein paar geringelte weiße Fäden, die mit letzter Kraft hinter den Ohrmuscheln hervorlugten, kräuselnd von den Schläfen ausgehend bis zum Hinterhaupt einen aufgelockerten Weg zeichneten, der die rote Kopfhaut durchschimmern ließ. Von der Stirn über den Scheitel eine Glatze! Übersät mit Altersflecken und irgendwelchen kleinen Verkrustungen vom ständigen Kratzen am Kopf. Seine grau-blauen Pupillen schienen mehr und mehr von den Lidern und Tränensäcken eingebettet worden zu sein, wirkten nicht mehr so groß, hatten jeglichen Glanz verloren. Die Ohren dagegen waren größer geworden. Irgendwie. Die Lippen, auf deren Fülle und Durchblutung er in jungen Jahren so stolz gewesen war, waren nur noch zwei schmale, blassrosa Streifen, getrennt durch einen dunklen Strich, der meist nach unten gebogen war. Wenigstens hatte er für sein Alter nur wenige Falten. Damian hatte dem Alkohol stets widersagt, hatte nie geraucht. Vielleicht hätte er beides tun sollen. Vielleicht wäre sein beschissenes Leben dann erträglicher gewesen.

Geknickt holte er ein älteres und ein neueres Fotoalbum aus dem Schrank. Blätterte.

Da war in dem einen ein Bild von Maria, in die er in jungen Jahren verliebt gewesen war. Vom ersten Augenblick an. Vom ersten Blick an. Wie konnte man so große, blaue, tiefe Augen haben?

Im anderen waren Fotos von Sanna, Marias Enkelin, die noch hübscher war als die Großmutter damals. In die er heute verliebt war. Greta hatte ihn durchschaut. Hätte die Hure gewusst, dass er nicht in eine Frau, dass er in ein dreizehnjähriges Mädchen verliebt war, hätte dieses undankbare Miststück ihn wohl noch mehr verachtet. So sehr, wie er sich selbst dafür verachtete. Doch allein der Gedanke an Sannas nackte Haut war es, der sein Glied einigermaßen steif werden ließ. Manchmal. Ein Einschleichen fast unbemerkbarer Gewohnheiten war mitverantwortlich für seinen Schlappschwanz, der ihn an den Rand des Wahnsinns trieb. Immer dieselben nackten Frauen in den Zeitschriften. Immer dieselben asiatischen Schönheiten an den Wänden des Bordells. Immer dieselbe Abhängigkeit von dieser Hure, von … Weibern. Das war es. Er müsste das ändern. Er müsste diese Macht, welche die jungen Frauen, diese süßen Mädchen, auf ihn ausübten, an sich reißen. Er sollte es sein, der Macht ausübte.

Noch einmal schaute er sich kurz das Portrait von Maria an, schwelgte kurz in Gedanken an die Zeit, als er selbst noch jung und schön gewesen war, als er ihr Gitarrenunterricht gegeben hatte, als er die heranwachsende, hübsche Maid stundenlang für sich alleine gehabt hatte, als die Hoffnung in ihm gewachsen war, Maria würde sich für ihn entscheiden. Hatte sie nicht getan. Hatte sich für einen anderen entschieden. Für Anderle, das Arschloch. Unfassbar. Unter dem Foto stand handgeschrieben ein damals von ihm verfasstes Gedicht – mit weißem Stift auf schwarzem Papier.

Ich regne!
Ich regne Tropfen,
damit du meine Nähe auf deiner Haut spürst.
Ich regne Pfützen,
damit du auf mir platschen kannst.
Ich regne Rinnsale,
damit du barfuß auf mir tanzt.
Ich regne Bäche,
damit du mein Sehnen rauschen hörst.
Ich regne Flüsse,
damit du auf mich zutreibst.
Ich regne Seen,
damit du in mich eintauchst.
Ich regne Meere,
damit du mich umsegelst.
Ich regne – Tränen!

Damian war von seiner eigenen Poesie so ergriffen, dass er mit einem Taschentuch seine wässrigen Augen trocknen musste. Dann schaute er sich lange und intensiv ein Foto Sannas an. Marias Enkelin. Für sie hatte er kein Gedicht geschrieben. Noch nicht! Er nahm Block und Bleistift zur Hand, kritzelte los, strich durch, radierte aus, setzte ein, bis ihm das Geschriebene gelungen schien und er die Zeilen mit einer Breitfeder in Schönschrift auf eine Beileidskarte schrieb.

Manchmal wär's mit lieber, du wärst tot,
dann besucht' ich dich an deinem Grab;
pflegte es mit sanftem Rosenrot
und sagte dir, wie lieb ich dich hab'.

Du streutest von da oben Salz auf mich,
gäbst mir, was ich dir gerne gab;
sähest meine Wahrheit für dich
und hörtest, wie lieb ich dich hab'.

Oh Mädchen, du schönes Himmelswesen,
schicktest du doch dein Kerzenlicht zu mir!
Dann könnt' ich in meinen Träumen lesen:
Du und ich – das sind wir!

Doch ich weiß, du lebst in deiner schönen Welt,
weit weg von irgendeinem dunklen Grab;
weit weg von mir, doch für mich zählt,
was war und wird – wie lieb ich dich hab'!

Ich berühre deine Augen, deine Hände,
deine Haut, dein Zuhaus', und ich trag'
dich in mir, wünsch' mir bis an mein Lebensende
einfach dich, weil ich dich lieb hab'.

Oh Mädchen, du schönstes Erdenwesen,
bald leuchtet dein Kerzenlicht nur noch mir!
Dann kann ich in meinen Träumen lesen:
Du und ich – das sind wir!

Er deckte das Foto Sannas mit der Beileidskarte ab, befestigte diese mit zwei kleinen Klebstreifen, so, dass er die Karte auf- und wieder zuklappen konnte. Sah wirklich wie ein Grabstein mit einer Grabinschrift aus. Darunter, als ob lebendig begraben, die schöne Maid. Er würde sie noch bekommen. Sie würde ihm gehören. Irgendwann. – Sanna.

3. Strophe

Sie sieht hinauf zum geöffneten Astloch. Auf dem Stadelboden liegend beobachtet er sie mit seinem von roten Adern durchlaufenen Auge, wie sie sich die Hand an den Hinterkopf hält, sich diese gleich darauf anschaut. Blutverschmiert. Die Wunde tut weh. Ein bisschen. Ringelblumensalbe wäre jetzt hilfreich.

24
Andreas und Friedrich

»Und nicht einmal deine berühmte Ringelblumensalbe konnte helfen?«

Andreas hatte Friedrich endlich nach dessen großer Narbe im Gesicht angesprochen. Seit Jahren hatte ihn die Frage danach gequält, hatte er sie stets hinuntergeschluckt. Jetzt, da er bald einmal Landkirch und das Benediktinerkloster und den geliebten Abt verlassen würde, um in Aach, dem Hauptort Montsilvas, die Priesterweihe zu empfangen und dort das Amt des Pfarrers zu übernehmen, hatte ihm seine Neugierde keinen Aufschub mehr geboten.

»Die Salbe hatte ich damals noch gar nicht kreiert. Hätte wahrscheinlich auch nicht geholfen. Was sein muss, muss sein. Was ist, das ist. Außerdem bin ich stolz auf meine Narbe. Sie veranschaulicht mir mein schicksalhaftestes Erlebnis.«

»Ich verstehe trotzdem nicht. Wenn du auch in dem Kresta-Haus Stimmen des Waldes gehört hast, so ist und bleibt es ein Haus. Kein Wald. Wie also konnte dir ein Ast dermaßen ins Gesicht schlagen?«

»Ich weiß es nicht. Ich suchte das Bild, das die Eltern Krestas der Geschichte nach in eine Leere getrieben hatte. Eine Leere, die ich zu dieser Zeit selbst empfand. Als junger Mensch, der seinen Platz im Leben sucht. Magisch zog es mich in die oberen Stockwerke, und als ich die Treppe in das dritte hinaufstieg, schlugen mir Äste und Zweige entgegen. Und einer traf mich eben voll auf die Wange. Der Wald der lebenden Seelen hier drinnen klagte, weinte, sodass ich mir die Ohren zuhielt und schleunigst wieder nach unten rannte. Dann – plötzliche Stille. Dann Schritte. Dann Kresta mit ihrer Weissagung, ich solle einen anderen Platz zum Spielen finden. Draußen vor den Toren Landkirchs. Im Benediktinerkloster.«

»Weshalb ... ›Wald der lebenden Seelen‹?«

»Weil alles allzeit lebt. Im Kreise des göttlichen Seins. Pflanzen. Tiere. Menschen. Nichts verdirbt, vermodert, verwelkt. Alles blüht. Mal im Diesseits, mal im Jenseits. Stetig. Es gibt keinen Tod. Seit ich diese Narbe im Gesicht trage, weiß ich das. War ich vorher Atheist ohne jegliche Wunde, glaubte ich jetzt an diesen stigmatisierten Sohn Gottes. An mein stigmatisiertes Leben. Hier und jetzt. Mich im Kreise des ewigen Vorhandenseins drehend, all die Pracht und Herrlichkeit um mich herum aufsaugend. Dankbar des Hörens. Des Sehens. Des Riechens. Des Tastens. Des Kostens. Des Auskostens. Der Schmerzen.«

»Du bist verrückt!«

Andreas erschrak über seinen verbalen Ausrutscher. Friedrich blieb ganz ruhig.

»Verrückt? – Du hättest kein treffenderes Wort finden können. In all den Jahren habe ich kein anderes für mich gefunden.«

Noch war Andreas nicht Priester. Noch hatte er keine Gelübde abgelegt. Er stahl sich in das Kresta-Haus. Er stahl das Bild aus dem Kresta-Haus. Seine Handballen pulsierten. Friedrichs Narbe pulsierte.

25
Maria und Andreas

Die Stube sah ganz anders aus als zu Lorenz' Wirken in diesem Pfarrhaus. Andreas hatte alle Bilder von irgendwelchen Heiligen, die in dem von ihm ungeliebten Nazarener Stil gemalt waren, abgehängt. Stattdessen hatte er ein einziges Bild über dem gemütlichen Kanapee platziert – das von ihm gestohlene aus dem Kresta-Haus. Bestimmt waren die Farben einmal kräftig gewesen, waren über die Jahrhunderte hinweg ein wenig verblasst. Es war kein großes Bild, vielleicht fünfzig auf siebzig Zentimeter. Im Breitformat. Braun-, Grün-, Blau- und Grautöne dominierten, passten zu der Täfelung und zu den Holzmöbeln, zum Riemenboden und zu den Fleckerlteppichen. Wie bei diesen sprangen einem beim Betrachten des Bildes einige rote und gelbe und weiße Farbtupfer ins Auge. Der Rock eines Fischers in einem der Boote, Beeren und einzelne Blätter und Gräser, die Schafswolken.

Andreas saß auf der Ofenbank, schaute sich um in seinem neuen Zuhause. Es war schön, jetzt, da er es von allem Ballast befreit hatte. Von eben diesen Heiligenbildern. Von zu mächtigen Kruzifixen. Von zu vielen unnützen Büchern, eine Hölle ankündigend, an die der junge Pfarrer nicht glaubte. Von zu vielen Weihwasserkesseln, die einem das Gefühl vermittelt hatten, man müsse so lange seine Finger in das geweihte Wasser eintauchen, bis die eigene Seele endlich in den darin umherschwimmenden Schwämmen elender Heucheleien aufgesogen wäre. Ein einziges kleines, schlichtes Kreuz und nur ein Weihwasserkessel hingen jetzt noch neben der Türe.

Er freute sich auf morgen. Dann würde Sarah wieder kommen und Maria mitbringen. Wie würde das Mädchen auf das Bild reagieren? Im Geiste sah Andreas noch deutlich die kleine Kresta darauf aus dem Fenster schauen. Die so plötzlich vor seinen Augen verschwundene Sagenfigur, der Maria so unglaublich ähnlich sah.

Der Herbst hatte seit Tagen mit allabendlich leichtem Wind vorgesprochen. Noch war es warm genug, um auf dem Dachboden zu schlafen. Im Winter war das nicht möglich. Da war es einfach zu kalt, und Maria und Sarah würden wieder in der Stube unten auf dem Boden oder auf der Ofenbank ihre Schlafstätte herrichten. Hier, auf Stroh und Decken, gefiel es ihnen viel besser. Sie liebten den Geruch und die Weite des Raumes, lehnten häufig vor dem Schlafengehen noch am Kamin, der majestätisch wirkte und dem Haus Halt und eine gewisse Würde verlieh.

Die beiden Mädchen unterhielten sich über den neuen Pfarrer, der in Aach keinen leichten Stand mehr hatte. Das Dorf war in zwei Lager gespalten. In dem einen kämpften vor allem die Frauen, denen seine radikalen Veränderungen sehr genehm waren. Den Mädchen zum Beispiel war es nun ebenfalls erlaubt, zu ministrieren. Maria und Sarah hatten sich gleich dazu gemeldet. Und die Messfeier mitzugestalten, bereitete ihnen Freude. Sarah kam allerdings nur wochentags bei den Frühmessen zum Einsatz, sang sie ja sonntags im Kirchenchor.

... Maria streifte mit der Hand über den weinroten, wollenen Talar und den weißen Rochett, bevor sie sich beides überstülpte. Sogleich fühlte sie sich einerseits Jesus näher, als diente sie ihm in besonderer Weise, als wäre sie ein Engel in besonderem Gewand, der ihm vom Kreuze half und ihn in den Schoß der Mutter legte. Andererseits wie eine Verräterin dem Stall in Betlehem und der einfachen, mit Stroh ausgelegten Krippe gegenüber, wenn sie nach diesem teuren Stoff griff, wenn sie sich in der reichen Sakristei mit all den Goldscharnieren und Goldschlüsseln umsah, mit den zig verschiedenen Priestergewändern, die in verschiedensten Farben für verschiedenste Feiern – Ostern, Pfingsten, Weihnachten, Taufe,

Tod – in dem großen Kasten hingen. War diese mit allerlei Prunk und Plunder ausgestatte Kirche überhaupt würdig, dass der Heiland hier verweilte? Egal. Ob er nun in diesen Räumen herumschwebte oder nicht, in Marias Herz hatte er sich bereits bei ihrer Geburt eingenistet. Und niemand und nichts würde ihn jemals vertreiben können.

Sie zog an dem Seil in der Sakristei, und sogleich ertönte draußen im Altarraum eine helle Glocke. Man hörte, wie die Kirchgänger aufstanden. Maria ging voraus. Sie war ein wenig nervös, durfte sie heute zum ersten Mal das Evangelium lesen. Andreas schritt hinter ihr her. Sie blieb seitlich vor dem für sie hergerichteten roten Kissen, das auf dem Boden lag, stehen, während der Pfarrer zum Altar ging, das Kreuzzeichen machte.

»Im Namen des Vaters und des Sohnes und des Heiligen Geistes!«

»Amen.«

»Der Herr sei mit euch!«

»Und mit deinem Geiste!«

»Wie ich sehe, suchen heute vor allem die Frauen des Dorfes Trost in den Worten Gottes, die er durch seinen Sohn an uns richtet. ›Denn das Herz ist hart geworden, und mit ihren Ohren hören sie nur schwer, und ihre Augen halten sie geschlossen, damit sie mit ihren Augen nicht sehen und mit ihren Ohren nicht hören, damit sie mit ihrem Herzen nicht zur Einsicht kommen, damit sie sich nicht bekehren und ich sie nicht heile.‹* Sagt euren Männern und Brüdern und Vätern, dass nicht ich es bin, der zu euch spricht, dass Gott selbst es ist!« …

Im anderen Lager kämpften vor allem die Männer des Dorfes. Frauen im Kirchenrat? Wo gab es denn so was? Es war den Mannsbildern nicht entgangen, dass nicht nur die Ledigen im Dorf, nein, selbst die angetrauten Weiber den neuen Pfarrer umgarnten. Diesen verfluchten Pfaffen. Das führte weder dazu,

---

* Mt 13, 15

dass die Herren Gatten die Schuld bei sich selbst suchten, noch dazu, dass sie, was sinnig gewesen wäre, ihren Frauen mehr Aufmerksamkeit und Zärtlichkeit schenkten. Im Gegenteil. In Wort und Tat wurden sie eifersüchtiger, zorniger, böser. Schlugen wild um sich, mit Füßen und Fäusten, mit Strategien, die sie bei einem Glas Bier oder Wein im *Hirschen* besprachen. Im Kirchenrat jedenfalls würde man in Zukunft nicht mehr allzu viele Männer finden.

»Und wenn er auf Knien daher gekrochen kommt! Ich nicht mehr! Ich ... nicht mehr!«

»Der glaubt doch nicht wirklich, dass wir uns mit Weibern über kirchliche Angelegenheiten beraten. Sie zuletzt noch abstimmen lassen!«

»Frauen haben sich da rauszuhalten! Das war immer so! Das wird immer so sein!«

»Kennt ihr eine andere Gemeinde, in denen Weiber im Kirchenrat sitzen?«

»Bestimmt ist das gar nicht erlaubt. Man müsste Erzbischof Hieronymus benachrichtigen!« ...

Der war außer sich, zitierte Andreas – »Jetzt gleich, Kamil, Sie ...!« – »Wie Ihr wünscht, Eure Hochwürdigste Exzellenz!« – unverzüglich in seine Residenz.

Kamil konnte nicht genau hören, was da im Empfangszimmer des Bischofs besprochen wurde. Und es war nicht, wie der Diakon erwartet hatte, der Dorfpfarrer, der nach einer geraumen Zeit aus dem Zimmer stürzte, nein, es war Hieronymus. Der schlug die Türe so fest hinter sich zu, dass Kamil erschrocken einen Schritt zurücksetzte, auf seine Albe trat, das Gleichgewicht verlor und zu Boden plumpste. Er schaute hinauf zu Andreas, der ihm die Hand hinhielt, ihm aufhalf. Irgendwie bewunderte Kamil den Priester aus Aach. Dieser junge Mann war wohl der Einzige – außer der noch höheren Obrigkeit, vor der Hieronymus tief, tief buckelte –, dem es gegeben war, dem Erzbischof die Stirn zu bieten. Weshalb, war dem Diakon nicht klar, konnte er nicht ahnen, dass der Pfarrer um die verdorbene

Seele des Bischofs wusste. Dass Hochwürdigste Exzellenz es nicht unterlassen konnte, eines der Bordelle der Stadt wieder und wieder aufzusuchen. Inkognito. In Erfahrung gebracht hatte Andreas das von den Huren selbst, die er als angehender Priester häufig auf den Straßen angesprochen hatte, um ihnen die Liebe Gottes allen Menschen gegenüber zu versichern.

Hieronymus war ertappt, wollte, über sich selbst verärgert, es heute einmal vermeiden, seine Samen in ein vorher zurechtgelegtes, gebügeltes Tuch zu wichsen. Er wehrte den allabendlichen Gedanken an eine halbnackte Nonne in zerrissenem Habit, die unter dem Altar, während er seine Liturgie-Rede hielt, seine Albe hob. Ihm zwischen die Beine griff, seine Unterhose langsam über die Oberschenkel und die Knie zog. Dann den Kopf unter das Heilige Gewand steckte, mit der Zunge seine Waden und die Kniekehlen leckte. Den nackten, vollen Busen an seine Beine gedrückt. Ihre Hände zum Hintern wandern ließ und diesen streichelte und kniff. Züngelnd die Oberschenkel hinauf sich langsam den Hoden und seinem steifen Schwanz näherte. Diesen mit voller, breiter Zunge ... Nein! ... Aufhören! Aufhören! ... Sünde! ... Aufhören! – Zu spät!

... »Ich bekenne Gott, dem Allmächtigen, der seligen, allzeit reinen Jungfrau Maria und allen Heiligen und euch, Brüder, und dir, Vater, dass ich Gutes unterlassen und Böses getan habe. Ich habe gesündigt in Gedanken, Worten und Werken – durch meine Schuld, durch meine Schuld, durch meine große Schuld. Darum bitte ich die selige Jungfrau Maria und alle Engel und Heiligen und euch, Brüder und Schwestern, für mich zu beten bei Gott, unserem Herrn.«* ...

Nachdem selbst der Bischof seinen Schwanz vor dem Pfarrer eingezogen hatte, beschloss man am Stammtisch, dass nicht ein Mann mehr die Messfeiern besuchen sollte. Wehe dem, der

---

* allgemeines Schuldbekenntnis

sich nicht daran hielte! Dem würde Bürgermeister Auer eigenhändig sämtliche Knochen brechen.

»Und die Buben?«, fragte Wachtmeister Hansen. »Viele von ihnen dienen als Ministranten!«

»Das sollen sie auch weiterhin tun. Sie werden es sein, die uns berichten.«

Auer war so in seinem Element, dass ihm die eine oder andere Idee kam, wie man diesen Saupriester aus dem Dorf vertreiben könne. Er deutete den anderen am Stammtisch, sie möchten sich näher zu ihm beugen. Die Männer steckten die Köpfe zusammen, und der Bürgermeister flüsterte irgendwas. Daraufhin lehnten sich alle wieder zurück und lachten.

»Noch eine Runde, Resi! Die geht auf mich!«, schrie Auer der Kellnerin zu. »Und Streichhölzer! ... Wir losen, wer es machen wird. Derjenige, der das kurze Streichholz zieht, der muss es tun.«

Resi wunderte sich, dass es am Stammtisch drüben plötzlich so ruhig war. Dann, von einer Sekunde auf die andere, ein Höllengelächter und Gejohle.

»Mensch, Hansen! Ausgerechnet du!«

»Unser Dorfbulle!«

»Wie nur kann jemand so dreist sein, dem Pfarrer vor die Haustüre zu kacken?«, empörte sich Sarah.

Die beiden Mädchen lehnten inzwischen am Sims des geöffneten Dachbodenfensters. Maria schaute in die dunkle Nacht, genoss die leichte Brise Wind an ihren Augenlidern und Wimpern.

»Die Menschen sind träge in ihrem Tun und Denken. Sie mögen keine zu raschen Veränderungen. Keinen Sturm. Sie mögen das Alte, Leise. Glauben, es bewahren, beschützen zu müssen. Andreas verkörpert alles Neue, Ungewohnte, das es mit einem ›Da-kacke-ich-drauf!‹ zu ersticken gilt. Ich kann sie gut verstehen!«

»Du bist verrückt!«

»Ein bisschen.«

»Magst du den Pfarrer nicht?«

»Doch, natürlich! Der ist nett! ... Lass uns schlafen gehen!«

Die beiden legten sich hin, schlossen die Augen, freuten sich auf morgen.

»Möchten Sie noch eine Schale Tee, Herr Pfarrer?«, fragte Paula, die plötzlich in der Türe stand.

»Nein, danke!«, antwortete Andreas.

»Dann gehe ich jetzt zu Bett!«

»Tun Sie das! ... Ach, Paula! Sarah kommt doch morgen wieder?«

»Natürlich. Sie muss im Kirchenchor singen und montags zur Arbeit. Weshalb fragen Sie?«

Eigentlich ging es Andreas gar nicht um Sarah, viel mehr um Maria. Das konnte Paula nicht wissen.

»Nur so. Und sie bringt einen Gast mit?«

»Hat sie gesagt. Ihre Freundin. Sie haben doch nichts dagegen, dass Maria hier übernachtet?«

»Nein, natürlich nicht. – Gute Nacht!«

»Gute Nacht!«

Paula war unwohl zumute. Andreas würde doch gegenüber ihrer Tochter Sarah nicht ähnlich empfinden, wie Lorenz dies getan hatte? Waren denn alle Männer von den Machenschaften Luzifers eingenommen? Selbst dieser nette Pfarrer? Sie zog sich ihr Nachtgewand an, kniete vor das Bett und betete ihr Gebet, das sie – seit dem schrecklichen Erlebnis in der Waschküche – jeden Abend weit, weit hinauf zu Gott und zu Jesus schickte. Bis in den Himmel. Hoffentlich käme es dort an.

»Oh, mein Jesus, Sohn Gottes!
Hast mir und meiner Tochter
Himmel und Verdammnis offenbart.
Gereinigt unsere Wunden,

durch triebhaftes Tun zugefügt,
in Fleisch und Blut,
geheilt in Gottes Wort.
Vater, der du bist!
Verzeih unser aller Irren,
in das Du uns geschickt,
aus dem Garten Eden,
wohlwissend der Hölle Umtrieb,
wohlwissend, wir kehren zurück –
zu Dir, Herr, der Du rufst,
allzeit und immerdar,
uns Sünder, die wir leise fleh'n:
Erbarmen uns Abtrünnigen,
die wir versucht sind,
in Satans Verheißungen
Deines Sohnes Wort zu hör'n!
Du bist der Erde Licht,
das im Vollmondschein
vertreibt die dunkle Nacht.
Wer soll die Not tilgen,
wenn nicht des Wunders Heil?
Sind wir verdammt im Glauben – zu glauben?
Dir, Jesu Christi?
Was hält die Arche,
die dem Abgrund entgegensteuert?
Des Menschen Wort?
Nur Du allein bist unsrer Seele mächtig!
Schickst Frieden
in unsre leidenden Herzen;
schenkst Ruhe den Kinderhänden,
die barmherzigere für uns malen:
blutrot und samten und unbefleckt.
Herzen Deiner Mutter gleich.
Amen!«

... Maria war aufgeregt. Sie trat an das Lesepult, das etwas hoch für sie war, und sie konnte die Menschen in den ersten Reihen vor ihr gar nicht sehen. Die Bibel war aufgeschlagen, der Anfang des Textes mit einem kleinen Bleistift-Kreuzchen markiert. Das Evangelium erzählte die Geschichte um den Hauptmann von Kafarnaum, dessen Diener gelähmt mit großen Schmerzen zu Hause lag. Als Jesus mitkommen wollte, um diesen zu heilen, sagte der Hauptman etwas, das Maria sehr beeindruckte.

»... Herr, ich bin es nicht wert, dass du mein Haus betrittst; sprich nur ein Wort, dann wird mein Diener gesund! ...«*

Ja! Maria war es nicht wichtig, ob Jesus gerade in diesem Gotteshaus verweilte. Spräche er nur ein Wort, wären die Seelen derer, die daran glaubten, augenblicklich geheilt.

» ... Und in derselben Stunde wurde der Diener gesund.«**

Sie hatte sich nicht ein einziges Mal versprochen, hatte gut betont, und Maria genoss die Anerkennung der ihr entgegenlächelnden Gesichter der Kirchgänger – Kirchgängerinnen! Ganz hinten, neben dem Weihwasserkessel, stand die Nonne, die ihr und Sarah und Paula am Tag der Priesterweihe Andreas' bei der Marienkapelle begegnet war, die hinauf nach Pianz gegangen war. Jetzt hatte die Ordensschwester die Hände zum Gebet gefaltet, und Maria sah, wie sie ganz sanft und nicht hörbar – klatschte. Als wäre sie stolz auf das Mädchen hinter dem Lesepult ...

Kaum hatten die beiden Mädchen die Stube des Pfarrers betreten, betrachtete Maria das Bild über dem Kanapee.

»Das ist schön. Viel schöner als die Bilder, die vorher hier gehangen haben!«

Andreas schöpfte Hoffnung, sie würde ihm etwas erzählen können. Über das Kresta-Haus. Über damals. Über das Jahr 1483.

---

* Mt 8, 8

** Mt 8, 13

Über eine Gämse und einen Wolf, einen Adler, der nach Aach geflogen war (weshalb nur?), über seine Begegnung mit Kresta auf der Hängebrücke. Darüber, weshalb seine Handballen noch immer pulsierten, wenn ihn etwas bewegte – so wie jetzt. Nichts dergleichen. Maria setzte sich, nicht wirklich beeindruckt, auf die Ofenbank.

»Sie wollten uns sprechen, Herr Pfarrer. Wegen des Ministranten-Ausflugs.«

Der war von Bischof Hieronymus erlaubt worden.

»Genau. Habt ihr eine Idee, wohin es gehen soll?«

»Ich weiß, wohin!«, antwortete Sarah.

(Noch sah sie Sanna nicht, die neben Maria auf der Ofenbank saß und ihren Arm um deren Schulter gelegt hatte.) ...

Sorgfältig war der Ausflug von Andreas geplant worden. Er hatte bei Direktor Rossmeier einen schulfreien Samstag genehmigt bekommen, und so konnte er mit den Kindern bereits Freitagmittag losmarschieren. Die Messe am Sonntag würde Kamil halten – der Diakon und Sekretär des Bischofs.

Mit dem Wetter hatten sie Glück. Ein herrlich sonniger, warmer Oktobertag. Buben und Mädchen waren aufgewühlt. Landkirch war das Ziel für heute. Viele – auch Maria und Sarah – hatten die Hauptstadt noch nie besucht, waren noch nie weiter als vielleicht in das nächste Dorf gekommen. Im Benediktinerkloster würden sie übernachten. Dort hatte der Pfarrer viele Jahre gewohnt, studiert. Die Universität war eingebettet in die Stadtmauer, konnte sowohl vom Kloster als auch von den Gassen der Stadt aus betreten werden, je nachdem, wo man wohnte. Morgen dann – der Knaller: Mit der Schmalspurbahn durch das Auwaldtal fahren. Darauf freuten sich alle besonders.

Der Pfarrer spielte den Kindern und sich selbst eine gewisse Leichtigkeit vor, wenngleich er innerlich wohl am meisten von allen aufgewühlt war. Die Buben und die Mädchen, außer Sarah und Maria, umzingelten ihn während des ganzen langen Fußmarsches durch das Tal Montsilva. Durchlöcherten ihn mit tausend und abertausend Fragen.

»Warum darf ein Priester nicht heiraten?«

»Finden Sie Paula hübsch?«

»Finden Sie Sarah hübsch?«

»Stimmt es, dass man Ihnen vor die Türe geschissen hat?«

Andreas antwortete auf jede Frage ruhig und überlegt. Er hatte schon mitgeschnitten, dass der eine oder andere Bub ihm Fangfragen stellte, um der Männergesellschaft rund um Bürgermeister Auer Bericht zu erstatten. Das regte ihn nicht auf. Das war nicht der Grund für seine innere Unruhe. Maria war es. An sie hätte er seinerseits tausend und abertausend Fragen gehabt. Nicht eine hätte er formulieren können. Trotzdem wollte er mit ihr ins Gespräch kommen. Aus banalem Geschwätz heraus würde sich möglicherweise eine Geschichte entwickeln, in der Antworten steckten. Stecken mussten. Es konnte kein Zufall sein, dass Maria dem Mädchen aus der Sage, der Kresta, so unglaublich glich. Andreas drehte sich immer wieder nach ihr um, beobachtete sie, wie sie mit Sarah flache, kleine Steine auf der Wasseroberfläche der Ache springen ließ, wie sie gelblichgrüne Raupen über ihre Finger krabbeln ließ, wie sie bunten Schmetterlingen nachjagte, wie sie mit ihren Armen die Flügelschläge der Vögel nachahmte. Was für ein wunderbares Kind!

»Herr-Pfar-rer!« Die kleine Schöpfner-Lotte zog an seinem Ärmel. »Wann machen wir Pause? Ich hab' Hunger!«

»Bald sind wir in Hausen. Dort lade ich euch in der *Traube* zu einem Würstchen und zu einer Limonade ein.«

Der Gasthof sah etwas ungepflegt aus. Selbst der Gastgarten war nicht wirklich einladend. Die Kellnerin unfreundlich. Andreas und die Kinder waren die einzigen Gäste. An dem kleinen, runden Tisch, an dem Maria und Sarah saßen, war noch ein Stuhl frei. Der Pfarrer wollte sich gerade zu ihnen setzen, da huschte jemand an ihm vorbei und nahm den Platz ein.

»Besetzt!«

Die kleine Lotte war eine liebe kleine Lotte, konnte aber echt nerven.

»In der *Traube* hat meine Mama viele Jahre als Kellnerin gearbeitet«, sagte Maria.

»Ich weiß. Sie hat es uns beiden erzählt«, antwortete Sarah. »Der Wirt, wie hieß der noch?«

»Erwin! – Nachdem er gestorben ist, hat Mama die Gaststätte verlassen. Sie ist mit mir schwanger gewesen und wieder nach Pianz zu meiner Großmutter gezogen.«

Sarah hatte nie gefragt, wer denn Marias Vater war. Tat sie auch jetzt nicht. Sie war eben ihre beste Freundin! Maria hatte sich diese Frage auch schon gestellt, immer wieder einmal, doch selbst nie bei der Mutter oder bei Anna nachgefragt. Beide Mädchen spürten, dass das ein Thema war, das man besser nicht ansprach. Vielen Kindern wäre diese Ungewissheit sicherlich unerträglich gewesen, hätte eine Lücke in ihrem Leben hinterlassen, die es zu schließen galt. Nicht bei Maria. Sie war ein glückliches Kind, und ein Vater hätte in diesem so schönen Leben mit der Mutter und Anna in dem kleinen, herrlichen Bauernhaus da oben in Pianz, ihrer geliebten Heimat, vermutlich nur gestört. Sie schaute Sarah an, dachte an deren Papa, der mehr Unheil als Heil über die Familie gebracht hatte. Als er vor einigen Jahren gestorben war, konnte man richtiggehend mitansehen, wie Paula von Tag zu Tag mehr aufblühte, von Tag zu Tag hübscher wurde. Selbst Sarah hatte nie eine Träne über den Verlust vergossen. Nein, ein Vater fehlte in Marias Leben nicht. Lotte rüttelte an ihrem Arm.

»Schau mal, da oben ist das Franziskanerkloster!«

Veronika hielt Lorenz' Hand, der sich plötzlich – von einer Sekunde auf die andere – ganz unruhig auf seiner mit Stroh ausgelegten Liegestätte hin und her wälzte. Sein Körper zitterte, sein Hals pulsierte förmlich. Er musste die zwei größten Sünden seines Lebens endlich ausspucken! Sich endlich dazu bekennen. Endlich mit jemandem darüber reden. – Jetzt!

In jungen Jahren habe er in Landkirch Theologie studiert. Die beiden inzwischen verstorbenen Eltern – diese von ihm und von Gott verfluchten, vermaledeiten Eltern! – hätten es so gewollt. Befohlen! Er sei ein unbändiges Tier gewesen, das, wenn man es von der Leine gelassen habe, auf Beutejagd gegangen sei. In ein Bordell. In eine Hure sei er wirklich verliebt gewesen. In Katharina – Annas Mutter. Veronika stockte der Atem.

... [Katharina entschied sich für den weißen, mit Rüschen verzierten Mieder, der ihren kleinen Busen doch fraulicher wirken ließ als einer der Büstenhalter. Nur mit ihm bekleidet saß sie vor dem kleinen, ovalen Spiegel, der sich in seinem Gestell drehen ließ. Ihre Hand zitterte, als sie die Lippen rot bemalte. Dann betrachtete sie sich, wischte die Farbe wieder weg, drehte den Spiegel rasch um, sodass sie sich nicht mehr sehen musste. Hatte sie wirklich nicht den Mut zu einer neuen Katharina? Langsam drehte sie den Spiegel erneut ihrem Körper zu, sah in ihm zuerst ihre Brüste, die ihr im Mieder doch reizvoll erschienen. Hals. Kinn. Lippen. Nase. Augen. Tief schaute sie hinein. Sprach dem Gegenüber ›Trau dich!‹ zu. Noch einmal, viel ruhiger, bemalte sie ihre Lippen – rot! ...

Flora, wie sie sich nachtsüber nannte, wurde zur begehrtesten Hure Landkirchs. Zur begehrtesten Hure der Stadt hatte sie ihre Einsamkeit getrieben. Ihre geliebte Mutter Anita war an einer Blutvergiftung gestorben. Ihrem Ehemann Leopold, der sie betrogen und geschlagen hatte, war sie nur deshalb ausgekommen, weil sie ihm ihr Erbe, den Brandner-Hof, überlassen hatte. Das Leben als Hebamme würde ihr für lange Zeit verschlossen, verriegelt bleiben ...

Was der junge Mann, der Dauerkunde bei ihr war, studiere und wie er heiße, wollte er nicht verraten. Geld war offensichtlich nicht sein Problem, musste reiche Eltern haben. Nachdem sie ihm beigebracht hatte, dass sie von ihm schwanger war und er Vater werde, tauchte der

Hurenbock unter. Stundenlang harrte Katharina vor der Universität aus, bis sie ihn endlich erblickte. Jetzt hatte sie ihn. Er käme ihr nicht mehr aus.

»Wenn du glaubst, du könntest dich deiner Verantwortung entziehen, dann hast du dich geschnitten, du Theologe! Ich werde dich auffliegen lassen, deine angestrebte Priesterweihe kannst du dir dann in den Hintern stecken. Du wirst für das Kind sorgen, so, wie ich es tun werde. Flora gibt es nicht mehr. Katharina ist auferstanden von den Toten, wird zur Rechten deines Gottes sitzen, dich bewachen.«

Katharina lebte. Der Fötus lebte. Ward geboren. Ein Mädchen. – Anna!] ...   [»Die Töchter«]

Lorenz sei Annas Vater.

»Anna? Die Lebensgefährtin Elisabeths?«, fragte Veronika ungläubig. Ihr war ein wenig schwindelig.

»Ja, d-die G-Geliebte Elisab-beths!«

Die habe ihn Jahre später verführt. Im Kirchenschiff von Aach.

... [Die Kirche war leer. Elisabeth setzte sich in die letzte Bank, ganz rechts, schaute sich um. Wie sehr sie all das verachtete! Die weiß angemalten, sauberen Wände, die im Grunde nur gebrannte Backsteine und schmutziger Mörtel waren. Die Schnörkeleien an Bilderrähmen, an Geländern, Bänken und Altären, da und dort überpinselt mit Blattgold, um die ehrliche Armut des Holzes mit scheinheiligem Gewand zu verleugnen – bigott wie das Gebet der Menschen – Demut vorheuchelnd. Die satten Farben der reichen Heiligen in den Fresken und Kirchenfenstern, welche die nach Liebe und Verständnis hungernden Frauen, Männer und Kinder unter ihnen verspotteten. Das lebensgroße Kruzifix, das zwischen den beiden Beichtstühlen links von Elisabeth aufgestellt war, gequält und bedrohlich wie der Gekreuzigte selbst, der so mit seinem eigenen Leid zu kämpfen hatte, dass er über das der Menschen hinwegsah – hinwegsehen musste. Sie hasste dieses Werk Jakobs, das sie einst so geliebt hatte.

Ihre Gedanken wanderten zu Lorenz. Er war der Grund, weshalb sie in der Achner Kirche verweilte. Elisabeth wusste, wie gerne er sie in ihrer Stätte, im Gasthof *Traube*, verführt hätte. Sie hatte ihn mit ihren weiblichen Reizen gekitzelt, hatte ihn zappeln lassen! Diese Filzlaus! Bereits als junges Mädchen hatten die lüsternen Blicke der Männer und Burschen sie wie Pfeile durchbohrt, und über die vielen Jahre als Kellnerin war sie regelrecht zu deren Zielscheibe geworden. Jeder Blick, jeder Klatsch auf ihren Hintern – ein Stich ins Herz. Ihr Hunger nach Vergeltung an den ihre Seele vertilgenden Gierhälsen war noch lange nicht gestillt, und Lorenz stand für all das Erbrochene, Ausgekotzte in ihrem Leben, das sie ihm jetzt auf einem Teller servieren würde. Ersticken sollte er daran.

›Ich werde hier auf dich warten. Hier, wo Gott und all seine Heiligen es dein Leben lang bezeugen werden, welch großen Verrat du an ihnen verübt hast. In deren Haus. Sie werden diese deine Sünde so lange in deine Seele einbrennen, bis du daran krepierst. Du Filzlaus! Nistest dich in Schamhaare, beißt und kratzt am Geschlechtlichen, an der Begierde, an die du dich selbst mit deinen Klauen am meisten klammerst. Ich werde dich das sechste Gebot lehren, indem du es auf schändlichste Weise missachtest. Deine Untat soll dich künftig bis in den Schlaf hinein verfolgen, dich langsam aber sicher in den Wahnsinn treiben.‹

Lorenz betrat den Kirchenraum. In seinen Händen hielt er Blumen, die er in die Vase vor dem großen Kruzifix stellen wollte. Er bekreuzigte sich vor dem Herrn.

»Lorenz!«

Blitzartig drehte sich der Pfarrer um, sah die schöne Elisabeth, die schönste Frau, die er je begehrt hatte, aus dem Schatten in das Licht eintauchen. Sie kam auf ihn zu, hatte einen Blick in den Augen, der ihm die Blumen einzeln aus den Fingern zu Boden gleiten ließ. Elisabeth ließ ihre Hüllen fallen, stand nackt vor ihm. Unweigerlich lehnte sich Lorenz an sein Kreuz, griff mit seinen Händen unter die Oberarme seines Jesus, krallte sich an ihnen fest und zog sich hoch, fand mit seinen Füßen Halt am Längsbalken. Elisabeth hob Lorenz' Soutane, wunderte sich nicht, dass er darunter so nackt war wie sie selbst. Keine Unterwäsche schützte seine Lenden und sein steifes Glied. Da stand er, der bald einmal Malträtierte. Da hingen sie, die beiden Gekreuzigten. Ihrer Schönheit, ihrem Weibsein hilflos ausgeliefert. Elisabeth hielt sich an den beiden fest, zog sich hoch, opferte sich selbst für die größte Sünde des frommen Priesterleins.] ...   [»Die Töchter«]

Kurz darauf sei Elisabeth schwanger gewesen, schluckte Lorenz die Worte in sich hinein. Sicherlich von ihm.

»Ma-maria i-ist wah-wahrscheinlich ebenfalls m-meine T-Tochter!«

Veronika stand ruckartig auf. Taumelte. Fiel auf die Knie. Vergrub ihr Gesicht in den Händen. Weinte.

Gott hat alle in den Ungehorsam eingeschlossen, um sich aller zu erbarmen. O Tiefe des Reichtums, der Weisheit und der Erkenntnis Gottes! Wie unergründlich sind seine Entscheidungen, wie unerforschlich seine Wege!*

Jesus wischte mit seinem Zeigefinger die Tränen von Veronikas

---

* Röm 11, 32-33

Wangen. Vergab. – Ihr. Elisabeth. Veronika vergab. – Sich. Konrad. Sie stand auf. Die Kammer im Stadel war lichtdurchflutet.

Es war bereits dunkel, als Andreas und die Kinder das Benediktinerkloster betraten. Die Kleinen waren müde und hungrig. Das konnte man ihnen ansehen. Es wurde reichlich aufgetischt. Vor Abt Friedrich fürchtete sich die kleine Lotte ein wenig. Die Narbe in seinem Gesicht war wirklich groß. Bevor ihnen die Betten zugewiesen wurden, betete man noch ein Tischgebet.

... Maria kniete auf dem kleinen roten Polster, hatte die Hände gefaltet. Das Glaubensbekenntnis, das kräftig im Kirchenraum hallte, als flehten die Menschen Gott an, er möge ihre Worte doch annehmen, betete sie nicht mit. Es wäre ihr Sünde gewesen, ein Lippenbekenntnis, zweifelte sie an so Manchem dieser auswendig gelernten, von kaum jemandem in Frage gestellten Lebensformel. Sie glaubte an Gott, daran, dass er der Schöpfer des Himmels und der Erde war, und auch an seinen Sohn Jesu Christi. Nur? ... War er *der* Sohn Gottes, nicht einfach *ein* Sohn? Was hätte Jesus Pilatus antworten sollen, als dieser ihn danach gefragt hatte? Natürlich war er es – wie wir alle Kinder des Himmelvaters sind. Maria liebte ihn, egal, ob er nun von Gott auf die Welt beordert war, die Sünden der Menschen am Kreuze auf sich zu nehmen, oder ob er einfach nur ein Mann war. Ein guter Mann, der mit seiner Liebe, mit seinen Worten unser aller Seelen berührt, unsere Herzen berührt. Seit beinahe zweitausend Jahren. Maria war es auch einerlei, ob seine Mutter ihn wirklich jungfräulich geboren hatte. Eigentlich konnte sie sich das nicht wirklich vorstellen. Unbefleckt. Dieses Wort war Maria ein Gräuel, denn es gab ihr das Gefühl, alle anderen Mütter wären befleckt. Das klang wie eine nie auszulöschende Sünde. Und das war es bestimmt nicht. Jesus sei hinabgestiegen in das Reich des Todes, sei am dritten Tage auferstanden und in den Himmel aufgefahren, sitze zur Rechten Gottes. Zugegeben. Ein schöner Gedanke. Sollte es nicht so sein, wäre es auch kein Abbruch. Jesus lebte in Marias Herzen. Nicht, weil er möglicherweise vom Himmel aus wirkte, nein, weil er auf Erden gewirkt hatte, noch immer wirkte. Seine schönste Botschaft war das Verzeihen, das Vergeben der Sünden, wenn man Reue zeigte. Dieser Gedanke war Maria Lebensformel. Die Katholische Kirche und all die vielen erdachten Heiligen, an die sie sowieso nicht glaubte, hatten damit nichts zu tun. Den Priestern in ihren Beichtstühlen und in ihren teuren Gewändern war es nicht gegeben, Sünden zu vergeben. Durch ein paar lateinische Worte und ein aufgetragenes *Vater unser* und drei aufgetragene *Gegrüßet seist du, Maria* als Buße! Jeder Mensch war von Gott ›angestupft‹, zu verzeihen. Und in dem Maße, wie jemand dies in seinem Leben beherzigte, in dem Maße würde auch der Himmelvater vergeben! – An ein ewiges Leben glaubte Maria. In welcher Form auch immer!

»Amen.« ...

Mit großen Augen bewunderten die Kinder die riesengroße Lokomotive. Schwarz. Eisern. Bedrohlich. Sie zuckten zusammen, als plötzlich die Glocke ertönte und Rauch aus dem Schlot puffte. Lotte weinte sogar ein bisschen. Der Pfarrer nahm sie hoch, setzte sie gleich wieder ab. Das könnte falsch verstanden und weitergetragen werden.

»Kommt, Kinder! Wir versammeln uns im hintersten Waggon!«

Ein Gedränge, als ginge es darum, den letzten Platz im Himmelreich zu ergattern. Dabei waren sie die Ersten, die den Zug betraten. Waren viel zu früh am Bahnhof gewesen. Nur Andreas, Sarah und Maria blieben draußen auf dem Bahnsteig stehen. Sie beobachteten die Menschen, die nach und nach aufkreuzten, bereits einen Fuß auf dem Trittbrett des hintersten Wagens hatten, den Lärm da drinnen wahrnahmen, zurücksetzten und in einen der vorderen Waggone stiegen. Andreas lächelte. Sarah lächelte. Maria lächelte. Das war schön. Es würde die Zeit kommen, in der der Pfarrer mit dem kleinen Mädchen mit den halblangen, schwarz gelockten Haaren und den großen blauen Augen in ein längeres, tiefsinniges Gespräch käme. Geduld war angesagt. Der Kondukteur forderte die drei auf, den Zug zu besteigen, in drei Minuten sei Abfahrt.

Die meisten der Kinder kletterten auf und über die Holzbänke, schauten kurz zum Fenster raus, tollten und rannten im Gang umher, setzten sich schnell, als der Schaffner das Zugabteil betrat, zeigten artig und stolz ihre Fahrkarten, schauten bedächtig zu, wie er diese abzwickte – »Merci vielmals!« –, lächelten in sich hinein – ›Ein Schweizer!‹ –, warteten, bis er wieder verschwunden war. Und das Getöse ging von Neuem los.

Maria und Sarah standen Schulter an Schulter an einem der offenen Fenster, streckten immer wieder ihre Köpfe raus, ließen sich vom Wind die Haare zerzausen. Sie staunten über dieses schöne Tal, das so ganz anders als Montsilva war. Die Berge hier waren weit weniger hoch, engten nicht so ein. Die Landschaft wirkte großzügig und offen. Sie fuhren vorbei an Seen und Weihern, bewunderten Teich- und Seerosen, Schwimmfarne und Wasserhahnenfüße. Libellen schwirrten umher. Laubfrösche tauchten, sprangen, platschten. Eisvögel prusteten sich, flatterten.

Die Höfe waren viel größer als die zu Hause – mit riesigen Dächern. Oft lagen sie hunderte Meter weit auseinander. Dazwischen Maisfelder oder Äcker oder Wiesen oder Weiden, auf denen unzählige Kühe und Kälber grasten. Hie und da ein einzelner, Schatten spendender Baum, unter dem sich Schafe zusammengekauert ausruhten. Der Zug wurde langsamer, fuhr durch ein beschauliches Dorf. Bis unter den Dachstuhl gemauerte, kleine Häuser. In verschiedensten Farben angemalt. Kaum eines mit Fensterläden, geschweige denn Balkon. Die Kirche nicht viel größer als die Häuser, der Friedhof nicht viel größer als der mit Kastanienbäumen überwucherte Gastgarten gleich nebenan. Enge Gassen, Pflastersteine. Schmale, ebenfalls in verschiedenen Farben bemalte Holztüren in vermutlich kleine

Verkaufsräume. Hinter den Auslagefenstern höchstens Platz für zwei Hüte (schwarz und rot) und einen Mantel (grün). Oder für eine Torte. Für eine Spielzeuglokomotive und eine Käthe-Kruse-Puppe. Der Zug machte kurz Halt. Leute stiegen aus. Leute stiegen ein. Maria und Sarah kamen sich vor, als wären sie nicht nur ein Tal weit weg von daheim, nein, als hätten sie eine lange Reise in ein ganz anderes Land gemacht. Alles wirkte – Wie könnte man sagen? – ruhig, ausgeglichen, gesittet.

»Die Menschen hier haben etwas städtisch Elegantes, Stolzes an sich. Meinst du nicht auch, Sarah?«

»Ja. Selbst ihre Haltung ist nachahmenswert. Aufrichtig. Steif. Sieht toll aus! Das hat was!«

Maria war der ironische Unterton in Sarahs Stimme nicht entgangen. Die beiden Mädchen kicherten, und als der Zug wieder losfuhr, stolzierten sie durch den Gang, als wären sie Töchter reichster Eltern. Andreas, der vortäuschte, ein Buch zu lesen, beobachtete sie. Eigentlich nur Maria. Sie war ein wirklich zauberhaftes Geschöpf Gottes.

... »Ein Ungläubiger betrat eine für ihn fremde Stätte. Eine Kirche. Seine Absicht war es, den Opferstock zu plündern und den einen oder anderen Wertgegenstand zu stehlen. Als er, von der Höhe des Raumes beeindruckt, hinauf auf die Deckenfresken blickte, schaute er in die tiefblauen Augen einer wunderschönen Frau in blauem Gewand. Wenn auch nur gemalt, war sie von einer Vornehmheit, die er bis dahin noch bei niemandem so berührend empfunden hatte. Sanftmütig. Weich. Mütterlich. Bevor er die Kirche verließ, steckte er seine letzten drei Groschen in den Opferstock. Als er nach draußen trat, war er ein anderer Mensch.«

Die Predigten Andreas' waren meist sehr kurz. Maria gefiel das. Sie ließen Platz für eigene Gedanken ...

Eine Station vor Walddorf, dem Hauptort Auwaldtals, stiegen der Pfarrer und die Kinder aus und wanderten etwa eine halbe

Stunde bergauf zu einem kleinen Waldsee. Dort entzündeten sie ein Lagerfeuer, brieten ihre mitgebrachten Würste und Äpfel und Kartoffeln, tranken aus dem kleinen Bach, der gleich neben ihnen leise dahinplätscherte. Einer der Buben spritzte seinen Freund ein wenig mit dem Wasser an. Der rächte sich mit einem Schwall, der seinen im Spiel zum Feind erklärten Gegner klatschnass machte. So fing es an, weitete sich in eine regelrechte Wasserschlacht aus und endete darin, dass die Kinder, Buben und Mädchen, in den kalten See sprangen, sich gegenseitig tunkten, kreischten, lachten, kraulten, spritzten, juchzten, lachten – das Leben genossen. An die Folgen dachte keiner, im Augenblick nicht einmal Andreas, der am Lagerfeuer saß und sich köstlich des Kinderspiels amüsierte.

Sarah hätte gerne mitgemacht. Konnte nicht. Sie war mit ihren fünfzehn Jahren die Älteste, ihr Körper voll entwickelt. Hm! Den anderen Kindern und vor allem dem Pfarrer wollte sie diesen nicht in nassem Gewand zur Schau stellen. Es war ihr noch in bildhafter Erinnerung, wie Lorenz sie hinter dem Küchenfenster des Pfarrhauses mit lüsternem Blick bei ihrem morgendlichen Bad in dem kleinen Becken des Pfarrgartens beobachtet hatte.

... [Das Wasser war kalt und erfrischend. Sarah schwamm ein paarmal hin und her, dann setzte sie sich auf den Rand des Beckens, ließ die Füße im Wasser baumeln, lehnte sich zurück und genoss den kühlen Wind und die warmen ersten Strahlen der Sonne auf ihrer Haut. Sie schaute in den Himmel hinauf, betrachtete die Blumen und Bäume im Pfarrgarten, bewunderte die säuberlich gestapelten Holzscheite entlang der Scheune bis hin zum angebauten Pfarrhaus. Beinahe ein Kunstwerk. Sarah erschrak. Lorenz glotzte sie hinter dem Küchenfenster an. Nur kurz. Ganz schnell war er wieder weg. Der Sauhund. Ja, es stimmte. Sie war zwar im Denken und Tun noch ein Mädchen, ein Kind, ihr Körper aber war der einer Frau. Sarah betrachtete ihn. Ihre Haut war braungebrannt und glänzte in der Sonne. Wassertropfen perlten auf ihr. Die Oberschenkel waren für ein Mädchen in ihrem Alter kräftig. Darauf achtend, dass Lorenz nicht wieder glotzte, zog sie schnell am Badekleid, um kurz ihren Busen darunter zu begutachten. Er war wirklich ziemlich groß. Das hatte sie lange Zeit schon gestört. Überhaupt war ihr dieser weibliche Körper eher peinlich, ihrem kindlichen Wesen im Weg. Sarah verschwieg ihn, redete nie darüber, weder mit der Mutter noch mit Maria. Jetzt musste sie zugeben: Dieser Körper war schön und reizvoll. Lorenz war das wohl auch schon aufgefallen. Diesem elenden Sauhund. Sarah stand auf und wickelte sich in das Tuch, wickelte ihr kindliches Wesen darin ein, beschützte und bewahrte dieses, verdeckte ihren weiblichen Körper, sodass nichts mehr von einer Frau zu sehen war. Frau würde sie einmal sein, jetzt war sie noch Kind!] ...   [*»Die Töchter«*]

Maria stieg aus dem Wasser, nahm Sarahs Hand, und die beiden verschwanden im Dickicht. Die kleine Lotte unbemerkt hinter ihnen her. Dann, wo keiner sie sehen konnte (glaubten sie), zogen Sarah und Maria sich aus. Sie wollten ans andere, nicht sehr weit entfernte Seeufer schwimmen.

»Darf ich mit euch kommen?«, fragte Lotte etwas verstört, hatte sie, außer sich selbst, noch nie ein anderes Mädchen nackt gesehen, schon gar keine ... Frau. Auch Maria und Sarah waren ein wenig irritiert, schauten sich gegenseitig an.

»Klar! Komm nur!«

Dass Lotte nicht wirklich gut schwimmen konnte, hatte sie verschwiegen. Mitten im See gingen ihr die Kraft und der Mut aus. Noch bevor sie Sarah und Maria um Hilfe rufen konnte, umgab sie plötzlich eine Leichtigkeit, als schwebte sie in einem luftleeren Raum. Sie schwamm dem Ufer zu, ohne irgendwelche Bewegungen zu machen. (Sanna war unter ihr ein- und vor ihr wieder aufgetaucht.) Lotte hielt sich an irgendwas fest. Hatte keine Ahnung, was da gerade mit ihr geschah. Erreichte das Ufer vor den anderen beiden Mädchen, die echt staunten.

Die Kleider der Kinder waren, bis auf Sarahs ihre, klatschnass. Niemand hatte eine zweite Garnitur zum Wechseln dabei. Keine Decken, um sich aufzuwärmen. Der Freude und dem Gelächter tat das keinen Abbruch, wenngleich beinahe alle – möglichst nahe am Lagerfeuer sitzend – schlotterten. Andreas wurde nun doch ein wenig nervös. Gut, es war erst Mittag, für die Jahreszeit recht warm. Trotzdem, irgendwas müsste er in die Wege leiten.

»Kinder, ihr müsst raus aus den nassen Sachen. Sonst bekommt ihr noch eine Lungenentzündung.«

»Was? – Sicher nicht!«

»Doch! Jeder sucht sich einen Platz, an dem die anderen ihn nicht sehen können. Möglichst einen, wo die Sonne hinscheint. Auf einen flachen Stein oder einen Ast. Dort legt beziehungsweise hängt ihr eure Kleider auf! In ein, zwei Stunden – nehmt was zu essen mit! – werden sie so trocken sein, dass wir aufbrechen können. Ich warte derweilen hier am Lagerfeuer.«

Wenn auch nicht begeistert, sahen die Kinder die Notwendigkeit ein. Sie verteilten sich. Die Stimmung war ein wenig getrübt.

Andreas war verstört, über sich selbst erschrocken. Die nassen Kleider hatten sich eng an die Haut der Kinder gesogen, so manche Konturen und Formen abgezeichnet. Als Maria aus dem Wasser gestiegen war, um mit Sarah im Gebüsch zu verschwinden, hatte er sich dieses schönen Anblickes nicht erwehren können. Nein! Nein! Nein! – Maria war Kind!

... Die Fürbitten, die der Pfarrer sich am Vorabend ausgedacht hatte, durften heute die Kleinsten der Ministranten und Ministrantinnen vortragen. Zwar konnten sie schon gut lesen, verstanden den Sinn der Worte aber nicht. Was egal war. Sie verstanden das meiste, was in den Messfeiern gesprochen wurde, nicht.

»Lieber Gott! Steh unserem Geiste bei, wenn er sich dem

Fleische zu wehren sucht!«

»Wir bitten Dich, erhöre uns!«

»Christus, lindere unserer Seelen Kummer, selbst zugefügt, indem wir ungeachtet Deiner Worte und Taten unter Deinem Kreuze vorübergingen, ohne zu Dir hochzuschauen!«

»Wir bitten Dich, erhöre uns!«

»Gott Vater! Gott Sohn! Gott Heiliger Geist! Wie können wir verstehen, dass jeglicher Quell in ein einzig großes Meer mündet, wenn wir weder Quell noch Meer je zu Gesicht bekommen haben? Maria, Mutter allen Lebens, hilf uns, zu vertrauen!«

Wir bitten Dich, erhöre uns!« ...

Die Kleider waren immer noch ein wenig feucht, als sie endlich im Benediktinerkloster eintrafen. Wieder war es bereits dunkel, wieder waren die Kinder müde und hungrig. Wieder wurde reichlich aufgetischt. Das tat gut.

... »Gepriesen bist Du, Herr, unser Gott, Schöpfer der Welt. Du schenkst uns das Brot, die Frucht der Erde und der menschlichen Arbeit. Wir bringen dieses Brot vor Dein Angesicht, damit es uns das Brot des Lebens werde.«*

Maria schüttete aus einem kleinen, ovalen, silberfarbenen Behälter Wasser über die Hände des Pfarrers, der sich damit reinwusch! ...

Nach dem Morgengebet in der kleinen Kapelle und dem heute eher bescheidenen Frühstück – es würde zu Mittag ein festliches Abschiedsessen geben – führten Abt Friedrich und Andreas die Kinder in die Stadt, um ihnen einige Sehenswürdigkeiten zu zeigen und geschichtlich zu erläutern. Die Universität mit der beeindruckenden Bibliothek. Die Stadtmauer mit dem Stadttor und seinem Wappen. Den Dom mit seiner weit über das Land hinaus berühmten Orgel. Das Rathaus in neugotischem Stil.

---

* Gabenbereitung

Dann fuhren sie in kleinen Booten der Montsilver Ache entlang. Das war toll, und die Kinder streckten ihre Hände ins Wasser. Rechts vor ihnen tauchte das Kresta-Haus auf.

»Das kenn' ich! ...«

Andreas hielt den Atem an. Konnte sich Maria erinnern?

»... Das ist die Häuserfront auf dem Bild in Ihrer Stube, Herr Pfarrer! – Wie alt ist das Bild?«, fragte das Mädchen.

»Alt! Sehr alt! Vierhundertfünfzig Jahre vielleicht.«

»Hat sich gar nicht viel verändert. Nur das eine Haus, das scheint langsam zu verfallen. Sieht unbewohnt aus!«

Andreas fühlte sich leer. So leer wie das Kresta-Haus. Er würde wohl nie zu verstehen bekommen, was Maria mit dem Mädchen aus der Sage zu tun hatte. Offensichtlich hatte sie keinen Bezug zu ihm. Und doch! Es ließ ihm keine Ruhe. Noch wollte er nicht aufgeben. Zu sehr hungerte und dürstete ihn, hinter das Geheimnis der beiden Mädchen zu blicken.

... »Denn am Abend, an dem er ausgeliefert wurde und sich aus freiem Willen dem Leiden unterwarf, nahm er das Brot und sagte Dank, brach es, reichte es seinen Jüngern und sprach: ›Nehmet und esset alle davon: Das ist mein Leib, der für euch hingegeben wird.‹ Ebenso nahm er nach dem Mahl den Kelch, dankte wiederum, reichte ihn seinen Jüngern und sprach: ›Nehmet und trinket alle daraus: Das ist der Kelch des neuen und ewigen Bundes, mein Blut, das für euch und für alle vergossen wird zur Vergebung der Sünden. Tut dies zu meinem Gedächtnis!‹«*...

Die Buben und Mädchen erfreuten sich der vielen Leckereien, schlugen sich die Bäuche voll. Andreas aß nichts. Wieder und wieder stieg Maria vor seinen Augen aus dem See. Klatschnass. Schön. Er begehrte nicht ihren kleinen Körper, er begehrte – sie! Ihre große Seele. Unverhüllt. Die nassen Kleider an Marias

---

* Zweites eucharistisches Hochgebet

Haut hatten ihm jedoch ihre verwundbare Nacktheit darunter veranschaulicht, ihn gewarnt, diese zu ergründen. Brauchte nicht jeder Mensch seine kleinen Heimlichkeiten, die es wie einen Schatz zu hüten galt? Er würde es aufgeben, hinter ihr Geheimnis zu kommen. Maria war Kind, sollte so lange wie möglich Kind bleiben. Andreas' Neugierde war ihm plötzlich Feldhacke, die sich tief in die Erde des Mädchens zu graben suchte. Wer weiß? Möglicherweise würde er die Wurzeln durchtrennen, keine Früchte könnten mehr reifen. Das wollte er nicht zulassen. Eine gute Entscheidung! Andreas schlürfte seine Kohlsuppe.

Es war Zeit, aufzubrechen, sonst kämen sie zu spät in Aach an. Morgen war wieder Schule. Alle bedankten sich bei Abt Friedrich und bei den Brüdern und Schwestern des Klosters für deren Gastfreundlichkeit.

... »Der Friede des Herrn sei allezeit mit euch!«

»Und mit deinem Geiste!«

Als Andreas der Kommunionbank entlangging, Hostien in die Hände oder auf die Zungen der Gläubigen legte – »Der Leib Christi!« – »Amen!« –, blieb er plötzlich stehen. Vor ihm kniete eine Nonne. Obwohl er die Frau noch nie gesehen hatte, erkannte der Sohn sogleich seine Mutter.

›Ma-ma?‹, vibrierten seine Lippen. Zu hören war nichts. Seine Hand zitterte, seine Knie waren weich und drohten, einzuknicken.

›Kind!‹ ...

26
Babs und ich

Ich konnte lange nicht einschlafen, war verwirrt. Die Ereignisse von heute schwirrten kreuz und quer in meinem Kopf umher. Alles schien mir so unwirklich. Was hatte ich tatsächlich erlebt? Was nur geträumt? Reales und Irreales verschmolzen zu einer undurchdringbaren Nebelsuppe. Verschwommen zogen die Bilder dieses seltsamen Tages wieder und wieder an mir vorüber.

... Ich greife nach Marias Hand, fühle ihre Wärme durch meinen Körper fließen. Im nächsten Moment tauche ich in den kühlen Waldsee ein und genieße das angenehm kribbelnde Wasser zwischen meinen Beinen, meinen Zehen und in meinen Achselhöhlen. Am Grund des Sees steht auf einer riesengroßen, weißen Muschel die nackte, alte, schöne Elisabeth. Ihre langen, weißen Haare verfärben sich gelb-gold, züngeln wie hauchdünne Flammen an die Wasseroberfläche. Kleine Luftblasen steigen aus ihrem schönen Mund, und nur dumpf höre ich, wie sie den Ringel-Ringel-Reiher singt. Sie beginnt sich zu drehen. Anna, Maria, Nana, Barbara und Sanna kommen angeschwommen. Die Mädchen und Frauen halten sich an den Händen und wirbeln schnell und schneller im Kreis, verdrängen das Wasser um sie herum, und es regnet den Himmel hinauf. Jetzt tanzen sie den Reigen auf einer Bergwiese mit Abermillionen Vergissmeinnicht. Ich schwebe über ihnen, breite meine Arme aus und fliege als ein Adler so knapp über einem schmalen Fußweg talwärts, dass ich kleine Steinchen und zarte Gräser zwischen meinen Krallen spüre. Ich lande auf dem Fenstersims eines Bergbauernhauses, äuge in die Stube hinein. Anna bügelt mit einem alten Bügeleisen das nasse Haar Elisabeths. Maria sitzt als zwölfjähriges Mädchen auf dem Schoß ihrer verstorbenen Großmutter Eva. Die Tür öffnet sich, und Paul legt seinen erschlagenen, blutverkrusteten Schäferhund auf die Schwelle. Nana schreit auf. Dann holt sie aus einer Lade ein Henkerseil, befestigt dieses im Herrgottswinkel am Kruzifix und hilft ihrem Bruder, sich daran zu erhängen. Zwölf brennende Kerzen sind aufgestellt. Sanna pustet sie alle aus. Es ist ihr Geburtstag. Basilius holt aus einer Piratenschatztruhe einen geflochtenen Kranz aus Gänseblümchen, setzt ihn auf ihr Haupt. Beide betrachten sich in dem Spiegel, der leicht schräg von der Decke zur Wand hängt. Es ist aber nicht Basilius, der aus dieser spiegelverkehrten Welt mit weit aufgerissenen Augen in die wirkliche Welt glotzt! Das da drinnen bin ich! – Sanna neben mir ist nicht zu sehen. Ich greife nach ihr! Greife in ein Nichts! …

Schweißgebadet schreckte ich auf, wusste nicht, wo ich war.

»Ist gut! Ist gut! – Du hast nur schlecht geträumt.«

Ich schaute mich um, begriff, durch den schrecklichen Traum und die Dunkelheit benommen, nur allmählich, dass ich mich in meinem Zimmer auf meinem Bett befand. Neben mir saß jemand und hielt meine Hand.

»Nana?«

»Nein, ich bin's! – Babs!«

»Was … was machst du hier? …«

Ich knipste das Nachttischlämpchen an.

»… Wie bist du hier hereingekommen?«

»Durch den Stadel.«

»Bist du verrückt? Wie spät ist es denn?«

»Weiß nicht. Elf vielleicht.«

»Was willst du?«

»Bei dir sein.«

»Weshalb?«

»Weil ich weiß, wie du dich jetzt fühlst! Verwirrt! Nicht wahr? Weißt nicht mehr, wo oben und wo unten ist! Das heute war vielleicht ein bisschen viel auf einmal. Da hatte ich es leichter. Mir wurde Schritt für Schritt klar, dass Sanna anders ist. Dass ihre Familie anders ist. Dass auch Sarah, deine Oma, anders ist.«

»Wieso? Was meinst du?«

»Zum ersten Mal bewusst geworden ist mir das vorigen Herbst, als der Neger aus dem Bus gestiegen ist.«

... Den Sonntags-Gottesdienst hatte man hinter sich gebracht. Der Gastgarten im *Hirschen* war gerammelt voll. Alle begrüßten den Pfarrer, der doch noch vorbeischaute, von Tisch zu Tisch ging, sich seiner bewegenden Predigt wegen beweihräuchern ließ – »Was für gottesfürchtige Kinder ihr doch alle seid! In den Klingelbeuteln letzten Sonntag befanden sich zweitausenddreihundertzweiundzwanzig Schilling und siebenunddreißig Groschen für die notwendige Renovierung der Kirche. Ein neuer Rekord!« –, manch einem seine Hand auf die Schulter legte, dem einen oder der anderen sogar die seine, lieber die ihrige tätschelte.

»Welch herrlichen Tag hat der Herr uns heute beschert.«

»Setzen Sie sich, Herr Pfarrer!«

»Kurz! Kurz! – Auf ein Gläschen Wein vielleicht.«

»Kommt sofort! – Vroni, ein Viertel Weißen für den Pfarrer!«

»Herr Bürgermeister! Herr Bürgermeister! Danke! Danke!«

Die Kinder spielten vor der Kirche auf dem Platz Fangen, Gummitwist, Tempelhüpfen, Fußball. Kamen hie und da an den Tisch der Eltern, um durch das Röhrchen einen Schluck Limonade aus ihrer Libella-Flasche zu trinken.

Der große, gelbe Post-Bus kündigte sich mit seinem typischen Signalhorn (a-fis-a-d) an und hielt an der Haltestelle ›Zum Hirschen‹. Die Türe öffnete sich. Heraus trat nur ein Fahrgast. Ein junger Mann. Ein Neger. In gelb-rot-orangem, luftigem Gewand. Der Pfarrer bekreuzigte sich. Noch nie war es sonntags um zwanzig nach elf vormittags so ruhig mitten im Dorf gewesen, nicht einmal im Winter, wenn der Gastgarten geschlossen hatte. Irgendwie bewegte sich nichts mehr. Selbst die große Linde wirkte erstarrt. Am meisten jedoch dieser schwarzhäutige – Mensch?, der immer noch einen Fuß auf dem Trittbrett hatte und sich am Türgriff festhielt.

»Na, steig schon aus! Ich muss weiterfahren!«

Erlösende Worte, die da über den Platz hallten. Worte, welche die Stille und die Starre brachen, die ein leises Getuschel hervorzauberten, die spürbar wieder Blut bis in die Fingerkuppen pumpten. Der gelbe Bus, der dem fremdartigen Wesen ein gewisses Rückgrat geboten hatte, war weggefahren. Jetzt stand er da. Ausgeliefert. Schutzlos. Allein. Erschreckt. Der Neger. Seine großen, unbewegten Augen flößten Furcht ein, drückten Furcht aus.

Es war einer der Kleinsten, der die Zeilen – von den Eltern beigebracht – anstimmte. Es waren die noch Kleineren und die etwas Größeren, die bald einmal in den allen bekannten Reim erst leise, dann immer lauter einfielen. Es waren die Größten, die auf den Tischen des Gastgartens leise den Rhythmus klopften.

»Wir kommen aus dem Morgenland,
die Sonne hat uns schwarz gebrannt.
Wir sehen aus wie Mohren
und haben schwarze Ohren!
›Herr Meister, gib uns Arbeit an!‹
›Was für eine?‹
›Hübsche, nette, feine!‹
›Dann zeigt sie mal!‹«*

Der Mesner stand an seinem Tisch auf, tat so, als schrubbe er mit einem Borstenbesen einen Fußboden. Gelächter. Alle machten mit. Schrubbten mit einem Borstenbesen einen Fußboden. Nur der Pfarrer war verschwunden, obwohl sein Weinglas noch halb voll war. Der Reim wurde lauter, das Klopfen steigerte sich in ein vibrierendes, markerschütterndes Scheppern.

»Wir kommen aus dem Morgenland,
(tam-tam-tam-tam-tam-tam-tam-tam)

---

* Kinderreim aus Kinderspiel

die Sonne hat uns schwarz gebrannt.
(tam-tam-tam-tam-tam-tam-tam-tam)
Wir sehen aus wie Mohren
(tam-tam-tam-tam-tam-tam-tam-tam)
und haben schwarze Ohren!
(tam-tam-tam-tam-tam-tam-tam-tam)
›Herr Meister, gib uns Arbeit an!‹
(tam-tam-tam-tam-tam-tam-tam-tam)
›Was für eine?‹
(tam-tam-tam-tam)
›Hübsche, nette, feine!‹
(tam-tam-tam-tam-tam-tam)
›Dann zeigt sie mal!‹
(tam-tam-tam-tam)«*

Der Neger zitterte am ganzen Leib. Da berührte ein Mädchen mit kleinen, zarten Fingern seine große Pranke. Der Riese schaute auf die Zwergin mit ihren blonden Zöpfen hinunter. Lärm verstummte, Glieder froren ein. Herzen bekamen Risse und bröckelten. Sanna. Die Tochter des Bäckers war ein eigenwilliges Mädchen. Die Leute fürchteten sie. Die Leute mochten sie. Respektierten sie. Ihr Blick durchlöcherte sie. In diesem tiefen, tiefen Augen-Blick!
    »Komm! Du hast bestimmt Hunger!« ...

»Ich saß mit meinen Eltern auch im Gastgarten«, sagte Babs, »ich habe mitgemacht! Alle haben mitgemacht. Nur Sanna nicht. In meinem ganzen Leben habe ich mich noch nie so elend gefühlt.«
    Wir schwiegen. Eine lange Weile lang.
    »Und dann?«, durchbrach ich die eigentlich angenehme Stille.
    »Dann? – Dann Basilius. Dann die Schnapsdrossel. Mir scheint, als sammle Sanna diejenigen unter uns, die anders

---

* Kinderreim aus Kinderspiel

sind. Sie ist anders. Mir entrückt. Näher als je zuvor. Seltsam. So empfinde ich das. Sie lässt mich genauso wenig los wie dich. Sie ist ... alles um sie ist ... mystisch. Beinahe beängstigend. Doch liebenswert.«

... »Was machst du, Sanna!«, fragte Babs ein wenig irritiert.

»Ich ziehe mich aus. Ich will baden. Im See. Deshalb sind wir hergekommen.«

»Nackt?«

»In unserer Familie baden wir alle – immer! – nackt.«

Barbara brauchte lange – lange! –, bis sie sich aller Zweifel und aller Kleider entledigt hatte. Dann tauchte sie ein. In das wohl schönste Bad auf Gottes Erden. In den wohl schönsten See auf Gottes Erden. In die wohl größte Wollust ...

Barbaras Verwirrtheit, ihr sprunghaftes Erzählen beruhigten mich, ohne dass ich es merkte. Ich fühlte mich ihr seelenverwandt.

»Und Maria?«, fragte ich.

»Maria? – Sie ist die Großmutter Sannas.«

»Und Eva?

»Eva? – Sie ist die Großmutter Marias.«

»Und Nana?«

»Nana? – Sie ist deine Großmutter.«

»Und ich?«

»Du? – Du bist ihr Enkel!«

Wir beide legten uns hin. Wir hielten uns die Hände. Schliefen ein. Ich träumte von Sanna. Es war ein schöner, stiller Traum.

27
Emanuel und Stefan

Als ich aufwachte, hielt ich die Augen geschlossen. Es war taghell. Das verriet mir das Licht, das durch meine Lider drang. Zartrosa. Leicht flimmernd. Noch immer hielt ich Barbaras Hand. Vor zwei Nächten wäre ich verstört gewesen, hätte sich ein Mädchen neben mich schlafen gelegt. Einfach so. Jetzt empfand ich das schön. Ganz normal. Ich genoss es, war entspannt. Ruhig. Ich atmete tief durch die Nase ein, roch den zarten Duft ihrer Haut, ihrer Haare. Spürte ihren Atem an meinen Wangen. Langsam öffnete ich die Augen. Da lag Sanna neben mir und schaute mich mit ihren dunklen Augen an. Sie lächelte.

»Wo ist Babs?«, fragte ich schlaftrunken.

»Babs? Sie ist hier gewesen? Hat bei dir geschlafen?«, flüsterte Sanna so leise, als wollte sie mich sanft in den Tag geleiten.

»Ja.«

»Muss wohl früh gegangen sein.«

»Und du?«

»Bin noch nicht lange hier. Zehn Minuten vielleicht!«

»Wie spät ist es?«

»Neun vorbei.«

Ich schloss die Augen, drückte ihre Hand. Sie drückte meine. Ich wusste nicht, ob ich noch mal eingeschlafen war. Wie viel Zeit vergangen war, als ich erneut meine Lider hob, um in ihre schönen Augen zu schauen.

»Was wollte der Neger?«

»Du meinst, der Mann mit der dunklen Haut?«

»Ja. Was wollte der?«

»Gehör. Zuwendung. Bunte Tücher verkaufen.«

»Wo ist er jetzt?«

»Weiß nicht.«

»Hast du was gekauft?«

»Bunte Tücher.«

»Warum?«

»Warum was?«

»Warum bist du so nett? Warum bist du so anders?«

»Bin ich das?«

»Bist du!«

»Fensterscheiben werden eingeschlagen! Mit Steinen, die in verzweifelten Herzen heranwachsen. Kaum spürbar, doch unaufhörlich. Genährt durch die Organe auffressende Maden der Eifersucht, der Missgunst, des Bösen. Seelenfressende Schlingpflanzen schnüren den Geist, wenn Herz und Lunge nach dem Dunkel der Unendlichkeit tasten. In der eigenen Bestürztheit wirft man einen dieser in sich hart gewordenen Steine weit, weit von sich weg, damit er Leid einem Gegenüber zufügen möge – einem Verhassten, einem Andershäutigen, einem Fremden ...«

Amen, ich sage euch: Was ihr für einen meiner geringsten Brüder getan habt, das habt ihr mir getan.*

»... Der Mensch ist die einzige Schöpfung in Gottes Reich, die das zulässt. Wir sollten in unseren Herzen keine Steine wachsen lassen! Sie erzeugen Scherben, wenn man sie gegen fremde Fensterscheiben wirft. Scherben, die zusammengekehrt werden müssen. Scherben, an denen man sich schneiden kann. Wir sollten in unseren Herzen samtene, bunte Tücher wachsen lassen. Die richten keinen Schaden an. Die umhüllen und beschützen unsere dünne, verletzliche Haut. Und versuchen wir, sie wegzuschleudern, werden sie nicht weit fliegen, werden vor unseren eigenen Füßen landen. Die Fensterscheiben der anderen bleiben unversehrt.«

Ich verstand: kein Wort! Sanna lächelte. Erzählte mir eine Geschichte.

---

* Mt 25, 40

... Emanuel war der Sohn von Maria und Anderle. Stefan, dessen Bruder Max im Kindsbett verstorben war, war der Sohn von Sarah und Reinhard. Emanuel wuchs oben in Pianz auf, Stefan unten in Aach. Die beiden Buben besuchten sich gegenseitig. Fast jeden Tag. Sie waren im selben Alter und beste Freunde. Das zeigte sich eindrücklich, als Stefans Vater Reinhard an den Spätfolgen des Krieges, das zumindest behauptete die Mutter, viel zu früh verstarb. Da war der Bub gerade mal acht Jahre alt. Emanuel ihm eine große Stütze. Nicht, weil er ihn mit Worten tröstete. Nein, weil er eben schwieg, wenn Schweigen angesagt war. Weil er zuhörte, wenn Stefan in seiner Trauer all die Wut, das Sich-im-Stich-gelassen-Fühlen, den Hass, die Liebe des Knaben zum Vater laut in die felsigen Berge schrie. Wenn das erbarmungslose Echo kaum zu ertragen war und die Tränen wie ein kleiner Wasserfall über die Wangen auf die Lederhose tropften, ihm als dunkle Flecken das Nicht-wahrhaben-Wollen veranschaulichten, warum denn das Leben so ungerecht sein konnte. Weshalb Max? Er hätte so gerne einen kleinen Bruder gehabt. Warum sein Papa? Jetzt hatte seine Mama nur noch ihn.

Emanuel stand auf, nahm einen Stein und warf ihn mit voller Wucht schräg über den See auf einen Baumstamm.

»Getroffen!«

Stefan wischte sich die Tränen aus dem Gesicht.

»Jetzt ich!«

Die beiden Freunde warfen an diesem Nachmittag viele Steine über den kleinen See oberhalb von Pianz. Das tat gut. Das tat echt gut.

Obwohl sie nicht miteinander verwandt waren, sich kein bisschen ähnlich sahen – Emanuel war blond und blauäugig wie seine Großmutter Elisabeth, war kräftig gebaut, braungebrannt; Stefan war dunkelhaarig, hatte braune Augen, war sehnig, hatte helle Haut und Sommersprossen auf der Nase, den Schultern und den Armen – sah man sie doch wie Brüder an. Die Buben steckten jede freie Minute zusammen, heckten den einen oder anderen Streich aus. Schlichen in aller Herrgottsfrüh in den Kirchturm und zogen an den Seilen der Glocken. Dann versteckten sie sich draußen hinter einem Busch und beobachteten, wie erst der Mesner, dann der Pfarrer angesprungen kamen, um nachzusehen, wer denn da so dreist gewesen war, das ganze Dorf zu wecken.

»Saufratzen!« ...

Am liebsten ärgerten sie den alten Dorfpolizisten Hansen, der sich mit seiner Bier-Bauch-Kugel kaum zu bücken vermochte. Die Burschen banden einen dünnen, starken weißen Garn an eine Geldbörse, legten diese mitten auf den Gemeindeplatz, ließen einen Geldschein herausschauen, rollten den Garn aus, tarnten ihn mit gesammelten Kieselsteinen und versteckten sich hinter dem Dorfbrunnen. Zwölf Uhr – Mittagspause. Bald würde er kommen.

»Da. Da ist er!«

Hansen reckte und streckte sich noch einmal kräftig auf der obersten Stufe der Steintreppe, die vom Gemeindeamt hinunter auf den gepflasterten Platz führte. Er freute sich auf das Gulasch mit Semmelknödeln im *Hirschen*. Sein Leibgericht. Vorsichtig setzte er einen Fuß auf die nächste Stufe, zog den anderen hinterher. Schritt für Schritt. Fünfmal. Dann schlurfte er den ihm so vertrauten Weg entlang, blieb einige Meter vor dem Dorfbrunnen stehen. Er schaute sich um. Niemand zu sehen. Das war eine Brieftasche da vor ihm. Das war ein Zehn-Schilling-Schein, der da herauslugte. Seine Hände auf dem Rücken sah er sich mit detektivischem Blick noch einmal um. Keine Menschenseele. Langsam ging er in die Knie, griff nach der Börse, die er wegen seines Bauches gar nicht mehr sehen konnte, und – husch! – sauste sie vor ihm weg Richtung Dorfbrunnen. Emanuel und Stefan standen auf, lachten herzlich und rannten davon.

»Saufratzen!« ...

Meist trieben die beiden Burschen sich in den Wäldern von Pianz herum, kletterten bis unter die Wipfel der höchsten

Bäume, beobachteten Rehe und deren Kitze, schossen mit imaginären Gewehren auf meist imaginäre Füchse und Dachse, nahmen einen verletzten Wildhasen mit nach Hause und pflegten ihn gesund, bis sie ihn wieder aussetzen konnten. Oben am Bergsee, wo sie ihn gefunden hatten. Wo sie ein langes Seil an einen wuchtigen Ast, der über den See ragte, angebracht hatten, sich hin und her schwangen, um in immer höheren Lüften loszulassen, um zu fliegen und in das Wasser zu springen und einzutauchen. Tiefer und tiefer. Tief in ihre Freundschaft. Erst spät, es war schon dunkel, kamen sie zurück in das kleine Bauernhaus oben am Waldrand von Pianz. Maria und Anderle hatten sich Sorgen gemacht.

»Stefan, wenn das deine Mama wüsste!«

»Bitte nicht!«

»Geht jetzt schlafen. – Lausbuben!« ...

In der Schule saßen sie nebeneinander. Heute war ein besonderer Tag. Obwohl es schon gegen die Sommerferien ging, würde an diesem Morgen eine neue Schülerin vorgestellt werden. Das hatte Lehrer Kofler angekündigt. Er machte es spannend, trat ohne das Mädchen in die Klasse, betete mit den Kindern das allmorgendliche Dankesgebet. Dann tat er sehr wichtig, wie so oft, als kündigte er einen Papstbesuch an.

»Kinder, ich habe es euch bereits erzählt. Ein neues, wunderbares Geschöpf Gottes – das seid ihr alle! – wird künftig unsere Klasse bereichern. Darf ich euch vorstellen ...«, er streckte seine Hand aus, deutete mit den Fingern Richtung geöffneter Tür, das Mädchen solle hereinkommen, »... Irma!«

Nichts passierte. Sie kam nicht. Kofler ging zu ihr in den Gang hinaus, kam, den Arm um ihre Schultern gelegt, mit dem Mädchen wieder in die Klasse zurück.

»Zier dich nicht! Deine Mitschüler werden dich freundlich aufnehmen!«

Von Anfang an hasste Irma ihren Klassenlehrer. Von Anfang an waren Emanuel und Stefan von Irma begeistert. Im aller-aller-allerersten Blick war nichts außergewöhnlich Schönes an ihr festzustellen. Dreizehn Jahre alt, wie sie selbst. Ein recht elegantes grünes Kleidchen trug das Mädchen. Und schöne, weiße, feine Schuhe. Und weiße Socken. Das eigene Gewand – die beiden Buben schauten sich gegenseitig an: kurzärmliges weißes Hemd, schwarze Hosenträger, knielange schwarze Hose, schwarze Socken, schwarz polierte Schuhe – war nicht so ... städtisch? ... trotzdem sauber und gepflegt. Auffallend und auch aufregend war Irmas brünettes, leicht rötlich schimmerndes Haar. Ihre Augen waren braun, wie Stefans seine. Ihre Haut war braungebrannt, wie Emanuels seine. Im zweiten Blick – nein! – im ersten Wahrnehmen ihrer Schüchternheit, ihrer Anmut, ihrer unvergleichlich feinen Stimme – »Hallo, ich heiße Irma!« – verliebten sich die beiden Freunde in dieses zarte Geschöpf. Irgendwie.

Irma und ihre Eltern hatten in einer kleinen Stadt im Vorarlbergerischen gelebt. In einer Mietwohnung. Jeder Groschen war gespart worden, um sich eines Tages ein eigenes Heim leisten zu können. Als der Vater über tausend Ecken vom Verkauf eines Hauses samt Bäckerei in Aach gehört hatte – vor Kurzem hatte er die Meisterprüfung als Bäcker mit Erfolg bestanden –, war er sofort in einen Zug Richtung Landkirch gestiegen. War eiligen Schrittes durch das Tal Montsilva marschiert – hie und da hatte ihn jemand auf seinem Traktor ein Stückchen des Weges mitgenommen –, um das Anwesen in Augenschein zu nehmen. Dem alten Besitzer sei die Arbeit zu viel geworden. Keines der Kinder habe die Bäckerei weiterführen wollen. Alle seien sie bereits verheiratet, hätten ihn im Stich gelassen, lebten in Landkirch oder weiß der Kuckuck wo. Voriges Jahr sei ihm dann auch noch die Frau weggestorben.

»Sie sind ein guter Mensch«, sagte er leise, »das sehe ich in Ihren Augen. Ich übergebe Ihnen das Haus günstig, unter der Bedingung, dass ich bis zu meinem Tode weiterhin hier wohnen darf. Sie und Ihre Frau müssten mich in Ihre Familie aufnehmen. Auf Leibrente, sozusagen. Das wäre auch zu Ihrem Vorteil. Ich könnte Ihnen anfangs unter die Arme greifen, macht mir die Arbeit in der Backstube nach wie vor Freude. Nur, alleine schaffe ich es halt nicht mehr.«

Irmas Vater streckte dem Alten die Hand hin.

»Einverstanden! – Ich bin der Karl.«

»Simon ...«

Mit beiden Händen umfasste Simon die Hand Karls, ließ lange nicht los. Drückte, drückte, drückte. Hatte wässrige Augen und seit vielen Monaten ein bereits verloren geglaubtes Gefühl der Geborgenheit, der Zuversicht.

»... Sie ...«

»Du!«

»... Du hast Kinder?«

»Eine Tochter. Sie ist dreizehn. Sie heißt Irma.«

Irma war von Neudorf, wie man die Gegend hier nannte, die ein wenig abseits vom Dorfkern lag, begeistert. Unbefestigte Wege und Straßen führten wie Honigfäden zu wabenförmigen Plätzen. Da und dort ein steinerner oder hölzerner Brunnen, zuweilen ein Backofen. Die alten Bauernhöfe rundherum – Häuser mit angebauten Ställen und Scheunen – waren gepflegt, schauten sich gegenseitig in die kleinen Kreuzfenster, die mit selbstgehäkelten, frisch gewaschenen Gardinen verziert waren. Rote und gelbe Blumen und ihre grünen Blätter äugten aus unterschiedlichsten Behältern auf Simsen und manchmal auch Balkonen auf die spielenden Mädchen und Buben da unten. Auf den Bänken unter den Stubenfenstern saßen die Alten, erfreuten sich gleichfalls des bunten Treibens der Enkelkinder. Taten selbst nichts. Hatten ein Leben lang genug geschuftet. Hatten es sich verdient, die Arme vor der Brust zu verschränken, zu warten, bis das Essen fertig sein würde, gelegentlich die Pfeife in den Mund zu stecken, um genüsslich daran zu ziehen.

»Bist die Tochter vom neuen Bäcker, stimmt's?«

»Ja.«

»Bist ein hübsches Mädchen. Hast schöne Beine und schon Figur! ...«

›Alter Sack!‹

Irma sprang davon.

»...Hä-hä!«

Es war drückend heiß. Irma beschloss, in das öffentliche Bad am Waldrand zu gehen. Es war umzäunt mit einem großen, dunkelbraunen Holz-Latten-Zaun. Das kleine Kassahäuschen war gemauert, sonst war alles mit Holz gezimmert und mit schmalen Holzlatten verkleidet. Die Umkleidekabinen, der Sandkasten, die Pritschen, der pritschenförmige Außenbeckenbereich (was sehr angenehm war, konnte man sich auch dort hinlegen und sich von der Sonne trocknen lassen), die Wand, die bis fast an den Beckenboden reichte und das kleine Schwimmbecken in zwei Hälften trennte. Ein Seil mit einem daran hängenden Schild war darüber gespannt. ›Männer‹ war da zu lesen. Oder ›Frauen‹. Je nachdem, in welchem Bereich man gerade umherschwamm. Die Leute hielten sich offenbar an die Regel. In einer Beckenhälfte badeten nur die, die Badehosen trugen, in der anderen nur die, die Badeanzüge trugen.

Das Wasser war angenehm. Nicht zu kalt, nicht zu warm. Irma spielte *Toter Mann* – nein, sie lächelte – *Totes Mädchen*, hatte ihre Arme und Beine gespreizt, die Augen geschlossen, blinzelte der Sonne entgegen, genoss die kühlen Wassertropfen auf ihrem Gesicht, die dumpfen Geräusche schreiender Kinder in ihren Ohren, mal leiser, mal lauter. Plötzlich wurde sie an den Füßen gepackt und in die Tiefe gezogen. Sie bekam panische Angst, versuchte, an die Wasseroberfläche zu schwimmen. Es gelang ihr nicht. Irgendwas zog sie immer wieder hinunter. In ihrem Kopf entstand ein Druck, der kaum noch auszuhalten war. Endlich konnte sie sich befreien. Sie tauchte auf, rang nach Atem, spuckte aus, hustete, spuckte aus, hatte sie weiß Gott wie viel Wasser geschluckt. Neben ihr lachten ihre beiden Mitschüler Emanuel und Stefan.

»Ihr Blödmänner!«

Dann schwammen die beiden Vollidioten wieder unter der Wand hindurch zurück in den Männerbereich. Die Buben setzten sich auf das pritschenähnliche Außenbecken, ließen die Füße ins Becken hängen und beobachteten Irma, wie sie schnurstracks in ihrem reizenden Badekostüm zuerst zu ihrem Platz, dann, nachdem sie eiligst all ihre Siebensachen zusammengepackt hatte, zu einer Umkleidekabine rannte, kurz darin verschwand, umgezogen wieder auftauchte und das Bad verließ.

»Mann, ist die süß, wenn sie wütend ist!«

»Zuckersüß!«

Irma würde die tiefe Freundschaft der beiden Buben auf eine harte Probe stellen. Das wussten sie noch nicht. Würden die seidenen, bunten Tücher der beiden fest genug miteinander verknotet sein, stark genug sein, wenn das Mädchen sie einer Reißprobe aussetzte? ...

Ich war eingeschlafen, und als ich aufwachte, saß Nana auf der Bettkante und hielt meine Hand.

»Wo ist Sanna?«

»Sanna? Das weißt du doch! Sie ist mit Barbara oben in Pianz geblieben. Bei Maria. Ich nehme an, dort wird sie immer noch sein.«

»Nein! Sie war hier. Barbara auch.«

»Das kann nicht sein, Bub! Du hast geträumt. Vielleicht sogar ein bisschen fantasiert«, Nana legte ihren Handrücken an meine Wange, »du hast Fieber.«

»Doch! Sie waren hier! Beide. Barbara hat mir von dem Neger erzählt, Sanna von ihrem Vater und ihrer Mutter und ... meinem Papa!«

»Davon habe ich dir erzählt. Weißt du nicht mehr. In der *Dorfstube*.«

»Aber du hast es nicht so anschaulich geschildert, nicht so ... nah!«

»In Träumen vermischt sich die Wahrheit mit Vorstellungen, wie etwas sein könnte – sollte. Ängste und Sehnsüchte finden ihren Platz darin. Erlebtes und Weitergesponnenes.

Träume sind wichtig. Sie verarbeiten das, was wir während eines langen Tages nicht im Stande sind zu verarbeiten. Du musst dich jetzt ausruhen und wieder gesund werden. Ich bringe dir einen guten Tee.«

Großmutter stand auf und öffnete die Kammertüre.

»Wie spät ist es, Nana?«

»Bald einmal Mittag.«

Ich hörte, wie sie die Treppe hinunterstieg.

›Und sie sind doch beide hier gewesen!‹

28
Sarah und Dodo

Sarah saß auf einem Stuhl in der Küche, hatte den Bottich zwischen ihren Oberschenkeln eingeklemmt, stampfte den Rahm darin zu Butter. Das war ihr keine Arbeit, das war ihr ein beinahe meditatives Tun, wenn sie den Drang verspürte, abzudriften in ein Gedankengewölbe, das es ihr erlaubte, behutsam Mosaik an Mosaik nebeneinanderzusetzen, um wieder ein klares Bild der momentan verschobenen Welt zu kreieren. So wie jetzt. ›Pfft-pfft – pfft-pfft – pfft-pfft‹, hörte sie den Rahm im Bottich im Rhythmus ihres eigenen Herzens plätschern.

›Aber du hast es nicht so anschaulich geschildert, nicht so ... nah!‹, hatte Dodo gesagt. Diese Worte gingen Sarah nicht mehr aus dem Sinn! – ›... nicht so nah!‹

In der *Dorfstube* hatte sie ihm ihr größtes Geheimnis offenbart, ihm anvertraut, dass Sanna fast ihr ganzes Leben lang ihre imaginäre Freundin gewesen war. Doch in Sarah schlummerte noch ein anderes Geheimnis. Immer wieder einmal erschienen ihr Menschen, welche die eigene Zeit und den eigenen Raum über Sarahs Jetzt stülpten, und sie konnte in deren Welt herumgeistern. Anfänglich nur für kurze Augenblicke und in gebotenem Abstand, sodass sie diese Erlebnisse als trügerische Wahrnehmung hätte abtun können. Tat Sarah nie.

(Noch brauchte es nicht viel Anstrengung, den Rahm zu stampfen. – Pfft-pfft – pfft-pfft – pfft-pfft!)

... Sarah umarmte Maria. Winzig kleine Tränen kullerten über die Wangen der beiden Mädchen. Da sah Sarah an der anderen Uferseite des Bergsees eine Frau stehen, ein Kind an der Hand, sie und Maria beobachtend. Die Frau schien sehr elegant zu sein, sofern man dies auf die Entfernung beurteilen konnte. Das Kind sah seltsam aus. Vielleicht auch nicht, konnte Sarah nicht einmal erkennen, ob es ein Mädchen oder ein Bub war. Beide waren hübsch und teuer gekleidet. Sie trug einen eleganten Hut, das Kind ein blaues Hemd und kurze Hosen. Wie nicht aus dieser Zeit.

»Wer sind die?«, fragte Sarah.

Maria schaute auf und drehte sich um.

»Ich sehe niemanden.«

Tatsächlich! Sie waren weg. Von einem Moment auf den anderen. Wie konnte das sein? Seltsam! ...

Immer öfter war Sarah in solch seltsame Bilder eingesogen worden, um Menschen zu beobachten, die in ihren Wahrnehmungen stets Schlüssel zu Sarahs Weltenuhr gewesen waren, diese aufgezogen und sie zum Ticken gebracht hatten. Und noch heute sausten die Zeiger hie und da auf dem Zifferblatt ihrer Sinne vor und zurück. Vor und zurück. In einem sich schließenden Kreis, der Vergangenes, Gegenwärtiges und Zukünftiges vereinte. Immer näher war sie an die Figuren aus anderer Zeit herangerückt, immer länger hatte sie bei ihnen verweilt.

(Der Rahm verdichtete sich – ein wenig, Sarahs Armbewegungen verlangsamten sich – ein wenig. Drücken-Ziehen! Drücken-Ziehen! Drücken-Ziehen! – Pfft-pfft – pfft-pfft – pfft-pfft!)

... Sarah saß auf der Gartenbank hinter dem Haus. Sie dachte über Reinhard nach, einen ehemaligen Mitschüler, der ihr vor weniger als einer Stunde vom Krieg erzählt hatte, in den er mit sechzehn Jahren gerufen worden war. Auf fremden Feldern habe er auf fremde Schatten geschossen und Menschen getroffen, Väter und Söhne, sei in Gefangenschaft geraten und vor einigen Tagen wieder heimgekehrt. Zwanzigjährig. Seelisch und körperlich abgemagert.

Auf der Schaukel schwang sich Sanna hoch und höher, bis in den Himmel hinein. Sarah schaute ihr zu, und die imaginäre Freundin wurde kleiner und kleiner, verschmolz allmählich mit dem sonnendurchfluteten Blau. Das Tageslicht war so grell, dass es Sarah blendete und sie ihre Augen schloss. Sie hörte den leisen Wind und den lieblichen Gesang der Vögel, der sich allmählich zuerst in ein Gekrächze und dann in ein ihr nur allzu vertrautes Stimmenwirrwarr verwandelte.

Als Sarah die Augen öffnete, saß sie auf der Bank vor der Schule. Kinder tollten auf dem Pausenplatz herum, spielten Fangen oder Gummihüpfen oder verweilten einfach nur in kleinen Grüppchen unter einem Baum oder am Brunnen, plauderten miteinander. Reinhard lehnte am Zaun zur Straße hin, aß genüsslich seine Jause. Ein Butterbrot mit Käse darauf. Er war ein hübscher Junge mit schwarzem, kurzem Haar und dunklen, verträumten Augen. War nicht allzu groß und recht schlank, dennoch kräftig. Sehnig.

Ein etwa zehnjähriger Bub fiel allein durch sein feines Gewand auf, das nicht wirklich kindgerecht war, das eher an den Anzug eines Erwachsenen erinnerte – mit Krawatte über dem bis zum Kragen hinauf zugeknöpften weißen Hemd, den Hals und das Einfach-Bub-sein-Dürfen zuschnürend. Er saß auf der einen Seite der Pausenhof-Wippe. Hätte wahrscheinlich gerne mitgeplaudert, mitgespielt. War wahrscheinlich von strengen Eltern beordert worden, die frisch gewaschene und gebügelte Kleidung und die frisch polierten Schuhe nicht schmutzig zu machen. Der arme Bub wirkte gedankenverloren. Plötzlich schnellte er in die Höhe, und Sarah sah, wie er sich im letzten Moment mit beiden Händen am Griff der Wippe festhielt, es gerade noch vermeiden konnte, rückwärts auf den harten Boden zu knallen. Auf der anderen Seite der Wippe saßen jetzt drei Mädchen, die lauthals über den ganzen Schulhof lachten, um vermutlich gewollt die Aufmerksamkeit der anderen Kinder auf sich zu ziehen, was auch gelang. Aller Köpfe drehten sich zu ihnen. Die eine Göre mit den stechend grünen Augen in ihrem blassen Gesicht, mit dem kastanienbraunen, halblangen Haar, mit den Stirnfransen musste die Anführerin der dreien sein, denn sie übernahm sogleich das Kommando.

»Na, klettere schon runter, du Würstchen! Trau dich! ...«

Dem Jungen war seine Angst ins Gesicht geschrieben.

»... Wie nur kann man so abgrundtief hässlich sein? ...«

Wie gemein! Gut, es stimmte schon, der Bub sah etwas seltsam aus. Eine zu hohe, zu flache Stirn. Große Ohren, grüne Kulleraugen. Trotzdem – oder gerade deswegen – empfand es Sarah echt schäbig, in seiner für alle sichtbar verletzten Seele mit spitzfindigsten Beschimpfungen herumzustochern. Sie schaute sich nach Reinhard um. Der war von der Zeit, die nicht seine war, verschluckt worden.

»... Sag mal: Hat man dich bei deiner Geburt gestreckt, dass dein Hals so lang ist? Glaubst wohl, du könntest ihn mit deinem steifen Hemdkragen und deiner scheußlichen Krawatte verbergen!«

Zwei Buben gingen auf das Mädchen zu. Sie wirkten entschlossen, ihre Haltung verriet Gegenwehr. Was genau sie zu diesem gemeinen Luder sagten, konnte Sarah nicht hören. Jedenfalls gab das Mädchen auf, und die beiden Burschen halfen dem Gepeinigten behutsam von der Wippe, indem sie diese mit ihren Händen und vereinter Kraft ausbalancierten. Der wie Espenlaub zitternde Bub bedankte sich bei seinen Rettern, indem er ihnen mit seinen wässrigen Augen kurz einen Blick gönnte. Dann ging er Richtung Schultor. Die Pause würde – Gott sei gelobt! – bald zu Ende sein.

Als der eine der beiden Burschen sich umdrehte und Sarah direkt in die Augen schaute, zuckte ihr Herz. Zwar hatte sie ihn noch nie gesehen, doch wusste sie sofort, dass der einmal ihr Sohn sein würde! Und seltsam. Er sah Reinhard ähnlich.

»Stefan, komm schon! Die Schulglocke läutet!«, sagte der andere Bub.

»Ja-ja!«

›Stefan also!‹

Sarah schloss die Augen, hörte den leisen Wind und den lieblichen Gesang der Vögel ...

Wenn auch nicht immer gleich erkannt, hatten Sarahs Erlebnisse mit diesen ihr doch meist zumindest noch fremden Menschen stets mit ihrem eigenen Leben in einem Vorher oder Nachher und einem Anderswo zu tun. Die Bilder waren von Mal zu Mal in ihren Farben kräftiger geworden, das Erlebte intensiver. Zeitweise war sie nicht nur Beobachterin gewesen, nein, war in den Körper und in die Gedanken und Gefühle eines Beteiligten an den einerseits fern, andererseits nah empfundenen Ereignissen geschlüpft.

(Der Rahm war dickflüssiger geworden, Sarahs Armbewegungen schwerfälliger. Drücken-Ziehen! Drücken-Ziehen! Drücken-Ziehen! – Pfft-pfft – pfft-pfft – pfft-pfft!)

... Heute war ein herrlich sonniger Tag, und die zur jungen Frau herangereifte Sarah spazierte durch den Wald, um Pilze, Moosbeeren und Preiselbeeren zu pflücken. Vorsorglich hatte sie in ihren Rucksack kleine Dosen gepackt. Da verfinsterte sich der Himmel, und die Sonne schrumpfte zu einem Vollmond. Sarah horchte in die unheimliche Stille hinein. Die darin eingebetteten kleinen Geräusche des Windes und der Tiere des Waldes ... hier!, und dann ganz unerwartet: dort!, so, als beobachteten und erschreckten sie als Gespenster das ohnehin verstörte Mädchen absichtlich, wehrten sich auf diese Weise gegen die fremden, ungewohnten Laute. Heftig schnaufte Sarah ein und aus. Ein Stück weiter oben erblickte sie eine Frau, die sich durch das unwegsame Gelände kämpfte, ein Kind Huckepack tragend. Sarah kannte die beiden aus einer Erscheinung. Unverkennbar der Frau ihr eleganter Hut, unverkennbar das blaue Hemd und die kurze Hose des Knaben. Wahrscheinlich waren sie wieder auf dem Weg zum Bergsee hinauf. Sarah folgte ihnen, versuchte, unentdeckt zu bleiben. Es gelang ihr auch. Hoffentlich. Oben am See angekommen, bot ihr ein Holunderbusch Deckung. Die Frau und das Kind gingen Richtung Ufer.

›Schau mal, da drüben!‹

Sarah erschrak fürchterlich, beruhigte sich jedoch gleich wieder. Sanna stand neben ihr.

›Wo?‹

›Na, da drüben in der Wiese hinter dem gegenüberliegenden Ufer.‹

Schnell holte Sarah ihr Fernglas aus dem Rucksack. Zwei Mädchen lagen sich in den Armen, als weinten sie. Da schaute das eine über den See, in dem sich der Mond und die Sterne spiegelten, entdeckte offensichtlich die Frau und das Kind, die daraufhin eiligst im Dickicht des Waldes verschwanden.

Das konnte doch nicht sein! Dieses Mädchen da drüben, das war Sarah selbst. Jetzt schaute auch das andere Mädchen auf und drehte sich um. Es war Maria. Sarah, der dieses Erlebnis noch lebhaft in Erinnerung war, wusste, was als Nächstes passieren würde: Maria ging mit ihr Hand in Hand die paar Schritte zum Bergsee, und Sarah beobachtete sich selbst, wie sie sich bis auf die Unterwäsche auszog und sich rücklings ans Ufer legte. Maria zog ebenfalls ihr Gewand aus und legte sich bäuchlings auf sie drauf. – Welch unvergleichlich schönes Bild! Junge, honigsüße Körper …

›Was ist mit dir?‹, fragte Sanna.

Sarahs Körper begann zu vibrieren. Als fließe von ihren Zehen, von ihren Fingerspitzen, von ihrem Hirn aus Strom durch ihre Adern und Venen, zuckte es in ihrem Beckenbereich, einem Vulkan ähnlich, in dem glühendes Magma sich sammelt, brodelt, ungeduldig darauf wartet, endlich auszubrechen. In ihren Augen funkelte es, und während Sanna sich langsam in ein Nichts auflöste, spürte Sarah, wie der Körper, in dem sie steckte, im Eiltempo alterte. Blond gelockte Haare befreiten sich aus der Gefangenschaft der Kopfhaut, wirbelten in der Luft umher, verfärbten sich weiß. Die Lippen zogen sich zusammen, die Augen zogen sich zusammen, während die Tränensäcke zu kleinen Polstern heranwuchsen. Die Augenlinsen waren einer immer schneller werdenden Trübung ausgesetzt. Das da drüben waren jetzt nicht mehr sie und Maria, die in Unterwäsche aufeinanderlagen. Zwei andere Mädchen lagen am Ufer. Nackt. Das eine auf dem Rücken. Voll entwickelt. Vollbusig. Breite Hüften. Sarah kannte es nicht. Das andere sich gerade auf den Bauch drehend. Zart. Süße, kleine Knospenbrüste. Ein süßer, kleiner Hintern. Zwölf Jahre alt. – Sanna! ...

Das war Sarah ein Erlebnis gewesen, das sie heute noch verfolgte. Häufig in ihren Träumen. Durch lüsternes Tun eines erst jungen, dann älter werdenden Mannes hatte sie dessen selbstzerstörerische Welt, aus der es kein Entrinnen zu geben schien, in jeder einzelnen Pore gespürt. Sie war gezwungen worden, und das war das Schrecklichste daran, diese Gier nach allem sündhaft Weiblichen tiefst verinnerlicht zu empfinden, war sie ja in seiner Haut gefangen gewesen. Sie hatte seine Verzweiflung, seine Ängste ein- und ausgeatmet. Und es war ihr unmöglich gewesen, diese Sucht zu bekämpfen, zu besiegen. War selbst von jungen Mädchen besessen gewesen, von weicher, sanfter, makelloser Haut. Süß und unverdorben. Reife, sowohl körperliche als auch geistige, nur erahnend.

In wessen Körper nur war sie gesteckt? Lebte dieser von Satan Besessene überhaupt noch? Als selbstbewusste Frau, der es ein Gräuel war, Fleischprodukt für die Männerwelt zu sein, hatte sie genügend Erfahrung damit gemacht, wehrte sich Sarah ihrem Verständnis diesem Mann gegenüber. Selbst Sanna musste dieses Erlebnis erschreckt haben, denn sie war Sarah damals über Wochen hinweg nicht mehr erschienen. Dann war sie wieder aufgetaucht, hatte der Freundin einen sanftmütigen, liebevollen Blick geschenkt, sie irgendwie mit ihren Augen umarmt, und das hatte gut getan. Echt gut.

Die spätere Sanna trat dem Schulleiter Damian Kofler, ihrem Klassenlehrer, stets mit Abscheu gegenüber. Diese

Abneigung hatte ihre Wurzeln in eben dieser Geschichte, was Sanna aber nicht wissen konnte, erinnerte sie sich nie an ihr Leben vor ihrem Leben. Das war seltsam.

Sarahs Befürchtung, mit der Geburt Sannas in die wirkliche Welt künftig auf die imaginäre Freundin verzichten zu müssen, hatte sich als unbegründet herausgestellt. Wie froh sie damals gewesen war!

(Der Rahm war beinahe schon Butter. Sarah bewunderte diese Verwandlung, wenngleich sie Kraft und Anstrengung von ihr abverlangte. Drücken-Ziehen! Drücken-Ziehen! Drücken-Ziehen! – Pfft-pfft – pfft-pfft – pfft-pfft!)

... Sanna saß auf einem Ast inmitten der Krone eines Apfelbaumes im eigenen Garten. Die Kirchturmuhr schlug drei Uhr nachmittags. Es wehte ein heftiger Föhnsturm, und das Mädchen hielt sich mit einer Hand an einem Ast fest und winkte mit der anderen über den Gartenzaun zu Sarah hinüber.

›Hallo, liebe Freundin! Endlich! Soeben wurde ich geboren!‹ ...

Noch am selben Abend erzählte sie Sarah, wie sie sich selbst in den Armen der Mutter beobachtet habe, den Geruch von Brot und Salz einatmend. Glasscherben seien in der Kammer verstreut gelegen. Jemand sei so dreist gewesen, die Fensterscheibe mit einem Stein einzuschlagen.

›Der hat mich nur knapp verfehlt!‹

›Tja, liebe Sanna, die Welt hat, wie du weißt, neben Geborgenheit, Zuneigung und Liebe leider auch Missgunst, Hass und Eifersucht zu bieten.‹

›Ich weiß, wer das gewesen ist!‹

Was Sanna ihr dann erzählte, wunderte Sarah nicht wirklich.

›So ein Miststück!‹

Doch Sarah war nicht wirklich verärgert. Sie war glücklich. Sanna würde ihr nach wie vor imaginäre Freundin bleiben. Wie lange, wusste sie nicht. War im Moment nicht wichtig.

Manchmal waren die gemeinsamen Erlebnisse der beiden seltsam. Sie schauten der kleinen Sanna zu, wie die ihre ersten Schritte machte, und beide lachten, weil das echt lustig aussah. Beide freuten sich mit ihr, als Sanna von den Eltern zu ihrem fünften Geburtstag ihr erstes Fahrrad geschenkt bekam. Ein rosafarbenes, wie Sarah selbst eines in ihrer Jugend gehabt hatte. Beide waren überglücklich, dass Sanna zu einem so tollen jungen Mädchen heranwuchs, das mutig dem Leben entgegenschritt, mit einer schier unbegrenzten Offenheit und Leichtigkeit und Vertrautheit den Menschen gegenüber, die sie allesamt zu verzaubern schien – mit ihren blonden Zöpfen, die über den Trägern ihrer blauen Jeans-Latzhose tanzten. Und beide freuten sich auf ihren zwölften Geburtstag. Beide Sannas würden dann gleich alt sein.

In der Stube waren Luftballons aufgehängt. Rot. Blau. Grün. Gelb. Orange. Auf der Eckbank lagen Geschenke. Der Tisch war mit einem weißen Tischtuch überzogen, in das ebenfalls bunte Luftballons eingestickt waren. Teller und Tassen aus feinstem Porzellan standen darauf. In der Mitte ein leckerer Schokoladekuchen mit Zuckergussverzierungen und zwölf brennenden Kerzen. Alle waren gespannt, ob Sanna sie mit nur einmal Luftholen auspusten könnte. Ihre Mutter Irma, ihr Vater Emanuel, ihre Großeltern mütterlicherseits, Maria und Anderle, Elisabeth und Anna, ihre beste Freundin Barbara, ihre geliebte Nachbarin Sarah und deren imaginäre Freundin, die nur Sarah sehen konnte. Ihr war etwas seltsam zumute. Beide Sannas sahen heute aufs i-Tüpfelchen gleich aus. Einzelne Haare hingen den beiden an denselben Stellen ins Gesicht. Beide hatten sie ihre Latzhose an. Beider Fingernägel waren auffallend kurz geschnitten. Beide waren sie barfüßig. Beide atmeten im selben Rhythmus. Beide husteten gleichzeitig.

»Das schaffe ich schon!«, war das Geburtstagskind überzeugt.

Es holte tief Luft, und dann – wffffffffffffff – waren alle zwölf Kerzen ausgeblasen.

»Toll! Gut gemacht!«

Sanna lächelte. Die anderen stimmten ein Geburtstagslied für sie an.

»... Steht der Kuchen auf dem Tische,
macht sich dick, macht sich breit.
Ein schönes Fest, liebe Sanna,
dein Geburtstag ist heut ...«*

Alle klatschten. Sarah schaute sich um. Die andere Sanna, die imaginäre Freundin, war verschwunden. Dass es für immer sein würde, ahnte sie noch nicht ...

Fertig! Die Butter war fest genug. Sarah stand auf, reckte und streckte sich. Sie fragte sich, ob Dodo, ihr Lieblingsenkel, ähnliche Wahrnehmungen hatte wie sie selbst. Hoffentlich nicht!

Das viele Nachdenken und die schwer gewordene Arbeit hatten sie müde gemacht. Sarah ging in die Stube und legte sich auf das Kanapee. Sie schloss ihre Augen.

Pfft-pfft – pfft-pfft – pfft-pfft! Ihr Herzschlag wurde schwächer. Ein angenehm kühler Wind umgarnte ihren Körper, hob ihn in die Lüfte und ließ ihn schweben. Sarah öffnete die Augen und schaute in einen schwarzen Tunnel, an dessen Ende ein unsagbar schönes, helles Licht flackerte, eine Wärme verheißend, die sie magisch anzog. Sarah streckte ihre Hand aus, und der dunkle Tunnel sog die von Gott geliebte Frau ein. Sie steuerte auf dieses unbeschreiblich helle Licht zu, auf diese unbeschreiblich angenehme Wärme. Eine innere Zufriedenheit, wie Sarah sie noch nie empfunden hatte, eine glückselige Ewigkeit, die nur an diesem nahen Ort zu erfahren sein würde, hüllten ihre Sehnsucht nach diesem Da-Drüben ein, als bettete sie jemand in Bälde in Schafswolken ein.

---

* nach Paula Dehmel

Sarah senkte und hob die Augenlider. Ganz ruhig und ausgeglichen lag sie auf dem Kanapee. Von nun an flöße der Tod als ein leise dahinplätscherndes Bächlein an ihr vorüber, in das einzutauchen Sinn des diesseitigen Lebens bedeutete. Und sie wusste: Eines Tages, nicht allzu fern, würde sie auf diesem Kanapee einschlafen und da drüben aufwachen. Schön.

Ihre Gedanken waren bei Dodo – und bei Sanna, die gerade, vor dem Spiegel in ihrem Zimmer sitzend, ihre Haare flocht. Kurz schreckte das Mädchen auf, sah kleine Sternchen um sich kreisen, als wäre es zu schnell und ungestüm von seinem Stuhl aufgestanden.

29
Sanna und Damian

Sanna klopfte an die Wohnungstüre. Es roch nach Weihrauch. Irgendwie. Nein! Nach Räucherstäbchen und Kerzenwachs.
»Hallo? – Herr Kofler? Sie wollten mich sprechen?«

... Nach dem guten Frühstück genossen Sanna und Barbara die freie Zeit, die sie am Brunnen hinter dem Haus verbrachten. Aus Zweigen und Blättern und Blüten bauten sie kleine, wunderschöne Flöße und ließen sie schwimmen, während die Erwachsenen ihrer Arbeit nachgingen. Sie selbst waren davon befreit, beordert worden, einfach das zu tun, worauf sie Lust hätten. Sanna war gerne hier oben bei ihren Großeltern Maria und Anderle, bei ihrer Urgroßmutter Elisabeth. Bei Anna, die sie nicht ein einziges Mal ansehen konnte, ohne daran denken zu müssen, dass deren Hände die ersten gewesen waren, die ihre, Sannas Haut berührt hatten.

Die beiden Mädchen waren so sehr angetan von dieser frischen Bergluft, von den Gerüchen des Waldes und der Blumenwiesen, von der beinahe kitschigen Idylle dieses Dorfes, erschaffen durch Farben und Pinselstriche eines Träumers, dass sie sich in ihrer Freude der Versuchung nicht erwehren konnten, die kleine Glocke in der *Kapelle zur Heiligen Eva* erklingen zu lassen. Sie zogen an dem Seil. *Ding-ding-ding-ding-ding-ding* ... konnte das ganze Dorf hören, dass da oben jemand unglaublich glücklich und zufrieden sein musste, während man selbst das trockene Heu auf die Heinzen gabelte, Gärten goss (die Trockenzeit würde hoffentlich bald einmal ein Ende haben), Holz spaltete und stapelte (das Mondzeichen war gut), die eigenen Kinder anstieß, schneller zu arbeiten: Stall ausmisten! Milch heruntertreiben! Schweine füttern! Auftischen! Abräumen! Geschirr waschen!
»Was heißt, alles erledigt? – Dann kehr den Stadel aus!«

»Da war neulich eine Kreuzotter oben!«

»Soll ich dir Beine machen? – Saufratz!« ...

Es war Zeit. Sanna und Barbara verabschiedeten sich, wurden noch einmal herzlich gedrückt. Den ganzen Weg hinunter nach Aach waren die beiden Mädchen fröhlich gelaunt, pflückten und aßen Himbeeren, bekreuzigten sich bei der Marienkapelle. Als sie im Dorf an Sarahs Haus vorbeiliefen, goss diese gerade die Pflanzen im Garten, was bei der sengenden Hitze notwendig war.

»Wo ist Dodo?«, fragten beide beinahe gleichzeitig.

»Er liegt im Bett. Hat Fieber!«

»Oje! Richt ihm schöne Grüße aus!«, sagte Barbara.

»Von mir auch!«, sagte Sanna.

Und weg waren sie ...

»Sanna, du sollst zum Lehrer kommen!«, meinte Irma, als die Tochter durch den Verkaufsraum in das Wohnhaus gehen wollte.

»Ich nähme dann noch einen Kaffee und einen Bienenstich«, meinte die alte Frau an dem kleinen Tisch, die häufig den halben Tag hier verbrachte. An falschen Zähnen herumkaute. Alles, was sie aß und hörte, in den Kaffee eintunkte.

»Wieso? Was will er von mir? Wir haben Ferien!«

»Weiß nicht. Er hat nach dir geschickt. Es sei wichtig.«

»Keine Lust!«

»Sanna, bitte! Er ist dein Lehrer!«

»Er ist ein Idiot!«

»Sanna!«

Man konnte die auf ihrem Bienenstich herumkäuende Alte kaum verstehen.

»Schtimmt! Schtimmt!«

Offensichtlich war Sanna nicht die Einzige, die den alten Sack zu durchschauen schien ...

Noch einmal klopfte sie – »Herr Kofler!« –, bevor sie die Schnalle drückte. Es war offen. Der Vorraum war dunkel. Durch den Spalt der nur angelehnten Türe in die Stube hinein flackerte Licht.

»Herr Kofler?«

Sanna bekam Angst, machte kehrt, wollte schnell raus hier, als seltsame Geräusche sie erstarren ließen. Langsam drehte sie sich wieder der Stubentüre zu, die, wie von Geisterhand bewegt, auf und zu schlug. Krächzte. Klopfte. Sanna aufforderte, einzutreten. Sie wagte einen Blick hinein. Die Läden waren geschlossen, die Fenster gekippt. Überall waren Kerzen aufgestellt. Manche brannten, manche waren erloschen. Alles erinnerte an eine Leichenhalle – ohne Sarg und Leichnam. Kruzifixe standen auf dem Tisch in der Mitte des Raumes. Blumenblüten darauf verstreut. Kerzenleuchter und Räucherstäbchen. Ein Kondolenzbuch? Sannas Neugierde war geweckt. Sie trat heran. Es war ein aufgeschlagenes Fotoalbum. Eine Trauerkarte war offensichtlich über ein Foto geklebt worden. Noch bevor sie das in Schönschrift handgeschriebene Gedicht auf der Karte las, blätterte sie diese um, schaute sich selbst in die Augen. Da war er, der Leichnam. Dann las sie das Gedicht. Schauderte. Neben dem Album lag eine Mappe. Sanna schlug sie auf. Die kurzen Texte waren in der Art eines Tagebuches verfasst.

Montag

Bin gefangen in mir selbst. In meinem Leben. Bin reich an Geld und Besitz, bin arm an Fürsorge und Liebe. Verlasse meine Eltern, verlasse Haus und Hof, um im Kleinod wahrer Werte zu überleben. Einem Künstler gleich, der sich in seiner Unrast nach Anerkennung, nach Geborgenheit, nach Liebe sehnt.

Dienstag

Habe Hoffnung für mich. Lese sie aus Büchern heraus. Sehe sie in Kinderaugen. Höre sie aus Mündern der Eltern. Werde das Freier-Dasein hinter mir lassen.

Mittwoch

Überspiele mit der Gitarre meine Einsamkeit. Übersehe mit Fotografien meine Sehnsüchte. Überschreibe mit Gedichten meine Leere.

Überrede mit klugen Worten mein Unwissen. Durchschneide mit Schere und überklebe mit buntem Papier meine Dunkelheit. Übermale im Rotlicht meine Abartigkeit.

Donnerstag

Bin jeden Tag aufs Neue verliebt. Begehre junges, saftiges Fruchtfleisch unter glänzend roten Schalen. Süß und makellos. Verschmähe schrumpelige, von Hagelkörnern der dahinfließenden Zeit malträtierte Haut. Meine Haut.

Freitag

Mein Gut ist gebrochen, mein Böse aufgebrochen. Die Tragik des letzten Aktes fordert es so. Töten oder getötet werden. Spritzt da noch ein letzter Funke Würde aus der Seele des Schauspielers?

Samstag

Hätte beinahe Unverzeihliches getan. Dir, Sanna. Ich lösche mein mit schwarzer Tinte dahingekritzeltes Leben mit rotem Tintenlöscher. Bewahre Dir so Dein erfülltes Leben. Vermache all meinen Reichtum einer Hure. Greta. Möge sie ein Auto kaufen. Schmuck und Kleider. Möge sie ein Haus bauen, in dem sie ein vor Gott und den Menschen angesehenes Leben führen kann. Möge dieses Haus unumstößlich sein. Mein letzter Wille ist verborgen in der dunkelsten Kammer meines Herzens. Dort, wo ich mich stets am wohlsten gefühlt habe. Dort, wo es keine Fenster gibt. Dort, wo ein spärlich rotes Licht mein Leben widerspiegelt.

Sonntag

Möge Gott mir verzeihen!

Sanna schaltete das Licht an, blies alle Kerzen aus. Sie wusste nicht, ob sie tun sollte, was der Lehrer offensichtlich von ihr verlangte. In den Keller steigen. In die tiefsten Abgründe seiner Seele. Sie tat es. Schritt für Schritt. Die Tür in die Dunkelkammer hinein war offen. Rotlicht. An den Wänden und gespannten Schnüren unzählige Abzüge eines einzigen Fotos von ihr. Groß-und kleinformatig. Schwarz-weiß und farbig. Ihre eigenen Augen schauten Sanna aus allen Winkeln des Raumes an. Erschreckend. Angsteinflößend. Auf dem Boden lag er, der alte Sack. Der arme Mann. Bäuchlings. Tot. Daneben eine Pistole und irgendein Dokument. Um den Kopf herum zähflüssiges Blut, das im Lichte eines nachempfundenen Bordells schwarz wirkte.

30
Andreas und Veronika

»Maria, schnell, wach auf!«, rief Sarah ganz aufgeregt.
Die beiden Mädchen hatten in der Stube auf der Ofenbank
geschlafen. Der Herbst war alt und kalt geworden, der Ofen am
Morgen noch angenehm warm.

»Was ist denn?«, streckte sich Maria kurz, zog müde ihre
Beine wieder an und kuschelte sich erneut in die wollige Decke.

»Es schneit. Alles ist weiß.«

Auf den Winter freuten sich bestimmt alle Kinder, vielleicht
sogar die Hunde. Andere fürchteten ihn, vor allem die Alten,
die Gebrechlichen. Vermutlich auch Hirsche und Rehe und
überhaupt die Tiere des Waldes. Bestimmt die Kühe, die monatelang im Stall in einer Box angebunden sein würden, keinen
Auslauf hätten, Heu und die unendliche Langeweile wieder
und wieder käuend. Sarahs Gedanken waren die eines Kindes.
Das nahe Erwachsenwerden schob sie möglichst weit von sich
weg. Eines könnte man dem Winter aber nie und nimmer ab-
sprechen. Nicht in hundert, nicht in tausend Jahren. Den Zauber dieses unsagbar schönen weißen Teppichs, mit dem er die
Landschaft überzog. Ähnlich einem Zuckerguss. Sie kniete
auf der Eckbank und schaute zum Fenster hinaus. Obwohl
die Sonne hinter den Bergen bereits hervorlugte, schneite es
noch immer kleine Flocken. Sarah öffnete kurz das Fenster
und streckte die Hand raus, fing die eine oder andere Flocke,
und alle schmolzen sogleich auf ihrer Haut dahin. Die Bäume
schimmerten bläulich-weiß, die Häuser wirkten, als hätte man
ihnen ein Kommunionkleid mit Glitzersternen übergestülpt,
die Zaunpfähle trugen lustige, kleine Zwergen-Hüte.

»Steh jetzt auf, Maria! Lass uns einen Schneemann bauen!
Oder Schlitten fahren!«

Sarah genoss ihren Urlaub – das Hotel hatte geschlossen –,
und Maria war es die letzten Tage wichtig gewesen, mit ihr die

Zeit zu verbringen. Die Schule hatte sie geschwänzt, das Versäumte würde sie schnell aufholen.

Anna kam, einen Morgenrock übergelegt, aus der Kammer in die Stube.

»Mein Gott, wir haben verschlafen. Die armen Emmas! Wer geht sie füttern und melken?«

»Das machen wir beide«, sagte Maria und stand auf.

»Genau«, meinte Sarah, »und dann bauen wir einen Schneemann! Es hat geschneit. Es schneit noch immer.«

»Ich weiß«, sagte Anna, »das ist schön. Hoffentlich ist der Brunnen nicht gefroren! Elisabeth, bist du wach?«

»Ja. Ich komme. Heiz du den Ofen ein, dann mache ich Frühstück!«

Sarah liebte es nach wie vor, hier oben in Pianz bei Maria, Anna und Elisabeth zu sein. Kannte jeden Winkel im und um das Haus, kannte dessen unvergleichliche Gerüche und Geräusche, die vor allem das lebende Holz schenkte, wusste, dass die Hühner umherflattern und gackern würden, sobald Anna die Türe hinaus in die Küche öffnete. Das war echt lieb, dass die armen Tiere im Winter hier im Haus sein durften, war es im Stadel viel zu kalt für sie. Meist liefen sie auf dem Boden über der Stube auf dem ausgelegten Stroh umher oder saßen auf irgendeinem Gebälk in der Nähe des Kamins. Oder auf der alten Leiter, die vom Dachboden zur Küche hinunter führte. Peterchen, Marias Kater, würde sich hinter der Ofenbank strecken und recken, käme hervorgekrochen, tappte mit Maria in die Küche, schliche um deren Beine, bis sie ihm endlich die kleine Schüssel Ziegenmilch, verdünnt mit Wasser, hinstellte und er sie hastig auslecken könnte. Dieses einfache, kleinbäuerliche Leben war mit nichts einzutauschen. Nirgendwo auf der ganzen Welt, schon gar nicht in dem ach so noblen und modernen Hotel, konnte es schöner sein. Und Sarah war willkommen. Wurde nicht als Gast, wurde als Familienmitglied wahrgenommen. Das fühlte sie. Das tat so gut. Und sie half gerne mit.

Nachdem die Mädchen die Ziegen gemolken hatten, holten sie aus dem Haus ein paar Decken, um die Wände des Stadels damit abzuhängen. Auch die beiden Emmas sollten es möglichst warm haben. Nicht alles konnten sie abdecken, und sie stopften, so gut es ging, die noch vorhandenen Schlitze und Öffnungen mit Heu und Stroh.

»Essen kommen, Mädchen! Frühstück ist fertig!«

Die Stube war eingeheizt, der Tisch gedeckt. Es gab warme Ziegenmilch. Es gab gebratene Eier und Schwarzbrot. Es gab Johannisbeeren-Marmelade. Sarah wusste nicht, weshalb – eigentlich gab es das alles und noch viel mehr im Pfarrhaus auch, eigentlich kochte ihre Mutter Paula wirklich ausgezeichnet –, trotzdem, nirgendwo schmeckte ihr das Essen so gut wie hier in dem alten Bauernhaus bei Elisabeth, Anna und Maria. Vielleicht hatte es mit den netten Gesprächen zu tun. Selten gab es ein böses Wort. Sarah konnte sich an ein solches gar nicht mehr erinnern.

»... Das war seltsam«, sagte Maria. Sie wandte sich an Sarah. »Kannst du dich an die Nonne erinnern, die uns bei der Marienkapelle begegnet ist, als wir nach Aach zur Priesterweihe gegangen sind? ...«

Sarah nickte, während sie einen Schluck Milch nahm.

»... Die war das.«

»Ich weiß. Sie ist ja nach der Messfeier stundenlang mit dem Pfarrer in der Stube gesessen und hat mit ihm geredet«, gab Sarah zum Ausdruck, dass auch sie die ganze Sache merkwürdig fand.

»Was war denn so seltsam, Maria?«, fragte Anna.

»Na, der Pfarrer ist gefühlte Minuten lang vor ihr stehengeblieben, hat sie angeschaut. Er hat am ganzen Leib gezittert. Ich hatte den Eindruck, bald einmal würde er zusammenbrechen. Die Leute in der Kirche sind schon ganz unruhig geworden.«

Elisabeth und Anna schauten sich an.

»Und dann?«

»Tja, und dann hat er ihr die Hostie auf die Zunge gelegt, und anstatt ›Der Leib Christi‹ zu sagen, flüsterte er ihr etwas zu. Ich habe es nicht verstanden. Ich war zu weit weg ...«

»Bestimmt hat er sie zu sich in das Pfarrhaus eingeladen«, warf Sarah ein.

»... Dann hat er, auffallend schnell, die Messfeier zu Ende gebracht. ›Der Leib Christi! – Der Leib Christi! – Der Leib Christi! ... Blblblblbl – Gehet hin in Frieden!‹«

Elisabeth schaute ihre Tochter an. Noch immer umgarnte Maria diese besondere Aura (Elisabeth liebte dieses Wort), noch immer versprühte sie Wärme, noch immer fühlte man sich in ihrer Nähe wohl, doch der Ausdruck der tiefblauen Augen hatte nichts Erwachsenes mehr an sich. Es waren strahlende Kinderaugen. Elisabeth war so froh und so glücklich!

»Hat die Nonne bei euch zu Mittag gegessen?«, fragte Anna die Eier und Brot und das aufregende Gespräch kauende Sarah. Die schluckte.

»Ja. – Nein. Beide sind zwar zu uns an den Küchentisch gesessen, sie aber hat nichts angerührt. Der Pfarrer hat nur die Suppe ausgelöffelt. Ich glaube, er hat ebenfalls gar keinen Hunger gehabt. Hat es mehr aus Höflichkeit Mama gegenüber getan. Und beide hatten sie Tränen in den Augen. Frag' mich nur, woher die sich kennen!«

»Na ja«, meinte Elisabeth, »wir alle tragen kleine Heimlichkeiten in uns. Ein Pfarrer. Eine Nonne. Wir sollten die Geheimnisse anderer nicht ergründen. Wenn sie es eines Tages von sich aus preisgeben – gut. Wenn nicht – auch gut ...«

Weder Elisabeth noch Anna erzählten den Mädchen, dass sie die Nonne, dass sie Veronika kannten. Dass die Schwester damals am Tag der Priesterweihe zu ihnen gekommen war. Dass Veronika die Mutter von Andreas war.

»... Geht jetzt einen Schneemann bauen, ihr Küken!«

... Andreas stockte der Atem, als er gewohnheitsgemäß – den Sinn der Worte selbst nicht mehr ergründend – ›Der Leib

Christi!‹ sagen und einfach der nächsten in der Kommunionbank kniende Kirchgängerin die Hostie entweder auf die Zunge oder in die Hände legen wollte. Das Gesicht der Nonne vor ihm kannte er. Es war sein eigenes. Etwas älter, ja, doch gar nicht einmal viel. Das waren die Augen, die ihn jeden Morgen aus dem Spiegel anschauten. Das waren seine Augenbrauen, seine Nase, sein Mund, sein Kinn. Andreas' Knie schlotterten, seine Hände zitterten, der ganze Körper zitterte. Die Lippen vibrierten ein tonloses ›Ma-ma?‹. Sie schaute ihn mit hungrigen Augen an, und in der winzig kleinen Luftblase, die sich am Mund dieser in Gottes Gnade eingetauchten Frau geformt hatte, konnte er das Ende seiner lebenslangen Suche lesen. – ›Kind.‹

»Geh nicht weg! Warte auf mich!«, flüsterte er ihr zu.

Viele Stunden saßen sie in der Pfarrstube zusammen. Schwiegen die meiste Zeit. Weinten. Hielten sich die Hände. Nur lückenhaft erzählten sie aus ihrem eigenen Leben. Vom Franziskanerkloster einerseits. Von dem Dorf Gams und Armin andererseits. Nichts von einem Abt Konrad. Nichts von einer Kresta. In den nächsten Wochen und Monaten, in denen Veronika häufig ihren Sohn besuchte, änderte sich das. Und beider Geschichten mündeten in einen Namen: Maria.

»Ich wusste es doch«, sagte Andreas, »das Mädchen ist ein Geschöpf nicht nur aus dieser Welt, nicht nur aus dieser Zeit!« ...

Sarah und Maria drückten zwei kleine, schwarze, runde Steine in die oberste der drei gerollten und übereinander geschobenen Kugeln des Schneemannes. Das waren die Pupillen. Die Augen wirkten, nachdem Sarah rundherum kleine, zurechtgebrochene Zweige eingedrückt hatte, mandelförmig. Mit weiteren, noch kleineren, ebenfalls schwarzen Steinen formten sie zarte Brauen. Die Nase war eine Gelbe Rübe. Den Mund zeichneten sie mit stibitzten Johannisbeeren aus dem Marmeladeglas. Von einem schwarzen Wollknäuel schnitten sie Fäden ab, kreierten dem Schneemann eine Haarpracht, die sich sehen lassen konnte. Sie betrachteten ihr Kunstwerk.

»Das sieht dem Pfarrer ähnlich! – Irgendwie!«, sagte Sarah.

Maria war wie erstarrt. Ja. Das stimmte. Sie rannte in den Stadel – »Nur kurz, liebe Emmas!« –, kam mit einer Decke wieder zurück. Diese legte sie dem Schneemann um den Kopf – ähnlich einem Schleier.

»Und jetzt sieht der Schneemann wie eine Schneefrau aus. Wie die Nonne!«

»Oh mein Gott!«

31
Anna und Lorenz

In dem kleinen Bauernhaus oben am Waldrand von Pianz roch es nach Weihnachtskeksen, nach Birnenbrot, nach gedörrtem Obst, nach Kerzenwachs, nach Ofenwärme, nach Tannennadeln. Für Maria und Sarah war es die schönste Zeit im Jahr. Sie schmückten in der Stube den kleinen Christbaum mit von ihnen am Vormittag silbrig und goldig angemalten Walnüssen, mit gestern Abend gebastelten Strohsternen, mit von Marias verstorbenem Onkel Jakob geschnitzten Holzfiguren – kleine Rehe, Hirsche, Füchse, Vögel –, mit Engelshaar und Apfelringen und erstmals mit Lametta, das ihnen der Pfarrer geschenkt hatte. (Sanna wies Sarah auf Lücken hin, die noch behangen werden sollten.)

Paula, Sarahs Mama, war für Heiligabend von Elisabeth und Anna eingeladen worden, käme frühestens bei Dämmerung. Inzwischen waren die drei Frauen gut befreundet. Der Pfarrer würde das Fest mit Schwester Veronika, die ihn häufig besuchte, feiern. Er ging nie zu ihr in das Franziskanerkloster. Das wollte die Nonne nicht. Die beiden Mädchen ahnten, weshalb. Sie behielten ihr gelüftetes Geheimnis für sich. Die Leute in Aach hätten den Bastard mit Schund und Schande gesteinigt.

»Und du musst morgen wirklich arbeiten? Heiligtag?«, fragte Maria.

»Ja. Bin froh, dass ich es heute nicht muss. Grete hat sich für mich eingesetzt, sie schaffe das alleine. Die ist echt nett. Ich mag sie gern.«

»Peterchen, lass das!«

Der Kater tatzte immer wieder nach dem im Licht der hereinstrahlenden Sonne schimmernden Lametta, und Maria hatte Angst, er würde den Baum noch zum Umfallen bringen.

Sie hob Peterchen hoch und trug ihn in die Küche. In die Kammer durfte sie nicht, da waren die Geschenke für sie drin.

Der Baum war fertig geschmückt, die Mädchen stolz auf ihr gelungenes Werk.

»Mama, Anna! Kommt schauen!«

Die beiden Frauen waren in der Küche und bereiteten das Mahl vor. Wiener Schnitzel und Italienischer Mayonnaise-Salat. Als Elisabeth die Tür in die Stube hinein öffnete, huschte Peterchen an ihr vorbei. Schnell griff Sarah nach ihm, hob ihn hoch und streichelte den Kater.

»Wunderschön, Kinder!«, lobte Elisabeth.

»Ja, wunderschön!«, bestätigte Anna.

Sie holte aus der Kammer die Krippe und eine Schachtel mit Krippenfiguren darin. Alles von Elisabeths Bruder Jakob in jungen Jahren gefertigt und geschnitzt.

»Die stellen wir auf!«, sagte Sarah.

Maria lächelte: »Aber ohne Peterchen!«

Das Haus der Krippe, das im hinteren Bereich auf der zugeschnittenen Holzplatte stand, sah dem alten Bauernhaus, dem schönen Zuhause von Elisabeth, Anna und Maria ... und Sarah! ... sehr ähnlich, nur, dass daneben noch ein offener Stall angebaut war. Vor Tagen schon hatte Anna den Platz davor mit frisch getrocknetem Moos beklebt. Links und rechts ragten Steine aus dem Boden, die wie Felsen wirkten, stellenweise ebenfalls mit Moos verkleidet. Darauf kleine Zweigenden – Nadelbäume. Ein kleines Lagerfeuer in einigem Abstand zu dem mit hellbraunen Fensterläden geschmückten Haus, aus dessen geschindeltem Dach ein steinerner Kamin ragte. Sarah steckte Watte hinein – Rauch. Maria reparierte derweilen den ein wenig mitgenommenen Kreuzzaun, der von den linken Felsen zu den rechten reichte und so der Krippe einen würdigen Abschluss bescherte. Die Mädchen holten ein wenig Stroh aus dem Stadel, formten Ballen, banden diese mit Garn fest und legten sie in den Stall hinein. An der Hinterwand zwei, drei aufeinandergestapelt. Dann stellten sie Ochs und Esel auf.

Dann die kniende, betende Maria und den knienden, betenden Josef. Dazwischen die Futterkrippe – noch ohne den kleinen Jesus. Der würde erst am Abend hineingelegt werden, war er um die Zeit ja noch gar nicht geboren worden. Bevor sie die Hirten aufstellten, bewunderten Sarah und Maria diese. Jakob war wirklich als Knabe schon ein Künstler gewesen. Ein Hirte blies auf einer Flöte, ein anderer trug ein kleines Schaf um den Hals. Ein dritter zeigte mit ausgestrecktem Arm und Zeigefinger gen Himmel. Ein vierter, ein kleiner Junge, saß im Schneidersitz da und schnitzte seinerseits eine Ziege (Emma!). Jakob hatte sich in dieser Figur selbst verewigt. Ihn setzte Maria vor das Lagerfeuer, möge er es warm haben. Daneben den Hirtenhund. Die Schafe wurden auf der ganzen Krippe verteilt. Zuletzt hängte Sarah den Erzengel Gabriel und den Weihnachtsstern an die kleinen, dafür vorgesehenen Nägel auf das Giebeldach. Fertig.

Die Schüssel mit dem Italienischen Salat stand auf einem kleinen Tisch draußen in der kühlen Waschküche (hinter der Küche), die gleichzeitig als Speisekammer diente. Daneben der Teller mit den geklopften und panierten Schnitzeln darauf. Müssten nur noch in Schmalz herausgebacken werden.

Es dämmerte. Elisabeth entzündete die Petroleumlampen und die Kerzen. Sie wäre gerne dem Wunsch Marias nachgekommen, auch am Christbaum Kerzen anzubringen, das aber war einfach zu gefährlich. Die Zeit wollte und wollte für die beiden Mädchen nicht vergehen. Die Uhr tickte heute auffallend langsam, so, als wolle sie die Kinder bewusst ärgern. Anna zog an der Tischschublade und holte ein Päckchen Karten heraus.

»Habt ihr Lust?«

»Au-ja!«, war Sarah begeistert, und Maria fragte ihre Mutter: »Spielst du mit?«

»Natürlich! – Einen Kreuzjass? Anna und ich gegen euch beide?«

»Ihr werdet verlieren!« ...

Mitten im Spiel, die Mädchen lagen in Führung, klopfte es an der Stubentüre, und Paula trat ein. Auf ihrem Kopftuch und auf den Schultern und Armen ihres Mantels lag ein wenig Schnee.

»Schneit es?«, war Sarah begeistert und wollte schon an Paula vorbei nach draußen rennen.

»Halt! Halt! Halt! Halt! – Vor der Türe liegen deine Geschenke. Du kannst aus dem Fenster schauen. Aber nicht hinauslehnen und lugen!«

Maria kniete auf die Eckbank, riss das Fenster auf und öffnete die bereits geschlossenen Läden. Sarah hüpfte neben sie, kreuzte ihre Arme auf den Schultern der Freundin, lehnte sich an deren Rücken an, drückte ihre Wange an Marias Wange. (Sanna lehnte an Sarahs Rücken.) Was für ein Bild! Überall im Dorf brannten vor den Häusern und entlang der Wege Fackeln, die in den Schnee gesteckt worden waren. Hinter den Stubenfenstern flackerten Kerzenlichter. Da und dort sah man Schneeflocken vom Himmel fallen, an anderen Stellen hatte die Dunkelheit sie verschluckt.

»Leise rieselt der Schnee ...«, begann Sarah das bekannte Weihnachtslied zu singen, und die anderen stimmten ein. Anna und Paula sangen die zweite Stimme.

»... still und starr ruht der See,
weihnachtlich glänzet der Wald:
Freue dich, 's Christkind kommt bald!

In den Herzen wird's warm,
still schweigt Kummer und Harm,
Sorge des Lebens verhallt:
Freue dich, 's Christkind kommt bald! ...«[*]

Alle in der Stube hatten Tränen in den Augen. (Selbst Sanna.) Freudentränen.

---

[*] Eduard Ebel

»So, Kinder, ab auf den Dachboden! Wir richten alles her!«

Maria nahm eine Kordel mit, damit sie und Sarah sich mit dem bei ihnen beliebten Fadenspiel die Zeit vertreiben könnten. Die Mädchen lehnten sich an den Kamin, und Maria wickelte die Kordel um ihre beiden Handgelenke, steckte den Mittelfinger der rechten Hand unter die Schnur der linken Handfläche. Zog daran. Dann umgekehrt. In Sekundenschnelle kreierte sie eine Form – *Matratze* genannt. Sarah übernahm mit ihren beiden Daumen und Zeigefingern an zwei genau überlegten Stellen, zog die Figur auseinander, und ... schwups ... hielt sie das sogenannte *Katzenauge* in Händen. So ging es hin und her. (Sanna saß neben den beiden und schaute aufmerksam zu.) Von unten hörten die Mädchen das Brutzeln der Schnitzel – mmmh, wie das roch! –, Geschirr und Besteck klappern, Türen knarren, Geflüster. Und dann – endlich! – das helle Glöcklein, das Zeichen, sie dürften kommen.

Schnell eilten Maria und Sarah die kleine Leiter hinunter in die Küche – die Hühner flatterten umher, beschwerten sich schlaftrunken mit leisem, stockendem Gackern –, und die Mädchen öffneten die Tür in die Stube hinein. Oh Gott, wie herrlich! Der Tisch war wunderschön gedeckt, der Raum hell erleuchtet. Sogar auf dem Christbaum brannten jetzt sieben oder acht Kerzen. Die gute Mutter! Elisabeth würde Acht geben, dass nichts passierte. Wichtiger war es, das Kind glücklich zu machen. Unter dem Baum lagen die Geschenke, die meisten in selbstbemaltem Papier eingepackt. Anna überreichte Maria das hölzerne Jesuskind, sie solle es in die Krippe legen. Das war seit vielen Jahren so Brauch. Maria nahm den geschnitzten Heiland entgegen, machte einen Schritt, setzte zurück und überreichte ihn Sarah. Die freute sich ungemein, legte das nackte Kind auf das harte, piksende Stroh. Anna las die Weihnachtsgeschichte aus der Bibel, dann sangen alle das *Stille Nacht*. (Sanna, die vor dem Christbaum saß und sich der brennenden Kerzen erfreute, summte leise mit.)

In anderen Familien war es üblich, dass man sich vor der Bescherung an den Tisch setzte und zuerst einmal aß. Maria fand das blöd. Dann könne man sich vor lauter Bangen auf die Geschenke ja gar nicht über das leckere Essen freuen. Elisabeth und Anna hatten das eingesehen. Also wurde es bei ihnen umgekehrt gemacht. Bevor es aber so weit war, holten die Mädchen noch ihre Geschenke für die anderen. Maria hatte sie in der Waschküche versteckt, Sarah die ihrigen im Stadel. Dann wurde hin und her gereicht.

»Frohe, gesegnete Weihnachten!«

»Frohe, gesegnete Weihnachten!« ...

Beide Mädchen bekamen eine Rodel. Das war unter den Frauen so ausgemacht worden. Die waren nicht eingepackt gewesen, die hatten die Kinder schon beim Betreten der Stube erblickt. Maria wunderte sich, war der Schlitten bestimmt nicht billig gewesen, und viel Bargeld hatte die Familie bei Gott nicht. Doch Elisabeth hatte eine der noch übriggebliebenen sieben geschnitzten Heiligen-Figuren Jakobs verkauft, und die waren inzwischen begehrt und wurden gut bezahlt. Maria war gar nicht aufgefallen, dass eine fehlte, obwohl sie fast jeden Tag Zeit im Stadel verbrachte und die Figuren ihres verstorbenen Onkels stets bewunderte und sehr liebte.

Elisabeth bekam von Anna ein Nachthemd, Anna von Elisabeth ... ein Nachthemd. Beide lachten dermaßen, dass sie sich gegenseitig halten mussten und in die Knie gingen. (Sarah schmunzelte, weil Sanna herzhaft mitlachte, rücklings auf dem Boden liegend, die Knie angezogen.) Paula hatte für die Frauen einen selbst zubereiteten Eierlikör mitgebracht. Für Maria einen Lederschulranzen, in Landkirch gekauft. Für die Tochter gab es neben der Rodel noch ein Dirndl für die Arbeit und Schuhe für den Sonntag. Sarah hatte für alle Mützen mit verschiedensten Mustern in buntesten Farben gestrickt. Die für Maria allerdings war nur in Blautönen gehalten. Maria ihrerseits hatte ihre Liebsten aus dem Kopf auf weißes Papier gezeichnet und jeweils einen Holzrahmen herum gebastelt.

Sarah und die drei Frauen staunten nicht schlecht, reichten die Zeichnungen hin und her.

»Das ist unglaublich, Maria! Das bin wirklich ich«, sagte die Mutter stolz, »und das ist Anna.«

Paula hatte wässrige Augen.

»Sogar mich hast du gezeichnet. Das ist lieb von dir!«

»Schaut mal, wie sie mich getroffen hat!«, freute sich vor allem Sarah über dieses wunderbare Geschenk.

Maria packte noch einen Schal aus, eine Winterjacke, feste Schuhe und ... Wasserfarben, Pinsel, Aquarell-Papier.

»Mama, Anna! – Danke! Danke! Danke!«

Niemand hatte bemerkt, dass Sarah die längste Zeit schon ein kleines Päckchen in Händen hielt. Das überreichte sie jetzt Maria.

»Für mich?«

»Für uns!«, lächelte Sarah.

Maria verstand nicht ganz, zog vorsichtig an der Schleife, gab behutsam das Geschenkpapier weg. Ein kleines, aufklappbares ... Schmuckkästchen? Darin zwei ineinander verschlungene Goldkettchen und ein Anhänger. Ein Herz, in dem zwei weitere kleine, rote Herzen eingearbeitet waren. Schräg, links und rechts darüber, zwei Namen eingraviert: Sarah. Maria.

Sarah nahm die Goldkettchen heraus, brach das Herz wie eine Hostie in der Mitte auseinander, und plötzlich waren es zwei Anhänger an jeweils einem Kettchen. Zwei halbe Herzen. An der gebrochenen Stelle s-förmig.

»Eines für dich, eines für mich!«, sagte Sarah. »Mögen die beiden Herzhälften stets zueinander finden und Symbol unserer unzertrennlichen Freundschaft sein!«

Dann überreichte sie der Freundin das eine Kettchen und den Anhänger mit der eingravierten Inschrift – Sarah. Hängte sich selber das andere Kettchen samt Medaillon um den Hals, mit der Inschrift – Maria. Die tat es Sarah gleich, umarmte die gute, beste Freundin.

»Mögen wir es nie ablegen.«

Die Frauen waren gerührt. (Und Sanna.)

»So, jetzt essen wir!«, unterbrach Anna die lang anhaltende Stille, holte aus dem eingeheizten Backofen in der Küche die fertigen Schnitzel.

»Kümmerst du dich um den Salat, Elisabeth?«

»Natürlich! Gerne!« ...

Gegen zehn Uhr marschierten sie Richtung Aach los. Diesmal gingen sogar Elisabeth und Anna mit. Es galt, der Christmette beizuwohnen. Ganz Pianz war auf dem Weg ins Tal hinunter. Die Erwachsenen hielten Fackeln oder Petroleumlampen in Händen, die Kinder zogen an wenig steilen Stellen ihre Schlitten hinter sich her, um sich an steileren auf diese draufzusetzen oder draufzulegen. Hui! Am besten liefen die beiden neuen Rodel von Maria und Sarah. Das ärgerte vor allem die Buben. (Das freute Sanna, die es genoss, wie ihr der Schnee, auf dem Rücken Sarahs liegend, ins Gesicht spritzte.)

Andreas hatte die Mette gut vorbereitet. Viele Kinder durften die Feier rundum den heute geborenen Heiland mitgestalten. Auch Maria. Die letzten Wochen hatte man nach der Schule fleißig geübt. Sarah sang im Chor. Sie würde *Es ist ein Ros entsprungen* solo singen, nur von der Orgel begleitet. Das ganze Dorf liebte ihre Stimme. Die Kirche war gerammelt voll. Selbst Bürgermeister Auer war heute seit geraumer Zeit zum ersten Mal wieder in den Kirchbänken zu sehen. Er hatte sich unter allen Männern im Dorf am längsten geweigert, klein beizugeben. Diesem jungen, modernen, vermaledeiten Pfarrer. Was nützte es? Bald einmal waren Wahlen, und die Stimme einer Frau zählte genauso viel wie die eines Mannes. Zudem musste er zugeben, die Mette war ein besonderes Erlebnis. Keine langweilige Messfeier, nein, eher ein beeindruckendes, aufregendes Theaterstück. Die Kinder hatten ein Krippenspiel vorbereitet. Und obwohl sein Enkel Wilhelm gar nicht zu den Ministranten gehörte, durfte er mitmachen. Nicht etwa als Esel oder Ochs, nein, er war der Josef. Maria war Maria. (Sanna spielte alle Rollen mit.) Das Spiel wurde immer wieder von Weihnachtsliedern des Chors begleitet. Sobald die ersten Töne angestimmt wurden, sangen alle mit. Die Kinder, die Erwachsenen, der Pfarrer.

Waren bisher alle Lieder von der Orgel begleitet worden – *Ihr Kinderlein, kommet; Es wird scho glei dumpa; Maria durch den Dornwald ging; Es ist ein Ros entsprungen* (bei diesem Lied sang keiner mit, alle horchten der wunderbaren Stimme Sarahs) –, wunderten sich die Menschen, weshalb gegen Ende der Mette Lehrer Kofler den Altarraum mit seiner Gitarre betrat. Er war von Andreas gebeten worden, das *Stille Nacht* zu begleiten. Und Damian machte das gerne und gekonnt. Zuerst zupfte er nur die verlangten Akkorde, eine Strophe lang. Es wurde ganz still im Kirchenraum. Dann summte er in einem zweiten Durchgang die Melodie, und alle summten leise mit. Endlich wagte er sich an die erste Strophe. Die Kirchgänger stimmten ein. Weiterhin im Flüsterton, um der Gitarre und der eigenen Ergriffenheit zu lauschen.

»Sti-ille Nacht! Heilige Nacht!
Alles schläft, einsam wacht
nur das traute, hochheilige Paar.
Holder Knabe im lockigen Haar,
schlafe in himmlischer Ru-uh'!
Schla-af in himmlischer Ruh'!«

Damian wechselte vom Zupfen der Gitarre ins Schlagen. Sein Gesang wurde ein wenig lauter. Als berührte das Jesuskind selbst ihre Herzen, taten die Menschen aus Aach und Pianz und den anderen umliegenden Dörfern es ihm gleich, fühlten sich in diesem Moment wie eine auf Lebzeiten eingeschworene Gemeinschaft. Wie eine Familie.

»Sti-ille Nacht! Heilige Nacht!
Gottes Sohn! O, wie lacht
lieb aus Dei-einem göttlichen Mund,
da uns schlä-ägt die rettende Stund',

Jesus in Deiner Gebu-urt!
Je-sus in Deiner Geburt!«

Am Ende der zweiten Strophe hatte zaghaft die Orgel eingesetzt.
Ein Mädchen mit Geige hatte den Altarraum betreten, war neben den Lehrer getreten, und die Kleine spielte jetzt die dritte
Strophe auf ihrem Instrument gefühlvoll und kräftig mit. (Obwohl Sarah wusste, dass niemand, außer ihr selbst, Sanna sehen
konnte, deutete sie der imaginären Freundin mit den Händen
leicht gestikulierend an, sie solle nicht so nahe bei dem Mädchen stehen und es nicht so anglotzen. Als könnte das arme
Ding deshalb drauskommen. Sanna gönnte Sarah keinen Blick,
war von dem Geigenspiel einfach hingerissen und beobachtete,
die Hände am Rücken überkreuzt, den von dem zu träumen
scheinenden Mädchen hin und her streichenden Bogen auf den
vier gespannten Saiten.) Alle sangen laut und kräftig mit, selbst
die, die sich ansonsten ihrer Stimme schämten. Man würde sie
nicht heraushören. Viele hatten Tränen in den Augen. Andreas.
Maria. Sarah. – Viele! Viele! (Sanna.) Es war atemberaubend.

»Sti-ille Nacht! Heilige Nacht!
Hirten erst kundgemacht!
Durch der E-engel – A-lleluja –
tönt es la-aut von Ferne und Nah:
Christus, der Retter ist da-a!
Chris-tus, der Retter ist da!«*

Alle waren sich einig: Das war die schönste Christmette, die
Aach jemals erlebt hatte. Selbst Bürgermeister Auer hatte,
ohne es sich wirklich einzugestehen, ein wenig Respekt vor
dem neuen Pfaffen.

Paula musste den Pfarrer nicht lange bitten.

---

* Joseph Mohr / Franz Xaver Gruber

»Natürlich! Gerne!«, sagte Andreas.

Sie wollte sich bei Elisabeth und Anna und Maria erkenntlich zeigen. Lud alle drei zum Silvesterabend ein. Maria freute sich besonders, war in Aach in dieser Nacht viel mehr los als in Pianz. Das wusste sie aus Erzählungen Sarahs. Feuerwerke. Böller. Sektgläser ... Außerdem schaute sie der Pfarrer in den letzten Wochen nicht mehr so ihre Seele und Eingeweide durchlöchernd an. Das war ihr sehr angenehm.

Im Pfarrhaus gab es verschiedene Sorten Fleisch, verschiedenes Gemüse, Tomaten- und Gurkensalat, grünen Salat, Kartoffeln und Reis. Zum Nachtisch Apfelkuchen mit Schlagobers. Oder lieber Birnenkompott? Elisabeth und Anna waren ein wenig beschämt. So reichlich hätten sie zu Weihnachten niemals auftischen können. Maria ließ es sich schmecken. Sarah saß leider nicht mit am Tisch. Sie musste arbeiten. Dafür war Schwester Veronika eingeladen. Das wunderte Maria nicht. Es war ein lustiger Abend. Es wurde angestoßen, es wurde getrunken. Sekt und Wein. Selbst Maria durfte an einem Glas Sekt nippen. Um etwa elf Uhr halfen alle mit, abzuräumen, das Geschirr und die Gläser zumindest einmal in der Küche zusammenzustellen. Paula war sehr froh darüber. Um Viertel nach elf kam endlich Sarah. Um halb zwölf gingen alle zusammen hinaus. Auf den Straßen war ein Höllenlärm. Die Dorfkapelle spielte. Erste Böller knallten. Die meisten Erwachsenen waren angetrunken. Ganz besonders Bürgermeister Auer. Er legte dem Pfarrer seinen Arm um die Schulter, drückte ihn an sich.

»Sie alter ... Schuldigung! ... Sie junger Haudegen! Haben es mir gescheigt! Reschpekt! Reschpekt! Aber ... wer suletscht lacht, lacht am beschten! Aufpaschen! Keine Fehler machen, Herr Von und Schu!«

Dann ließ er wieder los, mischte sich unters Volk. Maria und Sarah lehnten am Dorfbrunnen, fanden den hin und her wackelnden Menschenauflauf lustig.

»Sarah! ...«

Grete, ihre Mitarbeiterin vom *Sonnwies*, kam mit einer ge-stohlenen Sektflasche aus dem Hotel daher.

»... Kommt, Mädels, die trinken wir jetzt aus! Wir warten noch, bis das neue Jahr beginnt. In drei Minuten ist es so weit.«

Maria war unwohl zumute, wollte aber keine Spielverder-berin sein. Sie wusste nicht, dass es Sarah genauso erging. Die drei setzten sich auf eine kleine Mauer hinter einen wuchern-den Busch. Da konnten die anderen sie nicht so gut sehen. (Sanna blieb stehen.) Die Dorfbewohner zählten die Sekunden herunter. Währenddessen lockerte Grete den Korken. Er sollte um Punkt Mitternacht knallen.

»Zehn – neun – acht – sieben – sechs – fünf – vier – drei – zwei – eins ...«

Der Sektkorken spickte in die Luft. Die Kirchenglocken läuteten. Feuerwerkskörper wurden gezündet, und der Schnee auf dem Boden, auf den Häusern und Bäumen leuchtete in al-len Farben. Beeindruckend. Böller knallten. Beängstigend. Die Menschen fielen sich in die Arme, stießen mit ihren Gläsern an und wünschten sich gegenseitig ein gutes, gesundes Neujahr. Grete nahm einen großen Schluck aus der Sektflasche, reichte diese Sarah hin.

»Happy new year! – Mädels!«

Die beiden konnten zwar kein Englisch, ahnten aber, was es heißen sollte.

»Ja, dir auch!«

Sarah nahm einen zaghaften Schluck, reichte die Flasche Maria weiter. Die tat nur so, als trinke sie, presste die Lippen zu-sammen. Der Sekt kribbelte und kitzelte ihre Nase, und ihr kam in den Sinn, dass sie heute schon einmal an einem Glas genippt hatte. Also nahm sie doch einen Schluck, spuckte das grausliche Zeug gleich wieder aus und hustete, weil sie sich verschluckt hatte und die Speiseröhre sich anfühlte, als knistere ein kaltes Feuer in ihr. Nein! Alkohol war nicht ihres. Grete lachte. (Sanna lachte.) Sarah klopfte Maria auf die Schulter, damit sie wieder Luft bekam. Da vorne waren Paula, Elisabeth und Anna.

»Tut uns leid, Grete – wir müssen!«

»Passt gut. Ich finde schon jemanden, der mit mir die Flasche bis zur Neige leert. – Bis morgen ... heute!«

Oje! Daran hatte Sarah im Moment gar nicht gedacht, dass sie ... heute noch! ... arbeiten musste. Gott sei Dank erst am Nachmittag. Anna schaute ein wenig genervt aus. Sie hielt sich die Ohren zu. Trotzdem drückte sie, wie Paula und Elisabeth es taten, die beiden Mädchen, wünschte ihnen ein gesundes, gesegnetes Jahr.

»Elisabeth, wir sollten aufbrechen. Wir haben noch einen langen Weg vor uns!«, sagte sie ungewöhnlich drängend.

»Ihr schlaft nicht bei uns?«, fragte Paula beirrt. »Ich habe alles hergerichtet!«

»Um Himmels willen! Nein! Ich könnte kein Auge zumachen!«

Maria schaute Anna nachdenklich an. Das stimmte. Zwar war Anna hier in Aach und zeitweise sogar in Landkirch aufgewachsen, lebte aber seit vielen Jahren bei Elisabeth und ihr oben in Pianz. Hatte sich aller Hektik entledigt, sog das einfache, ruhige Leben Tag für Tag in sich auf, genoss die leisen Geräusche der Nacht, die der Wind, der durch die Bäume und Sträucher des Waldes blies, ihr schenkte. Atmete tief die Gerüche des Hauses, der Wiesen, der Fichten- und Tannennadeln ein. Die frische Bergluft. Anna war glücklich, hätte nirgendwo glücklicher sein können als in dem kleinen Bauernhaus bei Elisabeth und ihr. Das war gut zu verstehen, erging es Maria nicht anders. Ab und an einmal ein Feuerwerk an Ausgelassenheit beobachten, mehrere laute Glocken gleichzeitig hören, sich von knallenden Böllern und Sektkorken erschrecken lassen, war aufregend. Doch leben wollten beide nur oben in Pianz. Das kleine Bauernhaus und sein Drumherum war ihnen Heimat, die sie mit keiner anderen getauscht hätten. Armselig und bescheiden zwar, doch wunderschön.

»Du schläfst doch bei uns, Maria?«, holte Paula sie aus ihrer Gedankenwelt zurück.

»Ja, ich schlafe bei Sarah!«, wollte das gute Mädchen die Mutter ihrer besten Freundin nicht noch mehr enttäuschen.

Der Winter hatte unzählige Schlitten-Spuren in den Schnee gedrückt, der Frühling schmolz diese langsam dahin. In den frühen Morgenstunden wurden die Menschen von dem lieblichen Gesang der Vögel geweckt. Erste Schneeglöckchen kämpften sich durch die weiße Pracht, Weidenkätzchen blühten. Ihre Zweige wurden abgezwickt, gesammelt, in eine Vase gesteckt und ausgeblasene, bemalte Ostereier daran gehängt. Gelbe Narzissen in den Gärten unten in Aach wirkten wie tausend kleine Sonnen, schmückten die Kirche und die Kruzifixe in der Osterzeit. Im ganzen Dorf roch es nach Flieder. Die Kinder suchten in den Häusern, in den Ställen, in den Gärten nach ihren Osternestern. Manch eines hatte nach Stunden Tränen in den Augen, und die Eltern erbarmten sich und gaben kleine Hinweise.

Die kleine Schöpfner-Lotte hatte ihr Nest gleich gefunden. Der Blick ihres Vaters Richtung Erdkeller war ihr nicht entgangen. Hm, lecker! Es waren aber nicht nur die Ostereier und die Süßigkeiten, die sie wie eine aufgedrehte Puppe durch das ganze Haus tanzen ließ, es war vor allem die heranrückende Erstkommunionfeier. Nächsten Sonntag würde es so weit sein. Lotte war unglaublich aufgeregt.

»Mama, wann endlich bist du mit dem Kleid fertig!«

»Bald, Kind, bald!«

Am Mittwochvormittag konnte Lotte es anprobieren. Es passte, war wunderschön. Am Nachmittag ging Lydia mit ihr Schuhe einkaufen.

»Ich möchte solche, wie Maria sie hat. Wo blaue Blumen drauf sind.«

»Wenn es die aber nicht gibt, Lotte!«

»Dann gehe ich in Bergschuhen zur Erstkommunion!«

»Meinetwegen!«

Langsam beruhigte sich die Kleine, entschied sich für ganz weiße Schuhe. Die beiden blauen Blumen würde sie selbst hinaufmalen. Tat sie wirklich. An dem großen Tag machte ihr Paula die Haare, flocht Gänseblümchen hinein. Bezaubernd.

Die Messe hatte Andreas ähnlich feierlich geplant wie die Christmette. Viele Kinder ministrierten, viele Lieder wurden gesungen. Er nahm sich Zeit für jeden einzelnen Buben, für jedes einzelne Mädchen, redete mit ihnen, empfingen sie ja zum ersten Mal den Leib Christi. Lotte war ungemein stolz, fühlte sich wichtig, als drehe sich die Erde in diesem Moment nur um sie. Sie war der Mittelpunkt. Sie war die Sonne. Die Hände gefaltet, die Zunge weit herausgestreckt ...

»Der Leib Christi!«

»Amen!«

... nahm sie die Hostie mit großer Ehrfurcht in ihrem Mund wahr, bekreuzigte sich, ärgerte sich gleich einmal, als sie merkte, dass die Oblate an ihrem Gaumen klebte. Mit der Zunge versuchte sie, während sie zur Kirchbank zurückging, diese möglichst unauffällig wieder von da oben wegzubringen, um sie endlich schlucken zu können. Sie kniete sich nieder, verdeckte ihr Gesicht mit beiden Händen, leierte im Stillen das *Vater unser* herunter, fuhr mit der Zunge am Gaumen hin und her, bis sich die Hostie endlich in ihre Einzelteile auflöste und sie das Abendmahlbrot stückweise verschlingen konnte. Lotte war enttäuscht. Nichts, gar nichts hatte sich in ihr verändert. Sie fühlte sich nicht anders als sonst. Und deswegen der große Aufstand? Das Getue? Das Geschwätz? Schwarze Wolken hatten sich vor die Sonne geschoben.

Nach der Messfeier hatte Lotte ihren Missmut gleich der Hostie hinuntergeschluckt, war gut gelaunt, freute sich auf das Mittagessen im *Hirschen*. Sie hielt die Eltern, die schon zum Gasthof hinübergehen wollten, mit aller Kraft zurück, indem sie an ihren Kleidern zog. Die vier älteren Brüder des Nesthäkchens der Familie, die Schöpfner-Buben, wie sie im ganzen Dorf hießen, gingen voraus. Lotte wartete auf Maria und Sarah. Seit sie die beiden nackt gesehen hatte, und dieses Erlebnis war ihr eine ganz andere Welt als die eigene gewesen, vergötterte die Kleine die beiden Mädchen ins Unendliche. Da waren sie. Endlich!

»Sarah! Maria! Ihr müsst mit mir mitkommen. Mama und Papa laden euch ein.«

Lydia und ihr Mann Michael schauten sich erschrocken an.

»Wir kommen sowieso in den *Hirschen*. Und ihr müsst uns nicht einladen. Das tut bereits der Pfarrer«, sagte Maria, die merkte, wie peinlich berührt die Schöpfner-Eltern waren. Die schnauften innerlich aus. Lotte schnaufte gleichfalls aus und drängte sich zwischen Sarah und Maria, griff mit ihren Händen jeweils eine der beiden ... Göttinnen.

»Los geht's! Lasst uns feiern! Lasst uns endlich was Gescheites essen!«

Es war der 28. Juni. Marias dreizehnter Geburtstag. Erste Johannisbeeren und Stachelbeeren waren reif. Sarah und Maria saßen vor den Sträuchern, pflückten und aßen die Früchte.

»Warum wolltest du heuer keine Geschenke?«, fragte Sarah. »Weshalb durften deine Mama und Anna keine Feier vorbereiten?«

Sarah konnte das nicht wirklich verstehen.

»Ich sage dir jetzt ein Wort, und du versuchst, nicht daran zu denken!«, antwortete Maria.

»Also gut!«

»Schlagobers.«

Im selben Augenblick sah Sarah einen Eisbecher mit viel Sahne vor sich, hatte sogar den Geschmack von Vanille und Erdbeere und Obers auf der Zunge.

»Fahrrad.«

Sarahs größter Wunsch. Ein rosa Fahrrad. Sie sah sich durch die Gassen und Straßen Aachs fahren.

»Brautstrauß.«

Der flog durch die Luft und landete in ihren Händen. Wen würde sie wohl eines Tages heiraten?

»Das geht nicht, Maria. Wenn du ein Wort sagst, kann man nicht nicht daran denken.«

»Wir alle haben Wünsche und denken, würden sie erfüllt, wären wir glücklicher. Das glaube ich nicht. Was wir bereits haben und schätzen, das macht uns glücklich. Du machst mich glücklich. Mama macht mich glücklich. Anna macht mich glücklich. Ich brauche nicht mehr als das, was bereits da ist. Gehen wir alle heute Abend zum See hinauf! Der macht mich glücklich. Schwimmen wir darin! Das macht mich glücklich. Lasst uns, wenn es dunkel ist, ein Lagerfeuer entfachen! Im Lichte seiner hellen Flammen werden wir unsere Zufriedenheit, unsere Glückseligkeit erkennen. Und es wird kein erfüllter Wunsch sein. Es ist das Leben, das wir leben.«

Sarah spürte wieder einmal ganz eindringlich, wie einzigartig ihre Freundin war. Wie froh sie um Maria war.

»Dich zu kennen, mit dir dazusitzen und Beeren zu essen, ist mein größtes Glück. Du hast Recht. Ich brauche nicht mehr.«

(Sanna war überwältigt von der tiefen Freundschaft der beiden.)

Anna war diejenige gewesen, die Maria von Vornherein verstanden hatte. Elisabeth ein wenig erschrocken. Da war er wieder, dieser Blick einer Erwachsenen. Als die Mädchen in die Stube hineingingen, lag auf dem Tisch ein eingepacktes Geschenk. Von der Form her erkannte Maria sofort, dass es eine Gitarre war. Sie freute sich tierisch, umarmte die liebe Mutter und hatte dabei glänzende Kinderaugen.

Anna ging nervös im Gang des zweiten Stockes des Bezirksgerichtes in Aach hin und her. An den Wänden hingen Landschafts-Aquarelle. Es musste etwas Wichtiges sein, der Brief war eingeschrieben gewesen. *Zimmer 214, Freitag, 9.00 Uhr* war da gestanden. Hoffentlich war es nichts Schlimmes. Anna betrachtete die Bilder, das lenkte ein wenig ab. Elisabeth und Maria saßen auf zwei Stühlen gleich neben der entsprechenden Türe. Richter Sonnleitner kam heraus, bat Anna hinein.

»Dürfen Elisabeth und Maria mitkommen?«

Er zögerte ein wenig, sagte dann aber doch: »Natürlich!«

Der Raum wirkte majestätisch. Der Richter stellte noch zwei der vielen an den Seitenwänden angelehnten, mit Leder gepolsterten Stühle – die Holzlehnen ornamentartig verziert, die Beine gedrechselt – vor den schweren, dunklen Pult. Einer war bereits dort gestanden.

»Setzt euch!«

Maria fielen sofort die drei großen Fenster an der Rückseite des Zimmers auf. Schmiedeeisernes Gitter-Muster. Wabenförmig. Aus kunstvoll eingerahmten Ölbildern an den Seitenwänden schauten grimmige Gesichter auf sie herab. Nur Männer. Sonnleitner setzte sich auf seinen mächtigen Stuhl hinter dem Pult. Das grelle Tageslicht hatte sich vor den Fenstern gebündelt und strahlenförmig den eigentlich dunklen Raum erobert. Der Richter wirkte für Maria wie die schwarz-graue Silhouette eines Königs, der hier absolut herrschte. Irgendwann würde er wohl gleichfalls griesgrämig und ölig aus einer mit goldenem Rahmen eingepferchten Leinwand, aufgehängt an zwei Nägeln, auf den Nachfolger seines Himmelreiches hinunterschauen. Gottgleich.

»Ich habe gute Nachricht für dich, Anna!«

Er holte in seinen Ausführungen aus. Erzählte, dass Pfarrer Lorenz nun bereits über ein Jahr verschollen sei, dass dessen Testament, das der Richter von einem Notar aus Landkirch ausgehändigt bekommen habe, deshalb Gültigkeit erlangt habe. Der Pfarrer sei rechtlich für tot erklärt worden.

»Und was hat das mit mir zu tun?«, fragte Anna.

»Das ist es ja. Er hat alles dir vererbt!«

… [Katharina zog die Vorhänge zurück, öffnete alle Fenster, alle Läden, ließ den Duft der für sie neugeborenen Stadt in die Räume ihrer feinen Landkircher Wohnung, die sie Lorenz beauftragt hatte, für sie und das Kind zu mieten. Sie hatte ihn, das reichliche Vermögen seiner

Eltern und ihre eigene Zukunft, vor allem die des Kindes, fest im Griff. Sogar ein Testament, welches Anna zu Lorenz' Haupterbin machen würde, hatte sie ihn notariell unterschreiben lassen. Ansonsten drohe ihm der Verrat.] ... *[»Die Töchter«]*

Anna, Elisabeth und Maria rissen die Augen auf, sahen sich gegenseitig groß an. Was sie dann von Sonnleitner, der das Testament vorlas, zu hören bekamen, war dermaßen unwirklich, dass allen dreien schwindelig wurde. Maria hatte Recht gehabt. Sobald man ein Wort hört, schafft man es nicht, nicht daran zu denken. Die Bilder, die aus dem Gehörten vor ihren Augen entstanden, kreuz und quer, schoben sich in immer schnellerem Tempo übereinander und ineinander, bis sie sich zu einem undurchschaubaren Knäuel formten. Ländereien und Wälder in Kärnten. Zwei Mietshäuser. Wertpapiere und Unmengen Bargeld in Schließfächern nicht nur einer Bank. Ein seit vielen Jahren leerstehendes Haus in Aach – gleich neben der Bäckerei. Die Leute hatten sich schon gewundert, wem das wohl gehöre. Es wäre eine Art Altersvorsorge für Lorenz gewesen, hätte er aus irgendwelchen Gründen das Amt des Pfarrers nicht mehr ausüben können. Krankheitshalber. Möglicherweise. Er hätte seinen Lebensabend hier in Aach verbracht, wäre niemals nach Kärnten, seine eigentliche Heimat, oder anderswohin gezogen.

Der Richter nahm das Original des Testamentes aus der Mappe, bevor er diese schloss. Dann überreichte er das Dokument Anna und streckte ihr die Hand hin.

»Ich gratuliere.«

»Wozu? Ich habe nichts geleistet.«

»Trotzdem. Du bist jetzt mehrfache Millionärin. Und wenn du etwas brauchst, rechtlichen Beistand oder so – ich bin immer für dich da! ...«

Insgeheim erhoffte sich Sonnleitner, gute Geschäfte mit der naiven jungen Frau zu machen.

»... Also dann, wir sehen uns!«

»Grüß Gott, Herr Richter!«

Den ganzen langen Weg hinauf nach Pianz waren Elisabeth, Anna und Maria dermaßen fassungslos, dass sie kaum etwas redeten. Höchstens ein leises »Unglaublich!« oder ein »Wie kann das sein?« begleiteten das Flüstern des Waldes.

Auch in den nächsten Tagen wurde nur das Notwendigste gesprochen. Anna schien keineswegs glücklich über ihr Erbe zu sein. Im Gegenteil, sie wirkte traurig und verstört. In Aach und in Pianz musste sich die Sensation herumgesprochen haben. Auffallend viele Nachbarn und Bekannte spazierten an dem kleinen Bauernhaus vorbei, »Eine kleine Wanderung!« als Ausrede, wollten schon in ein Gespräch verwickeln, schauten zugleich enttäuscht und verärgert zu, wie Anna oder Elisabeth oder Maria oder zwei von ihnen oder alle drei im Haus verschwanden. Nur Sarah und Paula waren dieser Tage nie aufgetaucht ...

Anna stellte den Krug mit warmer Ziegenmilch auf den Frühstückstisch, setzte sich zu Maria und Elisabeth. Sie hielt ein zusammengefaltetes Papier in Händen.

»Ich weiß, was wir mit dem Reichtum machen! Wenn ihr damit einverstanden seid? ...«

Das war Anna. Sie hatte nicht *ich*, sie hatte *wir* gesagt.

»... Ich möchte keine Millionärin sein. Das ist ein furchtbares Wort. Ich möchte reich sein. Und das bin ich. Geld kann einen Segen bedeuten für Menschen, die davon zu wenig haben. Wir zum Beispiel. Doch jetzt haben wir es zuhauf ...«

Sie faltete das Papier auseinander. Es war der Plan, den Johann, Elisabeths Vater, kurz vor seinem Tod gezeichnet hatte. Ein Plan des Hauses mit zwei weiteren Kammern. An die Küche und die Speisekammer (Waschküche) angelehnt. Seinerzeit für Jakob und Elisabeth gedacht.

»... Das ist ein guter Plan. An der rechten Seite des Hauses wäre genügend Platz, anzubauen. Dann hätte Maria endlich eine eigene Kammer, und wenn Paula oder sonst wer bei uns übernachten möchte, wäre da noch eine. Außerdem, wer weiß, was uns die Zukunft bringt. Was ich nicht möchte, und ich hoffe, ihr seid da selber Einstellung, ist ein Haus irgendwo im Getümmel lärmender Menschen. Ich möchte keine Elektrizität. Ich liebe das Kerzenlicht. Ich liebe das knisternde Holz in unserem Ofen. Ich liebe das Bolzen-Bügeleisen. Ich liebe die beiden Emmas und den Geruch warmer Ziegenmilch. Ich liebe das Gackern und Flattern der Hühner in der Küche, wenn es draußen zu kalt für sie ist. Ich liebe den Geruch von Tannen- und Fichtennadeln. Ich liebe es, wenn die Vögel des Waldes mich frühmorgens wecken. Ich liebe das *Leise rieselt der Schnee*, wenn ich es mit euch singen darf. Ich liebe die Schneeflocken, die hier in Pianz besonders schön vom Himmel fallen. Ich liebe unseren Garten und die große Eiche vor dem Haus. Ich liebe die *Kapelle zur Heiligen Eva*. Ich liebe den hölzernen Brunnen hinter dem Haus. Ich liebe den Bergsee. Ich liebe die Bergluft. Ich liebe dich, Maria, und ich liebe dich, Elisabeth. Und ich liebe all meine schönen Erinnerungen an euch. Mit euch. Ich sammle und bewahre sie wie einen Schatz. Ich bin glücklich! Ich möchte es bleiben! Ich brauche kein Feuerwerk und keinen Sekt und keine Blasmusik und keine lauten Kirchenglocken und keine betrunkenen Menschen um mich herum! ...«

Elisabeth hielt ihre Hände, lächelte.

»... Wir könnten viel Gutes tun mit dem Geld und dem Reichtum. Das leerstehende Haus in Aach wäre doch etwas für Paula und Sarah. Ein Stall. Ein Stadel. Ein Garten. Sie könnten sich ein neues Leben aufbauen. Ein, zwei Kühe. Schafe. Schweine. Hühner. Was weiß ich? Vielleicht braucht der Bäcker daneben einmal neues Gerät. Vielleicht braucht die Schule ein zweites, gar drittes Klassenzimmer. Einen Turnsaal. Natürlich will ich nichts verschwenden. Maria möchte vielleicht studieren gehen. Es könnte irgendwann große Not über uns kommen. Es wird immer genug Geld vorhanden sein. Trotzdem. Das Leben hier in diesem Haus, dieses Leben mit euch, ist für mich der Himmel auf Erden. Und den möchte ich nicht aufgeben.«

Noch nie hatte Maria Anna so viel reden hören. Einerseits klare Gedanken. Anderseits sehr verwirrt. Jedenfalls unglaublich liebenswürdig. Maria liebte Anna.

»Das ist ein guter Plan!«, sagte Elisabeth, und sie meinte damit nicht nur die Zeichnung ihres Vaters.

Maria stand auf, kam hinter der Eckbank hervor und umarmte Anna auf ihrem Stuhl sitzend von hinten. Küsste sie auf die Wange ...

Paula lehnte zuerst ab, das könne sie keinesfalls annehmen. Ihr erging es ähnlich wie Anna. Tagelang ging sie nervös im Pfarrhaus hin und her, auf und ab. Redete kaum. Dann marschierte sie los. Zuerst zum Hotel *Sonnwies*. Es sei wichtig und dringend, die Tochter würde die versäumte Zeit einarbeiten. Wenig später stieg sie zusammen mit Sarah Pianz entgegen. Sie bat Anna, Elisabeth und Maria um Vergebung ihrer eigennützigen Entscheidung. Sie könne das unvergleichlich großzügige Angebot nicht ablehnen. Dass sie das der Tochter wegen tat, erwähnte sie nicht, war aber allen klar. (Sanna freute sich, sprang wie ein Geißlein in der Stube umher und klatschte in die Hände.)

Am nächsten Tag fuhren Anna, Maria und Sarah mit einem gemieteten Pferdewagen nach Landkirch, kauften dort zwei Fahrräder. Ein hellblaues für Maria. Ein rosafarbenes für Sarah.

32
Emanuel und Irma

Diesmal war der Ehrgeiz der beiden Burschen groß. Emanuel wollte das Rodelrennen gewinnen, Stefan wollte es gewinnen. Die Jahre zuvor wäre das mit den nicht präparierten, alten Schlitten gar nicht möglich gewesen. Sie hatten nie trainiert, hatten spaßeshalber mitgemacht. Heuer ging es um viel! Um die Gunst Irmas. Und es war auch die letzte Möglichkeit, sich in die Siegerliste einzutragen, durften nur Kinder bis vierzehn Jahre mitmachen. Das waren die beiden bereits. Über den Sommer hatten sie als Hirtenbuben auf einer Alpe gearbeitet. Stefan auf der Fundus-Alpe, Emanuel auf der Saira-Alpe.

... Die Bauersleute, Mann und Frau, hatten harte Gesichtszüge, redeten wenig, fluchten viel, waren grob zu den Viechern, zueinander, zu Emanuel und vor allem zu ihrem fünfjährigen Sohn. Der war seltsam, sah seltsam aus. Für sein Alter ein viel zu altes Gesicht, für sein Alter ein viel zu schmächtiger Körper. Eine scheinbar ständig rinnende Nase. Versteckte sich oben unter dem Heu und äugte zu der fremden Kreatur da unten, die den Stall ausmistete. Emanuel störte das nicht.

»Komm doch runter! Ich tu' dir nichts! – Wie heißt du denn?«

Seit Tagen keine Antwort. Der Bub saß auch nie mit am Tisch, aß alleine auf der Treppe in den ersten Stock hinauf, wo ihn keiner sehen konnte, und sein unüberhörbar lautes Schmatzen und Schlürfen war eklig. Irgendwie. Traurig. Irgendwie. Dann war es plötzlich ganz ruhig. Selbst die drei am Tisch hielten inne, bewegten weder Löffel noch Augen noch Münder, wussten sie genau, was als Nächstes passieren würde. Und trotzdem – auch diesmal schrie der Kleine aus Leibeskräften »Ungaaaa!« – erschraken sie fürchterlich und zuckten zusammen, der Mann so sehr, dass er den Löffel in den Teller fallen ließ und die Brennsuppe auf den Tisch und auf seine Hemdärmel spritzte.

»Scheißkerl!«

Der Alte nahm den Haselnussstecken, der stets in Reichweite war, in die Hand, stand langsam auf, als gönnte er dem Scheißkerl einen Vorsprung, und Emanuel hörte, wie der arme Bub die Treppe hinaufpolterte, sich in seiner Kammer einschloss und markerschütternd schrie.

»Ungaaa! Ungaaa! Ungaaa!«

Augenblicklich wurde Emanuel klar, was das heißen sollte. – Hunger! In den nächsten Tagen stibitzte er immer wieder, wenn er alleine im Haus war, Brot und Speck und Käse und Würste – nie zu viel, es durfte nicht auffallen –, um die jeweils kleine Mahlzeit hinter einem Stein oder unter einer mit Heu beladenen Heinze zu verstecken, dort, wo der ihn beobachtende Fünfjährige sie gleich finden würde.

Allmählich bekam der Bub Vertrauen zu Emanuel, und in den Nächten schlich er zu ihm in die Kammer, legte sich zu ihm ins Bett, ließ die Umarmung des Fremden zu, genoss diese. Sprach nie. Konnte er nicht. Konnte, außer ›Ungaaa!‹, kein einziges Wort sprechen. Hunger! Nach Fleisch! Nach Liebe! Nach Umarmungen!

Am Abend des letzten Arbeitstages kam Anderle auf das Maiensäß, um Emanuel abzuholen und darauf zu achten, dass der Junge den Lohn bekam, der ausgemacht worden war. Die beiden waren schon am Ende der steilen Wiese, die von der Hütte aus zum Wald hinunter führte, als der Kleine laut schreiend zu ihnen rannte, immer wieder stolperte, hinfiel, aufstand – rannte, rannte, rannte. Dann umarmte er Emanuel und drückte ihn. – Plärrte. Plärrte. Plärrte.

»'eiße 'eißkerl!«

»Nein, so heißt du nicht!«, versprach Emanuel, der ebenfalls Tränen in den Augen hatte …

Den Lohn hatten er und Stefan gespart, kauften sich jetzt jeder eine neue Rodel davon. Beide dasselbe Modell. Sie waren sehr stolz auf ihre Schlitten, pflegten diese sorgfältig. Gleich nach der Schule übten die Freunde auf der vorgesehenen Rennstrecke von der Marienkapelle hinunter zur Brücke, die über die Montsilver Ache in das Dorf führte. Häufig so lange, dass Emanuel bei Stefan übernachten musste, weil es zu spät war, um nach Pianz zu gehen. Maria und Anderle sorgten sich nicht um ihren Jungen, wussten sie, dass er bei Sarah, Stefans Mama, sein würde – gut umsorgt. Am Abend kamen die beiden Buben halb verfroren dort an, gingen durch die Garage ins Haus, mussten zuvor erst einmal die Bergschuhe ausziehen, und Sarah stopfte Zeitungspapier hinein. Stellte sie unter die Stuben-Ofenbank.

»Geht euch schnell umziehen, Kinder, sonst werdet ihr mir noch krank!«

Die Hosenbeine waren vom gefrorenen Schnee so starr, dass man sie auf den Boden hätte stellen können. Sarah hängte die nasse Kleidung an einer um den Ofen gespannten Schnur auf. Emanuel bekam von Stefan eine Freizeithose und ein Hemd. Das sah ein bisschen komisch aus, denn Emanuel war inzwischen um einiges größer und kräftiger als sein Freund, und die Hose reichte gerade einmal bis an die Wadenmitte. Auch die Hemdärmel waren zu kurz. Stefan war das peinlicher als seinem Freund, und dass Emanuel ein so hübscher Junge war, dem die Mädchen verstohlen nachschauten, dann kicherten, wurde mehr und mehr zu einem Ärgernis, vor allem deshalb, weil auch Irma ein Auge auf ihn zu haben schien. Stefan musste das Rennen unbedingt gewinnen! Nach dem Abendessen gingen die beiden noch einmal in die Garage, rieben mit einem Tuch die Kufen der Rodel trocken und wachsten sie. Zogen die kleinen Schrauben an.

»Heuer schlagen wir Hanne!«, sagte Stefan.

Die letzten drei Jahre hatte das Mädchen aus ihrer Klasse das Rodelrennen gewonnen.

»Ja! Und egal, wer von uns gewinnt, den Siegerspeck, den teilen wir uns!«, meinte Emanuel.

»Abgemacht!«

Eigentlich hieß sie Hannelore, doch alle sagten nur Hanne zu ihr, selbst ihre Eltern. Sie war ein wildes Weib. Mädchen und Buben fürchteten sie gleichermaßen. Groß. Schlank. Das wohl hübscheste Mädchen der ganzen Schule. Ein großes Mundwerk. Eine schmale, lange Nase in einem blassen Gesicht. Wenige kleine, doch dunkle Sommersprossen. Stechend grüne Augen. Schmale Lippen. Kastanienbraunes, halblanges, glattes Haar. Stirnfransen. Eine Femme fatale. Wer Hanne zur Gegnerin hatte, hatte kein leichtes Leben. Die Kinder waren bemüht, möglichst gut mit ihr auszukommen. Teilten ihr Pausenbrot, schenkten Süßigkeiten. Sie selbst hatte nur vor zweien halbwegs Respekt. Vor Emanuel und Stefan. Ihrerseits wilde Burschen. Hanne hatte sich in den Kopf gesetzt, eines Tages Emanuel zu erobern, den mit Abstand schönsten Jungen der ganzen Schule. Der jedoch schlängelte um Irma herum. Diese blöde Ziege! Das Drecksweib würde ihr nicht in die Quere kommen! Dafür würde sie sorgen! Bereits in den ersten Tagen, als die blöde Kuh hierher nach Aach gezogen war, hatte Hanne ihr die Schneid abgekauft.

... Es klopfte an der Haustüre. Irma machte auf. Vor ihr stand das freche Mädchen aus der letzten Bank der Wandreihe in ihrer Klasse.

»Du?«

»Ja, ich! – Da staunst du!«

»Was willst du?«

»Dich abholen. Wir haben eine kleine Einstandsfeier für dich vorbereitet!«

Das war nett. Vielleicht war Hanne doch nicht eine so unmögliche Göre, wie die meisten hinter vorgehaltener Hand behaupteten.

»Jetzt gleich?«

»Ja. Zieh dich an! Alle warten schon.«

»Ich muss erst noch den Abwasch machen. Wenn du so lange warten möchtest?«

»Natürlich.«

Ohne sich die Schuhe abzustreifen, geschweige denn, auszuziehen, ging Hanne durch den Hausgang hinter Irma her in die Küche, setzte sich unaufgefordert an den Tisch, an dem der alte Simon, der ehemalige Besitzer der Bäckerei, saß.

»Tag, Opa!«

»Grüß Gott!«

Hier roch es gar nicht nach frischem Brot, was Hanne wunderte.

»Wir müssen ein bisschen leise sein«, sagte Irma, während sie das Geschirr spülte, »Papa schläft.«

»Ich sag' ja gar nichts.«

Die Mutter kam herein.

»Oh, Besuch! Das freut mich.«

»Das ist Hanne aus meiner Klasse«, stellte Irma die Freundin vor, »sie und ein paar andere haben ein Einstandsfest für mich vorbereitet. Darf ich?«

»Natürlich, Kind!«, meinte die Mutter. »Das ist wirklich lieb von euch. Irma kennt hier noch fast niemanden. – Möchtest du einen Nussgipfel und eine Milch?«

»Gern!«

Simon schaute das kleine Luder misstrauisch an. Er kannte sie ja, traute ihr keinen Millimeter weit. Hanne störte das nicht. Sie stopfte sich den süßen Gipfel in den Mund, spülte ihn mit der Milch hinunter.

»Ich bin so weit!«, sagte Irma.

»Geh nicht, Kind!«, warnte Simon.

Irma hatte ihn gar nicht gehört, war viel zu aufgeregt. Sie zog sich schnell an, und dann marschierten die beiden Mädchen los.

»Wo ist denn die Feier, Hanne?«

»Bei mir zu Hause!«

Dort angekommen, gingen sie eine alte, knarrende Holztreppe in den Keller hinunter, hinein in einen steinernen Raum mit Erdboden, wo Frieda und Petra, die zwei besten Freundinnen Hannes, warteten.

»Mann, das wurde auch Zeit!«, sagte Frieda.

Es war gruselig. Überall waren Spinnweben. Irma fürchtete sich und wollte schleunigst wieder weg von hier. Doch Hanne hatte bereits die Tür abgeschlossen und ihr den Weg versperrt.

»Setz dich doch! Ich möchte mich für den Nussgipfel erkenntlich zeigen.«

In der Mitte des Raumes standen ein kleiner Tisch und ein klappriger Stuhl. Irma tat lieber, was Hanne verlangte. Kaum saß sie, wickelten die drei Mädchen ein Seil um ihren Körper und banden sie fest.

»Bin gleich wieder da!«, sagte Hanne und verschwand.

»Na! Sitzt du auch bequem?«, fragte Petra.

Irma schaute sie mit ängstlichen Augen an, flüsterte leise: »Bitte!«

»T-t-t-t-t! Ruhig Blut!«, meinte Frieda süffisant. »Man nennt uns im ganzen Dorf ›Die drei Musketiere‹. Und du weißt ja, die schauen darauf, dass es den wahren Königinnen dieser Welt gut geht. Dir geht es doch gut bei uns?«

Tränen kullerten über Irmas Wangen. Die Tür ging auf, und Hanne kam mit einer Schüssel und einem Löffel darin sowie mit einem länglichen, weißen Tuch herein. Sie stellte die Schüssel, die mit dreckigem Wasser gefüllt war, auf dem Tisch ab. Gras schwamm darin herum. Und Kaulquappen. Ein Regenwurm. Hanne rührte mit dem Löffel um.

»Eine gute Suppe für unsere Neue! ...«

Sie kreiste den vollen Löffel unter Irmas Nase.

»... Mmmmh! Iss! Dann geht es dir gleich viel besser.«

Irma presste die Lippen zusammen und warf den Kopf hin und her. Frieda stand hinter ihr, griff mit einer Hand nach dem Kinn des armen Mädchens, hielt ihr mit der anderen die Nase zu, möge die blöde Gans endlich den Mund aufmachen. Die aber wehrte sich dermaßen heftig, dass es nicht gelang.

»Na gut. Dann nicht. Dann musst du halt die nächsten Tage hier sitzen bleiben und verhungern!«, schimpfte Hanne.

Sie legte verärgert den Löffel zurück in die Schüssel, knebelte Irma mit dem Tuch, ging Richtung Türe.

»Na, kommt schon, ihr blöden Weiber!«

Da waren die drei weg. Frieda kam noch einmal zurück und schaltete das Licht aus. Irma versuchte, zu schreien, es kam aber kaum ein Ton aus ihr heraus. Sie hatte panische Angst, stellte sich Mäuse und Ratten und Spinnen vor, die gleich einmal über sie herfallen würden, stampfte auf dem Stuhl sitzend auf und ab, wirbelte ihren Körper hin und her, bis sie seitlich zu Boden fiel. Dabei löste sich ein wenig das Tuch. Sie bewegte das Kinn in alle Richtungen, bekam endlich den Mund frei, schrie aus Leibeskräften um Hilfe. Dann hörte sie Schritte die Treppe heruntereilen. Die Tür wurde geöffnet, das Licht angeschaltet. Eine Frau stand vor ihr. Hannes Mutter.

»Um Gottes willen! Was hat das Miststück denn jetzt schon wieder angestellt?«

Sie befreite Irma, die, ohne ein Wort zu sagen, an ihr vorbeizischte, die Treppe hinauf, völlig verstört nach Hause rannte. In seinem Zimmer warf sich das von Gott und der Welt verlassene Mädchen aufs Bett, weinte stundenlang, tagelang. Die guten Eltern wussten keinen Rat, erzählte die Tochter nicht, was geschehen war – aus Furcht vor Hanne. Der Doktor verschrieb Baldrian, die Mutter stellte ihr am Abend eine heiße Milch mit Honig auf das Nachtkästchen, möge Irma endlich wieder ruhig schlafen, endlich keine Albträume mehr haben. Wenigstens hatte sie nur die letzte Schulwoche versäumt. Jetzt waren Ferien. Stefan und Emanuel besuchten sie. Bei ihnen konnte sich Irma – unter der Bedingung eines hochheiligen Schwures, drei Finger aufs Herz, drei in die Höhe! – ihre schwere Last endlich ein wenig von der Seele reden.

»Nein, wir verraten nichts! Eines Tages werden wir es ihr trotzdem heimzahlen, dieser verfluchten Hexe!«, sagte Stefan.

Emanuel hielt Irmas Hand und streichelte diese. Das tat gut. Das tat echt gut.

Es brauchte eine lange, lange Zeit, bis Irma wieder halbwegs ruhig schlafen konnte. Sogar im Erwachsenenalter hatte sie manches Mal noch Albträume. Die Buben hielten ihr Versprechen. Schwiegen. Viele Jahre später, Irma war bereits verheiratet und hatte selbst eine Tochter, erzählte sie die Geschichte unter Einfluss von zu viel Weißwein der lieben Nachbarin. Sarah. Die war äußerst entsetzt. Petra, eine dieser vermaledeiten drei Musketiere, damals zwar sicherlich nur Mitläuferin, war ihre Schwiegertochter. Dodos Mutter. Bis heute versuchte Sarah, ihr das zu vergeben. Der schwere Klotz in der Beziehung zu Petra steckte jedoch nach wie vor in ihrem Hals fest. Sie konnte die vielen Bilder der gequälten Irma in diesem Kellerloch, der Hölle schlechthin, die sich in ihrer Vorstellungskraft auftaten, sobald sie die Schwiegertochter sah oder hörte, nicht wirklich hinunterspülen, als versperre ihr in Form einer Hostie der gebrochene Leib Christi den Weg. In diesen Momenten war Jesus es selbst, der ihr sämtlichen Rachenraum und die Speiseröhre mit größten Zweifeln zu verkleben vermochte. Seine Worte am Kreuz – *Mein Gott, mein Gott, warum hast du mich verlassen?** – waren es, die sie in ihrem Glauben erschütterten. Wie sollte man als Mensch nicht an Gottes Herrlichkeit, an seinem Himmelreich zweifeln dürfen, wenn selbst sein Sohn dies getan hatte? Musste man – konnte man denn jegliche Untat anderer wirklich und dauerhaft verzeihen? Hatte Irma Petra wirklich vergeben? Hatte sie nicht erzählt, noch heute Albträume des schrecklichen Erlebnisses wegen zu haben? Hatte Jesus – *Vater, vergib ihnen, denn sie wissen nicht, was sie tun!*** – seinen Peinigern und Mördern wirklich verzieh'n? War das Zweifeln, das

---

* Mk 15, 34

** Lk 23, 34

Eben-nicht-verzeihen-Können, vielleicht ein notwendiger Umweg, zu Gott zurückzukehren? Sie dachte an Maria, die Pfarrer Lorenz aufs Schändlichste bestraft hatte, weil der sich vor so vielen Jahren an ihr, Sarah, und an ihrer Mutter versündigt hatte. Und war nicht Maria einem himmlischen Wesen gleich? Immer wieder klebte die weiße Oblate am Gaumen ihres Bemühens, zu vergeben. Ihrem Bruder Paul. Dem Pfarrer Lorenz. Petra. – Jesus Christus! Hilf! – *Mich dürstet!** – Sarah machte mit dem Daumen drei kleine Kreuzzeichen. Auf die Stirn. Auf den Mund. Auf die Brust. – *Vater, in deine Hände lege ich meinen Geist!*** ...

Das Rennen gewann Stefan. Hanne wurde Zweite, Emanuel Dritter. Keiner der drei freute sich wirklich. Emanuel, weil er das Gefühl hatte, versagt zu haben, da sogar Hanne, ein Mädchen, schneller gewesen war. Hanne, weil der Drecksaffe Stefan ihr um gerade mal zwei Sekunden den Sieg weggeschnappt hatte. Stefan, weil Irma sich mehr um Emanuel kümmerte, diesen tröstete, sich kaum um ihn scherte. Ein kurzes »Gratuliere!« war alles gewesen. Trotzdem teilte Stefan den Speck mit ihr und mit Emanuel. Ausgemacht ist ausgemacht.

In dieser Nacht konnte Stefan lange Zeit nicht einschlafen. Fortwährend kreisten die Bilder in ihm umher, wie Irma und Emanuel Oberschenkel an Oberschenkel nebeneinander auf der Eckbank in seiner Stube saßen, sich gegenseitig seinen von ihm eigens aufgeschnittenen Siegerspeck in den Mund schoben, lächelten, innehielten, sich wie zwei verliebte Turteltauben anschauten. Wie Irma sich an der Schulter seines besten Freundes anlehnte ...

»Was ist mit dir los?«, fragte Emanuel.

Seit Wochen war Stefan ihm aus dem Weg gegangen. Sprach kein Wort zu viel. War ständig müde und abwesend. Allerdings,

---

* Joh 19, 28

** Lk 23, 46

als Lehrer Kofler die Wappen des Tals und ihre Bedeutungen erklärte, hörte er aufmerksam zu, stellte Fragen.

»Ist die Geschichte wahr, oder ist sie nur ein Märchen?«

»Sie ist eine Legende. Und Legenden beinhalten beides: Wahrheit und, wie du sagst, Märchen. Geschichten ändern sich im Laufe der Jahrhunderte. Man dichtet dazu, man lässt weg. Bis einer sie aufschreibt. Die Legende um den Adler im Wappen von Aach hat ein gewisser Konstantin Mueller etwa zweihundert Jahre später auf Papier gebracht. Das Schriftstück ist im Gemeindeamt archiviert. Eine Abschrift davon hängt im Gang, gleich neben dem Wappen. Du kannst sie lesen, wenn du möchtest.«

»Was stellen die runden Kreise im Gefieder des Adlers dar?«

»Die symbolisieren die Steine, welche die Menschen nach dem König der Lüfte geworfen haben, als dieser im Jahre 1483 auf unserem Kirchdach gelandet ist.«

»Das ist Blödsinn! Jeder Vogel fliegt weg, wenn man ihn mit Steinen bewirft.«

»Für dich ist es Unsinn. Viele glauben daran.«

»Welcher Sinn steckt hinter dieser Geschichte?«

»Es gibt viele Deutungen. Die häufigste Erklärung kreist um die Kresta-Sage. Kristina, wie sie eigentlich hieß, war ein zwölfjähriges Mädchen aus Landkirch, das eines Tages, eben im Jahre 1483, verschwunden war. An diesem Tag soll ein Adler aus Waidtal zuerst in die Hauptstadt, dann in unser Dorf geflogen sein, habe den Menschen mit seinem Gekreische Angst eingeflößt, allen kundgetan, man könne ihn nicht vertreiben, weder in dieser noch in einer anderen Nacht, wäre er für die bösen Träume der Menschen verantwortlich. Die seien genauso wichtig wie die guten. Man könne Licht nicht schätzen, wenn es kein Dunkel gebe. Man könne Stille nicht genießen, wenn es kein Laut gebe. Man könne sich der Reinlichkeit nicht erfreuen, wenn es keinen Schmutz gebe. Seitdem umkreise der Adler die beiden Täler und die Hauptstadt.«

Kofler zeigte nacheinander die Wappen des Tales und das Landkirchs. Tatsächlich. In allen war ein Adler das Hauptmotiv.

Die Menschen hielten offensichtlich an der Legende fest. Zuletzt zeigte der Lehrer das Wappen von Gams, dem kleinen Ort im Waidtal, an dem sich die Kresta-Sage hauptsächlich abgespielt hatte. Ein in Lüften schwebender Adler, der mit seinen gespreizten Krallen eine am ganzen Körper blutende Gämse auf einem Felsvorsprung angreift. Grauslich.

Die Weisheit, dass es im Leben sowohl gute als auch schlechte Träume geben müsse, half Stefan in seiner Verzweiflung, und er konnte wieder ein bisschen besser schlafen. Trotzdem – er war ein sturer Kopf! – verweigerte er noch lange Zeit Emanuel die sonst so tiefe Freundschaft, bis er diese wahrscheinlich mehr vermisste als umgekehrt.

Emanuel und Irma verbrachten viel Zeit miteinander, und als beide eine Lehre bei Irmas Eltern machten, er als Bäcker, sie als Verkäuferin, kamen sie sich sehr nahe. In der Backstube küssten sie sich zum ersten Mal, so nervös, dass beider Lippen vibrierten, von der Berührung elektrisiert. Bei Emanuel konnte Irma ihr schreckliches Erlebnis mit den drei Musketieren verdrängen, als wäre er ein Wunderheiler. Er hatte ein warmes Herz und warme Hände. Wenn diese Irma berührten, wurde sie ganz ruhig. Vergaß Zeit und Raum, fühlte sich eingehüllt in ein buntes, seidenes Tuch.

Eines Tages klopfte es an der Haustüre. Irma öffnete. Vor ihr stand Petra. Die Mittäterin. Die Mitläuferin. Die Gefangene in Hannes aus Steinen des Hasses, aus Gitterstäben der Beschimpfungen, aus einer Eisentür der Macht, aus unzähligen Schlössern gemeinster Drohungen gebautem Gefängnis. Petra war mit dem Vorsatz gekommen, ihre von der falschen Freundin an Handgelenken und Fußknöcheln angelegten Ketten, die miteinander verbunden und ineinander verschlungen waren und den ganzen Körper schnürten, ihr die Luft zum Atmen nahmen, endlich zu sprengen. Das ganze verdammte Gefängnis, in dem sie seit Monaten, seit Jahren eingesperrt war, in die Luft zu jagen. Endlich wieder im Denken und Tun frei zu sein. Sonst verkümmere ihre gepeitschte Seele zu einem völlig ausgetrockneten Schwamm, unfähig, jemals wieder Dürstenden die Lippen zu befeuchten, geschweige denn, nicht selbst in der glühenden Hitze des Wüstensandes, auf dem sie umherkroch, zu krepieren.

Petras Hände griffen ineinander, lehnten an der Bauchdecke, fanden so ein wenig Halt. Ihre Finger spielten nervös miteinander, drückten sich gegenseitig. Der Kopf war gesenkt, und ihr gewelltes, braunes, halblanges Haar mit von der heißen Sonne gebleichten, dunkelblonden Strähnen ragte über ihr schmales, zartes Gesicht.

Irma sah nicht, dass Petra Tränen in den Augen hatte. Ein Häufchen Elend stand da vor ihr. Doch ihr über den unerwarteten Besuch erschrockenes Herz war kalt, und Irma knallte die Türe schnell wieder zu. Emanuel, der hinter ihr stand – sie hatte es gar nicht bemerkt –, nahm sie in den Arm. Dann öffnete er die Türe wieder und rief Petra zurück.

»Kommt! Wir setzen uns alle drei auf die Gartenbank hinter dem Haus.«

Voller Unrast schlurfte Stefan in der Stube hin und her. Dass er Irmas Zuneigung, ihre Liebe nicht hatte erobern können, tat nicht mehr weh. Dass er die Freundschaft zu Emanuel verloren glaubte, umso mehr. Stefan spürte schmerzlich: Er hatte gar keine anderen Freunde, war er ja zeitlebens ständig mit Emanuel unterwegs gewesen. Vor seinen Augen taten sich Bilder gemeinsamer Erlebnisse auf. Wie sie Steine über den Bergsee oberhalb von Pianz auf Baumstämme warfen. Wie sie sich füreinander freuten, wenn einer traf. Wie sie an Seilen hingen – an denen der Kirchenglocken, an dem, das an einem Ast über dem See angebunden war. Wie sie sich fallen ließen – ins kühle Nass und in ihre eigene Unbekümmertheit. Wie sie an einem weißen Garn zogen und die angebundene Geldbörse an sich zogen, um das erwartete, geliebte ›Saufratzen!‹ des Wachtmeisters zu hören, das ihnen mehr als jedes andere Wort ihre Freiheit bezeugte. Wie sie gemeinsam unter der Trennwand hindurchtauchten, um auf die Seite der Mädchen und

Frauen im Schwimmbecken des Freibades zu gelangen, nur die schönsten Körper hier drüben beobachteten, um sich wenig später in zwei der vielen Umkleidekabinen einen herunterzuholen. Wie sie auf ihren Rodeln die von den Erwachsenen mühsam präparierte Piste von der Marienkapelle hinunter ins Dorf sausten, sich gegenseitig rammten, mitunter vom Schlitten stießen, dann in den Schnee purzelten und herzhaft lachten. Wie sie sich aus der gefrorenen Kleidung zwängten, um sich in der warmen Stube aufzuwärmen. Wie sie zwei Zuhause hatten. Eines bei der Mutter, bei Sarah – hier in Aach. Eines bei Maria und Anderle, bei Elisabeth und Anna – oben in Pianz. Obwohl Emanuel ein wilder Knabe sein konnte, so wie er selbst, fühlte Stefan sich in seiner Nähe stets ausgeglichen und ruhig. Der Freund hatte eine besondere Aura, und Stefan vermisste ihn unendlich.

»Geh zu ihm!«, sagte Sarah, die spürte, wie sehr sich ihr Sohn quälte. »Er sitzt drüben im Garten von Irma. Entschuldige dich bei ihm!«

Als der unglückliche Bub durch das offene, einladende Gatter die zwei Stufen in den Garten hinunterstieg, kam ihm Emanuel entgegen. Die beiden Freunde stockten kurz, schauten sich in die Augen, fielen sich gegenseitig in die Arme.

»Du hast mir gefehlt!«, sagte – Emanuel.

»Du mir auch.«

Mit einem Wisch waren alle schwarzen Schatten auf Stefans Herz, auf seiner Lunge weggezaubert, und er atmete tief durch. Er wunderte sich, dass auf der Gartenbank hinter dem Haus neben Irma ein Mitglied der verhassten drei Musketiere saß. Petra! Was wollte die hier? Die beiden Mädchen hielten sich die Hände. Wie konnte das sein? Stefan wusste ja, was die gottverdammte Hexe Irma angetan hatte.

An diesem Nachmittag saßen die vier lange im Garten. Sprachen sich aus. Schwiegen. Schwangen sich abwechselnd auf den an zwei Kirschbäumen angebrachten Schaukeln hoch. Betrachteten dabei die Welt unter ihnen und den Himmel über ihnen.

Die Gräser und die Wolken. Die Menschen und die Vögel. Die Wurzeln und die Äste. Sie weinten. Sie lachten. Sie verziehen.

»›Gottes schönstes Geschenk‹, sagen meine Oma und meine Mama!«, meinte Emanuel.

Gegen Abend, es dämmerte bereits, verabschiedete sich Petra. Sie müsse nach Hause, ihre Mama warte.

… Die beiden wohnten ein Dorf weiter taleinwärts. Etwa eine halbe Stunde Fußmarsch von Aach entfernt. Der Vater hatte hier im großen Sägewerk gearbeitet. War vor einigen Jahren mit dem Arm unter eine Fräse geraten. Hatte viel Blut verloren. Hatte zu lange auf Hilfe warten müssen. War drei Tage später verstorben. Die Mutter mit dem erst vierjährigen Kind völlig überfordert. Mit der Arbeit am kleinen Hof. Mit der Einsamkeit. Würde mehr und mehr in sich einfallen. Abmagern. Würde die Hochzeit ihrer Tochter nicht erleben …

Als Irma ihr noch einmal die Hände drückte, kullerten erneut Tränen über das leicht gebräunte Gesicht Petras, über ihre geröteten Wangen in die Mundwinkel hinein, über die schmalen Nasenflügel auf die blutroten Lippen. Tränen, die Dankbarkeit ausdrückten, die Freude über das Verzeihen, über die Versöhnung ausdrückten. Tränen, die mit der fleischigen Zunge abgeleckt wurden. Und Stefan sah zum ersten Mal die Wärme und die Güte in Petras braunen, trapezförmigen Augen, geschützt von dunklen, kräftigen Brauen, umschlossen von dunklen, zarten Wimpern. Ein schönes Mädchen. Eigentlich.

Viele Jahre später feierten die vier Doppelhochzeit! Waren sich gegenseitig Trauzeugen! Gute Freundinnen wurden Irma und Petra nie.

Meine beiden Großväter und meine Oma mütterlicherseits hatte ich nie kennengelernt.

33
Sanna und Greta

Mir war schwindlig und übel, und ich hielt mich am Treppengeländer fest. Es musste früher Abend sein. Draußen dämmerte es bereits. Als ich die Küche betrat, stand Nana am Herd. Sie kochte eine Gemüsesuppe. Ich legte mich auf die Eckbank.

»Wie geht es dir, Dodo?«

»So lala!«

»Ich soll dir ... keinen! ... schönen Gruß von Chantal ausrichten. Sie und ihre Eltern würden nie wieder kommen.«

»Sind die heute abgereist?«

»Ja.«

»Gott sei Dank! Die Familie ist mir vielleicht auf die Nerven gegangen.«

Fast jeden Morgen hatte ich für Chantals Vater, diesen Fettsack, die *Bild*-Zeitung vom Kiosk holen müssen.

»Und Petra hat angerufen!«, sagte Nana nach einer Weile.

Ruckzuck setzte ich mich auf.

»Mama? Was wollte sie?«

»Sie und Stefan kommen dich dieses Wochenende holen!«

»Nein! Ich möchte bei dir bleiben!« – ›Bei Sanna!‹

»Sie ist deine Mutter. Da habe ich mich nicht einzumischen. Und sie hat sich wirklich Sorgen um dich gemacht, als ich ihr gesagt habe, dass du krank seist. – So! Fertig!«

Nana deckte für uns beide den Tisch und schöpfte uns Gemüsesuppe. Was anderes hätte ich jetzt auch nicht hinuntergebracht. Au! Heiß! – Aber köstlich. Gemächlich schlürfte ich die gute Brühe aus, aß nur wenig von den Kartoffeln, den Gelben Rüben, den Bohnen, dem Blumenkohl.

»Entschuldige, Nana! Ich kann jetzt nicht so viel essen! Die Suppe ist lecker und hat gut getan. Danke!«

»Vielleicht magst du ja später noch einmal.«

»Kommen meine Geschwister auch?«

»Nein. Nur Stefan und Petra. Ich hätte für alle gar keinen Platz. Sie kommen am Freitag und bleiben übers Wochenende.«

»Was ist heute für ein Tag?«

»Montag.«

Montag. Dann blieben mir nur noch sechs Tage. Dabei hätte ich weitere fünf Wochen Ferien gehabt. Ich müsste mir was überlegen, um Mama zu überreden, bei Nana bleiben zu dürfen. Sonst würde ich Sanna ja ewig nicht mehr sehen. Hoffentlich käme sie heute noch vorbei.

»Hast du was von Sanna gehört? ...«

Darauf, dass ich nach wie vor davon überzeugt war, dass sie – und zuvor Babs – heute Morgen bei mir in der Kammer gewesen war, ging ich nicht ein. Nana schwieg, räumte den Tisch ab.

»... Nana?«

»Ja, ich habe was von ihr gehört. Ich weiß nicht, ob ich es dir erzählen soll, ob es dich nicht zu sehr aufregt. Besser erst dann, wenn du wieder gesund bist.«

»Jetzt hast du schon damit angefangen. Wenn du es mir nicht erzählst, regt mich das sicherlich viel, viel mehr auf, als wenn du es tust. Was immer es sein mag!«

... Sanna saß in einem mickrigen Zimmer, im Büro der beiden Dorfpolizisten Maier und Scheiber. Die waren bei den Leuten in Aach des Berufes wegen gleichermaßen angesehen wie verachtet. Während man auf einen Kriminalisten aus Landkirch warten müsse – er sei mit einem Dienstwagen unterwegs –, hoben die zwei sich selbst in den Rang und in die Fähigkeiten eines Sherlock Holmes, stellten knifflige Fragen. Ob Sanna den Lehrer Kofler außerschulisch gekannt habe. Wenn ja, in welcher Beziehung? Bitteschön! Ob sie bereits sexuelle Erfahrungen gemacht habe. Ob sie überhaupt wisse, was Sex sei.

»Hast du dem alten Lustmolch einen geblasen?«, konnte sich Scheiber die Frage nicht verkneifen.

Sanna hörte gar nicht hin. Sie sah nur die tausend, die Millionen, die Milliarden Abzüge eines einzigen Fotos von ihr. Unzählige fremde Augen schauten sie aus allen Löchern der Erde an, und doch waren es ihre eigenen Augen. Sanna fühlte sich, als wäre sie in eine ihr völlig unbekannte Welt hineingeschubst worden. Ihr Herz pochte laut, dieses Jammertal doch bitte, bitte gleich wieder verlassen zu dürfen. Vertraute, zarte Blumen in ihrer Brust – Vergissmeinnicht, Lilien und Veilchen – schrien nach kindlicher Unbekümmertheit, nach aufgelockertem Humus, um nicht zu welken. Das gelang Sanna im Moment nicht. Stattdessen drängten sich Kakteen und Disteln durch die trockene, harte Erde der Erwachsenenwelt, in die der verfluchte Damian sie gepflanzt hatte. Worte purzelten durcheinander:

... *lieber, du wärst tot ... an deinem Grab ... streutest von da oben Salz auf mich ... du schönes Himmelswesen ... lebst in deiner Welt ... berühre deine Haut ... du und ich – das sind wir ...*

Am liebsten wäre sie aufgestanden und als ein Vogel davongeflogen. Doch sie war eingesperrt in diesem Käfig. Maier, der Idiot, stand vor der Türe, und Scheiber, der Idiot, saß auf dem Fenstersims. Sanna fühlte sich an ihren Stuhl gefesselt. Es klopfte. Maier öffnete die Türe einen Spalt, äugte wichtigtuerisch hinaus. Nicht jeder dürfte jetzt in dieser dunklen Stunde Aachs den Verhörraum, der Licht in die ganze Sache bringen sollte – würde! –, betreten. Die Grubers, Sannas Eltern, standen davor. Der Polizist ließ sie – ungern – herein. Irma und Emanuel fingen die emporschnellende, in ihre Arme fallende Tochter auf, lösten so ein wenig das fest zugeschnürte Seil um Sannas Brust.

»Mama! Papa! Es ist schrecklich. Ich möchte nach Hause!«

»Das geht leider nicht!«, brummte Scheiber bedeutend, während er aus dem Fenster lugte, wann endlich der gottverdammte Kriminalist auftauchen würde.

»Und ob das geht, Sie Schmal-Spur-Indianer!«, klang Irmas Stimme entschlossen und böse, dass sogar Emanuel sich wunderte.

Die Mutter legte der Tochter den Arm um die Schulter, gönnte Maier nur einen kurzen, stechenden Blick, der daraufhin die Türe freigab ...

Mein Schlaf war unruhig. Mein Traum befremdend. Ich sah Sanna in Unterwäsche auf einem Bett liegen, in einem schäbig weiß bemalten, kleinen Zimmer. Sie hielt sich mit der einen Hand den Hinterkopf. Blut rann erst durch ihre Finger, dann über ihr Haar und ihr Gesicht, über ihr Leibchen, in ihr Unterhöschen hinein, aus ihrem Unterhöschen heraus, über ihre Oberschenkel, ihre Waden, ihre Füße, ihre Zehen. Schlängelte über ein weißes Bettlaken und tropfte in einen weißen, sauberen Nachttopf. Ich wachte auf. Es war stockdunkle Nacht. Es war ein gruseliger Traum gewesen. Aufregend schön. Irgendwie.

Der Kriminalist hatte bereits am Vorabend den Tatort begutachtet, hatte im *Hirschen* übernachtet, hatte dort ausgiebig gefrühstückt, als er frühmorgens um halb acht Uhr bei den Grubers klopfte. Er stellte sich als Inspektor Ferdinand Wallner vor. Ein etwa fünfzig Jahre alter, kräftiger Mann mit einer Glatze, dafür mit einem dicken, schwarzen Schnauzer. Auf den ersten Blick furchteinflößend, doch seine kleinen, dunklen Augen waren sanftmütig. Emanuel, der heute Nacht die Gesellen und die Lehrlinge und den alt gewordenen Schwiegervater alleine in der Backstube hatte arbeiten lassen, waren er und Irma die ganze Nacht bei Sanna gesessen – ihre Hand haltend – an deren Bett –, lud ihn zu einem weiteren Frühstück ein.

»Nur einen Kaffee, wenn es keine Umstände macht!«, reduzierte Wallner höflicherweise das gut gemeinte Angebot auf ein Minimum.

»Gerne!«

»Ist Sanna wach?«

»Ist erst gerade eingeschlafen, Herr Inspektor!«, bat Irma um Verständnis, die Tochter jetzt nicht wecken zu müssen. Es klopfte erneut an der Haustüre. Irma ging nachschauen, ...

»Das ist gut! Das ist gut! – Das tut dem armen Mädchen gut!«, nickte Wallner.

... kam bald darauf mit einer Kanne Kaffee zurück. Schweigen. Einschenken. Schlürfen. Sich räuspern.

»Kannten Sie Lehrer Kofler persönlich?«, durchbrach der Inspektor die angespannte Stille.

»Er war auch mein Lehrer«, antwortete Irma. »Weshalb?«

»Wir haben in seinem Schrank im Wohnzimmer einiges gefunden, was ... sagen wir mal .... etwas abartig ist. Er scheint von jungen Frauen, vor allem von jungen Mädchen fasziniert gewesen zu sein. Von Ihrer Tochter war er regelrecht ... besessen. – Haben Sie nie etwas bemerkt?«

»Nein!«, war Emanuel erneut entsetzt. Sanna hatte ihm und Irma alles erzählt. »Hätten wir auch nur die leiseste Ahnung gehabt, wäre der Saukopf schon viel früher von mir erschossen worden!«

»Sie müssen aufpassen, was Sie sagen. Wir gehen zwar von einem Suizid aus, alles deutet darauf hin, es könnte aber auch Mord gewesen sein.«

»Sie verdächtigen doch nicht etwa uns oder Sanna?«, erschrak Irma.

Wallner trank den letzten Schluck Kaffee aus seiner Tasse.

»Nein, nicht wirklich. Trotzdem muss ich der Sache auf den Grund gehen. Ich würde gerne mit Sanna sprechen. Heute Nachmittag um drei Uhr im Gasthof *Hirschen*? Dort können wir in der kleinen Stube ungestört reden.«

»Wir kommen mit!«, schoss es gleichzeitig aus Irma und Emanuel.

»Natürlich! Das wollte ich gerade vorschlagen!«

Der Inspektor stand auf, verabschiedete sich mit einem kräftigen, freundlichen Händedruck und machte sich auf den Weg. In der Haustüre drehte er sich noch einmal um.«

»Kennen Sie eine Stella Lundgren?«

»Nein! Wer soll das sein?«, stellte Emanuel eine Gegenfrage.

Wallner antwortete nicht. Er würde noch herausfinden, dass Stella Lundgren eine Prostituierte in einem Bordell in Landkirch war, dort von allen Greta genannt. Würde sich nicht wundern, dass Kofler sein gesamtes Vermögen, und das war nicht schmal, dieser Frau vermacht hatte. Das Testament war neben der Leiche gelegen. An der oberen, rechten Ecke zwar blutverschmiert, trotzdem rechtskräftig.

Am nächsten Morgen fühlte ich mich immer noch etwas benommen, verschwieg das jedoch Nana gegenüber. Es ginge mir großartig. Ich hätte die Geduld nie und nimmer aufgebracht, noch einmal einen Tag im Bett zu verbringen. Ich musste Sanna sehen. Unbedingt!

Aufgewühlt betrat ich den kleinen Verkaufsraum der Bäckerei. Er war zum Bersten voll, sodass ich die alte Frau an dem kleinen Tisch, die, wie fast jeden Morgen, auf ihrem in Kaffee getunkten Buttergipfel und ihrer Neugierde herumkaute, gar nicht sehen konnte. Ich schaute mich nach Irma um. Nirgends zu entdecken. Hinter der Theke bediente ein völlig von der Arbeit und den vielen Fragen der Gäste überforderter junger Mann, der zudem nicht sehr ausgeschlafen wirkte. Die mysteriöse Geschichte um den Tod des Schulleiters – »Nie und nimmer hat der gute alte Mann sich selbst das Leben genommen!« –, um den eigens beorderten Kriminalisten aus Landkirch – »Stellt euch vor!« –, um die arme Sanna, die Tochter des Hauses – »Ich will ja nichts sagen, aber das Mädchen kam mir immer schon etwas eigenartig vor!« –, hatte sich, vom Stammtisch im *Hirschen* ausgehend, offensichtlich im Dorf herumgesprochen, wurde haarsträubend ausgereizt. Die Abläufe, die zu der Schreckenstat geführt haben mussten, wurden klar und klarer – »Das war Mord! Heimtückischer, eiskalter Mord!« –, sodass die Leute sich schlussendlich einig waren, niemand könne sich so etwas ausdenken. Es musste also wahr sein. Ich konnte mir das Gequatsche nicht länger anhören, musste raus hier. Irgendwie war ich neben den kleinen Tisch, an dem die Alte saß, gedrängt worden.

»Die, die du suchst, findest du hier nicht!«, sagte sie ganz ruhig, während sie ihren Gipfel in die Kaffeetasse tunkte.

Normalerweise ging ich einfach in das Haus hinein, jetzt aber gebot es mir mein Anstand, mich mit einem Klopfen anzukündigen. Ich öffnete vorsichtig die Türe, da trat Irma aus der Stube in den Gang.

»Heute nicht, Dodo! Heute nicht! – Sanna schläft!«

»Das ist gut! Das ist gut! – Das tut dem armen Mädchen gut!«, hörte ich eine mir unbekannte, tiefe, angenehme Stimme in der Stube.

Der Inspektor bat Emanuel, Irma und Sanna, sie mögen Platz nehmen, fragte, was sie trinken möchten. Alle drei wollten nur ein Glas Wasser, setzten sich an den Tisch in der kleinen Stube im *Hirschen*. Wallner bestellte einen Kaffee – und ebenfalls ein Glas Wasser.

»Bist du in der Lage, mir genau zu erzählen, was du gestern in der Wohnung deines Lehrers und in der Dunkelkammer erlebt hast?«

Sanna schaute dem Inspektor in seine warmherzigen Augen. Sie mochte seine Stimme, die sie irgendwie beruhigte. Dann erzählte sie die Ereignisse bis ins kleinste Detail, als liefe bestimmt zum hundertsten Mal dieser gruselige Film vor ihr ab. Von der auf- und zuschlagenden Stubentüre. Von den Räucherstäbchen und den Kerzen und dem Geruch, der von ihnen ausging. Von den geschlossenen Fensterläden und den Kruzifixen auf dem Tisch. Von dem aufgeschlagenen Album, dem auf einer Beileidskarte handgeschriebenen Gedicht und dem Foto einer wohl in schmutzigsten Fantasien bereits Ermordeten darunter. Ihrem Foto. Von der Dunkelkammer und dem schwarzen Blut des toten Lehrers. Was Sanna am meisten dabei erschreckte, waren nicht unbedingt die Bilder, die sich in ihr auftaten, es waren vielmehr diese unauslöschlichen Gerüche, die sie unentwegt quälten. Es waren das flackernde Licht in der Stube und dieses entsetzliche Rot in der Dunkelkammer.

Dieses gottverdammte Rot, das sich wie ein ätzender Firn über die gesprungene Glaskugel ihrer unschuldigen Kinderwelt gestülpt hatte, bemüht, diese endgültig zu brechen, um dann die Glassplitter in das ohnehin bereits blutende Herz zu bohren. Der Inspektor reichte ihr ein sauberes Taschentuch. Sie hatte gar nicht gemerkt, dass während der Schilderungen unentwegt Tränen über ihre Wangen gekullert waren. Wallner kenne eine Frau, die auf die Verarbeitung traumatischer Erlebnisse geschult sei. Mit ihr könne Sanna, wenn sie wolle, reden. Er vereinbare gerne einen Termin. Das Mädchen wischte sich die Tränen weg, schnäuzte in das Taschentuch.

»Nein, danke! Ich schaffe das alleine!«, sprach sich Sanna selbst Mut zu, die ihr auf ihrem Weg ins Erwachsenwerden aufgebürdete Last Schritt für Schritt, Schaufel für Schaufel abzutragen, um wieder auf der Straße unbeschwerter Kindheit herumzutollen.

Als der Mesner dem Pfarrer berichtet hatte, was geschehen war, wurde der kreidebleich und fing an zu beten, Gott möge ihm beistehen, dass es Mord gewesen war. Kein Selbstmord! Bitte! Er müsste in dem Fall dem Lehrer, der stets brav die Kirchensteuer eingezahlt hatte, die Totenfeier und vor allem die Beerdigung verweigern. Sein Gewissen ließe es ihm nicht zu, einen Mörder, und das wäre Kofler dann ja, wenngleich er sich selbst umgebracht hätte, in das Haus Gottes aufzunehmen, geschweige denn, in geweihter Erde zu begraben.

Babs wusste auch nicht mehr als ich. Doch es tat gut, mit jemandem über Sanna zu reden, zu schweigen. Die Zeiger der Uhren bewegten sich unerträglich langsam, und der Tag wollte nicht vergehen, und die Nacht wollte nicht vergehen. Mittwoch. Donnerstag. Freitag. Samstag. In all den Tagen sah ich Sanna kein einziges Mal. Was denn mit mir los sei, hatte meine Mama bereits kurz nach ihrer Ankunft hier in Nanas Haus gefragt. Und Oma hatte berichtet, was sie eben zu berichten gewusst hatte. Viel war das nicht gewesen. Mein Papa hatte daraufhin die meiste Zeit bei seinem Freund Emanuel verbracht, schwieg sich aus, wenn er bei uns war, versuchte höchstens mit ein paar kargen Worten, mich zu trösten. Sanna gehe es den Umständen entsprechend gut. Hm! Morgen schon würden wir die Heimreise antreten. In dem Moment hasste ich den alten, braunen Mercedes meines Vaters, der auf der Rampe vor dem Heustadel stand.

Wieder konnte ich nicht einschlafen, warf mich und meine Bettdecke hin und her, klemmte diese zwischen meine Beine, stieß sie mit meinen Füßen weg, zog sie über meinen Kopf. Bestimmt war es bald einmal Mitternacht. Da klopfte es ganz leise an der Tür. Sicherlich meine Mutter!

»Jetzt nicht, Mama!«

»Ich bin's, Dodo!«, erkannte ich Sannas Stimme.

Blitzschnell sprang ich aus dem Bett, schaltete das Licht an und öffnete ihr. Sanna. Es kam mir vor, als hätte ich sie jahrelang nicht gesehen. Ich bat sie, ohne ein Wort zu sagen, herein, und wir beide setzten uns auf die Bettkante. Sie hielt meine Hand. Wirkte erschöpft und ... erwachsen.

»Wollte mich von dir persönlich verabschieden. Nicht in dem Getümmel morgen, in dem man nichts zu sagen wagt, was einem wichtig ist. Lieber jetzt, da ich dich alleine für mich habe ...«

Mein Herz zuckte.

»... Bist ein netter Junge, und ich hab' dich echt lieb gewonnen. Bist mir ein wahrer Freund geworden. Schade, dass du nach Hause fahren musst. – Du kommst doch wieder?«

»Natürlich. Spätestens in den Weihnachtsferien. Vielleicht darf ich sogar noch einmal diesen Sommer kommen.«

Sanna drückte meine Hand: »Das wäre schön.«

Erneut schien mir dieser Augen-Blick so unwirklich. Als schaute sie durch mich hindurch, in meine tiefsten Sehnsüchte. Als tauchte sie in die dunklen Bilder, die mich umgaben, ein. Ich konnte mich derer nicht erwehren, sah die über den ganzen Körper blutende Sanna aus meinem Traum. Sah, wie ihr roter, schöner Lebenssaft in den weißen Nachttopf tropfte. Es erschreckte mich keineswegs. Seltsam. Ich empfand das schön! Erotisch.

»Du wirst mir fehlen!«

Hatte ich das gesagt? Hatte sie das gesagt? Bis heute weiß ich es nicht. Sanna umarmte mich. Lange und fest. Dann war sie weg. Diesmal war ich mir ganz sicher. Ich hatte nicht fantasiert. Sanna war bei mir gewesen. Noch immer roch ich ihren zauberhaften Duft. Noch immer spürte ich ihren Kopf an meinem, ihren Hals in meinem, ihre Hände auf meinem Rücken, ihren Busen an meiner Brust, ihren Oberschenkel an meinem. Noch immer kitzelten ihre Haare meine Nase.

Noch immer höre ich sie in mir wachsen – vom Mädchen zur Frau. Unentwegt spüre ich ihre Berührungen. Unentwegt rieche ich ihren Duft.

Einen weiteren Aufenthalt diesen Sommer bei Nana verweigerten mir meine Eltern. Es gäbe genug zu Hause zu tun. Rasen mähen – jetzt sofort! –, für die Schule lernen – gleich nach dem Rasenmähen! Also würde es Weihnachten werden, bis ich Sanna endlich wieder sähe. Bis dahin schrieb ich ihr beinahe jeden Tag einen Brief. Voller Liebe. Gefühle schriftlich in Worte zu fassen, kitschig und in allen Farben, fiel mir leichter, als sie auszusprechen. Ganz alleine in meinem Zimmer traute ich dem Briefpapier all das an, was mich bewegte. Wenn ich dann tagelang, wochenlang nichts von Sanna hörte, quälte mich der Gedanke, mich zu weit aus dem Fenster meiner Liebe zu ihr gelehnt zu haben. Ich lief in meinem Zimmer auf und ab, kaute an den Fingernägeln. Was genau hatte ich geschrieben? Ich wusste es nicht mehr. Herrgott-nochmal!

Der Briefträger von Aach, ein älterer, für seinen reichlichen Alkoholkonsum bekannter Mann, lächelte über die vielen Briefe an Sanna, die er immer seltener in den dafür vorgesehenen

Kasten warf, die er immer öfter persönlich im Bäckerhaus überreichte, den stets angebotenen Schnaps nie ablehnte, meist noch einen zweiten – »Na ja, auf einem Bein geht man nicht nach Hause!« – mit einem Schluck austrank. Eine solche Flut an Briefen habe er in seiner langjährigen Dienstzeit noch nie erlebt.

»Grüß Gott!«

Sanna schrieb ein-, zweimal im Monat zurück. Es waren zwar nette, doch nüchtern geschriebene Zeilen, die ich da zu lesen bekam. Auf meine schmalzigen Liebeserklärungen ging sie nie ein. Schrieb, dass die polizeilichen Untersuchungen endlich abgeschlossen seien. Von irgendwelchen Fingerabdrücken, Schmauchrückständen. Fazit: Selbstmord. Lehrer Kofler sei auf seinem heimatlichen Hof, den eine gewisse Stella Lundgren geerbt habe, beerdigt worden. Die Pächter hätten sich zu wehren versucht, die neue Besitzerin aber habe darauf gepocht, sonst würde sie ihnen kündigen. Ohne kirchlichen Beistand sei das Begräbnis vonstattengegangen, mit nur einem einzigen Trauergast. Stella Lundgren. Das wisse Sanna von der Frau selbst, die sie aufgesucht habe, nachdem diese von Inspektor Wallner die ganze Geschichte erfahren habe.

... Ich soll dich von meinen Eltern und von Babs recht schön grüßen. Bis hoffentlich bald einmal, Deine Sanna

Ich ließ mir meine Haare wachsen.

4. Strophe

Sie sieht sich ihre blutigen Finger an. Da hört sie das Geräusch eines sich drehenden Schlüssels, der sich in ein verriegeltes Türschloss quält. Klingt fern. Irgendwie! Nahe. Irgendwie! ... Bsst! ... Klick! – Stille. – Schritte. – Ein Scheppern. – Stille. – Jemand steht vor ihrer Kammertüre. Bestimmt. Sie äugt auf die Schnalle. Nichts passiert. Niemand tritt ein. – Stille. – Schritte. Eine Türe quietscht, fällt ins Schloss. Erneut dreht sich ein Schlüssel. – Klick. – Ein kurzes Einatmen. Ein langes Luft-Anhalten. Totenstille.

Zögerlich steigt sie vom Bett, geht langsamen Schrittes, etwas vornübergebeugt, mit starren, ängstlichen Augen auf ihr Höllentor zu, das ihr bezeugt, verdammt zu sein, in einem Seelen-Verlies ausharren zu müssen. Außer den Geräuschen, die sie selbst macht – der Boden unter ihren Füßen knistert wie Feuer, ihr schnelles Ein- und Ausatmen erinnert an das Schnauben eines sabbernden Höllenhundes – ist nichts zu hören. Sie drückt die Schnalle. Die Türe lässt sich öffnen. Sie schaut um die Kante. Da ist ein kleiner Vorraum. Da sind noch zwei Türen. Da ist ein kleiner Tisch, auf dem eine Ringelblumen-Wundsalbe liegt. Ein Teller mit geselchtem Schweinefleisch, Kartoffelpüree und Sauerkraut. Daneben ein Krug mit Himbeersaft.

»Hallo!«

Niemand antwortet. Sie drückt die Schnalle der Türe vor ihr. Die ist verriegelt. Dann versucht sie es an der Türe rechts neben ihr. Die ist offen. Dahinter ... eine Dusche. Gott sei gepriesen!

34
Emanuel und Sissi

Der Hund lag hinter einer Mülltonne an der Bushaltestelle
›Zum Hirschen‹. Das vordere linke Bein war gequetscht und
blutete. Emanuel hob das arme, winselnde Tier auf und trug es
zum Doktor. Einen Tierarzt gab es in Aach nicht.

»Soll ich ihn einschläfern?«, fragte der Doktor.

»Wenn es sein muss – ja! Wenn nicht – nein!«

Der Arzt schaute Emanuel in die erwartungsvollen Augen.

»Wenn ich ihn am Leben erhalten soll, muss ich ihm das
Bein amputieren! Und was machst du dann mit dem Köter?«

»Das lass meine Sorge sein!« …

Später, viel später, erfuhr Emanuel, dass der inzwischen zu
einem jungen Mann herangewachsene Sohn der Bauersleute auf
der Saira-Alpe ihn Fifi genannt hatte. Der Hund war eines Abends
auf der Liegestätte des armen Trottels gelegen. Wunderschön.

… Wieder hatte sich der Tag ins Unendliche gezogen. Wieder
hatte er eigentlich nur nach etwas Essbarem gesucht, nichts
gefunden. Wieder schienen ihm die Stufen in den ersten Stock
hinauf unendlich. Die Nacht würde ihm unendlich erscheinen!
Er würde sich hin und her wälzen, an das Frühstück denken.
Als er die Tür in seine Kammer öffnete, schauten ihm zwei Augen entgegen, so ängstlich, als wären es die seinigen. Der Hund
winselte leise, richtete sich auf, darauf wartend, endlich in den
Arm genommen zu werden. Von nun an würden ihm die Tage
und die Nächte nicht mehr unendlich erscheinen. Obwohl der
Hund ein Rüde war, nannte er ihn Fifi, was eigentlich Sissi heißen sollte! Nach der berühmten, schönen ehemaligen Kaiserin …

Wie der Hund hieß, wusste Emanuel jetzt. Wie dessen Herrchen hieß – nicht!

35
Lydia und Michael

Lydia war erst nur argwöhnisch gewesen, dann ängstlich, dann fürchtete sie sich regelrecht vor ihrem Mann Michael. Der hatte sich seit der Erstkommunion ihrer Tochter Lotte von einem harmlosen Scheusal in ein nicht mehr durchschaubares, unberechenbares Scheusal gewandelt. Selbst Nero, sein alt gewordener Labrador, ließ den Kopf hängen, schlief tagein, tagaus unter dem Küchentisch, kümmerte sich sein Herrchen immer seltener um ihn. Blöder Köter! Niemand, nicht einmal Michaels geliebte Tochter, durfte die Kellerräume betreten. Er hatte Schlösser an die Falltür angebracht. Auf beiden Seiten. Stundenlang hielt er sich nach getaner Scheiß-Arbeit für die Scheiß-Gemeinde da unten auf. Werkelte an irgendwas rum. Seltsame Geräusche, rätselhaft und mysteriös wie der Vater, der Ehemann selbst, drangen nach oben. Seit Tagen. Seit Wochen. Seit Monaten. Seit Jahren. Wenn er sich »Ruhe im Haus!« erschimpfte, mussten sich Lydia und die vier Kinder (der älteste Sohn war in einen Krieg weit weg von Aach befohlen worden) in ihren Kammern einschließen. Wehe, jemand hielte sich nicht daran! Gott sei dem- oder derjenigen gnädig! Michael horchte, vergewisserte sich, dass er ungestört irgendwelches Werkzeug, irgendwelche Schrauben und Muttern und Schläuche, irgendwelche Kübel und Pinsel, irgendwelchen Hausrat in die noch dunklen Räume schaffen konnte. Er würde alles weiß anmalen, so weiß, wie das wunderschöne Erstkommunionkleid seiner wunderschönen Lotte gewesen war. Vor einer Woche. Vor einem Monat. Vor einem Jahr. Vor vier Jahren. Ihr gelocktes, dunkelblondes Engelshaar, ihre zarte Haut, ihre hellblauen Augen, ihre weißen Schuhe mit dem selbst gemalten Vergissmeinnicht auf dem Rist, ihr freches Lächeln hatten Michael in all der Zeit nie mehr losgelassen. Sie war ... seine!

... Tochter. Niemand würde sie ihm wegnehmen! Sie gehörte ihm!

»Halt die Schnauze, Nero!«

36
Sarah und Paula

Manchmal half Maria mit. Meist aber saß sie auf irgendeinem großen Stein oder vielleicht auf der kleinen Bank unter dem Stubenfenster und übte fleißig Gitarre. Damian Kofler gab ihr Privatunterricht. Das tat er gerne. Der F-Akkord war schwierig. Heute lehnte Maria am Stamm der großen Eiche, sah den vielen Männern und Frauen und Kindern zu, wie diese einen weiteren Kamin und zwei Kammern, angelehnt an das alte Bauernhaus hier oben am Waldrand von Pianz, förmlich aus dem Boden stampften. Als erhielte das Haus nun zwei kleine Kinder. ›Die wachsen schnell‹, ging es Maria durch den Kopf. Sie griff noch einmal den F-Akkord und versuchte sich in der neu beigebrachten Zupftechnik. Noch klang es schrecklich. Das machte nichts. Bei dem Lärm – es wurde gegraben, gemauert, gesägt, gehämmert, geschliffen, gestöhnt, geflucht – konnte das ja doch keiner hören. Anna hatte alle Bewohner aus dem Dorf gebeten und sie immer dann, wenn es die eigene Arbeit ihnen erlaubte, beschäftigt, da sie wusste, ein gut bezahlter Nebenverdienst würde den Menschen helfen, die finanziellen Sorgen für Wochen und Monate beiseitezuschieben, um endlich am eigenen Gehöft längst notwendige Reparaturen vorzunehmen. – »Das Dach müsste neu geschindelt werden!« – Um sich weiteres Vieh oder besseres Werkzeug leisten zu können. Gute, neue Schuhe. Oder gar einen Ausflug nach Landkirch, das armselige, mühsame Leben hinter sich lassend, den Reichtum der Hauptstadt unbeschwert genießend. Ein großes Eis und Schulutensilien für die Kinder. Ein Glas Rotwein für die Eltern und das hübsche, blaue Kleid aus dem Schauraum für die Mutter, den eleganten Hut gleich daneben für den Vater. Die notwendigsten Arbeiten zu Hause verrichteten die Nachbarn. Man würde es ihnen vergelten, wollten die sich nächstes

Wochenende eine kleine Reise nach Walddorf zu Verwandten gönnen. Die Menschen in Pianz waren gut gelaunt. Anna bezahlte ihnen den dreifachen Lohn, den sie sich erhofft hatten. Maria griff von F nach G nach C, fuhr mit dem Daumen über die Saiten. Das Zupfen wollte sie später üben. Es klang besser und besser.

Als der Anbau fertig war, die beiden Kammern eingerichtet, ein Fest, an dem alle Dorfbewohner teilgenommen hatten, gefeiert, bezog Maria ihre neue, kleine Welt und die Matratze ihres neuen Bettes darin und den Kopfpolster und die Federdecke. Abends um zehn Uhr legte sie sich hin. Nachts um zwei Uhr war sie immer noch hellwach. Auf Zehenspitzen ging sie in die Küche, stieg die kleine Leiter auf den Dachboden hinauf, wickelte sich in die alten, gewohnten Decken. Endlich konnte sie einschlafen.

Das Allererste, was Paula und Sarah in ihrem neuen Heim taten, war, je eine Schaukel an die beiden Kirschbäume im Garten anzubringen. Eine war für Maria gedacht. (Eine, egal welche, hatte Sanna sich selbst zugedacht.) Noch läge viel Arbeit vor ihnen. Dem Haus, dem Stall, der Scheune müsste ein neues Kleid übergestülpt werden, mit frischen Farben. Für einen von Anna bereits bestellten Traktor war eine Garage mit zugehöriger Werkstatt im hinteren Bereich des Hauses geplant. Darüber drei Zimmer, ein Bad und ein Klo für künftige Gäste. Volle Kübel und leere Eimer und Pinsel und Putzmittel und verschiedenste Öle standen für die Innenräume bereit. Holz für den Winter war geliefert. Kochgeschirr und Teller und Tassen und Gläser und Besteck und Tischdecken und Fleckerlteppiche und Matratzen und Bettzeug und Bettwäsche und Kleiderbügel und Vasen und Kerzen und Streichhölzer gekauft. Möbel beim Tischler bestellt. Paula, die mit Sarah die Schaukeln einweihte (Sanna lehnte, die Arme verschränkt, etwas verärgert und beleidigt an einem der Kirschbäume), dachte an die Zeit, als sie nach dem Tod ihres Mannes Peter ihren Hof oben in Pianz verlassen hatte, um unten in Aach als Pfarrersgehilfin zu arbeiten. Bei Lorenz.

... Sie hatte ihre alte Heimat, Haus und Stall samt Vieh und Grundstück, viel zu billig verkauft. Jetzt war sie unvernünftig, verprasste das Geld innert weniger Monate. Das tat gut. Kleider und Schuhe für sich und Sarah. Schmuck. Eine Handtasche. Ausflüge mit der Tochter. Bald konnten die beiden sich wieder nur das Notwendigste leisten, unmöglich ein eigenes Zuhause ...

»An was für Tiere hast du gedacht, Mama?«, fragte Sarah.

Es war ein lustiges Gespräch. Sie und Paula sausten auf ihren Schaukeln in die Lüfte. Erreichte die Tochter vorne den höchst möglichen Punkt – Blätter des Baumes kitzelten ihr Gesicht –, erreichte die Mutter hinten den höchst möglichen Punkt – Blätter des Baumes kitzelten ihren Nacken. Dann zischten sie aneinander vorbei, und es war umgekehrt. Paula und Sarah mussten beinahe brüllen, um sich zu verstehen. Wäre ein Künstler beauftragt worden, Glück zu veranschaulichen, hätte er diesen Moment eingefangen und die Gesichter der beiden gemalt, geschnitzt, gemeißelt. (Das von Sanna nicht.)

»Vielleicht ein, zwei Kühe! Ziegen auf jeden Fall! Schweine! Hühner!«, rief Paula Sarah zu.

»Wie die Ziegen heißen werden, weiß ich jetzt schon!«

»Wie denn?«

»Emma!«

»Alle?«

»Alle!«

Bis es soweit war, würden noch Monate vergehen. Es müsste für die Tiere alles vorbereitet sein. Das Heu allerdings war schon eingebracht. Anna hatte für Paula ein großzügiges landwirtschaftliches Grundstück etwas außerhalb des Dorfes gekauft. Im Frühjahr würde ein kleiner Teil als Kartoffelacker angelegt werden. Paula hatte viele Ideen, und alle hatten mit dem eigentlichen Leben zu tun. Mit Nahrung. Mit Heimat. Mit Wärme. Mit Liebe.

Wenngleich sie mit Sarah bereits notdürftig darin hausen konnte, für die Arbeiten an der eigentlichen Wiedergeburt des Gehöfts beauftragte Anna nur die Ärmsten der Armen aus Aach. Das ärgerte die Reichen des Dorfes, konnten sie sich nicht erinnern, jemals so zufrieden gewesen zu sein wie diese Menschen, die aus größter Dankbarkeit heraus alles hergaben, was sie an Inbrunst und Muskelkraft zu bieten hatten. Stein auf Stein, Pinselstrich zu Pinselstrich, Nagel an Nagel verwandelte sich das jahrelang im Stich gelassene, etwas heruntergekommene Haus in ein Schmuckstück, das vor allem durch das wiedergewonnene Leben in ihm und rundherum glänzte und funkelte. Da kochte wieder jemand. Da schlief wieder jemand. Da spielte wieder jemand ›Mensch, ärgere dich nicht!‹. Da feierte wieder jemand Weihnachten. Da wurden wieder Geranien gegossen. Da wurden wieder Kohlrabi geerntet und Johannisbeeren gepflückt. Da wurden morgens wieder die Läden geöffnet und abends geschlossen. (Am meisten freute das alles Sanna.) Da lud die nie verschlossene Türe wieder ein, zu verweilen.

Im Frühsommer des nächsten Jahres waren alle, die mitgeholfen hatten, zum Einstandsfest – im Garten, im Haus, in der neuen Garage – eingeladen. Auch Andreas, der Pfarrer, der das Haus am Nachmittag geweiht und gesegnet hatte. Es gab reichlich zu essen und zu trinken. Gegrilltes Fleisch, gegrillte Würste, allerlei Gemüse, allerlei Salate, Kartoffeln als Beilage, Obst und Eis und Sahne zum Nachtisch. Davor, dazwischen und danach Fruchtsäfte oder einfach nur frisches Wasser, vor allem aber Wein und Bier. (Sanna, die das alles sehr und in ihrer Vorstellungskraft ein bisschen zu viel genoss, wirkte, als hätte sie einen kleinen Schwips. Was nicht wirklich sein konnte. Für sie war heute einmal Sarah, die ihr zulächelte, die imaginäre Freundin.) Alle waren fröhlich gelaunt und stolz auf das gelungene Werk. Die Leute, und es wurden immer mehr in dieser Nacht, die an Paulas und Sarahs neuem Daheim vorbeigingen, wurden gebeten, einzutreten. Mitzufeiern! Niemand lehnte ab. Es war ein zu schönes Fest, eine zu ausgelassene Fröhlichkeit, eine zu große Zufriedenheit, sich all das entgehen zu lassen. Bürgermeister Auer, Schulleiter Rossmeier und Richter

Sonnleitner setzten sich auf die Gartenbank zu Elisabeth und Anna. Priesen die vielen Sterne dieser klaren Nacht, die ihnen wie die Bewohner von Aach erschienen. Auer glaubte, das Sternbild des Adlers zu erkennen. Es erinnere ihn an das Wappen des Dorfes, dessen Hauptmotiv Entschlossenheit ausdrücke. Man dürfe sich von geworfenen Steinen des Schicksals auf sie alle nicht vertreiben lassen. Seit Menschen Gedenken gäbe es Ungleichheit, Ungerechtigkeit. Böses. Jedem möglichst ähnliche Voraussetzungen, den Armen und den Reichen, jedem dasselbe Recht, jedem den Weg zu einem guten Leben zu pflastern, das sei Aufgabe der hohen Politik. Der Bürgermeister war von seinen klugen Metaphern selbst am meisten beeindruckt. Mitten in seine Worte hinein war sich Rossmeier sicher, den *Kleinen Karren* entdeckt zu haben. Er verglich ihn, von der Gesprächs-Strategie des Bürgermeisters angesteckt, mit dem zu klein gewordenen Schulgebäude. Vielleicht könnte in den nächsten Jahren dieses Sternbild zu einem *Großen Karren* heranwachsen. Das käme ausschließlich den Kindern von Aach und den umliegenden Dörfern zugute. Nach einer Kunstpause wagte er sogar, einen möglichen Turnsaal zu erwähnen. Körperliche Bewegung der jungen Menschen zwischen Deutsch und Rechnen, Heimat- und Naturkunde – das war in diesem Augenblick seine zutiefst fortschrittliche Einstellung – sei ein notwendiger Ausgleich zu geistiger Betätigung. Dass alles ohne Lug und Trug ... ohne Betrug! ... ablaufen würde, dafür sorge er, meinte ausgerechnet Richter Sonnleitner, der bekannt dafür war, möglichst in die eigene Tasche zu wirtschaften.

»Meine Herren«, sagte Elisabeth, »das alles hat meine liebe Freundin bereits in die Wege geleitet. Anna wird Sie, lieber Bürgermeister, und Sie, lieber Schulleiter, in den nächsten Wochen aufsuchen, um Ihnen ihre Pläne vorzulegen, die dann, falls Sie damit einverstanden sind, umgesetzt werden. Den Kindern unserer Dörfer zuliebe, wie Sie bereits erwähnten.«

Sonnleitner trank sein Glas Wein aus und verließ das Fest. Alle anderen feierten bis früh in die Morgenstunden hinein. Bei

Lagerfeuer, bei Wein und Bier, bei Geschwafel, Gelächter und Gesang. Bei einem kleinen Tänzchen. (Bei einem ausschweifenden Tanz Sannas. Sarah hieß die imaginäre Freundin, sich zu benehmen. ›Weshalb glaubst du, dass du in der realen Welt lebst?‹, meinte Sanna frech.) Bei begleitendem Gitarrenspiel von Damian und ... Maria. Sie spielte inzwischen gut. Echt gut. Da waren sich alle einig, wie in allem in dieser Nacht. Waren begeistert, wie für alles in dieser Nacht.

37
Maria und Kresta

Die Blätter vieler Bäume hatten sich aus einem saftigen Grün in ein kräftiges Rot, ein warmes Gelb, ein sanftes Orange verfärbt. Im Sekundentakt lösten sie sich von den Zweigen, schaukelten feengleich träumerisch durch die Luft, landeten auf dem Boden eines farbenprächtigen Zauberwaldes. Das Jahr neigte sich dem Ende zu, die Kindheit neigte sich dem Ende zu. Es würde Marias letzter Ministranten-Ausflug sein, war sie bereits sechzehn Jahre alt. Ungemein hübsch. Das war dem Lehrer nicht entgangen, das quälte mehr und mehr den Pfarrer – Andreas. Die Schule hatte sie mit lauter Einsen abgeschlossen. Maria hätte in Landkirch studieren können, das wollte sie aber nicht. Sie wollte ihr Leben hier in Pianz mit der Mutter und Anna weiterhin genießen. Außerdem hatte sie sich längst an die neue Kammer und das neue Bett gewöhnt. Sarah, die inzwischen neunzehn war und sich in Reinhard, einen Heimkehrer, verliebt hatte, ging auf den Ministranten-Ausflug gar nicht mehr mit. Schade.

... Reinhard war einer der vielen Männer – Burschen! – in Aach, die in einen unnötigen, schlussendlich verlorenen Krieg, weit weg von der Heimat, gerufen worden waren. Das war bald einmal nach dem Einstandsfest Paulas gewesen, das war nach wie vor das große Unheil Aachs, das große Unheil des ganzen Tals, des ganzen Landes. Die Friedhöfe waren gewachsen. Es gab zu wenige Taschentücher, all die Tränen zu trocknen, die der gottverdammte Krieg mit sich gebracht hatte. Jetzt schrieben die Zeitungen, der Spuk habe ein Ende, die Siegermächte ein Einsehen, es müsse weitergehen. Wie denn? Ohne den Sohn? Ohne den Vater? Ohne den Bruder? – Mit Schokolade? Die Kleinsten der Kleinen konnte man vielleicht vorläufig mit dem erstmals wahrgenommenen süßen Geschmack an Zunge und Gaumen hinwegtrösten. Die leeren Betten blieben leer. Die Schwester öffnete die Türe in die Kammer des Bruders, äugte hinein. Wo blieb er nur? Wann würde er sie wieder knuddeln oder, wenn es denn sein müsste, auch ärgern? In viele leere Teller wurde keine Suppe mehr geschöpft. Die leeren Augen der Gefallenen, Vermissten, die starr aus eingerahmten Fotos in ein Nichts schauten, vereisten die Seelen der Zurückgebliebenen in der eigentlich warmen Stube. Die geschriebenen Zeilen auf Postkarten aus fremden Ländern, angelehnt an die auf dem Schubladkasten aufgestellten oder eingeklemmt unter die an der Wand aufgehängten Fotos, wurden gelesen, als wären sie auf einer Wolke im Himmel geschrieben worden. Als hätte Petrus selbst den Stempel auf die jeweilige Briefmarke gedrückt. Absendort: Paradies! – Hoffentlich! Auch der älteste Bruder Lottes wohne jetzt da oben, versicherte ihr die Mutter. Die Kleine vermisste ihn, wenngleich sie sich auf den bevorstehenden Ministranten-Ausflug freute. Sie war ja erst elf, und ihr stand noch ein langes, schönes Leben bevor ...

Diesmal gehe es nach Gams, einem kleinen Dorf weit oben im Waidtal. Man übernachte im Freien, bei Lagerfeuer und unglaublich spannenden Geschichten, die Armin, ein uralter Freund erzähle, versicherte Andreas den Kindern, die enttäuscht dreinblickten. Die Zugfahrt ins Auwaldtal vor vier Jahren würde wohl nach wie vor das bisher schönste Erlebnis bei einem Ausflug bleiben. Die meisten nahmen zu viel Unnötiges (eine Regenjacke – es käme bestimmt nicht regnen, war sich Maria sicher –, ein Kopfkissen, ihr Kuscheltier, Getränkeflaschen – der kleine Bach spende mehr als nur genug Wasser –, ein zweites Paar Schuhe – man könne ja barfuß in dem kleinen Bach herumplantschen) in ihrem Rucksack mit. Maria beschränkte sich auf das Wesentlichste. Eine Jause. Ihre Gitarre!

Andreas hatte einen Bauern gefragt, ob er sie alle mit dem Traktor und einem Anhänger nach Tump bringen könne. Das tat dieser gerne. Hatte selbst den größten Spaß daran, sein

Gefährt, auf das er überaus stolz war, nicht nur in den Kurven, auch auf den Geraden hin und her zu lenken, damit die Kinder hinten im Hänger kreuz und quer durch- und übereinander purzelten. Was für ein Gelächter! Was für eine Gaudi!

»Endstation!«

›Schade!‹

»Morgen in der Früh hole ich euch wieder hier ab, Herr Pfarrer!«

»Das ist schön! Vergelt's Gott!«

Obwohl die Hängebrücke, die Tump mit Gams verband, ausgebessert worden war, barg sie immer noch Gefahren in sich, und Andreas überquerte sie mit immer nur einem Kind, hielt ihm dabei die Hand. Das reinste Abenteuer für die Buben und Mädchen. Hoffentlich ginge es so weiter. Maria wehrte ab, als Andreas ihr die Hand reichte. Sie schaffe das alleine. In letzter Zeit hatte der Pfarrer wieder diesen stechenden, durchbohrenden Blick, sobald er Maria in die Augen sah. Das mochte sie gar nicht. Als Armin das Mädchen erblickte, zuckte sein Herz. Vor ihm stand die etwas älter gewordene Kresta, die ihm seit fünfzehn, sechzehn Jahren nicht mehr erschienen war.

›Ich weiß!‹, nickte Andreas ihm zu.

Armin war ein uralter Mann, wenngleich noch sehr rüstig – weit über hundert Jahre. Auch sein Wolfshund Hamon, der ihm nicht von der Seite wich, hatte das zu erwartende Lebensalter eines Hundes längst überschritten. Er sei beinahe dreißig Jahre alt. Seltsam. Die Kinder richteten sich am Fuße der Kresta-Wand eine Schlafstätte her, sammelten Holz für das Lagerfeuer, spielten Verstecken, zogen sich die Schuhe aus und plantschten barfuß in dem kleinen Bach. Maria, der Pfarrer, Armin und Hamon saßen um die Feuerstelle. Die Flammen und der aufsteigende Rauch verformten die Landschaft um sie herum und halfen dem leichten Wind, Bäume und Sträucher hin und her zu bewegen. Maria stimmte ihre Gitarre, klimperte erst darauf herum, zupfte dann eine Melodie nach der anderen. Eine schöner als die andere. Hamon genoss offensichtlich die ihm fremden Laute. Ausgestreckt auf dem Bauch lag er da, hatte seine Schnauze in die Vorderbeine vergraben, die Augen geschlossen. Blinzelte immer wieder einmal nach Maria, die jetzt zu singen begonnen hatte. Selbst die Vögel freuten sich über die anmutigen Töne und sangen mit, und nach und nach die Kinder, die der hereinbrechenden Dunkelheit Respekt zollten und in der Obhut der Erwachsenen und des Lagerfeuers Schutz, Licht und Wärme – es war kalt geworden – suchten und fanden. Aus den Rucksäcken wurden die Decken geholt, sich darin einzuwickeln. Einige hatten Sackmesser dabei, die herumgereicht wurden, um die abgebrochenen oder vom Boden aufgesammelten Äste zu schälen und anzuspitzen. Die mitgebrachten Würste wurden darauf aufgespießt und mit ausgestreckter Hand – zu nahe an den Flammen brannten die Wangen und die Augen – über der Feuersglut gebraten. Nebel hatte sich unauffällig herangepirscht, sog die Geister und Gespenster aus Armins meist unheimlichen Geschichten in sich auf, schlich über Gräser und Steine, versteckte sich hinter Felsbrocken und in Sträuchern, um die Kinder in ihrer Fantasie zu erschrecken und ihnen das Fürchten zu lehren. Gruselig. Die spannendste Geschichte hatte Armin für den Schluss aufgehoben. Die Kresta-Sage. Immer wieder schaute er zu Maria, gebannt, wie sie reagieren würde. Die hörte zwar aufmerksam zu, verriet aber mit keiner Miene, dass sie irgendwas mit der kleinen Kresta zu tun hatte. Seltsam. Die beiden Mädchen waren sich offensichtlich fremd. Ihre Ähnlichkeit musste Zufall sein. Armin war ein wenig enttäuscht.

Die Kinder legten sich hin, möglichst nahe an das Feuer, an die Erwachsenen, an Hamon – aneinander. Die Kuscheltiere wurden an Brust und Wange gedrückt. Wenn es nur schon wieder hell wäre! Der Mond schenkte dieser Nacht wenig Licht. Lotte kuschelte sich an Maria, legte ihren Kopf auf deren Schulter und kroch förmlich in deren Hals. Maria zog die Kleine noch näher an sich heran, beschützte sie mit beiden Armen, streichelte ihr das Haar. Alles sei gut.

Noch übertönten das Knistern des Feuers und das Plätschern des Baches die meisten Geräusche des Waldes. Ab und an ein Knacksen oder Flattern. Die Müdigkeit überzog mit der Zeit die Angst der Kinder. Nach und nach schliefen sie ein, schreckten kurz auf, wenn Uhu und Waldkauz sich in ihre Träume geschlichen hatten, um ihnen zuzurufen, sie hätten hier nichts verloren. Der Wald und seine Nacht gehörten den Tieren.

Maria wachte auf. Sie musste pieseln. Vorsichtig zog sie ihren Arm unter dem darauf liegenden Kopf der kleinen Lotte heraus, deckte das Mädchen, das irgendwas murmelte und mit den Beinen zuckte, gut zu. Armin war der Einzige, der noch wach war. Er saß auf einem Stein nahe dem Lagerfeuer, stocherte mit einem Stecken in der heißen, roten Glut herum, worauf kleine, zischende Flammen ihren Hunger nach frischen Scheiten kundtaten. Der Alte legte zwei nach. Maria wärmte ihre Hände. Die beiden schwiegen. Dann verschwand das Mädchen im Nebel und in der Dunkelheit. Hinter einem Baum zog sich Maria Strumpf- und Unterhose runter, ging in die Knie, spreizte ihre Beine und pieselte. Plötzlich, wie aus den Nebelschwaden emporgestiegen, stand ein Mädchen vor ihr. Jeder andere Mensch, außer vielleicht Armin, wäre erschrocken, hätte sich gefürchtet. Nicht so Maria. Es war ihr, als stünde da vor ihr ... sie selbst – als zwölfjähriges Mädchen.

›Bist du die Kresta?‹

›Die bin ich.‹

›Bin ich du?‹

›Nein. Bist du nicht. Wir beide sind jedoch verwandt. Haben dieselben Vorfahren.‹

›Weshalb erscheinst du mir? Weshalb bist du gekommen?‹

›Vor vielen Jahren habe ich einen kleinen Jungen auf einen langen Weg geschickt. Einige Grundsteine des Lebens hat er bereits hinter sich gelassen. Nun ist er am nächsten angekommen! Pass gut auf ihn auf!‹

›Wer ist dieser Junge?‹

›Du weißt, wer er ist.‹

›Ich kann es mir denken! – Der Pfarrer. Was hat er mit mir zu tun? Weshalb sollte ich auf ihn Acht geben? Ich bin Kind. Er erwachsen!‹

›Das wird das Leben dir nach und nach zuflüstern.‹

Kresta war im Begriff, sich aufzulösen, da rief Maria sie zurück.

›Wer waren unsere Vorfahren?‹

›Markus. Sechstes Kapitel. Vers drei!‹

Da war es weg, das Mädchen aus der Sage, und mit ihm zerfiel der Kresta-Stein leise zu Staub. Der Wind wirbelte diesen hoch in die Lüfte und blies die wie Sterne unzähligen Körnchen in die dunkle Nacht. Nie wieder würde das märchenhafte Wesen aus längst vergangener Zeit einem Menschen begegnen. Weit oben im Himmel kreiste ein Adler. Weit unten im Wald heulte ein Wolf.

Ist dieser nicht der Zimmermann, der Sohn der Maria und ein Bruder des Jakobus und Joses und Judas und Simon? Und sind nicht seine Schwestern hier bei uns?*

Noch immer kniete Maria mit hinuntergezogener Unterhose und gespreizten Beinen hinter dem Baum. Sie stand auf, wischte sich mit einem Huflattich-Blatt die Scheide trocken, zog sich an und ging zurück zum Lagerfeuer.

---

* Mk 6, 3

38
Greta und Elsbeth

Als die alte, alte Elsbeth, die von allen Huren geliebte Besitzerin des Bordells, an Gretas Zimmertür klopfte und meinte, jemand warte im Empfangsraum auf sie, erschrak die junge Frau fürchterlich, glaubte sie, es wäre wieder dieser Inspektor Wallner, der sie erneut wegen Damian, der sich angeblich das Leben genommen hatte, ausquetschen würde. War er aber nicht. Ein kleiner Mann in teurem Anzug stand vor ihr. Bestimmt ein Freier, dem man die blonde Schwedin empfohlen hatte.

»Stella Lundgren?«

Woher wusste der Wicht ihren eigentlichen Namen?

»Ja?«

Natürlich hätte er als Jurist die Nutte schriftlich in sein Reich, das Gerichtsgebäude, laden können, wollte sich jedoch die Gelegenheit nicht entgehen lassen, endlich einmal ein Bordell aufzusuchen. Amtlich. Offiziell. – Selbstverständlich. Er überbrachte gute Nachricht, erhoffte sich deshalb zwischen den Zeilen sicherlich offener, längst in Gedanken selbst zusammengebastelter Fragen und erwarteter Ausbrüche der Freude einen zumindest angedeuteten, fleischlichen Lohn. Nichts von alledem. Greta blieb stumm, überreichte, da sie die deutsche Sprache nicht gut lesen konnte, das ihr ausgehändigte Schriftstück Elsbeth. Die las das Testament Damians vor.

Wort für Wort, Zeile für Zeile wurden die Buchstaben G–R–E–T–A in der Vorstellung der mit künftigem Reichtum überschwemmten Hure ausradiert und durch S–T–E–L–L–A ersetzt. Sie fuhr in einem Auto herum. Sie lebte in einem bürgerlichen Haus. Sie saß auf einer Veranda vor einem großen Garten. Sie ließ sich von Bediensteten Kaffee und Kuchen auftischen. Stella wurde schwarz vor Augen. Sie knickte ein und fiel ohnmächtig zu Boden. Elsbeth nahm sie in den Arm und tätschelte ihre Wangen. Langsam kam die junge Frau wieder zu sich.

»Ich werde für dich beten, Greta, damit du es schaffst, mit alledem umzugehen.«, sagte Elsbeth.

Trotz ihres Berufes war die Alte nach wie vor ein gläubiger Mensch und besuchte stets die sonntägliche Messe im Dom. Betete für die vor so vielen Jahren verstorbene Mutter. – Für Luisa! Elsbeth griff unter die Arme der sich behutsam aufrichtenden blonden, jungen, schönen, lächelnden Hure.

»Nicht Greta! – Stella!«, flüsterte ... Stella Lundgren.

39
Basilius und Wilhelm

Wenigstens hatte sie ihre Briefe mit ›... *Deine Sanna*‹ unterschrieben. Ich hatte mir mehr erhofft. Nervös saß ich im Zugabteil, zwirbelte eine Strähne meines inzwischen langen Haares um den Zeigefinger, schaute in die verschneite Landschaft hinaus. Mit Lichterketten geschmückte Häuser, aufgestellte Christbäume in Gärten und auf Marktplätzen veranschaulichten die Weihnachtszeit. Zehn Tage würde ich bei Nana meine Ferien verbringen dürfen. Ich stellte mir die seit Monaten erste Begegnung mit Sanna vor. Dachte mir Worte und ganze Sätze zur Begrüßung aus.

›Endlich! Ich habe dich vermisst!‹ – Nein! Zu aufdringlich!

›Hübsch siehst du aus!‹ – Zu schmalzig.

Einfach nur: ›Hallo!‹ – Zu wenig! Zu unbedeutend!

›Wie geht es dir?‹ – Zu banal! Zu abgedroschen!

Scheibenkleister. Mir fiel nichts Passendes ein. Die Dörfer und die Zeit sausten an mir vorüber, und aus den Lautsprechern ertönte bereits: »Nächste Station – Landkirch!«

Das Postauto nach Aach würde erst in einer Stunde fahren. (Jedes Mal, wenn ich mit einem mitfuhr, erzählte ich dem Chauffeur ganz stolz, dass auch mein Vater Postauto-Lenker sei.) Ich hatte genügend Zeit, mir aus meinem von Mama zugesteckten kargen Taschengeld zwei kleine Geschenke – eines für Nana, eines für Sanna – zu kaufen. Einen Weihnachtsstern in einem schön glasierten Keramiktopf für die Oma. Das freute sie bestimmt. Für die Liebe meines Lebens ein Halskettchen mit einem Herz-Medaillon. Modeschmuck zwar, trotzdem schön. Später getraute ich mich nicht, es ihr wirklich zu schenken. Noch heute trage ich das Kettchen und das Herz um meinen Hals.

Sannas Blut pulsiert stetig in meiner Halsschlagader.

Nichts war so, wie ich es mir erträumt hatte. Die ersten zwei Tage bekam ich Sanna gar nicht zu Gesicht. Weder Nana noch Irma noch Babs wussten, wo sie steckte. Am dritten Tag – es war der 28. Dezember – meinte Nana, ich solle mit ihr nach Pianz zu Maria gehen. Das lenke mich ab. Es war ihr nicht entgangen, dass ich zutiefst traurig war, dass ich ständig nervös mit meinem rechten Bein unter dem Tisch auf und ab zuckte. Ich war einverstanden, hatte ich immer noch die warmen Augen und die warmen Hände Marias in Erinnerung. Und wie gut es mir ergangen war, als ich diese mit all meinen Sinnen berührt hatte.

Wir stapften durch den schweren Schnee den im Winter meist mühsamen Weg hinauf nach Pianz. An der Marienkapelle hielten wir inne, um ein paar Gedanken in den Himmel hinauf zu schicken. Es war mir, nachdem ich der Jungfrau ein eindringliches ›Bitte!-Bitte!-Bitte!‹ zugeflüstert hatte, als lächelte sie mir zu.

Nirgendwo, an keinem Platz dieser Erde, in keinem anderen Raum, fühlte ich mich so von allen Sorgen befreit, so ausgeglichen und wohl wie in dieser kleinen Stube. Bei diesen schönen Menschen. Es roch nach Ruhe und Frieden, nach Geborgenheit. Keine Steckdosen. Keine Glühbirnen. Keine elektrischen Kerzen an dem kleinen Christbaum. Stattdessen Kerzenduft. Holzwärme. Krippenfiguren. Ich setzte mich, nachdem ich von Maria, Anderle, Elisabeth und Anna aufs Herzlichste begrüßt worden war, auf die Ofenbank, bekam kaum etwas mit von dem, was aufgetischt, gegessen, getrunken – »Nein, danke! Im Moment nicht!« –, geredet wurde, starrte, meine Hände unter die Oberschenkel eingeklemmt, vor mich hin. Plötzlich riss jemand die Türe auf. Sanna. Sie schaute sich um, entdeckte mich.

»Dodo? – Du hier?«

Erst umarmte und begrüßte sie alle anderen. Dann setzte sie sich zu mir.

»Geht es dir gut?«, fragte sie nach einer Weile. »Du wirkst so ruhig!«

Ich brachte kein Wort heraus.

Das kleine, holzgeschnitzte Jesuskind in der Krippe beginnt zu weinen. Die Muttergottes-Figur nimmt es auf und stillt es an ihrer Brust. Vor meinen Augen verwandelt sie sich in die schwarzhaarige Artistin. Der Stall von Bethlehem verformt sich in einen Zirkuswagen, das Haus der Krippe in ein Zirkuszelt. Das Lagerfeuer sprüht wie ein kleines Feuerwerk Funken in die Luft. Alles glänzt und glitzert. Der Ochs ist plötzlich ein schwarzer Panter, der Esel ein Zebra. Schafe werden zu Lamas, Hirten zu Artisten. Einer stolziert als Clown auf Stelzen, jongliert mit bunten Bällen. Ein anderer fuchtelt mit seinen Händen vor einem Tiger und einem Löwen herum, bis beide gelangweilt Männchen machen. Ein dritter spuckt Feuer. Die Rothaarige kommt aus der Haustüre, ein Mikrofon in der Hand.

›Meine Damen und Herren, sehen Sie Akrobatik der Extraklasse! Unser Seiltänzer wird jetzt auf dem schmalen Grat zwischen Sein und Schein balancieren.‹

Der kleine, an einem Stück Holz schnitzende Hirtenjunge am Lagerfeuer, der sich als Einziger nicht in einen Artisten gewandelt hat – nein, in Herbert, den Trottel! –, applaudiert. Sein Hund neben ihm kläfft. Nun klettert der Heilige Josef (mit dem langen, grauen Bart sieht er aus wie Anderle) in seinem weißen, mit blauen Sternen verzierten Overall auf den Kreuzzaun. In beiden Händen hält er eine brennende Fackel, sodass die bisher in der Dunkelheit verschwundene Stube nun ebenfalls hell erleuchtet wird. Ich schaue mich um. Neben mir auf der Ofenbank sitzt Sanna. Sie hat ein Schaf um den Hals gelegt. Maria, Nana und Elisabeth, die am Tisch sitzen, halten je eine Flöte in Händen und an Lippen, und Anna, die daneben steht, zeigt mit ausgestrecktem Zeigefinger gen Himmel. (Anderle ist verschwunden.) Kein Laut ist zu hören. Niemand bewegt sich. Nichts bewegt sich. Nicht einmal die Flammen der Kerzen. Alles ist wie eingefroren, als wäre die Welt, in der ich eigentlich lebe, ein von irgendeinem Gott erschaffenes Trugbild. Als existiere ich nur noch in meiner Zirkus-Fantasie-Welt. Schritt für Schritt balanciert der Seiltänzer über den Kreuzzaun, droht mal auf die eine, dann auf die andere Seite zu fallen. In welche der beiden Welten wird er mich mit hineinziehen? Er erreicht das Ende des Zaunes, hüpft – auf den Krippenboden. Fällt um. Augenblicklich verwandelt sich alles zurück. Das Haus ist wieder ein Haus, der Stall wieder ein Stall, die Artisten wieder Krippen-Figuren. Das Jesuskind lässt von der Brust der Mutter ab und schreit laut und grell in meine verschrobene Seele. Die Muttergottes legt den Kleinen zurück in das Stroh, kniet sich nieder. Alles erstarrt zu Holz und zu trockenem Moos.

Sanna stand auf, ging zur Krippe.

»Wer hat denn den Josef da hingelegt?«

»Weiß nicht«, antwortete Anderle hinter dem Tisch sitzend.

Sie hob die Figur auf, stellte sie zurück an ihren Platz. In den Stall vor die Futterkrippe, in welcher der vermeintliche Sohn lag, dorthin, wo der Heilige Josef in der Weihnachtszeit nun einmal gehörte. Dann setzte Sanna sich zu den Frauen, während ich weiterhin auf der Ofenbank verweilte. Sie habe noch etwas vor, meinte sie wenig später, verabschiedete sich.

»Vielleicht sehen wir uns die nächsten Tage einmal!«, sagte sie in meine Richtung, winkte und war wieder weg.

Stunden später machten Nana und ich uns auf den Weg nach Aach. An der Marienkapelle schickten wir abermals unsere Gedanken gen Himmel. ›Danke! Vielen Dank!‹, beschimpfte ich die Muttergottes. Es war mir, als weinte sie …

Ich schlürfte meinen Frühstücks-Kakao, wusste nicht, wie ich es Nana beibringen sollte, dass ich noch heute nach Hause fahren wollte. Da ging die Türe auf, und Sanna platzte herein, als wäre alles in Ordnung, niemals etwas zwischen uns gewesen. Kein zirkusreifer Sommer, kein briefgequälter Herbst, kein mit schweren Flocken zugeschneites Gestern. Sie lächelte.

»Hallo, ihr beiden Hübschen! – Und? Wie geht es dir heute, Dodo? Bist immer noch so verschlossen? – Übrigens! Dein langes Haar gefällt mir!«

Das war das Mädchen, das ich so sehr vermisst hatte, das ich so sehr liebte. Voller Leben. Voller Energie. Voller Rätsel. Ich war entschlossen, nicht abzureisen.

»Danke! Es geht mir gut!«

»Sarah, ich habe etwas vor, das für die Menschen hier in Aach ein einschneidendes Erlebnis sein wird!«, wandte Sanna sich begeistert an meine Großmutter. »Noch in Jahren wird man darüber reden!«

»Das klingt spannend!«, meinte Nana.

Gerne hätte ich gefragt – ›Was denn?‹ –, wären nicht gerade die beiden Menschen gemeinsam mit mir an einem Tisch gesessen, die mich am meisten gelehrt hatten, dass Geheimnisse im Leben eines Menschen notwendig und wichtig sind und erst dann gelüftet werden sollten, wenn die Zeit dazu reif ist. Vielleicht niemals! Ich schwieg.

»Und? Was machen wir heute?«, fragte mich Sanna.

»Weiß nicht! ...« – keine gute Antwort! – »... Vielleicht Schlittschuh laufen?«

»Tolle Idee, Dodo! Genau das machen wir! ...«

So glücklich und erleichtert war ich mein Lebtag noch nie gewesen. Sollte ich ihr jetzt das Kettchen mit dem Herz-Medaillon überreichen?

»... Ich werde Nio fragen, ob er mitgehen möchte!«

»Wer ist Nio?«, fragte ich.

War er es, mit dem Sanna die letzten Tage ihre Zeit verbracht hatte? War er ihr Freund? Liebte sie ihn? Das mit dem kleinen Geschenk ließ ich lieber bleiben. Vorläufig.

»Ein Angestellter in unserer Bäckerei. Er wohnt seit über einem Jahr bei uns. Hat sich bisher leider nie getraut, auch nur einen Schritt vor die Haustüre zu setzen.«

»Der Neger!«, sagte ich.

»Der Mann mit der dunklen Haut!«, antwortete sie mit einem Blick, den ich nie vergessen werde.

Ich trage viele Blicke Sannas in mir.

Vor meinen Augen tat sich mir zum ersten Mal das Bild eines hübschen, schwarzen, jungen Mannes in weißem Anzug und mit weißem Zylinderhut auf. Gott sei Dank ging Nio nicht mit, und es blieb mir für heute erspart, auf dünnem Eis auszurutschen. Dafür ging Babs mit, und wir drei verbrachten einen herrlich lustigen Tag. Alles war so, wie ich es mir erwünscht hatte. Keiner von uns konnte wirklich gut Schlittschuh laufen, und wir hielten uns gegenseitig an den Schultern, an den Händen fest, um nicht hinzufallen. Wir berührten uns. Schön.

Die nächsten zwei Tage war Sanna wieder unauffindbar. Gerne hätte ich Silvester mit ihr gefeiert. Gemeinsam mit Babs, die auch keine Ahnung hatte, wo die Freundin steckte, zwängte ich mich zwischen den vielen Menschen am Dorfplatz hindurch, ließ verspritzten Sekt und ausgeschüttetes Bier auf meiner Jacke unbeeindruckt zu, hielt ständig nach Sanna Ausschau. Vergebens. Das alte Jahr wurde ausgezählt, das neue willkommen geheißen. Babs und ich küssten uns, wenn auch nur kurz, auf den Mund. Ich stellte mir vor, Sanna hätte das aus irgendeinem der vielen Fenster rund um uns herum beobachtet, wäre unglaublich eifersüchtig. Blödsinn! Alles Blödsinn! – Scheibenkleister! ...

Nana weckte mich, ob ich mit in die Neujahrs-Messe gehen wolle. Erst drehte ich mich mit einem klaren »Nein!« in meinem Bett um, wollte nur schlafen ... schlafen ... schlafen! Dann aber überkam mich die Hoffnung, ich könnte dort auf Sanna treffen. Ich stand auf, zog mich an.

Fast eine halbe Stunde, bevor die Messfeier begann, standen wir in der Nähe der Pforte, schauten den Menschen zu, wie sie in die Kirche strömten. Da waren Irma und Emanuel. Ohne Sanna.

»Es wird Zeit, Dodo! Sonst bekommen wir keinen Platz mehr«, meinte Nana.

Wir tauchten unsere Finger in das Weihwasserbecken, machten das Kreuzzeichen. Ich deutete ihr an, dass ich mir auf der Empore einen Platz suchen würde. Nana nickte – ›In

Ordnung!‹ –, ging aber nicht mit hinauf. Alle Sitzplätze hier oben waren bereits besetzt. Also blieb ich seitlich stehen, lehnte mich an die Brüstung. Die kleine Glocke im Altarraum erklang, das Zeichen, die Messe beginne. Ein Ruck ging durch den Raum. Die Kirchgänger erhoben sich. Der Pfarrer ging zum Altar, küsste diesen.

»Im Namen des Vaters und des Sohnes und des Heiligen Geistes!«

»Amen!« ...

Mitten in das Schuldbekenntnis hinein ging die Seitentüre auf. Sanna trat ein, Basilius an der Hand. Erst Stille, dann ein Raunen. Der mächtige, riesige Kirchenraum, vollgepfercht mit Menschen und aufgestellten Heiligen- und an das Kreuz genagelten Christusfiguren, vollgepinselt mit unzähligen Fresken, überwuchert mit Stuck- und Steinfiguren, vergittert mit schwarzen Bleiruten vor viel zu großen und zu dunkelfarbigen Fenstern, wirkte auf Basilius offensichtlich mehr als nur bedrohlich. Er machte kehrt, fiel in die Arme seiner Mutter Erna, die hinter ihm stand.

»Es ist gut, Bub. Alles ist gut!«

Die beiden verließen die Kirche, während Sanna schnurstracks unter der Kanzel hindurch zu deren Treppe ging. Noch einmal atmete sie tief durch, bevor sie entschlossen die Stufen emporstieg. Der Pfarrer war dermaßen entgeistert, fassungslos, dass er kein Wort herausbrachte. Frauen und Männer und Kinder schauten sich gegenseitig verdutzt an, gespannt, was jetzt wohl kommen würde.

»Habt ihr ihn alle gesehen?«, fragte Sanna. »Das war ... das ist ein Freund von mir. Basilius heißt er. Er ist der Sohn von Erna und unserem Bürgermeister ...«

Wilhelm Auer, der wie alle anderen noch in der Bank kniete, hielt sich mit einer Hand an der Lehne vor ihm fest, setzte sich, griff mit der anderen Hand an sein Herz. Röchelte leise vor sich hin.

... Schon seit geraumer Zeit hatte der Doktor dem Bürgermeister nahegelegt, er möge leiser treten, ansonsten wäre das Schlimmste zu befürchten. Möglichst keinen Alkohol mehr. Schon gar keine Zigarren. Weniger fettes Fleisch. Die Gefahr, einen Herzinfarkt zu bekommen, sei groß. Wilhelm hatte das mit einer wegwerfenden Handbewegung abgetan. Doch der Gedanke, vielleicht bald einmal sterben zu müssen, quälte ihn immer öfter. Und je mehr er sich darüber den Kopf verrückt machte, desto mehr fraß er sein großes Geheimnis mit Schweinsbraten in sich hinein, desto mehr spülte er am Stammtisch seine Sorgen mit Bier oder Weißwein hinunter, desto mehr nebelte er seine Furcht mit Zigarrenrauch ein. Er hatte Schiss. Bis in die Zehenspitzen hinunter ...

»... Basilius ist ein guter Junge«, setzte Sanna fort. »Ich mag ihn sehr. Trotzdem wurde er bisher von euch allen ferngehalten. War weggesperrt wie ein Aussätziger. Das ist er aber nicht. Er ist ein liebenswürdiger, Liebe spendender Mensch. Liebesbedürftig wie wir alle. Ihr werdet euch an ihn gewöhnen müssen. In Zukunft wird er Teil unserer Dorfgemeinschaft sein. Wird mit uns Feste feiern. Wird mit uns rodeln und Schlittschuh laufen. Wird mit uns schwimmen und spazieren gehen. Wird mit uns auf den Feldern arbeiten. Wird mit uns ... leben!«

Ganz hinten, am Weihwasserkessel, fing einer heftig an zu klatschen. Die Kirchgänger standen auf und drehten sich um. Es war der Trottel.

»Ich m-möchte auch auf dem F-Feld m-mithelfen!«, stotterte der arme Mann ganz aufgeregt.

Fifi, sein kleiner, dreibeiniger Zwergpinscher kläffte.

›Ja, Herbert! Ja! – Du auch!‹, lächelte Sanna von der Kanzel aus der Schnapsdrossel zu. – ›Und Nio!‹

Plötzlich schrie eine Frau entsetzlich laut, sodass alle erschraken. Es war Sonja, die alte Schwiegermutter des Bürgermeisters. Neben ihr saß, in sich zusammengesackt, ihr Schwiegersohn. Wilhelm Auer. Er war tot.

40
Andreas und Lorenz

Andreas saß auf einer kleinen Bank inmitten des Buchenwaldes. Das war ihm der liebste Ort in Aach, besonders dann, wenn er seine in letzter Zeit häufig verwirrten Gedanken zu ordnen suchte. Nur noch wenige braun-gelb-rot-orange-farbige Blätter schmückten die Kronen der Bäume, unzählige verdeckten und zierten als ein brauner Fleckerlteppich den Waldboden. Wirbelten, wenn der Wind unter ihnen hindurchblies, die weiß-grau-braun-grün-bläulich schimmernden, kerzengeradlinigen Stämme hoch, als wollten sie sich erneut an die Zweige hängen, um nicht verfaulen zu müssen, um die Welt noch einmal aus anderer Perspektive zu betrachten.

Andreas erging es ähnlich. Könnte er Maria einfach wieder Kind sein lassen! Seit sie ihm beim Ministranten-Ausflug auf dem Rückweg von Gams nach Tump vor der Hängebrücke die Hand gereicht hatte, er möge sie an die andere Seite geleiten, war das Mädchen ihm ... Frau. Eine Frau, die er begehrte. Mit der er auch künftig gefährliche Brücken überqueren wollte. Schritt für Schritt. Bis ans Ende des diesseitigen Lebens – und darüber hinaus. Hand in Hand. Möglichst vermeiden, auf morsche, wurmstichige Bretter zu treten. Mit beiden Beinen auf festem Holz stehen und gehen. Ritzen und Spalten, durch die man in gefährliche Abgründe schaut, überwinden. Sich gegenseitig Drahtseil sein, an dem man Halt findet. Andreas vergrub verzweifelt sein Gesicht in den Händen. Maria war halt doch noch mehr Kind als Frau. Er fast doppelt so alt wie sie. Ein Gedanke rumorte seit Wochen tief in seinem Innersten, war zu einem bösartigen seelischen Tumor herangewachsen, den es nun mit einer endgültigen Entscheidung herauszuschneiden galt. Würde er Maria auch nie zur Frau bekommen, die fleischliche Begierde nach ihr war groß, die konnte er nicht und nicht wegleugnen. Das Zölibat ihm Dornenkrone, schmerzlich in sein Haupt gedrückt. Mehr und mehr stach diese zu, zermarterte ihm Hirn und Blut. Er müsste sie vom Kopf reißen, wenngleich sie dann klaffende Wunden zurückließe, die sich vielleicht niemals schließen, die vielleicht niemals wirklich heilen würden. Dennoch: Wunden könnte man schmerzlindernd behandeln, Dornen einer nie entrissenen Krone fügten einem ein Leben lang neue zu. Sein Entschluss stand fest.

Niemand war so froh darüber wie Bischof Hieronymus. Er leite gleich alles in die Wege, um den verdammten Pfaffen seines Amtes zu entheben. Der Pfarrer aus Hausen sei schon lange auf den Posten in Aach begierig. Der könne künftig dort als Hirte Gottes die Schäfchen hüten. An dessen Stelle trete wiederum ein junger Priester, dem es bestimmt Freude bereite, endlich eine Gemeinde sein Eigen nennen zu dürfen.

»Ja-ja-ja-ja, Kamil! Genau so machen wir das!«

Der polnische Diakon war enttäuscht. Er mochte Andreas. Bewunderte ihn. So wie inzwischen die meisten Leute aus Aach und Pianz. Selbst die Männer. Allesamt konnten gar nicht glauben, was sie bei der letzten sonntäglichen Predigt ihres Pfarrers zu hören bekamen.

»... Dann lag da ein Scheißhaufen vor meiner Türe. Der roch nach Missgunst, nach Angst vor Veränderungen, nach Feigheit. Ich hatte keine Wahl. Ich musste mich dem Dreck stellen. Ihr Frauen, ihr Kinder und zuletzt ihr Männer nahmt der Reihe nach eine Schaufel in die Hand, um mir zu helfen, den Weg, den ich mit euch gehen wollte, von diesem Schmutz zu befreien. Das gelang uns, und wir sind diesen Weg ein Stück weit gemeinsam gegangen. Jetzt hat mir mein Leben zwar keinen Scheißhaufen, jedoch einen riesigen Felsbrocken vor meine Türe gelegt, den ich mit von Gott ausgehändigtem Werkzeug alleine abtragen muss. Mit schwerstem Hammer, der Kraft und Ausdauer verlangt. Mit scharfkantigem Meißel, der hoffentlich die Funken der Verzweiflung verglühen lässt. Dabei könnt ihr mir nicht helfen. Daran werde ich lange zu schaffen haben. –

Möget ihr dem künftigen Priester von Aach von Anfang an so gut gesinnt sein, wie ihr es schlussendlich mir wart. Das wünsche ich ihm und euch von ganzem Herzen …«

Das bienenschwarmartige Getuschel, das gleich nach dem »… Amen!« ihres Pfarrers einsetzte, nahm während der ganzen Messfeier kein Ende, zog sich am Platz vor der Kirche fort, würde wochen-, ja, monatelang weitersummen. Maria zog in der Sakristei ihr Ministranten-, Andreas sein Priestergewand aus. Beide für immer.

»Was werden Sie jetzt tun, Herr Pfarrer?«

Er flüsterte die ihm einzig wahre Antwort auf diese Frage in sich hinein, erschrak in dem Moment, da er sie ausgesprochen hatte.

»Auf dich warten!«

Hoffentlich hatte Maria ihn nicht gehört. Sie hatte! Die Worte Krestas auf ihre Frage, was sie mit Andreas zu tun habe, kamen ihr in den Sinn.

›Das wird das Leben dir nach und nach zuflüstern.‹ …

Abt Bernhard nahm Andreas gerne als Gast im Franziskanerkloster auf. Veronika hatte ihn darum gebeten. Dass der gestrauchelte Pfarrer der leibliche Sohn der Schwester war, wusste der Abt nicht, obwohl der junge Mann ihr sehr ähnlich sah. Ein Verwandter halt! Bernhard hätte ihn nie und nimmer des Ordens verwiesen. Er war herzensgut. Nachdem er von seinen Mitbrüdern und Mitschwestern zum Nachfolger von Abt Konrad gewählt worden war, hatte er durch mutige Entscheidungen dem Klosterleben neuen Sinn, neue Motivation verliehen. Das Tor hinaus und herein war nun weit geöffnet. – Zu den und für die Armen und Kranken. Zu den und für die Menschen, die Gott aus den Augen verloren glaubten. Medizin aus der Apotheke half. Gutes, gesundes, reichliches Essen half. Ein leises Gespräch half. Das Mitarbeiten-Dürfen auf Feldern, in den Stallungen, in der Küche half. Beiden. Denen, die gaben – denen, die dankbar ihre Hände aufhielten, um Gottes Gnade aus den Händen der Gebenden, dieser wunderbaren Menschen des Klosters, zu empfangen.

Franziskus, Klara und Lorenz mussten nicht mehr im Stadel verweilen. Ihnen hatte Abt Bernhard jeweils eine Kammer in den beiden Hauptgebäuden zugewiesen. In dem einen schliefen die Männer, in dem anderen die Frauen. Da hatte es keine Veränderung gegeben. Die Gemächer der Brüder und Schwestern waren – besonders nächtlicherweile! – streng voneinander getrennt, um gewissen Versuchungen Satans so unbeschwert wie möglich widerstehen zu können. Fiel trotzdem meist schwer.

Besonders dankbar für das eigene Bett und die herrlich harte Matratze war ihm Lorenz, und der Abt war sich selbst nicht zu schade, dessen armen, mit pestartigen Malen der Sünde gezeichneten Körper zu pflegen. Dem Kranken in seinem Leid und seiner Verzweiflung beizustehen. Mit ihm zu beten, Gott möge vergeben und Lorenz endlich erlösen. Meist allerdings kümmerten sich Franziskus, Klara und Veronika um den Gepeinigten. Und jetzt auch noch Andreas. Die beiden ehemaligen Priester des Hauptortes Montsilvas verstanden sich gut, wussten sich viel zu erzählen.

»... Natürlich könnte ich auch zurück ins Benediktinerkloster gehen. Friedrich würde mich mit offenen Armen empfangen. Dann aber fühlte ich mich zu weit weg von Maria. Ich möchte zumindest in ihrer Nähe sein. Ihr hie und da in ihre tiefblauen Augen schauen. Ich kann mich meiner Liebe zu ihr nicht erwehren.«

Seltsamerweise war Lorenz der einzige Mensch, dem Andreas alles, wirklich alles anvertraute. Wahrscheinlich deswegen, weil dieser arme Mann da vor ihm keine Scheu zu verspüren schien, über jegliche begangene Sünde – und viele von ihnen waren widerwärtig und irgendwie unverzeihlich! – offen und frei zu sprechen. Lorenz erzählte ihm von Elisabeth und Anna und Maria, die vermutlich nicht wisse, dass er »B-b-best-tim-mt!« ihr Vater sei.

»H-Hätte sie m-mir sonst d-d-dieses L-Leid z-zug-gef-fügt?«
Andreas hatte keine Antwort. Fand keine auf seine eigenen Fragen. Entsprachen all diese Geschichten der Wahrheit?
Konnte Maria, dieses himmlische Wesen, böse sein? Sich mit
Luzifer verbündet haben, satanisches Werk zu verrichten? Auge
um Auge, Zahn um Zahn? Das war dem verzweifelten Andreas
stets furchtbares Gesetz gewesen. Doch jetzt war Maria schwanger. Hatte einen Geliebten! Ein anderer Mann hatte sie berühren,
küssen, wie ein Kind an ihrem Busen saugen dürfen. War in sie
eingedrungen. Tief, tief, tief in ihren Körper und ihre Seele eingedrungen. Niemals hätte Andreas gedacht, dass ihn Eifersucht,
dass ihn die daraus entstehenden anschaulichen – ›Schau weg,
Andreas! Schau weg!‹ –, gottverdammten Bilder – ›Denk an was
anderes! Bitte! Denk an was anderes!‹ – dermaßen innerlich auffressen könnten, einem Mitmenschen Überschwemmungen und
Hagel und Steinlawinen und Missernten und alles Schlechte auf
Erden zu wünschen. Andreas war innerlich zerrissen. Er wandte
sich an Franziskus, der stets mit einfachen Worten ineinander
verschlungene gedankliche Fäden, deren Verirrungen und Ver-
wirrungen zu lösen, zu strecken, zu glätten wusste.

»Doch! Es gibt einen Gott! Er hat uns Menschen erschaffen.
Wir Menschen den Teufel. Es erwartet uns ein Reich im Himmel. Durch das Feuer der Hölle schreiten wir auf Erden. Froh-
gemut und voller Tatendrang zog ich in den Krieg, dessen Leid
mich geläutert und hin zu unserem Himmelvater gezogen hat.
Erst einmal muss man eine Lanze in Händen halten, um sie zu
brechen! Es sind die Schmerzen, die Zweifel, die uns mehr als
alles andere den Weg deuten, an den Ort zurückzufinden, an
dem wir abermals in Liebe und Friede eingebettet sein werden.
In leichten, zarten Federn unsäglicher Glückseligkeit. Lorenz
geht diesen Weg. Maria hat ihm dazu verholfen. Du gehst diesen Weg. Maria ist es, die allein durch ihr Dasein dich losge-
schickt hat, ihn zu betreten.«

Er war steil und mühsam und unbequem, dieser Weg, der
Andreas viel Geduld und Stärke abverlangen würde.

– Noch ein letzter Augen-Blick, dann schloss Lorenz die seinigen – für immer. Franziskus und Klara liefen in derselben Nacht nach Aach, betraten die Kirche und stellten sich auf die Podeste, auf denen sie vor fünf Jahren gestanden hatten. Sogleich verwandelten sich die beiden in die von Jakob erschaffenen Holzskulpturen zurück. –

Erst Jahre später kamen Maria und Andreas sich näher. Im Buchenwald. Im Herbst. Am Tag nach dem großen Ernte-Dank-Fest.

... Auf dem Gemeindeplatz waren eine Bühne und eine Schänke aufgebaut worden. Tische, Bänke und Stühle aufgestellt. Von einer gern gesehenen und gehörten Familie aus dem Dorf wurden Volksweisen auf einer Quetschkommode, einer Zither, einer Gitarre und einer Klarinette dargeboten. Die Stimmen der Mutter, des Vaters und der beiden Töchter da oben empfanden die Menschen als ein Geschenk Gottes, und sie sangen kräftig mit. Man tanzte, man schmatzte, man prostete sich gegenseitig zu, man trank, man lachte. Furchtbar Wichtiges wurde vor allem mit Händen und Füßen mitgeteilt. Maria, Sarah und deren Mann Reinhard (sowie ihre imaginäre Freundin Sanna) saßen zusammen mit dem neuen Pfarrer von Aach an einem Tisch. Er war nett. Wesentlich älter als Andreas, der neben der Bühne stand, an einem Glas Weißwein nippte, immer wieder zu Maria äugte. Die schien keine Notiz von ihm zu nehmen. Mit stolzem Lächeln beobachtete sie ihren dreijährigen Sohn Emanuel, wie der mit seinem Freund Stefan, dem Buben von Sarah und Reinhard, zwischen den vielen Menschen Schlange lief, stolperte, hinfiel, wieder aufstand, sich die nackten, schmutzigen, aufgeschürften Knie abwischte – die Lederhose war zu kurz, diese vor unangenehm harten Pflastersteinen zu schützen –, lachte und weiterrannte. Zwischendurch nahm er Platz auf Marias Schoß, trank einen Schluck Limonade, gab der Mutter einen Kuss auf die Wange und sauste wieder davon.

»Darf ich um diesen Tanz bitten?«

Maria schaute auf. Es war Andreas. Er wirkte leicht angesäuselt, irgendwie nervös. Sie konnte die Angst in seinen Augen lesen, von ihr einen Korb zu bekommen.

»Natürlich! Gerne, Andreas!«

Diese Antwort stach als ein Pfeil der Hoffnung mitten in sein Herz, zauberte ihm ein kleines Lächeln ins Gesicht. Das war das erste Mal gewesen, dass Maria ihn nicht mit ›Herr Pfarrer‹, nein, mit seinem Vornamen angesprochen hatte. Und es fühlte sich gut an. Echt gut. Er reichte ihr seine offene Hand. Sie legte die ihrige hinein. Zart. Warm. Dann umschloss er Marias Finger mit den seinen, stahl ihre blauen Augen und deckte sie sanft mit seinen Lidern zu, sog ihren Odem ein, möge dieser künftig helfen, endlich wieder kräftig ausatmen zu können. Gott sei Dank spielten die Musikanten einen Walzer. Eins-zwei-drei, eins-zwei-drei, eins-zwei-drei. Das war der passende Rhythmus, denn Andreas' Herz pulsierte, jetzt, da er sich Körper an Körper, Hand in Hand mit Maria um die Welt kreiste, ebenfalls im Drei-Viertel-Takt. Das Blut rann in höherem Tempo als sonst durch Venen und Arterien, die zu platzen drohten. Alles war so unwirklich. Von Marias Haaren an Wangen, Nase und Hals gekitzelt werden. Marias Duft riechen. Marias Busen an seiner Brust spüren. Marias Hüfte mit seiner Hand berühren, ihr Becken an sein Becken drücken. Marias Oberschenkel an seinen spüren. Maria. Maria. Maria. Er versuchte, an Heugabeln oder Bergschuhe oder Traktorreifen zu denken, um – bitte, bitte, bitte! – keine Erektion zu bekommen. Das wäre ihm mehr als nur peinlich gewesen. Hätte womöglich alles versaut. Als die Musik verstummte, der Tanz zu Ende war, löste er sich von Maria, schaute ihr in die Augen. Beide hatten sie während des Walzers kein Wort miteinander gesprochen. Eine Polka wurde angesagt.

»Möchtest du, Maria?«

»Lieber nicht! Es ist zu früh für eine Polka!«

Was meinte sie damit? Maria steckte nach wie vor voller Geheimnisse.

»Darf ich mich wenigstens an deinen Tisch setzten?«

Wenigstens. – Schlechtes Wort!

»Natürlich! Gerne!«

Gerne. – Ein gutes Wort! – Meistens. Was dann an diesem Abend geschah, hätte Andreas am nächsten Morgen vorerst mehr als nur ›gerne‹ ungeschehen gemacht.

Noch nie hatte Maria den einstigen Pfarrer aus Aach so erlebt. Gerade die letzten Jahre war er für sie Trauerweide gewesen. Hatte seine Äste und Zweige hängen lassen, seine Blätter in scheinbar nutzlos dahinfließendes Leben getunkt. Heute tunkte er sie in ein Weinglas nach dem anderen. War fröhlich. Lustig. Redselig. Machte Späße. Lachte. – Seltsam. Irgendwann – weit nach Mitternacht (außer Maria und Andreas hatten alle die Feststätte verlassen – Emanuel durfte bei Sarah übernachten) – waren die Blätter vom Weißwein aufgedunsen. Zogen sich zusammen. Klagten ihr Leid. In Andreas' vom Alkohol benebeltem Kopf stieg Maria immer wieder klatschnass, ihr Gewand angesaugt an ihren nun fraulichen Körper, aus dem See.

»Hm! ... Hast ein lediges Kind! ... Hast dir eins anhängen lassen ... Und-keiner-weiß-von-wem? ... Hm? ... Tja! Mir ... mir kannst du nichts vormachen! Viele sehen in dir eine Art ... eine Art ... himmlisches Wesen! – Schwachsinn! ...«

Maria sagte nichts.

»... Man behauptet sogar ... habe ich gehört! ... habe-ich-gehört! ... du hättest den Knaben jungfräulich geboren! – Schwachsinn! Absoluter Schwachsinn! ...«

Maria schwieg.

»... Es gab Zeiten ... glaub mir, Maria! ... da glaubte ich ... Ich glaubte an ... dich! An Gott! Ich hatte einen Glauben! ... Den hat mir ein alter Freund ... Jesus Christus, der ist so was von alt! ... der hat mir den beigebracht ... Aber ... du kennst ihn ja! ... Armin, die alte Seelen-Dreckschleuder! ... Erinnerst du dich? ... Erzählt Geschichten, an die man gar nicht glauben kann! ... Ha! ... Von einer Kresta, einer versteinerten Kresta, die ... herumgeistert! ... Verstehst du, Kind? ... In Wäldern und Wiesen und Felswänden herumgeistert ... Ein Mädchen, das ... du bist! ... Du, Maria, du! ... Du! Du! Du! ... Da soll man den Verstand nicht verlieren! ... Ver-liebt-in-dich-seit-Kindes-Alter! ... Da soll man den Verstand nicht verlieren?«

Maria hatte zugehört.

Andreas stützte seinen schwer gewordenen Oberkörper mit den Ellenbogen auf der Tischplatte ab, drückte seine Handballen gegen die Augen, spreizte seine verkrampften Finger. Er weinte bittere Tränen. Weinte bittere, bittere Tränen. Kaute auf seinem in den Mund genommenen Anhänger seiner Halskette herum. – An einem kleinen Kreuz! – Seltsam. In dem Moment schien es Maria, als symbolisierte der eine Balken ihr Leben, der andere das des verbitterten, weinenden Kindes vor ihr.

Bisher hatte sie nie mehr als Freundschaft, Zuneigung für Andreas verspürt. Jetzt, nach seinen unbeherrschten, harten Worten, war da mehr. Viel mehr. Maria verstand ihn. Spürte seine Liebe. Nicht die anderen sahen in ihr ein himmlisches Wesen. – Er! – Nicht die anderen, Andreas war es, der tatsächlich daran glaubte, sie habe Emanuel jungfräulich geboren. Und sie sah in ihm den Mann, der sie verstand. Immer verstehen und lieben würde! – Jetzt empfand sie auch für ihn mehr. Viel mehr.

Andreas wachte in einem ihm völlig fremden Bett, fremden Zimmer auf. Von unten her hörte er Frühstückslärm. Seine Kleider hingen über einem Stuhl. Er schaute unter seine Bettdecke. Gott sei Dank! Die Unterhose hatte er noch an. Wie er hierhergekommen war? Keine Ahnung! Nach und nach kam ihm der Vorabend in den Sinn, und am liebsten wäre er für immer und ewig unter der Bettdecke verkrochen. Ging nicht! Er merkte, dass er sich übergeben musste, stand auf, wollte aus der Kammer eilen, da entdeckte er einen Eimer neben seinem Bett stehen und kotzte hinein. Alles. Den Weißwein, sein stechend böses Gewissen. Es klopfte. Im Kopf. An der Kammertür. Im Kopf.

»Ja?«

Die Türe öffnete sich. Hätte er gewusst, wie sehr hinein in sein künftiges Leben, wäre er wahrscheinlich selbst in seinem furchtbaren Zustand glücklich gewesen. Maria trat ein. Sie hatte ihn gehört.

»Wie geht es dir, Andreas?«

»Schlecht! ... Maria, ich ...«

»Es ist gut, Andreas. Alles ist gut! – Zieh dich an und komm zu uns hinunter frühstücken! Sarah hat reichlich aufgetischt. Danach machen wir beide einen Spaziergang durch den Buchenwald. Im Herbst ist er besonders schön! Und ... putz dir fleißig die Zähne! Bitte!«

Sie war in aller Herrgottsfrüh hinauf zu der kleinen Marienkapelle gewandert, hatte die Muttergottes gebeten, sie möge helfen, ihre Gefühle Andreas gegenüber zu verstehen. Richtig einzuordnen. Maria hatte die Antwort zu hören bekommen, die sie sich erhofft hatte ...

Es freute sie sehr, dass Andreas ihren Sohn Emanuel – bitte nicht gesetzlich verankert! – als den seinigen ansehen würde.

– Und endlich kapierten die Dorfbewohner aus Aach, weshalb ihr früherer Pfarrer nicht mehr ihr Pfarrer war. Dass er wahrscheinlich der Vater des kleinen Emanuels war. Na – ganz sicher! Also doch nicht jungfräulich geboren! Man hätte es dem Mädchen mit den unglaublichen Augen und der besonderen Aura zugetraut. Der Enkelin Evas, der ... Hexe! –

Die herumwirbelnden Blätter und Flocken und der Blütenstaub während der vielen gemeinsamen Spaziergänge durch den Buchenwald im Herbst, im Winter, im Frühling, im Sommer, im Herbst ... hatten Maria immer wieder zugeflüstert, dass Andreas der Mann war, den sie liebte! Den sie – bitte nicht kirchlich! – heiraten wollte. Ein einfaches ›Ja, ich will!‹ in der *Kapelle zur Heiligen Eva* genügte, um gemeinsam Hand in Hand einerseits durch das Weiß und das Grau, andererseits durch die bunten Farben des Lebens im Zwei-Viertel-Tank – im

Achtelrhythmus – mit kleinen Hopsern dazwischen – zu tanzen. Auf Blättern. Zwischen Schneeflocken hindurch. Unter Blüten. Von Sonnenstrahlen berührt. Auf Blättern ...

»Das ist ein guter Rhythmus, Andreas!«, sagte Maria. »Es ist Zeit für eine Polka!«

Andreas nahm sie in den Arm und tanzte mit ihr.

»Nenn mich in Zukunft ...«

– Er erinnerte sich an die letzten Worte, die Lorenz vor Jahren an dessen Sterbebett zu ihm gesagt hatte: ›Weißt du, wie man in meinem Heimatdorf die nennt, die Andreas heißen?‹

›Nein! Wie denn?‹ –

» ... Anderle!«

41
Lotte und Michael

Als Lotte langsam zu sich kam, merkte sie erst gar nicht, dass sie sich in einem ihr völlig fremden Raum befand. Sie lag bäuchlings auf einem Bett, hatte Schwindel und Kopfschmerzen. Mit den Fingern kreiste sie ihre Schläfen. Ein unangenehmer Geruch quälte ihre Nase. Das war nicht ihre Kammer! Sie drehte sich um, erschrak fürchterlich, denn bis auf ihr Unterhöschen hatte sie nichts an. Nicht einmal ein Leibchen. Sogleich fühlte sie sich beobachtet, zog schnell die Decke bis unter den Hals hoch, um ihren Busen vor unerlaubten Blicken zu schützen. Zwar war der mit ihren zwölf Jahren noch knospenhaft klein, trotzdem dürfte ihn niemand anderes außer sie selbst sehen. Sie schaute sich um. Alles war mit weißer, billiger Farbe übermalt. Die Holztäfelung an Wänden und Decke, die Tür samt Schloss, die Scharniere und Schrauben. Auch der Nachttopf, das Bettgestell, die Bettwäsche und die wenigen Gegenstände, die im Zimmer auf der schäbigen Kommode, dem wackligen Regal und dem mickrig kleinen Tisch standen – Teller und Tassen, ein Kerzenständer, eine Gipsfigur – alles in unerträglich grellem Weiß. Farben schenkten dem Raum nur die einzelne rote Rose in der Vase auf dem Regal und der grüne Apfel und die blauen Zwetschken in der Obstschale auf dem Tisch. Wo war sie? Wie kam sie hierher?

... Michael saß vornübergebeugt am Küchentisch, führte einen Löffel voll Kartoffelsuppe zum Mund, schlürfte. Seine Augen waren starr und böse, ließen kaum einen Wimpernschlag zu. Niemand am Tisch wagte, etwas zu sagen. Lydia nicht, die Buben nicht – ja, nicht einmal Lotte, das kleine Nesthäkchen, das so sehr vom Papa geliebt wurde. Das so sehr ihren Papa liebte. Immer noch. Nero, der hellbraune Labrador, saß unter dem Tisch, hatte seinen Kopf auf die Bank gelegt, angelehnt an Lottes Oberschenkel. Sie kraulte ihn. Das tat gut. Beiden. Die Stimmung war wie die Luft hier drinnen. Stickig.

Die letzten Wochen hatte Michael nicht mehr im Keller herumgewerkelt. Die Falltür war dennoch verschlossen geblieben, gleich seinem sonst so großen Mundwerk. Er redete nur selten, und wenn er im Haus war, getrauten sich auch die anderen nicht, mehr als nur das Nötigste zu sagen. Selten in ganzen Sätzen. Meist stichwortartig. Immer im Flüsterton. Sogar Nero schien seine Stimme verloren zu haben. Er war traurig. Das spürte Lotte. Zart kraulte sie ihn am Kopf und hinter den Ohren.

»Hab' die Fundusalpe für diesen Sommer gepachtet!«

Lydia schaute Michael fassungslos an. Hatte sie sich verhört? Er war Gemeindebediensteter. Er könnte seine Arbeit nicht im Stich lassen. Außerdem: Wer würde sich um das Haus, um den Garten kümmern? Wer die Felder bewirtschaften? Weiter an der Suppe schlürfend, richtete sich Michael mit bestimmendem Ton an sie. Ohne ihr in die Augen zu schauen. Ohne sie mit ihrem Namen anzusprechen.

»Du gehst mit den Buben! Wie man eine Alpe bewirtschaftet, weißt du! Hast als Kind oft genug mithelfen müssen. Nächste Woche ist Auftrieb. Kühe. Jungvieh. Lotte bleibt hier bei mir! ...«

Er legte seinen Löffel in den leeren Teller, lehnte sich zurück. Sah Lotte, die immer wieder zu ihm hinschielte, merkwürdig an.

»... Kümmerst dich um den Hof! Kochst für mich! Kannst ja kochen! Hilfst mir bei der Heuarbeit!«

Damit war das Thema erledigt ...

Lotte musste dringend aufs Klo.

»Ist da jemand?«

Keine Antwort.

Sie ging, das Leintuch um ihren Körper gewickelt, zur Tür. Die war verschlossen. Wild klopfte sie darauf ein.

»Hallo!«

Niemand da.

»Hallo! Ist da jemand? Ich muss dringend aufs Klo!«

Keine Antwort. Lotte hielt es nicht mehr aus. Sie ging zu dem Nachttopf, der neben dem Bett stand, zog ihr Unterhöschen runter, beugte sich, spreizte ihre Beine, brunzte hinein. Durch tausend und abertausend Löcher fühlte sie sich beobachtet.

... Lotte hatte von frühmorgens bis spät in die Nacht hinein so viel Arbeit, dass es ihr unmöglich war, die Schule zu besuchen. Das tat ihr mindestens genauso weh wie das stundenlange Alleinsein. Sie vermisste ihre Mutter und ihre Brüder, ihre Lehrer und ihre Mitschüler. Das kindliche Spiel mit ihren Freundinnen. Dabei waren erst drei Tage vergangen, seit sie mit ihrem Papa von der Fundus-Alpe zurück ins Dorf gelaufen war, den Rest der Familie dort oben zurücklassend. Am späten Nachmittag kam Michael nach Hause. Er war sehr liebevoll zu seiner Tochter, schimpfte nicht einmal, als der Milchreis noch nicht fertig, der Tisch noch nicht gedeckt war.

»Wir zwei schaffen das schon, Lotte!«

Er holte aus dem Schrank Teller und Löffel, deckte auf. Setzte sich an den Tisch. Hätte jetzt am liebsten Nero gekrault. Der aber war bei den anderen auf der Alpe geblieben. Nach dem Essen half Michael der Tochter bei der vielen Arbeit.

Lotte lag todmüde in ihrem Bett. Sie schwebte bereits hinüber in ihre unruhigen Träume, als ein Geräusch sie in das Hier und Jetzt zurückholte. Die Tür ging langsam auf, das Licht vom Gang draußen eroberte mehr und mehr die Kammer. Ihr Papa stand lange Zeit als schwarze Silhouette im Rahmen. Sie konnte nur seine Konturen, seinen Körper, nicht sein Gesicht erkennen. Dann kam er auf sie zu, setzte sich neben sie auf das Bett, streichelte ihr Haar.

»Hab' dich lieb, kleine Lotte!«

»Ich dich auch, Papa!«

Stimmte das? Sie war sich nicht mehr ganz so sicher.

»Dann ist ja gut! – Schlaf jetzt!«
Noch hatte sie ihr Nachtgewand an ...

Obwohl Lotte zusammengekrümmt und eingehüllt im Leintuch in Embryo-Stellung auf dem Boden eingeschlafen war,
wachte sie bäuchlings ausgestreckt im neu überzogenen Bett
auf. Fein säuberlich und liebevoll zugedeckt. Sie hob ihren
Kopf, schaute sich um, setzte sich ruckartig auf. Ein furchtbar stechender Schmerz im Unterleib durchfuhr sie, und sie
presste ihre Beine zusammen, drückte diese mit beiden Händen an ihren Oberkörper. Jemand hatte ihr einen warmen Pyjama angezogen. Darunter trug sie nichts. Auch das Unterhöschen war weg. Das spürte sie. Der Schmerz ließ ein wenig nach,
und sie schaute sich abermals in der ihr fremden Kammer um.
Der Nachttopf war leer und sauber ausgewaschen. Auf dem
Tisch stand ein Teller mit Brot und Wurst und Käse darauf.
Eine Tasse Kamillentee.
    »Hallo?«
    Wieder keine Antwort. Ihr war schwindelig. Sie war völlig
benommen. Der Geruch der weißen Farbe war unerträglich.
Hunger hatte sie nicht wirklich. Lotte stand auf, schlurfte mit
ausgestreckter Hand zum Tisch, nahm einen Schluck von dem
kalt gewordenen Tee. Vielleicht sollte sie doch etwas essen, um
zu Kräften zu kommen. Sie setzte sich. Kaute an dem trockenen
Brot herum. Sie schaute sich das Zimmer genauer an. Stand
wieder auf, suchte nach den Löchern, die sie hier vermutete.
Jemand beobachtete sie. Das spürte Lotte. In der Türe, an den
Wänden war kein Loch zu finden. Dann stieg sie auf das Bett,
streckte sich, um die Decke darüber mit den Fingern abzutasten. Da. Da war ein kleines, mit fremdem Holz geschlossenes
Astloch. Sie drückte dagegen. Wie der Korken einer soeben
geöffneten Sektflasche ploppte der Pfropfen auf den darüberliegenden Boden. Sie schaute in einen dunklen Raum, konnte
nichts erkennen. Sie roch Heu und Stroh. Das da oben musste
ein Stadel sein, und Lotte befand sich in einem der darunter-

liegenden Räume. Urplötzlich erschreckte sie sich so sehr, dass sie blitzschnell zurückwich, das Gleichgewicht verlor, hinfiel. Durch das geöffnete Astloch beobachtete sie ein mit roten Adern durchlaufenes Auge.

... Draußen regnete es. Michael saß auf dem Kanapee in der Stube und kraulte Nero. Er hatte den Hund von der Alpe geholt, brauchte ihn jetzt mehr als die da oben. Ein seltsamer Dunst schlich über Wände und Möbel und um den kalten Kachelofen. Um die vereiste Seele Michaels. Es roch nach dem Müll, den dieser verdammte Gott auf seinem Haupt ausgeschüttet hatte. Alles war verwahrlost. Das Haus, der Garten, der ganze Hof. Michaels Kleidung, sein Haar, sein ganzes Leben. Er hatte sich auf der Gemeinde krank gemeldet. Das war er auch. Seit vielen, vielen Tagen hatte er seine schöne Tochter unten in der für diesen Zweck hergerichteten Kammer eingesperrt. Wenn sie schlief, betäubt. Mit einem mit Chloroform befeuchteten Tuch. Hatte sie aus- und an- und aus- und an- und ausgezogen. Wie eine Puppe. Sie betrachtet. Gestreichelt. Bewundert. Gekämmt. Hatte sich an ihr vergangen. Er stand auf, ging ans Fenster, stützte sich mit den Handballen am Sims ab, betrachtete die dunklen Wolken am Himmel ...

Lotte hörte, wie jemand den Schlüssel im Türschloss drehte. Stille. Langsam senkte sich die Schnalle. Die Türe öffnete sich, verformte sich in ein größer werdendes, bedrohliches Höllentor, das mehr und mehr stöhnte. Gebannt schaute sie, welcher Teufel jetzt wohl die Kammer betreten würde. Es war ihr Papa. Sie rannte zu ihm hin, fiel ihm in die Arme.

»Papa! Papa! Gott sei Dank! – Holst du mich endlich nach Hause?«

Sie weinte. Schluchzte. Weinte. Hatte eine Rotznase. Er streichelte ihr Haar, reichte ihr sein Taschentuch. Lotte schnäuzte all ihre Furcht, ihre angestaute, schwere Last hinein. Sie blutete. Schaute auf. – Rot! – Rot! – Rot!

»Das geht noch nicht, Lotte. Setz dich! Dann erkläre ich dir alles!«

Was? Papa war nicht gekommen, sie aus ihrem Albtraum zu befreien? Die Hoffnung bröselte wie ein längst vertrockneter Kuchen dahin und zerfiel zu Staub. Ihr Körper suchte sich mit kräftigem Pulsschlag dagegen aufzubegehren. An den Schläfen. Im Hals. An den Armen. An den Beinen. Derart heftig, dass Lotte sich setzen musste.

»Warum darf ich nicht nach Hause? Wo bin ich hier überhaupt?«

Was sollte er der kleinen, schniefenden, zitternden Tochter antworten?

»Du bist hier in einer ...«, Michael setzte sich ebenfalls an den mickrigen, wackligen Tisch, »in einer ... verzauberten Kammer eines mächtigen Magiers, wo du vor dem fremdartigen, bösen Wesen, das versucht hat, dich zu vergiften, sicher bist.«

Lotte wich vor Schreck zurück, fiel beinahe samt Stuhl um.

»Vergiften? – Mich?«

»Ja, kleine Lotte! Aber – keine Angst! Der Zauberer und ich beschützen dich!«

»Ist mir deshalb immer so schwindelig? Wegen dem Gift?«

»Mhm!«

»Tut es mir deshalb«, sie schaute an ihrem Körper runter, »da unten so weh?«

»Ja.«

»Ist das schlimm? Muss ich sterben?«

Er streichelte ihre Hand.

»Nein-nein! Du musst nicht sterben. Der Zauberer hat ein Gegengift für dich gebraut. Immer, wenn du schläfst, flößt er es dir ein. Es wirkt nur, wenn man schläft. In ein paar Tagen bist du wieder gesund.«

Dem Mädchen schoss ein entsetzlicher Gedanke durch den Kopf.

»Hat ... Hat er mich ausgezogen? Mich gewaschen? Mich angezogen?«

»Nein! – Natürlich nicht. Das war ... Paula! Ich habe sie darum gebeten.«

»Paula? – Warum nicht Mama? Warum ist Mama nicht hier?«

Michael rang nach Worten. Auf so viele Fragen war er nicht gefasst gewesen. Und er wusste: Es waren an den Haaren herbeigezogene Antworten, die er gab. Lotte war aufgrund des nachwirkenden, betäubenden Chloroforms nicht ganz bei Sinnen. Andernfalls hätte das sonst so aufgeweckte Mädchen ihm kein Wort geglaubt.

»Sie ... Sie war hier!«, stotterte Michael. »Zwei Tage lang. Du hast die ganze Zeit geschlafen. Dann musste sie wieder rauf auf die Alpe. Ich soll dich schön grüßen. Sie kommt ... morgen wieder.«

Seine Antworten wurden immer blöder. Lottes Fragen immer seltsamer.

»Wäscht sie mich dann?«

»Bestimmt.«

»Warum kann ich das nicht selber machen?«

»Das ... Das kannst du! – Natürlich! Das kannst du. Jetzt, da du wach bist. Ich bringe dir eine Schüssel Wasser und Seife!«

Michael stand auf, wollte schon gehen.

»Was ist das für ein bösartiges Wesen?«

Er nahm den Stuhl und setzte sich neben Lotte.

»Ein Riese aus den Bergen, der kleine Mädchen, wie du eines bist, verführt und in seiner Höhle einsperrt.«

»Hat der rote Augen!«

»Ja! – Rote Augen!«

Lotte deutete auf das wieder verstopfte Astloch.

»Der war hier! Der hat mich beobachtet!«

Michael legte den einen Arm um die Kleine, zog sie an sich heran.

»Du musst keine Angst haben! Er kann hier nicht reinkommen. Die Kammer ist durch einen Zauberspruch vor ihm und allem Bösen geschützt. – Deshalb musst du ja noch so lange hier an diesem für dich sicheren Ort bleiben, bis wir den Riesen erledigt haben!«

In Lotte drehte sich alles. Ihr war schlecht. Sie starrte an die Decke. Weiß übermalte Bretter, so schäbig, dass die Holzfaserung durchschien. Die Flecken dort oben verformten sich allmählich zu lebendigen Figuren. Zu großen Riesen mit starren, roten Augen. Und jetzt tanzten die Riesen um sie und ihren Papa herum. Michael streichelte Lottes Oberschenkel, kam mit seinen Fingern nahe an die Vagina seiner Tochter.

»Was machst du da, Papa?«

... Könnte er doch alles rückgängig machen! Seine Gedanken waren wie der düstere Himmel da oben. Verdeckten das Blau und versteckten die Sonne. Kämpften als unterschiedlichste Schwarz-Weiß-Grau-Töne um die Vorherrschaft. Das alles hätte er nicht tun sollen. Hatte es tun müssen. Musste es tun ...

Lotte träumte von einem Riesen mit roten Augen, der sich über sie beugte und ihr da unten Schmerzen zufügte.

... Lydia würde bestimmt bald einmal hier aufkreuzen, nach der Tochter schauen. Was sagte er dann? Sollte er Lotte wieder freilassen, ihr mit grausamsten Drohungen das hochheilige Versprechen herauspressen, nichts zu verraten? Hielte sie das ein Leben lang durch? Michael hatte in seiner Liebe zu seiner Tochter, in seiner Gier nach ihr, in seinem Wahn zu wenig die Folgen bedacht. Gar nicht bedacht. Jetzt ließen sie ihm genauso wenig Ruhe wie die Gewissheit, nicht von Lotte ablassen zu können. Michael fasste einen Entschluss. Zuerst müsste er allerdings alles im und um das Haus in Ordnung bringen. Aufräumen. Dann würde er wieder zu Lotte in das düstere Loch hinuntersteigen. Ein letztes Mal!

›Aufräumen! Alles aufräumen!‹

Nero leckte seine Hand ...

Es war dunkel, und es roch modrig. Lotte hielt Papas Hand, konnte sie nicht wirklich erkennen, wo sie hintrat. Immer wieder stieß sie an Ecken und Kanten, stolperte über herumliegendes Zeug. Dann kletterte sie hinter Michael eine alte Holztreppe hinauf. Er drückte die Falltür nach oben. Lotte traute ihren Augen nicht. Sie war ... zu Hause. Hatte die vielen Tage und Nächte ein Stockwerk unter dem eigenen Heustadel verbracht. Ein Gedanke traf sie wie eine den Geist und den Körper durchbohrende Lanze mitten ins Herz. Das war es, was Papa die vielen Monate und Jahre im Keller getrieben hatte. Er hatte ein Gefängnis gebaut. Ihr! Na klar! Der alte Lagerraum, den man eigentlich nur von draußen, von einem am Haus vorbeiführenden Weg betreten hätte können, wäre er nicht vom Vater verschlossen worden.

... Er deckte die alte Türe und die drei schmalen Fenster ganz oben in dem Raum mit Holzplatten ab. Das fiel niemandem auf, waren die Scheiben außen und innen mit Dreck und mit Spinnweben übersät. Zudem waren draußen Heinzen davor gestapelt. Vorher hatte er die Wand vom Keller aus in den Lagerraum durchbrochen, hatte eine neue Tür gezimmert. Er würde die Kammer mit Holz verkleiden. Würde alles weiß anmalen und schön einrichten. Schön. Wie seine Tochter es war. Es sollte ihr an nichts fehlen. Sie war ja sein ganzer Stolz ...

Das Kind schaute in die starren, bösen Augen des ihr fremd gewordenen Vaters. Lotte war schwindelig.

»Geh hinauf! Wasch dich! Auch das Haar! Es soll glänzen!«

Das war nicht die Stimme eines noch gestern liebenden, beschützenden Papas gewesen. Das war die Stimme eines Teufels gewesen. Das Mädchen knallte die Kammertür hinter sich zu, lehnte daran. Es schnaufte tief ein und wieder aus. Ein und aus. Obwohl Lotte klar war, dass irgendwas Schreckliches passieren würde, fühlte sie sich einen Moment lang erleichtert, als sie ihr eigenes Bett sah. Ihre Kommode. Ihren Spiegel. Ihre

Waschschüssel. Sie wollte sich in der Kammer einschließen, doch der Schlüssel war abgezogen worden. Sauhund! Langsam ging sie im Zimmer auf und ab, berührte sanft mit ihren Fingern den Vorhang, die Bettdecke, das selbst gemalte Bild an der Wand. Die Muttergottes. In blauem Gewand.

›Hilf!‹

Minuten waren verstrichen. Aus Angst vor dem Vater raffte sie sich auf, dessen Befehl nachzukommen. Bevor sie sich auszog, klemmte sie den Stuhl unter die Türschnalle. Mehr als eine Stunde brauchte sie, sich so herzurichten, wie es dem Vater gefallen könnte. Vielleicht beschwichtigte ihn das. Lotte betrachtete sich im Spiegel. Gelocktes, dunkelblondes, endlich getrocknetes, glänzendes Engelshaar. Zarte Haut. Hellblaue, sonst freche, jetzt ängstliche, traurige Augen. Ja – das könnte ihn besänftigen! Außerdem hatte sie ihr liebstes Kleid angezogen. Das grüne!

Die Türschnalle bewegte sich immer lauter und heftiger auf und ab. Der Stuhl fiel um. Die Türe wurde aufgerissen. Da stand er wieder vor ihr – der Teufel. Er hatte Lottes Erstkommunionkleid in der einen Hand, die weißen Schuhe und irgendein Gerät in der anderen.

»Zieh dich aus! Zieh dir das an!«

»Das passt mir nicht mehr ... Vater!«

»Red nicht! Los! Mach schon!«

Lotte tat lieber, was ihr geheißen. Zog das grüne Kleid aus. Stand in Leibchen und Unterhöschen da. Drückte den rechten Unterarm an ihren kleinen Busen, beschützte mit der linken Hand ihre Scheide.

»Auszieh'n! Alles!«

»Vor dir?«

»Mach schon!«

Tränen kullerten über Lottes Wangen, befeuchteten das Leibchen. Sie schlüpfte unter die Bettdecke, verwehrte so dem Vater den Blick auf ihr Nacktsein. Seltsamerweise ließ er die Tochter gewähren. Warf ihr das Kommunionkleid zu.

»Anzieh'n! Mach schon!«

Wieder verschwand sie unter der Bettdecke, brauchte eine ganze Weile und viel Geschick, das Kleid anzuziehen, passte es ihr hinten und vorne nicht mehr. Plötzlich wurde die Decke weggezogen. Lotte schrie kurz auf, zog sich wie ein vertrockneter Wurm zusammen – zutiefst verängstigt und beschämt. An eine Kindheit erinnert, die ihr viel zu klein geworden war. In die schmutzigen Gedanken des eigenen Vaters gezwängt, der ihr langsames Großwerden mit seinen Wahnvorstellungen, die Tochter zu verlieren, zu schnüren suchte.

Michael drückte Lotte ein feuchtes Tuch an Mund und Nase. Sie brüllte! Nero kläffte unten in der Stube. Das Mädchen wehrte sich mit Händen und Füßen. Verlor seine Sinne. Er brauchte lange, die Tochter so auf dem Bett in Pose zu bringen, wie sie ihm in alle Ewigkeit in Erinnerung bleiben sollte. Dann holte Michael das Gerät, das er vorher auf dem von ihm wieder aufgestellten Stuhl abgelegt hatte: seinen neu erworbenen Fotoapparat. Er knipste. Bestimmt zehnmal. Oder mehr. Verging sich ein letztes Mal an der Kleinen. Drückte das Kopfkissen auf Lottes schönes Gesicht, bis sie – um sich und ihre Kinderwelt herumschlagend – erstickte. Stundenlang saß er neben der toten Tochter. Streichelte ihr dunkelblondes, glänzendes Haar.

»Ja, Lotte! Jetzt bist du frei von Kummer und Schmerz und Angst. Niemand kann dir mehr etwas anhaben.«

Drei Tage später trieb ein kleiner Körper in der Montsilver Ache. Verfing sich in den Ästen und Zweigen einer Trauerweide vor den Mauern Landkirchs.

42
Sanna und Sarah

Ich mag den Frühling. Wenn die Sonne wieder höher in den Himmel steigt. Wenn satte Farben das Grau und das Weiß und das Braun überpinseln. Wenn die Nacht sich immer enger zusammenzieht, um dem Tag mehr und mehr Platz zu machen. Wenn die zarten Blüten der Bäume einen berieseln. Wenn sich in den Gärten gefiederte, schmale Blätter hochrecken, um die reifen Früchte in der Erde unter ihnen anzupreisen. Und dann ziehen die Frauen die ersten Gelben Rüben in diesem Jahr heraus, um sie zu putzen, zu schaben, zu schneiden, zu kochen, zu würzen und sie den Kindern und dem Mann und der Schwiegermutter als Beilage zu Reis und Schweinefleisch aufzutischen. Hmm! Süß und saftig!

Ich mag den Frühling. Wenn die Kinder im Klassenzimmer zaghaft ihre Hände in die Höhe strecken.

»Herr Lehrer, könnten wir nicht draußen den Unterricht fortsetzen? Es ist ein so schöner Tag!«

»Da hast du Recht, Gregor! Das machen wir!«

Wenn die Männer ihre Werkstätten aufräumen. Wenn die Frauen die Fenster putzen und öffnen und das Haus durchlüften. Wenn die Kinder ihre Winterschuhe in ein Regal räumen, um endlich wieder barfuß die Welt zu spüren. Wenn Blumen nicht nur auf den Wiesen, sondern auch auf den Simsen und Balkonen eines fast jeden Hauses im Dorf blühen.

Ich mag den Frühling. Er macht mich für Schulaufgaben müde. Er rüttelt mich zu wichtigeren Aufgaben wach. Zum Federballspiel. Zum Hüttenbauen. Zum Höhlenforschen. Zum Fahrradfahren. Zum Zugfahren. – Nach Aach. Zu Sanna.

Ich mag den Frühling.

Er verweilte draußen, der Frühling. Vorsorglich hatte ich die Fenster geschlossen, den Vorhang vorgezogen, das Licht abgedreht. Ihm den Einlass verwehrt. Der Frühling würde mir nicht weiterhin Sonnenstrahlen und Wärme vorgaukeln, war mir die letzten Tage ständig kalt gewesen. Ich verharrte in Räumen tiefverschneiter, eisiger Winter. Mochten die anderen sich auf ihren Schaukeln in höchste Lüfte katapultieren – die Beine gestreckt und angewinkelt, gestreckt und angewinkelt, den Körper vor und zurück werfend, vor und zurück, die Augen weit geöffnet und geschlossen, den Hals in die Länge gezogen, das Kinn an das Brustbein gedrückt, die Seele baumelnd –, ich hatte mich in einen unbeweglichen Schneemann verwandelt. Mochte Sanna diese schäbige Missgeburt Basilius, diesen ... ›Bazillius!‹ ... in den Arm nehmen. Mochte sie diese dreckig stinkende, versoffene Schnapsdrossel zum Lachen und zum Klatschen bringen. Mochte sie mit ihren schmalen, feinen, langen Fingern die wurstartige Pratze dieses Freundlichkeit vortäuschenden Negers berühren, dessen starres Kräuselhaar streicheln, seinem Breitnasen-Schwulstlippen-Wangenknochen-Gesicht zuzwinkern, mich kaum eines Blickes, geschweige denn eines Wortes würdigen. – Ich selbst hatte mir Kohlenaugen zugedacht. Die nichts sahen. Die nichts sehen wollten. Ich hatte keinen Mund. Keine Lippen. Keine Zunge. Keine Stimmbänder. – Ich schwieg. Ich hatte eine Rübennase. Ich roch nichts mehr. Ich hatte keine Ohren. Ich hörte nichts mehr. Ich hatte keine Hände, keine Finger. Ich berührte nichts mehr. Nichts berührte mich mehr. – Kalt im Herzen setzte ich mich an den Schreibtisch, betrachtete mich in dem kleinen, weißen, ovalen Spiegel, der sich in seinem weißen Gestell drehen ließ ...

Nana würde bestimmt schlafen. Bestimmt! Ich schlich mich aus der Kammer. So sehr ich mich bemühte, leise zu sein, jedes Geräusch, das ich machte und tagsüber nie wahrgenommen hätte, schien mir jetzt verräterisch laut. Das Knarren der Türe. Das Stöhnen des Riemenbodens unter mir. Das Quietschen der alten Türe in den Stadel hinaus. Das zuflüsternde Knistern des

Strohs, ich möge mein Vorhaben aufgeben und mich wieder schlafen legen. Das Wehklagen jeder einzelnen Leitersprosse, da ich dem gut gemeinten Rat nicht gefolgt war. Das Aufbegehren des Verschlussbalkens des Scheunentors. ›Herrgott! Was machst du?‹ Das Knattern des Tors beim Öffnen und das Heulen des Windes, der mir entgegenpfiff.

Wie markerschütternd laut ist das Außen, wenn man das Innen zu hören sucht.

An Wäscheleinen in Sannas Garten hingen Geschirrtücher, eine Tischdecke. Hemden, Leibchen und Socken. Eine Latzhose Sannas. Herren-, Frauen- und Mädchenunterwäsche. Ich roch an Letzterem. Löste sechs der Kluppen.

Wieder in der Kammer war mir mulmig zumute, als ich Sannas Unterhöschen und ihr Leibchen anzog. Einerseits quälte mich das an meine Schläfen einhämmernde Gewissen, eine Grenze hin zu Unverzeihlichem, zu absoluter Selbstverachtung zu überschreiten. Mir war bewusst: Das war ein ›No-Go‹. Andererseits empfand ich allein die Vorstellung, Sanna habe ja selbst die zart anfühlende Seide an intimsten Stellen ihres Körpers gespürt, dermaßen aufregend, dass ich nach kurzem Wanken meinem Kribbeln, meiner Begierde gehorchte. Gehorchen musste. Mein groß und steif gewordener Penis veranschaulichte mir die Unmöglichkeit, jetzt noch einen Rückzieher zu machen und meiner Untat Einhalt zu gebieten. Er fand keinen Platz mehr in dem wenigen Stoff, suchte seinen Weg ins Freie, blickte zu mir hoch, ließ mir keine Wahl. Ich setzte mich an den Schreibtisch, drehte den kleinen Spiegel so, dass ich mir selbst beim Onanieren zuschauen konnte. Und als mein bebendes Becken mir ankündigte, der Vulkanausbruch stehe kurz bevor, zog ich Sannas Leibchen aus, wickelte es in letzter Sekunde um meinen Penis und bekleckerte es und meine Liebe zu dem Mädchen mit meinem Samen und dem wohl ewig anhaltenden Gefühl, ein Verräter Sanna und mir gegenüber geworden zu sein. Schmutzig! Feige! Schamlos! Ich drehte den Spiegel zurück, sodass ich mein Gesicht sah. Traurige, verstörte Augen schauten mir entgegen. Das war nicht der Dodo da drin, der ich gerne gewesen wäre. Ich fühlte mich, als hätte sich ein fremdes Wesen in meinen Körper geschlichen, um darin zu rumoren, mich aus dem Gleichgewicht zu bringen. Zerknittert zog ich Sannas Unterhöschen aus, legte es in das feucht-klebrige Leibchen, knetete beides zu einem Knäuel, den ich in der untersten Lade des Kastens hinter meinen von Nana gebügelten Hosen und Hemden versteckte. Dann zog ich meine eigene Unterwäsche und Sannas Latzhose an. Jetzt war mir alles egal. Wieder setzte ich mich an den Schreibtisch, wieder schaute ich in mein mir fremd gewordenes Spiegelgesicht. Die langen, offenen Haare erinnerten mich schmerzlich an Sannas ihre. Langsam zog ich an der Schleife des vor mir liegenden Päckchens.

... Diesmal hatte ich kein Halskettchen mit einem Herzmedaillon für Sanna gekauft.

»Ein Geschenk?«, fragte der Busfahrer, als er die mit rotem Papier eingepackte und mit einer rosa Schleife gebundene Schatulle in meiner Hand sah.

»Für meine Oma!«, log ich.

»Du bist der Junge, dessen Vater auch Lenker eines solchen großen, gelben Kastens ist!«, erinnerte er sich an mich. Lächelte.

»Bin ich!«

»Du schenkst gerne, was?«

»Tu' ich!«

Wie sehr hatte ich mir den Kopf zermartert, was Sanna freuen könnte. Sie war inzwischen vierzehn. Lippenstift, Wimperntusche, Gesichtscreme, das ... das könnte sie freuen. Die Verkäuferin war überzeugt davon gewesen!

»Nagellack?« ...

– Rot! Lippen – ebenfalls rot! Lidschatten – blau! Lidstrich und Wimpern – schwarz! Augenbrauen – dunkelbraun! Lange betrachtete ich mich im Spiegel. Ich sah wirklich aus wie ein Mädchen. Ein hübsches Mädchen. Am liebsten hätte ich jetzt noch schwarze Nylon-Strumpfhosen angezogen, vielleicht mit Öffnungen an den Außenseiten der Gesäßbacken und den Oberschenkeln, wo nackte Haut zu berühren gewesen wäre. Dass das bei mir nicht sehr erotisch ausgesehen hätte, war mein Körper nach wie vor viel zu dünn und meine Haut viel zu weiß, war mir keine Wirklichkeit. Ich war in diesem Moment nicht mehr ich. Ich hatte mich nicht nur äußerlich in einen ganz anderen Menschen gewandelt. In ein Mädchen ...

Nana spürte meine innere Unruhe, meine Zerrissenheit. Mein Verlangen nach Sanna. Sie hielt mich am Handgelenk fest, und ich legte mein Blaubeermarmeladebrot wieder zurück auf den Teller.

»Körperliche Begierde kann gefährlich werden und deine Seele auffressen!«, warnte sie mich eindringlich. »Du musst lernen, loszulassen!«

Dann erzählte sie mir von einem kleinen zwölfjährigen Mädchen, das sie in ihrer Jugendzeit gut gekannt habe. Das vom eigenen Vater in einen Kellerraum eingesperrt, missbraucht und getötet worden sei.

»Niemand hätte das auch nur im Entferntesten vermutet. Dass er seinen Söhnen nicht viel abgewinnen konnte, dass er nicht einmal große Trauer verspürte, als er die Nachricht bekam, sein Ältester sei auf einem Schlachtfeld weit weg von Aach für Vaterland und Ehre gefallen, das war dorfbekannt. Seine kleine Tochter Lotte aber liebte er abgöttisch. War stolz auf sie.«

Viele Tage habe er das Mädchen in dem Kellerloch gefangen gehalten, missbraucht. Ich fragte Nana, woher sie das wisse.

»Das hat er selbst erzählt!«

... Die alte Trauerweide an der Montsilver Ache war das häufig aufgesuchte Versteck eines Romeos und einer Julia aus Landkirch. Die herunterhängenden Äste und Zweige waren ihnen

Theatervorhang, den sie öffneten, hinter sich wieder schlossen, um auf der Bühne des Lebens unbeobachtet ihre Liebesszenen üben zu können. Die beiden knieten sich nieder, küssten sich. Dann sprang das Mädchen plötzlich hoch, kletterte auf den untersten Ast – ihren Balkon –, um den betörenden Versen des Liebsten da unten zu lauschen. Der gab sich Mühe, die richtigen Worte für seine Julia zu finden. – Ein kurzer, gellender Schrei der jungen Frau. Ihre zarte Hand vor ihrem geöffneten Mund. Aufgerissene, entsetzte Augen. Der Fluss hatte einen kleinen, toten Körper, der sich in den Ästen der Trauerweide verfangen hatte, angeschwemmt. Nur mit einem Unterhöschen bekleidet. Sich durch die Strömung leicht vor und zurück bewegend. Bäuchlings treibend. Gesicht unter Wasser. Haare und Zweige ineinander verflochten. Arme und Beine gespreizt. Blau-grün gemusterte, reine, glatte, aufgedunsene Haut. Ein traumatisches Bild für das junge Liebespaar. Für die herbeigerufenen Polizisten. Selbst für die erfahrenen Kriminalisten.

Der mögliche Tod eines Kindes ist Gottes größte Fehlleistung. Das weiß er.

Es dauerte nicht lange, den Fall aufzuklären. In Aach hatte eine gewisse Lydia Schöpf eine Vermisstenanzeige ihrer kleinen Tochter Liselotte aufgegeben, bereits den Verdacht geäußert, ihr Mann Michael habe mit dem Verschwinden des Mädchens zu tun. Der gestand. Alles. Auf der Stubeneckbank sitzend. Stoisch ruhig erzählte er den Anwesenden bis ins kleinste Detail, was er der geliebten Tochter angetan hatte. Den beiden Kriminalbeamten, die ebenfalls am Tisch saßen. Seiner Frau und Nero, die auf beziehungsweise unter der Ofenbank Abstand von ihm hielten. Der Nachbarin Paula, die von der trauernden, verzweifelten Mutter gebeten worden war, ihr beizustehen, jetzt neben ihr saß und ihr die Hand hielt. Mehr als eine Stunde erzählte Michael. Von einem Astloch. Von einer roten Rose, einem grünen Apfel und blauen Zwetschken. – Mehr als eine Stunde taumelten unvorstellbare Bilder in Lydias Geist. – Totenstille. Minutenlang. – Michael legte den Fotoapparat, der neben ihm auf der Bank lag, auf den Tisch, schob ihn vorsichtig einem der beiden Kriminalbeamten zu.

»Hätte ich nie entwickeln lassen können. Hätte mich verraten. – Was hätten die Leute gesagt?«

Lydia erhob sich, verließ auffallend ruhig die Stube, kehrte mit einem Jagdgewehr zurück. Schoss Michael in den Kopf. Nero bellte schwanzwedelnd, roch süßes Blut ...

»Sie ist verhaftet worden«, erzählte Nana weiter. »Trotzdem blieb Lydia ›die gute Seele des Dorfes‹. Jeder, wirklich jeder, hat ihre Tat gutgeheißen. Der Beerdigung dieses Kindermörders haben nicht einmal seine noch verbliebenen drei Söhne beigewohnt. Waren tolle Burschen, hielten zueinander. Bewirtschafteten gemeinsam den kleinen Hof. Besuchten jeden Tag die Mutter im Gefängnis, die trotzdem bald einmal verstarb. Aus Kummer. Der Älteste der Schöpfner-Buben hat meine Mama und mich gebeten, den vermaledeiten Kellerraum auszuräumen, möglichst alles kurz und klein zu schlagen.«

Und Nana erzählte von der weißen Farbe, von den ekligen Gerüchen, von den schäbigen Möbeln und Tassen und einem vollgepinkelten Nachttopf.

– Dass sie diese schrecklichen Bilder Jahre später durch die Augen der kleinen Lotte gesehen hatte, deren furchtbares Erlebnis mit dem eigenen Vater, die Ängste des kleinen Mädchens am eigenen Leib empfunden hatte, erwähnte Sarah nicht. –

Das alles war mir so nah, als beträte ich selbst in diesem Moment dieses Kellerloch. Anstatt mich der kleinen Lotte zu erbarmen, tröstete mich die Vorstellung, Sanna eines Tages in eine Kammer einzusperren, um sie ein Leben lang für mich alleine zu haben.

»Sag mal, Bub! Hast du dich geschminkt?«

Ich gab Nana keine Antwort. Schaute sie nur groß und in Gedanken versunken an.

Für lange Zeit war das mein letzter Besuch in Aach gewesen. Wie hatte mir Nana geraten? ›Du musst lernen, loszulassen!‹ Ich bemühte mich, und mir schien, es gelang mir von Tag zu Tag, von Woche zu Woche, von Monat zu Monat, von Jahr zu Jahr mehr und mehr. In all der Zeit war ich nie mehr nach Aach gereist, hatte ich nie einen Brief an Sanna geschrieben. Hatte nie einen von ihr erhalten. Konzentrierte mich auf die Schule, auf das Fußballspielen, auf die süße Nachbarin Theresa, auf ein Puzzle eines Pieter-Bruegel-Bildes, das ich gemeinsam mit ihr auf dem Tisch in meinem Zimmer zusammenstellte. *Die Kinderspiele.* 5000 Teile. Wow! Wir waren der Vollendung des Puzzles nahe, als Mama an die Türe klopfte, behutsam öffnete.

»Dodo?«

»Ja?«

»Deine Großmutter ist gestorben.«

Mit einem Male waren alle Erlebnisse und alle Gespräche mit Nana und Sanna und Babs und Maria und Elisabeth und Anna und Basilius und der Schnapsdrossel und weiß Gott, wem noch, wieder da. Augenblicklich! In meinem Zimmer! Hautnah! Die Vergangenheit, und ich war überzeugt gewesen, sie hinter mir gelassen zu haben, hatte sich über meine Sinne gestülpt. Drückte fest und fester zu. Bevor ich auch nur eine Frage stellen konnte – ›Wann?‹ – ›Woran?‹ – und vor allem: ›Warum?‹ –, klappte ich ohnmächtig zusammen.

In dem Moment, als Sarah ihre Augen für immer schloss, blitzte und funkelte es in Sannas ihren. Sie flocht gerade vor dem Spiegel in ihrem Zimmer die Haare zu Zöpfen, schreckte auf, schnellte unweigerlich an die Wand hinter ihr zurück, klatschte die offenen Handflächen an das dunkle Holz. Suchte Halt daran. Zog sich einen Spreißel am rechten Ringfinger. Unglaublich, was dann wie ein Film vor ihr ablief. In ihrer aufgerissenen Fingerkuppe pulsierte das Blut. Bum-bum! Bum-bum! Bum-bum!

Bergwiesen mit bunten Blumen. Dunkelgrüne Tannenbäume. Ein Bergsee. Zwei Mädchen, Maria und Sarah, die nur in Unterwäsche aufeinander am Ufer des Sees lagen. In nächster Sekunde eilten die beiden Hand in Hand, nun wie aus längst vergangener Zeit gekleidet, über Wiesen und Weiden jauchzend auf Sanna zu. Die breitete ihre Arme aus, um die Oma und deren beste Freundin als Kinder ihres eigenen Alters zu empfangen, zu begrüßen. In sich aufzunehmen. Sarah schrie ihr zu: ›Sanna!‹

Es war gar kein Traum gewesen. Sanna hatte das wirklich erlebt.

Sie saß auf der Ofenbank in der Stube des Aachener Pfarrers neben Maria, die – wie sie selbst – zwölf Jahre alt war. Sanna legte ihren Arm um die Schulter der zukünftigen Großmutter, drückte sie an sich, war sich nicht sicher, ob Maria einfach nur eine talentierte Schauspielerin war, oder ob sie tatsächlich nichts von Sannas Bemühungen, sich der jungen Oma zu offenbaren, mitbekam. Keine ihrer Berührungen. Kein Zuflüstern.

›Siehst du die kleine Kresta auf dem Bild aus einem Fenster in eine Welt schauen, die gar nicht abgebildet ist?‹

Konnte oder wollte Maria nicht sehen? Nicht erkennen? War sie der eigenen Kräfte dermaßen überdrüssig geworden, dass sie ihr Eigentümlichstes – ihre Nähe zu Gott, zu Jesu Christi, zur Jungfrau Maria – beiseiteschob? Wollte sie nicht Frau, Mutter, Großmutter sein? Wollte sie Mädchen, Kind sein? Jedenfalls gab sie Sanna nicht den Hauch eines Zeichens, die Enkelin wahrgenommen zu haben. Wohin würde Sannas Reise führen?

›Ich weiß, wohin!‹, antwortete Sarah, die an der Stubentüre lehnte.

Maria sollte die schicksalshafte Reise mit ihrer Enkelin nicht selbst antreten. Der Boden unter ihren Füßen war zu sumpfig, zu gefährlich geworden. Womöglich wäre sie – und Sanna mit ihr – im Moor zu genauen Hinschauens, zu schmerzlicher Erkenntnisse, zu großen Wissens versunken. Beide hätten nicht durch Kinderaugen gestrahlt. Beide wären sie ihres Kinderlächelns beraubt worden.

Sanna ging ins Badezimmer, ließ Wasser in die Wanne ein, zog sich aus, legte sich hinein. Durch den Nebel des dampfenden Bades hindurch bewegten sich vor ihren Augen Bilder aus längst vergangener Zeit. Sie schaute in ein Leben vor ihrem Leben. In eine Welt, die damals noch gar nicht ihre gewesen war. Seltsam. Sanna tauchte ihren Kopf unter Wasser.

Sie machte einen Kopfsprung in den kleinen Waldsee, um die sieben-jährige Lotte vor dem Ertrinken zu retten. Buah! Das Wasser war eis-kalt! Sanna tauchte bis an den Seegrund. Alles war ihr verschwom-men. Irgendwelche Gräser und andere Pflanzen – einige sogar mit sonderbar gelben Blüten – versuchten, in aufwärtsstrebenden Bewe-gungen im Rhythmus der Strömung die Tiefen, in die sie hineinge-boren waren, zu verlassen, um wenigstens ein einziges Mal in ihrem Leben an die Wasseroberfläche zu gelangen, die ihnen einen kurzen Blick in einen greifbar nahen Himmel gewähren sollte. Es war ihnen nicht vergönnt. Zu fest waren sie verwurzelt in ihrem Schicksal, Un-terwasserpflanzen zu sein. Eines Tages würde die Leichtigkeit des To-des sie an ihr ersehntes Ziel tragen.

Bachforellen und Saiblinge beteuerten Sanna, dass es ihnen – bei Gott! – jederzeit ein Leichtes wäre, diese Welt, die dem Mädchen wie ein fremdartiger Planet erschien, zu verlassen. Es gäbe Öffnungen hinaus, und kleine, fließende Bächlein führten in ein Leben nach diesem. Später. Jetzt nicht. – Als freie Geister würden sie an die Was-seroberfläche schwimmen, in das Darüber schauen, manchmal sogar den Sprung hinauf in die ihnen selbst unbekannte Welt ohne Unter-grund, frei wie ein Vogel in Lüften, wagen, um die Sonne auf ihrer Haut zu spüren. Dann tauchten sie wieder hinab in die Dunkelheit der armen, gequälten Pflanzenseelen, die dort ausharren mussten. Und sie berichteten diesen vom Reich Gottes, schenkten Glaube an Erlösung. Sanna war begeistert.

Beinahe hätte sie vergessen, weshalb sie hier in dieser fantasti-schen Unterwasserwelt verweilte. Bei diesen wunderbaren Wesen. Sie spürte keine Kälte mehr. Tauchte auf. (Würde sie ihr Leben lang tun.) Rettete eine kleine Seele vor dem Ertrinken. (Würde sie ihr Leben lang tun.) Sanna lachte. Auf ihrem Haupt lag ein Seerosenblatt. Grün wie die Hoffnung, alles werde gut. Sie brachte Lotte an das trockene Ufer. Half ihr, sich von Nass und Schmutz und Angst zu säubern. Ein liebes, kleines Mädchen – diese Lotte! Viel zu jung, um zu sterben.

Sanna tauchte auf. Mit den Händen tastete sie ihren Körper ab. Wollte sich vergewissern, dass sie einen hatte. Dann schloss sie die Augen und fuhr mit den Fingern über ihr Gesicht.

Sie spürte erst die linke, dann die rechte Braue, als drücke jemand mit einem Stift dagegen. Über Lider. Wimpern. Pupillen. Nase. Mund. Ohren. Haare. Über das ganze Gesicht, den ganzen Körper. Sanna öffnete die Augen. Vor ihr saß auf der Stuben-Eckbank in dem alten Haus oben am Waldrand von Pianz die fünfzehnjährige Sarah. Sanna zwinkerte dem völlig verblüfften Mädchen zu.

Eigentlich hätte Sarah die Großmutter von Maria zeichnen wollen. Als junges Mädchen. Doch irgendeine unerklärlich fremde Macht hatte die Buntstifte auf dem Zeichenblatt vor ihr hin und her bewegt. Und jetzt schaute Sarah in ein Gesicht, das sie aus ihren Träumen her kannte. Sie hatte die noch ungeborene Enkelin ihrer Freundin Maria gezeichnet. In deren so häufig getragenen Jeans-Latzhose. Irgendwie entstieg das Mädchen dieser Zeichnung. Saß plötzlich neben Sarah. Schaute sich um. Stand plötzlich neben Anna, die mit einem ungemein beeindruckenden Bolzenbügeleisen Wäsche bügelte. Das gefiel Sanna. Elisabeth strickte Socken für den Winter. Allein der Anblick wärmte. Maria malte ein Bild ihrer Großmutter Eva. Wunderschön. Bewundernswert. – Seltsam war, dass niemand außer Sarah Sanna wahrzunehmen schien. Dann entstieg Eva Marias Zeichnung.

›Sarah ist es, die dich sieht, liebe Sanna. Maria kann dich nicht sehen. Erst dann, wenn du in diese Welt geboren wirst. Maria kann mich nicht sehen. Erst dann wieder, wenn Sarah in eine andere Welt geboren wird.‹

Allmählich begriff Sanna. Sie würde nicht Maria, sie würde Sarah imaginäre Freundin sein. Das war Evas Wunsch. Maria sollte

Kind sein dürfen. Mutter. Großmutter. Sarah der Enkelin Evas stets starke Gefährtin.

›Es ist gut!‹, antwortete Sanna ihrer lieben, alten Ur-Ur-Oma. ›Ich werde Sarah begleiten. Werde ihr die Hand reichen, um kleinere oder größere Steine, vom Leben in dieser mir noch fremden Welt in den Weg gelegt, schadlos zu überschreiten. Sie wird nicht darüber stolpern.‹

Eva dankte mit einem Lächeln, während sie wieder in Marias Zeichnung eingesogen wurde. Unter die soeben mit Farbstiften angemalte, große Eiche vor dem Haus, was Eva der liebste Platz auf Erden gewesen war. Wo ihre Grabstätte lag.

Sanna stieg aus der Wanne, trocknete sich ab, zog sich an und ging wieder in ihr Zimmer. Setzte sich vor den kleinen Schminktisch.

Sie las in einem spannenden Buch, auf irgendeinem Stuhl in irgendeinem Hotelzimmer sitzend, die Beine überkreuzt, während Sarah sich mühte, die Betten so zu richten, wie es dem Chef und der Chefin und deren Gästen genehm war. Grete, offensichtlich eine Arbeitskollegin – äußerst sympathisch! –, gab ihr gute Ratschläge. Schlussendlich gelang es Sarah auch, was schön war. Mehr jedoch war Sanna von der Geschichte beeindruckt, die sie gerade las.

– Die beiden Kinder eines im fiktiven Alpendorf Gschaid von den Mitbewohnern gemiedenen Schusters, weil der die Tochter eines Färbers aus der verhassten Nachbargemeinde Millsdorf geheiratet hat, besuchen zu Weihnachten ihre reichen Großeltern mütterlicherseits. Drei Stunden Wanderung durch winterliche Berglandschaft. Auf dem Rückweg beginnt es heftig zu schneien, und die beiden Kinder verirren sich. Bei Einbruch der Dämmerung finden sie Schutz in einer Höhle. Mit dem von der Großmutter mitgegebenen Kaffeesud versucht Konrad, der Bruder der kleinen Sanna, diese wach zu halten. Ansonsten wäre das der sichere Kältetod.* –

---

* nach Adalbert Stifter

Herrgott, war das spannend. Wie es wohl ausgehen würde? Und dann dieser Name. Sanna. Beeindruckend.

>So möchte ich auch einmal heißen!<

>Aber – so heißt du doch!<, sagte Sarah.

>Noch nicht!<

Deshalb hieß Sanna ... Sanna. – Und augenblicklich wurde ihr klar, weshalb ihre Eltern wissen konnten, dass sie so getauft werden wollte. Ihr waren dieselben Kräfte wie einst ihrer Großmutter Maria vergönnt. Auf Sannas Schminktisch stand die Schatulle, die ihr Dodo vor Jahren vor die Tür der Bäckerei gelegt hatte. In rotem, etwas zerknittertem Geschenkpapier eingepackt. Ein kleines Kärtchen war unter die rosa Schleife gesteckt gewesen. Mit nur drei Worten darauf: *Für Sanna – Dodo.* Sie hatte sich gewundert, dass die Schminkutensilien da drin bereits ein wenig gebraucht worden waren. Wie es Dodo wohl ergehen mochte, jetzt, da seine geliebte Nana gestorben war? Sanna spürte das. Wusste es. Sie hob die Hand, und der Lippenstift bewegte sich aus der Schatulle, schwebte in der Luft. Sie kreiste den Zeigefinger, und die kleine Hülse tanzte so lange, bis Sanna die Hand senkte und der Stift zurück in das kleine Kästchen fiel. Ja. Sie hatte ... es!

Sie tanzte. Sie lachte. Sie streckte die Zunge heraus. Niemand außer Sarah würde ihre großen Talente, ihre unglaublichen Fähigkeiten erkennen. Niemand würde ihr und ihrer Freundin aus der anderen Welt jemals etwas anhaben können. Schon gar nicht dieser Fettarsch von Küchenchef, den Sanna zur Belustigung Sarahs nachäffte.

>Und-lass-das-blöde-Grinsen!<

Sanna lief in die Stube hinunter, zog aus dem großen Bücherregal des Vaters und der Mutter ein Buch von Ernest Hemingway heraus. *Green Hills of Africa.* Eilte wieder hoch in ihr Zimmer, legte sich aufs Bett. Sie begann, die Jagdgeschichte, geschrieben in englischer Sprache, zu lesen. Verstand jedes

Wort. Schimpfte auf Englisch über die furchtbaren, anscheinend tatsächlich vom Autor erlebten Erzählungen. ›Dear God! Poor, poor animals!‹ Klappte das Buch zu. Sie kannte den Rest des Inhaltes. Grauslich. ›Scheißkerl!‹ Zwar rauchte ihr Vater keine Zigarren, wenigstens aber hie und da Zigarillos. Sanna klaute eine. Setzte sich auf den Stuhl ihres Schminktisches, zündete den Glimmstängel an und beobachtete sich selbst im Spiegel, wie es ihr ein Leichtes war, Rauchringe aus dem Mund zu pusten.

Sanna schwebte auf ihrer Schaukel in den Himmel hinauf. Die Wolken waren ihr nahe. Das Blau war ihr nahe. Die Sonne war ihr nahe. Gott war ihr nahe. Mit ihrem Zeigefinger berührte sie beinahe dessen Zeigefinger. War Teil der Schöpfung. Schaute hinunter, was die Menschen daraus gemacht hatten. Krieg und Elend. Macht und Missgunst. Dreck und zu wenige Bohnen in den Suppen hungernder Menschen.

›Schicksal, meine gute Sarah, Schicksal. Du wirst es nicht ändern können! Aber ich werde dir helfen, deines mit Würde und Kraft anzunehmen.‹

Seltsam. Niemals hatte Sarah ihr davon erzählt, dass sie, Sanna, fast ein ganzes Leben lang deren imaginäre, stets zwölfjährige Freundin gewesen war. Bis eben zu dem Tag hin, an dem Sanna tatsächlich zwölf Jahre alt geworden war. Dass die beiden ungemein viel miteinander erlebt hatten. Dass sie sich, niemals die Lippen bewegend, Intimstes anvertraut hatten. Stets füreinander da gewesen waren. Sarah. Und jetzt war sie tot. Hätte Sanna wenigstens ein einziges Mal mit ihr darüber reden können. Die Lippen bewegend. – Babs trat in ihr Zimmer.

»Sanna! Ich habe traurige Nachricht. – Sarah ist gestorben ...«
Sanna schien unbeeindruckt.

»... Deine Eltern haben es auch erst durch mich erfahren. Sie sind hinübergegangen. Du sollst nachkommen.«

Sanna sagte nichts. Sie stand auf, holte aus der Tischlade eine Kordel, wickelte diese um ihre beiden Handgelenke, steckte den Mittelfinger der rechten Hand unter die Schnur der linken Handfläche. Zog daran. Dann umgekehrt. In Sekundenschnelle kreierte sie ein wunderschönes, netzartiges Muster.

»Diese Figur nennt man *Matratze*!«, sagte Sanna.

Sie erklärte der Freundin, an welchen zwei Stellen sie mit Daumen und Zeigefinger übernehmen solle. Babs wunderte sich über das Verhalten Sannas, tat aber, was die Freundin von ihr wollte. Sanna war eben anders.

»So! Jetzt musst du mein Geflecht auseinanderziehen! Ganz schnell!«

Mist! Es hatte nicht geklappt. Mehr als eine halbe Stunde übten die Mädchen, bis es Babs endlich gelang, das sogenannte *Katzenauge* in Händen zu halten. Das machte Spaß. Machte die beiden jungen Frauen für eine Zeitlang vergessen, dass vor wenigen Stunden Sarah gestorben war, bis es Babs wieder in den Sinn kam.

»Wir sollten auch hinübergehen! Abschied nehmen!«

»Sarah ist nicht tot. Sie hat nur eine kleine Öffnung aus diesem See hinaus gefunden, um in eine andere Welt zu schwimmen und dort einzutauchen.«

Barbara verstand – wie so häufig, wenn Sanna dieser Welt entrückt schien – kein Wort!

Sanna saß auf einem Ast inmitten der Krone eines Apfelbaumes im eigenen Garten. Die Kirchturmuhr schlug drei Uhr nachmittags. Das Mädchen musste sich gut festhalten, denn ein heftiger Föhnsturm bewegte Zweige und Äste. Blätter wirbelten durch die Luft. Das Fensterglas spiegelte die Farben des Herbstes wider und verwehrte Sanna den Blick hinein in die Schlafkammer, in der sie soeben geboren worden war. Sie betrachtete ihre neue Welt. Es war lustig, die Kinder auf den Straßen und in den Gärten zu beobachten, wie sie ihre Mützen vom Kopf rissen, wie vor allem die Mädchen ihre Haare – blond, braun, schwarz, rot – im Wind wehen ließen, die Arme auseinanderspreizten und sich im Kreis drehten, sodass die Schals, die um ihre Hälse gewickelt waren, ihre kleinen, lachenden Gesichter umschlangen. Eine

Mutter nahm eiligst die längst getrocknete Wäsche von den Leinen.
Ihr Mann kämpfte mit der davonzufliegen drohenden Plane auf dem
Holzstapel vor der Stallmauer, indem er große Scheite darauf legte.
Eine junge Frau kletterte über den Zaun in Sannas Garten. Es war
Hanne, die einstmalige Anführerin der drei Musketiere. Nie hatte
sie die Schmach überwunden, den schönen Emanuel, Sannas Vater,
nicht mit ihren Reizen erobert zu haben. Stattdessen hatte der sich
mit der blödesten Ziege im Dorf, dieser grauslichen Irma, eingelassen,
sich mit ihr vermählt. War er denn blind? Sie war doch viel hübscher,
viel interessanter. Und jetzt hatte ihm dieses langweilige Weib auch
noch einen Balg geboren. In Hannes bösen Augen erkannte Sanna
deren Hass, deren Verzweiflung, deren Eifersucht. Plötzlich flog ein
Stein durch die Luft. Ein lauter Knall folgte, und die Fensterscheibe
zerbarst in tausend kleine Glassplitter. Sanna erschrak fürchterlich.
Beobachtete, wie das einstmals gefürchtete Musketier – ›Feige Nuss!‹ –
schleunigst über den Gartenzaun zurückkletterte, hinter dem nächs-
ten Haus verschwand. Emanuel, der mit Müh' und Not, gegen den
starken Wind kämpfend, versuchte, die Fensterläden zu schließen,
hatte nur noch Hannes Schatten wahrgenommen. Er roch es jedoch
förmlich, wer die Übeltäterin gewesen war. Zu stark war der heim-
tückische Duft ihres ›Parfums‹. Eines Tages würde er es Hanne heim-
zahlen. Tat er nie. War ihm viel zu blöde. Ein kurzer Blick in die Krone
des Apfelbaumes, und es war ihm, als sähe er für den Bruchteil einer
Sekunde ein kleines, zwölfjähriges Mädchen auf einem Ast sitzen, je-
mandem zuwinkend. Sanna freute sich, als es dem Papa endlich ge-
lang, die Läden zu schließen. Ein schöner Mann! Sie atmete tief ein.
Roch Salz und Brot.

Maria pflückte gerade ein Vergissmeinnicht auf der Bergwiese,
als sie plötzlich Sarahs letzten Atemzug spürte. Ihr eigener
Atem stockte, ihre Seele schrie markerschütternd in den Himmel hinauf.

›Nein! Nein! Nein! Gott im Himmel! Nein! Großmutter, hilf!‹
Dann fiel sie in sich zusammen. Lag minutenlang auf dem
Boden, der sich durch den eingesetzten Regen mehr und mehr

aufweichte. Jemand strich ihr über das nasse, verklebte Haar. Es war Eva. Erstmals seit vielen, vielen Jahren blickte Maria in die sanftmütigen Augen ihrer Oma.

›Weine, liebe Maria! Der Himmel tut es auch. Sarah hat es verdient. Zu groß ist ihr Verlust auf Gottes Erden. Doch glaube mir: Der Himmelvater vergießt auch Tränen der Freude. Zu groß ist sein Gefallen an Sarahs Heimkehr zu ihm. Er hat mir einen Strauß Vergissmeinnicht für dich mitgegeben, hast du deine kleine blaue Blume mit deinem Kummer und Schmerz zerdrückt.‹

Maria setzte sich auf, nahm die Blumen entgegen. Roch daran. Das waren Sarahs und ihr eigener Duft. Nicht auseinanderzuhalten. Das tat gut. Das tröstete. Dann ging Maria des Weges. Betrat die Stube des kleinen Hauses ganz oben am Waldrand von Pianz. Füllte eine Vase mit Wasser. Stellte den von Gott geschenkten blauen Blumenstrauß, den außer ihr keiner sehen konnte, hinein.

»Mama! Anna! Anderle! – Sarah ist gestorben.«

Und alle weinten sie.

Mein Papa schwieg während der ganzen Autofahrt. Hie und da kullerte ihm eine Träne über die Wangen. Das konnte ich im Rückspiegel sehen. Mama meinte, mein größerer Bruder und ich, der ich der Zweitälteste unter uns vier Geschwistern war, hätten schon einmal eine Tote gesehen. Wir müssten keine Angst davor haben. – Hatte ich gar nicht.

»Ihr seid noch zu jung gewesen, um euch erinnern zu können. Eure Urgroßmutter Paula ist auch an einem zu schwachen Herzen gestorben. Scheint wohl in der Familie zu liegen.«

Papa reagierte gar nicht auf diese unbedachte Bemerkung Mamas. In Landkirch parkte er den alten braunen Mercedes vor dem Lagerhaus eines Obst- und Gemüsehändlers. Verließ den Wagen, verschwand in der großen Halle, kehrte mit einem Karton zurück und verstaute diesen im Kofferraum. Dann fuhren wir weiter durch das schöne Tal Montsilva bis nach Aach.

Bis vor das Haus Nanas. Papa holte den Karton aus dem Kofferraum, trug ihn in die gute Stube, in der seine Mutter, schön wie ein Engel, bereits aufgebahrt lag. Emanuel und Irma hatten sie hergerichtet. Papa platzierte den Karton auf das Kanapee, auf dem seine Mutter gestorben war, legte seine Hand für eine ganze Weile auf Nanas ihre auf dem Bauch gefalteten. Dann fiel er seinem Freund in die Arme. Beide weinten. Es war verstörend. Ich empfand beim Anblick meiner toten Nana keinen Schmerz. Es war mir, als schliefe sie nur. Sie lächelte. Ihr Haar war offen. Da erinnerte ich mich. Auch Urgroßmutters Haar war offen gewesen. Schwarz wie Kohle. Kein einziges weißes Haar. In die Stube traten Sanna und Babs, und mir wurde bewusst, dass ich das von mir so sehr geliebte Mädchen bis dahin gar nicht vermisst hatte. Jetzt, da Sanna vor mir stand, vermisste ich sie umso mehr. Sie nickte mir zu. Dann ging sie zu Nana, streichelte ihre Wangen, schien mit ihr in Gedanken zu reden.

›Du bist mir eine. Hast bis zu deinem Tod gewartet, mir unser größtes gemeinsames Geheimnis zu verraten.‹

Sanna schaute hinauf an die Zimmerecke über dem Kruzifix. Sarah lächelte ihr von dort aus zu. Sie wiegte ein friedlich schlafendes Kind in ihrem Arm. – Max.

›Du weißt doch! Es ist wichtig, Geheimnisse so lange für sich zu behalten, bis die Zeit gekommen ist, sie preiszugeben. Nun ist sie da. Du hattest eine meist schöne, unbeschwerte Kindheit. Jetzt, da du zur jungen Frau herangewachsen bist, wirst du mit unserer gemeinsamen Vergangenheit umzugehen wissen. Wirst deine dir verliehenen Kräfte gut und bewusst einsetzen. Ich werde stets bei dir sein, so, wie du stets bei mir warst.‹

Seltsam. Sarah hatte ihre Lippen bewegt.

Die Leute aus dem ganzen Dorf traten ein, um sich von Sarah zu verabschieden. Die Haustüre und die Stubentüre standen allen weit offen. Und solange der Vorrat reichte, schenkte Papa ihnen aus dem Karton je eine Orange. Das war Ausdruck eines herzlichsten ›Vergellt's-Gott!‹ Ja! In einem Hotel *Sonn-wies* wurden den Gästen bestimmt Orangen angeboten. Für das einfache Volk waren sie jedoch nach wie vor exotische Früchte, wie aus dem Jenseits, die selten den Gaumen einer armen Bäuerin, eines Schusters oder Müllers erfreuten. Süß und fleischig und fremd. Ein schönes Dankeschön Stefans, des Sohnes der im ganzen Dorf so geliebten Sarah. Vier der Orangen hielt er für Maria, Elisabeth, Anna und Anderle zurück. Seltsam, dass die noch nicht aufgekreuzt waren.

Ich schaute mich um. Sanna und Babs waren nicht mehr in der Stube. Als ich den Gang betrat, hörte ich aus der Küche Stimmen und ... Gelächter? Durch den offenen Türspalt äugte ich hinein. Da saßen sie, die beiden albernen Küken und – der Neger. Die drei spielten mit einer Kordel irgendein Fingerspiel. Kindisch! Respektlos! – Nana gegenüber. Mir gegenüber. Maria trat durch die Haustüre. Sie schaute mich mit wässrigen Augen an. Trotzdem. Ich beruhigte mich. Ein wenig.

Die Orange schmeckte köstlich. Die eine Hälfte des Herz-Medaillons, das Maria samt Kettchen in den Mund nahm, das sie Zeit ihres Lebens nie mehr ablegen würde, schmeckte bitter-süß. – Sarah!

43
Sanna und Nio

Wieder war ein Jahr vergangen, ohne dass ich etwas von Sanna gehört oder gelesen hatte. Ohne dass sie von mir etwas zu lesen bekommen hatte. Dann erhielt ich eine Einladung zu einer Hochzeit.

Wir (ge)trauen uns
Sanna und Nio
Freitag, 24. Mai, 15:00 Uhr
Standesamt Aach
Über Dein Kommen würden wir uns sehr freuen!

Basilius, der in seiner Blödheit vermutlich geglaubt hatte, der Bräutigam zu sein, überreichte dem Brautpaar mit breitem Grinsen die auf einem Polster liegenden Ringe. Die Schnapsdrossel klatschte, als die beiden Liebenden sich gegenseitig die Ringe an die Finger steckten, nachdem sie dem Standesbeamten irgendwelche nichtssagenden Phrasen nachgeplappert hatten, endend mit einem genauso lächerlichen ›Ja! Ich will!‹ Und tatsächlich! So, wie ich es bereits vor Jahren vor Augen gehabt hatte, war Nio in einen weißen Anzug gesteckt worden. Trug einen weißen Zylinderhut. Viel zu elegant für sein schäbig schwarzes, dreckiges Dasein. Was nur empfand Sanna für diesen glitschigen Breitmaulfrosch? Es war mir unbegreiflich, war ich inzwischen zu einem stattlichen Mann herangereift. Hatte merklich zugenommen. Mein Selbstbewusstsein, das ich mir über die Jahre hinweg aufgebaut hatte, war zerschlagen.

Die anschließende Feier fand im *Hirschen*-Garten statt. Eine Tanzkapelle. Fröhliche Gesichter. Ich, der ich vom hintersten Tisch nahe der Bushaltestelle ›Zum Hirschen‹ dem Umtreiben zuschaute. Einer wunderschönen Braut in ihrem gelb-rotorangen Dirndl. Einem schwarzen Molch, der versuchte, in weißem Anzug und mit weißem Zylinderhut seine Abartigkeit zu leugnen. Beide das seit Wochen geübte ›Eins-zwei-Drei‹ in den Köpfen und Beinen, um sich beim Eröffnungswalzer nicht zu blamieren. ›Eins-zwei-drei, eins-zwei-drei, eins-zwei-drei‹ war der Rhythmus, der mein Leben im sonst gewohnten Zwölf-Achtel-Takt durcheinanderbrachte. In die Dämmerung hinein warfen bunte Scheinwerfer Farben in das Getümmel, als würden sie dem Brautpaar und dessen Gästen – denen eine Lustigkeit durch alberne Späße und kindliche Spiele regelrecht aufgezwängt wurde! – rote, blaue, gelbe und grüne Rosen streuen. Widerlich! Es wurde viel zu viel getrunken. Selbst Sanna war ein wenig beschwipst.

Diesmal in einer Welt, die ihr gehörte. Sarah, die Sanna eine imaginäre Freundin geworden war, wirkte an diesem feierlichen Tag traurig. Es war Dodo wegen. Das war Sanna klar. Sie äugte zu ihm hinüber. Wie sehr er sich verändert hatte! Seine Augen waren durchtränkt mit Furcht, mit Hass, mit Irrsinn. Als wäre er in eine Welt eingetreten, in der ein ewiges Feuer seine Seele unaufhörlich verbrannte. Wie gerne hätte Sanna ihm geholfen, mit ihren übersinnlichen Kräften, von denen außer Sarah niemand etwas wusste. Aber – das ging nicht. Zwar konnte sie alleine durch ihre Gedanken Gegenstände durch die Luft fliegen lassen, konnte Kerzen zum Brennen und Wasser zum Kochen bringen, konnte sehen, was weit weg geschah, konnte körperliche Leiden und die daraus entstandenen seelischen Schmerzen ihrer Mitmenschen lindern, doch die bösen Gedanken eines Menschen, die konnte sie nicht einfach so ... wegschnipsen. Und Dodo hatte böse Gedanken. Das sah Sanna in seinen Augen. Sie fürchtete ihn ein wenig, ahnte sie, weshalb er so verbittert, so gehässig geworden war. Ihretwegen. Er liebte sie. Hatte sie vom ersten Augen-Blick an geliebt. Konnte ihre Liebe zu Nio nicht begreifen, nicht akzeptieren. Armer Dodo! Er würde ihr oder ihrem Mann doch nichts antun? Vielleicht sollte sie ihn zum Tanz auffordern.

Nio, dieser dunkelhäutige Schlappschwanz, trank keinen Schluck Alkohol. Ich prostete ihm mit meinem Bierglas zu. – Mein Gott! Wie ich ihn hasste! Wie ich die Sommersprossen auf der weißen Haut meiner Arme und Schultern hasste! Wie ich mein Leben hasste!

Sanna kam auf mich zu.

›Zu spät, meine Liebe, zu spät!‹

44
Lotte und ich

Fünf Jahre waren vergangen seit jener Nacht, die immer noch in den Knochen der Bewohner von Aach steckte, sie erschaudern und beten ließ. Bürgermeister Auer, Richter Sonnleitner und der neue Pfarrer saßen am sonntäglichen Stammtisch, tranken Rotwein und rauchten Zigarren.

»... Ich weiß es nicht«, sagte der Pfarrer, »als ich heute Morgen die Kirche betrat, waren da auf einmal die zwei Figuren des Heiligen Franziskus und der Heiligen Klara an ihrem Platz. Ihr selbst habt mir ja erzählt, dass sie dort gestanden seien, bevor jemand sie im Wirrwarr dieser von euch geschilderten Ereignisse gestohlen habe.«

»Seltsam«, meinte der Bürgermeister, »seltsam! Seit damals schlafe ich keine Nacht mehr durch. Höre die Kirchenglocken und die Orgel und den Chor, wache ganz verschwitzt auf. Keine der vielen Fragen sind jemals beantwortet worden. Wer war dafür verantwortlich? Welche Mächte steckten dahinter? Himmlische ...«

Er schaute in die Augen des Pfarrers, der, die Schultern zuckend, seiner eigenen Ohnmacht Ausdruck verlieh.

»... Teuflische? Wo waren die beiden Holzfiguren, die jetzt wieder an ihrem Platz stehen, als wäre nichts geschehen? Wo war Pfarrer Lorenz? Das ist doch alles ... einfach ... nicht möglich! Ich sage euch, irgendwie werde ich den Verdacht nicht los, dass die Weiber da oben in Pianz mit alledem was zu tun haben. Die tauchten damals ganz unverhofft auf, waren bei Sturm und Hagel in der Nacht ins Tal gekommen, drängten mich, mit ins Pfarrhaus und in die Kirche gehen zu dürfen. Warum, frage ich euch.«

Der Richter untermalte die Vermutung des Bürgermeisters.

»Sie haben ja auch nicht schlecht davon profitiert. Anna hat das ganze Vermögen von Lorenz geerbt.«

»Ja, das ist auch so eine komische Sache und wirft weitere Fragen auf ...«

Der Bürgermeister war ganz in seinem Element, tat es ihm gut, sein Unbehagen, seine Ängste seit damals in Wein und Geschwätz ein wenig einzutunken. Seine Verantwortung als Oberhaupt des von Gott verfluchten Dorfes mit den beiden anderen zu teilen.

»... Weshalb hat Lorenz sein ganzes Vermögen, und das war nicht gering, Anna vermacht? Weshalb hatte man bei ihm kein Testament gefunden? Ein Notar hatte es aufbewahrt.«

»Und Anna behauptet heute noch stur und steif, sie wisse selbst nicht, warum der Pfarrer alles ihr vererbt habe«, verfluchte Sonnleitner diese Ungerechtigkeit, die nicht ihm widerfahren war. »Ich verstehe sowieso nicht, weshalb die Weiber da oben in Pianz bleiben. Mit dem Reichtum hätte ich mir ein wunderschönes Haus in der Stadt gebaut, nicht einfach nur die alte Hütte renoviert und erweitert. Die spinnen doch!«

Der Pfarrer beschwichtigte: »Anna ist eine gute Seele. Sie gibt das meiste Geld für Leute aus, die es wirklich gebrauchen können. Denkt nur an Paula und Sarah! Den beiden geht es Dank Anna gut. Wir dürfen uns in unseren Gedanken an die Weiber da oben, wie ihr sie nennt, nicht versündigen. Ich denke, die sind einfach in ihrer selbst gewählten Bescheidenheit glücklich und zufrieden. Mehr als die meisten von uns!«

Auer und Sonnleitner nippten an ihrem Rotweinglas.

Am nächsten Tag stürmte Lydia Schöpf, nachdem sie bereits Dorfpolizist Hansen informiert hatte, das Büro des Bürgermeisters. Lotte, ihre Tochter, sei spurlos verschwunden.

»Beruhige dich! Was mir zu Ohren gekommen ist, musste die Kleine die letzten Wochen ziemlich viel zuerst auf eurem Hof und dann auf der Alpe schuften. Stimmt doch? Da wäre ich auch abgehauen. Wird sich irgendwo bei einer Freundin verstecken!«, versuchte Auer die aufgebrachte Mutter – nicht ohne einen unüberhörbaren, verletzenden Unterton in der Stimme – zu besänftigen.

»Bestimmt nicht! Ich kenne meine Tochter! Lotte war lange Zeit nicht mehr bei uns auf der Alpe. Sie ist tot. Ich spüre es. Und Michael hat sie auf dem Gewissen!«

»Blödsinn!«

Auers süffisanter Tonfall war ihm im Hals stecken geblieben. Drei Tage später bekam er einen Anruf aus Landkirch ...

Das Dorf glich einem Ameisenhaufen. Die Menschen wuselten hin und her und berichteten sich gegenseitig, was sie über den Tod der kleinen Schöpfner-Lotte zu wissen glaubten. Es wurde hinzugedichtet. Es wurde weggelassen. Und man erinnerte sich an die dunkle Nacht. An die Strafe Gottes. Daran, wie ein jeder das unflätige Tun Lorenz' zu büßen gehabt hatte. Nicht einer war mutig genug gewesen, dem seit Jahren offensichtlich sündigen Treiben des vermaledeiten Pfarrers entgegenzuwirken.

Und jetzt hatte niemand Mitleid mit dem armen Mädchen gehabt, als es von der Früh weg bis spät in den Abend hinein auf dem Hof waschen, bügeln, kochen, putzen, zupfen, rupfen, klauben, auslesen, misten, rechen, laden, melken, füttern hatte müssen. Und keiner hatte sich den Kopf darüber zerbrochen, weshalb die Kleine plötzlich wie vom Erdboden verschluckt worden war. Würde halt der Mutter auf der Alpe helfen, hatte man vermutet. Niemand hatte die dunklen Wolken, die sich über dem Schöpfner-Hof zusammengebraut hatten, wahrgenommen. – Herrgott-nochmal!

Seit Tagen regnete es in Strömen. Die Erden der Berghänge waren aufgeweicht. Die Montsilver Ache führte Unmengen Wasser und drohte, über die Ufer zu treten.

Die Hosenbeine hochgekrempelt, stehe ich barfuß inmitten des Flusses, nahe der Holzbrücke, die sich über die Ache spannt, die zwei Wege miteinander verbindet. Rechts hinauf in das nahegelegene Aach, links sich hochschlängelnd in das kleine Bergdorf Pianz. Ich höre die Kirchturmuhr schlagen. Drei Uhr nachmittags. Mit dem Geläut verdunkelt sich der

Himmel so sehr, dass sich der Tag in Sekundenschnelle mit der eine Katastrophe verheißenden Nacht zudeckt. Die Temperatur fällt abrupt in die Minusgrade. Aus dem Regen wird Schnee. Das Wasser unter mir vereist. Meine Beine sind festgefroren. Da kommen Steine auf mich zugeflogen. Ich möchte rennen, doch ich kann mich nicht einen Millimeter von der Stelle bewegen. Ich gehe in die Knie, drücke mein Kinn in den Hals, versuche, mein Haupt mit meinen Händen zu schützen. Dann hagelt es minutenlang auf mich ein. Plötzlich – Ruhe! Langsam öffne ich die Augen. Ich blute. Mein Körper blutet. Meine Seele blutet. Da liegen sie vor mir, die Steine, die über die vielen Jahre hinweg in meinem verzweifelten, kalt gewordenen Herzen herangewachsen sind. In das Eis formen sich weiße, sich im Zickzack fortbewegende Risse, saugen mein Blut in sich auf. Und mit einem Male zerbricht die kristallene Platte wie eine Fensterscheibe.

Türen und Fenster wurden aufgerissen.

»Schnell! Schnell!«

Glockengeläut schrie markerschütternd die nahende Katastrophe durch die Straßen und Gassen Aachs. Sirenen heulten.

»Los! Los! Auf! Auf! Nehmt Schaufeln mit!«

Feuerwehr-Uniformen wurden hastig angezogen. Eilig wurde geküsst. Die Hände gefaltet, wurde betend den eilenden Männern und Söhnen nachgeäugt.

»Maria! Hilf!«

Der leuchtende Strahl eines Sterns zwängt sich durch das dunkle Schwarz der Wolken, schenkt meinen Augen einen Regenbogen, dessen Farben sich auf den unzähligen, an mir vorbeischwimmenden Eisschollen widerspiegeln. Ich schrecke zurück. Das da vorne ist keine Scholle. Das ist die kleine, tote Schöpfner-Lotte, nur mit einem Unterhöschen bekleidet. Bäuchlings daliegend, den Kopf unter Wasser, treibt ihr kleiner Körper flussabwärts, verfängt sich nahe dem Ufer in den

Ästen einer Trauerweide. Ich wate hinüber. Was für ein Anblick! Grauslich. Einerseits. Zugleich erotisch-schön. Irgendwie. Lottes Haare haben sich mit den Zweigen des Baumes verflochten. Ihre Arme und Beine sind gespreizt. Ihre Haut ist glatt, aufgedunsen – blau-grün gemustert. Die Strömung bewegt das arme tote Kind vor und zurück. Vor und zurück. Da dreht sich das Mädchen plötzlich um, reißt seine Augen auf. Starrt mich verzweifelt an.

›Warum hast du mir das angetan?‹

Die Menschen in Aach, hatten sie die Not des Mädchens nicht erkannt, hatten sie in ihrer Lethargie nicht einmal über den Gartenzaun der Nachbarn geschaut, geschweige denn, das Haus betreten, um mitzubekommen, welches Leid sich da drinnen zusammengebraut hatte, fürchteten sich, Gott wäre über die Ermordung der kleinen Lotte dermaßen erzürnt, dass er abermals Unheil über das Dorf bringe. Diese Angst war nicht unbegründet. Erste Muren stürzten steile Berghänge hinunter. Ansonsten harmlose Gebirgsbäche hatten sich in reißende Flüsse verwandelt. Wasserfälle schienen vor Wut überzuschäumen. Allesamt entwurzelten sie Bäume, schleuderten diese in das Flussbett der Montsilver Ache. Wie eine aufgeschreckte Python schnellte deren Wasser hoch, schlängelte in einem Höllentempo talauswärts, brach sich an den großen Felsbrocken, die immer noch ein wenig aus dem Fluss ragten, als wollten sie ein letztes Mal Luft holen, bevor sie endgültig untergingen. Als spritzten sie noch einmal in Form aufwirbelnder Gischt bereits verschlucktes Wasser aus ihren Mündern.

Ich halte mir die Ohren zu. Alles ist so unbeschreiblich laut. – Das Gebrüll der kleinen Lotte, die ihr Schicksal anklagt. – Der Fluss, ihr zur Hilfe gerufener Anwalt, den das tote Mädchen mit seinen um sich schlagenden Händen und Füßen ins Wallen gebracht hat, ihn aufgefordert hat, er möge sich an dem, was die Welt ihm angetan habe, rächen. Und ja, die Ache flucht, reißt alles, was ihr in die Quere kommt, mit sich mit. Knallt entwurzelte Baumstämme an Felsbrocken, so laut, dass Gott selbst sich die Ohren zuhält.

Das Hochwasser der Ache klatschte unentwegt gegen die Brücke, brach diese schlussendlich wie ein Streichholz, riss einen deutschen Gast und die beiden Buben der heimischen Familie, bei der er gewohnt hatte, mit in die Fluten. Ihre Leichname würden nie wieder auftauchen. »Kommt, lasst uns zur Brücke hinuntergehen, Katastrophe schauen!«, habe der Deutsche zu ihren Brüdern, dreizehn- und elfjährig, gesagt. Das zumindest behauptete die achtjährige Schwester, gehört zu haben. Das der armen Mutter und dem armen Vater verbliebene Kind.

Der Himmel weint. Gott weint. Ich schaue zu ihm hinauf. Klage seine Grausamkeit an.

›Du, der du unsere unbefleckten Seelen in Körper gesteckt hast, in denen sie von Würmern und Maden zerfressen werden. – Da du uns Augen geschenkt hast, um zu sehen. All die Panzer auf Erden, die über das Leid der Menschen hinwegrollen. Über Väter, die sich, als Soldaten verkleidet, kriechend im Schlamm des nie gerufenen Schicksals fortbewegen. Über Kinder, die im Sog der Machtgelüste Erwachsener untergehen. Verhungern. Krepieren. Über Mütter, die in der Küche vor einem Topf auf dem Herd stehen, mit einem Kochlöffel die Suppe, die sie mit ihren Tränen gewürzt haben, rühren. – Der Hölle Feuer. – Da du uns Ohren geschenkt hast, um zu hören. Die Schreie vergewaltigter Töchter. Die Schreie geschlagener Söhne. Die Hilfe rufenden Schreie zur Prostitution gezwungener Frauen. Das verzweifelte, sehnsüchtige Rufen nach einer warmen Stube der irgendwo auf einem Feld eines fremden Landes in Eiseskälte ausharrender Männer. – Der Hölle Donner. – Da du uns Nasen geschenkt hast, um zu riechen. Die Verlogenheit der Priester und anderer Diktatoren, die unsere Welt in ihren Händen halten. Die Fäulnis, die sich hinter deren Worten auf der ganzen

Welt ausbreitet. Das heiß sprudelnde, übelriechende Gift, das so lange in ihren Hälsen blubbert, bis sie dazu verdonnert sind, es endlich auszuspucken, um auch das letzte Weizenfeld zu versengen, den letzten See auszutrocknen, den letzten Glauben an das Gute in dunkles Moor zu tunken. – Der Hölle Schwefel. – Da du uns einen Geist geschenkt hast, um zu grübeln. Zu zweifeln. Zu kämpfen. Gegen die eigene Seele. Gegen die eigene Überzeugung. Gegen den inneren Frieden. Gegen eine mögliche Zufriedenheit. Gegen die Liebe. Für die Eifersucht auf die in weiße Anzüge gesteckten Nios dieser Welt. – Der Hölle Umtrieb. – Da du uns Hände geschenkt hast, um zu greifen. Nach unerreichbaren Sternen. Nach Sanna.‹

Der gerade im Dorf verweilende Zirkus brach seine Zelte ab. Der Clown war ungeschminkt. Die Artistinnen hüllten sich in Wolldecken ein, war ihnen in den zu knappen Kostümen viel zu kalt. Das Seil des Seiltänzers war gerissen. Die leuchtenden Lampions und die aberhundert farbigen Glühbirnen, auf Bäumen und Gebäuden zu Ketten gespannt, waren erloschen. Die Raubtiere brüllten nicht mehr. Pferde, Ponys, Lamas, Zebras ließen ihre Köpfe hängen.

Plötzlich ist es ganz ruhig. Als hätte die Erde aufgehört, zu atmen. Der Wind, das Wasser, der Himmel, das Leben – alles bleibt stumm. Nichts bewegt sich mehr. Die Welt ist mir ein von Gott gemaltes, unwirkliches Bild. Eine ganze Weile lang tut sich nichts.

Zu viel Schmutz! Zu wenige Schaufeln! Viele Anweisungen! Viele Hände! Zu wenig Zuversicht! Zu große Verzweiflung!
»Weiter! Weiter! – Wir schaffen das schon!«

Dann bildet sich auf den Bergen rund um mich eine Lichterkette, ähnlich dem Sonnwendfeuer in der kürzesten Nacht des Jahres. Es sind aber keine Scheite, die da lichterloh brennen.

Es sind die leuchtenden Herzen sich an den Händen haltender Menschen. Nach und nach erkenne ich sie. – Alle.

Sanna. – Maria. – Elisabeth. – Emanuel. – Eva. – Hans. – Jakob. – Johann. – Lukas. – Fritz. – Hannah. – Anna. – Katharina. – Leopold. – Anita. – Anton. – Klara. – Sarah. – Paula. – Stefan. – Paul. – Reinhard. – Peter. – Max. – Andreas. – Veronika. – Franziskus. – Klara. – Lorenz. – Hieronymus. – Bernhard. – Johannes. – Konrad. – Kamil. – Friedrich. – Armin. – Wilhelm. – Basilius. – Lydia. – Erna. – Damian. – Herbert. – Michael. – Lotte. – Sonnleitner. – Auer. – Hansen. – Rossmeier. – Karl. – Simon. – Grete. – Sonja. – Resi. – Vroni. – Konstantin. – Meier. – Scheiber. – Irma. – Barbara. – Luisa. – Walther. – Hubner. – Elke. – Gerhard. – Elsbeth. – Brandner. – Ferdinand. – Chantal. – Stella. – Greta. – Kirke. – Franz. – Heidi. – Erwin. – Gregor. – Theresa. – Hanne. – Frieda. – Petra.

Zeit zwischenmenschlicher Inbrunst. – Du! Beweg dich! Hilf! Ihm! Ihr! Uns! Dir!

Ich höre den Pianzer Wasserfall rauschen. Die mir so vertrauten Menschen bewegen sich im Kreis – Ringel-Ringel-Reiher –, verlieren den Boden unter den Füßen und schweben hoch über mir in fremder Atmosphäre. Dann lassen sie voneinander ab und reißen mit den Händen den schwarzen Vorhang auf, und der Himmel zeigt sich mir. Tiefblau. Welch großartiges Bühnenbild! Was für ein Schauspiel! – Und ich? – Der Hauptdarsteller in diesem so seltsamen Stück.

Sanna sitzt auf dem Ast eines roten Kirschbaumes und leuchtet mir mit einer Taschenlampe in mein Gesicht. Halb blind ertaste ich meine schlitzartigen Augen, drücke mit aller Kraft Sanna an mich heran, werde sie nie mehr loslassen. Nana versucht, mich von ihr loszureißen. Ich wehre mich. Im Publikumsraum, ganz hinten in der Nähe des Weihwasserkessels, wird gelacht und geklatscht. Ich tauche unter. Mond und Sterne spiegeln sich in dem geweihten See. Ich tauche auf und sehe zwei Mädchen, die nur in Unterwäsche am Ufer aufeinander liegen. Schön. Tief atme ich ein. Den Duft der Wurzel und der Blüten des ausgerissenen Vergissmeinnichts zwischen den Zehen der wundersamen Maria. Die zarte Blume wandert in die Pupillen ihrer Großmutter. Eva reicht mir die Hand, zieht mich aus dem kalten Nass. Mit den beiden Mädchen eile ich über eine Bergwiese hinab auf Sanna zu. Die breitet ihre Arme aus, um mich in sich aufzunehmen. Ich werde in eine Welt hineingeboren, in der ich nicht wirklich sein möchte. Sagengeschichten malen mir ein schöneres Erdendasein. Mit dem Finger will ich die kleine Kresta auf dem Bild, das keine Zeit kennt, berühren. Da ist das Mädchen verschwunden. Ein Wolf heult auf. Ich streichle Hamon. Ich streichle Lotte, meine Puppe. Bekreuzige mich. Ziehe am Rock der übergroßen Urmutter Eva, was denn geschehen sei. Anna bügelt in der Stube mit einem Bolzenbügeleisen meine Wunden glatt. Maria überreicht mir draußen vor der Tür in strömendem Regen einen Vergissmeinnicht-Strauß. Ich schenke ihn Sanna zu ihrem zwölften Geburtstag. Schieße ein Foto von ihr mitten hinein in meinen Kopf. Betrachte die unzähligen Abzüge spiegelverkehrt und onaniere in das seidene Leibchen der hübschen Maid. Glocken läuten in meinem Unterleib Sturm. – Vorhang!

»Säcke! Säcke! – Sandsäcke!«
   Der Tag neigte sich dem Ende zu! Die Nacht saugte den nassen Dreck in sich auf!

Wieder ist es dunkel. Lotte befreit ihre verflochtenen Haare aus den Fängen der Zweige und Äste einer nie ersehnten Trauerweide, steht blitzartig auf, stürzt sich auf mich, würgt meinen Hals und tunkt mich wieder und wieder in das schmutzige Wasser der Montsilver Ache, bis ich meine Sinne verliere. Viele Hände greifen nach meinem nassen, kalten Körper, ziehen ihn aus einem ruhig dahinplätschernden Fluss. Bringen ihn – weiß Gott, wohin!

Die Morgensonne trocknet allen Schlamm. Verkrustet ihn.

Das Unwetter hatte sich verzogen. Die Menschen gingen daran, den Schmutz, den die Muren und die über die Ufer tretende Ache verursacht hatten, beiseite zu schaufeln. Das würde Wochen dauern. Vor allem, die zerstörte Brücke neu aufzubauen. Doch es war allen ein Bedürfnis. Die beiden Wege, der eine nach Aach, der andere nach Pianz, müssten so schnell wie möglich wieder zueinanderfinden …

Das Rot hinter den Bergen des kleinen Bergdorfes kündigte einen herrlich friedlichen Tag an. Anna trat vor die Tür zu Elisabeth und Maria, die, wie fast jeden Morgen, auf der Bank vor dem Haus saßen.

»Guten Morgen, ihr beiden!«

Elisabeth streichelte den schwangeren Bauch ihrer Tochter.

›Amen, das sage ich euch: Wer das Reich Gottes nicht so annimmt wie ein Kind, der wird nicht hinein kommen.‹*

---

* Mk 10, 15

45
Maria und Gabriel

Die *Kapelle zur Heiligen Eva* hatten die Urgroßeltern Marias, Hans und Hannah, gebaut, zum Dank, dass die siebenjährige Tochter ein Lawinenunglück überlebt hatte. Und die beiden hatten die Kapelle nach ihr benannt. Eva.

Maria schaute hinauf in den offenen Dachstuhl des kleinen Turmes. Sie liebte diesen Anblick. Die ineinander verstrebten Holzbalken wirkten wie ein Spinnennetz, in dessen Mitte die Spinne selbst – die Glocke – sich auf eine erhoffte Ewigkeit eingependelt hatte. Die junge Frau zog kurz an dem Seil, das wie ein gelöster Spinnfaden von da oben aus neugierig in die Kapelle hinunterlugte, und ein heller, feiner Klang eroberte den Raum, wanderte die Wände entlang, hauchte nur langsam aus, bis es wieder ganz still war. Maria setzte sich auf eine der beiden Bänke, schaute sich um. An der Rückseite des mehr oder weniger nur gedachten Altarraumes hing ein Kruzifix an der Wand, geschnitzt von ihrem jung verstorbenen Onkel Jakob, den sie nie kennengelernt hatte. Es war ein schöner Jesus, der – an das Kreuz genagelt – gar nicht zu leiden schien. Hoffnung ausstrahlte. Sein Körper war mit hellem Grün und mit Gelb bemalt, ineinanderfließend, und da und dort schimmerte ein Weiß durch. Die Haare in verschiedenen Brauntönen. Die Lippen und die Dornenkrone, die wirklich an die Krone eines Königs erinnerte, waren orange und braun gehalten. Das Faszinierendste aber war, dass – egal, von welcher Stelle aus man die Christusfigur betrachtete – Jesus einem immer in die Augen schaute. Und seine blau-türkisen Pupillen waren in gelbe Augäpfel eingebettet. Seltsam. Das wirkte mystisch. Irgendwie.

An der rechten Seitenwand der Kapelle stand die Totenbahre, in ihre Einzelteile zerlegt. Schon lange hatte man sie nicht mehr zusammengebaut. Das letzte Mal für die Hubner

Luisa. Das war ... ja ... das war jetzt mehr als vier Jahre her! Maria dachte daran, wie sie die alte, kranke, sterbende Frau in strömendem Regen vor dem Haus, auf schlammiger Erde kniend, in ihrem Arm gehalten hatte, wie beiden das Wasser über Haare und Haut gelaufen war, als hätte es alles Böse und alles Leid aus ihnen herausspülen wollen. Sich bekreuzigend schickte Maria einen guten Gedanken zu Luisa in den Himmel hinauf.

An der linken Seitenwand hingen zwei Bilder. Beide von Maria gemalt, beide von Elisabeth gerahmt und aufgehängt. Das eine war ein Aquarell. Die Jungfrau Maria war da abgebildet. – Jungfrau? – Das Mädchen hatte der Muttergottes kein blaues, es hatte ihr ein grün-gelbes Gewand übergestülpt, und so bildeten die Gebenedeite und ihr in Holz geschnitzter Sohn, der ihr vom Altarraum aus in die Augen schaute, eine Einheit. Irgendwie. Elisabeth war Maria Vorbild für ihre Madonna gewesen, denn die konnte keinesfalls schöner gewesen sein, als es die Mutter war. Obwohl schon etwa fünfzig, wirkte Elisabeths Gesicht mit den blauen Augen, mit den schmalen, gestrichenen braunen Augenbrauen, mit der geraden, feinen Nase, den kirschroten Lippen und den weißen Zähnen wie das eines jungen, blühenden Weibes. Und in die langen, blonden Haare hatten sich nur wenige weiße eingenistet. Eine teuflisch schöne Mutter!

Auf dem anderen Bild hatte Maria ihre Oma mit Buntstiften gezeichnet. Mit Vergissmeinnicht-Augen. Unter die große Eiche vor dem Haus. In eine bunte Blumenwiese hinein. Manches Mal vermisste Maria die Großmutter, bereute vielleicht sogar ab und an ihren Wunsch, die Oma solle ihr nicht mehr erscheinen. Maria stand auf und trat zu dem Bild hin. Ja, das war Eva.

»Hallo, liebe Großmutter!«

Die Zeichnung Sarahs kam ihr in den Sinn. Eigentlich hatte die Freundin damals ebenfalls Eva zeichnen wollen, stattdessen hatte einem schlussendlich ein junges Mädchen, das mit einer seltsamen Hose bekleidet war und das eher Elisabeth als Eva geglichen hatte, in die Augen geschaut. Und waren Maria und

Sarah nicht Monate zuvor vom Waldsee die Bergwiese hinuntergerannt? Und hatte Sarah nicht plötzlich nach einer gewissen Sanna gerufen? Doch! Dieses Mädchen in der Zeichnung war Sanna. Bestimmt! Und sicherlich war sie die imaginäre Freundin Sarahs, von der diese ihr später, viel später erzählt hatte. Maria war den Gedanken nie losgeworden, dass mit alledem Eva irgendwas zu tun hatte. Noch wusste sie nicht, dass Sanna ihre Enkelin war. Das würde ihr erst am Tag von Sannas Geburt bewusst werden, vergäße sie das Antlitz und den außergewöhnlichen Namen dieser schönen, von Sarah gezeichneten Maid ihr Leben lang nicht.

... Anna musste den ganzen Weg von Aach nach Pianz hastig gelaufen sein. Sie atmete tief ein und aus, nachdem sie die Tür in die heimelige Stube hinein geöffnet hatte. Maria, Anderle und Elisabeth saßen um den Tisch und spielten Karten.

»Es ist ein gesundes, wunderschönes Mädchen«, schnaufte Anna.

Maria stand auf, umarmte Anna.

»Wie heißt es denn?«

»Sanna!« ...

Nie erwähnte Maria Sarah gegenüber, deren größtes Geheimnis gelüftet zu haben. Wie schwer war das Schweigen der Freundin wohl gefallen? Wie schwer musste es ihr heute noch fallen, nicht ein Wort darüber zu verlieren? Gute Sarah. Gute Eva. Maria dankte ihrer Großmutter, denn eines war ihr klar: Seit jeher umschlangen sich in ihrer Familie das Diesseitige und das Jenseitige wie zwei Fäden eines Daseins, das weder Raum noch Zeit kennt. Sanna hätte eigentlich Marias imaginäre Freundin sein sollen, und nur Eva, die ihren Wunsch, ein ganz normales Mädchen sein zu dürfen, respektiert hatte, konnte es gewesen sein, die Sarah diese Rolle zugeteilt hatte. Sarah. Die beste Freundin Marias. Beider Herzen klopften im selben Rhythmus. Beide waren sie wie Schwestern, und Sarah war aufgenommen worden in Marias Familie ...

Maria schaute in die Vergissmeinnicht-Augen Evas.

»Oma, ist diese Kresta wirklich verwandt mit uns? Sind wir Nachfahren der Mutter Gottes und des Heiligen Josefs? Hatten und haben deshalb viele in unserer Familie diese übersinnlichen Fähigkeiten?«

Keine Antwort. Es dämmerte bereits, und Maria entnahm einige Kerzen aus der Lade des eisernen Kerzengestells unter den beiden Bildern, steckte sie in die dafür vorgesehenen Ösen, zündete eine nach der anderen an.

»Die ist für dich, liebe Oma! Und die für Mama. Die für Anna. Und eine für Sarah. Schau, wie schön sie brennt! Eine für Sanna und die für Kresta.«

Dann nahm sie noch eine Kerze in die Hand, legte sie wieder zurück und setzte sich in die eine Bank. Sie musste an den Pfarrer denken. An Andreas. Seit sie beim Ministranten-Ausflug letztes Wochenende von Kresta beauftragt worden war, auf ihn Acht zu geben, seit sie ihm auf dem Rückweg die Hand gereicht hatte, er möge sie über die Hängebrücke geleiten, ließ der Pfarrer sie nicht mehr los. Zuneigung hatte sie für ihn stets empfunden, Liebe nie. Auch jetzt nicht. Doch da war etwas in seinem Händedruck zu spüren gewesen, das ihr nicht wirklich greifbar schien. Wärme? Geborgenheit? Zuversicht? Hoffnung? Sorge? Leid? Sehnsucht? Von allem ein bisschen? – Maria wusste es nicht, konnte ihre Gedanken an Andreas nicht ordnen. Sie zuckte zusammen, drehte sich um. In der Tür stand ein fremder junger Mann. Ein Wanderer. Er betrat die Kapelle und kniete in die andere Bank. Betete. Leise flüsternd. Zur Muttergottes. Dann äugte er zu Maria und sie zu ihm. Beide standen auf, beide standen sich gegenüber. Beide schwiegen sie. Da waren weder Zuneigung noch Liebe noch Begierde. Da war einzig und allein – Schicksal. Und beide wussten das. Und beide entledigten sich ihrer Kleider. Und beide liebten sich unter dem Kruzifix vor den geöffneten Augen Jesu Christi. Und als der Geschlechtsakt vollendet war, verfärbten sich die Augäpfel des Gekreuzigten von Gelb in ein strahlendes Weiß. Bis in alle

Ewigkeit würde das so bleiben. Bis in alle Ewigkeit würden sich Maria und der fremde junge Mann nie mehr begegnen.

Maria zündete noch eine Kerze an.

»Für dich, Andreas!«

Epilog

Sanna steigt aus der Duschtasse. Endlich ist sie wieder sauber. Riecht gut. Fühlt sich gut. Sie setzt sich auf den kleinen Hocker vor dem kleinen Schminktisch, sieht sich selbst in dem vom heißen Wasserdampf angehauchten Spiegel wie durch eine Nebelschwade nur ganz verschwommen, als wäre das Geschöpf da drinnen aus einer anderen Welt. Eine offene Schatulle mit Schminksachen darin und eine Haarbürste liegen auf dem Tisch. Sanna kämmt ihr langes, nasses Haar. Sanna schminkt sich. Der Wasserdampf schleicht in und durch die Ritzen, verflüchtigt sich allmählich, und als das Mädchen sich fertig geschminkt hat, sieht sie in dem klaren Spiegelbild ihr wahres Antlitz. Aus dieser Welt.

Mit roten Lippen. – Gemalt.

Mit schwarzen Lidstrichen. – Gezeichnet.

Mit blauen Lidschatten. – Gepinselt.

Mit rotem Puder. – Gestäubt.

Sanna flicht ihre langen Haare zu Zöpfen. Sanna ist schön. Sanna ist gepflegt. Sanna ist klug. Sanna ist reizvoll. Sannas Halsschlagader pulsiert. Hat ihren eigenen Rhythmus. Sanna ist aufgeregt.

Sie zieht sich ihre seidene Unterwäsche an. Zieht sich, nachdem sie sich wieder in die Kammer und ins Bett geschlichen hat, die Decke über, die, wie sie hofft, Schutz sein würde vor allem, was noch kommen sollte. Sie äugt. Sie lugt. In alle Ecken und Enden.

Sanna ist unergründbar. Sanna schweigt. Im eigenen Dunkel. Sanna hat Millionen, hat Abermillionen, hat unendlich viele Geheimnisse.

Die Wunde an ihrem Hinterkopf verheilt nicht wirklich. Verkrustet nicht. Sie schaut nach oben, erblickt das von fremdem Holz verstopfte Astloch. Irgendjemand beobachtet sie. Tausend Löcher in nur einem Leben! Tausend Augen in nur einem

Blick! Die Wände der Kammer sind mit unzähligen Abzügen eines einzigen Fotos Sannas tapeziert.

Still. Wieder dieses Geräusch eines sich drehenden Schlüssels, der sich in ein verriegeltes Türschloss quält. Klick. Schritte. Die Schnalle der Kammertüre bewegt sich nach unten. Wer wohl wird hinter dem Höllentor hervortreten?

»Hallo, Dodo!«, begrüßt ein weiß gekleideter Mann das verwirrte Mädchen.

Zylinder hat er keinen auf. Seltsam. Und endlich weiß Sanna, was das für ein Duft ist, der sich mit dem modernden Geruch, mit dem der weißen Farbe vermischt hat. – Medizin. Krankenhaus. Sie schaut sich um, hebt ihre Decke. Betrachtet ihren Körper, und es wird ihr klar, wer sie ist. Wo sie ist. – In der Geschlossenen!

»Bist heute nicht die kleine Lotte! Bist, wie ich sehe, wieder einmal Sanna!«, meint der hutlose Mann in seinem unerträglich weißen Kostüm. Zirkusgleich!

Ich grinse: »Wie könnte ich Sanna sein, tanze ich gerade mit ihr den Walzer unseres gemeinsamen Lebens. – Eins-zwei-drei! Eins-zwei-drei! Eins-zwei-drei!«

Ringel-Ringel-Reiher!

Ich höre den Pianzer Wasserfall. Ziehe an dem Halskettchen um meinen Hals, nehme es und das daran hängende Herz-Medaillon in den Mund. Kaue daran. Als ein Adler fliege ich davon.

›Vergissmeinnicht! – Sanna!‹

Drei Familien – Sieben Generationen

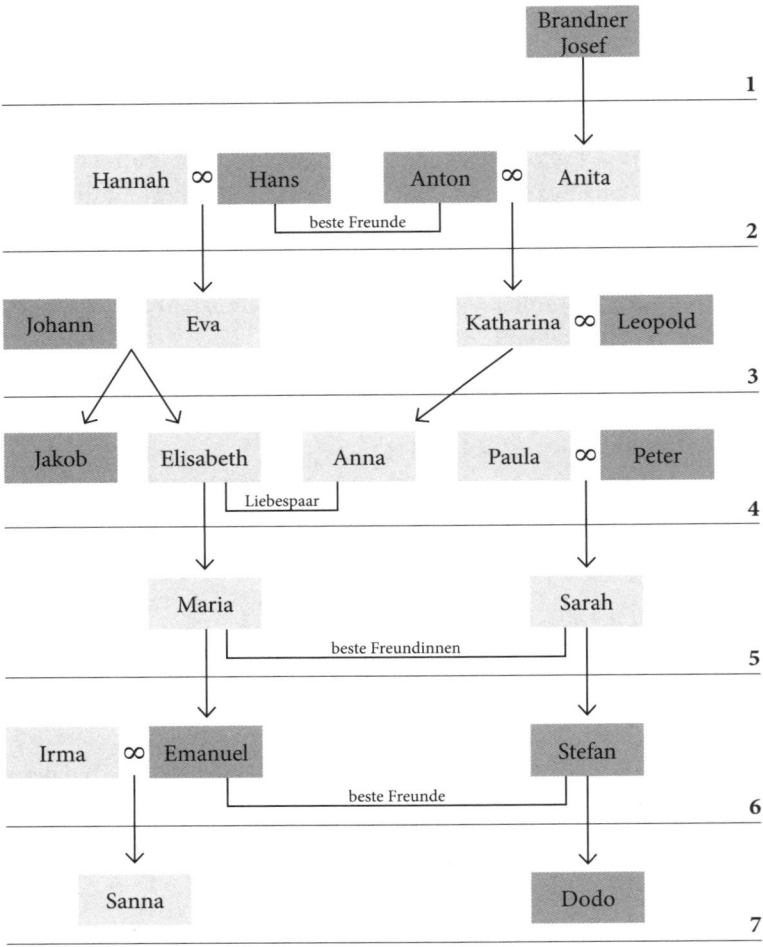

Quellenverzeichnis

Zwei Familien,
drei Generationen,
ein gemeinsamer
Lebensweg

Hardcover mit Schutzumschlag
256 Seiten
ISBN 978-3-99018-399-1

Dietmar Schlatter

Die Töchter

Roman

»Dietmar Schlatter hat ein Buch geschrieben, das sich wie ein Drehbuch liest – innerlich hat man schon ein bisschen die Filmkulisse vor Augen: ein Historien-Drama in den Alpen, drei Generationen schicksalhaft aneinandergebunden, Lust, Gier, Mord, Ächtung, vielleicht mit Tobias Moretti in der Rolle des sündigen Pfarrers Lorenz. Es wäre mit Sicherheit ein sehr erfolgreicher und vor allem kein jugendfreier Film.

Das Buch zieht den Leser jedenfalls unaufhaltsam in die cineastische Geschichte hinein. Der Aufbau der ineinander verschlungenen Storys ist dabei klug überlegt und sorgt für stets anhaltende Spannung. Zeitliche Ebenen werden vermischt, es gibt Vor- und Rückschauen und plötzlich macht alles Sinn.«

Raffaela Rudigier
KULTUR – Zeitschrift für Kultur und Gesellschaft
25. September 2017

BUCHER Verlag Hohenems – Wien – Vaduz   www.bucherverlag.com

Jens Dittmar

Baby Palazoles

Ein Reigen

Als Baby Palazoles aufbricht, um als Künstler in den USA Karriere zu machen, fühlt er sich erlöst: von seiner behinderten Tochter und von der Gleichmacherei, die ihn in seiner Entfaltung hemmt. Zwanzig Jahre später ist die Welt nicht mehr dieselbe und Baby Palazoles muss sein liebgewonnenes Weltbild schweren Herzens hinterfragen.

Hardcover mit Schutzumschlag
192 Seiten
ISBN 978-3-99018-507-0

Andreas Iten

Prestobello

Roman

Emil Schnellschön vermittelte Immobilien und gründete das Zeitmuseum. Sein Enkel Jonas interessierte sich sehr für seine Karriere, die mitten im Leben eine abrupte Wende nahm. Mit über 80 Jahren blickt Emil gerne zurück und überlegt sich, was sich im Leben warum ereignet hat.

Hardcover mit Schutzumschlag
200 Seiten
ISBN 978-3-99018-495-0

BUCHER Verlag Hohenems – Wien – Vaduz   www.bucherverlag.com

.